玉昆令

韩素平【著】

山西出版传媒集团 山西人民出版社

图书在版编目（CIP）数据

玉昆仑 / 韩素平著. -- 太原：山西人民出版社，2022.12

ISBN 978-7-203-12500-6

Ⅰ. ①玉… Ⅱ. ①韩… Ⅲ. ①长篇小说一中国一当代 Ⅳ. ① I247.5

中国版本图书馆 CIP 数据核字（2022）第 238942 号

玉昆仑

著　　者：韩素平
责任编辑：姚　澜
复　　审：魏美荣
终　　审：贺　权
装帧设计：华彩玉品（北京）文化传播有限公司

出 版 者：山西出版传媒集团·山西人民出版社
地　　址：太原市建设南路 21 号
邮　　编：030012
发行营销：0351—4922220　4955996　4956039　4922127（传真）
天猫官网：https://sxrmcbs.tmall.com　电话：0351—4922159
E-mail：sxskcb@163.com　发行部
　　　　sxskcb@126.com　总编室
网　　址：www.sxskcb.com

经 销 者：山西出版传媒集团·山西人民出版社
承 印 厂：北京盛华达印刷科技有限公司

开　　本：710mm × 1000mm　1/16
印　　张：31.25
字　　数：650 千字
版　　次：2023 年 3 月　第 1 版
印　　次：2023 年 3 月　第 1 次印刷
书　　号：ISBN 978-7-203-12500-6
定　　价：128.00 元

浩浩崑崙

中華美玉

吉狄馬加

二〇二〇年六月四日於格爾木市

吉狄马加

著名诗人

原中国作家协会书记处书记

鲁迅文学院院长

在小说中，许多此前不为人知的大事件，都是真实发生过的。真正的主角是谁不重要；唯愿活跃在书中的各类人物——他们的遭逢际遇，他们的奋斗与坚持、追逐与放弃、成就与教训……能给读者一些启发，一些快乐和力量。

序　言

师学军

十五六年前的一个寒冷的冬天，韩素平把她写的一个电视剧本送给我看，想听听我的意见。那时我正生活在一个封闭的环境中，换句话说是我的人生正处于一个比较极端的困境中。读过剧本，我在写给她的信中谈道：感觉很好。故事好，立意也好，到处洋溢着对“善”的渴望和认同。不知道别人怎样感觉，我自己身处眼前这种境况，对生活和人生有许多不同于以往的认识和感觉，不愿意看那些“恶”的故事，总期望善恶有报，好人一生平安。

在我读这个剧本的时候，我身边的一个朋友也在读。他读过之后感慨说：“整个一个佛的故事！”

回忆这段往事是想说，我当时的感受、我那位朋友更简练、更概括的一句话的评价，差不多就是贯穿韩素平所有作品的一个主调。她的文字中总有些很温暖的东西；那是人性温润光亮的那一面，是人之所以为人所必须遵循的一些最基本的法则。因为这些元素的存在，我读她的剧本就体验到一种愉悦和轻松，感觉窗外的严冬不再那么寒冷。我理解，这正是文学艺术对人生的帮助和支持。

文学作品是一种很主观的东西；读一个作品，了解作者的情况和写作背景很重要，读者自身的遭逢经历以及阅读背景也很重要。一百个人眼中有一百个哈姆雷特，正是因为一百个人可能就有一百种不一样的人生，才有了一百种不一样的视角。下面就要谈到我读《玉昆仑》这部长篇小说的阅读背景了。

本年度最大的世界性事件，莫过于新冠病毒的大面积传播打乱了人类的生活和生存秩序。全球疫情最严重的国家是美国，恰好这一年我在美国。大半年来，眼看着这个被普遍认为是当今世界上最强大的国家，被一个小小病毒弄得手忙脚乱，期间还掺杂着各种动因复杂可疑的抗议运动以及由此引发的骚乱，我的感触就特别多。世界其他很多地方也没好到哪里去。疫情肆虐，国家与国家之间纷争频频；国家内部的社会被撕裂，大到难以想象的贫富差距更加刺眼地呈现在世人面前，严酷的生存危机夹杂着人性、人心的危机……我由此看到了社会管理系统和整个人类生存系统的脆弱，同时也就看到了所谓“现代文明”的虚幻以及它的不堪一击。

正是在这样一种背景和情境下，韩素平在微信里跟我谈到了这部《玉昆仑》：“历时几年，总算整完了。”随后她发来了三十几万字的未定稿，并提醒说我曾答应给她写篇序言的。

我接到书稿就开始读。那时还是夏天，起初静不下来，读得很辛苦。后来渐渐读进去、沉进去了，以致连续很多日子，夜间做梦都在书稿里头，转不出来。在这些情节模糊的睡梦中，书中讲述的那些事物来来去去，白天阅读时不太清晰的一些人物面目，反倒变得清晰可辨。

《玉昆仑》写的是中国玉界的故事。20 世纪 90 年代，闻名天下的新疆和田玉在经历了数千年的开采之后，资源已近枯竭。恰在这时，位于青海境内的昆仑山东麓发现了新的玉矿带。那时正值一个举国奔经济、全民逐财逐富的时代，整个社会结构和人们的生活节奏、生活方式、世界观、价值观等，都在以前所未有的速度发生着剧烈的变化；青海玉在这种时候横空出世，不知道该说是恰逢其时，还是生不逢时。相比于新疆和田玉数千年的开采史，短短几十年时间，青海玉就完成了从不被认识到被激烈争夺，再到奇货可居的全部过程。其间，各色人等相继出场，上演出一幕幕跌宕起伏、含义混杂的人间悲喜剧。在我，读这样的故事，很像是在读一篇寓言。

最近这些年，每看到报道说国家又发现了新的铁矿、金矿、大油田、大盐矿，我高兴；同时心中也会生出一种多少带些书生气的、完全无用的期望：别这么着急发现吧！给子孙后代留一点吧！

地球提供给人类的资源不是取之不尽、用之不竭的，是有极限的；十分聪明七分用，留下三分给子孙，人类对资源的使用更是这个道理，因此我的上述心态也许不完全是不着边际的杞人之忧。在本书后记中，韩素平讲到她曾走进和田玉、青海玉采挖现场，目睹“万年河床被逐玉人拉网式深挖后的百里狼藉”、昆仑山下硝烟弥漫里的血腥与疯狂，也讲到了由此对她造成的强烈、持久的震撼。看到这些，看到她深沉呼唤“回归自然、再造天人合一的新秩序”，我能感受到，她写这故事的过程中，一定怀有与我相同或者相近的感觉和忧虑。

另一方面，她对她笔下几乎所有有名有姓的人物，都倾注了程度不同的温情。我能体会到这种无所不在的情感，却说不好那是一种什么样的情愫——慈悯？怜惜？欣赏？或者，那就是一种朴素的人间感情，一种人同此心、心同此理的温厚的同情？

《玉昆仑》中有名有姓的人物众多，玉雕师、玉商、玉矿老板、矿警，更早出现的国营企业的厂长、科长，政府干部，出租车司机，青藏公路曾经的筑路工和其家人，转业军官，最早发现青海玉矿的蒙古族父子，还有佛教寺院的住持，等等。他们中的大多数人都在认真地生活，认真地奋斗；犯了错误、犯了罪的，会真心悔过、悔罪；彼此相识的人之间大都表现得古道热肠，哪一个遇到了难处都能得到及时、慷慨的帮助。其间也会有人性的贪婪、不知足，但是没有多少钩心斗角，尔虞我诈……大多数人物的结局都不错。这一切给我的感觉是，韩素平写了一个不太一样的"财富故事"。

所有的财富故事都是人的故事、人性的故事。人性有其光明温润的一面，也就有其暗昧、野蛮的一面；马克思关于资本天性的论断从来没有过时。在这个资本野蛮生长的时代，不讲在媒体上看到的大大小小的欺诈、各种骇人听闻的财富骗局，只讲我自己认识、接触过的为数不算少的生意场上的那些人，他们相互倾轧、背信弃义。我相信韩素平也见过不少这样的人和事，那么，她笔下的人物怎么会都是那样一种面貌呢？

我想一个比较合理的解释是：这不一定完全是韩素平所看到的世界，更可能是她心中的世界，一个她所渴望的世界。

这与她本人的心地性情密切相关。

古人讲言为心声，文如其人。可我们常常发现，无论在岁月深处还是现代，所言不为"心声"、文与人不相符甚至相悖的事例比比皆是。元好问曾有一首诗专门讲这件事。西晋大文学家潘岳（字安仁），人生得漂亮，文章也写得漂亮，有一篇《闲居赋》尤其写得情志高洁、超凡脱俗，可他文字之外的为人却不怎么样，在路上碰到皇亲国戚腿就软了，自愿拜倒在其车尘之下。元好问为此感慨："心画心声总失真，文章宁复见为人。高情千古闲居赋，争信安仁拜路尘！"

韩素平是文如其人的。我这么说是因为我和她认识很多年了，对她的人和文都比较了解。君子温润如玉；韩素平有君子气，在她笔下的一些人物身上，我能看到她本人的影子。

书中那个叫郑开心的男孩子，他与石冬生、石秋生姐弟之间的故事不是全书主线，却给了我最深邃的触动。它所揭示和塑造的人与人之间的关系、国家法律与人情天理的关系，如此温暖、生动，富有启示性。与这样的故事相比，一些法律专家专业性的高谈阔论，会显得苍白、生冷。

石秋生因酒后驾驶与郑开心的父亲老郑相撞而坐牢。老郑住院近一年，虽经全力救治，最后还是死了。

在这场车祸中，石秋生肯定负有最主要的责任，但老郑也不是没有一点点过错，石秋生不是没有一点点辩护空间。石家姐弟因为深怀歉疚，心甘情愿承担了

全部责任——弟弟去坐牢，姐姐则倾其所有甚至卖房子凑钱，全力救治老郑并悉心照顾郑氏父子的生活，无论对方提出什么样的要求都慈颜以待，尽一切可能予以满足；总之，法院判决所要求的、没要求的，他们都做了。

当时十五六岁的郑开心因为这场车祸耽误了学业，母亲在事发两个月后扔下父子二人跑了，父亲随后也去世了。这孩子从此便把石秋生视作生死仇人，在石秋生出狱之后一直追在他身边，并且明言一定会亲手杀死他。按说老郑死了，石家姐弟的责任，包括对郑开心的责任，也就了结了，这于法于理都说得通。可姐弟二人有他们的为人处世之道，在石秋生一再表示自己出钱供郑开心读书的建议不被接受之后，他们便反过来接受了郑开心的一切。于是就有了这个奇特的故事——石秋生身边一直带着一个随时准备杀死自己的愣头小伙子，走哪儿带哪儿。俩人同吃同住，一起生活，一起奋斗，这样如影随形十几年。姐姐石冬生对此没有任何抱怨。他们周边的人对此会有各种各样的看法，但也都在尽力帮助那个沉闷、固执的孩子。

故事的结局很好很温暖。石家姐弟的作为最终化解掉了郑开心心中那种仿佛不可能化解掉的仇恨，相互之间处得像亲人一样。在这个过程中，郑开心长大成人、成家，有了属于自己的生活。

阅读过程中我不断在这个故事里停留。我们生活在一个越来越看重法制与法治的时代，我感觉这个故事，可能触及了一个挺大的时代问题。

在中国文化中，天理、国法、人情自古三位一体，不可分割。法律虽然极为重要，但也不应把它推崇到不适当的位置。一个简单的事实是，任何法律都不可能穷尽所有条款，规定人们的所有言行；它只能划一些底线不准人们触碰。法律是底线不是高线，这也是一个常识。每当听到有人津津乐道“法无禁止即可为”，我以为，那正是因为没有分清高线与底线而产生的一种误解，不然就是故意地揣着明白装糊涂。

国法必须兼顾天理和人情。只有上合天理、下顺人情的法律才是好的法律，才是所谓“良法”。相反，一旦悖逆了人情天理，所立之法必是“恶法”，也只可能对社会、对生活产生伤害甚至荼毒，却不能保护我们的安全，给我们带来幸福和尊严。这说的是国家层面。作为我们个体来说，懂得用法律保护自己是好事，它彰显了现代人法治意识的觉醒，但是动则兴讼，虽然于法无悖，也不应是一种值得赞赏的行为。在前述故事中，郑开心的很多做法既超越常理常情，又于法无据。面对这种罕见的纠缠，石家姐弟是可以向司法寻求支持的；可是，这种解决方式，他们想都没有想过。姐弟俩的作为远远超过了法律所要求他们的，甚至也超越了常理常情，在我看来，那真是一部十分动人的人间篇章。

写到这里，我想到了爱因斯坦说过的一番话："这个爱好文化的时代怎么可能腐败堕落到如此地步呢？我现在越来越把厚道和博爱置于一切之上……我们所有那些被人大肆吹捧的技术进步——我们的文明，好像是一个病态心理的罪犯手中的一把利斧。"

我不知道韩素平有没有读到过这番话，但我知道，其为人、撰文都不缺少爱因斯坦最看重的那种品质：厚道。这样我就理解了她的温情，理解了她文中的人物为什么总会呈现出那种精气神。

同时也读懂了那个故事中反复出现，前院后院都住着从内地来的打工人、生意人的姚家大院儿。这座位于高原之城格尔木的院落名为"大院儿"，其实没有多大。书中有名有姓的不少人物——房东、租客、政府干部、商人、画家等，或者住在这里，或者曾在这里进进出出。青藏高原是寒冷、缺氧的，这些人跟我们一样，也都会遇到生活中常见的困难、烦恼，有人甚至会遭遇血淋淋的、生死悬于一线的严峻困境。但是这里从不缺少淳朴的关怀和诚恳的支援，从不缺少同类间的同舟共济、同甘共苦……还有温暖的爱情。

这样的一个院子看起来更像是一个象征，一个隐喻。可我相信，在我们自己的生活中，这样的院子是有的，只要你愿意入住。

回到现实。我知道疫情终将消逝，生活会得到修复，社会会得到修整。不过，很多事物都回不到从前了。世界再一次改变了它的面目，不再是原先那个世界了。

疫情以后的世界，会更好些吗？

2020 年 12 月 5 日　美国东海岸牛顿小城

目　录

引　子

民国初年，中国玉器市场出现了空前繁荣。1860 年、1900 年外国侵略军两次攻进北京，掠夺圆明园和清宫的玉器珍宝；1912 年，末代皇帝溥仪逊位，将宫中玉器携出皇宫。皇宫出逃的队伍携带的玉器成了当时玉器市场的重要货源，流入民间的玉器也成了达官贵人、商贾和珠宝行追逐的收藏品。与此同时，宫廷玉工回归民间，结束了专为皇室所用的千年历史。

凌晨，月黑风高，一个瘦小男子捧着包袱疾走在苏州专诸巷，身后不远处有"鬼影"跟随。瘦小男子走到街角的珍品斋玉坊急切地叩门。

少顷，屋内灯亮，传出问声："谁？"

门外低声答道："送货的。"

门开，瘦小男子仓皇闪入。

开门的是玉坊学徒单常青。

屋内昏暗的灯光下，来人用颤抖的手将包袱打开，一件洁白如雪的玉器骤然呈现。那是一樽由七朵梅花相托的玉杯。

"'一捧雪'！这不是传说中在明代宫里消失的玉杯吗？"单常青震惊。

来人愕然："小师傅见过'一捧雪'？"

单常青摇摇头。望着玉器，他欣喜的神情突然凝固了，渐渐锁起了眉头。

看到单常青表情转阴，来人小心翼翼地问道："有何不妥？"

"这是赝品。"单常青决绝地说。

来人追问："小师傅何以断定这是赝品？"

单常青直言："师父说'一捧雪'出自宗师陆子冈之手，陆子冈非新疆和田

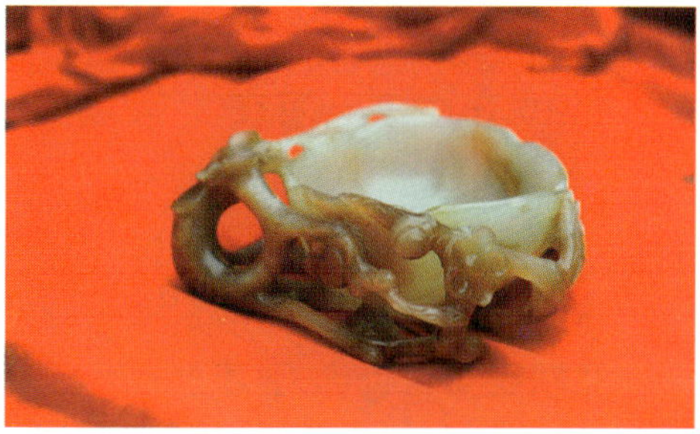

▲ "一捧雪"，久沉复现的明代玉器珍品，形制为梅花、梅枝盘缠的玉杯，有"蜡梅傲雪"之意。玉杯由李氏家族珍藏传承 400 多年。20 世纪 70 年代，由河南省新野县文化馆收藏

玉不用，眼下此物的材质却并非和田玉。”来人喜出望外，如得救星，他低声说：“此物确为赝品。小的千里迢迢寻来，就是想求陆永冈师傅选用上好的和田玉，另仿制一件‘一捧雪’。”

单常青说：“那又是为何？何况，我师父从不仿冒宗师之作。”

来人说，自己的家族为了这明代的珍品前前后后死了十余人，眼下家族又将遭到灭顶之灾，能不能躲过去，全靠和田白玉的“一捧雪”赝品了。听说陆师傅家传有陆子冈的昆吾刀，若不能速速出手相救，家族就得遵守祖宗留下的“人生玉存，人亡玉碎”的训诫……说罢跪拜不起。

原来，他们家族所付出的一切牺牲，都是为保“一捧雪”真品。单常青不再多问，扶起他说：“我只是个学徒，做不了师父的主，你不如明日再来见我师父。”

听到只能如此，来人留下物品，说好天亮再来，便匆匆离去。

单常青怔怔地望着赝品，正待仔细琢磨，忽闻门外有异声，忙出去张望，却见刚离去的年轻人已倒在血泊中，气若游丝。单常青慌忙将其扶起。年轻人说：“小的名叫李莫明，家在鄂北大李营村，父亲临终嘱我来找陆师傅，‘一捧雪’现在……”话未完便含恨而去。

“不行，李莫明不能死。”岳明手里拿着作文本，看到这里不禁提出异议。弟弟岳川漫不经心地看了他一眼：“为什么不能死？”

岳明说：“他死了，‘一捧雪’真品怎么到我师父手里？”

岳川看到哥哥入戏了，暗自得意。

“问题是‘一捧雪’真品在你师父手里吗？”他一边说着，一边用粉笔在地上草草勾画几笔，一幅“独钓寒江雪”脱手而出。岳明欠身看了一眼，本想夸一句，但不想让弟弟得意忘形。

“他说在，那就一定在。”

“你这是迷信师父。”

每天黄昏，弟兄俩都会坐在家门口，一个学徒工，一个高中生，沐浴着邗江江面上吹来的晚风，不识人间愁滋味，闲聊笑谈。

岳明说：“告诉你，要不想被我师父骂的话，这篇东西不要给别人看了。”

“我写的是民国小说，你师父凭什么骂我？”岳川不屑。岳明反驳：“你写小说就写小说，为什么要用他的真名？”岳川调皮地说：“好玩啊！再说，天下又不是只有一个单常青，还有叫洪常青的呢，人家可是红色娘子军的党代表。你放心，你师父不会找你麻烦的，他的故事，婵儿给我讲的比你知道的多。”

提到婵儿，岳明有些蔫了。婵儿是岳明的师妹。师父单常青经常把自己的故事讲给俩徒弟听，但也有可能单独给婵儿开小灶，因为师父更偏爱婵儿，说她有灵性，生来就是雕玉的料。

岳明忍不住问弟弟："婵儿还讲了什么？"

"婵儿说单师傅是陆子冈的第十八代传人，手里有陆子冈的昆吾刀，还有陆子冈留下的真品'一捧雪'。其实跟你讲的一样，只是……"岳川说着，突然喷笑了。

"只是什么？"

"只是我不信。"

岳明认真地对弟弟说："你还别不信，我师父不说假话。"

"哥，你还真别信。"岳川也认真地说，"我们历史老师说，陆子冈是明末最著名的琢玉巨匠，是中国玉雕史上最负盛名的艺术大师。无论是书上记载，还是民间传说，都说他的存在空前绝后，有一身绝技却从未授徒，他哪来的传人？至于那把昆吾刀，我早就对你说过……"

见哥哥瞪着眼睛，岳川打住了话头。

"好了，我不说了。"他说，"哥，我听妈讲，昨天厂里调你去供销科了，你不是立志要成为陆子冈那样的玉雕大师吗？你的理想就这样被改写掉了，你师傅连个'不'字都没说吧，他不是很看重你的吗？"

"岳川，你怎么老和我师父过不去？"岳明生气地制止弟弟。岳川说："谁让他故作神秘，说什么昆吾刀秘不示人，还把我从工房赶出来。"岳明急了："你一个小毛孩子竟然跑去要看昆吾刀，那是厂长都不敢提的要求，你以为你是谁？再说，调供销科的事，我师父哪里拗得过厂长啊。"岳川说："你师父要是有昆吾刀，厂长拗不过他才对呀。"

岳明说："你小小年纪，尽琢磨些没用的。告诉你，一日为师，终身为父，单常青永远都是我师父，不许你再编派他。"

这时，他们的母亲从家里出来，冲他俩喊道："你们两个要不要吃饭啊？"

兄弟俩这才发现天色已晚，赶忙起身。

岳母四十多岁，仍然风韵十足。她用宠溺的目光望着自己的两个儿子。俩孩子聪明有德性，这点随他们的父亲，而五官端庄、身材高挑，则像她这个母亲。等他们健壮起来，在湾头镇就是玉树临风的一双。

"岳川，你哥明天要去和田。今晚你要让他早睡，别再缠着他让他雕你的小玩意。"母亲说。

岳川十分惊讶："什么？去和田？这么重要的事怎么没人告诉我啊？哥，带我去好吗？"

母亲说:“高考前,你哪儿也别想去。”

岳明在弟弟羡慕的目光中,昂首挺胸走进家门。岳川在他身后大喊:“岳明,你要能登上昆仑山,你就是大英雄!”

半个月后,昆仑山就在岳明脚下了。

他高声大喊:“岳明——”

声音在众山中回荡,转瞬消失得干干净净,只留下大风飒然,飞雪翻卷。

岳明有意挺直了他刚刚发育成熟的身躯,仰起那张英气逼人的脸,为的是让昆仑山的诸神看清楚,他历尽艰辛达到的高度,是他这个年龄很多人的梦想。然而,他内心的自豪感有多强烈,身体的痛苦和高山对他的折磨就有多凶猛。但愿诸神不会发现,因为高山缺氧,他正瞳孔放大,头痛得要爆炸。

岳川说神仙不会老,就算老得化入混沌,也还在昆仑山天梯能够到达的地方。岳川读书多,总能讲出很多稀奇古怪的故事。岳明则是弟弟的忠实听众和读者,他无数次希望自己有一天能成为弟弟故事里的英雄。现在好了,能从扬州到达昆仑山顶的人,除了科长,就是他岳明了。就凭这一点,岳川是不是可以把自己这个哥哥的故事写到小说里呢?

这是 20 世纪 80 年代初,岳明二十岁。二十岁是人生中最好的年华,是在未来的许多年里会反复回忆起的美好时光。

▼ 昆仑山,西起帕米尔高原东部,横贯新疆、西藏之间,东延入青海境内,全长约 2500 千米,平均海拔 5500~6000 米,素有“中华龙脉之祖”“亚洲脊柱”之称。山顶终年积雪,其冰雪融水是长江、黄河主要的源头之水

岳明因为从小长得白净单薄，母亲没舍得让他加入上山下乡的洪流，十六岁中学毕业，他进了湾头镇的玉器厂当学徒工。父亲说：“天下玉，扬州工，源湾头。你出生在湾头镇，为何不近水楼台先得月？学了玉雕手艺，这辈子衣食无忧。”

▲ 湾头镇古称“茱萸湾”，隋唐时，京杭大运河由此向南，是进入扬州十三道弯的第一道弯，拥有2500年的历史，是扬州玉器生产加工的聚集地，琢玉历史源远流长

扬州的玉雕有5000多年的历史。明清时期，藏玉盛行，扬州和苏州一样成了朝廷的御用大作坊，进入宫廷作坊的玉工也多为苏州和扬州人。后来朝廷没了，玉石集散地却在扬州沿袭下来。这里老艺人蛰伏，高手云集，如同白玉、青玉、墨玉、碧玉，各有各的道，各有各的江湖。

三四年的光阴很快就过去了，整天和玉石打交道，岳明渐渐强壮。他爱上了玉雕，尤其是跟着单常青这样的大师级玉雕师，不愁学不出名堂。三年来，当学徒的他天天手摸和田玉，心中温润光洁起来，性子也变得随和。师父说，因为玉器坚韧耐磨、经久不变，精光内蕴且不张扬，有着虽亮丽却不夺人眼目的含蓄，因此，古圣先贤“比德于玉”。

师父是爱玉、崇玉、敬玉之人，他就像传说中的明代玉雕大师陆子冈，除了和田玉，别的玉不摸。当他的徒弟，自己也算是未来可期了。可是，就在几天前，岳明手艺学得好好的，突然被叫到厂长办公室。马厂长说：“岳明啊，厂里决定调你到供销科。”

“供销科？供销科不是跑采购和销售的吗？”岳明感到很突然，难道自己不学玉雕啦？

厂长对岳明说：“采购销售很重要啊！没有原料，玉雕房拿什么雕？没有销售，你雕出来的玉器卖给谁？告诉你吧，调你去供销科是好钢使在刀刃上。跟着熊科长，好好干……”

“熊科长？”他脾气暴躁，拳头硬。听说，在他手底下干活的年轻人没少受“虐待”，来一个跑一个。

厂长哈哈大笑：“熊科长可是有大本事的人，全厂二百多号玉工全年的用料，他一个人包圆，而且拉回来的全是上佳的玉料。跟着这样的人干，你算搭上直升飞机了。”

母亲担心岳明去了受委屈，毕竟什么是供销岳明根本不懂。父亲却说：“我岳家的儿子不能认输。”他只可惜儿子所学的玉雕手艺前功尽弃了。

师父单常青只说了一句：“去不去由你。”

其实，根本由不得岳明。服从组织调配是一个共青团员必须做的，岳明没有二话，但他心中有一个秘密，这个秘密让他舍不得离开师父的工房。

到供销科报到的第一天，熊科长恶狠狠地瞪着他说：“你小子是我从厂长那里好不容易要来的，不好好干，看我怎么收拾你！”

“为什么要我？”岳明是真的不明白。

“为什么？你说为什么？”熊科长瞪着眼睛。

岳明无奈地笑了：“我要知道的话还用得着问你？”

“笑什么笑！放你一天假，回去准备一下，后天跟我去和田。”熊科长绷着脸说。

“啊？去和田？真的？”岳明恍如梦中。

科长早已不理他了，准备打电话。

岳明冲出供销科，激动地扔飞了帽子，忽又不敢相信地折回去问：“科长，你没骗我吧。”

“骗你？我揍不死你！”科长说着就要伸手打人。

岳明逃之夭夭。

和田，在岳明心里是一个可望而不可即的远方，他实在无从预测，那块宝地潜藏着什么样的惊喜、危险和困扰。他只知道，这个神秘而又美丽的地方，位于塔里木盆地的南端，玉龙喀什河和喀拉喀什河是它的生命之源，和田玉就是它的灵魂。传说昆仑山的神仙们曾把昆仑玉种在苗圃中，精心呵护千年才能泌出一滴玉膏。然而玉非常难种，常常眼看快成膏时，一不留神就会前功尽弃，数百年的心血瞬间化为乌有。现在，去和田这件事，在岳明心里就像神仙种玉，他真担心这个机会稍纵即逝，美梦成不了真。

两天后，岳明如愿以偿，他唱着“光荣属于 80 年代的新一辈”从南方小城走进西北大山。

第一章

每年夏秋之际，昆仑山积雪融化，山洪裹挟着石头泥沙从人迹罕至的大山中突围而出。千里河床、千百年岁月，滚滚激流把石头最强烈的个性磨砺得温顺润泽，使它们成为石头中的王。

01 八千里路

“科长，您一年去几趟和田？”坐在火车上没事干，岳明要用科长丰富的阅历满足自己的好奇心。

“看那边出玉的情况，一般都要两三趟。”科长轻松回答。

“两三趟？扬州到和田有多远？”

“也就八九千里的路吧。”

“八九千里？那是多远？”

“走一趟你就知道了。”科长喜欢岳明的好奇多问，但这小子不识趣，在人瞌睡打盹的时候问，问得人心烦。科长吸烟提神，以免因困倦一头撞向车窗。

“科长，我们到了乌鲁木齐，再坐火车到和田吗？”

“……我说岳明，你能不能睡一会儿？”

“科长，到了和田就能到玉矿吗？”

“去了你就知道了。”科长闭上了眼睛。

岳明把头伸向车窗外。他想起在家里的时候，岳川说去和田的距离相当于从扬州走起，逆流而上，把长江走尽。当他问要走多长时间，岳川又坏笑着说：“如果是步行，恐怕你要走一年。”

火车不停地进山洞，岳明看不到外面的景，也就睡着了。他希望一觉醒来就

到乌鲁木齐，可是一觉醒来，车窗外的土地上更秃了，荒地连绵。科长说，那是戈壁滩。

“这戈壁滩什么时候才能走完啊？”枯燥让岳明快发狂了。科长眼睛都不睁，他好像要把所有的觉都在火车上睡掉。

80年代的扬州有上百个大大小小的国营玉器厂，采购玉料都需要去玉石产地，但真正能到达和田的，还是少数。岳明所在玉器厂的实力在湾头镇是数一数二的，以加工新疆和田玉为主。科长是个能干的人，为不错过和田每一次的玉石分配会，他常年奔波在西去的路上。

为了这一趟充满诱惑而又未知凶吉的新疆之行，在极短的时间里，岳明花了不少心思打点行装，带了手电、洗漱用品，还有一些咸菜干粮。母亲说，北方山里冷，又给他带了棉衣。岳明是第一次出远门，他连续几天夜不能寐，兴奋、恐慌、期待都有。

出发的那天下起了小雨，他们穿着雨衣往南京赶，要到南京乘去乌鲁木齐的火车。科长说，不坐卧铺可以拿到两块钱的补助。当时，岳明一个月的工资才二十六块两毛钱，听到出差还可以拿补贴，岳明开心地将母亲为他带的鸡蛋全部放在了科长面前，科长也没客气，瞬间风卷残云。

俩人坐着硬座，艰难地挺了四天五夜到达乌鲁木齐。岳明下车立即欢蹦乱跳，年轻人有活力；而科长的脸却熬成了酱瓜绿，腰也哈了，腿也弯了。难道他每次“出征”，都把自己变成这模样？岳明投出同情的目光。

在乌鲁木齐休整了一天，岳明只在旅馆周围走了一圈，还没看清新疆首府是什么模样，就被科长带上一辆军用的敞篷大卡车。

“从乌鲁木齐到和田要走多长时间？”岳明又问。科长却还是那句话：“走一趟你就知道了。”从科长淡定的样子看，一天？最多两天应该就能到。

大卡车上面摆着木头长条凳，乘客每人手上拿着一根大木棒子。这木棒要做什么用？

科长所答非所问：“最好用不上它。”

是要打狼吗？岳明一想到还要和野狼搏斗，不禁寒噤。

出了乌鲁木齐，车便蜿蜒在戈壁滩上了，再后来就是一望无际的沙漠，除了天上的云在变幻图案，单调把人再一次逼疯。岳明无意中望了一眼科长，忍不住“哧”地笑了。才半天时间，科长全身就被尘土包裹，像一尊兵马俑，只剩下两只眼睛在动。

科长瞪着岳明：“臭小子，你和我一样。”

岳明再看每一个人的样子，便明白自己的土模样了。但他仍然坚信，科长的样子一定最滑稽。

第二天的路程又是另一番情景，沙尘暴来袭，大地灰暗，不见天日，恐惧绝望令一车人窒息。岳明缩在车角，感觉自己被卷入了混沌，这下别说是笑科长，连科长在哪里都看不到。一定要活着到达和田，是岳明的唯一信念。

轰隆一声，车陷进了沙漠。全体人员跳下车“嘿呀、哈呀”地拿木棒子往上抬车。原来木棒子并不是为了打狼，而是为抬起陷进沙漠的车而准备的。刚抬上来的车，转眼就又陷下去了。这一天，车陷下去十次之多，他们拿着木棒子跳上跳下二十多次，直到筋疲力尽。

原来沙漠上本没有路，走的车多了还是没有路。

晚上到达南疆的某个小镇，住进政府的招待所。哎哟，一进房间岳明就被呛了出来，怎么全是干茅厕的味道？再进房间是被科长扯着耳朵强行带入的。实在臭得令人窒息，岳明不停地干呕。

“这是什么毛病？”科长很生气。

岳明捏着鼻子说：“我在家倒马桶都会吐。”说完就干呕个不停。

科长想了想说：“把脸伸过来。”

岳明警惕地看着他。

科长不由分地说把岳明拉过去，将牙膏像一堵墙一样挤到岳明的鼻台上，以阻挡臭味的侵袭。这办法果然有奇效，后来屡试不爽。几十年过去了，岳明很难忘记那个招待所的味道，也不喜欢牙膏的味道了。

好吧，解决了嗅觉干扰，可以睡觉了。一个大房间里一张大通铺，可以睡十几个人。

科长让岳明睡自己身边，他自己先脱了个精光，然后命令岳明：“脱！”

岳明脱下了外衣。

科长说：“再脱。”

岳明又脱了背心。

科长说：“还要脱。”

岳明看看自己身上仅剩的裤头，疑惑地望着科长。

“快脱啊！要一丝不挂。”科长不耐烦了。

有人发出猥琐的笑声。

“不是，科长，你想演哪一出啊？”岳明窘得快哭了。

科长说：“我想演空城计。”

岳明再一看别人，个个全裸着把脱下来的衣服高高挂起。这是搞什么鬼？

在科长的坚持下，岳明终于全裸着钻进了被窝。

“不这样，你小子明天没得衣服穿。”科长说。

“有贼吗？”岳明不解。

“贼不可怕，怕的是沙漠吸血鬼。”有人说。

岳明一脸恐惧。

“别紧张，就是虱子。”那人解释说：“这里虱子奇多。你要是穿着衣服睡，虱子会钻进衣服疯狂侵扰你，让你拼死抵抗、抓狂急眼，除非主动把衣服脱光。但脱下来的衣服已经被虱子集团军占领了，就不能再上身了。”

岳明对裸睡很不适应，先是睡不着，睡着了也睡不踏实，感觉四面透风，半夜还会被虱子骚扰醒，抓痒恨不得抓到科长身上去。后来，时间久了，岳明不裸睡竟然睡不着了，这种习惯一直伴随他多年。

天亮了，继续赶路，路途中的艰辛难以言表。吃饭也成了岳明心中的痛，面条吃到嘴里全是沙子。面馆锅台、饭桌上苍蝇像轰炸机，黑压压地飞来，赶都赶不走。厨师熟练地将苍蝇拍打在面团上，然后若无其事地拨拉掉，面就下了锅。不吃怎么办？肚子不答应啊。

科长带的压缩饼干割裂了岳明的嗓子，这东西实在让人难以下咽。科长生气地说，红军过雪山草地的时候，哪有这些好东西吃，有草根和皮带就不错了。

1000多公里的沙漠，他们每天走十多个小时，走了七天才到达和田。邗江边长大，从未吃过苦的岳明，第一次知道了漫长、孤寂、艰苦这些词的含义。科长总说的“去了你就知道了”，只有岳明能感到这句话背后的阴险。

从扬州一路向西北，马不停蹄十三天，加休息一天，近半个月才能到达和田。“以前的人到和田都是靠骆驼和马，走走停停要两年呐。现在有车，我们不到半个月就到了，那是多大的进步啊。”一路上科长都在忆苦思甜，否则岳明真要半途而废了。那些年，学校、工厂，每隔一段时间都要开忆苦思甜大会，岳明终于明白了它的意义。

总算身在和田了。总算亲眼看到了盛产籽玉的母亲河。目睹从昆仑山山谷滚滚而来的河水，岳明的内心激情澎湃。

从莽莽昆仑的崇山峻岭中，蜿蜒曲折流淌出两条河，一条叫喀拉喀什河，一条叫玉龙喀什河。两条河在塔里木盆地交汇，形成和田河。喀拉喀什河出产墨玉，人称墨玉河；玉龙喀什河出产白玉，就是著名的白玉河。白玉河的籽玉从何而来？是河里自产的，还是山上的原生矿经剥蚀后，被山洪冲到河流中的？

明代著名药学家李时珍在《本草纲目》中说："玉有山产、水产两种，各地之玉多在山，于阗之玉则在河也。"李时珍不知，于阗山上也产玉，只是后来才发现。

每年夏秋之际，昆仑山积雪融化，山洪裹挟着石头泥沙从人迹罕至的大山中突围而出。千里河床、千百年岁月，滚滚激流把石头最强烈的个性磨砺得温顺润泽，使它们成为石头中的王。

看到白玉河，岳明身心的"亏损"也得到了巨大的补偿。

在人类历史中，河流总是承载着比海洋更深厚的人的命运。千百年来，和田人取玉，主要靠从河里捡捞。洪水来了就意味着财富来了，同时还要看谁有运气遇到美玉。上天安排了如此美事给这些沙漠中人，是不是对他们长期面对黄沙的一种补偿？自古道，靠山吃山，靠水吃水。

和田玉有山料和籽料之分，以籽料的质量为上乘。羊脂白玉就是上品中的上品，极其名贵。现在，河床上的每一块石头都光溜溜的，充满了油脂，显然被千万人摸过千万遍。但它们仍然变不成羊脂玉。

"你知道吧，"科长说，"咱们厂是做大摆件的，更需要大块的山料。要想得到好的山料，就要到于田县的阿拉玛斯玉矿去。"

"上玉矿？"岳明高兴地直跳。

科长郑重地说："省点力气吧，到达和田只是万里长征走完了第一步，真正艰难的路还在后面呢。"岳明想起岳川经常背诵的"蜀道难，难于上青天……"便脱口说："再难也没有蜀道难吧？"科长说："唔，不说难于上青天，也差不多用手能摸着天了。"

这个时候的岳明已不是心里暗暗叫苦了，而是由衷地敬仰起常年跑和田的熊科长，原来英雄就在自己身边。想到自己之前在工房过着风吹不着、雨淋不着的舒服日子，内心有点小惭愧。

从和田市到于田县要乘汽车四个小时。从于田县再到阿拉玛斯矿，要车行一百多公里先到流水村（也叫玉石村）。从流水村的羊肠小道再步行九小时到达矿区。这一路上，岳明一直在给自己鼓劲——爬山的时候不能落在科长后面。

科长似乎看出了岳明的紧张，开始介绍当地的一些情况，想以此分散岳明的注意力，让他放轻松。

▲ 流水村也叫玉石村，位于新疆于田县南部的昆仑山区，全村不足百户，人口不到300人，村民主要以放牧和挖玉石为生。昆仑山海拔最高处超过6000米，是和田河与克里雅河的发源地，同时也被认为是和田玉矿脉的正宗源头。采玉人进出矿区，流水村是必经之地，当地政府在此设立了和田玉原料关卡

科长说于田是个很了不起的地方，它是古扜弥国所在地，是丝绸之路上的交通重镇。阿拉玛斯玉矿是新疆最早开采原生玉矿的矿区之一，是1957年在民国开采基础上建立起来的一个生产白玉的主要玉矿。维吾尔族人把山比做人，他们说玉矿都长在眉毛上，认为玉脉就藏在山的眉毛的位置，也就是在高山之巅，海拔高达5000米之处。

汽车停在了流水村。

接下来就是步行通过的羊肠小道了。那是真正的羊肠小道，一面是山，一面是万丈悬崖。岳明往悬崖下扔了一块石头，等了半天，竟连一点回声都没有。天哪！简直深不可测。要是一不小心掉下去，那就是死无葬身之地了。在这里，没有恐高症也会被吓出恐高症来。据说，很多矿石就是在这样把人吓破胆的小道上靠人工运送下来的。

岳明手脚发抖，跟着科长一路攀登。

慢慢地，腿不听使唤了。科长问他："岳明啊，是不是嘴唇发凉，太阳穴狂跳？"

岳明犹豫了一下点头承认。

科长又问："还头痛耳鸣？"

岳明喘着气说：“科长，你怎么知道？”

“我当然知道，因为我也头痛耳鸣。这是都会有的高山反应，休息一下吧。”科长说。

坐了一会，岳明所有的反应更加严重了。

岳明呼吸困难起来。

科长问：“要不要下山？”

“不要！”

科长破例向岳明竖起了大拇指：“真犟！我没看错人。”

岳明想起古人说：去往昆仑山，千人往，百人返；百人往，十人返。那两人往呢？看看狂喘的科长，岳明感觉很忧心。他不服气地望着荒凉的大山，把劲全用在了小腿肚上。

忽见一条山间小溪清亮亮地流淌在眼前。岳明扑上前疯狂饮水，科长则挥臂朝着小溪上游扔去一个干透了的馕，然后不再理会地洗脸洗手。岳明问为什么把馕扔掉了，科长说太干，咬不动。

“你咬不动，我咬啊。”岳明正要去捡回来，却见那块馕已顺着水流漂到了他们面前。科长把那块馕捞起来，掰一半儿给岳明。岳明发现，就这一会儿工夫，干馕已泡软了。原来馕是这么个吃法啊，真智慧！

在岳明眼里，科长此刻吃馕的样子非常潇洒。

“前面还有多远？”

“没多远了。”

“怎么还不到啊？”

“翻过这个山就到了。”

从日出走到日落，翻过一座山又是一座山，科长的话总是让岳明的期望落空。岳明似乎再也打不起精神了，不是腿在走，而是身体在拖着两条腿往前挪……他感觉这一定是世界上最遥远的路。科长说：“走完这条路，就没有你走不了的路了。”

岳明对科长的话已经完全失去了信任。他一直谨记母亲“话到嘴边留三分”的提醒，否则真会恶语相向，“炮击”满口谎话的科长。

这回真是走上了一条不归路，只有走下去才有活路。岳明暗暗给自己打气——如果没有玉矿在前方，我怎么能翻得过山？如果不相信科长，又怎么能有力量……就在岳明眼前发黑的时候，阿拉玛斯玉矿像阿里巴巴的藏金洞一样神奇地出现在他的面前。

岳明终于站在了昆仑山海拔 5000 米处，四顾茫茫大山，寒气逼人。那些险峻挺拔的山峰、冰雪、褐色荒坡，包括远处独飞的隼鹰，仿佛都给了他一种坚实的力量。昆仑山让他变成了真正的男人。不管能不能得到良玉，这一趟都不虚此行。在这一刻，他觉得一路的奔波劳苦都不算什么。

望着嘴唇干裂的科长，岳明心底涌出深深的感激和歉意：科长啊，原谅我对你有过恶毒的诅咒，你一定要相信，那些诅咒都不会灵验的，因为我听说诅咒一个人自己也会受到损耗，所以，我的诅咒都不是真的。

岳川在岳明临走那天晚上为他补过课。岳川说，远古之时，天柱倾塌，九州崩裂，大火燃烧，洪水恣肆不息，以致民不聊生。女娲炼五色石补苍天，挽救了众生，又将所剩之石撒落在大地，“千样玛瑙万种玉”由此而来。这个神话将玉说成补天之物，可见玉是有神力的。

女娲洒满昆仑的千样玛瑙万种玉，也许只有在西王母时代可见。而如今，玉矿是露天开采，玉脉如游丝，难辨首尾。矿工们用錾子、榔头、铁钎等工具凿石取玉。因为开采方式效率太低，他们曾用过打眼放炮的办法，可是那样做有把好玉炸伤的危险。

▲ 采玉人艰苦的工作环境与劳作场面

有人把昆仑山上的玉石称作“鬼石”。之所以叫鬼石，是因它藏于深山，埋在石中，难为人识，神仙也虚实难辨。但那扑朔迷离的玉气，会在阳光下升腾，吸引着无数寻梦者前赴后继。采玉人不但要付出十分艰辛的劳动，还要有一双识玉的慧眼和遇到玉的运气。

科长说与玉相连的岩石叫玉石根，看起来像玉却是石，很难把它与玉区分。取得不好，玉石俱碎，前功尽弃。

在岳明看来，昆仑山采玉人比那些种玉的神仙还要难。黄金有价玉无价，只有亲眼看到那些浩大的工作场面、极端艰苦的工作环境，才知道得到一块玉何其艰难。师父说，玉是大地之精华，它是经过造山运动的地火高温熔炼，再经过亿万年的冷却结晶才形成的，不能再造重生。

他们到达的第三天，玉矿就神奇地出玉了。

玉遇见水才能显露真容。高山缺水，岳明看到矿工们纷纷解开裤带，郑重地把每滴尿都淋在石头上面，石头瞬间露出细白的玉色。轰的一声，人们沸腾了。那场面就像过年，气氛热烈兴奋。灶上把要吃半个月的羊肉都拿出来一锅煮了。

这种时候自然少不了助兴的美酒,高山缺氧不宜多喝,但酒不醉人人自醉。

就听维吾尔族矿工们热烈地唱道:

爱你爱你我真爱你,
请个画家来画你,
把你画在吉他上,
我又抱吉他又抱你。
……
新疆几大怪:离婚容易结婚快,
冬天的帽子夏天戴,
靴子不穿背起来,
光吃馕不吃菜……

欢闹了一夜,岳明刚闭上眼睡着,就被科长拍醒了。“可以下山了。”科长说。

岳明惊喜地问道:“好玉到手了啦?”

“这个玉我们拿不到的,要去和田玉石分配会上拿。”科长似乎全忘了上山前说的话。岳明感到自己又上当了:“那我们像牲口一样爬上来做什么?”科长认真地说:“让你小子看看昆仑山,看看玉矿啊,这是你这辈子都求不来的福气。你别瞪眼,下次再来和田,你就要感谢我了。”

“下一次?我还有下一次?”岳明差点喊出来,“科长,你在开国际玩笑!”

科长一脸正经:“我从不开玩笑。”

“那我问你,我玉雕学得好好的,你怎么就想到要调我来供销科?”这是岳明最想知道的事情。“嘿嘿,”科长狡黠地笑了,“这个问题,现在还不能告诉你。”

来和田参加玉石分配会的采购员来自全国各地,上海、北京、天津的都是大客户。岳明是年龄最小的一个。科长抓紧落实“传帮带”职责,不厌其烦地给岳明介绍采购玉的门道和玉石行里的熟人。

“岳明啊,我们这一路所有吃的苦都是为了现在,就为能给厂里买到好玉。有了好玉才能出好产品,才能卖出好价钱,才能养活厂里的老小。”科长说这些话的时候,眼睛里充满了感情。

岳明是学玉雕的,当然知道好玉是厂子的命根子。他向科长伸出手说:“科长,借我点钱。”

科长一怔:“你要钱做什么?”

“我看各矿的矿长都在，还有玉石收购站的站长，我想请他们喝个酒，请教请教。”岳明说。

科长扬手打了岳明一巴掌：“你小子，机灵！”

“哼！我哪有你机灵。”

矿长们并没有接受岳明的邀请，但新疆人敞亮，他们对这个热情敬业的扬州小伙子有了深刻的印象。

按照科长的嘱咐，岳明把收购站分配给他们的成堆的玉石做了登记，可是怎么运回去啊？“运输的事不用你发愁，”科长说，“现在交通方便了，汽车火车联运。你知道以前和田的玉石原料怎么运到皇宫里吗？我告诉你，那时候运原料可全靠牲畜和人力。大的原石，夏天用滚木滚，冬天在浇成的冰面上推，去北京一个往返得两三年。”

听科长这么说，一个维吾尔族大叔走过来说：“我爷爷的爷爷说，那时候石头一出河就杀牛，用热着的牛皮把石头一包就拉走了。”

“为什么要用热牛皮？”岳明问。

大叔说：“热牛皮软嘛，越走牛皮越干，把石头包得越紧。这样好运输，还保护了玉石。”

岳明听得津津有味。

和田玉石分配站的站长尤茹祥接过话茬说：“清末的时候，白玉河出了一块几吨重的优质籽料，地方官员命几十人用滚石的办法往皇宫送。走到半途听说皇帝倒了，皇宫的人也都跑了，这帮人把石头扔在戈壁滩便往回走。”

▲ 山流水玉料

“后来呢？”岳明问。

尤茹祥说：“后来听说那块石头不断被人分割，再加上日晒风化，变成山流水或沙子了。”山流水料是和田戈壁滩上的一个玉种，是原生矿受自然剥蚀以及经过泥石流、洪水和冰川的冲蚀搬运而形成的。

“真可惜！”岳明叹了口气。尤茹祥问可惜什么，岳明说：“可惜那块玉啊！世界上没有两块一模一样的石头，玉不能再生，消失了就再也没有了。”

尤茹祥深深地看了岳明一眼。

这次因为科长和岳明的努力，一整货车的和田玉被拉回了厂里，引起了不小的轰动。作为从事采购工作的新人，岳明在厂里小小地红了一把。

那天，岳明正指挥着工人卸货，不时用袖子擦拭脸上滚落的汗珠，一个十八九岁的少女身着浅绿色连衣裙，如水中漂来的荷叶般轻盈地来到岳明面前。她掏出一方手绢递给岳明，声音极甜极清地说："师哥，接着。"岳明迟疑了一下接过手绢，不等他说话，女孩子已经跑走了。

工人们目光闪亮地追随着女孩儿的背影，转而又羡慕地开岳明的玩笑："哎，苏婵的手绢什么味道？是不是甜香甜香的？""她怎么就只给你送手绢？是不是对你有意思啊？"

岳明红了脸，他看看手绢，轻轻地把它装进了衣兜。

工人们说的苏婵，就是岳明的师妹婵儿。在岳明眼里，师妹是一首诗，一朵花，不，是一块玉，他想把世界上最美好的比喻都给她。岳明从和田回来后见了师父，但没见到师妹，他专门为两人带了和田的大枣和核桃。师父说："岳明，好好干，是金子在哪里都会发光。"这句话把岳明想返回玉雕房的念头硬是给断了。

岳明算是有见识的人了，回到家讲话也有了分量。尤其是昆仑山的故事，他给弟弟岳川就讲了三天三夜。当然很多话是重复的，但重复就是力量。岳川现在望着哥哥的眼神是钦羡崇拜的，倒马桶的脚步是飞快的，态度是主动的。哥哥那套雕玉的工具，尤其是那把刀，在岳川的软磨硬泡之下，也成了他的囊中之物。岳川曾跟着父亲去厂里，在厂院里拣了块废料，回来就用刀比画，还请岳明指点。岳明发现岳川雕玉很有灵气，他对父亲说，岳川真该拜单常青为师。父亲却说，岳川是上大学的料。

岳明也希望岳川能够考上大学，因为高考的日子将近，岳明才没逼岳川续写关于"一捧雪"的小说。没想到岳川在晚上悄悄交给他一个作文本。

李莫明含恨而去后，第二天夜里，珍品斋遭劫，学徒单常青险些遇难，"一捧雪"赝品被盗。苏州城玉器行老板黄玉泉闻声而来，说若能一睹"一捧雪"风采，此生无憾。可是珍品斋的玉匠陆永冈拿什么给他看？黄玉泉为此茶饭不思，连日查看史书。根据《明史》和《张汉儒疏稿》的记载，"一捧雪"为明代著名玉杯，当时的权臣严嵩欲将玉杯据为己有，玉杯的主人莫怀古弃官改姓隐居他乡，"一捧雪"在嘉靖年间失踪。

李姓族人不远千里专找陆永冈仿真"一捧雪"，那真品在哪里？

陆永冈虽然不是陆子冈的传人，但手艺也是专诸巷数一数二的，如果他真能仿制"一捧雪"，说不定能引得真品出现。于是黄玉泉选了一块上好的和田白玉，找到陆永冈，要他为自己仿制"一捧雪"。陆永冈正为赝品丢失烦忧，虽然李莫明

身亡,但李莫明的家人一定还会找来。他拒不接受黄的请求,说除非有真品在此,否则无法仿制。黄玉泉大为郁闷。

夜深人静时,陆永冈悄悄来到工房,开始仿制“一捧雪”了。他没有见过真品,就连赝品也只有一面之缘,但他想试试,因为他相信李莫明的家人会找来,从他手里丢掉的东西,他一定要还。在他身侧的门板缝里,有一双眼睛,那是单常青在偷师学艺。

单常青明白,子冈玉的雕刻技艺至今仍属绝技,难以仿效。清代以来不乏赝品,其中也不乏高手所为,但雕刻水平毕竟与陆子冈相去甚远……

“笃笃笃”,敲门声响起,不等里面答应,岳明就闯入了岳川的房间。他气呼呼地晃着作文本问岳川:“这是谁写的?”

“我呀。”岳川得意地说,“这么快就看完啦?有点意思吧?”

岳明把作文本摔给他:“告诉你,把单常青的名字改了,否则我跟你没完!我师父怎么会偷师学艺?你诬蔑他,就等于诬蔑你哥!”岳川捡起作文本:“你没看完就动怒,单常青是想偷看昆吾刀才……”

“偷看?那更不像话!”

“婵儿听了都说好,你为什么要生气?”

“我不管你那么多,改!马上改!”

“不改!你再也看不到小说了。”

岳明没理弟弟,走了出去。岳川在他身后喊:“哥,我还写了《昆仑神话》你要不要看?”

岳明头也不回:“昆仑神话也是你可以写的?”

很快,和田那边打来电话,矿上又出了好玉。科长对岳明说:“去吧,我已经带你走完了全程,以后跑和田的‘专利’就是你的了。”

岳明顿时想起科长曾经“变态”的笑脸。

为使岳明轻松,科长说:“玉矿你就不用去了,直接参加玉石分配会就行。”可岳明并没有感到轻松。

科长语重心长地说:“岳明啊,放你单飞,可是厂领导对你的信任啊。我让你一次尝尽苦头,就是为了让你具备‘免疫力’,再去和田如蹚平地,这一点不骗你的。”

岳明大脑空白。

“怎么?你不愿意啊?”科长做出要揍人的架势。

岳明把头迎上去。

科长真的一拳打了过来，拳头到了岳明头上却变成了手掌的抚摸。“岳明啊，你前途无量，科长不会看错的。”

02　单飞的翅膀

据说雏鹰还不会飞的时候就被老鹰从悬崖上逼下去，若不展开翅膀疾舞，就只能被摔死在崖下。雏鹰拼死挣扎，学会了飞翔。

科长不是老鹰，但他扔得更狠。岳明豁出去了，他要顶着强风扑腾翅膀，不能被科长摔死在沙漠上。

第二天，岳明独自出发去新疆。他坐了卧铺，男子汉不能为两块钱变成罗圈腿，要保存实力平蹚沙漠。母亲坚决支持了他。

在火车上，岳明想起岳川的小说——你还别说，这小子是作家的料，他怎么能瞎编出那么多东西来？岳明后悔没把小说带上看，还有那个《昆仑神话》，里面到底写了什么？

再次穿越塔克拉玛干，沙暴啊，烈日啊，卡车啊，好像都没有那么邪乎了，反而显得很亲切温顺。看来老天爷眷顾不怕死的后生，沙漠也讲头回生二回熟的规矩。那几天一定有神仙特意借来了铁扇公主的芭蕉扇，一扇清风习习，二扇遍地清凉，三扇细雨霏霏。

岳明闭着眼睛躺坐在卡车上，手里拿着块洁白的手绢，不时放在鼻子底下深深地嗅着，这是小师妹苏婵送给他的。婵儿红着脸跑走的样子，总在他眼前闪现。手绢上面绣着一弯月亮和一只蝉，那是表示自己和婵儿吗？岳明心里暖暖的。他想好这次去和田，要给婵儿买一块羊脂籽玉，让她用巧手雕个蝉，挂在她竹笋一样颀长嫩白的脖子上。师父说苏婵雕玉眼毒、手巧，她一定会雕出个不一样的蝉来。岳明离开师父时，师父没有心疼，如果换了苏婵，恐怕师父会和厂长大闹一场吧？想到这里，岳明有些失落。

岳明到和田后，和田玉石收购站很快多了一个编外人员，他每天按时上下班，搬这搬那，比别人干得都勤快认真。他好学多问，浑身上下有使不完的力气。这个年轻人很快入了站长尤茹祥的法眼。尤茹祥是出了名的倔驴，能让他待见的人不多。

尤茹祥甚至想要把这个聪明、勤奋、英俊的扬州孩子收到自己麾下。有一天，他找到岳明问：“小明啊，我们和田好不好？”

岳明说：“好啊，我很喜欢和田。”

站长一拍手：“那就别走了，我调你来我们收购站。”

岳明一愣："这……合适吗？"

站长："怎么不合适？调你来，我一句话的事，小意思。"

岳明含糊其词："我们厂……不会放的吧。"

站长又一拍胸膛，说："这个你放心，你们厂的工作我来做。小明啊，只要你留在和田，你们厂的玉料我全包了。"

站长一口一个"小明"，叫得岳明心里热乎乎的。

岳明被站长的真诚和热情深深打动，同时也从别人的眼睛里看到了自己努力的价值。但是，来不来和田工作却不是他能说了算的，如果他能说了算，那就不来。自从有了婵儿的手绢，他几次梦回扬州，婵儿美丽的大眼睛总在那里忽闪放电，男子汉不能把表白这么艰难的工作交给姑娘吧。这些话却不能对热心的尤站长说。他想通过提一个要求，让站长知道他的秘密。

"站长，我个人想买一块羊脂玉。"

"我送你一块，不是羊脂玉不给你。但你要来我们收购站工作，听到了没有？"

"我……只能尽力争取。"

"争取就好！我可以给你们厂一麻袋籽玉。"

"啊？站长，一麻袋籽料？"岳明高兴得要疯了。

"你嫌一麻袋太少？那给你三麻袋吧。"

"站长，你是说三麻袋吗？我的天哪！"

"你不会还嫌少吧？那就六麻袋。"

"站长，站长，别别别，你玩笑开大了。"

"这玩笑一点也不大。你到底要不要？"站长真诚地望着他。

这下该轮到岳明为难了。

"那……我要请示厂里。"

"快去打电话吧。"站长说，"这一下，你们厂长不答应把你调到和田，我都不姓尤！"

和田往扬州的电话能打通算小概率事件，一个长途电话往往要好多天才能打通，发电报还来得快些。站长说："你们厂长肯定立即回电报，让你把六麻袋的货全要了。"果然被站长说中了，厂里很快回了电报，要岳明把六麻袋籽玉统统买下。岳明接到电报，当天就采了货，办了公路铁路联运，第二天打道回府。

当时一块籽玉，不过几毛钱。谁能想到呢，四十年后，一块上好的籽料价格能够高达五十万，与之前比翻了千倍、万倍、几十万倍。关键是，玉龙喀什河里的籽玉早已被深挖殆尽，你想找到指甲盖大的籽玉，都难！

岳明刚回到厂里，尤茹祥要人的电话就追了过来，六麻袋籽玉不是白给的。厂长说：“支援边疆应该，我们研究研究。”研究的结果是厂里培养的人才绝不外流。这个结果岳明早想到了，如果厂里放他呢，他也会问苏婵，苏婵说去他就去。想起尤站长寄予的厚望，岳明为自己的私心感到惭愧。

苏婵又是怎么回事呢？这次回来，她见到岳明脸不红了，眼睛也不忽闪了。难道是因为调动的事？不行，得赶快把那块极品羊脂玉送给她，她一定喜欢。可是，见过苏婵后，他困惑不解了，事情远非自己想象的那样。

“婵儿，那块手绢我一直都没用。”

“师哥，为什么不用？”

“我不舍得……”

“那不过是块普通的汗巾。”

“上面有你绣的月亮和蝉。”

“师兄，不是我绣的，买来就有。”婵儿笑了，两排整齐洁白的圆牙很醒目。

“那你怎么就选了那图案？”

“本来是给岳川的，那天看到你满头大汗，就先给你用了。”苏婵说得很自然。

“给岳川？为什么是岳川？”

婵儿脸红了，眼睛里有了羞涩。

岳明如遭当头一棒，原来婵儿喜欢的另有其人，她心里的人是弟弟岳川。这让岳明不能原谅自己的迟钝。岳川考上大学了，要学国画专业，他并不知道婵儿喜欢他，更不知道哥哥喜欢婵儿。

岳明还是把那块油润得像羊脂一样的白玉送到了婵儿面前。婵儿真诚地推辞：“不不，师哥，这么好的白玉，我不能收。”

“这就是块普通的石头，这样的石头在玉龙喀什河边到处都是，要不，我也不会拉回来六麻袋。这就是我随手捡来的。”岳明头一次在婵儿面前撒谎，他也想不到自己还有这样的天赋，更想不到这个谎言让他懊悔了十几年。

“真的吗？玉龙喀什河真的是满河的玉石吗？那么多的石头，怎么没有人捡呢？师哥，我想去。”婵儿因为惊喜，眼睛乍然变得又黑又亮。岳明本想说那我们一起去吧，可是没说出口，只说：“太远了，你去不了。”

“有多远？”

“这么说吧，火车换汽车不停地走，要走半个月。”

“啊！你每次来回都要走一个月啊？那你下次多拿一些回来。你看，多好的玉啊，白润，肌理清澈。”婵儿对着太阳光细细看着玉石的内里。

▲ 洒金皮和田玉籽料挂坠《玉蝉》

“除非你能雕个不一样的蝉出来，我才带更多的籽玉给你。”岳明想让婵儿收下玉才这么说。

“这有何难？”婵儿拿着羊脂玉跑了，她找到岳川，要和他一起设计出一个圆蝉的图案。他们俩头挨头地伏案一天都不会觉得累。岳明觉得他们才是天生的一对，想要控制自己不去想苏婵，准备多工作、多出差。

岳川考的是中央美术学院。相比画画，他好像更喜欢雕玉，只是家里有个半途而废的岳明，父亲不会让岳川再去冒险了，父亲认为上大学才是正途，谁也劝不了。岳川顺利拿到通知书，要走的时候，婵儿赶来相送，她拿出玉蝉送给岳川。

“知了是不鸣则已，一鸣惊人。”婵儿说。岳川感念道：“生以为佩，死以为含，玉蝉是高洁之物，我不配。”

“你不配谁配？”婵儿不由分说，把玉蝉挂在了岳川脖子上，“离家在外，玉蝉还是避邪的护身符呢。”

岳明什么都没说。他注意到苏婵尽量没伤害原石，玉蝉表面琢磨得平整洁净，线条挺秀，尖端见锋，婵儿的好刀法由此可见一斑。

师父单常青说他手下的绝活皆出于陆派独创。据说，陆子冈的昆吾刀是昆吾山之石千锤百炼而成，它锋利无比，削玉如泥。但是昆吾山在哪里，会不会就是昆仑山，谁也不得而知。单常青的昆吾刀从来就秘不示人，操刀之技也没人见过，更别说传人了。现在他会不会单传给了婵儿？

弟弟岳川曾让他放弃这一念头。岳川说：“你也不想想，如果单常青真有昆吾刀，就不会在咱们厂做你师父了。”

“那他会在哪儿？”岳明不懂岳川这话是什么意思。

岳川说：“他应该在北京，或者在故宫，被国家保护起来了。”

“也可能国家并不知道呢。”岳明反而像个小学生一样继续追问。岳明惊讶，岳川做为一名高中生怎么懂那么多？

关于昆吾刀的传说，岳川也只是猜测，拿不出史书记载的证明。岳明没有办法找师父询问，就总想问问苏婵，可每次话到嘴边又咽下去了。万一让师父知道自己在打听昆吾刀，会不会多想呢？

火车载着岳川离去时，婵儿难过了，岳明因婵儿难过而难过。本来可以过了中秋节再去和田的，岳明还是不知不觉收拾了行装。

岳明这次要去和田地区的且末县。且末地处塔里木盆地东南缘，昆仑山、阿尔金山北麓。尤站长说，内地人第一次知道且末出玉，是张骞出使西域时把消息带回去的，且末可是“玉石之路”的发祥地。丝绸之路举世闻名，但很少有人知道，丝绸之路的前身是玉石之路。丝绸之路上最早出现的货物既不是丝绸，也不是瓷器，而是和田玉。玉石之路至今已有6000多年的历史，早于丝绸之路3000年。温润的和田玉从我国的西北绵延不绝地向外传送，同时传送着中国的玉文化，至今仍然如此。

▲ 昆仑玉乌边料摆件《玉石之路》

且末矿年产玉石山料100吨，是和田玉山料的主产地。且末的山料玉块大，质地温润细腻，且末的青玉更是享誉世界。

听说有乌鲁木齐到且末的小飞机，岳明跃跃欲试，他想，那可以节约多少体力和时间啊。说实话，他不怕沙漠之行，就怕住有旱厕味的招待所。他曾把头伸到窗外挨过了一夜，那叫个痛不欲生。

小飞机一次可以坐十八个人。这是岳明有生以来第一次坐飞机，他透过飞机的舷窗目不转睛地盯着下面的沙漠、河流和山脉，内心紧张和兴奋得要死。机务员报告，前方风大，飞机冲不过去了。机长说，再冲！飞机却没冲过去。机长说，掉头再冲一次。又冲，还是没冲过去。机务员说，飞机飞不动了。机长说，返航，明天再飞。原来飞机可以飞得这样随心所欲，这让岳明忍俊不禁。

去一次且末，得在矿上住三个月。有时候，岳明还会到别的矿点去看看。到哪个矿，岳明几乎就成了哪个矿的矿工。有些矿长也很看重这个快乐而能吃苦的年轻人，可又不明白，不是给自己家里干活，又不是不给他好玉，怎么就这么拼命呢？

几年过去后，各矿点都是岳明这个扬州采玉人的家，矿长都是岳明的哥。当然，玉石分配站的尤站长还姓尤，岳明没调到和田，丝毫没影响他们的关系。尤站长想，厂里不放，更加说明自己的眼光毒，好苗子是天下的宝贝。

这年夏天，于田县阿拉玛斯矿的矿长找到岳明商量，玉矿两个季度没出玉，发不出工资了，扬州的玉器厂能不能借给玉矿二十万元，玉石下来顶账。那个年代，二十万元可不是说借就能借的。岳明给厂里发电报说了这件事，并且保证自己负责追回玉料。岳明在采购玉期间给厂里节约了不少资金，厂里当然也知道这次支持了玉矿，玉矿就一定会成为玉器厂的原料基地。厂长痛快地让人把钱汇给了玉矿，玉矿如获救命法宝，平稳渡过了一段困难期。

岳明感谢厂长对他工作的支持，同时也担心玉矿如果今年出不了好玉，该如何给厂里交代。转眼到了秋天，河里的水变清变细，冰雪已经覆盖了昆仑山顶，矿上的人就要撤下山了。岳明感到今年是无望了，就在这个时候，山上传来消息：出玉了。

玉矿把最好的玉石先给了岳明，价值远远大于二十万元。岳明佩服厂长有远见，十年后他才明白，玉矿把真正的厚报留给了他自己。

03 独当一面

岳明去往遥远的和田轻车熟路，一年去三四次，一次住一两个月，大半年就过去了。母亲说他真应该调到和田去，否则都对不起自己。正因为岳明常年在和田，尤站长也就不再提调动的事了，有了一个不发工资的得力员工，他正偷着乐呢。就在这时，厂务会认为和田的供料已十分稳定，基础打得牢固，岳明就是不亲自去，原料也会源源不断；但厂里的原料不能太单一化，因为总弄不到像样的东北老黄玉，要派岳明去辽宁岫岩。

▲ 河磨玉即河里磨出来的玉，是一种产自辽宁的透闪石，属广义和田玉 范畴

父亲说：“马厂长真是身在福中不知福啊，坐在山梁上，西边河里的水喝饱了，又要喝东边江里的水。”

已经升为副厂长的熊科长对岳明说：“没去过东北吧？厂里给你一个机会。虽然我没带你去过东北，但好玉讲的是个缘，不是谁想遇就能遇到的，你去了，就算空手回来也正常。”

岳明没任何异议，就像每次去和田那样，拎起包走人了。

辽宁岫岩产的透闪石俗称东北老黄玉，后来南方一般叫东北青玉、东北黄口料。该玉料主要产自岫岩县偏岭镇细玉沟的山上矿井和山下河流中。其中偏岭镇细玉沟出产的玉石为山料，一般肉色为黄白，皮质厚且坚硬；偏岭镇细玉沟村白沙河及其流域出产的玉料被称为河磨玉，主要有黄白玉以及绿色玉、青色玉和许多过渡颜色的玉石。当地人习惯以黄白色为优，称之为黄白老料。一般来说，黄白色的河磨玉多产自细玉沟河，而青绿色河磨玉多产自海城市析木河。产自析木河的河磨玉，由于当地有镁矿的因素，多是白色砂土皮壳；玉肉一般为深浅不等的绿色，玉质温润细腻，与新疆地区的青玉相比，颜色沉而不闷，是上佳的雕刻玉材。

岳明刚走，苏婵就来家找他了。

“找小明做什么？”岳母亲切地问。

苏婵说：“没什么，就是想问问师哥，从和田再带回来好玉了没。”这几年，岳明一直在为婵儿寻找羊脂玉，但成色都不如那块玉蝉的料纯。天下真是没有两块一样的石头。

岳母说：“如果他带回来，肯定会给你的。”她知道苏婵一定有别的事。苏婵点点头，就礼貌地离开了。

望着苏婵的背影，岳母的目光有些不忍。岳母此时正在为岳明张罗婚事。岳明转眼都二十六岁了，再不找对象，就成老小伙儿了。

婵儿、岳明、岳川从小一起长大。岳母一直都喜欢天生丽质的婵儿，那时候她想，无论是岳明还是岳川娶了婵儿，都是天赐良缘。可惜后来婵儿去学了玉雕，岳母固执地认为女孩子搞玉雕不好。现在岳川大学毕业留在了北京，岳明也一年有半年不在家，三个人好像变得生分了。前段时间听说婵儿被厂长的儿子马琪追求，结果如何尚不知晓。人的命，天注定，谁家的媳妇就是谁家的，谁也改变不了。

在去东北的路上，有漫长的时间，也没人打扰岳明想苏婵。几年过去了，婵儿会关心他、夸奖他，但再没有给他送过手绢之类的物件，可见苏婵心里对他并没有情爱。只是岳明自己放不下，见不得婵儿眼神里的忧郁，见不得她形单影只。就算娶不到婵儿，岳明决定也要看到苏婵有了好的归宿再离去。当初不舍得离开师父工房，就是因为在那里能日日见到婵儿。如果岳明知道苏婵去家里找过他，那将会有怎样狂喜的心情。

母亲说：“一个女孩子家常年在凉水里摸凉石头，手和身体肯定都侵入了寒气。”岳明在新疆给苏婵买了皮手套，却没能给出。岳明干什么事情都雷厉风行，唯独对待感情，总陷入犹豫。总是为对方想得太多，总觉得自己不够好，因此错过很多好时机。

无论去西北还是东北，岳明都会亲自到玉矿去选料。他到了辽宁岫岩老玉矿，住在山上，帮着矿工炸石头。那里用的冷爆破对玉的伤害很大，但没有更好的开采方法，只能在玉带的旁边炸。岳明学到了很多的知识，也明白只有一线的工人才知道什么样的料是最好的。山上的条件很艰苦，矿工们经常和野兽同吃同住，在山上总要高声叫喊对方才能听得到。几个星期下来，岳明那俊秀的脸也变得粗犷起来。

两个月后，一辆满载玉料的汽车从东北开回了湾头镇。玉器厂的院子里，大家都惊呆了，因为玉器厂从来没能一次买到过这么好、这么多的黄玉。

瞬间，岳明成了玉器厂的神人，有关他采玉的故事分好多个版本流传，说得神乎其神。岳明不再是那个清秀、单薄的南方小伙子，他变得壮实魁梧起来。因为经常在山上高声大喊，声音也变得洪亮，若不是改不了的乡音，别人真要把他当作北方大汉了。

玉器厂厂务会一致通过，二十六岁的岳明担任供销科科长。不干？不行，必须干！岳明不能有任何推脱的理由。

供销，顾名思义，就是既供原料又销产品，销售对岳明来说是新的课题。原来国营企业从原料到产品全部由国家统购统销，后来原料自己跑，产品也变成自找销路了，眼下正赶上国营玉器厂产品销售最艰难的时期。岳明找到了老科长：“老科长，不，副厂长，不，还是叫老科长顺口。老科长，这也太难了！”

“不难也不会找你。”老科长说，“你小子好福气，学了采购再学销售，将来厂子不是你的是谁的？”老科长荣升为副厂长后主抓生产，他说这个老厂子和全厂职工可都指着岳明呢。

岳明说：“我能走到今天全拜老科长所赐，现在你指着我，我指着谁去啊？”

“指着你自己。”科长说，“哎，你知道我究竟看上你什么了？”

“知道。看上我老实听话呗。”岳明不屑地说。

“乱讲。还记得你十八岁那年干了一件什么事吗？在厂门口。”

岳明想起来了，那年厂门口有个人拿了一块石头在推销，没有人看得上那块石头，岳明问父亲借了二百块钱把石头买了下来，谁都说他傻。结果发现那是块石包玉，岳明反手一千元卖了出去。

“当然，我不会凭那一件事情就认定你，也不是因为大家夸赞你踏实有韧性，我是觉得你有好的面相和运气。”老科长又要耍阴险了，岳明爱听什么话他都知道。

没的说，千斤重担落在了岳明年轻的肩上，就像第一次独自去和田，他又一次被老科长抛下了悬崖。

原料已不成问题，岳明不用亲自跑矿山了，好玉出来，矿长们会第一个想到他。关键是销售，产品销不出去，有再好的原料也不行。

岳明准备主打南方销售市场，和香港、台湾人打交道。参加广交会是玉器销售的重要渠道，每次他都要带上十多箱、上百件的玉器，凭他的热情和真诚总能打动那些玉商，并且能卖到不错的价钱。没有人知道他有多辛苦，反而觉得这么好的一件事摊到岳明头上，让他赚尽了风光。也有人说，这小子的确有一套，厂长就是伯乐，有识千里马的慧眼。

这天，岳明一头乱发走出厂门口，不想，遇到了苏婵。苏婵穿得简简单单，浑身散发出让岳明无法抵御的青春魅力。岳明并不知道苏婵曾经去找过他，半年多没见过面，只觉得心中升起强烈的喜悦。

“婵儿，好久不见。”岳明抑制着情绪。

苏婵望着他，皱了一下眉说：“师哥，不要太累了。”

一股暖流涌到岳明心田，热气直达眼睛，他感动了。这些日子以来，除了母亲，几乎没有人关心过他的身心是否疲劳。

岳明脱口而出：“婵儿，我有话对你说。”

苏婵愣了一下，轻声说：“你说。”

岳明一时却不知该怎么说了，他轻咳一声，说：“当初厂里调我到供销科时，我心里是舍不得离开工房的，你知道为什么吗？”

苏婵摇摇头。

岳明接着说：“那时我觉得自己不够好，所以离开师父那里后就很少回去见你了；现在，虽然我还是不够好，但我有信心变得更好……”嗨，到底要说什么？

“师哥，其实调你去厂供销科，是熊科长先来找的师父。”苏婵插话转移了话题。

岳明一愣：“啊？那师父怎么说？”

“师父先是不同意，还骂了他。后来熊科长说，搞玉雕有什么出息，整天守着冰冷的石头，连老婆都讨不到。”苏婵羞涩地说。

岳明生气地说：“他这不是在揶揄师父吗？”

“是啊！所以师父很生气，就说看岳明自己的意思吧。”

“我自己的意思很明白，可我是团员，不服从厂里的调动总是说不过去的吧。婵儿，我走了以后，师父就靠你照顾了。”

苏婵点点头：“嗯呐。”

“那你呢，好吗？”

苏婵红着脸说：“师哥，你常年不在家，可能还没听说，我就要结婚了。”

岳明一震，不敢相信地问：“你要嫁人了？”

苏婵：“师哥，其实，我去家里找过你，可是你已经去东北了。”

“什么时候的事？我怎么不知道。”岳明一头雾水。

苏婵说：“我想征求你的意见，因为我实在拿不准这件事。”

岳明问道："哪件事？"

苏婵说："就是结婚啊。后来……"

岳明问："后来是谁帮你拿的主意？"

苏婵低下头说："我妈，不，是我自己。事到如今，就什么都别说了。师哥，我错过你了，我运气不好。"

岳明事后想了许久，苏婵所说的"我错过你了"，是指征求意见错过了，还是人生大事错过了？不管怎么说，他都觉得以往的思念、奋斗、孤独都值得，因为在苏婵心里，自己是一个错过了会感到遗憾的人，这就够了。

苏婵要结婚的对象是厂长的儿子马琪。马琪是岳川的中学同学，他知道苏婵的初恋是岳川。

当岳明为厂子拼命跑采购、跑销售的时候，马琪大专毕业却没有去工作，而是在家里搞起了古玩收藏。厂长恨铁不成钢，可是马琪却宝来变钱、钱来变宝，变着花样挣钱。据说他给苏婵的求婚戒指是一个"鸽子蛋"钻戒，一下就把苏婵的母亲摆平了。苏婵妈说："我如花似玉的女儿值这个数，他岳川就是挣十年也挣不到这个钱。"

马琪却认为婵儿妈说错了，据说岳川现在的一幅画也能卖不少钱，婵儿看人还是有些水准的。马琪嫉妒岳川的同时，也有些不屑，岳川就是再有才，挣的也是辛苦钱，比不上他马琪钱来得容易。不过马琪收藏并不完全是为了钱，他是兴趣所在，光看他博古屋里的书和杂志，就知道他对古玩和古玉的痴迷程度。

马琪对苏婵的痴迷仅仅源自人群中的一瞥——苏婵就像一块白玉，洁净、温润，几乎看不到瑕疵，就是有瑕疵也真实。苏婵才是他马琪真正的收藏，更何况她还有一双琢玉的巧手。

有一次，马琪等不得约会时间，直接去工房找苏婵，正好单师傅不在，苏婵准备换衣服下班。马琪忍不住想抱一下苏婵，不想，苏婵身上释放出一种石头一样的冷气，将他拒之一米以外。马琪暗暗发怵了，这就是冰清玉洁吗？苏婵是女人还是石头？不行，就是块石头，也要捂热她。

晚上两人吃完饭，马琪送苏婵回家，马琪问苏婵："婵儿，你母亲答应我家的提亲了，你也同意跟我约会，是不是我们结婚的事就算定了？"

苏婵说："只能说是同意相处。"

马琪说："婵儿，我收藏玉有个习惯，就是喜欢收藏有点残缺的玉器。玉器是很看重品相的，稍有损坏或略有瑕疵，可能与完美无缺者的价格差数倍。不过，如果工艺好，材质好，有点品相问题也不妨收藏。"

苏婵不懂了："你突然说收藏是什么意思？"

马琪笑笑说："不懂吗？我的意思，我不追求完美，你不必在我面前太谨慎。"

苏婵更不懂了："谈恋爱和收藏一样吗？"

马琪："在我看来就是一样的，收藏每一样宝贝都要追求啊。"

苏婵又问："那你收藏是为了什么？"

马琪不假思索地回答："主要是玩赏，其次是投资。我不想说得那么有文化，那么高雅。"

苏婵又问："谈恋爱结婚呢？"

马琪回答："虽然我不能说是玩赏和投资，但它们的性质其实是一样的。"

苏婵气呼呼地向前走去："我可不想做你的玩物。"

马琪急忙追上前，笑嘻嘻地说："你别不爱听实话，从人性本能讲，'灵趣之爱'都是与生俱来的，只有'灵趣之爱'是倾情的。你不想得到倾情所爱吗？"

马琪凭他的三寸不烂之舌一直把苏婵围攻到发笑，直至让她答应了求婚。

马琪邀请岳川参加婚礼。他知道岳川不会来，但他要通知岳川，厂里最美的姑娘他马琪娶到了。岳川知道后，会不会撞墙呢？想到岳川的表情，马琪都要笑出声来。

没想到的是，岳川如期而至，而岳明却远走广交会。

岳明感谢这次广交会开幕时间和苏婵婚礼时间的冲突，他找到了一个很好的借口摆脱尴尬。他都能想象到自己在婚礼上失魂落魄、生无可恋的呆样。

婚礼很盛大，这并不是一向节俭的马厂长的本意，也不是马琪所想，只是不请自来的人太多，只好不断地加桌加菜。

新娘苏婵穿了一件绣着海棠花的水红色旗袍，明媚而清新脱俗，她那曼妙的身姿尽显玉女本色。马琪时不时扭头望向新娘，似乎美玉自己还没看够就放在大庭广众之下，很是不舍。苏婵微笑着，和马琪并肩给客人敬酒。这美好的一切只在岳川出现之前。

岳川是什么时候坐在来宾中的，苏婵完全没注意，等到目光相对时，她怔忡良久，以为是幻觉。岳川出于礼貌站了起来，苏婵顿时被记忆唤醒。她无助地看了一眼马琪，马琪扶住她的肩膀，讨好地说："那是岳川啊，是我特意邀请他来的。"说完便拉着苏婵去和岳川碰杯。

苏婵恍恍惚惚走到岳川面前，看到了岳川脖子上戴着的玉蝉，瞬间心理防线崩塌，泪水夺眶而出。接下来发生的事情，像一个突然坠落在地球的流星，撞击并改变了好几个人的命运轨迹。

岳明从广交会回来，看到厂里人人都很有谈资的样子。有人谈到马琪结婚当天，苏婵当了逃跑新娘，马琪气急败坏地砸了场子，婚礼取消了。说到原因，又有多种版本，但每个版本都与岳川有关。

岳川已经回京，婵儿也不知去向。只听母亲说，婵儿见到岳川就哭了，岳川回到家时，脸色很难看，什么话都没说就走了。

岳明问谁通知岳川来参加婚礼的。

母亲说："好像是马琪，这个笨蛋孩子。"

谁都不知道苏婵去哪儿了。岳明迫切地想确认婵儿是不是跟岳川走了，如果真是这样，他也就放心了。岳明飞去北京，却失望地发现婵儿并没有和岳川在一起，而岳川也是一问三不知。岳明愤然拍案："你到底对婵儿做了什么，以至让她做出逃婚的事。"

岳川平静地说："我什么都没有做。我想，她是看到我还戴着玉蝉就哭了。"

"既然你舍不得摘掉玉蝉，为什么这么多年对婵儿视而不见？"

"玉蝉并不是我和婵儿之间的定情物啊，婵儿是哥哥喜欢的女人，我不能觊觎。"

"你胡说什么？你怎么知道我的心思？"

"我当然知道。"

岳明更加气愤："自作聪明。那你知道婵儿的心思吗？你明明知道婵儿喜欢的是你，你却漠视她。"

岳川慢腾腾地说："哥，喜欢的人未必就要在一起啊。"

岳明一愣："喜欢为什么不在一起？"

"就算我喜欢过苏婵，那也是过去式。我们现在生活在两个不同的世界。"

"你现在不喜欢她了？"

"感情的事很难说得清，那天在婚礼上看到她哭，我还是有心痛的感觉。可是，回到北京，那种感觉就消失了，我也不知道怎么回事。"

岳明失望地望着弟弟。弟弟并不了解他自己的内心，还要当哥哥的怎么说。

苏婵再也没有回到玉器厂，也没有回扬州，去哪儿了谁也不知道。苏婵妈就像做了亏心事，从不会说起女儿，也不许旁人提到女儿，就当女儿死了。苏婵走时把"鸽子蛋"钻戒留在了自己屋的桌上，苏婵妈意会到女儿的意思，便拿走还给马琪。马琪没有收，送出去的礼泼出去的水，他马琪才没那么小气。苏婵妈却明白，马琪是还想等婵儿回来。

婵儿会去哪儿呢？一个女孩子家，哪里才能让她安身立命？想到这些，岳明心急火燎，他托人四处打听，但始终杳无音信。

这个时候，还有一个为婵儿忧心忡忡的人，就是师父单常青，他不时地打电话给岳明，指挥他到这里找找，到那里找找，但总是落空。师父因身体的原因，两年前病退回苏州老家去了，他单身一人住进了苏州相王弄的廉租房。工艺精湛是师父的重要名片，他到了苏州，立即就有苏州玉人捧场，他不得已又开起了玉房。

在市场经济大潮的冲击下，厂里的状况也让岳明忧虑。民营玉器厂纷纷兴起，国营厂的资源流失，处境越来越艰难，不少厂子宣告破产。市场环境瞬息万变，原料、产品销路、人才的竞争也越来越激烈。传统产品不对销路，岳明就是跑断了腿也卖不出个好价钱，真是让他愁肠百结。

就在这时，一个令人震惊的消息传来，老科长辞职下海了。他竟然扔下副厂长的职位，扔下全厂职工，扔下这个近四十年历史的老厂子，抽身去了深圳的一家民营玉雕厂。据说那是他连襟的厂子，他不去老伴儿不答应。

▲ 湾头镇玉器城聚集了一批集设计、加工、销售为一体的民营玉企

岳明明白，不管熊科长顶着怎样的骂名，他的先行一步已经发出一个信号：这家国营玉器厂已无力回天。

更要命的是，熊科长临行前还给岳明留下来一句话："我在那边等着你，相信你会来。"

这句话简直就是魔咒，弄得岳明惶惶不可终日。

04 破茧而出

岳川要去欧洲留学，临行前回扬州看望家人，也是为了打听苏婵的消息，知道苏婵还是音讯全无，不禁黯然。他感到家里处在动荡期，因为厂子濒临倒闭，父亲和哥哥赖以生存的根基发生动摇。好在父亲年近退休，而哥哥则面临新的重大选择。

在这个关键时刻，岳明需要有人猛推一把，而岳川愿意去做这个推手。他对岳明说："以你的能力完全可以甩开膀子大干一场，为什么还要困在衰败的国营厂收拾残局？何况你也收拾不了残局。"他希望哥哥打开眼界，认识自己的价值。国营老厂子就像是一个功成身退的英雄，已经完成了它的历史使命，现在问题太多、人浮于事，消亡是一种趋势，不必留恋它曾有的辉煌。

其实，自从老科长扔下话走后，岳明一直在纠结。时代在变革，这个50年代成立的老厂子，已经接连两个月发不出工资了，拆东墙补西墙，日日捉襟见肘、苟延残喘。他隐约感到，一个很好的厂子衰败成这个样子，其中的原因，可能比人们表面看到的更加复杂。究竟为什么，他想不清楚，也不想去想了。自己怎么办？真要等到它破产的那一天才和众人一起散去吗？

现在，听到岳川的话，岳明终于放下了，他一咬牙提出了辞职。话一出口，竟有五个玉雕工人要跟他走。老厂长痛心地说：“厂子烂了，带他们走吧。”可是，岳明要拿什么对这五个人负责？厂长说，念你对厂子有功，后院里有一堆石头，你把它们拉走吧，算给你的启动资金。

老厂长所说的后院那堆石头，是一堆下脚料和质地很差的玉料。岳明没有拒绝。他谢过厂长，带着这五个人，拉着那堆下脚料，离开了他工作了十六年之久的玉器厂。走到这一步，他都还没有想好后面的路数。

“慢着，你还得带走一个人。”厂长拦住他说。

“谁？”岳明想不出还要对谁负责。

“沈佩奇。”厂长郑重地说。

“为什么？”岳明不明白。

“听我的，带着他，你能发。”

沈佩奇和岳明是同龄人，才华横溢但脾气古怪，是厂里谁也不搭话的怪人。他的作品总有那么一点鬼气在里面，没有人不觉得神奇。

岳明知道厂长的好意，便问：“他肯来吗？”

厂长说：“那就看你的诚意了。”

岳明从那堆下脚料里选了一块石头，找到沈佩奇说：“你看这块下脚料能做什么？”

沈佩奇看都没看就说：“要还能做什么就不叫下脚料了。”

“给出出主意，兴许能做些小挂件呢。”岳明讨好地说。

“那不是我的事。”沈佩奇傲慢地说。

岳明继续说：“我知道你是做大件的高手，可是厂里现在连原料都买不起，你拿什么做大件？不如用小件消遣一下吧。”

“宁缺毋滥，哪有时间去消遣。”沈佩奇看了岳明一眼。

岳明诚恳地直说了：“厂里的现状你也知道，我的目的就是想拉你入伙。可眼前我什么都没有，只有下脚料，但我保证，一年内让你雕上羊脂玉。”

▲ 扬州玉雕大师的工作室场景

沈佩奇眼睛一亮，伸出手说："我相信你。"

两人的手握到一起的瞬间，岳明感到了信心和力量。

两个月后，沈佩奇化腐朽为神奇，带领跟着岳明出来的那五个玉工，把那堆下脚料变成了十万块钱，岳明的工作室建了起来。

工作室里安坐着六个玉雕师，没有原料，拿什么生产？岳明一直在四处筹钱。这时，他接到尤站长的信息，和田且末玉矿正要开矿卖料，事不宜迟。可是，钱哪是说筹就能筹得到的。给老科长打电话借钱？不行，自己没有投奔老科长，哪还好意思借钱。恰恰在这个时候，有人拿着钱送上门来了，这个人竟是马琪。

马琪这几年倒卖真假古玩发了财，他想到了投资。听说岳明辞职，拉起了队伍，他便一直在等待时机。现在岳明急于筹款进原料，马琪送钱上门，这算不算贵人相助、雪中送炭呢？

想不到岳明问的第一句话竟是"婵儿在哪儿？"这个问题不是该问岳明的亲弟弟岳川的吗？婵儿虽是他的师妹，也不用急到连送上门的钱都不要，而要追问苏婵的下落吧？岳明也觉失态，便说："我急着用人。"也对，岳明现在也急需玉工，而婵儿又难能可贵。

"可惜，"马琪说，"她在哪里，我也不知道。我怀疑她去了一个地方。"

"什么地方"？岳明急问。

马琪说："有可能去了深圳，你们那个辞职的副厂长那里。"

"老科长？我怎么没想到？"岳明半信半疑。

马琪说："像她那样的玉雕师，谁人不抢啊？"

结婚遭到重创，马琪到现在也没再找对象，他还想着婵儿吗？岳明不好问，但从他说婵儿的表情看，他还想着苏婵。

岳明问："你找过婵儿吗？"

"抛弃我的人，找她做什么！"？马琪露出哀莫大于心死的样子。

其实，马琪从没停止过对婵儿的寻找。

"至少你要知道她在哪里，过得好不好啊。"

"知道了又能怎样？再说，过得好不好都是她自找的。当然，我希望她过得好，至少比跟着我幸福。哎，你到底怎么想的，要不要我的资金？我不参与经营，按利分红都不干啊？"

"你有多少资金？"

"你要多少？"

"我要一千万，三天后就去和田。"

“胃口也不大嘛，我先给你五百万，再从香港融五百万，怎么样？”

岳明痛快地接受了马琪的投资，两人签字画押，给马琪按比例分红。

当天晚上，岳明给老科长打了个电话。不好直接问，岳明便绕着弯说：“科长那里能不能安排一个女玉工？”科长说他那里目前没有女玉工，不管男女，都是凭手艺吃饭，有就推荐过来，并且真诚地说：“你岳明推荐的人，差不了。”

显然，苏婵不在科长那里。岳明满怀的希望落空了。

岳明这次去和田，心境完全不同。以前是给厂里采购，跟人讲价争原料理直气壮；现在自己是私营老板，争来争去都是为了自己，多少有些底气不足。他一路上忐忑不安，见到老主顾要怎么说？

“好的玉石一定要卖给国企”，这是且末玉矿开矿卖山料时打出的口号。玉矿那时还是国营企业，在计划经济体制下，维护着国企的利益。玉料非常有限，民营企业出高价也争不过国企。

岳明到现场看到矿长及其他熟面孔，不等他开口，大家都祝贺他创立民营公司，消息像电波一样逆风传过千里。岳明离开了国企，就失去了优越条件。这时候再去找关系，只是难为别人；如果不出狠招，空手而归的可能性很大，想到这里，岳明反而释然了。

开卖那天，卖料场有一整块 300 公斤的山料，形态完整，结构紧致，玉质纯净。矿点开价五百元一公斤，而且让民营企业靠边站，根本不给机会竞价。只听得众国企买家为几十块钱争来争去，闹得不可开交。人家为国家、为集体，争得理直气壮。企业发不出工资，不讨价还价，怎么活？

岳明在人群中喊道：“那块料我要了，我出一千五百元。”

在场人全傻了，没听错吧？三倍的价钱！

“对，一公斤一千五百元。”在矿点负责人的追问下，岳明又重复了一遍。

突然有人喊道：“他是民企，说了不算。”

岳明沉稳地说：“我说话算话。”

负责人跑到岳明面前说：“你出价这么高，我得请示领导。”

岳明说：“可以，但我不会等到明天。”

岳明说完便离开了现场，表面上他摆了一下派头，似乎在实施欲擒故纵的手段，其实是怕挨打，因为他一报完价，国企买家看向他的眼睛全冒出火苗。他惹了众怒。

卖料场停止营业了。电话瞬间打到县委，惊动了上级领导。电话里说，有个脑袋让驴踢了的私营老板，一公斤山料出价一千五百元。

领导说："如果你不抓住机会，你的脑袋才让驴踢了。他在哪里？我要见他。"

岳明被领导叫了过去。领导开门见山："岳明同志，我们决定把那块三百公斤的山料先卖给你，还有什么要求你一并提出来。"岳明说："我虽然此前是和田的常客，但现在企业刚刚起步，创业艰难，希望领导们也能支持一下民营企业。如果矿上的这批料能让我优先挑选，那么相中的原料我全部用一公斤一千五百元的价付款，包括一公斤以下的小块玉。"

领导这下才开始怀疑岳明的脑袋确实让驴踢了，因为当时一公斤以下的小块玉的价格仅售五到十元钱。

领导弱弱地问了一句："岳明同志，你知道现在小块原料的行情吗？"

岳明说："知道。你们让我优先选料，这是我的回馈。"

矿上负责人在一旁不踏实地说："你要的货量大，所需款项也大，是银行转账还是……"

岳明说："我付现金。"

领导惊起："什么？那得多少现金？"

这时，岳明的助手提进来三个旅行包，拉开拉链，里面是满满的现金。在场的人目瞪口呆。

新闻在和田传开了：扬州的私营老板岳明是个财大气粗的"勺子"（新疆话中傻子的意思），把且末一次开矿的山料用离谱的价格全买走了。还有人说，亲眼看到岳明的头让驴踢了个包，所以岳明才能做出这种事。传闻从来都是夸张的，因为经人人相传，口口加工。

后来几年，传闻演变成了一种现实：每个矿点开料时，岳明不到场不开卖；岳明一下飞机，玉石料全部涨价。马琪很想跟着岳明去一趟和田，想象着自己下了飞机后，慢镜头扫过，戴着墨镜帅气地大步流星，身后跟着岳明。可惜，岳明每次走的时候，自己不是去了香港就是去了深圳，总赶不上岳明的脚步。

在和田原料场，岳明成了风云人物，同时也成了众矢之的。全国各地国企和私企玉人都在纷纷谴责岳明——就是他抬高了和田玉石原料的价格，他应该为愈演愈烈的玉石涨价负全责！

岳明说，古时候，一块和氏璧价值连城。玉不可再生，是山川之精华，是大自然给人类的恩赐，去玉矿看看玉是怎么被矿工开采出来的，就会认定玉石无价，市场上出现什么价格都不过分。

其实岳明也是没办法才这样做的。既然支起了一摊就得拼下去，民营企业拿不到好料只有死路一条。高价买来原料，雕完了少赚些，也比没得赚强吧。当然，他始终明白，能让他财大气粗的是马琪。

每次到和田，都会有人约岳明在玉龙喀什河边参加籽料的拍卖。岳明很有兴趣参加这种民间的拍卖活动。这种拍卖自成规则，所有在场的人都可以参加，参加拍卖的人以各地为单元分成小组。一块石头定价五万，矿主出到七万，各组叫价七万五、八万、八万五、九万，不叫价了便可退出，而每次加价，参与的人每层都要加钱，最后买到玉的人出钱最多。这种规则和别的拍卖不一样。

游戏玩得痛快，最终岳明也得到了一块质地细白的近一公斤重的籽玉，价格竟到十五万八千，层层分钱之后，自己实际才出了十四万。这真是一个意外收获。他对拍友们说，希望每遇好玉都通知他，他就是远在天边，也会赶来玩一场。

▲ 新疆自成体系的和田玉籽料民间拍卖交易现场

拍友说："上次有块籽玉只有拳头大，那是真正的羊脂玉，让你们扬州来的一个玉雕师拿走了。"

"扬州来的？"岳明有些惊讶，因为扬州众多的玉器厂都是收二手、三手原料，和田天高地远，亲自来原料地采购的人很少，更何况是玉雕师。

"说话口音跟你一样，是个姑娘。"

岳明又一惊："姑娘？"

"是啊，她当时没有那么多钱，把身上的首饰当了才拿走了玉。"

岳明忙问："那你知道她现在人在哪里？"

"走了吧，这是上个月的事。"

岳明脑子里突然闪现出苏婵：不会是她吧？她怎么会独自来和田？如果真是她的话，现在在哪儿？见到玉龙喀什河没有满河的玉石，她失望了吗？她怨我了吗？一连串的问题在岳明心中翻腾起，他抬脚向河的上游走去。

河流走过会带来雨水、绿草、树木、庄稼、车水马龙，还有梦想。白玉河却给这一方水土带来了从昆仑山出走的石头，使人们趋之若鹜。河里的石头越来越少了，河床千疮百孔，河水却依然流淌。

岳明一边走一边整理着内心的繁杂。突然，他看到不远处的胡杨树下有一个熟悉的身影。他的心狂跳起来……

第二章

那是一个白玉杯，十七朵梅花在白玉杯上竞相开放，是取“蜡梅傲雪”之意。

01 我愿逆流而上

蒹葭苍苍，白露为霜。所谓伊人，在水一方。溯洄从之，道阻且长；溯游从之，宛在水中央。看到那个久违的身影，岳明惊喜交加，可怎么走也走不到那人面前。他高声大喊：“苏婵——”

女子回头。不是别人，正是那个久别的她。

“婵儿，真的是你吗？你怎么千里迢迢跑到和田来了？”岳明一口气跑到苏婵面前。苏婵微微一笑：“玉龙喀什河有满河的白玉，我做梦都想来捡啊！”岳明懊悔，婵儿跑来看白玉，始作俑者是自己，是自己给她勾画了那样一个美丽的白玉河。

找了她那么久，打死也没想到她会来这儿。这样想着，岳明歉意地说：“婵儿，对不起，我那是在开玩笑。”

苏婵瘦了，细挑的个子增添了一种单薄而忧郁的美丽，除此以外没有别的变化。

岳明问她：“离开扬州一年多了，什么时候来的和田？”

苏婵说：“我先去苏州帮师父干了几个月的活。后来有人要来和田买料，我就搭伴一起来了，也算是了个心愿。”

岳明心里委屈地想，师父还指挥我到处找婵儿，闹了半天是为遮人耳目，帮婵儿在苏州取得平静。就是再如何，也不应该折腾我呀！难怪岳川总在小说里和师父过不去。

“来那么久了，还没有看够这条河吗，一个人走这么远。”岳明见苏婵的目光没有离开河面。

“每次见到的都不一样啊。我喜欢逆流而行。”

“和田两条著名的产玉的河，都看了？”

“白玉河和墨玉河吗？”

“对，玉龙喀什河自南向北流经和田绿洲，在阔什塔什与喀拉喀什河汇流成和田河，然后注入塔里木河，是塔里木河的源头之一。”岳明指着远处说。

“师哥，昆仑山看着就在眼前，其实要走好久才能到山脚下。”

“去过吗？”

“没有。我就顾着看河了。”

“那你听说过这里古时候是怎么采玉的吗？”

“知道啊，是从河里拣或捞籽玉，主要是在秋季和春季。听说古时候维吾尔女子在月夜里下河捞玉，玉在水中反射着月光，只有女人看得见摸得着。这就是所谓‘阴人招玉’吧。”

两个人在没话找话说，都怕冷场，怕触及逃婚的事，怕说到岳川。岳明也没有问起婵儿的生活境况。

两人默默走出河坝。岳明提议一起去吃饭，婵儿说和田街上的汉餐馆很少，不如去她住的地方做饭吃。她说：“师哥来了，我理应尽地主之谊。”是啊，转眼苏婵成了和田的主人，真是风水轮流转，明年到我家呀。

岳明知道苏婵很会做饭，便欣然前往。两人在街上买了菜和肉，去往婵儿的住处。

买菜的时候，两人如影随形，有商有量。岳明感觉如同在梦中，这是在他心里无数次想象过的小两口快乐过日子的美景。只是此刻，不是在扬州古老的集市，而是在昆仑山下美丽的和田，岳明很享受这一时刻，愿意用心永远记住这一幕。

苏婵住在一个绿树环绕的维吾尔族小院。小院里十分洁净雅致，葡萄架下放着喝茶的小桌，屋前盛开着五六种夏花。

岳明在院角看到了苏婵的工作室，里面有雕琢机床和一些工具，还堆放着原料。最令他惊讶的，是一个放在墙根的古老的手工砣机，这种碾玉的技法沿用几千年，现在几近失传，可能师父还用过。岳明感兴趣地问：“这是哪弄来的琢玉机？”

苏婵说：“是肉孜大叔拿来放我这儿的，他说二十年前有个汉族玉雕师放在他家大车店，那个玉雕师说要来取，可一直没来。肉孜大叔以为我还可以用，可惜……”

岳明："这可是文物啊，湾头镇、相王弄有没有都难说。"

苏婵："早些年我在苏州专诸巷看到过有人用。"

专诸巷从明清时期就是苏州玉器一条街，明代苏州玉雕巨匠陆子冈以及古代一些知名匠人都出自那里。岳明摇摇头，可惜地说："师父说过，这种方法解玉对玉石的内在结构损伤较小，油脂度呈现得更足，就是效率低。可惜我从未亲自看过这种古法解玉的过程。"

▲ 古代用来制玉的砣机 将圆转钢刀安上轮子，以绳牵引，脚蹬使之旋转开玉。因开玉石必须用沙土加水，所以也称水凳

苏婵说："这个已经不能用了，不过我可以给你演示一下。用脚踏下面的绳带传送动力，在这里调水让铁片来回转动，用金刚砂把玉石解开。"

古人的聪明智慧令岳明赞叹，那真叫"精诚所至，金石为开"。岳明同时感受到了苏婵生活的安静和稳定："婵儿，你在这里要安营扎寨了？"苏婵笑着说："在原料产地近水楼台啊，我不能辜负了和田。"岳明突然难过起来："婵儿，你这是在流放自己吗？那都不是你的错。岳川他……"

"师哥，不要说岳川。"苏婵打断了岳明。半晌，她红着脸说："不干岳川的事，是我自己一直都没想好要不要和马琪结婚。"

"既然没想好，为什么要答应马琪？"岳明话里带了些责备的口吻。苏婵解释："我以为答应了他，我就可以死心了。"

"那还是应该怪岳川，"岳明说，"他就不应该在那个时候出现。"苏婵赶忙给岳川开脱："师哥，岳川从来没有给过我任何承诺，是我自己的问题。"

岳明一时不知说什么好。

给岳明冲了茶，苏婵转身进了厨房。岳明坐在院子里，就听得婵儿淘米洗菜的声音。转眼，小院里弥漫着饭菜的香气，真是个硬气利索的姑娘。婵儿幽幽的声音传出来："师哥，你怎么还不结婚？我未来的嫂子该是个多美的女人啊。"

问题来得突然，岳明张口结舌。苏婵走出来望着他，他只好尴尬地说："快了快了。"

苏婵换了话题。

"师哥，"她说，"在和田，你可是大名鼎鼎。一说我是扬州来的，几乎没有人不说起你。”

“骂我呢?”

苏婵笑了。

“嗯,也有骂的,”她说,“但大多都在夸你。骂也是说你财大气粗,不给别人活路。师哥,你还记得我们小时候玩过家家,你扮月下老人,让我和岳川演新娘新郎吗? 岳川背着我摔倒,把腿磕破了,你妈追着打你,你急忙跳到河里。”苏婵说完大笑起来。

笑声清脆,岳明却听着凄婉。怎么不记得! 那时候其实是自己想背婵儿的,可是婵儿非要岳川当新郎。难道那时候小小年纪的她就喜欢岳川了? 岳明这样想着却没有说出口,只是情不自禁地感慨了一句:“命中注定的事真说不清楚。”

“命中注定什么?”苏婵问。

岳明一怔,这才意识到自己刚才把“命中注定”这句话说了出来,只好说:“我是说,如果那次不是岳川摔了你,我可能就给你们把婚结了。”两人又笑了起来。

话说开了,气氛便融洽许多。

这时候,有人进院来看苏婵的作品,原来她已经有了自己的生意圈子,似乎也有合作伙伴。苏婵进屋拿出一个半成品,岳明眼睛一亮。那是一个白玉杯,十七朵梅花在白玉杯上竞相开放,一定是取“蜡梅傲雪”之意。玉杯还是毛坯,没有打磨。来人看后放下毛坯,约定改天来送定金,满意而去。

岳明接过那玉杯,问苏婵这叫什么杯。

“一捧雪。”婵儿淡淡地回答。

“什么? 你见过‘一捧雪’?”

“没有,只是在师父那里看过一眼赝品,十分喜欢,就照着做了一个。关键是这块白玉做别的可惜。”

“师父的‘一捧雪’真是赝品?”岳明想起岳川的小说。

“是赝品。”苏婵接着说,“师父说‘一捧雪’是陆子冈出的绝活,而且是给皇上做的。就算是赝品也是清代的赝品,很珍贵的。”

“不是赝品失窃了吗?”

“什么时候的事?”苏婵惊问。

岳明答不出来,突然想起自己这是把岳川的小说和现实混淆了。这个坏岳川! 岳明敷衍说:“哦,我记错了。”

陆子冈巧夺天工的玉雕技法深得明代嘉靖皇帝欢喜,下令将陆子冈所有的玉雕作品收为宫中专用,并借此提出欲亲眼看看陆子冈秘而不宣的昆吾刀(也有人称“锟铻刀”)。不料,遭到陆子冈婉拒。这是陆子冈的坚持。

陆子冈还有一个坚持,就是在自己的作品上必须署名。他是手工艺人中第一个创“品牌”的人。皇上命陆子冈为自己做一件玉杯且不得署名,陆子冈说不署名就不雕。皇上说抗旨要砍头,陆子冈只得接旨。几个月后陆子冈交来玉杯,名为“一捧雪”,十七朵梅花在白玉杯上竞相开放。皇上没有发现陆子冈的署名,十分得意。却有好事者指出,其实陆子冈留了名,他将自己的名字隐藏在了花蕊中。皇帝一看,果然如此,龙颜大怒,下旨杀无赦,一代玉雕大师就这样傲然而终。最为蹊跷的是,陆子冈的遗作“一捧雪”也在宫中悄然失踪。

师父讲的这些故事多为民间传说,不过讲到最后,他又补充说,陆子冈虽死,那昆吾刀却传世了。师父的言外之意,似乎是昆吾刀与他有关。

岳明说:“婵儿,这个玉杯我要了,你要多少钱我不还价。”

苏婵告诉岳明不能给他。她说:“师哥,这是别人预定的,我不好出尔反尔的。再说,厂里的事你怎么好做主。”

“婵儿,我正要对你说,我已经从厂里出来了,自己有了一个工作室。厂里六个玉工跟着我一起干呢,所以我自己说了算。”岳明这才说了自己的变动。然后又说:“你跟我回扬州吧。先在我那里委屈委屈,我保证用不了三年……”

苏婵拒绝回扬州。

她说:“师哥,你的好意我心领了。我有块羊脂玉,可以专门给你做一个‘一捧雪’,就当我给你工作室的贺礼吧。眼下我还不想回去,你没看到,我这里有多舒心?”

是啊,这里就像世外桃源,安静自在,工作累了就去河边走走,这是别人求也求不来的安逸。岳明心想,早知婵儿这么喜欢和田,早带她来就好了。

“玉则遇也,我肯定比你先得到好玉。”苏婵笑着说。

岳明想了想说:“婵儿,你不回去,我也不勉强你,但你一个女孩子家,在这人生地不熟的边远地方,终究让人担心。这样吧,我在和田朋友多,我托人照顾你。你不要拒绝,他们都是很好的人,不会影响你的工作和生活。”

苏婵看岳明恳切的样子,只好说:“那就谢谢师哥了。”

饭后,苏婵送岳明回宾馆。

岳明问:“婵儿,岳川去法国留学了,你知道吗?”苏婵微微一愣:“他学的不是国画吗?去法国是……”岳明说:“这小子又对壁画感兴趣了,说要去学学西洋壁画。”

“他一定学得成。”苏婵赞赏地说。岳明看到婵儿的表情,满腹的话语如鲠在喉,终又咽了回去。

苏婵又转移了话题。

她问："师哥，这次来，和田玉石巴扎去过了吗？"

岳明说还没顾上，他记得以前是每周五才有交易，后来又加了个周日。"现在每天傍晚都有了。"苏婵说，"师哥，走，我陪你去转转，就去玉龙喀什河西岸公路边的那个巴扎。"

刚走到河西岸就碰到了尤茹祥，他也正要去巴扎转转。尤茹祥见过苏婵，再经岳明介绍，大家便成了熟人，于是三人同行。

▲ 玉石巴扎人声鼎沸、气氛火爆，各种玉石琳琅满目

"巴扎"是维吾尔语，意思为集市。1985 年之前，和田玉大多公营，并没有玉石巴扎。许多朝代的统治者严禁民间公开交易玉石，尤其在清代，更是将玉石的管控变得严之又严。但和田人售玉自古有之，被史学家称道的玉石之路，就是在漫长的岁月里，和田人把和田玉销往中原和中亚而形成的。

尤茹祥介绍玉石巴扎形成的历程——先是比较专业的商贩，后来采玉的人也加入了，再后来家里有几块玉的农民加入了，再再后来农民成了专业的采玉人和商贩，开始在这里摆摊……先是周五，后是周五和周日，再后来是夏天的每天傍晚……先是没有加工过的和田玉石，后来有了加工过的玉石，再后来是五湖四海、古今中外的玉石都来了……渐渐地，玉石巴扎形成了，这条街也向前延伸了半公里。

他们三个来到现场，这里人声鼎沸、气氛火爆，各种玉石琳琅满目。交易者用习惯的神秘方式交易，在袖筒里掰着手指头传达着价格信息，反复讨价还价，最终拍手成交，或者甩手离开。也许经常来这里才能淘到好货，这一次，他们三

◀ 揣袖筒也叫捏码子，是西北地区交易时用的一种手语。动作是用衣物遮盖手，两人伸手在袖筒或衣物遮盖下捏手指来"谈论"交易物品的价钱。这种暗语式的捏码一是为了保密，不公开价格，保护双方的隐私；二是为了安全考虑，不让钱财金额外露

人空手而归。

第二天，岳明离开了和田。尤茹祥派了一个维吾尔女孩免费给苏婵当助手，女孩子叫塔什克丽，就是玉石花的意思。塔什克丽的工资由玉石收购站发。苏婵为回报收购站，每个星期去收购站做一天义工。实际上，这也是她挑选玉料的好时机。她明白，这是师哥能给她的最大的照顾。

塔什克丽不但一天要给苏婵唱几十首维吾尔族民歌，还给她讲很多有关和田玉的民间故事，这让苏婵十分开心。故事里有一句话："宁做山上的玉石，不做巴依家的地毯。""巴依"是维吾尔族、乌孜别克族语，意思是王爷、财主。

苏婵感觉很受鼓舞，对，她苏婵就是宁做白玉河边的石头，也不做马琪这个"巴依"的玩物。她很感激师哥把塔什克丽送到了她的身边。可惜，好景不长。

02　游学欧洲

岳川来到欧洲，先在意大利佛罗伦萨美术学院学习了一年，又通过导师介绍转到巴黎凡尔赛美术学院。凡尔赛美术学院创立于 1795 年，是举世闻名的法兰西学院派画风的发源地，也是欧洲宫廷御用画家的贵族学校。它坐落于巴黎北部的凡尔赛镇，紧邻著名的法王路易十四行宫——凡尔赛宫。

▲　巴黎凡尔赛美术学院

凡尔赛宫作为极尽奢华的艺术遗产，本身就是一本优秀的艺术教案。它的建筑、雕塑、壁画、园林、装潢都是杰出的艺术文化成果。岳川如饥似渴地汲取艺术养分，晚上舍不得睡去。

胡亚美是和岳川一起从国内出来留学的北京姑娘，她本来要去米兰深造油画，可出来以后改变了计划，并且总有理由跟在岳川身后。

一个学油画的姑娘，整天尾随在一个学壁画的男生身后，谁都能想得出原因，可岳川就像完全没感觉。直到有一天，胡亚美要求和他合租一套房做宿舍时，他才像是忽然发现了胡亚美与自己在性别上的差异。胡亚美说："我们同学四年，敢情你一直都没把我当女生啊？"

胡亚美是个大大咧咧的女孩儿，有点男孩子性格，优越的家庭环境把她造就成了大气、缺心眼、有时候傻气得可爱的样子，加上她的中性打扮，整个一个另类的学艺女孩儿。也许正是因为她大大方方的为人，岳川才从不心生提防。

岳川说："你当然是女生啊，所以同在一个屋檐下，是不是性别的差异更加突显呢？"

胡亚美笑道："又不住一个被窝，怕什么？我俩各自有卧室，只是共用一个客厅和洗漱间而已。"

岳川想想也对，一时半会儿找不到单人套间，自己单住两室一厅太浪费，与其和不相识的老外合租，还真不如和认识的人同住。胡亚美要是一个男同学就省事多了。

胡亚美似乎看透了岳川的心思，便诱惑道："两个男人住在一起会经常没饭吃，我可是会做饭的哦，你要不要尝尝？"

因为饥一顿饱一顿，岳川的胃已经出现了问题。胡亚美的诱饵被岳川叼住了，他很渴望能有温热的饭菜吃。可是，那样一来，不就像个烟火升腾、菜香饭热的过日子的家了吗？岳川有些抗拒，在他内心，那个像家一样的地方极其珍贵，就像母亲维护的那个家，父亲、哥哥和自己出来后都盼着要回去的那个家。

胡亚美问岳川："小时候玩过过家家的游戏吗？"岳川说："当然，不仅玩过过家家，还玩过娶亲呢。"

"那你就全当是在过家家。"

"你都会做什么饭菜？"

"只有你想不到的，没有我不会做的。"胡亚美得意地说。"你就吹吧，"岳川说，"我妈都不敢放这个话。你要知道，我妈妈可是在高级饭店帮过厨的人。"胡亚美说："我说会做，可没说做得好，但我保证不会给你吃生食。"

第二天，两人搬到了一起。为了庆祝这个美好的开端，胡亚美初露才艺做了四菜一汤，色香味俱佳，在岳川这里赢得了满分和谢意。胡亚美不以为意："这有什么，生为女人不会做饭，还有什么生活的乐趣。"

岳川下午去听课，胡亚美第一次没有跟着，她说留在家有更重要的事情要做。等岳川晚上回来，一推开门，顿时心旷神怡。家里案前几边都摆上了绿色植物，厨房里还飘出扬州炒饭的香味。这一切都触及岳川内心思乡的软肋，看胡亚美从厨房出来，他急忙眨巴着整理自己变得潮湿的眼睛。

"回来了？"胡亚美这一声，恍如家庭主妇对丈夫的迎接。

岳川说："回来了。"

他想说弄这么多东西回来，你得费多大的劲啊。但他没这样表达，却说："怎么搞得像过日子似的。"胡亚美的情绪从来都不会轻易受到打击，胡亚美说："日子你过不过，它都在过去，何不抓紧享受呢。你猜，晚饭吃什么？"

"扬州炒饭。"

胡亚美更得意了："呵，看来我做得还比较正宗，竟能让你闻出来。好吧，开饭。"

很快两盘子炒饭端上了桌，外加一个紫菜蛋花汤。岳川狼吞虎咽一扫而光，如果不是看胡亚美优雅地小口吃着，他就端起盘子舔一遍了。

"亚美，我干脆雇你专门做饭洗衣吧。"说完，他等待着胡亚美露出鄙视的眼神。

"行啊，给多少佣金啊？"胡亚美却欣然接受。

"你要多少？"感到为难的是他了。

胡亚美认真想了想说："一万法郎。"

"贵了。"

"包括你我的伙食费啊。"

"我们不用每天都这么奢侈的。"

"那就八千，大哥，不能再少了。"

"你当真不学画了？"

"你想得美！做饭洗衣之外的时间归我。"

"说定了，不许反悔啊！"

"还有一个办法，你可以不用花八千法郎，就可以让我乖乖为你洗衣做饭，兴许还做别的。"亚美脸上挂上了神秘的表情。

"什么办法，快说。"岳川露出感兴趣的样子。

"娶我！"

岳川并没有感到惊讶，只说了一句："我不能太无耻。"

胡亚美泄气。

胡亚美在大学时虽学的是油画，但她是国画系的常客，就因为在校园里一眼看到岳川，她就决心此生为岳川而活。不承想，岳川油盐不进，胡亚美耗了四年，都没有让岳川对她另眼相看。听说岳川要来法国留学，胡亚美立即追随，去米兰只是个由头。她相信时间和距离能改变一切。

确实像胡亚美所说，日子不管你过不过都在飞逝。通常胡亚美早晨起床就见不到岳川了，岳川把每天的时间都安排得很满，神龙不见首尾。只有岳川去博物馆、卢浮宫的时候，才会带着胡亚美一起去。而胡亚美一周有三次课，一次课只有两小时，习作全看自己，她有的是时间做家务。她最喜欢做的就是为岳川洗衬衣，因为他衫衣上的气味很好闻。可惜大多时候不等她拿到衬衣，岳川就自己洗了。这么自尊自爱的一个男人，让胡亚美更加疯狂地喜欢。

岳川休息的时候很少，一旦闲下来，他会拿出一套刻刀，雕刻一些图章或像玉一样的石头。胡亚美很喜欢看到岳川这样的状态，只可惜没有几次。她知道岳川的哥哥是学玉雕的，雕刻也就成了岳川的爱好。她看到岳川脖子上有一枚挂件，问岳川是不是他自己雕的，岳川说是他自己设计的，但雕不了这么好。胡亚美希望岳川能特地为她雕个什么挂件，可以是他们之间的信物，可是她说不出口。

一天，岳川和哥哥岳明通话，扬州话胡亚美不太能听得懂，但她隐约感到谈到了一个女人，因为岳川的手总是不由自主地抚摸着脖子上的那个玉。玉会不会与那个女人有关？胡亚美充满了好奇。

事情偏偏就这么寸，岳川晚上洗澡把玉摘下来挂在了浴室的毛巾钩上，忘收了。早晨胡亚美发现后，零距离地仔细欣赏。原来是一块美玉上雕了一个蝉，造型简洁、现代，肯定不是祖传。胡亚美爱惜地将它放在了岳川的枕头下面。不想，岳川这天提前返回，匆匆进到浴室，没找到玉蝉，心急火燎地向胡亚美兴师问罪："你动我的东西了吗？"

"什么东西？"胡亚美不慌不忙地问，然后起身帮他去拿。

看到胡亚美帮他收好的玉蝉，岳川一把接过来，不但不感激，反而责备胡亚美不应该动他的贴身之物。

胡亚美也不生气，反而趁机问玉蝉有什么来路，能让岳川如此暴躁。岳川说是别人的，有一天要物归原主。

"不是说玉不可以戴别人的，自己的玉戴久了也不能转赠吗？"

岳川没有回答。

这天，岳川的心情很激动，他从小就知道苏婵是个很灵气、很要强的女孩子，要不是这样的品质，单常青也不会收她为徒。感谢哥哥告诉自己苏婵在和田的近况，也要感谢苏婵出走后没有沉沦，反而把生活安排得很妥帖。他自觉此生与苏婵无缘，但他希望苏婵能忘记自己，她若幸福，自己便会安心。

两年过去了，岳川和胡亚美相安无事。胡亚美厨娘做得很称职，佣金一分不少拿，岳川也享用得心安理得，出来带的钱足够给胡亚美开销的，自己积累的作品也足够回国开个人画展了。

真的相安无事吗？胡亚美从来都相信时间和距离能改变一切，包括情感。两个人气味相融，习惯包容，需求共享。每天的日常都在为情感做加法，如果再遇到生病打劫，那就是乘法了。可是岳川精瘦，身体奇好，又注意锻炼，出国后一次小病都没得过。自己也不知是怎么搞的，身体状况也不曾出现需要人怜香惜玉的时候。

终于到了岳川要回国的时候了，而胡亚美还要一年才能拿到硕士文凭。

胡亚美从岳川眼睛里看到了留恋，便挽留说："想没想过留在法国呢？可以申请陪读或者移民的。"

岳川却想都没想地说："我的事业在国内。"

"国内有人等你？"

"当然，一家人呢。"

既然他没有特别说有姑娘等他，那么在分别之夜，胡亚美主动吻了岳川。接下来，由不得岳川拒绝。激情之下，岳川一眼看到自己脖子上的玉蝉，顿时偃旗息鼓。胡亚美帮他解下玉蝉，温柔依旧，岳川被再次点燃，事情终于发生了。两人都是第一次偷吃禁果，这是一次等值而纯粹的付出。

冷静下来，岳川有些迷茫，以后要怎么对待亚美？如果就此把她当作恋人，好像缺点什么；如果不是恋人，自己这份冲动是哪来的呢。

胡亚美大大咧咧地说："你不必为此有负担，放心地离开。如果想回来，我还在这儿。"

上飞机前，两人拥抱告别，久久难分。这个时候，岳川感到了不舍，而胡亚美笑着擦去了泪滴。

岳川飞回国了，胡亚美这段刻骨铭心的初恋，看来是不能就此结束了。

03 有缘人

苏婵在和田的事情，岳明没有告诉马琪。虽然离开苏婵时，苏婵并没有特意交代他这样做，但他觉得马琪也并不想知道苏婵的下落。还是让苏婵安静地待在和田，也让自己独享这个秘密吧。但是他很了解岳川，只有告诉岳川苏婵的现状，岳川才能在异乡安心求学。

和田玉被开采了几千年，到了 20 世纪 90 年代初，已经非常稀缺了，山料资源几乎殆尽，籽料更是珍贵，市面上的玉料都是旧货轮转流通，价格趋升。尤茹祥来电话说产地原料紧缺，很多境外玉，像阿富汗玉、俄罗斯玉、巴基斯坦玉都鱼龙混杂。苏婵说想换个地方，具体到哪里还不知道，等她落了脚再告诉岳明。

好几个月都过去了，还没有苏婵的消息。其间岳明又去过一次和田，尤茹祥说苏婵没有跟他联系，他也没打听到苏婵的消息。算起来，婵儿也快三十岁了，也许找到了如意郎君？一想到这个问题，岳明心里那份沉甸甸的感情就无处安放。那台旧式琢玉机，苏婵把它存放在尤茹祥那里了，说万一将来和田要建个玉石博物馆，或许有用。可是，那个“一捧雪”的许诺，她是否还记得呢？

其实苏婵离开和田另有原因，因为这个原因，她再次隐匿自己的消息。问题就出在岳明这里。岳明在扬州和尤茹祥通话时问到苏婵的情况，结果被他的女员工听到了，这个女员工正是马琪安排到岳明公司打杂的卧底。马琪嘴上说不会再管苏婵的事，可他怎么会让自己的“逃跑新娘”在外逍遥，更不能让苏婵成为别人的新娘。马琪一听到消息，立即带着苏婵的母亲飞往和田，婵儿被惊飞了。这一切，岳明完全被蒙在鼓里。

和田原料稀缺，等待好料出世的时间越来越长。正在这时，岳明接到了玛纳斯碧玉矿联谊会的邀请，岳明知道一定是尤茹祥站长把自己介绍过去的。

玛纳斯碧玉矿在新疆天山深处，早在清朝中期就已经开采，到了乾隆年间停止开采。在之后漫长的岁月中，玛纳斯碧玉的原生矿长期埋没在地下，无人知晓。据说 1928 年的时候，苏联人来天山探测，一无所获。直到 70 年代初，新疆某地质队进入深山普查矿源时，在玛纳斯南山一带找到了玉石原生矿遗址。当地政府立即建起了玛纳斯玉石厂，建厂当年出产碧玉数十吨，供应上海、扬州、广州等地的十多家玉雕厂。

要说玛纳斯碧玉，岳明一点也不陌生。1975 年，玛纳斯河红坑开采出一块 1000 多公斤的大碧玉，经岳明所在的玉器厂雕琢成国宝级的《石刻聚珍图》山子（即假山），收藏于中国工艺美术馆。那件玉器色泽碧绿深沉、玉质细润、浑然天成，正是岳明的师父单常青率领着厂里十多个玉工雕刻完成的。师父充分利用其天然优美的玉石造型，将四川乐山大佛、重庆的大足石刻、河南的龙门石窟和山西大同的云冈石窟等石刻艺术汇聚一石，共融于碧绿的山水之中。

按照玛纳斯玉矿的邀请信，岳明赶到乌鲁木齐红山宾馆集合，看到了全国各地来的玉界老将和新秀。这些人有北京、上海、广州等地的玉雕业代表，更多的是民营企业大亨，他们腰缠万贯，行色从容。出面接待他们的当地政府，十分热情地邀请贵客们去玉矿看一看美丽的天山景色，在那里宰羊喝酒，唱歌跳舞，彻夜篝火狂欢。

一行玉商兴致勃勃地从乌鲁木齐出发，坐了一天汽车到达天山脚下的玛纳斯县，然后换乘快马上山。那马全是高头肥臀的伊犁马，号称“天马”，外地人见了不禁跃跃欲试。可是大多人是第一次骑马，兴奋又紧张。接待的人说：“不要害怕，这个马又快又老实，没有一点问题。”现教骑马，还是不得要领，很多人骑上去不到半小时就磨破了裆，再加上控制不了快马的脚步，马冲进树林里飞奔，树梢抽在脸上生疼。滚落下马背的贵客躺了一路。好在岳明在和田时就学会骑马去矿山，面临天马他没有很狼狈，反而可以用快乐的心情观赏清澈的河流和巍峨的群山。人说黄山归来不看岳，登过昆仑则山山青翠，天山那满眼醉人的绿，和昆仑相比真是另一个世界。现在的岳明不管登什么山，都会想起昆仑山。为此，岳明再一次从心底感激老科长，让他心中永远矗立着茫茫昆仑。

扑通，有人跌落在岳明脚下，是个小伙子。他想爬但没能爬起来，马却跑走了。岳明跳下马扶他起来。小伙子不好意思地谢过岳明，两人相识。

小伙子叫石秋生，一米八几的个头，生得白净标致、文气十足。他来自西安，父亲从玉雕厂退休后重新办了个小厂，以前以做蓝田玉为主，现在市场竞争激烈，蓝田玉奇缺，原料也多样化了。石秋生大学毕业后就一直在帮父亲，但他是一名数学教师，现在正值假期，空闲了便出来跑跑原料。

岳明告诉石秋生骑马要领，石秋生抓回马一试就灵，两人一起策马向前。无论说到新疆的地理风貌，还是说到玛纳斯碧玉，石秋生都谈吐自如。岳明喜欢这样的文化人，就像岳川。

前方是马也裹足不前的羊肠小道，大家要徒步爬山。山路险峻，众人把身上能卸的东西都卸了，年轻人走在前面。南方人几乎都望而却步，除了岳明，这样的羊肠小道在他看来根本不算什么。

岳明率先登上了山，很快便陶醉在蓝天白云间，可惜相机卸在山腰了。咔嚓，咔嚓，有人不由分说为他抢拍了几张。岳明侧脸一看，是石秋生。石秋生不但带了个高级相机上来，还带了多个胶卷，于是艰难爬上山的人们为了证明自己到此一游围住了他，请求留影。石秋生来者不拒，热情地为大家服务着，浑身上下散发出阳光而慷慨的气质。

▲ 人畜攀行的羊肠小路

石秋生的豪爽快乐吸引了岳明的目光。谁说只有女子才像玉呢，眼前这个年轻人分明就是玉的化身啊。

玛纳斯玉矿依旧在“山的眉毛上”，在海

拔4000多米的高峰,攀登上去后,大家看到了大堆大堆的碧绿石头。

矿长说:“这些碧玉是送给你们的,全带走吧。”

大家都笑了。现在别说是块石头,就是大堆的金子放在眼前,也没有妄念带下山,自己能不能下山还成问题呢。玉商们真正体会到了玉矿的艰难。

在这种情绪当口,矿上杀了羊、打开酒,维吾尔族姑娘跳起了舞,然后,提出玉石每公斤涨价五块钱的要求。当时碧玉价很低,每公斤才二十元。政府想尽办法用了这样一个招数把价提到每公斤二十五元,在场的人不但没有人反对,反而说:“涨得不多、涨得不多,可以涨十块钱的。”“可以了,可以了,你们已经给了我们很大的支持,订货会上多订些碧玉就行了。”那是当然,不但多订,还要长期订。看来,宰羊、喝酒、歌舞都是必须的,玉商们都纷纷快速缴了械。

下山后,在红山宾馆要分别了,大家互留通信地址,毕竟是一起爬过天山的人,有了几分感情和留恋。石秋生主动和岳明交换了联系方式,说回去后寄相片给岳明。他还邀请岳明去西安游玩,指导一下他家的厂子。岳明也邀请石秋生去扬州,岳明预感石秋生是自己的有缘人。

岳明在且末玉矿买的那块300公斤的玉料拉回扬州后,被沈佩奇设计成了一座观音山子,不同于传统造型。这是沈佩奇擅长的绝活儿。岳明也实现了不出一年让沈佩奇雕上和田玉的诺言。山子雕,既不用改变料形,又能对玉料中的石性和瑕疵进行巧妙处理,能使玉石获得最高程度的保护和利用。马琪十分期待:“等着吧,山子雕出来后,我要卖给香港人,让我们赚得盆满钵满。”

沈佩奇说:“心急吃不了热豆腐,你等五年吧。”

“等五年?五年后玉一定涨成天价了,我等得起。”马琪更加兴奋。

其实这次去新疆,岳明还有一个心愿,就是打听苏婵的下落。他没有放过每一个熟人,却一无所获。难道苏婵已经离开新疆了?

从新疆回来后,岳明特意去了一趟苏州,想看看是不是师父知情不报。结果,师父好像确实也不知道婵儿的去向,并且很为婵儿的任性而生气——到底是脸面重要,还是自己的生活事业重要?这躲躲藏藏为哪般啊!

04 前路知己

岳川回国后在北京开办了个人画展,展出了他留学欧洲期间的绘画,有西洋壁画,也有国画。这些作品,都是岳川自己用心挑选出来的。“这种疯狂、大笔触、简单明亮的作品，只会出自创造力非凡的画家之手。”有评论家给出了这样的评价。

画展期间，岳明去北京给弟弟捧场，同时讲了婵儿再次失踪的事。这件事大大影响了岳川办画展的心情。婵儿离开和田，与自己即将回国有没有关系呢？岳明说，别往自己身上想，应该没有关系。至于是什么原因，岳明也想不明白。

画展办得很成功，大部分画都被人买走了。同时，岳川收到了几个壁画项目的预约，在之后的一年中，几个大中城市的飞机场、火车站都留下了岳川的作品。每到一个城市，他都会到玉器市场走一走，留意一下苏婵的踪迹。

岳川回扬州了。他从欧洲回来后回过扬州，每次都来去匆匆、悄无声息，和同学朋友甚少往来，就像是陪着苏婵惩罚自己。

岳川怎么也没想到，这次回到扬州，马琪特意来见他，张口就谈生意经：“圣光寺里的壁画有1000多年了，曾经特别辉煌，现在需要修复。当地文物局的局长是我朋友，圣光寺的主持也是我师父，如果你愿意干，我可以牵线搭桥。”

“为什么找我干？”岳川不感兴趣地问。

马琪说：“因为他们只相信北京来的。再说，听岳明哥说，飞机场的壁画你都接了，庙里的还有什么不能接的。”

“恰恰寺庙里的不能接。”岳川严肃地说，“那些都是文物，弄不好会破坏了文物的价值，那要请专业文物修复师。我劝你别折腾这事，因为你不懂专业。”

马琪笑笑说：“我这人就喜欢挑战，专干一些没干过的事，否则活着有什么劲啊。”

岳川说：“人生在世，有些事能干，有些事不能干。”

“这我明白，”马琪说，“犯法的事不能干，其他事情都能尝试。告诉你吧，文物局找过专业的壁画修复师，可是没找到。如果你想保护文物，就去庙里先看看再说。他们肯定是要修复那些壁画的，与其让别人破坏了，不如你尽尽力。”

不愧为同学，马琪还是很了解岳川的。他知道，岳川是个有社会责任心的人，听到这些话，岳川自会掂量。

最后还是不得不说到苏婵。马琪说他知道婵儿不单单躲的是他马琪，她躲的是整个玉器厂，不，是整个湾头镇，也包括岳川。其实，一件新闻爆料后，三个月后人们就懒得再提它了，婵儿何必一去不复返，这不是自虐吗？马琪为了表达自己对婵儿的感情，还说出带着婵儿妈去和田扑了个空的事。

“你怎么知道婵儿在和田？”岳川不解地问。

一句话勾起马琪的满腔愤恨。

“说起这一茬，我对岳明有仇！”他恨恨地说，“你说岳明他明明知道婵儿在和田，怎么就不告诉我呢？我和他现在可是生意合伙人。”岳川肯定会向着岳明，他说：“他不告诉你，你不是也知道了吗？”马琪打了个磕巴：“那是，我是谁啊，专往他眼皮底下埋钉子。哦，开个玩笑啊。”

岳川在意地看了他一眼，问：“如果婵儿现在北京，你还追到北京去吗？”

“当然。”

“那你是不想给她一条生路了？”

“恰恰相反。我找到她就是想告诉她，我和她的事就当没发生过，让她不用那么在意，也不用在外面漂了，回家来吧。”

“你不用当面告诉她，你只做一件事就行了。”

“什么事？”

“结婚，过好你的日子。”

马琪忍无可忍地盯着岳川：“我告诉你岳川，别像没事儿人一样。婵儿逃婚，这账要算到谁头上，你心里最明白。我该怎么做也不用你告诉我。你倒是说，婵儿是不是在北京，和你在一起？”

岳川叹了一口气，说：“看来，到现在你也不了解她。”

“我了不了解她不重要，重要的是你去不去圣光寺看看？”

“你的话题转得可真快。”

“世界变化那么快，我不快赶不上变化。”

岳川走了，他最后答应马琪去寺庙里看看。马琪心想，只要岳川肯去看看，就一定会被说服。马琪专门去了一趟圣光寺，给寺里的主持净慧法师递话，说画家找到了，是一流的，但是因为太敬畏文物不敢接手，需要老住持用宗教的力量激励画家做这件事。

岳明从岳川那里知道了马琪去和田的事，终于明白了婵儿突然离开和田的原因。岳川让哥哥注意点，身边可能有马琪的耳目。岳明这几天要接待西安来的石秋生，暂且把这件事放在了一边。

石秋生带来了岳明在玛纳斯矿照的相片。相片上的岳明虽不像石秋生那么年轻鲜润，但也英俊伟岸，那双深邃明亮的眼睛似洞察万息。岳明还从没照过一张这么有魅力的相片，自然很珍惜。

石秋生还带来了一件礼物，是蓝田玉的玉白菜。此摆件有 3 公斤重，出自石秋生父亲之手。玉白菜栩栩如生，其谐音为“遇百财”，深得岳明的喜欢，作为收藏和观赏，岳明立即摆在了自己工作室的壁橱里。

蓝田玉、和田玉、独山玉和岫玉被称为中国四大名玉，而蓝田玉是开发利用最早的玉种之一。如果说和田玉有几千年的历史，那么蓝田玉早在万年以前的石器时代就被先民们开采利用了，春秋秦汉时蓝田玉雕在贵族阶层和上层社会流行，唐时达到鼎盛。传说秦始皇的传国玺就是用蓝田水苍玉制成，此后玉玺成为皇权的象征，在中国流传千余载。这是石秋生给岳明工作室的年轻人所作的蓝田玉科普。

岳明陪着石秋生在茱萸湾、瘦西湖上游览。岳明给石秋生讲解着这里2500多年历史的风土人情，从吴王夫差开邗江，到隋唐开京杭大运河，再到乾隆下江南，有近有远，讲得口干舌燥。来自北方的秋生，对扬州的临江濒海很是喜欢，就算不到实地，光听这些河名，金湾河、太平河、凤凰河、芒稻河……就能体会到一种太平、富足和繁荣。

▲ 壁虎河源自京杭大运河，养育、繁衍了扬州一代又一代的玉雕人家，它在湾头镇与廖家河合流后汇入长江。河畔弃用已久的水塔见证了玉器古镇的历史变迁、世代更替，成为现今邗江区壁虎生态园的遗存景观

石秋生说，江南繁华之地向来有一个共同点——手工业发达。扬州古来繁华，盛产瓷器、漆器、丝绸等手工艺品，但最著名的还是玉器。他引用了一句古诗称赞扬州：人生只爱扬州住，夹岸垂杨春气熏。岳明叹口气说：“有文化，说出来的话都不一样。既然你觉得扬州好，以后可要常来。”

作为岳明夸赞的回报，吃饭的时候，石秋生给岳明讲了一个蓝田玉的古老传说。岳明听得津津有味。

很多年过去，岳明还记得这个传说——

很早以前，在终南山古驿道上有一个小山庄。庄上有一个穷书生叫杨伯雍，他年轻好学，心地善良，搭了一个蓬草凉亭供过往旅客喝水用茶。一天，一个老汉身背碎石，因劳累过度，栽倒在凉亭前。杨伯雍急忙把老人搀扶起来喂水喂饭，救了老人。老人离开的时候把自己背的一斗碎石给他，说：“别看这些是碎石头，你种在地里就会生出玉石，还能娶一个好媳妇。”不等杨伯雍答谢，老人便消失了。

杨伯雍依照老人的叮咛去做，果然地里生出一斗玉石。后来他用玉石做了五双白璧作聘礼，娶了一位善良贤惠的徐姑娘。

家乡山多地少，遇到天旱粮食减产，百姓忍饥挨饿，苦不堪言。杨伯雍和妻子商量，把自家的玉石分发给百姓下山换粮，以渡灾年。消息一传十，十传百，一时官匪勾结，把地里的玉石洗劫一空，杨伯雍一家和村民的生活都成了问题。

其实，那个给杨伯雍送玉种的老汉是太白金星。太白金星得知玉石被官匪掠走后，便托梦给杨伯雍说："晴天日出入南山，轻烟飘处藏玉颜。"从此，只有知情人才能在深山觅得宝石，官匪只能采得未长成玉的蓝色石头……

石秋生的声音很有磁性，故事讲得绘声绘色，头头是道。人才未必个个有口才，有口才一定是个人才。

岳明说自己上学少，没文化，和石秋生在一起受益不浅。石秋生却说文化的多少不在于知识多少，更多的是日积月累的自我修养。石秋生认为岳明就是一个很有文化的人，是一个真正做玉的人。两个年龄相差六岁的男人，谈到玉十分投机，大有相见恨晚的感觉。

岳明的事业逐渐稳定，凭他的管理才能、沈佩奇的设计天赋、团队的齐心协力，工作室做得风生水起。产品暂时以玉雕小件为主，着眼民用市场。

石秋生说："扬州山子雕历史悠久，自古闻名，这一传统不能放弃。大哥，你更有责任传承艺术遗产。"

这句话点亮了岳明的心灯。其实想干"山子"，一直是岳明的一个心愿，只是苦于生存，始终没有提上议事日程。石秋生说得对，此时不干更待何时，有沈佩奇这个山子雕鬼才，岳明更有底气在山子雕上做长久文章。

▲ "山子雕"技艺是扬州玉雕的传统工艺，题材多为山水人物。要求制作者有较高的造型、构思能力及文学艺术修养。雕刻制作时先依据玉料的形状、特征等设计，再按"丈山尺树、寸马分人"的法则，采用浮雕、深雕、立体雕等技法在玉料上琢制，使山水树木、禽鸟走兽、亭台楼阁、人物形象构成远近景交替变化，以取得材料、题材、工艺的完美统一

临别时，岳明向石秋生许诺，再见面一定送石秋生一件意想不到的礼品。石秋生满怀期待地离开。岳明说的这件礼品就是和田玉的《女娲补天》，他让工作室设计出来加紧赶制。那块和田白玉，就是他在和田遇到苏婵那次，在玉龙喀什河边拍来的，料很细致，洁白无瑕。给朋友送礼一定要送自己

最喜欢的，这是岳明一贯的做法。

两个儿子虽然一表人才又事业有成，却成了老光棍，这一点令岳母十分焦虑。她发出话，谁先把媳妇娶回家，家里的祖传宝玉和她的厨艺就传给谁。

悬赏发出后，无人响应。岳母知道这一切皆因一个人，那就是苏婵。其实，苏婵不是她心目中的理想儿媳。这并不是因为苏婵曾经逃离婚礼，而是因为苏婵的职业。女孩子的手长期经冷水浸泡，身体一定会受寒，还能生出健康的孩子来吗？这是作为母亲不得不想到的问题。为了让两个儿子摆脱苏婵的阴影，岳母广撒渔网，四处寻访合适的姑娘。

05 千年古刹

岳川喜欢上壁画，是因为这种最古老的作画形式中蕴含的无限创意和宏大格局很符合他自由奔放的心意。他被马琪拖去见圣光寺住持是在两个月之后。圣光寺的壁画确实壮观，让他内心为之震撼。

壁画始于唐代，历代又有添加和修复，经过千年的微生物侵害、风化，已严重受损。此外还有一些彩绘文物，包括天象图、内仕图、仕女图等等，大部分都已褪色，岳川认为很难恢复原样了，这是很可惜的事情。

圣光寺住持净慧法师说，岳川和一些请来的专家说的是一样的，如果岳川说很好修复，反而不会令他相信。他指望岳川能拿出办法来。他说一看岳川就觉得是有佛缘的人，此生学画的一切准备皆因圣光寺。

真的吗？难怪岳川一走进圣光寺就有故地重游的感觉，会有心田滋润、精神回归的亲切。

净慧法师话语不多，却句句打进岳川的心灵。

岳川说："办法当然一定会有，但请住持容些时间。修复古壁画是门深奥的学问，我在国外接触到一些这方面的知识，可是没有实践过。我需要学习，还需要走访国内壁画修复权威，例如敦煌研究院的古壁画修复专家。然后呢，找专业人士组成一个修复团队，先拿出一套修复方案来，供法师和领导审阅。法师你看这样可好？"

法师眉开眼笑了，他夸马琪找对了人。

马琪对岳川说，修复这些壁画是法师此生最大的心愿，文物局请来过不少专家、画家和学者，都没入他的法眼，想不到岳川一来就被拉上了战车。

“你又是怎么与法师相识的呢?”岳川问马琪。

马琪说:“婵儿逃跑后,我死的心都有了。后来有心到寺里当和尚,是法师开解了我。他说,如果出家之心十年不变,那他会亲自为我剃度。后来我为寺里捐了一个楠木木鱼,每月初一、十五都来烧香诵经。就这样,和法师结了缘。”

想不到马琪因为苏婵逃婚的事,会心生逃离红尘的念头。岳川和岳明还一直以为咋咋呼呼的马琪除了大伤了面子,心灵并没有受伤害,看来大家都被马琪的外表蒙蔽了。如此说来,到底谁更爱婵儿多一点呢?岳川自惭形秽,婵儿再有意,自己却不能接受,像个负心汉。马琪爱婵儿,婵儿拒绝,这种感情有价值吗?哥哥岳明呢?他的爱又太君子,太含蓄,让婵儿没有感觉。人间难道真的都是错爱?两情相悦又无障碍的姻缘很少,有的只是遗憾。婵儿的问题,只能交给时间来解决了。

岳川与法师达成共识后在寺里拍了些相片,便拜名师,去敦煌实地考察了。

▲ 昆仑玉乌边料摆件《佛在心中》
以敦煌莫高窟元素设计,释迦牟尼在莲花中心,旁边是两个供养菩萨,其形制构思奇妙,创意新颖

马琪则凭着他的投机精神签下了这个工程,不出一份力吃定了两头。在这个问题上,岳川没有异议,他只想到若不是马琪,他还接触不到古壁画修复的机会,这是一次很好的锻炼,有一种天降大任的感觉。

岳川集中精力准备了三个月,回到圣光寺时,手里拿着一份专家认定的修复方案。净慧法师与相关部门审阅,批准工程启动。

岳川的团队总共五人,两个画师资历比他深,是修复古壁画的专家。他们先要对古壁画进行清洗、加固、除尘等多道工序的处理,按照“修旧如旧”的原则,尽量恢复其历史原貌。

这是一个艰苦而又繁杂的工作,开工后,团队不与外界联系,完全是一副闭关的样子。为此,净慧法师十分欣赏岳川。

夜晚,两人常常燃香长谈。

“法师,您是什么时候出家的?又是什么原因使你选择了寺庙的人生?”

“打小就被家里送进寺院,我没有选择。”

“那你曾经想过别的生活情景吗?比如娶妻生子。”

“那是凡夫俗子的生活,我想没有意义。”

"年轻的时候想过父母吗?"

"也可能想过。每天都需要静心修佛,就像你修复壁画,需要苦其心志。"

岳川发现,法师会聊很多话题,唯独不喜欢聊法师自己,他说以前的事情很多都忘了。忘了,这真是一种至高至上的心境。像法师这么智慧的人,记忆应该尚有久远,说忘了,只是封存了,雪藏了,是吧?

既然这样,那就聊聊壁画吧。岳川说这些壁画的原始材料是动物胶和颜料的混合物。现在问题挺多,例如空鼓、褪色严重,墙体裂缝,部分画被鸟粪覆盖等,要想恢复难度挺大的。

"这个我明白,"法师说,"修复这些壁画,也不是我的执着,我就是想尽最大可能抢救一下。"法师还说,这些壁画都有很高的文物价值,德宁殿东西两侧的古壁画,一直有着出自唐代画圣吴道子之手的传说。

岳川告诉法师,修复团队知道这些壁画的文物价值,因此做得极小心,像德宁殿的古壁画,都是用棉签除尘去污的。在清污中发现,在现存古壁画的表层下,还有一层壁画。这就是说,现在保存的古壁画是在原来的基础上重新绘制的,属于重层壁画。

确实,岳川在这个千年古刹里不断发现着历史遗迹,感应着古人的意念。有时候,他睡梦中都在修复壁画,壁画里的人物都活了,真是整个身心都深陷其中。

一个月过去了,马琪来过两次,他是来给画师们送补给的。寺院不能烹饪大鱼大肉,画师们为了保证营养又不能茹素,所以就在寺外设了小灶,有专人做饭。

岳川却一直跟着法师在寺里吃着斋饭,有意去除自己身上的混浊之气。面对佛,面对古壁画,岳川有一种油然而生的敬意。

画师们开玩笑说,岳川到现在都不结婚,有朝一日会成为画僧。岳川回应说,就算自己有这个命,恐怕也会困难重重,母亲正在四处张罗媳妇呢。

岳川离开法国后,胡亚美一刻都待不下去了,她也飞了回来,只是没敢在岳川面前露面。她知道如果让岳川知道她开小差,会对自己失望的。她只在北京停留了几天,听说岳川在潜心准备画展,就又飞回巴黎了。在北京的每一天,她都会去岳川的宿舍楼前偷偷观望,可是岳川都不往窗外看一眼,连一点心电感应都没有。这让亚美难过。

亚美学完所有课业准备回国时,突然联系不到岳川了。她想,是在躲自己吗?对了,月前岳川说要去圣光寺修复古壁画,也可能寺里寻呼机没信号。好在还有两个月就要放假了,她心急火燎地提前订好了机票。

岳明去新疆办料,有意路经西安去看望石秋生,还带了自己工作室的作品《女娲补天》。没想到"女娲"来晚了,她补不了石秋生的天。

▲ 20 世纪 90 年代初，昆仑山东麓玉虚峰下玉矿带的发现，震撼了国内玉石市场。自那时起，每天都在上演着财富改变命运的传奇

第三章

就在昆仑山北麓的和田玉原料资源将要枯竭的时候，神又在昆仑山东麓打开了另一扇阿里巴巴的大门。

01 祸兮福兮

岳明下了飞机，先打了石秋生的寻呼机，半晌没有回复，他就按石秋生给的地址直奔石家玉器厂了。西安这个古城，每次都是路过，真正踏上这片土地，这还是第一次。岳川说历史上所有兴盛的朝代，都是定都西安的，可见这里也是块风水宝地。

很快找到那条街，那个大门。大门虚掩着，里面静悄悄的。岳明有些纳闷，怎么这么安静？他推开门往里看，没有一个人影，只好走进去。院子里面还有一个套院，套院里还是没有人，墙角堆着下脚料和一些原石。岳明站在院子中间，向着厂房喊道："有人吗？"

屋里响了一声，又无声息了。

"有人吗？"岳明又喊一声。

半晌，里面走出一个穿着工作服戴工作帽的女子，显然她在打扫房屋，手里拿着扫帚和簸箕。

"找谁？"她打量着岳明，微微一怔。

"我找石秋生。"

对方又问："你是谁？"

"我是他一位朋友，叫岳明，从扬州来。"

女子打量了他一下，淡淡地说："他不在。"

"他出差了吗？请问他现在在哪里？一个小时前我呼他两遍，他没回复。"

“你见不到他。”还是那个淡淡的声音。

“只要他人在西安，我就一定要见到他。”岳明恳切地说，“请帮帮忙吧，我是专门来看他的，明天就去新疆了。”

女孩子想了想，什么都没说，进屋打了个电话，再出来时已脱下工作服，原来是个长发秀美，眼神炯炯的冷美人。

她只轻轻地说了一句“跟我走吧”，就径直朝大门走去。岳明望着女子有些发呆，女子回身看他一眼，他才急忙跟上。

女子出门打了个出租车，和岳明上车。

“请问怎么称呼你？”

女子回答：“我叫石冬生。”

岳明一听名字不禁又问：“你是秋生的……”

“亲姐。”

难怪眉目间酷似石秋生，原来是姐弟。可她怎么这副德性？

石冬生很沉闷，一路无话。

半个时辰后，出租车停在了一个大门口，上面写着西安监狱。岳明惊讶地望着石冬生，问道：“秋生在这里做什么？”

“他开车撞人了，被判了两年。”石冬生还是淡淡地说。

“什么！什么时候的事？”

“半年前。”

“半年前？半年前他不是还去过扬州吗？”

“就是从扬州回来出的事。”接着，石冬生带着气说：“都怪他把家里放了四十年的玉白菜送人了，不出事才怪！”岳明内心一震，家里存放了四十年的玉白菜？是送给我的那棵吗？秋生竟然把镇宅之宝送给我了，为什么？

岳明脚步沉重地跟着冬生走进监狱大门，想象着阳光纯正的石秋生瞬间变成了沮丧颓废的模样，要怎么面对他呢？

很快，他们就在监狱会见室见到了石秋生，意外的是，石秋生并没有岳明想象的那般沮丧，目光里反而有了几分深沉。

“大哥，没想到我们会在这里见面吧？”石秋生微笑着向岳明摆摆手，嘴角挂着苦涩。

岳明举手晃了晃，想说怎么这么不小心，可是觉得太苍白，没说出口。注意到岳明的神情，石秋生说：“大哥，对不起，让你受惊吓了。本来我想给你写信的，可又不知怎么写。不过，还有一年半载我就出来了。你放心，我会接受教训的。”

石冬生没有进到会见室，她等在了门外。

“秋生，见到你我就放心了。”岳明说，“我相信这次意外，不会让你今后的生活受太大的影响。”

“大哥，我想求你个事。”石秋生急急忙忙地说。

“什么事?”

“是我姐带你来的吧?”

“是的。”岳明点头。

“你看我姐她人怎么样?”石秋生盯着岳明的眼睛问。

“挺好啊，你们姐弟俩很像。”

“带她走好吗?”

岳明一愣：“我?”

“对，哥，你听我说。”石秋生说，“我出事后，父亲本来就不好的身体也垮了，上个月刚刚去世。父亲去世后，厂里的玉工走了不少，姐姐肯定是经营不了，我想请你帮我把厂子卖了还货款，然后带姐姐去扬州。她搞销售很有一套，一定能帮到你。”

“可是，她肯跟我去吗?”

“你只要说很需要销售人员，她会考虑的。哥，千万别说是我的意思。”

“秋生，你这是要托付姐姐吗? 为什么是我?”

“大哥，虽然我们认识时间短，但我信得过你。我很想让她离开西安，家里出了这样的事，姐姐本来会有的一场恋爱也变得不可能了，这是她的伤心地。”

“秋生，你母亲……”

“我母亲十年前就去世了，家里就我们姐弟和父亲。现在父亲又被我害了，我现在被关在这儿，照顾不了姐姐，照顾不了厂子。大哥，对不起，给你突然说这些……”

石秋生哽咽住了。

“秋生，我们是兄弟，”岳明严肃地说，“不给我说给谁说。放心吧，我会尽力的。”

“哥，这辈子我都会报答你!”

“别说这个。秋生，我还想问你个事，你送我那棵玉白菜是不是你家四十多年的收藏?”

“哥，你怎么知道的?”

“那么贵重的东西，你怎么会送给我?”

“因为我相信你是识玉之人，放在你那里妥帖。”

见岳明还是不明白，石秋生说：“父亲欠了原料款，对方三番五次地要用那棵玉白菜顶账，父亲不舍。我说我拿去送给朋友，父亲反而舍了。只能说，你和那个玉白菜有缘。”

“秋生，谢谢你和父亲这么看得起我！我也给你带了一件礼品，回头给你姐吧。我先出去，你抓紧时间跟姐姐说说话。”

“哥，你别走，我们三个先商量一下处理厂子的事。”

好在石家玉雕厂不大，半成品和存货也没有多少，有几件大的摆件还在商场里呈放着，处于有价无市的境地。岳明用十天时间就处理妥当了所有的事情，石冬生都没见到买主，岳明就把石家住宅以最好的价格出手了，二十万现金存入了石冬生的账户。厂房也卖了一个不错的价，但都充了原料欠款。现在需要岳明开口请石冬生去扬州了，他苦苦思索要怎么向这个不苟言笑的冷美人开口。

岳明从容谈价，有条不紊地处理安排厂子的事宜，石冬生已看出岳明的为人和能力。难怪石秋生从扬州一回来就对她开玩笑：“姐，我给你看好了一个人，扬州的岳明，你一定要非他不嫁。”当时她还说，凭什么非这人不嫁？现在看来弟弟的眼光有些毒，岳明身上男人气十足，让石冬生感受到了一种安全感。

▲ 和田玉籽料摆件《女娲补天》“女娲补天”是中国上古神话传说之一。相传远古时代天塌地陷，人世间陷入巨大灾难，女娲不忍生灵受灾，于是炼五色石补好天空，折神鳌之足撑四极，平洪水杀猛兽，通阴阳除逆气，万灵始得以安居

岳明从自己的旅行箱里捧出了那个《女娲补天》，清了清嗓子说：“秋生姐姐，我比你大四岁，就直接叫你名字吧。”

石冬生点头：“对，叫我冬生。”

看到那个摆件，石冬生的眼睛一亮，赞美地轻轻地吸了口气。岳明心想看来还是个识宝之人，说：“这是送给秋生的礼物。没想到他暂时不能欣赏了，你代他保管吧。”

“这是一块和田籽玉。据我所知，你和秋生只有两面之交，为什么送这么贵重的礼物？”石冬生还是冷冷的语气。岳明说：“有的人你天天见，也不一定能成为过心的朋友。有的人你可能终生只见过一次面，却可能是过命的朋友。”

石冬生直视着岳明的眼睛。

岳明直截了当地问：“冬生，你想不想去扬州发展?”石冬生愣了一下，然后说：“扬州无亲无故，我不去。”

“以前无亲无故，现在有了。”岳明说，“我是秋生的哥，也就是你的哥。虽然我和秋生认识时间短，但一见如故。我和你经过这几天的接触也不是陌生人了，你要信得过秋生，信得过我，就去扬州看看。我那里有个不大的工作室，如果你不嫌弃可以在那里落脚。我很需要你。”

“需要我?”冬生听到这样的话很惊讶。岳明说：“对，需要你。我听秋生说，你的销售能力很强。”冬生消除了疑虑，她没有拒绝也没有立即答应，只说了三个字：“我想想。”

“好，我等你的回话。”岳明顿时长出了一口气，冬生只要没一口回绝就有希望，“如果你同意去，我从新疆返回时过来接你。这是我工作室的电话，你只需给工作室留言就可以。”

石冬生抬起头，接过岳明手里的电话号码，同时深深地看了他一眼。

这时，一个十五六岁的男孩子出现在他们面前。他冲着石冬生说：“我爸又报病危了，医生说要换肝才能保命。”

岳明不明所以地望着石冬生。

“好，我跟你去医院。”石冬生好言好语地对男孩子说。说完又转向岳明：“你安心去新疆吧，这里的事我处理完了，就给你工作室回话。”

岳明一到新疆，就从尤茹祥那里得到了苏婵的消息，她去了格尔木。岳明很惊讶，格尔木！这个没心没肺的姑奶奶，为什么去了那么遥远的地方?

“你还不知道吧?”尤茹祥说，“格尔木发现了大面积的玉矿。”

岳明想起他曾在《中国地质矿产报》上看到一篇文章，题目叫“备受青睐的昆仑玉”。文章只有一千多字，却非常专业地介绍了格尔木昆仑玉的优质特性，以及未来不可估量的市场前景。不他也听一

▲ 20世纪90年代初，格尔木发现地表玉矿后，时任柴达木地质综合勘探队工程师的范晓华于1993年10月4日在《中国地质矿产报》撰文发表了《备受青睐的昆仑玉》，使得昆仑玉的名字与消息第一次以文字形式在媒体公布于世。图为范晓华（右）与新疆同仁在昆仑山玉矿勘查留影

些商家说，青海料上不了台面。

“我见到过青海料，玉质不比和田玉差。”尤茹祥说，“我们的消息已经晚了，据说 1992 年就发现了，这都过去三年了。”

昆仑山的诸神啊，你们真是不给玉人绝路，就在和田玉原料资源将要枯竭的时候，又在格尔木打开了另一扇阿里巴巴的大门。岳明决定立即改道去格尔木，顺便打电话给工作室交代一声。

工作室却传来了石冬生的留言：“同意去扬州。”岳明只好暂时放弃去格尔木的打算，先接石冬生回扬州。

02 遥远的格尔木

苏婵离开和田后先落脚乌鲁木齐，乌鲁木齐的玉石公司有几千家，婵儿拿着玉雕作品，去了一家大的公司应聘。老板慧眼识才，如获至宝，当即拍板让苏婵立刻上岗。扬州来的玉雕师，那真是求之不得啊，更何况还是这样一位年轻漂亮的玉女。

“那什么，你叫苏单？”老板王新文搓着双手说。

“苏婵。”

“哦，小苏，那台最新的玉雕机归你，还有，靠窗那个位置亮堂，归你。有什么个人需要，你可一定要说话。”

婵儿没有任何要求，很快投入工作。此时，“一捧雪”已经完工，她不想让任何人转送岳明，也不好邮寄，什么时候能送到岳明手里，只能看机缘了。

苏婵之所以躲开母亲和马琪，都是因为不想回扬州，更不想被人纠缠。马琪她可以不理，可是她不能眼看着母亲哭着离开，所以最好不见。从没离开过扬州的她，没想到也能闯世界，原来自己是这样一个执拗脾气。她好像第一次认识自己，并且相信自己。

当年父亲要她去学玉雕，而她想考大学，只有考了大学才能紧随岳川的脚步。可是父亲不达目的不罢休，早早和师父说好了，让她初中毕业先去试学一个假期。她本想试试就试试，假期后撤出也不晚，可没想到才半个月，师父就正式收她做了徒弟。师父说她是那种百年难遇的雕玉灵女，一块玉石拿到手里，就能知道雕出来的样子，因此格外看重她，还总悄悄教她些绝活儿。

苏婵逃婚离开扬州后，不知为什么想去探望一下师父再做自己的打算。没想到，师父要留住她，希望她在苏州撑门面。苏婵说：“以后吧。”她是怕马琪来骚扰，搅了师父的清净。

告别师父，离开苏州去新疆和田的时候，苏婵自己也不知道，这一去要在外面漂多久。

和岳明做师兄妹的日子只有三年，在苏婵心里，岳明永远都是呵护她的兄长。岳明离开玉雕车间去供销科，她心中有过不舍，但是没有难过，不像岳川上大学走的时候，她的心都被抽空了。苏婵不是不明白岳明的心思，自从岳明给了自己那块羊脂玉，她的心就变得沉甸甸的。她觉得自己承受不了师哥满满的情意，所以把玉雕送给了岳川，这样既婉拒了岳明，又表白了岳川。可是岳川装傻，可见岳川心里没有自己。

从马琪那里逃出来，她的心已荒凉，虽有岳川那一股清泉还在，可那只是一股埋在千米下的潜流，滋润不了她的心房。如果她回到扬州，都可以想象每天的日子要怎么过，相比之下，她宁愿享受现在的孤独、寂寞和自在。

这一天，有人拿着一块石头来找老板，只要五百块钱。老板没收。苏婵看了一眼，瞧着就是块普通的石头，可是拿手电一照，里面的结构层似乎又有玄机。那人拿着石头要走时，苏婵叫住了他。看苏婵有意，那人说这是他从格尔木带来的。

“格尔木？”

“是啊，就是昆仑山的东头。”

婵儿想赌一把。她掏出五百元买下那块石头，然后抱起来去了切割车间。短短几米的路程，她的身后立即跟了一大群人，包括老板。

到了切割车间，苏婵在石头边缘上画一条线，沿线一刀切下去——哗！全场轰动。原来石头不厚的石岩皮内有一圈浅糖色浸染，圈中有细密、油润、肥厚的玉肉。老板当即出两千元收走了那块玉，他同时欣喜自己还得到了一个宝贝，那

▲ 石包玉，又叫糖包白，多产于野牛沟矿区。该矿所产玉石多被淡褐色的浸层包裹，此现象是因玉本身含有的铁元素长期氧化所致

就是苏婵。

苏婵发了一笔小财。她追出去到人群里寻找那个石头的原主人，但是没找到。那人拿了钱心里没底，早跑得没了踪影。

格尔木这个名字在苏婵心里萦绕起来，既然有人能从那里把玉石带到乌鲁木齐，那里就一定还有大量的玉。她查看了地图，格尔木在青海省的西部、昆仑山东麓，好遥远的地方啊。

苏婵探究格尔木的时候，也有人对格尔木动起了心思，那就是公司老板王新文。王新文四十岁，公司起步是靠几个朋友的合伙经营，但公司刚刚做出规模，几个合伙人就分道扬镳，各自为战了。这是合伙做生意的常态，谁也不服谁，谁都想当老大。

“把你手头的活儿先放一放，”王新文对苏婵说，“我们去一趟格尔木。”苏婵眼睛一亮：“去格尔木？”

“对。”

“都谁去啊？”

▲ 20世纪90年代的格尔木城鸟瞰图

“你，我，还有克孜古丽。”老板像是早料到她会问这个问题似的，立即正色回答。

苏婵点头答应。克孜是负责办公室业务的维吾尔族女职员，行事十分干练，和她一起出门，路途自然不用太辛苦。于是，三人乘飞机从乌鲁木齐飞到青海省的省会西宁，再由西宁转乘火车。到达格尔木时，已是第三天。

格尔木这座高原新城，位于青海西北部，四十多年前还是一望无际的荒原。1953 年 10 月，西藏运输总队格尔木站正式成立，驻站的十多名工作人员成了名副其实的第一代格尔木人。后来，世界上海拔最高的公路——青藏公路，海拔最高的铁路——青藏铁路（格拉段），都从这里起步，创造了人类筑路史上的奇迹。

格尔木就在柴达木盆地。蒙语“柴达木”，有辽阔之意，也有人说是盐泽的意思。柴达木盆地为高原型盆地，是一个被昆仑山、阿尔金山、祁连山等山脉环抱的封闭盆地，它是西域的聚宝盆，蕴藏有盐类、稀有金属以及煤炭、石油、石棉等丰富资源。这里不仅是中国盐矿之最，也是世界盐矿之最，因此，柴达木盆地又被称为“盐的世界”“钾肥的世界”。一直以来，这个聚宝盆为冒险家们提供着实现发财梦的机遇，在这个高寒地带的生命禁区，常年都能看到数以万计的淘金者、挖虫草者、盗猎藏羚羊者的足迹。

现在，格尔木又发现大面积的玉矿了，据说是漫山遍野的地表矿。政府没有开发之前，不断有人去偷，来自各方的人马皆因玉石。现在政府已经封山，偷玉的人也各显其能。

在三岔路口，形成了一个玉石黑市。王新文带着苏婵去看了看，果然有好玉。由于在昆仑山顶几千年风吹日晒，石头上面的氧化皮色五颜六色十分好看。可是现在，即使买了玉石，也运不出格尔木……

王新文断言格尔木将成为第二个玉城。但政府封山还得持续一段时间，几人无事可做只好打道回府。他给格尔木的朋友说好随时通报情况。可是，就在离开格尔木之前，王新文突然改变主意，他提出让克孜和苏婵先留在格尔木，把他们背下山的石头悄悄收下来，有机会再往外运，他回去后再派别人来接替两人。

“不行不行不行，我家里的孩子和老头子谁管？”克孜连声拒绝。苏婵想了想，淡淡地说：“我留下吧。”

克孜急忙说：“苏姐，你‘勺’了吗？一个人留在这个偏僻的地方干啥？要啥没啥，海拔 3000 多。再说，玉石原料还没有开放，你在这儿……”苏婵说：“原料必须趁早下手。”

王新文有些不忍。

“要不就算了，”他对苏婵说，“你一个人也确实……”苏婵说：“没关系啊，你回去再派人过来。实在不行，我就在这里招一个。只要有一块石头，我就有活儿干了。”克孜还是不理解地望着苏婵，轻轻问道：“苏姐，你不会是有什么事吧？”

“什么事？”苏婵用无辜的眼神望着克孜。

王新文接话：“哦，她是说，把你一个人放在这里，你父母也会骂我的。”苏婵笑笑说：“怎么会，我又不是不回去了。”王新文一听又急了：“回去？你想回扬州？这样吧，我干脆在格尔木建一个分公司，给你配车、配人。这事好办，我有朋友在这里，让他们帮忙搞定。”

苏婵就这样在格尔木落了脚，并且有了分公司这个依托。王新文很快给她派来了助手，是一个叫龙宝亮的小伙子。

龙宝亮二十二岁，天资聪慧，性格沉静却很有爆发力，此前曾和苏婵合作雕过一个摆件。他对玉雕有空灵的感觉，尤其擅长精致的小巧挂件。闲聊时他曾对苏婵讲过自己的经历：十五岁拜师学艺；十六岁与师父沙目四从安徽蚌埠去了和田；十八岁与师妹沙莉相恋，遭到师父强烈反对，被赶出和田，到了乌鲁木齐。他现在仍然和沙莉深情遥望，藕断丝连。

在格尔木安顿好后，苏婵觉得应该给师哥报个平安。可是电话应该往哪儿打呢？会不会又让马琪知道？想了想还是打给尤茹祥吧，尤茹祥知道了她的下落，岳明也就知道了。

03 北方姑娘

岳明急急忙忙赶到西安，同时安排扬州那边为石冬生安排住宿。他按石冬生给的电话号码联系好见面时间，早早坐在酒店大堂等候。半个小时后，石冬生姗姗而来，身后还跟着一个高大的年轻人。石冬生好像瘦了些，选择跟一个陌生人去一个陌生的地域生活，她经历了怎样的矛盾、迷茫、无助和无奈的心路历程，只有她自己知道。

年轻人说：“我叫焦阳，是秋生的同学。”岳明与他握手，从他眼睛里看到了一种诚恳和歉意。

石冬生说已准备就绪，随时可以启程。

岳明还想再去看看秋生。焦阳说他去联系，说完就去附近打电话。焦阳出去的时候,岳明问冬生焦阳是做什么工作的。冬生说是当兵的,刚刚提干。

“哦,难怪身板那么直,是块好料。”

听到岳明夸焦阳,冬生微微皱了一下眉。

片刻,焦阳回来说,明天上午就可以见秋生。岳明说:“那我们明天晚上回扬州?”石冬生点头同意。

焦阳望着石冬生,表情落寞。

石秋生突然见到这么多人来看他,显得十分兴奋,他的情绪冲淡了离别的沉闷气氛。他对岳明说:“大哥,大恩不言谢!”秋生叮嘱姐姐安心在扬州工作,等自己出来了就去看她。在石秋生的笑脸上,岳明读出了他波澜起伏的内心,但是此时,说什么都不如不说。冬生叮嘱弟弟注意肠胃,要吃热饭,说她会时常回来看望。说话间,泪眼蒙眬。

焦阳始终很沉默,秋生问他什么时候回部队,他没有明确回答。他给石秋生带了好些书、烟和罐头,石秋生说够自己消磨到年底的。

探视时间到了,焦阳还想求人把时间留长一些,石秋生拦住了。他劝大家早点回去,好准备启程上路。他要大家不要担心,他会利用这段时间,好好看书学习的。

焦阳一直把石冬生和岳明送到机场。

“冬生,这一走,我们可能就不容易见面了。”焦阳似乎想说的话很多,可又无从说起,半天只说出这一句。

“别在意那天我一时冲动骂你。”石冬生的语气柔和了许多,“你军校毕业很有前途。回部队好好干,别像秋生似的平地上摔了个大跟头。”行将分别,她多少有些不忍。

“我对不起秋生,我们一起出去,却让他背了事……我对不起大伯,对不起你。”焦阳低声说。

“这是命,他躲不过的。”

“要是他一个人的事也就罢了,可是家里也一下变成这样,我……”焦阳依然无法去除自己的心中的歉意。

“秋生是家里的柱子,他倒了,家自然好不了。”冬生安慰焦阳说,“不过没关系啊,爸爸是回不来了,以后,别的都会回来。好在两年时间不长,你也别想那么多了。”

“冬生，你能这样达观，我很欣慰。”

“只能达观，不然这个坎儿怎么过去？”

“明年我休假时去扬州看你。”

“不用了，有时间你就看看秋生吧。”

在飞机上，岳明问石冬生：“焦阳是秋生最好的朋友吗？”石冬生点点头，对岳明说起了焦阳此人。焦阳从小和秋生一起长大，父亲也是军人，在青藏线殉职。焦阳遵从父亲的心愿，高中毕业也参军上了青藏线，现在在格尔木兵站。

格尔木？岳明心想，早知道该向他打听一下格尔木的情况。

石冬生此时才细说起秋生出事的经过。原来，那天晚上就是为给回来探亲的焦阳接风，再加上焦阳军校毕业，正待提干，朋友几人喝酒庆贺，酒后驾车撞了人。被撞者偏偏又是石秋生的学生家长，伤势很严重，病人意志力也很顽强，但半年了，几乎没从重症监护室出来过，所有的医药费用当然是石家出。病人现在正等着换肝，石冬生将卖厂子剩下的那二十万全部留给了受害者家属。

岳明想起上次见过的那个十五六岁的男孩子。

“对，就是他。”石冬生说，“他叫郑开心，他父亲受伤没过两个月，他母亲就离开他们走了，所以现在杀了秋生的心都有。”

岳明在心里不自觉地把冬生和苏婵做了比较。石冬生是个地道的北方女孩儿，讲话直接爽快，处事风格干练，喜欢一步到位；而苏婵这个南方女孩，做事就讲求周全和细腻。

到达扬州后，岳明第一个要给冬生看的是那棵玉白菜。

“原来在这儿？”石冬生露出惊异的表情。岳明说：“天天守着你家的传家之宝，你心里会踏实许多。”石冬生像是自言自语：“真不明白你和秋生是什么缘。”岳明说：“上辈子是亲兄弟，或者父子？”

“不带这么占便宜的。”冬生平静地说。

接着两人都笑了。

岳明这才发现冬生笑起来这么美，两个梨窝在她冰冷的脸上突然绽放，出人意料的惊艳。就在这一瞬间，他又想起了苏婵。

岳明先带冬生游览了一下扬州。冬生说，扬州古城虽不像西安古城那么气势犹存，却保留着曾经富庶、繁华的从容和安闲。岳明是第一次听到有人这样评价扬州，他觉得很到位，正是他心里的感觉。或许这样一个脚步轻缓的环境，能释放一下冬生姑娘那颗紧张、困顿的心。岳明希望冬生能得到精神上的抚慰。

冬生这个西安姑娘，在感情上不会轻易付出，一旦付出就是生生世世、荡气回肠的爱情，但是遇到挫折时也很不洒脱。

焦阳早就喜欢冬生。尽管焦阳比冬生小三岁，但他身上那种英武的男人气，在冬生面前从不输给年龄。冬生对他也很有感情，那是和对秋生一样的感情。这次秋生出事，冬生却骂了他——“滚出去！”她骂两人无知、狂妄，酒后驾车是对自己的生命不负责任，也是对他人生命的不尊重。焦阳一句都没有辩白，似乎一切解释权都在秋生。

秋生判刑后，焦阳就像洒了盐的韭菜，完全蔫了。他回了一趟部队，再回来似乎恢复了一点元气。

冬生心里是疼焦阳的。她原想自己去扬州焦阳会阻拦，奇怪的是焦阳什么都没有说，也许焦阳认为没有权利和能力阻止，或许此时不是表达感情的时候？

岳明的工作室虽不大，但从人员到产品都很精致，石冬生很快就喜欢上了这里的工作氛围。从蓝田玉跳到和田玉，她认为自己还需要补充很多知识。工作室的人见石冬生是个美人，又是岳明带来的，自然会联想到什么。

安顿好石冬生，岳明就想着速速去一趟格尔木，为原料，也为婵儿。没想到一件更大的事拖住了他的脚步——老厂子要出卖，老厂长打来电话，希望岳明能考虑买下来。

老玉器厂已经倒闭六年了，岳明对它很有感情，但要把它买下来，他不是不渴望，而是这么一大笔资金到哪里去筹啊？

“合资啊！”马琪支持他买下来，提议找合作伙伴。

这期间，岳明在且末玉矿买的那块300公斤的玉料，沈佩奇在近四年的日夜琢雕后，终于完成。岳明开始寻找合适的买家。马琪带来消息：“香港有一家公司，从照片上一眼就看上货了，问我们多少钱出手。”岳明说：“除去成本两百万，你看着要价吧。”

石冬生也联系了自己的老客户。澳门的一家大酒店愿意考虑，但还没有下最后的决定。石冬生报的价是五百万，岳明觉得价报高了反而做不成生意，劝冬生不要想一口吃成一个胖子。冬生不改初心，她认为观音山子值这个价。

马琪很快回话：“香港公司肯出三百万。”

这样算下来，工作室有一百多万的利润。岳明很满意，他认为这是一个无法拒绝的价格。没的说，立即拍板。他打电话通知石冬生，意思是下家有着落了，莫再强求。石冬生一听急了，力劝岳明不要急于出手，再等一个星期。岳明劝冬生放弃一夜暴富的梦想，那样才不会失望。

▲ 白玉山子《普世观音》
观世音菩萨是佛教中慈悲智慧的象征，佛经说其能救苦救难，普度众生。无论在大乘佛教还是在民间信仰中，都具有极其重要的地位

没两天，香港的预付款到了，观音山子只能拉走，对方很快把余款也打了过来。真痛快！从没有这么利索地做过生意。

正当岳明喜不自禁时，石冬生的电话来了，澳门那家公司肯出五百万，一次性付款。啊？一切都晚了，望洋兴叹吧！就这样丢了两百万，石冬生没有埋怨岳明，因为岳明已经在承受扼腕之痛的惩罚了。

还没痛惜两天，马琪疯了一般来报信儿，香港这家公司以八百万的价格将观音山子转卖到了澳门。

自己四年辛苦劳作赚到一百万，别人短短五天工夫就获利五百万，琢玉人似乎遭到了嘲弄。马琪悔恨交加，岳明却不懊恼了。玉器一旦出手，就有了自己的命运，他必须看得开。他同时预感到，玉器的一个价值增长期就要到来，不禁产生紧迫感。

不管怎么说，有了这一百万就有了底气。岳明把老厂子买了下来，改名天工玉器厂。人生的第二次创业即将开始，这是岳明的选择，也是老厂子的选择。

在合伙人的问题上，岳明遵从了石冬生的建议，与香港百货业的巨头白易达合资。白易达的条件很简单，出资多少都不成问题，只要产品优先进他的市场。有了这个资金、销售的双保险，岳明如虎添翼，紧锣密鼓地接手厂子，然后是整修厂房、购买新机床、招兵买马……一切百废待兴。

沈佩奇担任岳明厂子的总设计师是毫无争议的，“山子雕”仍然定位为他们的核心工艺。

这期间，沈佩奇在山子雕的传统工艺基础上，开创性地从内雕转向外雕，也就是在保留山子雕特色不变的前提下，将单一的镂空雕向立体雕和深浮雕过渡，让作品多维呈现。沈佩奇的作品风格也有了变化，那就是女性人物成了他作品表现的主体，他独立完成的《绿野仙踪》上面的仙女，给人以似曾相识的感觉。

话说这《绿野仙踪》的原料是石冬生给沈佩奇的一块碧玉。这块碧玉油绿油绿，可是有很大的瑕疵，一道明显的绺裂和白浆挂在原料的正中间。该怎么处理呢？石冬生征求玉雕师的意见，若不好做，她就把石头在市场上处理了。沈佩奇认为最简单和保险的办法就是把瑕疵直接切除。要想保留原料的天然形状，就得冒点风险，挖脏去绺，将其掏空。只是绺裂太过单薄，稍有不慎就会断裂，作品全毁。

石冬生鼓励沈佩奇冒险试试，毁了算她的。沈佩奇经过一个多月的构思后闭门制作，等作品完成，石冬生和岳明都险些被“亮瞎”了双眼。

作品起名叫《绿野仙踪》。看到上面的那个仙女，岳明不禁看了一眼冬生，冬生也不自在地轻轻咳了一声。那个仙女活脱脱一个石冬生，尤其是额头的形状。瑕疵处理得很干净，绺裂太过单薄，让人不敢碰它。岳明亲手搬到了销售部。

这次，马琪没有放过这个作品。碧玉的价格不如白玉，他想自付三十万买下来，然后带到澳门换回八十万。石冬生没有给他。

马琪问："为什么不出手？我已经给了你50%的利润。"

石冬生也说不清楚为什么，是因为作品中的那个仙女太像自己？还是因为沈佩奇花了很大的心血完成它，至少应该在公司放一段时间才是对作品的尊重？反正她不想现在就出手。

岳明出来打圆场说，那个摆件需轻拿轻放，拿到澳门路途遥远有风险，马琪这才暂时放弃纠缠。

沈佩奇没说什么，他总是一副很拽的样子，令人欲言又止。

石冬生认为那仙女像自己只是巧合，并不是沈佩奇有意为之，因为沈佩奇很少正眼瞧过自己。其实她不知道，每次她从沈佩奇面前走过，沈佩奇都会停下手里的活，看一眼她的背影。沈佩奇就是这样一个放弃什么也不肯放弃内心孤傲的人。

岳明拿下老厂子后，马琪也入了股份。马琪仍然拒绝参与经营，他可不想像他父亲那样，一辈子被一个工厂所累，他要活出自己的自在和精彩。不过，他的人脉关系却一直是提供给厂子用的。

玉器厂的门卫是一个很重要的岗位，已经退休的老厂长不想坐守家中，提议要当门卫。岳明的父亲已经自告奋勇了，岳明怕他们累，只好安排两人换班。玉器厂被老人呵护着，岳明很感恩。

忙碌中两个多月过去了，岳明始终没有忘记去格尔木的事。马琪听岳明要去青海，急忙相约要一起去，马琪说听说河湟谷地发掘了大量古墓，很多村民手里都有彩陶、古玉和纸质的文物，几十元钱可以拉走一车，从那里发一笔大财不是梦想。

岳明说岳川也想走走青藏线，圣光寺的工程就要结束了，再等岳川几天吧。其实正愁原料的岳明很想早日启程，马琪要跟着，这是个意外情况，只好以岳川为托词延迟几天时间。这一次，他不得不顾及苏婵。

04 白玉舍利

岳川和他的团队耗费了三个月的时间，用尽全力，将圣光寺的千年古壁画恢复到了原始模样。岳川以敬仰之心，完美地进行了一次学以致用的实践。其他画家都离开了，岳川仍然留在寺里。

马琪亲自将画家们送上飞机，随后就打电话对岳川说，现在去青海是最好的季节，他已订好了三人机票，三天后动身，要岳川尽快回扬州。这么快？岳川虽然答应了，但内心有些不安。细细想来，这个不安来自亚美。亚美已回北京，虽然没有任何约定，可岳川明白，完成这一浩大工程之后的第一个休假应该属于亚美。这样想，也许有些一厢情愿；不这样想，是不是又有些不够仗义呢？毕竟他们有过那样的亲密关系。事后，岳川以为恋爱这事就这么开始了，没承想亚美并没给他压力。这反而让岳川多少有些失落。

要不，主动约亚美一起去青藏高原？

岳川收拾好行李和自己一大堆的画具，想好晚饭后给亚美打电话。不想，傍晚一场暴雨袭来，洪水致使岳川居住的三柏轩地基塌陷。为救起自己的画具，岳川情急之中身体失重，他顺着裂开的地缝坠落了下去。

风雨猛烈时，圣光寺住持净慧法师依然在安静地诵读经文。大徒弟进来后，不紧不慢地说："法师，我听到三柏轩那边有沉闷的响声，就过去看了看。"法师问："什么情况？"他想到岳川在三柏轩住，别是树或者墙倒了吧？以前发生过这种事。

"法师，是三柏轩地基塌陷了。"

"地基塌陷了？从哪儿塌的？"

"从外墙塌进去的。"

法师站了起来。

"那屋里的岳川画家无大碍吧？"他问。

"师父，我就是要说这个。"大徒弟仍然慢腾腾地说，"屋里塌了个洞，岳川画家不见了。"法师一挥手："快！快去找啊！给120打电话，救人！"

但这样的大雨，这样的阵势，怎么找啊！

大量的洪水正灌向塌陷的地洞。

岳川回过神来的时候，身体在水里浮着。他想喊两声，可是喊不出来。奇怪的是，他周围并没有压迫感，反而感觉有些宽敞，他尝试站起身，竟然可以站直身体。他用眼睛适应着黑暗，用手摸索着朝有着幽暗光线的洞口走去，手摸到了洞壁。天呐！这洞壁上分明是石刻。他顿时毛骨悚然：不会是掉到古墓里了吧？刚想到这里，坍塌再一次发生了，他被泥水再次推向洞内更深的地方。

净慧法师带人赶到三柏轩，看到那个越来越大的洞口，不由震惊。

"师父，那里面好像是空的，会不会是墓穴？"

"休要乱讲，寺院里怎么会有墓穴？"

夜里雨太大，进山的路桥危险，县里的救援人员要三个小时后才能到达。

三个小时后天就快亮了，现在大家只有先拦住洪水进洞，然后才能想办法进洞施救。

岳川内心的恐惧渐渐被好奇代替，他沿着墙壁摸索着往前走，前方突然有了微弱的光。他顺着光望去，顿时惊了，只见在幽暗的光线下，有许多青蛇盘踞在那里。

这显然是一个古老的地宫，满满当当的瓷器、画卷、陶罐、铜像，在洞内清晰可见。到底是哪里来的光源？岳川终于看到了柱子顶上的一盏灯，那是不是传说中千年不灭的长明灯呢？

在他适应了光线的瞬间，那些青蛇上了墙壁。原来它们并不是活物，而是墙壁上的石刻。突然，一幅壁画吸引了岳川的目光，画面上一个飘然欲飞的女子，手里捧着水晶盒子，来到圣光寺佛堂大殿前。

岳川正待进一步探寻，洞外传来集体的喊叫声："岳画家——岳画家，你在里面吗？"

▲ 一幅壁画吸引了他的目光，画面上一个飘然欲飞的女子，手里捧着……

净慧法师与救援队合力救出了岳川。

这时天已大亮。一碗热腾腾的姜汤被不由分说地给岳川灌了下去。法师的厢房内烧着炭火，岳川很快被泡进了热水缸，法师亲自诵经为他压惊。好在岳川并没有像惊弓的断雁，他说出的第一句话是："法师，快给有关部门打电话，保护地宫。"

"地宫？"大家都很惊讶。"对！"岳川说，"地洞里是地宫。文物，大量的文物！"

考古专家很快到了，他们下到地宫时，长明灯已经熄灭。专家谨慎地用微光照明仔细勘察，发现在只有30平方米的地宫里面，众多的佛教文物放置得井然有序。专家认定这是在地下沉睡了1000多年的唐代文化宝藏。岳川注意到，在那个有着飘然欲飞的女子的壁画上，有石刻注明"昆山奇石和氏璧"。可是，画面上并没有什么昆山奇石和氏璧，难道是在那女子手中的水晶盒子里吗?

说到和氏璧,岳川更为困惑。传说中的和氏璧到底是什么玉,历代众说纷纭,但很少有人说是昆山奇石。这个注明更像一个传说,让人无从断定真伪。

不见岳川回扬州,马琪径直来到圣光寺。一听说圣光寺惊现地宫,顿时感谢佛祖引路,让他有幸目睹新鲜出土的文物。只可惜地宫已封,闲人莫入。马琪以收藏为业这么多年,也算博古通今,他连忙追问岳川在地宫里发现了什么稀世珍宝。

岳川简单讲了一下地宫里的情景,重点讲了“昆山奇石和氏璧”的壁画,因为这幅壁画他十分关注。

马琪说玉石中最著名的当数“和氏璧”。2000 多年前,楚人卞和为此惨烈地付出双脚。和氏璧为镇国之宝,价值连城,在历遭变故,让无数英雄豪杰、帝王将相竞折腰后,玉石的价值也无法被估量。后来和氏璧遗失了,成了历史上一大迷案。马琪两眼发光,和氏璧之谜点燃了他心中的探求之欲。

就在这时,考古队在地宫后室发现了一个水晶盒子,正与壁画上的盒子吻合。打开盒子,里面是两枚舍利子。经考古专家鉴定,两枚舍利子皆为白玉质地的仿舍利子。这两枚白玉舍利与“昆山奇石和氏璧”又有什么关系呢?

净慧法师说,《圣光寺志》上有记载,此寺初建时有人将传世千年的和氏璧做玉玺时切下的边料,仿制成舍利子供奉到寺里。这个舍利子从此成了圣光寺的镇寺之宝……什么?原来那两枚白玉舍利,只是和氏璧做成玉玺时切下的边角料?

“这么多年,贫僧一直在探寻镇寺之宝的下落。”法师说,“没想到被先人埋入了地宫。千年来,兵灾、水灾都没有摧毁寺院,都是因为白玉舍利在镇守寺院啊!”

马琪问:“法师,舍利应是由佛祖释迦牟尼的真身肉骨形成,为什么要用白玉仿制舍利?”

这也是岳川想知道的。

法师没有直接回答。

他只笑笑说:“白玉也乃大地之舍利啊!”

佛教徒对于佛之舍利存有难逢难遇之想,奉为至高无上的圣物。世人对玉之难逢难遇之追求,与此有些相像。虽不是奉其为至高无上,却也是对玉石至爱无他啊。

发掘整理地宫文物的工作开始了，岳川和马琪准备离开。岳川要向净慧法师告别，马琪说他先去和专家打个招呼，然后去法师那里会合。

法师感谢岳川等画家对圣光寺古壁画的完美修葺，正是壁画的修复，才引来地宫宝藏的惊现。似乎确有佛力感应，这是圣光寺的福报。

岳川和法师约好，半年后回寺查看修复的壁画，再来和法师茶叙。这时，马琪匆匆赶来，面色慌张。法师看他一眼，笑笑说："阿弥陀佛！莫急，我们等着你呢。"马琪双手合十："法师多保重，我们要赶去西部，回来见。"

在回扬州的路上，马琪表现出的那种疯狂的兴奋让岳川陡然生疑。显然，圣光寺地宫的文物已引起马琪的浓厚兴趣，但岳川怎么也想不到，此时那两枚白玉舍利子已躺在马琪的密码箱里。直到法师在电话中告诉他，他们走后，舍利子不翼而飞了，他才想到马琪疯狂的原因。

在岳川的逼问下，马琪供认不讳。

"这是盗取文物的犯法行为，你不会不懂。"岳川十分愤怒。

"懂，可它是赝品。"

"纵是舍利赝品，也是古玉。"

"我、我不过是借来一用。"

"向谁借的？有借条吗？你到底要干什么用？"

"不是说昆山之玉吗？我想让岳明看看，到底是不是和田玉。"

"是不是和田玉与你有什么关系？难道你有权买卖吗？"

"岳川，我一直以为你是一个有情趣的人，结果眼睛里也只有钱。"马琪不屑地说。

"你什么意思？"

"你以为我只会把文物变成钱吗？不！"马琪兴奋地说，"我是想探究它的历史，想看它到底是不是昆山之玉，到底是不是和氏璧。我太好奇了，太渴望了解它了。"

岳川说："这些都是考古学家的事，用不着你偷偷摸摸地考证。而且，你也考证不出结果，反而会引起一场夺宝大战。我劝你赶快交回圣光寺，否则会引来灾祸。"

"我会马上交回去。"马琪保证，"哎，下了车先别回家，到我那里去喝会儿茶，我把岳明也请过来。"

到扬州已是晚上，马琪拉着岳川到自己的寓所，岳明已经等在那里。三人到露台的月光下坐定，马琪抑制不住地先将舍利子拿出给岳明看。就在这时，发生了一件奇异的事，亮出白玉时，众人眼前仿佛有一道白光闪过。

岳明和马琪皆不知所措。

岳川则突感头晕目眩。他紧闭双眼靠在椅子上，脑海里飞流出一些纷乱的画面，都是从未有过的。让他记住的只有一个，就是地宫壁画上捧着水晶盒子的女子鲜活的样子。

喝了岳明送到嘴边的水，岳川心理上有些抗拒清醒，但精神还是缓转了过来。

“这次掉到洪水里，肯定伤了身体。”岳明关切地说。马琪也不安地说：“可能吧。人的身体紧张过后再放松，就会不适应，发出警报。”马琪嘴上这样说，心里却犯嘀咕：看来这个白玉舍利非俗人所能拥有，挺邪乎的。

岳明看弟弟无大碍，才走到灯下认真看那白玉舍利。他已经听说了圣光寺发现地宫的事，所以谈话直接进入正题。

“怎么样？是不是和田玉？”马琪紧紧盯着岳明问。岳明说：“你看玉的本事比我强，是不是和田玉你心里有答案。”

马琪：“听老法师说，这是用和氏璧做玉玺时的边角料做成的。如果这是和田玉，那么和氏璧就是和田玉。天哪，这不是解决了历史上的千古悬案吗？”

岳明：“有和田玉的特质，但封存的年代久了，应该拿到国家考古中心用仪器测定，只要它透闪石的含量是90%以上，那就是和田玉。”

马琪：“肉眼应该也能判断吧。你看它表面没有一点氧化的痕迹，润亮、洁白……”

这时岳川起身：“哥，回家了。”

“茶还没喝呢，急什么！”马琪急了。岳明说：“岳川的女朋友从北京来了，我们先回去吧。”

什么？马琪和岳川同时表示意外。

“她怎么没打电话就来了？”岳川说。马琪则愤愤不平：“你什么时候有女朋友了？那……婵儿……你这家伙……”岳川平静地说：“婵儿和我有什么关系？她曾经是你的未婚妻。”

“可是，我的婚礼是你搅的局，她是为你离开我的！”马琪脸红脖子粗了。

“那得让她亲口说。”岳川大声喊道。

岳明拉了岳川就往外走，边走边说：“大晚上的，你们这是做什么！”马琪在他们身后喊:“明天我去圣光寺还舍利,后天我们去青海。听到了没有?”岳川没理他。

“听到了。”岳明回话。

婵儿这个名字,永远是一个“易燃易爆品”。无论是在岳川与马琪之间,还是在岳川与岳明兄弟之间,甚至是在岳川岳明与母亲之间,都是一谈就炸。也许,什么时候大家可以平静地面对这个话题了,婵儿也就可以回来了。

第四章

昆仑山上的草苍劲骨感，还有那些细碎的小花，生动清新。而她，却是为一块石头而来。

01 昆仑神话

岳川回到家，见一身淑女打扮的胡亚美正坐在自家客厅里与母亲拉家常，母亲那闪闪发亮的面庞，表明亚美入了她的法眼。亚美一看见岳川进门，便不顾一切地冲上来扑进了他的怀里，令岳明和岳母都感到尴尬。岳明转身离开，岳母则“咯咯”笑个不停。

“怎么没招呼一声就来了?”岳川感觉到了亚美的热切思念，但还是淡淡地说。

“给你惊喜啊。”亚美擦了把眼睛里的泪花。

“快洗洗手，我准备了夜宵，两个人都吃一点吧?”岳母匆匆离开。岳母刚一离去，胡亚美一下就吻住了岳川。岳川措手不及，急忙推开她，低声说:“亚美，我给你添点水。”

“你一点都不想我?”亚美娇嗔地问。

“想啊。”

“看不出来。”

“家里有人。”

“那又怎么样，又没外人。”看来，亚美真是被分离之苦熬坏了，她的直接和不克制，让岳川一时难以招架。

夜晚，亚美睡岳川的屋，岳川睡客厅沙发。岳明说自己要去厂里值班，让岳川睡了自己的屋。岳母因为第一天见亚美，不好说什么，其实她好想让岳川和亚美合睡一个屋。亚美则觉得他们在国外就住一个屋，那还有什么好客气的。当然，亚美知道回到家当着父母的面，还是要讲点礼数的，不能乱来。

岳川感到身体很疲惫，他向亚美和母亲道了晚安，先睡下了。亚美独自站在岳川的屋子里四处打量着。

小屋很洁净，显然是母亲打理的。两排书架上放着满满当当的书，除了绘画方面的，就是文学类和玉雕类，文学类的又以神话居多。是啊，她所爱的人是个崇拜超能力，具有非现实的理想追求的人，作品都是思考与探索自然并结合自己的想象力所产生的。神话是岳川进行创作的不竭源泉。

亚美看到书架下面有一些手稿，便随便抽出一本，打开一看是岳川的字迹。这时，岳母进来了，她是给亚美送新毛巾被的，看到亚美在探究岳川的书架，便走过来说：“我们家岳川啊，别的方面木讷，唯独喜欢读书，喜欢画，喜欢写。”

“我看他还喜欢雕呢，这是家传？”亚美问。岳母笑了：“哦，那是跟他哥哥学着玩呢。都不知道他脑袋里怎么就能装那么多东西。”

亚美拿到手里的这本手稿是岳川写的《昆仑神话》。夜里静静的，亚美展开手稿，在岳川的台灯下享受地读起来。

……半人半兽的西王母统领青鸟神兽打败了侵犯昆仑山、抢夺玉种的魔鬼亚旦，收兵回朝。这时，西周天子周穆王来访。

周穆王高大英武，充满智慧，统御四方，威震宇内。他以八骏神马为御驾，由七千兵勇为阵，西巡长驱万里，进入了昆仑之丘。一个容貌绝代、青鸟相伴的女神出来迎接，这就是换了妆的西王母。周穆王献上奇珍异宝。西王母盛情款待，瑶池畔歌舞升平，与周穆王对酒当歌。周穆王登上西王母居住的群玉山，一览昆仑。正在惬意之时，周穆王雄性的脚无意中踩到了蟒头上，地狱之门轰然打开，魔王亚旦率众妖孽侵袭昆仑山，劫掠了西王母精心培育的三千年才结一次果的蟠桃园，欲掠取玉种。

▲ 西王母与周穆王的神话传说，在我国历史典籍《穆天子传》中有所记载

西王母的龙兵虎将冲出去，却大败而归。正待西王母要上借天界之力时，周穆王尽显英雄本色，命大将军诺和率兵杀出去。魔王从未见过人类兵器，瞬间被战鼓、弓箭、火球吓退。西王母的女儿容真在山顶上把战事看得清楚，对指挥自若的大将军诺和顿生爱慕之心……

原来岳川也很懂爱情，他崇尚的一定是千古不变、地老天荒的爱情吧。

手稿最后写着改编自《山海经》《穆天子传》。亚美没看过这些古书，但她知道《山海经》是本奇书，至于《穆天子传》一定是写周穆王的传记。亚美认为原著里的爱情没有这么含蓄，一定是被赋予了岳川的人格因素。这时月亮西沉，亚美掩卷难眠，悄悄起身向岳川睡觉的屋走去。亚美轻轻推开门，不禁意外，只见岳川在黑暗中静静地坐着，似一尊泥塑。

“岳川，你怎么了？”亚美关切地问。

“刚做了个梦，好奇怪。”

“什么梦？能和我分享吗？”

“好像是一个远古时代，有车马牛羊，还到了一个洪荒的大山里……”岳川回忆着说。

“是昆仑山吗？”

岳川惊讶地望着亚美。

▲ 贺西京摄影作品《昆仑神韵》

“方才我在隔壁看你的《昆仑神话》，难道你有了感应？”

听亚美这么说，岳川舒了口气。梦境太清晰，醒来后他一时不知道身在何处。这样想来，好像就是昆仑山。

“我对你哥说了，我也跟你们去青海西藏。”亚美兴奋地说。

岳川接不了话。

梦里所有的记忆在他脑海里旋转，有些情节清晰得不能解释，难道创作过的东西会以梦的形式呈现给自己吗？在那梦里，他是周天子的大将军诺和，这让他陷入前世今生的轮回中。他并不相信什么前世今生,但相信这个世界上存在着人类还无法解释的秘密。自从掉进地宫,他的内心似乎起了变化,并不是因惊吓造成了心理障碍,而是意识有时候不受自己控制,恍恍惚惚的。马琪拿出那两枚白玉舍利时,那道白光击到了自己。瞬间,那位壁画女子出现在脑海,岳川挥之不去,抓又抓不住,很痛苦。岳川想,明天他必须催马琪把白玉舍利还回圣光寺,镇寺之宝,岂能轻易辱没。

岳川掉进地宫的事,家里人和亚美并不知道,这是岳明和岳川达成的盟约,被家里人担心总是很麻烦的事。比起家庭的关怀,岳川好像更需要安静的环境。现在他就很想让亚美回房间去,他需要安静一会儿。没等到他说,亚美说话了:“躺下睡会儿吧,还有两小时天就亮了。”

亚美说着把岳川按倒在枕头上,自己也挤上床。亚美火热柔软的身体让刚刚经历了暴雨洪水袭击的岳川沉沉入睡,一夜无话。

岳明晚上并不值班,只是为了给弟弟让个方便。他来到厂里才知道今晚值班的是石冬生。冬生见岳明来厂里也不奇怪,因为岳明常常会夜间来厂里巡视一圈。冬生对他说,下个星期想请假回一趟西安,一是家里有些事要处理,二是秋生的生日想去陪陪秋生。岳明说没问题,他也要去格尔木,如果时间来得及,会赶过去给秋生过个生日。

石冬生沉默片刻说:“还有一年秋生就期满了。如果秋生让我回西安,你说我回吗?”

“我当然希望你留在扬州,”岳明说,“秋生若愿意来扬州我则求之不得。”石冬生眼睛里满含着感激,她抱歉地说:“今天阿姨让我去家里,说北京来了客人,我那会儿脱不开身……”

“噢,没关系,是岳川的同学来了。”

“同学?不是女朋友?”

“也许是吧。”岳明笑了,“我还搞不清楚。”石冬生有些责怪地说:“你这当哥哥的,搞不清楚弟弟,也搞不清楚自己。”

“嗯?”岳明问,“我怎么搞不清楚自己了?”冬生说:“不对,是阿姨说搞不清楚你在想什么。”

岳明欲言又止地走出值班室,站在院子里透风,心里想着冬生的话。接着又想到亚美,这个圆润、爽朗,并不是很漂亮但很可爱的北京女孩儿,好像很爱岳川的样子。如果他们要相伴去青藏线,那到了格尔木又怎么面对婵儿?想到这些事,让岳明总是有些心乱。

冬生坐在值班室里静静地看着书。沈佩奇从窗外经过，一眼看到冬生，不由地停下脚步，片刻后才悄没声地离去。岳明看在眼里，心想，如果把这俩人撮合到一起，冬生就永远留在扬州了。

第二天，马琪悄悄去圣光寺把舍利还给了法师。

法师说："施主爱玉却不知玉。"

言念君子，温其如玉，在中国传统文化中，玉从来都是美好品德的象征。

"再也没脸见法师了！"马琪回来后对岳川说，"从没见过他那么严肃地对我。"岳川说："你知足吧！法师已经开恩了，没杖责你，没追究你的刑事责任。"

02 玉出昆仑

神仙在昆仑山种下的玉苗，到今天能产出多少美玉，恐怕神仙自己也难以预估。古书记载"玉出昆仑"，昆仑山北麓的和田玉让人类享用了几千年。然而，20世纪90年代，青海省格尔木市境内昆仑山玉虚峰下发现的玉矿带，震撼了国内玉石市场。再后来，青海的昆仑玉动摇了和田玉在玉界的至尊地位。

因一块块石头，每天都在上演着惊心动魄的财富传奇。在追逐格尔木玉石的人群中，苏婵是来得比较早的扬州人。

▲ 昆仑山玉虚峰下的万宝沟，是名副其实的藏宝地。20世纪90年代初，民间寻宝人在此首次发现了昆仑美玉

这个时候，国营的玉石公司已经进山开矿。闻风而动的各路人马，都想在大山里实现发财梦。盗石者趋之若鹜，政府严令禁止上山捡石头，黑市上却仍然有人出手石头。

苏婵从宾馆搬出来，在一个干净的大院子里租住了两间民房。大院子的前院后院都住着从内地来的人。房东姓姚，人很好。他原籍河南，在格尔木修过公路、挖过渠，什么苦力活都干过。女主人做过理发师，做过小本生意。夫妻俩在格尔木十多年，创下了这份家业。他们有一个水灵灵的女儿叫瑶瑶，正在上中学。现在五十多岁的老姚有时也去山上背石头，但是十去九空。

安顿好住处后，苏婵去二手车市场买了一部小货车，每天和龙宝亮开车去黑

市和昆仑山下的河滩地带转一圈。那些从山上背下石头的人会绕开卡子，就手把货倒给他们，可惜背石头的人并不识玉，什么石头白就背什么，再加上昼伏夜出，能背到真玉石的人少之又少。好在苏婵懂玉，她总会挑到自己满意的石头。

这天，她遇到一块石头，石头上面有块皮色，形成了一个蝉的图案。卖主只要二十元就出手。苏婵二话不说，掏出钱就要把它买下来。卖主一看苏婵对这块石头格外爽快，便收起不卖了。龙宝亮看出卖主的意图，假意拉着苏婵要离开，可苏婵似乎被钉在了原地，一动不动。

她问卖主："你要多少才肯卖?"

卖主说："两百块。"

龙宝亮一惊："十倍啊？你怎么不要五百呢！"

卖主说："那就五百块。"

龙宝亮一急便冲着卖主喊："你……还来劲了?"

不料苏婵想都没想："五百就五百。"

"不行，姐，你不能要……"龙宝亮伸手要拦，苏婵已经把钱塞给卖主，抱起了那块石头。

龙宝亮恨自己为什么要多一嘴，让卖主从两百涨到了五百。苏婵安慰他说："他也不容易，从山顶上把石头背下来，还要躲过很多关卡。就算五百块也是便宜的。"龙宝亮说："可这块石包玉，谁知道里面有多少肉。"

苏婵自信地一笑："亏了算我的。"

这个时候已经有很多出租司机、淘金者、民工率先进入淘石头的行列。不懂玉不要紧，没有切割机也不要紧，他们会用别的石头砸开石头边缘看，砸的多了，对玉石外观的纹理也就了解了。通常几十块钱就能收一块几公斤乃至十几公斤重的石头，至于是不是真的玉石，就要看眼力和运气了。不过神仙都难度方寸，真不知道所谓的运气在哪里。

苏婵和龙宝亮只管专心看石头，却不知身后有两个淘金汉尾随着他们。淘金汉是弟兄两个，一个叫五毛，一个叫六毛。他们来自河西走廊，曾经在青海日月山一带淘过金，听说格尔木出了玉，又转辗到了黑三角。刚才他们千辛万苦背下来的石头，被苏婵定为石英石。看着还带着自己体温的石头成了路边石，兄弟俩死的心都有。

六毛强拉起颓然的五毛："走，跟着他们。"

"干啥?"五毛不懂。

六毛说："看点门道。"

五毛觉得还是弟弟聪明，立即起身。两人跟着目标没走两步，却见苏婵和龙宝亮开上小货车走了。“这石头，我好坏背不动了。”五毛丧气地说。六毛没说话，只是望着苏婵他们远去的车。

苏婵的小库房堆满了石头，但没有渠道运出格尔木。看到好石头，苏婵就手痒痒。她给王新文打去电话，希望公司能送玉雕机过来，这样他们可以一边收购石头，一边做一些摆件，等待时机出售。王新文自然非常支持，能拥有这么好的员工，真是公司的造化。

格尔木的天很蓝，云很薄，因为是夏季，苏婵还没有感受到高海拔的不适。这天，房东老姚喝了点酒，对苏婵和龙宝亮说，其实柴达木盆地是个魔鬼区域，一旦沙尘暴来了，遮天蔽日，方圆几百里什么也看不到。就这样，无数想发财的人还是来，就像灯影扑火。他说的灯影就是飞蛾……

瑶瑶妈骂道：“喝点酒你就话多，讨人嫌。”

瑶瑶爸觉得没趣，便沉默不语了。龙宝亮看他尴尬，便有意找话题：“昆仑山上的玉是怎么发现的？”瑶瑶爸的话匣子顿时再次打开，说是蒙古族的达西父子找矿时发现了玉，但他们所在的乡却没有开发矿的实力，让别人占了先机。

老姚还对苏婵说：“要想收到好玉，就要去纳赤台等着。”

纳赤台是青藏公路上一个小小的兵站供应站，在三岔河的南边。本来那里又偏远又清静，现在却成了“抓石头”（当地把进山偷石头叫作抓石头）的人藏石头、运石头的落脚点。但是，就是到纳赤台去收了石头，也没法绕过卡子弄回格尔木。

苏婵决定和龙宝亮走一趟纳赤台，瑶瑶妈阻止她说，那里都是些不要命的淘金汉，还有监狱释放犯和逃犯，一个女孩子家去了危险。龙宝亮也有些犹豫，他怀疑自己没有保护苏婵的能力。可是，如果苏婵不去，光他自己去看石头还真有些拿不准。

有一种运气叫心想事成。这天，小院里来了一个格尔木大兵，他就是焦阳。焦阳的父亲在部队时，曾为青藏公路付出了青春和热血，焦阳从军重踏父亲的足迹，也是母亲的心愿。在格尔木，焦阳有很多忘年交，大多是父亲的故友，其中就有老姚。老姚是修路时和焦阳的父亲认识的。

瑶瑶妈急忙告诉苏婵，有一个部队连长要去纳赤台兵站送给养，可以跟着他们的车一起去。

苏婵出现在焦阳面前时，焦阳怔忡，他没想到在格尔木这种地方，会碰到苏婵这样的女子。在焦阳眼里，苏婵洁净姣好，像是昆仑山上下来的仙女。就在这一瞬间，石冬生闪现在他的脑海。这么久了，真不知道冬生姐现在怎么样了。

没人能拒绝一个仙女的请求。于是，苏婵第一次去纳赤台是跟着焦阳的车去的。车上拉了一些给纳赤台兵站送的蔬菜和米面油，驾驶室除了司机、焦阳，就只能坐下苏婵，龙宝亮坐在了车棚里。车上了公路，又上来一个蒙古族小伙子，坐在了龙宝亮身边。小伙子个子高高的，看上去很单纯耿直。

▲ 昆仑玉的发现者、报矿人达西。面前的青玉土皮料是他发现的第一块地表玉标样。1992 年 6 月，时任郭勒木德乡书记的达西带着待业在家的儿子旭辉开始进入昆仑山“寻宝”，直到 1993 年初在万宝沟发现了传说中的昆仑美玉

小伙子告诉龙宝亮，他是第一眼看到昆仑山顶地表玉矿盛景的人。龙宝亮说：“不是吧，我听说是达西父子先发现的。”小伙子眼睛一亮：“原来你知道达西父子啊，我就是达西的儿子巴森。”

“你真是巴森？”

“这还有假！我就是达西的种。”巴森一脸自豪。

龙宝亮立即仰望巴森。为了对得起龙宝亮崇敬的眼神，巴森向龙宝亮讲起了在昆仑山上发现宝玉的盛景。这些话对不同的人，他都讲过一百次了。

那是 1993 年初，当达西父子发现那些像啤酒瓶底一样漂亮的石头时，他们已经在昆仑山上跋涉了快一年了。因为坚信昆仑山有取之不尽的宝藏，他们跑遍了每个望得见的山峰。父子俩不辞辛苦，把寻宝变成了一种习惯，一种人生使命。发现漂亮石头这一天，他们车上还带着邻居巴特尔父子。

父亲达西是郭勒木德乡的工作人员，他认为自己执着地找矿，和那些怀揣发财梦的淘金客不同，他是为了响应政府找矿的号召，是为了发展地方经济让乡民们致富。长时间的奔波中，他几次跑坏了自家的吉普车。这一天，车进入昆仑山深处的谷地时抛锚了，就在抛锚的地方，他们发现了像啤酒瓶一样的碎石片。那些碎石片好似从山顶上流淌下来的瀑布。他们顺着石头一鼓作气爬上了山顶。天呐！山顶上五彩缤纷的奇石反射着太阳的光辉，几乎要耀瞎双眼。父子俩被强烈震慑，说不出一句话来。昆仑山上的神啊，你就在眼前吗？

后来达西才知道，这里是万宝沟。万宝沟，这个吉祥之地，让他们看到了神奇。于是，他们带回宝石的样品请地质专家鉴定，同时封锁消息，以保护那些裸露在山顶的宝藏。

万宝沟，探矿的人没少去过，但他们只勘探有色金属，并没留心玉这种矿种。所以地质部门的人认为达西就是拿来了一块普通的青色石头，并没有什么特别的价值。然而，一位叫华青春的工程师不忍让达西失望，说："我们帮你检测一下。没有数据分析，我们不能瞎说。"

达西满怀希望地离去。华青春也不负所望，连夜让检验室检测，检测结果显示这只是角闪石和阳启石之类的石头，没有什么价值。华青春不甘心，他把样片放在显微镜下看了三天，确定了这种透明的石头在以往的勘探中从未见过。他拿到检测室再次检测，终于确定这种阳启石占96%的透闪石，从它分子排列的毛毡结构看，应该是玉。华青春的检测结果在单位内引起热议，人们希望华青春是对的，但又不敢相信格尔木也会有玉。

华青春对达西说，初步检测这块石头是青玉，但要进一步确认还需要样本，也需要到发现它的现场察看。达西说自己和儿子在山里走了近两年才找到这个矿，具体位置不能透露，但他可以保证，那个地方这样碧青的石头很多，还有一些白色的石头，要去，也只能带华青春一个人去，并且要求保密。

华青春当然知道事关重大，政府规定，谁最先发现矿源，谁就拥有优先开采权，这样的商业机密涉及巨大的经济利益。华青春表示就自己一个人去，并且一定会守口如瓶。

两人一大早出发，五个小时的车行后徒步进山。等到达三岔口玉矿，爬到山顶时，华青春胸闷气喘地测了一下海拔，为5660米。

"华工，你看！"达西喊道。

华青春放眼望去，顿时心头一震，只见在澄蓝的天空下，大片大片碧绿的宝石裸露在阳光下，发出奇异的光芒。这是王母娘娘的藏宝洞暴露在光天化日之下了啊！达西看着华青春眼睛空洞、魂飞魄散地走

▲ 昆仑山上发现的裸露的地表玉原生矿

在石林中，得意地说："华工，我说的没错吧？"华青春已经意识到这是一座大型的地表玉矿，对格尔木的意义非同寻常。两人像熊瞎子掰玉米一样，拣了丢、丢了又拣地捧回两块样品。

回去后，华青春立即让办公室的同事参照新疆和田玉的资料，对这一标本切片的透明度和油润性做了比较分析。结果显示，达西找到的是一座优质玉矿。华青春把这个新矿的发现立即向上级做了汇报。

格尔木发现玉矿的消息不胫而走，瞬间，达西家里门庭若市。人们打听着玉矿的消息，甚至有人白天黑夜地跟踪达西父子，想要发现玉矿的踪迹。

三岔口大型玉矿的发现惊动了市领导，一个由三十位局级以上的领导干部组成的队伍，在达西和华青春的引领下，直扑万宝沟，浩浩荡荡登上了昆仑山。

可能从未有过一个市政府的现场会议是在海拔 5660 米的高山上举行的。华青春在会上预见，在同地质构造的昆仑山中段和以北地区，还会大量发现这样的玉矿，不会局限于眼前的矿区。要实现规模化的开采，必须要有大量的投入，而达西所在的郭勒木德乡显然拿不出开采资金。市里希望他们能与有经济实力的国营公司合作。

▼ 从格尔木出发，沿青藏公路线行驶 120 公里即是昆仑山纳赤台地区的三岔口（因地处野牛沟、小南川、昆仑河三岔之处而得名），地理坐标为三岔河铁路大桥。铁路大桥下的便道向北行 13 公里，便是全国最大的白玉产区。

实力不对等的两方显然是不能合作共事的，达西最终只拿到了三万元的项目转让费，价值百亿元的大型玉矿就花落别家了。二十多年后，格尔木果然成了著名的玉城，亿万富翁遍地，而达西所在的郭勒木德乡，还保持着纯朴的原生态模样。达西父子仅仅是发现宝藏的人，他们与那巨大的财富失之交臂。

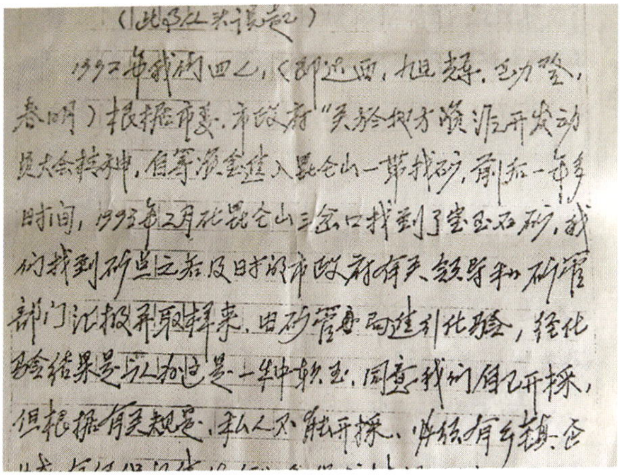

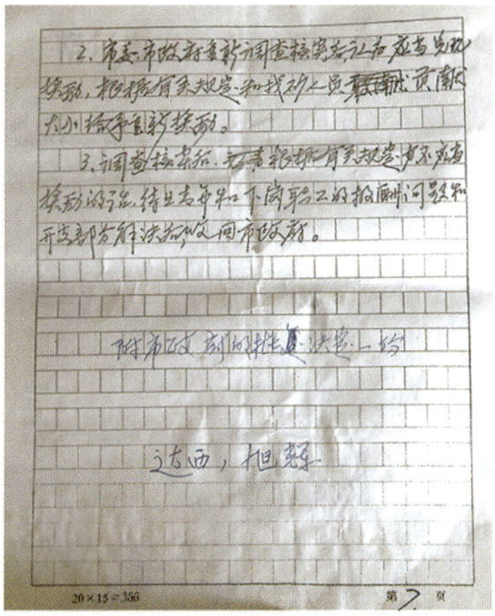

▲ 达西等人 1993 年初在万宝沟发现玉矿的原始报矿材料(摘要)影印件
1993 年 1 月 27 日，达西与儿子旭辉及格尔木农牧经营管理站的巴力登与儿子春明，一行四人在三岔口东侧的万宝沟发现青玉矿源；1 月 30 日，又在万宝沟的旭峰上发现带翠的白玉矿源

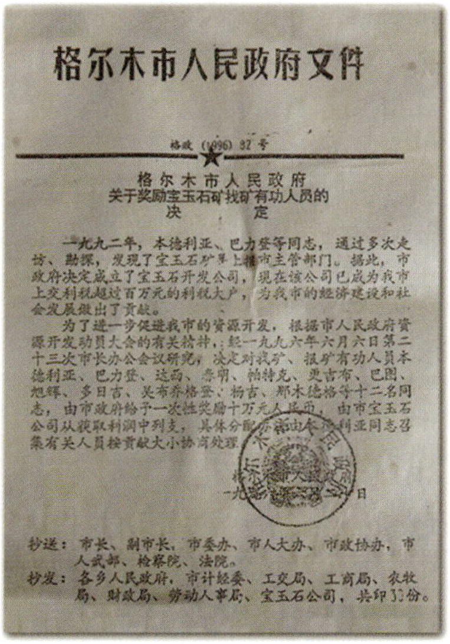

格尔木市人民政府文件

格政（1996）32号

格尔木市人民政府
关于奖励宝玉石矿找矿有功人员的
决　定

一九九二年，本德利亚、巴力登等同志，通过多次走访、勘探，发现了宝玉石矿并上报市主管部门。据此，市政府决定成立了宝玉石开发公司，现在该公司已成为我市上交利税超过百万元的利税大户，为我市的经济建设和社会发展做出了贡献。

为了进一步促进我市的资源开发，根据市人民政府资源开发动员大会的有关精神，经一九九六年六月六日第二十三次市长办公会议研究，决定对找矿、报矿有功人员本德利亚、巴力登、达西、春明、柏特克、更吉布、巴图、旭辉、多日吉、吴布乔格登、杨吉、那木德格等十二名同志，由市政府给予一次性奖励十万元人民币，由市宝玉石公司从获取利润中列支，具体分配办法由本德利亚同志召集有关人员按贡献大小协商处理。

一九……日

抄送：市长、副市长、市委办、市人大办、市政协办、市人武部、检察院、法院。

抄发：各乡人民政府，市计经委、工交局、工商局、农牧局、财政局、劳动人事局、宝玉石公司，共印33份。

▲ 政府奖励民间找矿、报矿人的原始文件影印件

龙宝亮无限同情地望着巴森。巴森却望着昆仑山豪迈地说：“没有关系，昆仑山有的是玉矿，我随手一指就是一个。”

驾驶室里很安静。焦阳有个习惯，坐在车上从不说话影响司机，这反而把司机瞌睡得死去活来，央求道：“连长，唱个歌吧。”焦阳瞪他一眼，低声说：“好好开你的车。”司机又望向苏婵，焦阳知道他想让苏婵唱歌，便又低声命令：“别胡闹。”司机便没好意思把话说出来。

通往纳赤台的路是空旷寂寞的，苏婵却饶有兴致地望着窗外，一会儿看云，一会儿看山，看到黑牦牛也会睁大眼睛，更不要说偶遇两只野黄羊了。听到苏婵惊讶地轻轻吸气，焦阳就望向窗侧，果然见到了活物，觉得苏婵的天真

很可爱。

还不到纳赤台，巴森说要去找个人，就下车离去了。龙宝亮望着巴森的背影，心想，也好，他不曾拥有过财富，就不会为财富所累。

03 纳赤台

苏婵做梦也没想到，自己会来到这么遥远的地方。她想起小时候看过的一个电影，上面有句台词是：“你还不如昆仑山上的一棵草。”昆仑山的草她看到了，苍劲骨感，还有那些细碎的小花，生动清新。而她，却是为一块石头而来。

纳赤台在青海省格尔木市西南方向的青藏公路边上，距离格尔木市区 94 公里。它处在昆仑山系的沙松乌拉山和博卡雷克塔格尔山之间，昆仑河的北岸。“纳赤台”系藏语译名，意思是沼泽中的台地。

焦阳告诉苏婵，纳赤台原本的居民、部队官兵、养路工加起来，也不过一百人，现在却很热闹，什么样的人都有。因为当天就要返回格尔木，他希望苏婵抓紧时间返回到停车的地方。

苏婵和龙宝亮走在马路上，她戴着口罩，裹着丝巾，只露出两颗水雾朦胧的大眼睛。不远处就摆着石头地摊，有点成色的石头还被摊主们遮遮掩掩地放着。看到苏婵一声不吭地只是看，不说话，便有人跟在了她身后，然后小声地请她到附近居民家里去看看。苏婵和龙宝亮交换了眼神，觉得此人不像坏人，便让他带路进到居民家里去看石头。所谓的居民家，也都是临时搭建的民居，但这里别有洞天，很多好看的石头被藏在家中的床底下、锅台边，只在上面盖些东西，避免被上面来的人没收充公。苏婵还真选中了两块，也不贵。可是怎么带回格尔木呢？焦阳的车肯给带吗？龙宝亮说：“咱们什么也别说，直接往车上搬，他不让带了再说。”还有几块苏婵也想要，龙宝亮说下回吧。两块石头才花了六百块钱，买卖双方都欢喜。

苏婵他们赶回供应站时，焦阳的车已等在门口。龙宝亮背起石头往车厢里放时，被焦阳叫住了。焦阳说：“虽说不查，但也不能明目张胆地运石头啊。”他让龙宝亮把石头放在了驾驶室的座位下面：“好在你们不贪，拿得多了，我还真帮不了你们。”苏婵心中很感激，只说：“焦连长，到了格尔木，我请你们吃烤肉。”

焦阳看了一眼垂涎欲滴的小司机，只好说：“到了再说吧。”同时又对小司机说：“去昆仑泉那边绕一下。”苏婵明白，焦阳这是照顾他们第一次来，要让他们领略一下昆仑泉胜景。

很快就到了昆仑泉，焦阳说：“这也叫纳赤台清泉。”苏婵看到泉池四周是由花石板砌成的多边形图案，中央一股清泉从池底喷涌而出，水量很大，形成一个晶莹透亮的蘑菇花。泉水冷冽、清澈、透明。

小司机告诉苏婵，这里海拔 3540 米，属于高寒地区，但这泉水有 20 度，一年四季从不会封冻。它是昆仑山中最大的不冻泉，人们叫它“冰山甘露”。谁也不知道泉眼下面通向哪里。他说：“当地藏民叫它神泉，还常来对泉水磕头呢。”

▲ 纳赤台的不冻泉，被称为昆仑神泉，是进藏途中的打卡地。传说喝一口此泉中的圣水就能百病不侵

焦阳接过话茬，讲了一段传说。说当年西王母在昆仑山的瑶池之畔宴请各路神仙。席间，每个神都在表明自己的功绩和神通。创造神凡摩说要将昆仑山之北造成花氆氇（氆氇是藏语音译，一种羊毛织品，可以做毯子、衣服等，此处意为鲜花开得毛毯一般）之地，让那里草肥、水美、牛羊壮，碧野千里飘奶香。西王母听得心旷神怡，特赠凡摩几樽瑶池琼浆。宴会散后，凡摩返回途中，他忍不住喝掉琼浆，不料大醉。金樽扔到地上，溢出的琼浆就化成了昆仑泉。

“原来这都是西王母琼浆啊，那一定要喝一口。”苏婵笑道。

小司机跑过去从车上取来水杯，为他们舀水喝。苏婵的笑脸和喝水的样子单纯可爱，焦阳忍不住多看了两眼。

“连长，你也尝尝。”小司机把苏婵喝过的水举到焦阳面前。苏婵忙说：“把水换了吧。”却见焦阳咕嘟咕嘟地喝了下去，苏婵顿时脸红。小司机说：“我们当兵的不讲究那些，一壶水常常全班人喝，谁的口水都尝过。”

焦阳擦了把嘴说：“在内地可喝不上这样甘甜的水。”

龙宝亮说他这辈子最遗憾的事就是没当过兵。小司机说：“你有手艺，这是我们比不过的。”龙宝亮说手艺谁都能学，可是当兵，错过了机会就一辈子都别想了。两个小伙子一来二去地争论着，剩下焦阳和苏婵干站在一旁。

“你贵姓？”焦阳第一次询问苏婵。

“姓苏，叫苏婵。”苏婵简短地回答。

“南方人吗？”

“是，扬州人。”

焦阳眼睛一亮说：“我一个姐姐现在也在扬州。”

“是吗？那你去过扬州吗？”

“没有，等转业了想去看看。”

“快转业了吗？”

“已经打报告了。扬州多好的地方，你一个女孩子家怎么来到这里？”

“公司在新疆，是老板派过来的。”

“你们老板可真狠。”

“我觉得格尔木挺好。”苏婵笑笑说。焦阳没再说什么。在苏婵眼里，焦阳是个十足的军人形象，长得周正、挺拔，生活中一定是个不折不扣的男子汉。

龙宝亮突然想起车上遇到的巴森，便大声说：“哎，我问你们，咱们来的路上，车上捎脚的那个小伙子，你们猜是谁？”

三个人同时问：“谁？”

龙宝亮说：“他就是最先在昆仑山发现玉的人。”

焦阳问：“达西的儿子？”

“对，他叫巴森。”

“哎呀，你怎么不早说，英雄和我们擦肩而过啊。”小司机遗憾地说。龙宝亮说：“可惜啊，他们父子矿也没到手，连政府奖励的十万元钱都没拿到。”

“怎么回事？”

“说来话长。”

焦阳说：“先上车，有你讲故事的时候。”

到达格尔木，正是晚饭时间，苏婵如约请焦阳和小司机吃了烤羊排。这里的烤羊排外焦里嫩，肉烂味香，老板说具有补血、补虚、补阳等功效。饭桌上，龙宝亮又讲了巴森和他父亲的故事。焦阳的小司机听着故事吃羊排，十分惬意，四个人相谈甚欢。吃饱喝足，焦阳把自己的联系方式留给了苏婵，说自己每星期都会去纳赤台，如果方便可以带他们去。苏婵觉得太麻烦对方，婉言谢绝了，龙宝亮则深感惋惜。

焦阳和小司机又送苏婵两人回姚家大院，卸下了那两块石头。因为劳累，也因为劳有所得,苏婵这一夜睡得香甜。

可苏婵怎么也没想到,一觉醒来,她用几个月时间辛辛苦苦买来的,价值十几万元的石头不翼而飞了。盗贼从仓库的后墙挖了个大洞,把石头一个不剩地搬走了。龙宝亮放声大哭,苏婵脸色苍白,完全傻了。

“快报警!”瑶瑶爸爸老姚气愤地说,“这些盗贼太猖狂了,竟敢把人家的墙都给挖了个洞!”苏婵冷静了下来,她说:“倒卖石头本来就是非法的,如果报了案,警察会不会追究我们的事儿?”

正在大家犹疑不定时,焦阳得到消息赶来,他果断地说:“必须报警。不报警,盗贼下回就要大模大样地登堂入室了。”

警察很快从车辙上锁定了盗贼离去的方向。可是,所有的痕迹到了河滩消失不见了。看来这贼还是很有经验的,知道怎么销赃灭迹。几天过去了,公安局再无新的发现,苏婵这才想起,该怎么对老板说呀?龙宝亮说:“别说,赶紧再收石头,这样才能弥补老板的损失。”

本来把石头卖了再买石头,分公司可以创年内最佳,苏婵和龙宝亮如此勤奋,都是为了给王新文的信任一个回报。可现在出了这么大的事,再拿什么做本钱呢?

龙宝亮神秘地说:“幸亏昨天从纳赤台带回来的两块石头,我没往库房放,放在我床底下了。”

“啊?你太棒了!”苏婵兴奋地给了龙宝亮一拳。龙宝亮疼得直吸冷气。有了这两块石头,他们翻身就有指望了。这个时候内地已经有玉商来格尔木看原料,这些人大多在宾馆落脚。苏婵和龙宝亮把石头抱去宾馆,遇到一个贵州来的名叫王老八的玉商,他看料火眼金睛,掏三千块钱买走了两块石头。

苏婵不可惜花去的钱,可惜的是那些石头,其中有几块皮色很好,尤其是那块带蝉图形的石头,她都想好要做成什么了。真是太可惜了!焦阳那天匆匆赶来又果断报警,让苏婵心里暖暖的。离开扬州这些日子,除了师哥,还没有一个男人能给她这种依靠和力量,真是让她心存感激。

一周后,焦阳再次来到小院,说要去纳赤台,问苏婵他们是否搭车。龙宝亮急赤白脸地说:“这次不能拒绝了,若不去怎么向老板交代?”于是他们搭车去了,此后变成了每周都去。

可是,没等苏婵和龙宝亮把损失补回来,老板王新文就来了。听说一仓库的石头都被盗,王新文顿时怒火冲天,二话不说,就要辞退苏婵和龙宝亮,并且要他们一个月内赔偿公司的二十万投入,否则法庭见。龙宝亮深感委屈,觉得自己也

就算了，苏姐那么为公司尽力，也惨遭抛弃，真是伤了员工的心。他安慰苏婵说：“姐，别难过，咱正好自己干，我就不信干不出名堂。”苏婵却说：“石头是在咱们手里丢的，老板正在气头上，说的话你别放在心上。”

第二天，王新文从派出所回来，了解了案情后，平静了许多。他说收回自己头天说的话，这事也不能全怪苏婵和龙宝亮，做生意总有各种各样的闪失，如果苏婵和龙宝亮半个月内能赚回本钱，他可以既往不咎。这下，由一个月赔偿二十万，否则法庭见，变成了半个月赚回二十万，既往不咎了。当然，如果赚不回来，恐怕老板也是无情的。

苏婵顿时心中充满了寒意。“还是以你昨天的话为准吧，”她对老板说，“一个月赔你二十万，否则法庭上见。”

王新文却急了：“我怎么知道你们是不是监守自盗呢？”

“你活该不知道！”龙宝亮也豁出去了。

“派出所就在旁边，你现在就可以去报案。”苏婵平静地说。王新文慌了神：“我，我不是那个意思。我是说，我不是说要辞退你们……”他一时间不知道该说什么，反正就是不想让苏婵离开。

龙宝亮怕苏婵被劝回去，就对王新文说：“你说出去的话，泼出去的水，你以为我们非你不可啊？”

“好你个龙宝亮！”王新文指着龙宝亮骂道，“我还好心给你带来了沙莉的信，你等着我给你。”龙宝亮立即笑眯眯地说：“啊哟，老板，谢谢你，快把信给我，私藏信件可是犯法的啊。你从那么远带过来，我得谢谢你！”

王新文把信扔给他：“你让我私藏，我还不知道藏在哪儿呢。”

龙宝亮拿起信就不见影儿了。

王新文用乞求的目光望着苏婵，等待她的回答。

“这样吧，老板，”苏婵说，“你说半个月就半个月。半个月内，如果我能给你还上款，咱们就两清了。如果还不上，你就是不辞退我，我也不好意思待在公司了。”王新文着急地说：“哎哎，你这是什么话，我怎么没听明白呢？还不上钱，你也不能走啊。”

“我进牢房！”

苏婵扔下这话走出房间。

她又一次把自己推向绝路。她一次不落地跟着焦阳去纳赤台，只有纳赤台可以让她见到最先从昆仑山上背下来的石头。可是，一个星期才能去一趟，收获很不理想。毕竟上山背石头的人都是门外汉，他们没有玉石方面的知识。山上有人守着，他们只能昼伏夜出，用手电照石头，看着透明就背，苏婵还得给他们扫盲。

这天，苏婵疲惫地从纳赤台回来，却见师哥岳明坐在小院等着她。苏婵见到亲人，险些喷出哭声，好在她克制住了自己，只是眼睛红了红。师父曾说，能克制自己不哭的女人，有狠毒的心肠。苏婵心想，自己可能就是这样有狠毒心肠的女人吧，多少次心里泪水滂沱，脸上却是云淡风轻。

岳明是从和田尤茹祥那里知道苏婵地址的，进院又听瑶瑶的爸爸讲了刚刚发生的事情。他并没有大惊小怪，只是对苏婵说："是福不是祸，是祸躲不过，你就全当是交了学费吧。"师哥无关痛痒的样子，让苏婵心里多少有些失望。不，更确切地说，师哥好像还有些幸灾乐祸，他希望自己受到的挫折更大些吗？估计是的。岳明想的正是如此，他认为一个女孩子家跑到这么远、这么艰苦的地方，早晚会出事的，好在现在出的只是小事。二十万元的石头在岳明看来确实也不是什么大数，不就是赔吗？

岳明告诉苏婵岳川也来了。

"人呢？"苏婵不禁四处寻觅。

苏婵激动的眼神让岳明心疼。"别找了，"他说，"岳川先去西藏了，回来的时候才在格尔木停留。"

"哦。"苏婵轻轻应了声不再说话。

岳明觉得必须告诉苏婵一件事，便说："婵儿，岳川是两个人去西藏的。"聪明的苏婵立即明白了，又轻轻"哦"了一声。岳明又说："我也是两个人来的格尔木。"这回苏婵却笑了，问道："是嫂子吗，人呢？"就这一问，岳明觉得自己和婵儿之间完全没有可能了，在婵儿心里，他永远只是师哥。也许求婵儿嫁给自己并不难，但岳明要的不是这种感情。

想到这些，岳明有些发狠地说："不是，是马琪。"苏婵脸上的笑容没了，有些紧张地问："你、你怎么把他带来了？"

岳明又把马琪推到自己面前，表明马琪心中也无她苏婵。罢了！什么都别指望了。苏婵想着站了起来："师哥，我请你去外面吃饭，吃完饭我还要去石头市场找石头去。"

岳明注意到了苏婵神色的变化。

"婵儿，你不要误会。"他解释说，"马琪并不知道你在格尔木，岳川也不知道。到了格尔木马琪身体不舒服才留下的。我把他留在宾馆才出来找你的。"苏婵情绪激动地说："他知道也没关系，他总不会又把我妈带来逼我回去吧！"

岳明抱歉地说："婵儿，对不起！上次是我打电话没注意……后来我才知道。"

“师哥,别说了,我还信不过你吗?”

说着两人出门吃饭,临出门苏婵叫上了龙宝亮。

岳明和苏婵这顿饭吃得心事重重,因为有龙宝亮在,还不得不闲聊些格尔木的事。三个与苏婵有关的男人一下子都来到苏婵面前,又是在这种时候。苏婵心中沉沉的,想见的,不想见的,此时都成了负担。

04 原来是你

吃完饭,苏婵和龙宝亮开着小货车去“黑三角”石头黑市去转,岳明正好也要去市场看看,就此跟随。市场很小,但五花八门的人都有,各种货色的石头也都有。

在一个人力车上,苏婵忽然发现一块石头的皮色很熟悉,她走去翻过来一看,上面有个蝉的图案。这不正是自己丢了的石头吗?龙宝亮差点喊出来,苏婵急忙用目光制止了他。石头的主人是两个人,都用帽檐挡着眼睛,并不看买主是谁。看到那块带蝉图形的石头,岳明很有兴趣,对方要价两百元,岳明不由分说要买,被苏婵拦住了。

“这些石头本来就是我们的。”龙宝亮把岳明拉到一边悄声说。岳明顿时明白了。

“兄弟,你这一车石头我都要了。”他走过去对卖主说。俩人同时抬起头,惊喜地望着岳明:“真的?”

▲ 格尔木尕十字(三角)民间玉石交易市场

原来是五毛和六毛弟兄俩。

苏婵和龙宝亮立即扭头隐身人后。

“当然是真的,报个价吧。”岳明说。

六毛抢先说:“两千五。”

五毛说:“你要真心要,这一车给两千就行了。”

其实,为了掩盖真相,这兄弟俩在路边随便捡了几块石头放进车里。没想到这也能卖钱,兄弟俩像遇到了贵人。

岳明说："我要的石头多，你们如果家里还有，就都给我。"

"有有有！"六毛点头如捣蒜，"你等着，我去给你拉。"岳明说："不必了，我看你这里面还有以次充好的石头，带我去你家挑选才行。"六毛望着五毛，等五毛的决定。"就你一个人啊，"五毛想了想说，"跟我们走吧。"

五毛六毛拉起小车，带着岳明向市场外走去。走出市场，小车突然拐弯朝着河滩走去。岳明不动声色地跟着。走了一里多路来到一个大石头旁边。五毛停下来左右看看，对六毛使了个眼色。

"挖！"他说。

六毛从小车上拿下一把铁锹挖了起来，不大工夫从大石头底下挖出一堆石头。"这才是真正的好石头啊！"岳明惊喜地说。

这时只听得一声大吼："啊！原来是你们两个！"

五毛六毛一惊，抬头看见龙宝亮和苏婵站在他们面前。两人立即一个拿铁锹，一个捡起石块，准备应战。

"你们俩小毛贼！"龙宝亮冲着他们喊道，"你们害得我们丢了工作，还欠了一屁股债。现在怎么着？还要打架吗？来！动手吧。警察马上就到。"五毛硬着头皮说："这石头是我们抓来的，和你们有什么关系？"

"不怕你嘴硬，"龙宝亮说，"我们的石头上都有记号。你们是交石头，还是进局子，一会儿对警察说吧。"六毛也算是见过些风雨的人，嘴硬："局子又不是你们家的，你少吓唬我们！有本事就下来！"

看来，一场肉搏战在所难免。

"姐，你靠后，"龙宝亮对苏婵说，"这两天我手痒得厉害，打一架就好了。警察来了你作证啊。"苏婵故意担心地说："宝亮，你可别像上次那样，一不小心又把人给打死了。"龙宝亮说："不打死人，我还来不了格尔木呢。没事，打死了河滩里一埋，谁也找不到。"

五毛紧张了，他小声对六毛说："我一喊，咱们两个就分头往两边跑。"六毛还在犹豫："哥，石头不要了？"

"还是要命吧！"五毛说。

一听这个，六毛尿了，他转头对龙宝亮说："哎哎，别别别打，咱们有话好商量。"龙宝亮大声说："跟你个贼有什么可商量的，打！"说着一声大吼，跳上前去。

五毛六毛兄弟拔腿朝两边跑去。

"不许跑！"龙宝亮一边喊一边假意要追。

苏婵和岳明都笑了。

"快看看，有没有损失。"岳明对苏婵说。苏婵跳下埋石头的坑，见自己的石头几乎都在，不禁舒心地长出了口气。岳明说："婵儿，这些石头我都要了，你要什么价我都不还价。"

苏婵说："你也不怕看走了眼？"

"婵儿看上的，错不了。"

"可是你怎么往回运呢？"

"不着急，政府的禁令总会撤销的。"

"你可真有耐心。"

龙宝亮去镇上租了辆小货车，当晚把所有的石头运回了小院。听说是五毛六毛干的，瑶瑶爸爸老姚气疯了。这弟兄俩原是淘金客，要不是前年在戈壁滩上老姚接济他们，早饿死被狼吃了，现在他们却来挖姚家的墙角！人心真是险恶啊！不行，一定要报警。

瑶瑶妈说："算了，人都不知道跑哪儿去了。苏婵他们都没有追究，我们也得饶人处且饶人吧。"

"就怕你今天饶了他们，明天他们会偷到你家里来。"瑶瑶爸说，"这世上最不能信的就是小偷和妓女。"瑶瑶妈笑问："要说小偷不可信，你是现在遇到了；要说妓女不可信，你也遇到过？"

瑶瑶爸张口结舌，半晌才说："男人说个话，你就等在半路上杀回马枪。你这个人，没意思。"

瑶瑶妈笑着离开。

岳明决定先回宾馆，马琪也该等得着急了。

苏婵送他出小院。岳明问苏婵："婵儿，事情都过去两年了，你真的不想见见马琪吗？"

"见面有什么意思。"苏婵说，"是我对不起他，就是道歉也没用。师哥，今天的事我得谢谢你。"

"我什么都没做呀。"

"要不是你引着他们去拉石头，我们一时半会儿还找不回所有的石头呢。"

"只能说你们运气好。"

两人正说着，见焦阳走了过来。

苏婵指着焦阳说："师哥我介绍一下……"

岳明一眼认出了焦阳："哎？怎么是你？"

焦阳也大感意外。"大哥，你来格尔木了？"他看看苏婵又看看岳明，"你们认识？"苏婵说："他是我师哥啊。"然后又惊讶地问，"你们怎么认识的呀？"

岳明和焦阳都没顾上回答苏婵。

“这世界可真小！说你在格尔木当兵，还真就碰上了。”岳明对焦阳说。“是啊是啊！”焦阳说，“要知道你会来格尔木，上次在西安就给你留下联系地址了。大哥，冬生姐好吗？”

苏婵听着更迷茫了。

“好，很适应扬州。前几天她回西安了，说给秋生过生日。”岳明有点不自在地回答焦阳。“那太好了，”焦阳说，“我最近几天也要回去。大哥，我的转业报告批下来了。”

苏婵一怔：“这么快？”

“你干得好好的，怎么就转业了？”岳明不解地问。“有些具体情况吧，”焦阳说，“我也没想到批得这么快。”

苏婵有些意外，焦阳一走，自己去纳赤台就没那么方便了。再说，好不容易有了一个不错的朋友，又要走了。为了不表现出来自己情绪的突然低落，苏婵岔开了话题，她问岳明：“师哥，你和焦阳连长怎么认识的？冬生是谁？秋生又是谁？”

岳明笑了。

“看到了吧，”他对苏婵说，“你已经走得太久太远了。这些话我得给你当故事讲。”

焦阳说：“大哥，机会难得，今晚我请你俩去喝酒，咱们得好好叙叙。”岳明看看苏婵，对焦阳说：“你要不急着走，就再找机会吧。我还有一个同伴，在宾馆等着呢。”

“一起啊，反正你们也得吃晚饭。”焦阳说，“找机会不如撞机会，就今晚吧，你说呢苏婵？”苏婵说：“你们去吧，我还有点事。焦阳，我们丢的石头都找回来了……”

“真的？格尔木的警察真不是盖的。”焦阳惊喜地说。苏婵指着岳明，玩笑说：“是这个警察找到的。”焦阳疑惑地望着岳明。岳明笑了笑说：“这件事回头再说，我先给宾馆打个电话。”

岳明走到一边打电话。

“你的石头就是你的，谁也别想拿走。”焦阳对苏婵说，“看来，王老板是留不住你们了。”苏婵低声对焦阳说：“晚上你们吃饭，在宾馆那人面前别提到我，也别说认识我。”

焦阳一愣：“为什么？是你的追求者？”

苏婵摇摇头：“是债主。”

焦阳半信半疑地望着苏婵，没再多问，心中却多了一层疑云，这个像水一样纯的女孩子还会欠别人债？欠了多少债要躲到格尔木来？

半个小时后，焦阳见到了马琪。几杯酒下肚，马琪就把自己曾在新婚之日被新娘子放鸽子的故事讲给焦阳听了，但并没有提到新娘子的名字。焦阳听着有趣，岳明则一直保持沉默。

马琪结婚未遂的故事，岳明已听了不下十遍，有马琪自己讲的，也有别人讲的。不管谁讲，都越讲越离谱。马琪说他现在能在陌生人面前谈笑自如地说出自己的囧事，是因为已经释怀。在岳明看来，恰恰相反，马琪是因为忘不掉才一遍遍用讲述来磨砺内心，可这样的行为或许会让他麻木，或许会反过来对苏婵造成伤害。若真对苏婵不利，岳明是不会坐视不管的。

晚上焦阳离去后，岳川从拉萨宾馆打来电话。岳川情绪很好，说他有些高原反应，而亚美则完全没感觉，这可能是男女之间的差别吧。岳明问他大约什么时候可以到格尔木，岳川说计划去日喀则、羊湖、纳木错、林芝等地，还要看看布达拉宫，怎么也得半个月后吧。他说："对了，亚美还想去珠峰大本营看看。"岳明说那样就不等他们了，自己还有事去西安。

正说着，马琪走过来一把抢过电话，大声说："岳川，你可不能把我甩了，我去找你们。"

听得岳川在跟马琪约时间地点，岳明走出房间。

此时，岳明心里很乱。他不知道该不该把苏婵在格尔木的事情告诉马琪和岳川，告诉吧，怕给苏婵带来困扰；不告诉吧，又觉得自己不够坦荡。这样一边想着，一边散步，竟不知不觉走到了姚家大院门口。

忽听有人在说话，他停下了脚步望去。

月光下苏婵姣好的身影印在墙上，离她一米远，站着一个男人。岳明一时进退两难。

一个男人的声音传来："小苏，我只是想知道，你到底欠马琪多少钱？也许我能帮你。"像是焦阳。

"你一个当兵的，想用什么帮我？"苏婵有些好笑。

焦阳："我们不是可以再去抓石头吗？"

苏婵："焦连长，你就安心转业走吧，不要管与你不相干的事了。"

焦阳："怎么是不相干的事？我们在昆仑山脚下的格尔木相识，不能说没有缘分吧？朋友有事，我怎么能安心走呢。"

苏婵："我实话告诉你吧，我欠马琪的不是钱债。"

焦阳："不是钱债？那是什么？"

苏婵："是情债！"

这是焦阳没有想到的。他一愣，脑海里开始不由自主地把苏婵和马琪往一起拼接。苏婵却毫不隐瞒地讲了出来："两年前，我差一点和马琪结婚，但是婚礼那天，我……"

"逃跑新娘！原来是你？"焦阳喊了出来。

苏婵惊讶地问："你怎么知道？"

岳明觉得不能再听下去了，转身离开。这傻妮子能把这些话讲给焦阳，说明对焦阳是亲近的。离家两年，苏婵已经长大，也变了许多，对于终身大事的选择，应该会更慎重吧。焦阳虽是秋生的朋友，但毕竟自己不知他的为人，苏婵又了解他多少呢？

事到如今，岳明对苏婵的那份厚重的感情，愈加让岳明无法表达。真怕话一出口，便覆水难收。

05 生死青藏线

青藏线汇聚了黄河、长江的源头，铺呈着昆仑山、唐古拉山、可可西里荒原、柴达木盆地这样错综复杂的地貌，有草原、森林和农田。这一路还能随时演变出不同季节、不同经纬度的气象景观。

20 世纪 90 年代，如果你没有踏上青海西藏的山水，没有在藏区采风写生，似乎就不能算是一个有个性、有思想深度、有宗教情怀的文人画家。岳川来青海西藏并不是为赶时尚，而是从小生长在江南的他，对青藏高原一直怀有敬畏之心，这种敬畏心理甚至延续到了登过昆仑山，无数次横蹚塔克拉玛干大沙漠的岳明身上。上大学的时候，他就想徒步西部，可惜每个假期的写生计划都由学校做好，并由辅导员带领，他所在的那个小组最远到达过兰州、敦煌，这已经很让他满足了。

这次的出行计划由来已久，可是最终启程仓促。并不是需要准备什么物品装备，而是身体来不及调养。岳川在圣光寺被冲进地宫，似乎受到湿寒的侵袭，外表看不出什么，身体却常感气虚，力不从心。更可怕的是经常神思恍惚，那些壁画里的人物住在了他心中，让他静静地供养着。

从扬州出发的时候，岳明想先飞到拉萨，然后再乘车到格尔木。岳川却不想

▲ 矗立于昆仑山口的礼器碑，以玉璧、玉琮、玉龙等器形及日月星云图案等设计元素组成，表达人们对山神赐福的虔诚回馈。古人把在祭祖、交聘等礼仪场合用的玉器称为礼仪玉器，简称“礼器”

那样简单旅行。有些路重复走才会有感觉，他愿意和岳明一起飞到西宁，然后再乘汽车到格尔木。在这一点上，亚美和马琪都听岳川的。可是大客车行到格尔木时，马琪突感不适，只好下车，随岳明而去。一路上只有岳川和亚美，倒也清静。亚美不知在看什么书，像是在赶功课，岳川则完全沉浸在沿途的洪荒山川中。

终于远远地看到昆仑山了，它雄伟高大、庄严肃穆、光明避隐的样子，令岳川心中震颤。到达昆仑山口，岳川要求停车下去看看。他抬头仰望，第一次面对神山静穆，胸中澎湃着就要喷薄而出的激情。

亚美来到他身边，和他一起望向苍山，心里想的却是岳川神话小说里的故事，那是亚美一路上看的书。亚美突然问道：“西王母和周穆王之间，真的有人与神的爱情吗？”

“嗯？”岳川没想到在这种时候，亚美会问出这样一个问题。一些古老而又全新的画面在他脑海里盘旋起来，似乎不断听到一种呼唤。他突然向山里走去，并且健步如飞。亚美气喘吁吁地紧紧跟随，还是被抛于山下。亚美回头看，一车人等在那里，大声呼喊着他们。亚美转身向岳川喊道：“回来！岳川，车要走了——”

“车要走了，车要走了——要走了——走了——”

亚美美妙的声音在山中回响，却不见岳川的身影回来。亚美向司机挥挥手，向山里追去。

岳川来到一个峡谷。峡谷并不深，水草丰盛，空气中飘着一种奇异的草香味。岳川完全不受控制地向前走去，忽然眼前一黑，跌倒在地。他在天上轻飘飘地走着，天空中一片光明，白云在脚下一团一团，音乐似有似无，无旋律却美妙。

太阳偏西时，亚美找到了岳川，他静静地躺在一片草地上，处于昏迷状态。亚美惊慌失措，叫着他的名字。

岳川闭着眼睛，毫无知觉。

究竟发生了什么事情？亚美不敢伤心流泪，拿出浑身的劲背起岳川向山下走去，待筋疲力尽时，山下的人也找到了他们。司机对他们的散漫行为很生气，说本来完全可以丢下他们走的，可一想到会便宜了恶狼，就又领着人来找了。看到岳川昏迷不醒，众人急急把他抬到车上。

一位导游说，岳川再往前跑几十里，就是太阳沟。太阳沟也叫那棱格勒峡谷，那个峡谷很神秘，有很多奇异的事情发生。有人说峡谷里有一种食人怪兽，有胆大者或迷路的牧民进入谷中，再没有出来。大雨过后，人们还常常看到谷中大批野生动物抛尸荒野，尸体旁伴有焦土，以致多年来成为人类不敢涉足的“死亡地带”。据峡谷外的牧民说，曾经听到过峡谷内猎人求救的枪声和挖金者绝望而悲惨的哭嚎声。因此，即使里面动物众多，牧草丰盛，人们都远离这个地方，并把那棱格勒改叫为“魔鬼谷”“死亡谷”。

▲ 昆仑山的那棱格勒峡谷对不少人来说还相当陌生，但在探险界却赫赫有名，它几乎能与俄罗斯的“死亡谷”、美国的“死谷”以及印尼爪哇岛上的“死亡洞”相提并论，是名副其实的恐怖之地，有“地狱之门”之称。右图为发现于峡谷中风干的人类遗骸

从格尔木出来向西，一路很少见到藏族居住点。沿途主要是道班、兵站或食宿饭店。大客车到达西藏安多县医院后，司机把岳川送进医院，听医生说岳川并无大碍，便开车离去。

亚美不安地留在了岳川身边。医生给岳川吊了瓶水，说不久他会醒来。望着岳川安详的脸，手摸着岳川平稳的脉搏，听着他均匀的呼吸，亚美在想，他去哪儿了？为什么不醒呢？如果岳川昏迷的地方就是昆仑山传说中的死亡谷外缘，为什么岳川会昏倒，自己却无大碍呢？

胡亚美并不知道，此时的岳川正在玉女峰上神游，他听不到现实中的任何声音，走进了神仙的世界。

……与魔界大战之后，西王母与穆王结下了深情厚谊，穆天子也因西域盛景流连忘返。不料，朝内来报徐偃王叛乱，东夷侵扰中原。周穆王不得不告别西王母，御驾东征。在告别的宴会上，两位相见恨晚的国君，吟诗抒发依依惜别之情，周穆王起誓，三年后会再来昆仑山。西王母相信周穆王三年后再来的誓言。然而，女儿容真却意欲追随诺和下山。

西王母为了阻止女儿，便向周穆王真情挽留诺和。可是诺和说，大丈夫岂能儿女情长，跟随天子征战和保家卫国乃周朝大将使命。此番豪情更让容真动心。临行，容真邀诺和食了玉英，诺和获得五百年不死身。容真还偷偷赠予他一块昆山之玉，说将军出生入死可用此保平安，让玉成为他们爱情的见证。周穆王离开时，西王母送给穆王八车玉石，此行可谓满载而归。

周穆王与诺和离开后，魔王又一次更加疯狂地来犯，他切断了昆仑山的水源，并喷吐魔火烧向蟠桃园，昆仑山的花草鸟兽瞬间被大火吞没。西王母将玉种扔向火海，火势减退，再扔再减退。魔王拼了，竟引出地狱之火。

西王母只有最后一个法宝了，那就是陨玉，只有将陨玉投入火海，大火才会荡然消失。然而，陨玉却悄然失踪。原来，容真送与诺和的那块定情物，就是陨玉，是西王母的镇山之宝。西王母震怒之下，甩出琼浆炉砸向昆仑河北，一股清泉陡然从地下喷涌而出，滔滔的琼浆玉液扑向地狱之火。西王母借助天力将魔王打入魔界，永远封死在了那棱格勒峡谷。

为了处罚女儿的胆大妄为，西王母将容真打入玉女峰下思过。除非诺和送陨玉回来救容真，否则她会永远被压在玉女峰下。那块陨玉在沙场上救过诺和无数次，却给容真带来了灭顶之灾……

“那棱格勒峡谷！”这是岳川醒来后说的第一句话。

亚美一怔：“你说什么？”

“地狱之门！”岳川又说一句。

胡亚美的头发都竖了起来。

“西王母借助天力将魔王打入魔界，永远封死在了那棱格勒峡谷。”岳川缓缓地说着。胡亚美松了口气：“原来你不醒来，是在创作啊？”

岳川坐了起来，神态自若，就像之前只是美美睡了一觉。

▲ 神力相助,魔界斗法的昆仑山幻象图

“我睡了很长时间吗?”他问。

胡亚美不敢相信地望着他。

岳明在格尔木的宾馆接到岳川和亚美的电话时,岳川已无恙,并搭车到了拉萨。岳川的身体虽然没完全复原,眼睛里却神气十足。亚美说这种神气来自昆仑山。

马琪赶到了拉萨。

“那个白玉舍利是不是没有还给法师?”这是岳川问马琪的第一句话。“还了。”马琪打了个哆嗦后回答,“不信,你可以打电话问法师啊。”

岳川进攻:“你还回去的是假的!”

马琪抵赖:“你怎么知道是假的?”

岳川说:“法师来过电话。”

“这么快就知道了?”马琪顿时怕了,“那他想怎样?”岳川生气地说:“我倒想知道你想怎样?回到扬州,我会去监狱看你!”说完这话,他就不想理马琪了。

马琪立即从包里掏出一个绸缎包着的小盒子,放在岳川面前。“我并不是要据为己有,”他说,“我只是特别想搞清楚它到底是不是昆山之玉。”岳川问他:“那你现在搞清楚了吗？搞清楚以后呢？”马琪很无奈地说：“我怎么可能在这么短的时间里完成这么大的一个课题？”

岳川无语。其实，法师并没有给他电话，一切都是他的直觉。法师也许还被蒙在鼓里呢。

马琪忽然想到了岳川之前的诡异反应。他告诫岳川：“你最好不要打开盒子。”岳川不信任地望着他：“不打开盒子我怎么知道你给我的是什么？”马琪发誓：“骗你，我是孙子！”岳川这才将盒子收起。

他们俩的谈话是背着亚美的。

说来也怪，马琪本来是冲着青海河湟地区的出土文物来的，可到了这里，却总跟着岳川跑，好像全然忘了自己的初衷。

这天晚上，岳川说他要把《昆仑神话》里的诺和大将军改成卞和大将军。胡亚美不解地问：“为什么？”

岳川说：“因为昆山之玉。”

第五章

亿万年前留下的冰川雪山就在眼前，沧海桑田的进化演变似乎在这儿留下了印迹……人类与自然的相生相容皆为造物奇迹。

01 来来往往

岳明打算再次登上格尔木这个地处海拔 5600 米的地表玉矿。十多年前他登过位于昆仑山北麓的于田阿拉玛斯玉矿，留给他的震撼让他记忆犹新。对于 5000 多米的高峻他无所畏惧，畏惧的是昆仑山摄人魂魄的沧桑、空旷和神秘。如果是岳川，他一定更相信地表矿是西王母时代的玉苗圃。满山遍野的玉石经几千年的风雪磨砺泛出七彩的光泽，这样壮丽的画面如果不是神仙所为，又岂能让人魂飞魄散。

▲ 昆仑山上的寻玉人

为了能去玉矿，岳明每天乘出租车到昆仑山下。一条新修出的路正通往山腰，大卡车、小货车、拖拉机在路上热闹非凡。而山上的那些玉就要被风卷残云地拉下山，不知去路。

出租车司机是个健谈、爽朗的年轻人，名叫金万里，岳明包了他的车，让他每天接送。小金是个机灵、热心的人，他告诉岳明，要想上山进矿，只有矿长吴凌飞能做主，小金又主动打听到吴凌飞去河南镇平找销路去了，半月后才能回来。

“岳老板，你不如去纳赤台看看，那里的石头市场也是很热闹的。”小金这样说。岳明同意：“好吧，与其坐等，不如去转转。”他知道今天苏婵没有去纳赤台。

小金载着岳明一路风驰电掣来到纳赤台。

岳明赞叹道："小金，你的开车技术了得。"

金万里得意地一笑："岳老板，我是汽车兵出身啊。"

"哦，难怪。"

难怪的事情多了。在玉石市场，小金看到一个人正在用手电筒照一块比较白的石头，照来照去难以决断。小金走过去拍了拍那人的肩，原来他们认识。那人立即把手电筒给到小金手里，说："你帮我看看。"小金也不推脱，将手电筒直射到石头表面然后平移，看完后说："看质地不够均匀，密度不高，不理想。哎，我们请岳老板来看看，岳老板是行家。"岳明走到跟前只用肉眼看了看，说："是石英石的可能性大。"

金万里对那人说："你也可以在石头表面滴水，如果水滴长时间不扩散，就可以证明它是玉，因为玉硬，不往下渗水。"那人拍了一下小金的背说："行啊你小子，你也快成行家了。"

"你懂玉？"两人走出石头市场，岳明问小金。

"不懂，"小金说，"只是常拉玉老板卖玉，多多少少学了一点。"岳明说："你有悟性，为什么不自己做呢？这一行可能更适合你。"

金万里一听，顿时眼睛放出光芒。他认真地问岳明："岳老板，你看，我真的可以吗？"

岳明点头。

"可是我没有本钱，"金万里又一脸愁容，"现在就靠出租车拉活，勉强能维持一家生活。再说，一旦把石头压在手里卖不出去，可就惨了。"岳明说："做任何事都没有万无一失的。这样，我给你介绍个人，你有好的石头可以去找她，她一定会收下。出租车你也可以先开着。"

金万里喜上眉梢，他说："岳总，你等我一下，今天我就要带回去一块石头。"纳赤台有好石头，但今天岳明没看到特别抢眼的，不知道小金会抱个什么石头来。看着小金飞奔而去的背影，岳明心想，必须尽快见到矿长吴凌飞，好建立供销关系。

马琪离开格尔木后，岳明也就想着离开，更希望能劝说苏婵一起走。为了劝说成功，他把自己公司的计划描绘了一番，讲出来的远景能让大多数人心潮澎湃，而后就等苏婵的答复了。

苏婵来宾馆见他，手里提着提包。岳明想，苏婵不会就提一个小提包跟我走吧，女孩子怎么也应该有个行李箱啊。

不等苏婵把提包打开，门敲响了。进来的是背着黄书包的金万里。岳明约了小金，但没想到他来得这么快。

“婵儿，这是格尔木的出租车司机金万里。”岳明介绍说，“小金，这就是我要给你介绍的苏师傅。”金万里没想到岳明要给他介绍的玉雕师这么年轻漂亮，顿时显得拘束起来。岳明对苏婵说：“小金人不错，以后他有好的石头你就收下，不好的你指导一下他。今天他从纳赤台抱回一块石头，我让他扔了。”

金万里立即打开了黄书包，捧出来一块三个拳头大的白石头：“岳老板，我过来的时候，在市场上又选了一块，你们看看。”岳明赞许地望了一眼金万里，觉得这个年轻人很有头脑，将来一定会有作为。

苏婵看看石头，又看看岳明，不知道该说些什么。

岳明说：“婵儿，小金整天跟着外地来看玉的老板，自己也长了点玉知识。你给看看这块石头成色怎么样？”

苏婵笑了：“师哥，你还需要我看？”

岳明说：“毕竟你看青海料的眼光毒些。”

▲ 尕十字（三角）玉市的淘玉人，手持白带翠玉料任人品评
翠青玉（产地人称“白带翠”）发现之初，因其颜色超出了传统和田玉所含颜色的范畴，并不被市场认同，理由是“和田玉没有这种颜色”。玉商在原料买卖时往往把翠色用泥糊上，害怕别人发现后价格会大打折扣。二十多年后的今天，翠青玉已成为昆仑玉的特有珍稀品种，受到人们的追捧

苏婵认真地看了两眼，又用手摸了摸。

“是块白带翠。”她说。

金万里很失望：“那，那没用了吧？”他问苏婵。

苏婵看一眼岳明说：“要看怎么用了。”金万里说：“那些大老板都不收白带翠，说是废料。”

岳明说：“苏婵，这块料你收下。”又说：“白带翠也好，糖包白也好，我都要。”金万里忐忑地望向苏婵。苏婵说：“岳老板说了，我自然会照办。你回头去姚家

大院找我。"

金万里谢过岳明和苏婵,高高兴兴地走了。

见金万里走出去关上了门,苏婵从提包里捧出一件玉器,打开上面裹着的棉布,是一樽玲珑剔透的"一捧雪"酒杯。岳明喜出望外,"一捧雪"是他日思夜想的珍品。这件虽然是赝品,但苏婵的雕工让这块白玉和"一捧雪"的主题大放异彩。他又想起了师父,想起了那把传奇的昆吾刀。

"师哥。"苏婵打断了岳明的思绪。

岳明望着苏婵。

苏婵说:"这件玉器我从和田一直带到格尔木,就是为了有一天能亲手交给你。我说过给你当公司开张的贺礼的。"

"谢谢你,婵儿!"岳明接过酒杯。

这时他想起了岳川胡写的那篇小说,突然特别想听苏婵讲一遍"一捧雪"的故事。他说:"我喜欢'一捧雪'并不因为它是明代著名玉杯,也不单单因为它是陆子冈的雕品,而是因为从它身上生出了一些不平凡的故事。师父一定对你讲过它的来历。"

"师父给我讲的是戏文。"苏婵大大方方地讲了起来。

明嘉靖年间,太仆寺卿莫怀古有一只洁白如雪的玉杯。这杯捧在手里,加上水后双手一搓,杯中水花飞溅犹如雪花,所以叫"一捧雪"。莫怀古有一位美丽聪慧的小妾,姓李,名雪艳。一年冬天,大雪后的一个早晨,莫怀古将冻僵在雪地的裱画匠汤勤救到家中。汤勤为人聪明圆滑、能言善辩,莫怀古把他收在府中当门客,不料汤勤好色,竟看上了雪艳并企图占有,遭到雪艳的拒绝和训斥。

后来,莫怀古把汤勤推荐给了权奸严嵩。汤勤投靠严嵩、严世蕃父子后恩将仇报,把莫家藏有奇珍"一捧雪"的事密报了严氏父子。严嵩酷爱收集奇珍异宝,听闻此事,向莫怀古索要玉杯。莫怀古把一件"一捧雪"赝品拿给严世蕃。严世蕃不知是假,非常高兴,升莫怀古为太常。汤勤认得杯的真假,将真相告之严世蕃。严世蕃非常恼怒,命人到莫府搜取真杯。莫府仆人莫成将真杯藏起,杯没被搜走。

莫怀古害怕再被严世蕃逼交古玉杯,于是弃官逃走。严世蕃在朝廷上本弹劾莫怀古并派人追拿,最后在蓟州将莫怀古抓获,并命蓟州总镇戚继光将其就地斩首。戚继光欲救莫怀古但无计可施。莫府仆人莫成愿舍身救主,莫怀古因而得机逃往古北口。

戚继光将莫成斩首后将人头送到京城,又被汤勤识破。锦衣卫陆炳奉旨调查并将戚继光拘捕。严世蕃令汤勤参与会审"一捧雪"案。会审时,陆炳欲断玉杯为真,但汤勤坚持是假。李雪艳此时告诉陆炳,汤勤之所以一再加害莫家,意在得到自己。为解救戚继光,陆炳无奈将雪艳断与汤勤为妾,汤勤便不再追究"一捧雪"的真假。洞房花烛之夜,汤勤得意忘形,神魂飘荡;雪艳则假献殷勤,左右侍奉,把汤勤灌得醺醺大醉。三更时分,雪艳潜入书房取出宝剑,刺死汤勤,而后自刎。

为保住玉杯"一捧雪",莫怀古不惜丢官,弃家舍妾。他带着"一捧雪"几经辗转,流落到今天河南新野县西北一个"三不管"的地方隐居下来。为了纪念李雪艳,也为了长期隐匿自己,莫怀古改"莫"姓为"李"姓。

岳明恍然大悟,难怪岳川写个李莫明出来,闹了半天是在续写京戏《一捧雪》啊。那李家再次大难临头,找到师父的师父赶造赝品,又是为何?李家又是被什么人追杀呢?岳明后悔没听岳川把故事编完。

苏婵记得她和岳明跟着师父学艺的时候,一休息,岳明就缠着师父讲故事,直到把师父讲得口干舌燥。现在,看着岳明入迷的样子,她说:"想不到这么多年过去了,师哥还是爱听故事。"

岳明从遐想中回到现实。言归正传,他问苏婵:"婵儿,你考虑好了吗?跟我回去吧。"

关于这个问题,苏婵显然深思熟虑过了。

她回应说:"师哥,我想在格尔木再停留一段时间。我在这里的工作刚刚有了起色,环境也熟悉了,需要离开时,我会再做打算。"

岳明了解苏婵那种安静固执的力量,也就不再勉强,可是真丢下苏婵在这里,又实在不放心。他把苏婵的那些石头都收购了,款也转过来了,可心里还是不踏实。为了让苏婵过得轻松些,他还在想别的招儿。他想,昆仑玉在格尔木大量产出,以后自己在此地的作为是少不了的。既然婵儿无心离开,不如让婵儿做自己公司的代理,这样生活也好有个保障。

苏婵完全看得透师哥的心思,就连师哥这点美意,她也没有成全。她说:"师哥,别老想着管理我。你就让我自由两年吧。"

"好吧,我尊重你的选择。"

岳明嘴上说尊重苏婵的选择,心里却很恼火:倔丫头,你就逞强吧,你尽可羞辱我对你的爱!

岳明离开后焦阳也走了。

焦阳临走那天，老姚在家里摆酒宴为他饯行。焦阳来时没有穿军装，一身休闲着装，似乎更加英俊洒脱，黑黑的眼睛里却泛着忧郁。他借着酒劲说："格尔木是父亲毕生战斗过的地方，我一定还会回来。"这话说完，瑶瑶全家都十分感动。

苏婵觉得焦阳是心血来潮，那么多转业军人都匆匆逃离格尔木，他就是回来，也会是一个过客。

马琪、岳明、焦阳几乎同一时间都走了，苏婵突然感到一种失落，她感觉自己像被人永远遗落在了昆仑山脚下。她想，很有可能多年后不会有人记得她。这也怨不得别人，是她自己正在变成一块石头，一块昆仑山上的玉石。尤其是岳明师哥离去的时候，她心中竟无风也无雨，就连上次在和田离别时的那种伤感都没有了。苏婵真怕自己整天和石头打交道，心也变得又冷又硬。

就在这时，龙宝亮兴高采烈地告诉苏婵，沙莉要来了，从乌鲁木齐来。这确实是一个令人提神的消息。

其实，沙莉是私奔。这个计划龙宝亮谋划了一年，如今总算要启动了。苏婵希望两人能成功，为自己心中的爱，叛逆一次又何妨，这辈子都活得不冤。严格意义上说苏婵也是私奔者，她是带着自己心中的人走的。尽管她一脚出去踏空了，但也不后悔，若要嫁给了马琪，她才不会原谅自己。

岳明到了西安先见了两个客户，等到石秋生生日那天，他直奔监狱，没想到扑了个空。原来石秋生在监狱表现好，提前获释了。岳明只好给石冬生打电话。冬生接到电话十分兴奋，说正在一家酒店给秋生过生日，请他速速过去。

冬生在电话里的热烈是从未有过的，也许是因为弟弟的出狱，让她豁然开朗。不管为什么，冬生的热情都让岳明一扫心头的阴霾。

离开格尔木的时候，他的心情很坏。虽然得到了苏婵的"一捧雪"，但他也真切地感到苏婵正转身而去，现在向他张开了双臂的是石冬生。然而这时他却想到了沈佩奇，想到沈佩奇就又觉得心乱如麻，他真不喜欢自己这种奇奇怪怪的纠结心理。

岳明赶到酒店，石冬生等在门口，不由分说地挽起岳明的胳膊，领引他向酒店包间走去。一路上石冬生十分热情，岳明没有招架之力，心里也变得热乎乎的。

进了包间，岳明看到一桌人将石秋生围坐在上席。石秋生反过来情绪很好，正听旁边人说着什么，旁边那个人正是焦阳。看到岳明进来，石秋生立即起身绕过客人，上前拥抱他："大哥，感谢你能来！我姐说你要来，我还不信呢！"

"秋生，生日快乐！"

“托你的福！大哥。”

秋生眼睛潮红地将岳明介绍给在场的朋友：“这是岳明大哥，是我这辈子最好的大哥！”

岳明和大家一一握手，从介绍中得知这些都是秋生的同学和朋友，出事那天一起喝酒的也在其中。岳明和焦阳握手时，焦阳说：“大哥，又见面了。我正在和秋生说你呢。”岳明伸出手与焦阳相握，真心感谢他在格尔木对苏婵的帮助。焦阳说：“这都是小弟应该做的。”秋生接话说：“大哥，见到焦阳就如同见到我，我们兄弟没的说。”

秋生请岳明坐自己身边，冬生便坐在了岳明身边。席间，冬生一直照顾着岳明的酒水，体贴的样子和平日那个冰美人判若两人。秋生望着他们很欣慰。

岳明也感觉到了秋生的变化——话少了，目光深沉了许多。想起和秋生第一次在天山上见面的情景，那个阳光大男孩儿似乎已经远去。

大家为秋生提前获释高兴，频频举杯。北方男人席间可以没有其他，但不能没有酒。秋生却一口没喝，他在监狱时就戒酒了。

酒过三巡，菜过五味，大家有些亢奋，便天马行空，无所不谈。秋生一位同学给秋生敬了茶，说出了那晚秋生出车祸的实情。原来，那天晚上大家都喝了酒，回来的时候焦阳要开车，石秋生看焦阳喝得比自己多又不胜酒力，便抢先坐在了驾驶座上。其实，当时郑开心的父亲开着摩托车撞上来时，秋生的车已经停了。可是摩托车开得太快……人伤得那个惨啊！人伤得重了，秋生又喝了酒，责任认定上无法通融……

“虎子，陈年旧事别再说了，”秋生打断了同学的话，“我想和大哥说点正经事。”

大家立刻静了下来。

这一静反而让秋生一时无从说起了。岳明没让秋生尴尬，先开了口。他说：“秋生，我明天要去一趟河南镇平，你是跟我去呢，还是我回到扬州等你来？”秋生一愣说：“大哥，你怎么刚来就着急走？我还有很多事要跟你商量呢。”

岳明坚持：“我赶去镇平是要见一个人，扬州也还有些事要处理，都等不得。我希望你来扬州，有什么事我们在家商量。”

秋生沉吟片刻。

“大哥，我想去格尔木。”他说。这回轮到岳明一愣了，没想到又一个对格尔木感兴趣的。秋生接着说：“我在里面就听说，格尔木境内的昆仑山上发现了大面积的地表玉矿，不少淘金者都改背石头了，据说暴富不是神话。我也不想着暴富，只想去那里碰碰运气，若能重振家业，也算对得起老爹了。你看我的想法行得通吗?”

岳明没有立即回答。他早就盼着秋生出狱后来扬州,姐弟俩也有个照应,没想到秋生的心这么大。格尔木可没有阿里巴巴的藏金洞啊。他平静地说:“格尔木的情况焦阳最清楚,你该听听他的意见。”

“我希望秋生去。”焦阳爽快地说,“我从青藏兵站部转业,是可以在格尔木就业的,如果我在那里落了脚,多少会帮点他的忙。”

“看来是你鼓动他的。”岳明没好气地说。焦阳笑了,说:“决定权在他手里,我只是实话实说。秋生,我们跌倒了换个地方也能爬起来,而且是在最高的地方爬起来。大哥,你说对不对?”岳明转头看石冬生,希望看到冬生反对的态度,但只看到了冬生忧虑的目光。

“秋生去格尔木你放心?”岳明低声问冬生。冬生说:“不放心也没办法,他从来都是怎么想的就怎么做。”

岳明不甘心,又转向秋生。

“你可以先去看看。”岳明说,“但我还是希望你早日来扬州,我那里永远有你的位置。”焦阳带着醉意说:“大哥,你美若天仙的小师妹都可以驻守格尔木,你还担心秋生什么?”

冬生陡然望向岳明:“小师妹?怎么从未听岳总说过?”

“哦,是马琪的前妻。不对,也不能说是前妻,是未婚妻。”话一出口岳明就后悔了。他从没有习惯说出话后又要叮嘱别人保密,可是,冬生若要回厂里一说,苏婵在格尔木又要待不住了。他顿时没有了喝酒的心情。

石冬生似乎看出了岳明的心思,轻轻说了一句:“马琪的事我听说过,我不会说出她的行踪的。”

岳明感激地看了她一眼。

正在这时,一个不速之客闯进了包间,石冬生站起来叫道:“郑开心!”被叫作郑开心的是个不满十八岁的男孩子。这孩子并没有看冬生,只是满眼仇恨地瞪着坐在正中间的石秋生,大声说:“石秋生,我爸死了!我妈走了!从今儿开始,我没有家了,你到哪儿我到哪儿!”

岳明突然想起自己见过这个男孩儿,他不正是秋生“撞到”的那个人的儿子吗?两年不到,他长高许多,只是很瘦。

冬生安抚郑开心坐在桌边,给他拿来一套干净餐具。郑开心似乎很听冬生的话,他安静下来,却不曾吃一口菜。当夜,这孩子堂而皇之地搬进了石秋生住的小旅馆单间,占据了另一张床。

郑开心的父亲从受伤到换肝脏再到去世，在医院住了近一年，花了石家六七十万。父亲的伤病，使郑开心失去了考学的机会，母亲的离去使他失去了正常的家庭和健康的心理。现在他恨不得亲手杀了石秋生，以报杀父之仇。他也十分痛恨自己的母亲——做母亲的不是都有守护孩子的义务吗？她怎么可以扔下孩子去寻找自己的出路呢？

石秋生非常理解郑开心的心情，郑开心曾是一个优秀的学生，是自己毁了他的前程。因此，无论郑开心说出什么难听话，做出什么令自己难堪的举动，秋生觉得全都可以包容，可以忍耐。

这天晚上，石秋生对郑开心说："我会挣钱供你上大学，希望你明天就能回到校园。"可是郑开心并不领情，他说："我已经学不进去了。我也要去挣钱，挣很多钱，将来让那个女人刮目相看。在我经济独立之前，都不会放过你石秋生的。"

郑开心所说的"那个女人"就是他自己的母亲。

"谢谢你能这样信任我。"石秋生说，"跟着我最好，我很高兴。如果你跟着社会上不三不四的人走了，我怎么放心！"

"有一点你必须知道，"郑开心说，"有机会我还是要杀了你的！"石秋生说："哦，这也是一个能让你妈妈刮目相看的办法。"

02 致命的邂逅

在西藏逗留了半个月，亚美见岳川身体越来越虚弱，便决定乘飞机尽早离开拉萨。她是个行动派，想好了就去做，不会纠结细节。不想，千方百计买回来机票却遭到了岳川的抗议。岳川执意要原路返回，马琪也竭力赞成。理由呢？理由当然是昆仑山。来的时候他们只是从昆仑山下经过，岳川想要登玉女峰，这是他的夙愿。

这不是开玩笑吗？岳川来时在昆仑山口晕倒，到现在都不知道原因，自己的身体如何，心中应该有数啊。玉女峰海拔五六千米，是想登就能登得了吗？真要疯了！

"我要坐飞机回北京。"亚美说，"你们要原路返回，恕不奉陪。"不想，威胁无效，岳川竟赞同亚美飞回北京。马琪虽有些遗憾，但也无一点动摇之心。

亚美看没有回旋余地了，也坚持不改口，并开始收拾自己的行装。就这样分开，她心中是不忍的。

出来这么久，她都没得到过岳川的关注。自从上了青藏线，岳川的神思似乎飞升到了另一个世界，她跟不上岳川的节奏，也不知道他的目光投向哪里。这种隔阂感让她极其痛苦。如果说岳川的思绪又回到了那个神话世界，进入到创作的魔域，她都可以理解。可是，问题似乎远比这种情况复杂。岳川似乎魂魄不归，如同灵与肉分离，他不愿意被打扰，不愿意主动谈话，喜欢独自沉浸在满目苍凉的大自然中。

亚美想了一夜，还是没能决定。岳川见亚美早晨起来挂着黑眼圈，便说不如一起到格尔木，然后再乘飞机回京。

亚美立即下了台阶，不再坚持独飞。她心里暗暗地感激岳川的邀请，看来他的魂还在，还知道挽留自己，否则可怎么收场？临走的时候对他说不许丢下自己吗？不不，要真到了那一步，自己在岳川面前可就太不堪了。

这次来西藏，解决了岳川的许多困惑。

亿万年前留下的冰川雪山就在眼前，沧海桑田的进化演变似乎在这儿留下了印迹……人类与自然的相生相容皆为造物奇迹。踏昆仑寻山问祖，这是他儿时第一次看到昆仑远古神话时就产生的向往，后来又在《离骚》中被屈原的理想所鼓动。

吾与重华游兮瑶之圃，
登昆仑兮食玉英。
与天地兮同寿，
与日月兮同光。

2000 年前的屈原做梦都想着登昆仑食玉英，与天地同寿，与日月同光；2000多年后，岳川带着满脑子的人与自然的思考，为梦想而来。但是这些，都还不是让岳川心怀执念的关键。真正的理由是，他那日在昆仑山口晕倒后神游昆仑时，鸟瞰到玉女峰表面有个巨型躺卧的女子的图形。到了拉萨，他独自找来昆仑山山川地图和航拍照片，隐隐也看到这个颜色与周围不同的图形，这与他神话小说中容真被西王母打入玉女峰下的情节巧合。

这个巧合让他心悸。他更愿意相信这个图形是苍天厚土对人类的某种昭示。他有很强的探求的欲望，这个欲望令他茶饭不思。

岳川的心思，亚美并不明白。在她看来，作为中国第一神山，千百年来，昆仑山留下了无数美丽的传说和难解之谜，但是现在，除了肃穆的山峰，什么也没有了。那个人面虎身、长尾巴、天下绝色的昆山守护神西王母，是不是也早已化入混沌了呢？就算岳川要续写神话小说，也不用豁出命去登那座空旷寒彻的冷山吧？

“岳川能领悟到的，我们未必能明白。”马琪此话一出，让亚美对他有些另眼相看。

此前在亚美心目中，马琪就是一个浑身散发着铜臭味的玉商，做生意很成功，仅此而已。说来也奇怪，马琪偏偏对那个地表矿没多少兴趣，他说玉不琢不成器，他只看重雕琢好了的珍品，而那些满山的石头，只有岳明会追逐。

马琪租了辆福特越野，三人行驶在青藏公路上，准备去往格尔木。途经唐古拉山时落着小雪，亚美兴奋地打开车窗，相机咔咔地响个不停。突然，岳川脸色发白，脑门上冒出了虚汗，剧烈地喘息起来。亚美急忙关窗，递给他热水。司机是个藏族青年，说这是缺氧了，下了山就会好受些。

山口处建有纪念碑及标志碑，马琪念道：“海拔 5231 米。咱们下去留个影吧，你们看那么多人都在照相。”

司机下了缓坡停下车。

马琪一下车就弯腰狂吐了起来。

亚美没下车，她静静地陪着岳川。

司机也没下去，他对马琪喊道：“你还是上车吧。在山上停得时间长了，你们内地人受不了。”

胡亚美问司机：“师傅，唐古拉是藏语吧？什么意思？”司机告诉她，唐古拉的意思是高原上的山，这里大夏天都会下雪，号称“风雪仓库”。过了唐古拉就进入青海省了。司机显然常跑这条路。

“这么说，唐古拉是青海和西藏的分界线啊。”亚美还真没有这个地理知识。

“对，”司机自豪地说，“青藏公路进入西藏，这儿是必经之地。这里是世界上海拔最高的公路。”

马琪脸色苍白地上了车。

“什么也没拍成。晕死我了，这个鬼地方！”他抱怨说。司机很不友好地看了一眼，发动了车。

果然，下山后岳川的不良症状消失。

亚美趁机劝岳川：“玉女峰永远在那里，等身体好些再来登也不迟。”岳川没有回应。马琪看了岳川一眼说：“到了那儿再说吧。”亚美说：“没有什么再说！岳川身体出了问题你负责？”马琪一愣：“我很想负责，可他肯吗？”

司机告诉他们，唐古拉山口距离格尔木 604 公里，大家早晨出发得早，现在可以睡一会儿。司机说着把音乐关了。

穿过可可西里无人区的时候，亚美拍到了野牦牛和藏羚羊，她一时高兴得像个孩子。

过了五道梁，必经昆仑泉。去的时候因为客车赶路错过了昆仑泉，回来的路上，大家每个景都不想错过。到了昆仑泉，司机一边停车一边说："昆仑泉是不冻泉。这个不冻泉里的水一定要喝的，喝了一年都不得病。"

那天，天很蓝。从不冻泉往东北方向望去，在静寂的万古雪山中，可以看到玉珠峰。往东南看，可以看到昆仑山的玉女峰孤兀雄起，势压万山，造就了特有的冰雪世界景象。司机说，这两座山峰被当地人认为是玉皇大帝的两个女儿，她们是昆仑山的姐妹峰。

▲ 玉虚峰（左图）和玉珠峰（右图），是姐妹峰。昆仑玉产于玉虚峰，而玉珠峰则是国家登山训练基地

姐妹峰周围的二十余座雪峰，峰峰傲立，那就是昆仑山的众神。

亚美向不冻泉跑去。看到那清澈的泉水如同玉浆般晶莹，她激动地喊起来："岳川，快来呀！"

一女子正在用泉水淋着一块玉石，那玉石遇水发出奇妙的光泽。听到岳川的名字，女子陡然抬头，睁大眼睛寻声望去，正好与岳川投过来的目光相遇。

岳川如在梦中。

他惊异地叫道："婵儿？"

苏婵浑身一震，不敢相信地望着岳川。

马琪听到"婵儿"，急忙问："在哪儿？"

这样的相遇，人生中仅一次就足够销魂，足够尴尬。苏婵举着玉从泉边慢慢站起来，她像只受惊的小鹿，似要仓皇而逃。

“这伙计，还是老样子。”苏婵穿着清新脱俗，白真丝衬衣、浅碎花裤子，还是多年前的打扮。

岳川和苏婵俩人旁若无人地四目相对。那个壁画上举着玉的仙女恍然闪现在岳川的脑海里，他将苏婵定格在了那个画面里。苏婵怔怔地望着岳川，心里闪过的却是岳明的面容——为什么和这位老大哥一见面，就会引来大队人马，自己就会失守清静？

还是岳川先清醒了过来。他大步走上去，激动地伸出手：“婵儿，真的是你吗？你怎么会在这儿？”苏婵一时无法回答。苏婵把手里的石头递给身旁的龙宝亮，然后礼节性地和岳川握手。“你们怎么来了？”苏婵的声音有些变调。

苏婵的手很凉，岳川忍不住紧紧握住。

“是啊，世界很小。当然，这是对有缘人而言。”马琪在岳川身后说。

苏婵从岳川手里抽开了手。

龙宝亮低声问苏婵：“苏姐，是有缘人，还是冤家路窄？”他明显感觉到了苏婵的窘迫。

苏婵没理会龙宝亮，她转向马琪，落落大方地问候道：“你好！马琪。”马琪显然喜出望外，走过去想和苏婵握手，最终却没握，而是像家人一样拍了拍苏婵的肩。马琪责怪说：“你怎么不声不响地离开和田了？”

“不介绍一下吗？”亚美打量着苏婵问道。

“她是苏婵小妹。”马琪说，然后指指苏婵、岳川和他自己，“我们三个，是喝着邗江水一起长大的。”岳川补充了一句：“是个很有灵气和功力的玉雕师。”

亚美很意外：“哦，青梅竹马呀。”

马琪哈哈一笑，刚要说话被岳川打断了。

“苏婵，你也是来旅游的吗？”岳川问苏婵，“现在在哪里生活？”苏婵朝格尔木方向示意了一下，说：“我来格尔木都快两年了。”

岳川和马琪同时表示惊讶。

“岳明不会不知道吧？他竟然……”马琪怀疑地说。亚美截断他的话，嘲讽道：“还青梅竹马呢，人家一个女孩子远走昆仑已有两载，你们当哥的都不知道。若不是遇到……”马琪抢白说：“要是你，你也不会知道。”

亚美追问：“嗯？为什么？”

“这是秘密。”马琪及时收敛。

亚美把目光转向岳川。她看到岳川正望向苏婵，目光里有种异样的东西在闪烁。亚美敏感的内心闪过一丝惶惑。

苏婵却正用迷离的目光望着亚美——这个身着奇装异服，操着一口好听的北京话的爽朗姑娘，应该就是岳川的女朋友吧。岳川的眼光本来就独特，亚美不是那种夺目的漂亮女孩儿，却很有魅力。苏婵也没想到，几年过去，自己可以这样淡定地面对岳川的一切了。

岳川不一样。在这样的地方遇到苏婵，岳川内心波涛汹涌，似乎极力压抑的感情要喷发而出，他很难镇定。亚美感受到了他的不平静。

03 夜宿石佛寺

石佛寺是一个古镇，位于河南省南阳市镇平县，具有 4000 多年玉加工的历史，清澈的赵河像一条银带环绕着小镇。为什么 4000 年前玉加工能在这里发展起来？就因为赵河里出产金刚砂，金刚砂能解玉。发展到今天，这里汇集了世界各地的玉雕原料，其中南阳独山玉独领风骚。从这里出世的许多玉雕珍品，由故宫博物院以及国内外不少美术馆和收藏家收藏。

▲ 河南省镇平县石佛寺镇是中国最大的玉雕产品生产、加工、销售集散地和玉石原料交易地，被称为中国玉雕之乡

岳明从西安坐火车到南阳，又坐汽车赶到石佛寺时天色已晚。以前在厂里做供销的时候，科长带他来过一次，那是 80 年代初。石佛寺玉器厂雕刻技术精湛，支撑门面的都是玉雕世家。科长说："南阳这个地方人杰地灵，它有独山玉，将来在原料上具有竞争力的还就是这里。"

这里已经完全不是十多年前的样子了。玉雕产业的发展，带动了玉雕专业市场的快速膨胀，产业园、产业村、产业街星罗棋布。岳明就近找了一个旅馆住了下来，打算明天再打听矿长吴凌飞的去向。

旅馆对面有一家小饭馆，在这个举目无亲的地方，吃一碗热汤面也是暖心的。岳明登记好房间便走进小饭馆，小饭馆竟然客满。见一个中年男子在窗边独占一桌喝闷酒，岳明走过去，经男子同意后坐在了他的对面。

那男子看岳明一眼，递了一杯酒过来：“我有一壶酒，足以慰风尘。”岳明有些感动，接过酒说了声谢谢，一饮而下。

男子问：“打哪儿来？”

“刚从西安过来，不过我是扬州人。”

“扬州人？到镇平来看玉吗？”

“不，是来找个人。”

男子突然问：“去过格尔木吗？”

岳明点头：“去过。”

男子自己猛喝一杯酒：“见过青海料吗？”

“见过。”

“怎么评价？”

“同属昆仑山脉，自然是好玉。”岳明回答。那男子却说：“可我不这么看。青海料是脱脂的玉，一钱不值！”

岳明问他：“兄弟，知道和氏璧的故事吧？”

“什么意思？”

“青海料肯定是好玉！”岳明说，“就怕你没眼光。”那男子一只大手“啪”地拍在岳明肩上，激动地问：“你真这么看？”

岳明咽下一口面：“我不说假话。”

“可惜啊！”男子放下手泄气地说，“我从格尔木拉来满满一车料，这里的人却不认，硬说是一钱不值的石英石。卸到街边，给人盖房子打地基人家都不要。”

岳明一下站了起来，急急地问：“那料呢？”

“扔了。”

“扔了？”

“是啊，我总不能再拉回去吧？”

“扔哪儿了？”

“河边。给你你要？”

“快带我去。”

岳明拉起那半醉的男人，冲出小饭馆。两人跑到河边，哪有什么石头。那男人看看周围，指着一棵树下："下午才卸的，就卸在这儿了，足有十吨的石头。怎么说没就没了？"

"看来不懂玉的人不是他们，是你。"

"怎么是我？"

"你要懂，怎么会当垃圾扔了？"

那男人顿时明白了。

"欺人太甚了！"他愤怒地喊道，"他们说一钱不值，我扔了，他们却抢疯了。我连个现行都抓不到！"

岳明不敢相信地望着他："你哪来的一车的昆仑玉？"

"我在昆仑山三岔河有矿啊。"

"你认识吴凌飞吗？"

"干什么？你找他？"

"你先说你认不认识他"。

"我就是吴凌飞啊。"

"天哪！"岳明叫道，"我从格尔木一路追你到这，就是为了要你的原料啊。唉！早来一步，你的料就不会丢了。"

吴凌飞望着岳明，酒全醒了。

"你是谁？我认识你吗？"他问。岳明说："我是扬州的岳明。你不认识我。和田的老玉人都认识我。"

"扬州的？你们扬州不是只认和田玉吗？"

岳明说："和田玉、青海玉不都是昆仑山上的玉吗？哪里的玉都有好有次，不能一概而论。"

"走，喝酒去。"

"那你的料……"

"已经丢了还能怎么样。"吴凌飞说，"我告诉你，昆仑山的万宝沟，每一块石头都是玉，多得像漫天的星星，便宜得像河里的沙子。你岳明要多少有多少。我把好的全给你。"

吴凌飞拉着岳明重新走进小饭馆。

第二天，太阳还没有出来，吴凌飞就驱车离开了镇平这个伤心地，回格尔木了。车上拉着还未酒醒的岳明。

昨晚他们俩都没睡，聊了个通宵达旦。岳明对玉的见识，让吴凌飞高山仰止。不管岳明要多少料，这个像玉一样的朋友，他吴凌飞是交定了。这次来镇平虽然丢了一车料，但是遇到了这样的一个朋友，一个字：值！两个字：超值！

04 今夜吹着风

岳川一行与苏婵一起到了格尔木。苏婵把他们领到政府招待所,自己和龙宝亮回大院。

分手时岳川挽留苏婵,说:“晚上一起吃个饭吧。”苏婵推辞:“今天你们都累了,明天吧。明天我尽地主之谊。”岳川说:“那我送你。”这话马琪本想说的,可是晚了一步,就没说,再说显得像跟岳川在争。

苏婵回应岳川说:“不用了,我和宝亮一路回去,格尔木很安全。”岳川没有理会苏婵的拒绝,他对马琪和亚美说:“你们把行李拿到房间,先休息一会儿,我去去就来。”

“好嘞。”亚美爽快地答应着。

望着岳川和苏婵一起乘小货车离去,马琪呆立在招待所门口不走。“要不,你也去?”亚美笑他。

马琪看了亚美一眼。

“你知道她是谁吗?”马琪问亚美,“你知道她为什么先到和田,后又来到格尔木吗?”亚美说:“她不是苏婵吗?玉雕师自然逐玉而居。”马琪摇摇头:“不是。她先是女人,后才是玉雕师。哪个女人不愿意守在家里?哪个玉雕师不是待在城里,等着人家把石头送上门?”

“也许这就是她的不同之处吧。”

“没有哪个女人喜欢漂泊的。”

“那你说是为什么?难道这里面有情伤?”

马琪叹口气:“都是因为我。”

“是你伤害了她?”亚美疑惑地望着马琪。

“算是吧。”

“这我真没想到!”亚美又一次对马琪刮目相看。“哎,马琪,你了不起呀,能让这么优秀的一个女人背井离乡!”接着,亚美又以理解的口气补了一句,“难怪是岳川去送苏婵。”

马琪不吭声了。他感觉不能再往下说了,再说就伤害了四个人,其中就包括他自己。

岳川来到苏婵的住处,看到苏婵安静的、井井有条的生活,很是感动。苏婵就是那种即便走到天尽头也不会放弃自己初衷的女孩子，她的命运如同她的性格一样，不羁又随性。一陋室，一杯茶，一块玉，就能让她安静、满足。

对苏婵的现在负有一定责任的岳川，如今却一脸无辜地带着亚美出现在苏婵面前，苏婵那颗纯净的心难道已淡定到不知疼痛？

“婵儿，我一直在找你。”岳川的话里带着歉意。

“哦，我一直都在啊。”苏婵的回应有些调皮。

“岳明是不是知道你在格尔木？”

“也是知道不久。”

“从和田到格尔木，你总围着昆仑山转。上过山吗？”

“没有。”

“想上去看看吗？”

师哥在和田第一次见面时也问过这个问题，难道他们都想带自己上山？“不想。”苏婵回答。

“为什么？”

“怕冷。”

苏婵平静地说出这么个理由，把岳川逗笑了。但是，这并不能消除他们之间已经存在的那种明显的距离感。似乎是为了打破这种距离感，岳川从衣领里掏出玉蝉给苏婵看：“还记得这个吗？”

“怎么会忘。”苏婵看到玉蝉果然眼睛一亮，但是很快又暗了下去。她平静地说：“那时雕工太差了，毁了一块难得的好玉。”——毁了一块难得的好玉，此话听起来似乎另有深意。

“不对，”岳川说，“工好，玉也好。我戴了这么多年，很受用。”说到这里，岳川把玉蝉从脖子上摘了下来。“现在还给你，它还是最适合你。”苏婵没有接。她说：“你知道的，君子无故玉不去身。玉是不能转送的，这块玉里面已经浸透了你的气息。”

岳川想了想说：“婵儿，有几句话，我必须对你讲。”

“你讲。”苏婵大大方方地说。

岳川一时不知该怎么表述他的想法。他斟酌着说：“我知道，当初这块玉，是寄托了你的美好感情的，我也很喜欢，所以，戴了这么多年。但是，但是……”苏婵打断了他的话：“这块原料是师哥从和田选来的羊脂玉。现在很难见到这么洁白细腻的好料了。当初送你，是因为你要远离家乡，给你保平安的。”

“现在远离家乡的是你，”岳川争辩说，“你更需要保平安。如果你不接受玉蝉，那你是不是可以接受我请你回家的建议呢？”

“回家？总有一天要回的吧。”苏婵说，“但是现在还不行，我还不能回去面对那些被我伤害了的人，包括老厂长和我的父母。”

岳川说：“面对他们是迟早的事，越晚面对，伤害就越重。逃避总是下策。”然后又问：“婵儿，你出来这几年，没感觉到日子过得很快吗？”

苏婵点点头，眼睛突然红了。

岳川又说：“婵儿，世事无常，你父母就你一个女儿，你就不怕有一天，子欲孝而亲不在了吗？”

苏婵的热泪一涌而出，双手一下捂住了脸。

岳川走到她身边，一把揽住了她的肩说：“你不是在放逐自己，而是在惩罚所有爱你的人，也包括我。今天能遇到你，我觉得是命运的恩赐。我跟着来，就是想对你说这些话，真怕你又一次消失。”岳川真诚的语言，打动了苏婵。

苏婵抬起头，满脸梨花带雨。因为思念得太久，那双眼深如秋潭，清澈而静寂。苏婵就这样望着岳川，似乎要再一次记住他的模样。

岳川想捧起这张脸，给苏婵深情的安慰，但他控制着自己。

他最后一次这么近距离地挨着苏婵，还是在上大学时。离开家的那天，苏婵为自己戴玉蝉，呼吸触及脖子，痒痒的，怪怪的。十年光阴就这么飞走了，除了羞辱，他什么都没能给这位爱自己、自己也深爱的女子。岳川闭了一下眼睛，半晌说：“婵儿，我对不起你！”

苏婵望着岳川脖子上的喉结，凄婉地一笑。

“别这么说，”她说，“你没有对不起我。你也不用可怜我。”说完，向旁边挪了一步。

“不，没有可怜，我……我是真的喜欢你的。”

“岳川你别说了，我知道那是过去。你现在有亚美……而且她很好。”

“婵儿，我和亚美确实有了感情，但对你的感情，从未改变。之所以这么多年我都一直埋在心里，是因为，是因为……我哥……”

这时，突然听到龙宝亮在门外叫道：“苏姐，我进来了。”话音未落，龙宝亮已推门进入，一脸着急。苏婵正想听岳川的下文，却被龙宝亮打断，但她心里延续着岳川的话——“是因为我哥……不同意”，还是“我哥……反对”？

龙宝亮突然哭了起来：“苏姐，我师弟来电话，说沙莉跑到乌鲁木齐火车站，被她爸派人抓回去了。”

“什么？”苏婵顿时忘了自己的事。

岳川问出什么事了，苏婵说：“哦，是宝亮的女朋友，在来格尔木的路上，被她父亲拦住了。”

“为什么?”岳川还是不明白。

“因为他父亲嫌我穷,一直就不同意我们好。她这次被抓回去,恐怕以后很难出来了!”宝亮又急又气地说。

苏婵问:“那你想怎么办?”

宝亮坚定地说,这个时候他必须和沙莉在一起。岳川赞赏地望着龙宝亮。苏婵从抽屉里拿出一沓钱交给龙宝亮,说:“去买票吧,宝亮。别着急,事情会圆满解决的。”

“谢谢苏姐,不用。”龙宝亮把钱还给苏婵。苏婵又把钱塞给他:“穷家富路,拿着!”龙宝亮收了钱,感激地说:“姐,那我走了。”

苏婵对岳川说:“你先坐会儿,我去送送他。”

岳川重新打量起苏婵的房间,屋子里简单、洁净而不失女孩子特有的温馨。床头、小书柜、桌上放着不少书,岳川不由走过去,看看都是些什么书。见除了玉雕方面的书,竟还有绘画、小说、诗集。岳川知道,一个玉雕师要想将自身的真性情、真感受表现在玉雕作品中,除了要有较高的技艺水平,还要有一定的艺术素养,苏婵显然在一步步提升自己。突然,他想起孩提时娶新娘的游戏,两眼不禁挂起了一层雾。

少顷,苏婵进来了,手里端着一个托盘。“吃碗酸奶吧,是我们房东大姐做的,很好吃。”她一扫先前的怀旧情绪,爽朗地对岳川说。岳川说:“你忘了,我从不喝牛奶。”

苏婵笑笑:“这是羊奶做的。”

“那我就更没有福气享用了。”

苏婵又从托盘上端下一杯茶:“这是你的。”岳川一看是杯绿茶,深深地闻了一下,欢欣地接受。

“好茶,”他说,“有人说喝茶喝的不是水,是滋味。时间长了,甚至喝的都不是茶的滋味,而是内心和人生的滋味。”苏婵说:“这是用刚拉回来的不冻泉的水泡的,你喝的是昆仑泉的滋味。”她明白,岳川在这里喝茶,是第一次也是最后一次。茶香终会随今夜的风飘散,只有那不能随心的情留在各自心里。

想到这里,苏婵感到痛楚。

岳川享受着这片刻的静谧与温馨。世上没有两杯完全一样的茶,就算是同一壶水沏出的两杯茶,饮者的口味与沏者的手气能否契合,也要看是不是投缘。

苏婵善解人意地保持了沉默。

还是岳川先打破了静寂:“明天我想去山上走走,你愿意一起去吗?”苏婵露出单纯而又渴望的眼神："可以吗？"

"怎么不可以。"

苏婵说："你初来乍到，气候还没有适应就去爬山，会有高山反应的。"看见苏婵认真的样子，岳川笑笑说："别忘了，我是刚从西藏过来。婵儿，你看过《昆仑神话》吗？"

"没看过，但听你讲过。"

对啊，以前自己写的那些昆仑神话故事，每写一点都讲给婵儿听。突然，岳川心里一惊，婵儿不远千里，只身来到昆仑山下，会不会与他讲的昆仑神话有关系呢？

"婵儿，你还记得什么？"

"'瑶池阿母绮窗开，黄竹歌声动地哀。八骏日行三万里，穆王何事不重来。'记得最清楚的是周穆王答应西王母再来昆仑山，但他没有来，诺和大将军也没有来。"

"李商隐的诗，你竟信手拈来。婵儿，这些年你没少读书啊。"岳川睁大眼睛打量着苏婵，又打量着那些书。

苏婵微微低下头："有这么惊讶吗？"

"我是惊喜。婵儿，你真的很用心。不过，诺和大将军的名字被我改了，他现在叫卞和大将军。"

"卞和？是和氏璧的发现者卞和吗？"

岳川不由地拍了一下手，然后指着苏婵，感慨地说："我简直在和一个内行对话。对，就是那个卞和。"

……穆天子一举平定徐国，继而东进，抵达九江。身为将军的卞和跟随穆王血雨腥风征战数年，容真送的玉让他一次次化险为夷。后来周穆王又南征，到达楚地后周穆王身缠重病，最后驾崩，他没有履行对西王母的承诺。卞和活了下来，身陷楚地，心系昆仑，却力不从心。

转眼到了春秋，卞和痴心未改，只身前往昆仑，结果遭洪水阻遏。他终于明白，靠一己之力是无法到达昆仑的，只有靠一国之力才能重上昆仑。于是他决定向楚王献玉，目的是让楚王像周天子那样御驾昆仑。卞和将此璞玉献给楚厉王，经玉工辨识为石块。卞和以欺君罪被刖左足。楚武王即位，卞和又去献宝，仍以前罪断去右足。至楚文王时，卞和抱玉痛哭于荆山下，哭至眼泪干涸，流出血泪。文王甚奇，便命人剖开璞石，果得宝玉，遂称"和氏璧"。

从此，和氏璧被楚国作为镇国之宝在宫内收藏，秦国得知后欲以十五城交换。尔后，人间为了那块宝玉，连年征战。而卞和的回昆仑之梦因失去双足而破碎。

公元前219年，秦始皇乘龙舟行至洞庭湘山，风浪骤起，龙舟将倾，秦始皇忙抛出和氏璧制成的传国玺于湖中，祀神镇浪。卞和闻之随即投湖索玉，不得而终。

胡亚美在宾馆也在对马琪讲《昆仑神话》，她说她打算将这本书出版。“不错。”马琪说，“卞和献玉《史记》上有记载，但是说卞和就是周穆王的大将，这个安排有些牵强吧？哦，不对……”马琪突然兴奋起来。

“对了，对了，”他喊道，“这样不就都对上了吗？岳川是打算拼接这个传奇。”

亚美很好奇：“什么不对又对了的？快说啊。”

“这样一来，和氏璧不就是昆山之玉吗？”

亚美这才反应过来。

“是啊，这样就接上了。”她说，“但是，关于和氏璧的各种说法，都没有说是昆仑玉的。”马琪神秘地说：“我告诉你，圣光寺的地宫里有‘昆山之玉’的传说。总之，岳川会证明的。”

“用故事来证明史实吗？”

“我不是说过了吗？岳川的感悟能力是我们不可企及的。”

“可是，关于和氏璧的历史公案……”

马琪突然焦躁起来。

“为什么岳川送个人要这么长时间呢？”他不知道是在问亚美还是在问自己。亚美也沉不住气了：“哎，我问你，岳川是不是喜欢苏婵？”马琪脸上的肉狂跳了一下，被亚美看在了眼里。

“你怎么会这么想？”马琪问亚美。

“我的直觉。”

“画家的直觉也是我不可企及的。”

“那，我的直觉就是对的？”

“老实告诉你，我这个人比较迟钝，岳川喜不喜欢苏婵，我还真看不出来。”

“那就是你喜欢苏婵。”

“猜对了，我是喜欢她。可她不喜欢我。”

“那就是苏婵喜欢岳川。”

“那就是，那就是，你怎么那么多那就是？”

“这是规律。男女三人行，必有爱恋。”

马琪脸上露出复杂的表情。

这时岳川回来了，一进门就说：“明天去爬山，苏婵也去。”于是，要不要准备氧气，还有装备和药物；岳川要不要休息一天……三人一直争论到深夜。结论是明天上山，马琪和亚美都拗不过岳川，最终还得跟随。

亚美没有完全放弃自己的坚持。岳川的身体状况她最清楚，山可以爬，但必须想办法把岳川拦在半山腰。

05 逐玉昆仑

经过一番论证，石秋生和焦阳终于登上了西去的列车。在列车启动的前一刻，郑开心跳上车，并对石秋生寸步不离。

之前，石秋生劝郑开心复学已经取得成功，并说好提前把学费和生活费都汇给他，郑开心也答应用心学，可是现在又突然推翻了承诺。他对秋生说：“我要跟着你，好随时下手。格尔木那种地方，应该是荒野比较多。”看来这孩子心中的恨很深，怀着这样的心态怎么可能再去念书？秋生不再说什么，去给他补了卧铺，由他胡说胡来。

危险人物就在卧榻之侧，岂容石秋生安睡。焦阳一直忧虑地望着秋生和郑开心，他真怕自己哪天没忍住伤了郑开心。

车行至半夜，秋生突然惊醒，发现一双黑黢黢的眼睛几乎零距离地盯着自己。他尽量平静地说：“开心，你能不能睡会儿。我跑不了，下了车你再下手也不迟。”

郑开心回到自己的铺上，但仍然睁着一双眼睛。石秋生起身点燃了一根烟，想到车厢连接处去透透气，郑开心立即起身跟上。

“开心，你真打算到格尔木杀了我？”

“那还有假！”

“想好了怎么杀吗？”

“不告诉你。”

“杀了以后呢？”

“我就去西藏。”

“再然后呢？”

“那你不会知道。”

“没想好吧？那我告诉你，到了格尔木，你不要让我多活一天。杀了我，你奔西藏，一刻都不要停留，直冲喜马拉雅山的乃堆拉山口。这个山口海拔 4730 米。乃堆拉，藏语的意思是风雪最大的地方。”

“我为什么要去那里？”郑开心越听越生气。

“乃堆拉山口西距印度锡金邦的首府甘托克有 24 公里，到了那里，你就安全了。我希望你好好活着，否则，你跑到哪里也都会被警察抓住。杀人偿命，接下来的事情你都知道，我就不说了。”

郑开心不说话，眼睛直勾勾地瞪着石秋生。

焦阳寻了过来：“半夜三更不睡觉，你们干什么呢？”

“在展望未来。”石秋生笑笑说。焦阳正要往下问，石秋生把烟掐了，说：“走吧，接着睡，天亮还要在西宁转车。”

焦阳和石秋生离开车厢连接处，郑开心却没有动。他望着窗外的黑夜，心中也是黑漆漆的。他已经在心里把石秋生杀了一百遍了，可是到头来，石秋生还是活得好好的，在他郑开心眼前晃来晃去。如果真把石秋生杀了，那自己也不能独活。现在变成了，石秋生活，他活；石秋生死，他死。

一脚踏进格尔木，三人立即被当地的“玉石热”炙烤。政府虽明令禁止个人上山采石，违者重罚，然而，人们仍然趋之若骛。自古到今，法不责众，当地政府也很头疼。

焦阳领着石秋生和郑开心到了姚家大院，因为事先打电话联系过了，瑶瑶妈已经给他们留出了房间。三人住下，这房间又便宜又舒适。焦阳一进院先往苏婵住的房间望去，瑶瑶妈说：“苏婵昨天和扬州来的朋友上山了。可能要在纳赤台住一夜。”

“扬州来的朋友？不会是岳明大哥吧。”焦阳很惊讶。

“不是。但是好像也姓岳。”瑶瑶妈说。

“为什么还要在纳赤台住一夜？同去的人多吗？”焦阳有些担心。瑶瑶妈笑笑说：“别担心，他们住在我一个老乡那里，安全着呢。”

▲ 格尔木的“石头热”

焦阳一路上都盼着尽快见到苏婵，没想到苏婵又去了纳赤台。这个女人对玉石的爱近乎痴狂。焦阳想，她到了纳赤台，会不会想起我呢？在此之前，那条路可都是自己带她走的。

“你们说的是不是岳大哥的小师妹？”石秋生听到他们在议论苏婵，便插嘴问。

瑶瑶妈有些得意地指指苏婵关着门的屋：“是。也住在我家，是个很好的姑娘呢。”

焦阳却似乎不愿多介绍苏婵。他说要去一趟军转办，临走前交代石秋生和郑开心先睡一觉，休息好了可以跟着瑶瑶爸老姚去石头市场转转，但不要乱走，别初来乍到走丢了。郑开心嘲讽道：“多大人了，还走丢！格尔木是迷宫吗？”

从格尔木火车站到瑶瑶家，郑开心一路上渐渐开心起来。格尔木并不像他想象的那样荒凉，而是街道宽敞，绿树连荫，一棵棵白杨树像西部的主人。远望昆仑山，有着雄壮的英雄气魄。

军转办欢迎焦阳回来工作，要他等候消息，有可能很快会有正式工作。焦阳又打听了其他对石秋生有用的消息。他匆匆赶回大院，却见老姚一个人在院里喝茶，那两个人却不见踪影。

“人呢？”焦阳问。老姚说：“转完市场回来，你兄弟说想去街道上转转，就又出去了。”不用问，郑开心肯定是寸步不离。

傍晚，石秋生带着小尾巴郑开心回来了。两人背着个包，包里鼓鼓囊囊的。焦阳问：“那是什么？”

两人互相看看，不说话。焦阳心想，刚到格尔木，就想在我眼皮子底下搞小动作。

“为什么市面上的手电、打火机、水壶完全脱销？”石秋生问。“高人！”老姚哈哈大笑，“你一来就发现大问题了。这种情况都半年了，货一来就抢光。”石秋生说：“美国西部淘金热的时候，卖水的人都发了横财。如今要在这里做做这些小装备的生意，也一定错不了。”老姚说：“不愧是做过老师的人，有知识，有眼光。我也不是没想过，只是把这些小物件从内地运过来，运费也就翻番了，所剩利润不是很多。”

郑开心注意到焦阳总瞅他们的包，索性把包打开。“看吧！”他说。包里面正是两支手电、两个水壶和几个打火机。

老姚笑了。“还缺一样最重要的东西，”他指着那些东西说，“那就是白面大饼。走那么远的路，肚子不饿吗？肚子一饿还能走得动吗？走不动还怎么背石头下山。”

“你们要做什么？也要上山偷石头去？”看到那些东西，听了老姚的话，焦阳急了。

石秋生说："我们不偷。作为游客，上山看看总可以吧？"

"秋生，你还不了解情况，少安毋躁。"焦阳劝道，"等我在军转办解决了工作，一定会给你找到好的机会。我也问过了，郑开心可以在格尔木复学。"郑开心立即抗议："我不复学！我坚决不复学！要复你复！"

石秋生也说："你甭操我的心，国家的工资我是不会去挣了。既然来到格尔木，那咱还不天高任鸟飞一把？"

老姚举手赞成，说："格尔木正在大开发，挣钱的机会多得很，就看能不能吃得了苦。"

"挣钱机会多也没见你挣到什么钱，还不是整天游手好闲。"瑶瑶妈插嘴说。老姚急了："明天我就上山，给你背几块石头回来。"瑶瑶妈说："几块？有一块就够了！"

焦阳这下明白了，原来石秋生要上山全是老姚鼓动的。唉，都怪自己，一来就把秋生交给了老姚。

夜晚，石秋生和老姚喝茶聊天到很晚。

第二天早晨，焦阳一睁眼就发现，石秋生、郑开心、老姚三人全不见了。瑶瑶妈说："别管他们。看别人捡石头发了财，他们心痒痒，就让他们去撞撞运气吧，要不总说老天不给他们机会。"听瑶瑶妈这么一说，焦阳也就放下了。是呀，不看不知道，看一看说不定还真看出点门道。秋生那么聪明的人，能找到最适合他自己的行当。

吴凌飞和岳明刚到达格尔木，他的"大哥大"就叫个不停，尽管如此，他仍然带着岳明急匆匆地来到库房。岳明一进仓库就惊呆了，库房里堆着一二百吨玉石料，像小山一样雄伟。岳明一边看一边连声叫道："真好！真是好料啊！"

"你再往里面看，"吴凌飞得意地往里走着说，"里面是最早从山上拉下来的。我告诉你吧，这青海料，你们扬州湾头镇一辈子也加工不完。"

岳明认真看了起来，并从仓库保管那里找来了粉笔，在石头上打着记号。他一边打记号一边说："吴厂长，我打了记号的石头，你可一定发给我。"

吴凌飞保证："你放心，我一定一个不少地发给你。"

这时有人冲进来对吴凌飞通报，山上有百十号人抢矿。"吃了豹子胆啦！"吴凌飞要立即上山，他安排岳明先在格尔木休整休整，改天再去矿上。出了这么大的事，岳明不好跟着，只好点头答应。他决定先去看望苏婵。

焦阳心神不定地踱步到姚家大院门口，就见岳明风尘仆仆地走来。焦阳惊喜地迎上去:“大哥,你怎么来了?”

岳明没有直接回答,却往门里张望:“秋生也来了?”

“来了来了,我们昨天刚到。”

“人呢?”

“和老姚上山了。”

“这么性急。”

“大哥,你这是从哪儿来,去过河南了吗?”

“去了,吴凌飞我也找到了。这不,被他拖着又上来了。”

“他愿意给你供原料了?”

“愿意,这一路上条件也谈好了。”

“大哥,你办事真是雷厉风行。”

“我就是性子急。”岳明说,“你们来得正好,我把原料的事情交给你们好不好?”焦阳高兴地说:“大哥,秋生正需要工作,他一定愿意做的。”

“你呢?”

“我刚到军转办报了到,明天就能有信儿。”焦阳说,“大哥,在部队上习惯了,我可能还是在单位上适应一些。”岳明笑笑说:“不勉强。你什么时候想来,大哥都接着。”

“谢谢大哥。”

岳明问:“苏婵呢?在屋里吗?”

“苏婵陪着扬州来的客人上山了,”焦阳说,“我们也还没见着她。”岳明一怔。扬州来的客人,会是谁呢?焦阳说:“听姚嫂说,那位客人也姓岳,我以为大哥认识呢。”

岳明一听吸了一口气,是岳川?那么马琪也知道苏婵的下落了?怎么会这么巧!不过这样也好,苏婵终于不用躲着藏着了,自己也不用再帮她隐瞒了。虽这样想,岳明还是感到了一种失落,就像是自己的一个秘密,在没准备的情况下,突然被公之于众,心里空荡荡的。

老姚带领着石秋生和郑开心天不亮就向昆仑山挺进了,因为是私自行动,一路上他们很兴奋。人心情一好,诸事顺风顺水。他们刚出城就在公路上拦了一辆卡车,一直把他们拉到纳赤台。下了车,郑开心直喊饿,拿出大饼就想吃。

“别动,”老姚说,“那个要留在山上吃,要不你连鸡蛋大的石头都背不动。”说完,老姚去摊边给他们一人要了一碗拌面。郑开心刚吃了一口,就皱着眉头说:“没熟,吃在嘴里是黏糊的。”

“这里的水60度就开锅，能吃上这样的面就不错了。”老姚一边说一边大口吃着。其实石秋生也正想说面没熟，听到老姚的话便没说什么，把面吃了个精光。郑开心肯定是不会输给石秋生的，他怕自己又要被甩掉。

老姚说：“我们趁天亮抓紧时间走到山根，和那些抓石头的盲流混在一起，等天黑了再上山。”郑开心有些讶异：“天黑了上山能看见什么？”

“天不黑，哨卡的经警一旦抓住你了，二话不说押回格尔木，你这一趟就白来了。”这话老姚都说三遍了，重要的话真的要说三遍。石秋生说：“姚哥，我们全听你的，你说怎么干就怎么干。”

好歹也有两个人可以领导，老姚挺起胸，用当地话发出口令：“现在走给！”

石秋生他们出发不久，岳川一行四人就从昆仑山返回到了纳赤台。他们这次登山失败了，原因是亚美摔倒崴了脚。苏婵要留下来照顾亚美，让岳川他们继续上山，可是亚美不同意，怎么能把两个女人留在荒山上？更何况这里到处都是淘金汉。

于是，四人下山了。一路上都是岳川搀着、背着亚美。走到有土路的地方，马琪拦了一辆手扶拖拉机，四人挤了上去。

前功尽弃，马琪似乎比岳川还泄气。尽管太阳穴突突跳得生疼，眼前也时不时冒金花，他仍然很想上到玉女峰。登昆仑是可遇而不可求的机会，眼看就要到半山腰了，唉……这个世界最痛苦的事不是失败，而是本可以成功。

马琪亲眼看到亚美是故意摔倒的。能把自己脚腕摔得肿成面包，非一般技术所能为。为了岳川她能使出如此苦肉计，还能说什么？马琪想，看她爱岳川爱到这般，苏婵基本没戏了。苏婵太自爱，碰到这种情况，能向自己下手吗？估计够呛。不过也没准，女人一旦爱了，往往会做出一些豁出去的事来，苏婵能在婚礼上逃走，还有什么事情做不出来？

岳川到底是怎么想的，马琪实在看不明白。在马琪看来，大多的时候，岳川好像把亚美当哥们儿，目光落在苏婵身上时又很柔和。既然如此，为何让苏婵逃婚后又一脚踏空，这么多年流落在外呢？如果有一个女人为我马琪逃婚，我肯定不会让她寒心的，马琪望着岳川恨恨地想着。

要是有两个女人这样爱自己呢，那又如何是好？想来想去，马琪又同情起岳川来了，岳川为什么要生得这么聪明、俊逸？如果岳川再多情一点，天下恐怕更不太平了。

第六章

这世界上没有太多逆袭成功的人生赢家，无论哪一种选择，都需要实力支撑，包括运势的加分。

01　昆仑大夺宝

夜晚。昆仑山玉女峰下，无数手电筒同时发光，把山坡照得如同白昼。成千上万的淘金客、盲流、民工向玉女峰冲去，他们中年龄最小的十六七岁，老的五十出头，都想来撞撞运气。有些人是受金把头（把持某一地域的采金行业，从中进行剥削的人）雇佣来壮声势的，抢到抢不到真玉一晚上都有三十块钱，这个钱对他们是很有诱惑力的。能抢到玉的是少数，人说昆仑玉为“鬼石”，神仙都难断方寸，更何况这些用生命来撞大运的玉盲。

▲ 昆仑山深处“抓石头”的人

石秋生和郑开心跟着老姚混迹在背石人之中。他们学着别人的样子，见到白石头就拿手电照，如果里面有光就背起来；如果见到了更白更亮的石头，就扔下背上的，背起手里的，两块都背没那个力气。就这样熊瞎子掰玉米一样背一个扔一个，再背一个再扔一个，到天亮时每个人都背了个自己认为最好的石头。老姚以为石秋生不懂玉，来的路上叮嘱石秋生，遇到白石头要由他先做判断，他说背就背，他说扔就扔。折腾了一晚上，三人都背上了老姚决断过的石头。石秋生虽有异议，但没说话，暗地里又背了两块老姚让扔的小石头。

走下山时，天还没大亮。

就要接近卡子了，老姚说："咱们得把石头埋起来，做上记号。这卡子是流动的，等他们走了，我们再回来挖出来。"

偌大的戈壁滩，到哪里找记号？好不容易走到低洼处，看到一个直径有90厘米的大石头，做记号比较理想。三人跑到石头跟前，双手挖开沙子，却发现大石头附近埋着不少白石头，原来早有人把大石头当成了标识。

"这下发了，"郑开心说，"咱们把这些石头都背走。"老姚说："不行，说不定人家就在附近趴着呢。你要背走，人家跑出来打不死你。"

说着话，天已经大亮。石秋生这才注意看了一眼老姚的石头，又用手电照了照，说："老姚，扔了吧。"

"为啥？"老姚不明白。

"这是一块卡瓦石。"

"什么是卡瓦石？"

"就是石英石，一钱不值。卡瓦石是和田人的叫法。"

"老汉我看走眼了？不会。"老姚突然瞪起眼睛问秋生："你怎么知道是卡什么石？"

郑开心插嘴："他家就是做玉的，他能不知道？"

"原来这样！"老姚产生了一种被欺瞒的怒气。他低头翻来覆去地看着自己的石头不肯撒手，也不说话。秋生蹲在他面前说："对不起老哥，在夜里，我也会看走眼。我这块石头给你，我还有两块小的。今天咱就是来探探路，来日方长。"

"不许动！"他们身后突然出现了警察。

石头被没收，原地掩埋。"啊？原来这些石头是警察埋在这儿的。"郑开心惊讶地说。

"自己动手，抽下腰带，脱掉鞋子。"警察吼道。

"干什么？"石秋生问。

"你说干什么？快脱！"警察挥舞着警棍。

三个人长到这个年纪从未受到过如此"礼遇"——被自己的腰带绑住手，手还要提着不断滑落的裤子，嘴里喊着"一二一"，光着脚走过戈壁滩。

老姚心想，这些家伙从哪儿学的整人的招儿？太损了，可别落在我手里。石秋生很淡定地大声喊着口令，之前的两年多他就是这么过来的。郑开心则很受折磨，因为他的手腕被皮带上的铁扣勒得生疼。他心里在大骂石秋生：你怎么不死呢？要不是跟着你，我何苦受这罪！

最后，大卡车把他们送到了公路上。警察放开了他们的手，警告说："如果再看到你们上山，就开枪打断你们的腿！绝不是吓唬你们，玉矿是国家的，无论是捡还是偷，都是违法的。”

空手而归？老姚不甘心。

“咱不能就这么回去，”他说，“那得让老娘们笑死咱。法不责众，咱还跟着众人去矿上，总能浑水摸鱼。”

石秋生毕竟有过惨痛的教训，很珍惜眼前的自由。他的原则是不能跟着金把头的人去偷抢玉矿，而是要去玉矿以外的山上找。老姚说：“那样的话，累死也找不到一个石头。”

老姚想在纳赤台找个地方休整一天，然后再次上山。郑开心突然爆发了：“这完全不是人干的事情，我就是死也不再上山！”

石秋生看郑开心的脚都打血泡了，只能选择回格尔木。他希望老姚能一起回。老姚拒绝：“要回你们回。我一个爷们，不能让婆娘笑话。”接着，他低声对石秋生说：“下回别带这怂包了，让他回家吃奶去。”郑开心知道俩人在说自己的坏话，坐在地上，恨恨地瞪着他们。

吴凌飞带着警察风风火火赶到矿上时已经是夜里了。值班保安把他带到瞭望台，手指山下：“矿长，你看——”

吴凌飞睁大眼睛一看，顿时惊得后脑勺子冒白烟。天哪！只见山下手电筒的光像移动的鬼火，星星点点、密密麻麻、闪闪烁烁向山上扑来，没有上万也有成千。突然间哪儿来这么多毛贼？保安说这种情况已经有十来天了，局面越来越不好控制。几十个保安终究抵不过众人，就是抓几个还得放掉，今天放了明天又来。以前是夜里抢，现在白天也敢来偷了。

“矿石是国家财产，一定要守住。”吴凌飞说，“但是，众怒不可犯，千万别伤了他们性命。”

▲ 玉矿保安缴获的“战利品”：刀具、背石头的麻袋兜包、拴石头的绳索、绞铁丝网的钳子、砸石头的铁锤

吴凌飞交代完就急忙下山向市里做了汇报。

鉴于矿上局势的严峻，市里警力又不足，市领导决定向上级请示，建立一支专门的经济警察队伍。

吴凌飞从市政府出来时已到了下班时间。听到有人叫他的名字，回头一看是文胜东。文胜东是吴凌飞的多年好友，当年他们几乎同时来到格尔木，吴凌飞在铁路公司，文胜东到了市政府，最近听说提了干。

“哈哈，胜东，早就想找你呢，结果这就碰上了。”

“你发玉石财都发疯了吧，还记得我？”文胜东这般说着，走过来握住了吴凌飞的手。

吴凌飞说：“给国家卖命，我个人能发什么财？”

“走，喝一杯去，我有话对你说。”文胜东拉着吴凌飞就走。吴凌飞说：“改日吧，今天把我忙成‘鬼’了。矿上盗抢成风，我哪有心思喝酒！”文胜东坚持：“择日不如撞日，说今天就今天。”

原来，文胜东早从楼上窗户里看到吴凌飞进了政府大楼，他是特意在这里等吴凌飞出来的。

两人出了政府大院，打车来到钾肥厂门口的“小小酒家”，要了份乌图美仁的手抓羊排，点了两个下酒菜，边吃边喝起来。几杯酒之后，文胜东说：“凌飞，我想辞职，下海做生意。你看怎么样？”吴凌飞以为他在说笑，回答说：“行啊，你下海肯定行。做玉吗？”

“可是我没本钱，也不懂玉。”

“怕什么，有我呢。”吴凌飞随口说道。文胜东一拍桌子：“好！我就等你这句话呢。我不懂，但不怕学。”

吴凌飞这才认真起来。刚喝下去的酒已烧了上来，他两眼发红地问：“你当真辞职？为什么？不是刚提了干吗？”

“你又不是不了解我，”文胜东说，“我不适合机关单位。这么多年一直循规蹈矩，受够了。”

文胜东是大学本科学历，他的为人和才华都是吴凌飞羡慕和佩服的。这些年，市里任何大型活动都少不了他的策划和指挥。可是，他要是离开了政府这块阵地，到商海里去扑腾，能不能扑腾得好，还真不好说。想到这里，吴凌飞诚恳地说：“胜东，我相信你到哪儿都是个好把式，但是辞职这么大的事，还是再慎重考虑一下吧。想做生意，有没有变通的办法，比如停薪留职……”

“我不留那个后手，”文胜东摆摆手，“要下海就赤裸裸地跳进去，不破釜沉舟怎么能绝地求生。”

“话虽这么说，关于昆仑玉的现状，你了解多少？”

“你指哪方面？”

“市场。”

“政府放开了，不是很火吗？”

“你错了。”吴凌飞说，“因为缺乏宣传，人们对青海玉的了解还很少，现在大多数消费者都不太接受。”

“这种状况一定会改变的。”文胜东沉吟着说，“一个玉石新产地，要想被市场接受，确实需要很长的时间。我知道，商家现在也很难判定青海料的价值。据我所知，有不少有眼光的玉商已经把青海白玉制品送到了宝玉石检测中心，正等着专家作出鉴定。他们希望专家们能认可青海玉的价值。”吴凌飞说：“反正现在大多数商家都还未经销青海玉，他们只经销和田玉。”

“这个我知道。”文胜东说，“我想，要让市场认可昆仑玉，可能需要一个契机。”

“什么契机?”

文胜东说：“我现在也说不好，只是有这么个感觉。这是昆仑玉的命运。”

这天回到家里，吴凌飞夜不能寐。他一直在回想和文胜东的聊天，想文胜东辞职的事，想昆仑玉的出路。之后的很多年，他多次想起和文胜东的这场谈话，逐渐认识到，文胜东那时不是偶然兴起，而是有备而来。

石秋生和郑开心狼狈地回到姚家大院，冲进屋，一头扎在床上再也没起来。瑶瑶妈几次敲门想问问老姚的下落，砸破了门也没人应。

焦阳接到军转办通知，他被分配到国营的玉石公司经济警察队，要求当天报到。当过连长的焦阳被任命为经警队副队长。

开完紧急会议，焦阳回到姚家大院，叫醒了昏睡了十多个小时的石秋生和郑开心，告诉他们岳明大哥在宾馆里等着，俩人才腰酸腿疼地爬起来。瑶瑶妈得知自己的一句话害得老姚独自返回昆仑山，很是懊悔。

因为玉矿被哄抢得厉害，吴凌飞已经根本顾不上岳明了。岳明在宾馆等了三天，既见不到吴凌飞，也见不到石秋生，更见不到婵儿和岳川。给金万里寻呼机发传呼，金万里回话说他去了德令哈。什么人都联系不到，岳明感觉到从未有过的焦心，好在还有个焦阳来回传信。

原料合同恐怕一时半会儿签不下来，岳明就没对石秋生说在格尔木设点的事。没有完全定下的事情，从不对人许诺，免得落空、失信，这是他做人的一个原则。私下里他也对焦阳讲了他的想法，这样，石秋生根本不知道岳明和吴凌飞正在进行的事情，也就没有期待。

石秋生出现在岳明面前，让岳明见识了昆仑山紫外线的强劲。一个白白净净的英俊小伙儿，两天就变成了古铜色的、嘴唇开裂的雕像。

“怎么样，这个海拔高度，还适应吗?”岳明问。

石秋生说比想象的要好得多。

岳明说：“秋生啊，饭要一口一口吃，做事情不要太性急。听说你一来就上了山，我真为你捏把汗。”

“大哥你放心，”石秋生说，“在里边关久了，满山跑一跑，大风吹一吹才舒坦。”

“好，你跑也跑了，吹也吹了，有什么想法没有？”

“还没有。”石秋生一笑，那口整齐的牙显得特别白，“他山之石，可以攻玉。但这些我们是可望而不可即啊。”他说来的时候看了看地图，发现格尔木的地理位置十分重要。东是西宁，北是敦煌，南是拉萨，是通往新疆、西藏的交通枢纽，本地又有很多资源。这样一个宝地，相信很快会发展起来，就是不搞玉也会有别的机会。

“这样看问题就对了，”岳明说，“你要等一切都确定下来，就会失去一些机会。要不想失去机会，就得冒一点险。”

这世界上没有太多逆袭成功的人生赢家。无论哪一种选择，都需要实力支撑，还包括运势加分。岳明相信秋生会摸索出属于他自己的路来。即便很艰难也没关系，摔打摔打没什么不好。

俩人正说着话，岳明的手机响了。

“看来他们的手机有信号了。”岳明说着接通了手机。

果然是岳川打来的，说收到岳明早晨发的信息了。岳明约岳川他们在饭店见面，岳川说亚美有脚伤直接回宾馆比较好。

亚美的脚伤在兵站供给部得到了救护，疼痛减轻后，四人又被一辆军车送到格尔木。当然，这一切都得益于焦阳这个名字，是苏婵为了亚美擅自动用了焦阳的关系。

虽然这次亚美意外受伤导致上山失败，苏婵心中却很满足，她只要望见岳川就好。更何况岳川始终关照着她，亚美也是那样尊重她、喜欢她。苏婵感到她与两人相处得很舒畅，不拘束；马琪也不是那么令人难堪了，他就像一个故友说说笑笑，绝不重提往事。恍惚间，苏婵以为自己下山也会回扬州，她第一次发生了动摇。

到了宾馆，苏婵没进去。她说明天再来看亚美，便要告辞回去。岳川认为岳明再次来格尔木一定是为了苏婵，便告诉苏婵一会儿岳明要来。婵儿却并无惊喜，随口说明天见也不迟，还是要回去。岳川只好让马琪送她。马琪虽被苏婵婉拒了，坚持为她打了出租车，一直望着车远去。

岳明是独自来宾馆见岳川的。他本想介绍石秋生与弟弟认识，看秋生他们太疲惫，就决定另约时间。

这趟出来，与岳川分开也有二十多天了，岳明来来回回跑了不少路，岳川也阅尽了西部的名山大川。兄弟俩见面很是亲切，不过岳明明显感觉到了岳川兴奋中难掩的憔悴和疲劳。有亚美、马琪在一旁，大家聊了很多奇闻趣事，离开房间时已近0点。

岳川送哥哥出来。

“哥,婵儿在格尔木的事,你怎么没对我说起过呀?”他埋怨说。岳明愣了下解释说:“好像一直都没有机会,你身边不是亚美在,就是马琪在。”

“你可以打电话、发信息告诉我啊。”

“我也不知道你是不是还关心她。”

岳川感到自己的话引起了哥哥的不悦,就不再说话。他断定哥哥还在爱着婵儿,否则也不会这么在意他的追究。想到这里,他心里忽然沉了一下,为什么沉,他自己也说不上来。

走出宾馆大门,岳明终于交了个底。他说希望岳川这次来不要过多关注婵儿,免得打乱婵儿好不容易平静了的心。一个女孩子在外面一漂就是三年,里面的无助和辛酸,不是他们这些男人可以想象的。如果岳川对婵儿还有什么想法那就另当别论。不过岳明也知道,有了亚美,岳川也不会有别的想法了。

岳川说自己可以没有别的想法,但是哥哥可以实现自己多年来的心愿,因为只有哥哥能把婵儿接回去,尽快结束婵儿的漂泊生活。岳川说,相信在这一点上,马琪也不会有异议。

“我何尝不想这样”岳明老老实实说,“问题是婵儿她心心念念的人根本不是我,我不能难为她。”

“你怎么知道?你表达过吗?”

“还用表达吗?都是明摆着的事。”

“哥,我求你了。”岳川说,“只有你能把婵儿劝回去。她一个人在这千里之外,扬手是春落手是秋的,青春很快就消逝了,实在让人……”

岳明若有所思地说:“我们一起想办法吧。”

苏婵本来说好第二天来看亚美,可是没来。

原因是姚家出了大事。

02 大山索命

你吃大山无数口,大山只吃你一口。

这天夜里,月亮躲在厚厚的云层,天黑得伸手不见五指。玉矿在炸山,炸飞的石头满山跑。老姚在山上追逐石头的时候,一脚踩空坠下了山崖。他的叫喊声让他身后的两个人及时收住了脚步。这两个人没有转身跑,而是摸到崖下救起了他，并且一路把他背回来送进了医院。这两个人就是五毛和六毛。

五毛六毛并没忘记老姚曾经救助过他们。尽管他们一不小心缺了一回大德，但老天没有抛弃他们，又给了一次补过和报恩的机会。这世上真没有绝对的坏人，也没有一成不变的好人，每一种存在都有其理由。五毛六毛成了姚家的恩人，苏婵也不再追究他们挖墙偷玉的事了。

▲ 昆仑山的生存法则告诉你，为男人的梦想买单的是他们自己的血泪

老姚摔坏的是腰椎，被送回来时又一路在手扶拖拉机上颠簸，更加重了病情。医生说他这辈子恐怕都站不起来了。

苏婵陪着瑶瑶妈在医院里忙前忙后。

瑶瑶也从学校里跑了回来。看到老爸躺在病床上一动不动，她顿时哭得昏天黑地的。老姚晚年得女，就这么一个宝贝女儿，因此对瑶瑶十分疼爱。瑶瑶也是一个各方面都让父母骄傲的姑娘，聪明、独立、能干，初中一年级就住校了，除了往家拿奖状，还省吃俭用给父母买礼物。老姚之所以还想再攒点钱，也是在为瑶瑶的将来考虑。这下好了，如果老姚瘫了，瑶瑶这辈子都不会轻松。

瑶瑶妈是个心大的女人，她不相信老姚就这么倒下了。她坚信她的男人有九条命，抗摔抗打。她说，老姚当年修路掉进沼泽，整个人都不见了，到了还不是上来了；被河水冲走了，到了也回来了；被黄风刮走了……

一直闭眼听瑶瑶妈吹牛的老姚终于睁开了眼，吼道：“你个老娘们，我什么时候被黄风刮走过？”

瑶瑶妈笑了：“哦，原来你还活着。”

瑶瑶妈反过来安慰苏婵，让她别担心，要不了一年半载，老姚就又活蹦乱跳的了。苏婵相信瑶瑶妈的话，她也是拿这话来安慰瑶瑶的。瑶瑶马上就要高考了，只有专心学习，考出好成绩，才是对爸爸最好的安慰。

苏婵执意把瑶瑶送回学校。她和瑶瑶刚出了医院的大门，岳川就护送着亚美到了医院，也是到了骨科门诊。岳川出门时留马琪在宾馆等苏婵。

亚美的脚疼得厉害，还伴随着发烧。医生经 X 光片检查发现骨折，并且有骨头碎片在受伤的软组织里，需要立即手术。市医院骨科做一例这样的手术不是问题，可是亚美强烈要求回北京手术。事关亚美的健康，岳川自然不好劝阻，便让医院进行了止疼和简单处理，然后匆忙回宾馆订机票回北京。可是，一直都不见苏婵的影子，岳明出去两趟也都没有找到。

焦阳和秋生也匆匆赶到医院看望老姚，郑开心尾随。市里下达命令不让国家的矿石丢失一块，经警队压力很大，执行任务刻不容缓。焦阳给老姚放了点钱就上山去了。

临走，焦阳特意叮嘱石秋生："近期你就在市面上转转，工作的事我回来再说。千万不要上山，老姚就是前车之鉴。还有，要是碰上了，我执勤很难办的。"石秋生望着焦阳没吭声，心想，什么时候你成我家长了。焦阳大声说："哎，石秋生，你听到我说的话了吗？"

"听到了。"石秋生低声说。

"那你听不听？"

"你有完没完！"

焦阳不再逼他，却狠狠瞪了郑开心一眼。郑开心嘟囔道："我又怎么了？"焦阳欲言又止。

见到老姚一动不动地躺在病床上，石秋生心里就像三年前出车祸一样追悔莫及。他痛恨自己太不仗义，早知如此就不该把老姚一个人留下。现在说什么都晚了，这辈子他都不会原谅自己。"老姚一定很后悔没听你的话，你可千万别再埋怨老姚了。"瑶瑶妈善解人意地说。就这一句话，石秋生知道了瑶瑶妈是一个善良、大气的女人。

苏婵一直把瑶瑶送到学校才返回医院。她走进病房，看见一个眼睛很黑很深、表情冷冽的青年男子坐在老姚床边，瑶瑶妈跟他低声说着话。那男子正是石秋生，他看到苏婵略一怔忡，被她未施粉黛，却美得不像人间女子的样子所震慑。

苏婵向石秋生点了下头，端起水盆出去了。

石秋生望了一眼苏婵的背影。

"姚嫂，这是你女儿吗？"他问。

"我要有这么大的女儿，可就有福气了。"瑶瑶妈说，"人家可是扬州来的玉雕师，也住在咱们院子里，就是那天焦阳要找的苏婵。"石秋生说："哦，是我岳明大哥的师妹，对吗？"

石秋生终于明白焦阳为什么一到格尔木就风风火火地去找苏婵了，原来苏婵是这样一位让人如沐春风的女子！

苏婵端了盆清水进来，见他们在说话，便说自己回大院做饭送来。石秋生劝瑶瑶妈也回去睡一会，都耗在医院里是浪费人力，不如保存精力晚上换班。瑶瑶妈觉得有道理，就留下石秋生，自己和苏婵一起走了。一出病房，瑶瑶妈便告诉苏婵：“这是西安来的新房客。他和焦阳是发小，好像也是你那位师兄岳明的朋友。”

苏婵立即明白了，一定是在西安蹲过监狱的那个人。她隐约听岳明和焦阳讲过他的事。这么精致的一个人怎么会倒这么大的霉？命运的事真说不清。现在什么人都往格尔木跑，这里要不平静了。

她问瑶瑶妈：“怎么没见焦阳？”

“焦阳当了经警，”瑶瑶妈说，“上昆仑山执行任务去了。听说玉女峰下每晚要聚集成千上万的人抢矿。”苏婵有些担心，说：“那当警察岂不是很危险。”

瑶瑶妈说：“也没什么危险，顶多丢两块石头。”

两人走出医院，才发现天色已晚。瑶瑶妈看到了正在买冰激凌的郑开心，问他要不要一起回家。郑开心摇摇头，往病房走去。在与苏婵和瑶瑶妈擦肩而过的时候，他突然斜着瞥了婵儿一眼。这一眼瞥得苏婵心里很不舒服，那眼神里分明有厌恶和鄙视。

“他是谁？我认识他吗？”

瑶瑶妈说这是石秋生带来的孩子。看着石秋生和这孩子好像也不怎么要好，苏婵一头雾水。

看苏婵不说话，瑶瑶妈以为她在担心焦阳，便拉住她的手说：“我看你心里有焦阳，焦阳对你也很有意，大姐帮你们说和说和？”苏婵忙摆手：“大姐，你想到哪儿去了！千万别有这个想法。”瑶瑶妈说：“可是小苏，你也不小了，女孩子家一过了三十，就是长得漂亮也不好办了。”

“大姐你放心，”苏婵说，“顶多我这辈子跟石头过，也图个清静。”瑶瑶妈说：“傻闺女，石头可是捂不热的。你要跟玉石过，王母娘娘都不答应。”

两人回到大院，见岳明等在那里。

岳明来时见家里没有一个人，不知道出了什么事。他朝邻居打听，邻居也不知道，岳明正待离去，忽见苏婵和瑶瑶妈安然无恙地回来了，这才松了口气。听苏婵说姚家遭了祸殃，岳明突然觉得上山背石头这件事不妙。君子爱财，取之有道，必须劝秋生离开昆仑山。

“师哥，你不是刚走吗，怎么又来格尔木了？”苏婵不明白地问。岳明说：“先不说我的事。我要告诉你，岳川和亚美要回北京了。亚美的脚骨折了，脚里还有骨头碎片，需要马上手术取出。”

苏婵一惊，忙说去看亚美。

“来不及了，”岳明说，“他们这会儿应该已经到了机场。因为找不到你，岳川很着急。”

事情怎么会这样？

苏婵一时愣住，好生难过。

岳明打开手机给岳川拨电话，拨通了之后把手机递给苏婵。苏婵“喂”了一声，手机里就传来岳川急切的声音：“婵儿，你去哪儿了？你没什么事吧？”苏婵急忙说：“没事，我没事。对不起，是房东家里出了点事。亚美还好吧？”

“关系不大，赶回去做个小手术。婵儿……”岳川一时哽咽住了，想说什么却说不出。

婵儿感觉到了岳川的难过，心里抽丝般地疼痛起来。她竭力用轻松的口气说：“岳川，祝你们平安顺利！”说完把手机交还给岳明，自己进了厨房。岳明分明看到了苏婵眼里闪烁的泪花。岳川还没有挂断电话，他正在说：“婵儿，格尔木固然好，但我真心希望你回扬州去……”

“我会转告她。”岳明说。

接着，岳明把老姚的事对岳川说了，并嘱咐岳川和亚美一路注意安全。岳川也请求哥哥一定不要忘记他们之间说定的事。

机场那边，岳川挂断电话见时间已到，便和马琪告别，推着轮椅上的亚美进了安检。就这样离开格尔木，他实属无奈。亚美这姑娘摔成这样，却并不忧虑，反而十分开心。望着她那没心没肺的样子，岳川欲哭无泪。

老姚坚决不让石秋生守在医院。“一个大男人家，有这个时间快上山背石头去。”他对石秋生说。

石秋生说什么都没有用，只好给老姚找了两个特护，一次性给了人家工资，这才离开了医院。瑶瑶妈只有送饭这一个活儿了，还时不时有苏婵帮忙，忽感轻松许多。

03 既来之则安之

岳明等不到吴凌飞下山，又不好贸然去矿上，正在为难时，扬州那边打来电话，说很多事情等他回去处理，再加上马琪催促，他决定马上返回扬州。但是他还有一个艰巨的任务，就是要把石秋生和苏婵都带回扬州去。因此，有两场严肃的谈话要进行。

谈话进行前，岳明做了一点铺垫工作。一是让石冬生先给弟弟秋生打个电

话，动之以情，晓之以理，劝秋生去扬州重新开始。其实，面对石秋生，岳明没有压力，他也相信秋生会听他的，但他做事一向求稳妥，相信冬生打了这个电话，会给他助力不少。再就是让马琪先跟苏婵谈谈，保证苏婵回去后不再旧事重提，并且让马琪表示已经放下了那段情。

石冬生和马琪都义无反顾地配合岳明完成了使命，很快他们都说谈得很好，对方没有反对。

岳明听到这个结果，感觉事情比较简单，立即买了机票。他对石秋生说："秋生，你背负三年的忏悔现在终于也能放下了，珍惜重获的自由吧。我们一起回扬州，哥哥将倾毕生之力和你一起东山再起！"他还特意补了一句："当然，郑开心你可以带着。"

没想到岳明的诚意被石秋生谢绝了。

石秋生说得也很诚恳。他说："哥，我姐能有一个安定的生活，我已经很感激了。至于我，既来之，则安之。我要给父亲的在天之灵一个交代，也希望大哥你能给我一个验证自己的机会。"

在苏婵那边也碰了钉子。苏婵还是那句话："该回去的时候，我自然会回去，但不是现在。"

这下岳明急了。他说格尔木海拔 2800 米，紫外线这么强烈，长期下去婵儿怎么受得了。还说如果婵儿是为了玉，扬州的好玉多是和田玉，还会有人送到家门口……苏婵笑着说："那不是成本太高嘛。"岳明说："你可以不用想成本的事，不是有我吗？"

"师哥，"苏婵温婉地说，"等我练好了手再去为你打工，好不好？"岳明真想不明白婵儿固执的理由。

岳明在婵儿面前的又一次挫败，让岳川也很郁闷，他只好请哥哥为苏婵买手机，以防再次失去联络。岳明说在格尔木用手机的没几个人，苏婵肯定不会接受。岳川说那就装个座机。

"电话并不能改变什么，"岳明说，"她要是不接，我们还是无法联络到她。"岳川说："我明白。电话只是个道具，就算她不接，只要看到电话机就能想到有人在牵挂着她，不会感到太孤独无助。遇到了什么难事，她至少会想到可以打电话的人。"

岳明心想，岳川的心思就是缜密，从小就这样，难怪婵儿爱他。自己干事还是太粗枝大叶。安装座机的事安排妥当后，岳明仍然觉得必须要做点什么，所以在走的时候，他塞给苏婵一封信。苏婵纳闷地望着他。

"你回去看吧。"岳明说。

岳明就这样走了，他希望自己很快能回来，希望是婵儿召唤他回来。但其实就算婵儿不召唤，他也得回来。

外地来格尔木探玉的玉商越来越多，一时间宾馆里出出进进，车水马龙。现在，优质青海白玉原料的价格，已由发现早期的每公斤五块钱飞涨到了数百元。即使如此，还是有许多人没有认识到青海玉的价值。岳明预测，随着和田玉资源的日益稀少，青海玉将会拥有更高的地位和价值，他可不想在其价位低廉时错失良机。

▲ 昆仑玉，业内也称青海料（和田玉家族中产自青海的玉料），产地位于昆仑山东南麓，是新疆和田玉在青海境内的延伸

石秋生和郑开心在市面上转了几天，也去过纳赤台，因为没有本钱贩石头，逼不得已又想到上山。大批的人从山上源源不断地背下来石头，大部分是从矿区周围拣来的。这些石头中也有成色不错的，看着让人眼热。石秋生让郑开心留在家里，他自己想上一趟山。郑开心不干，嚷着“别想甩了我”。

郑开心还说：“我一定要亲眼看到你坠崖的一幕！”听着这孩子恶毒的言语，石秋生真想喷三口血，好让他出了胸口的那股郁气。

老姚出院了，他人残心不残，躺在院子里还天天催石秋生出去转悠。“要想发财，就得行动，守在家里只是在做梦。”他这样说，“我是因为老了，腿脚不灵便才马失前蹄的，你们年轻人就不会犯这个错误。法不责众，要上山就得去露天大矿。”

石秋生再一次提醒自己不能跟着淘金者去偷、去抢玉矿，要去就去玉矿以外的山上找。别说焦阳交代过他，就是没交代，他也有自己的底线。他们这样做了，却一无所获。郑开心骂道：“也不知道是哪个王八蛋说的，昆仑山上的石头都是玉！”

坐在姚家大院里，石秋生再一次承诺供郑开心上学，一直到郑开心能自食其力。郑开心却恨恨地盯着走过去的苏婵，不说话。石秋生真不知道这孩子对苏婵的成见是哪里来的。

“人家惹你了吗？”石秋生问。

“惹了！”郑开心气哼哼地说。

“怎么惹的？”

郑开心不吭声。

石秋生更纳闷了，想说什么又憋了回去。

苏婵的存在令石秋生觉得整个格尔木都美丽了。可他也知道，那仅仅是一道风景，离他甚远。

“我不需要你供我上学。”郑开心突然说，“我爸没了，我妈也消失快两年了，我只想赚钱，让离开我和我爸的女人悔恨终身！”听了这话，石秋生一脸肃杀。本以为几年牢狱还清了孽债，想不到这孩子心里仇恨太深，石秋生的噩梦才刚刚开始。

这期间焦阳回来过一次，是被派下山领取警用装备的。他匆匆来找石秋生，把一张玉矿招工表拍在石秋生面前。焦阳也很矛盾，说矿上也挣得不少，可又不忍心让石秋生上山吃这个苦——

郑开心瞥了一眼招工表，说与其在海拔4500米的高山上挖矿，还不如满山乱跑。

“玉矿不招童工。”焦阳不屑地说。

郑开心愤然而去。

“你不是说，美国西部淘金热的时候，发财的并不是淘金者，而是卖水的人吗?”焦阳对石秋生说，还是苦口婆心的口气，“我看不如这样，让岳明大哥从内地给你批发些打火机、手电什么的，在这卖吧。”石秋生却心无旁骛：“做生意还是要做玉，我不能丢了石家的老本行。”

“做玉要本钱，你可以先攒点本钱啊?”

“我的第一桶金就在昆仑山上。”石秋生自信地说。

“政府禁令撤销前，你最好不要上山。”焦阳是真急了，“我在执法，碰到你，你说我是抓呀还是不抓?”石秋生笑着说：“抓，你必须抓！那是你该做的。可是抓了你不是还得放吗?”

“你认真点，”焦阳说，“我可是说实话呢。我们不一定每次都有好运气。”

“我的运气已经到最低谷了，还怕什么?”

“我觉得你现在应该有‘四戒’。”

“为什么不是‘五戒’?”石秋生反问。焦阳没理会他，接着说：“你听着，戒浮躁，戒心急，戒盲动，戒贪婪！”石秋生笑了：“前三个好办，贪婪，不能全戒。”

就在这时，苏婵抱着石头从外面回来，见到焦阳有些意外。两人打了招呼，焦阳说：“我听说有个女人，开个小货车躲开哨卡，总在山下收那些偷下山的石头，我们抓了几次都没有抓到。”

“你说的一定不是我。”苏婵笑着把石头放在地上，“两位大哥，帮我看看这块石头怎么样?”

石秋生仔细看了看。

“多少钱买的?”

“一千。”

石秋生没表态。焦阳不懂，他看了一眼秋生的表情，说：“这不就是块普通的石头吗？你亏大了。”

“这可能是一块石包玉。”苏婵笑笑说。

石秋生望着苏婵。

“你怎么判定是石包玉？”

“直觉。要不切开看看？”

三个人把石头拿到苏婵的工房，用小型切料机打开了一条口，里面竟露出细白的玉肉来。石秋生惊愕地望了苏婵一眼。

▲ 石包玉切开后的截面玉肉细腻、油糯、无杂质

焦阳则又惊又喜。

“小苏，你的功夫真深啊！”他夸赞说。

苏婵说：“其实我心里也不是很有底。”然后又转向石秋生，“石大哥，你们抓到了石头，可要先给我啊。”

焦阳说：“小苏你是怎么看石头的，真该跟你石大哥多交流交流。秋生他手里经过的蓝田玉、和田玉多，对青海玉还是生点。”

“我没有什么秘诀，常看常摸自然就熟了。”苏婵说。

“下次干脆我们一起去纳赤台。”石秋生对苏婵说。焦阳马上发话：“纳赤台可以去，但不许上山。”

苏婵却问焦阳，“那么大的山你们管得过来吗”？

石秋生不满地跟一句：“对啊！”

“除了玉女峰这一段，其他地方你们随便去。”焦阳只对苏婵说，“你是不知道，一旦让经警抓着了会被‘整’得很惨。你们最好别去蹚这个浑水。”石秋生说：“我又不是没见识过你们的本事！这样吧，如果被你焦阳抓住三次，我石秋生到此为止，再也不上山。必须是你本人抓住啊！如果让我逃脱了就不能算一次。别的经警抓住，如果让你看到了，也算一次吧。”

焦阳一振：“此话当真？”

“绝无戏言！”石秋生认真地说。他知道，这个约定会让焦阳很累，焦阳得在人群中不停地寻找他，想到这里他又有些同情焦阳，但这个猫捉耗子的游戏点燃了俩人的童趣，由不得考虑后果。

焦阳临走又提醒秋生：“要想不被抓住，你最好先把郑开心那尾巴甩了，他只会坏你的事，不会有一点帮助。”

“你知道那是件很难的事。”秋生说，“比你抓住我还难。”

焦阳摇着头走了。

04 人比山高

石秋生喜欢站在昆仑山顶，那种人比山高的感觉是激昂，是敞亮。此刻他正和郑开心一起站在山顶，大口喘息着。郑开心被天上的星星吸引了，他从未见到过这样大、这样亮的星星，离自己这样近。他想，如果有一天需要摘星星，一定要到昆仑山上来摘。

“据说在这里可以找到天梯。”石秋生说。

郑开心却没有听神话的心情。在石秋生的命运因为那场车祸发生逆转的时候，郑开心的命运之星也一起坠落。如果爸爸妈妈还在，郑开心这辈子都别想来到这里，真不知道是福是祸。

今晚玉女峰下不平静。抢矿者们发起的两次总攻都遭到了经警队的顽强抵抗，最终抢矿队伍溃散而逃。石秋生带着郑开心伏在不远处观察着，他想看看焦阳领导下的经警队除了用催泪弹还能有多大本事。天就快要亮了，金把头又组织了第三次强攻。经警队人困马乏，寡不敌众，失守部分阵地，丢了不少矿石。石秋生知道了什么叫人多势众。

焦阳小心翼翼地指挥了一夜战斗。他之所以小心翼翼是因为既要保护好矿石，又不能伤了偷矿的人。天亮后他只眯了 20 来分钟，又带人开始了撒网式巡山。只有白天把那些藏在山窝里的淘金客赶下山，夜里才能相对安全。

过午时分，焦阳背着枪，和同伴一直走到离玉女峰较远的无名峰下，没有发现可疑人员。就要收兵往回返时，突然发现一个阳坡洼地里竟藏着七八十个人，他们一个个仰天睡得昏天黑地，显然是一夜未眠的盗玉者。这一堆人一旦睡足了精神，天黑进入矿山，那就如同洪水猛兽。焦阳这边只有两个人，虽然真枪实弹，可是不到万不得已是不能对可疑人员开枪的。怎么办？

焦阳命同伴速速回去报信，他自己单枪匹马地独守山头。只要那些人睡不醒，焦阳就暂时安全。同伴领命而去，因为着急，蹬翻了一块不大的石头，石头滚下山去，在寂静的大山里发出了点微弱的声响，焦阳和同伴立即隐蔽起来。

石秋生惊醒。他听到了石头的滚落声，睡觉时他把耳朵紧贴地面。

确切地说，他根本就没睡着。

石秋生和郑开心遇到这帮抓石头的也是偶然。今天他们走到这里，那些人正坐在地上啃吃着黄羊肉和锅盔。见两人面生，为首的热情邀请他们一起吃肉喝酒。石秋生拉着郑开心坐了下来，不接受邀请反而显得小气。接着为首的又邀请他们入伙：“人多力量大，谁抓到石头算谁的。”

毕竟嘴里吃着人家的肉食，舌头短了尺寸，石秋生没拒绝也没答应，想着不妨先待在这里听听这些人说什么吧。

原来为首的是个金把头，叫万家驹。此人长得高大魁梧，眉宇之间有英武之气，言语动作露出几分霸道与狂妄。围着他的那些人，一大半都跟他淘过金、盗过猎。

20 世纪 80 年代到 90 年代，在昆仑山脉持枪的淘金客成千上万。这些人肆意乱采滥挖，将部分河道和草场毁坏，并且猎杀野生保护动物，各种非法活动令人触目惊心。政府下大力度清理这些盲流，打击和遏制非法行为的斗争持续了十多年，可是野火烧不尽，春风吹又生。现在，昆仑山又给了他们一次向苍天厚土索取财富的机会。

▲ 为防盗抢者夜晚潜入，玉矿边缘布下层层滚网及马刺地钉

万家驹请石秋生坐他身边。他亲自给石秋生倒酒，石秋生端起一口饮下。“好样的！”万家驹喊道，“在昆仑山遇到了，我们就是前世有缘。来，再喝一杯。”这一次石秋生没喝。

石秋生在提醒自己：还是要保持清醒。如果不注意被焦阳抓住，那就损失一次机会了。

万家驹自己一杯杯喝下，不知不觉就喝高了。他用油乎乎的手掏出怀里的钱夹子，给石秋生看里面的一张相片。“看到了吧，老弟。”他醉醺醺地说，“这是我的女人。我受这些苦，都是为了给她最好的日子。”说完他把照片举到石秋生面前，请石秋生看仔细。石秋生看了一眼不由惊叹，好惊艳的女人！尤其那颗醒目的美人痣。

万家驹感觉到了石秋生异样的目光。

“想不到，我，万家驹，能有，这么漂亮的女人，是、是吧？”他的嘴巴关不住了。“我、我告诉你，女人都是，属猫的，你、你只要能给她荣华富贵，她就，心甘情愿，跟着你，在家，等着你。唉！可惜！不是前几年，挖金子的时候啦，好日子走到了山背后……可她，不，不嫌弃我……哈哈哈，这样的女人，我，我就得豁出老命……”

淘金客个个都有亡命徒的心理，拒绝合作，恐怕没有好下场。有人告诉石秋生，昨晚队伍里少了六个人，跑散了还是掉进山崖了，说不清。

郑开心有些恐惧地看了石秋生一眼。

“到了晚上，你就待在这里，我跟着去看看。”石秋生低声说。郑开心翻了下白眼：“你想得美！”

阳光甚好。酒足肉饱的万家驹席地而眠，别人也照着他的样子纷纷躺倒。石秋生却睡不着。也许是喝了点酒，加上缺氧，他感到太阳穴的位置生疼。郑开心到底是孩子，倒下就着了。其实，跟着石秋生，郑开心有安全感，他只是不愿意在石秋生面前承认。

石秋生听到石头滚落山坡的响声后睁开眼，身子未动，静静地倾听着。刚才明明听到了什么声音，怎么转眼静悄悄的了？眼光瞄向山顶，突然看到山崖上探出半个头。再仔细一看，不好！他立即摇醒万家驹，小声说：“山头有情况。”那金把头忽地一下坐了起来，大声喊道：“起来起来！经警来了！不能被他们抓到。大家都听我的。”这群人出奇地整齐，哗啦一下全坐了起来，东张西望着。

焦阳没想到人们这么快就醒了。他立即占领了制高点，准备与凶悍狡黠的淘金汉们斗智斗勇。这伙人身上有枪，所以他一直隐蔽在石头后面。

“快收拾起东西，上山。”万家驹冷静地指挥着，他显然很有斗争经验。这伙人开始向山上移动。

焦阳一看不好，立即喊话：“站住，不许上山！”

人群就像没听到似的继续移动。

焦阳再喊：“再不停下，我就开枪了！”

还是没人理他。

石秋生一听是焦阳的声音，立刻把帽檐拉得低低的，混在人群中不敢抬头。郑开心也学着他的样子。

“砰！”突然一枪打在走在最前面的万家驹的脚下。

万家驹怒吼：“这人玩真的！”

“我警告过你们了。”焦阳喊道，“谁往前走我打谁！如果你们一起跑，我说打你右脚不打左脚，不信你们就试试！”

万家驹偏不信，又往前走。焦阳朝他脚前又开一枪，几乎要打了他的脚指头。万家驹往左走，焦阳往左打；万家驹往右走，焦阳往右打。每个子弹离万家驹的脚都不超过20厘米。万家驹火了："他奶奶的！遇到神枪手了。"他不由地去摸腰上的枪，焦阳的一颗子弹打来，他的胳膊被擦了层皮。

焦阳喊道："再敢乱动，就不是让你擦层皮了。"

万家驹被镇住了。

石秋生知道焦阳在部队时以枪法闻名，因此刚刚喊的那句话很有底气。万家驹不敢再挪出一步。

"兄弟——，佩服你！"万家驹冲着焦阳大声喊，"下来交个朋友。我们有酒，还有烤的黄羊肉，香得很。"焦阳不理会，举枪喊道："全体都有，把鞋脱了！"

"又来这一套！"万家驹气急败坏地骂道，"抓住你我打不死你！"焦阳在山上喊："快脱，要不脚被打残废。最前边这个，你先脱。"

万家驹乖乖把鞋脱了。

焦阳又喊："把腰带抽下来，扔到地上。一个一个走过去排队。"

万家驹嘴里骂着，还是乖乖抽下了腰带。抽去腰带的裤子立即滑下腰间，他急忙用手提起。

不一会儿，草地上扔下几十条腰带，像蛇一样盘踞着。

▲ 为玉而生的人，在昆仑山腹地风餐露宿

“排好两行纵队，听我口令！向前看齐，向右转，齐步跑！”焦阳大声喊着。

队伍的动作出奇地一致，每个人都是一手提裤子，一手提鞋，肩上背着布包。石秋生为了不让焦阳在人群中发现自己，也不敢怠慢。他起初见焦阳只有一个人，还为焦阳担心，最后见焦阳步步为营，逼人太甚，便想扳回败局。这时，焦阳发现了石秋生，因为郑开心总是忍不住抬头张望——一群人都低头，那个抬头的人自然就成了目标。

石秋生还没想好怎样反抗，队伍已来到山下的卡子跟前，只得乖乖地被六个荷枪实弹的经警赶下山去。

因为在戈壁滩上赤脚跑，回到住地，石秋生和郑开心的脚已烂得不像样子。看来不养个十天半月是动不了了。石秋生不能忘记那六个经警望着焦阳的惊羡的目光，还有那些钦佩的话语：“焦队长，你一个人抓这么多人下山，真是太厉害了！”“焦队长真神！你是怎么做到的？”……他更忘不了，当时焦阳冲着人群大声喊道：“记住，一次了！”这话当然是在警告石秋生：再让我抓住两次，你石秋生就该罢休，滚出昆仑山了。

“你以为昆仑山是你家啊！”石秋生心里暗骂，“总有一天我会站在昆仑山顶，我比山高，让你抓不着！”

君子一言，快马一鞭。文胜东在和吴凌飞喝完酒的第二天就递交了辞职报告。政府大楼炸了锅，一个处级干部都能退出体制，可见“下海”的浪潮越来越汹涌了。尤其是文胜东这样的人，在哪儿都是难得的人才，领导一再挽留，都不能唤回文胜东早已飞走的心。

一切手续办下来估计要一个来月。文胜东却不能等，他交接了自己手里的工作匆匆而去。

文胜东没来找吴凌飞，先做起了别的生意，听说是在向沿海倒卖喂虾的饵料、钾肥等。与此同时，他在格尔木和内地之间做起了物资运输。在这边远又资源雄厚的地界，他认识到了物流的力量。

与文胜东辞职前后脚，开出租车的金万里也把车转让给了别人。金万里几乎是白手起家玩起了石头，对他来说，岳明的鼓励很重要。

在格尔木，以金万里为首，有一批出租汽车司机重复着差不多的人生故事。他们最先接触到内地来的玉老板，懵懂地拉着这些老板跑市场，目睹了这些老板是怎么追逐石头的……他们由此认识了玉石。再后来他们捷足先登，先下手买了玉石，再贩给这些玉老板。

第七章

也许只有中国人才会把一个白玉珍品历经磨难的传奇，演绎得这般惊心动魄。和田玉龙喀什河深挖裸露的千年河床、昆仑山玉虚峰下的万人大夺宝，似乎都在告诉我们：在某些时候，人的性命还不如一块石头来得珍贵。

01 一捧雪

在离开格尔木时留给苏婵的那封信里，岳明第一次敞开心怀，向他的婵儿表白了自己的心迹。

他写道："婵儿，写这封信实属无奈。你知道师哥我笨嘴拙舌，我只是想让你知道，你离开家的这些年，我的心也丢了，白天忙忙碌碌的只是一个躯壳，这样说一点都不过分。我对你的感情，在孩提时代就已建立，根深蒂固。相信你在经历了一番世事沧桑之后，会懂得我的心。如果你肯接受我，也可以不用回扬州，我可以来格尔木，或去你想去的任何地方……"

信中没提岳川却提到了"一捧雪"。岳明说他在"一捧雪"里看到了婵儿的真心，正所谓一片冰心在玉壶。"一捧雪"没给别人而是留给了他，说明婵儿的心里有他。他说这些是想让苏婵面对真实的内心，不要忽略了自己。

苏婵看完信心里暖暖的，同时也感到了负担。她知道自己依赖师哥，虽然对师哥没有像对岳川那样的激情，但是有师哥在，她心里就会感到踏实。多少年来，想到岳川她心里会疼，会想流泪；想到师哥，心里除了安稳就是温暖。如果说要和师哥在一起生活，她觉得还是不可想象。

要怎么回复岳明呢？

她想不出回信的言语。

离开格尔木，岳明忐忑地回到扬州。一路上他都在想：不知婵儿读了信是什么反应？不知会怎样回复？

他已经想好了，无论什么样的结果，无论婵儿怎样回应，他都会坦然接受。就算被拒绝，也总比这样蹉跎下去的好；他们已经没有多少可以蹉跎下去的时光了。他万万没有想到，婵儿这边还没有着落，石冬生却在他的心里引动了新的波澜。

这次是石冬生开车到飞机场接的岳明。她接上岳明就说，她支持石秋生留在格尔木。

岳明大感意外。嗨！自己本想与冬生联盟，因而央求她打电话劝秋生的，结果反而让秋生得到了一个强有力的后援……岳明很不理解这个当姐姐的是怎么想的。冬生说："很简单，如果秋生不是自己爬起来的，而是靠岳大哥的帮助东山再起，那他这一辈子都不会真正站起来。"岳明心中一震，佩服地望了一眼冬生好看而高冷的侧脸。

"岳大哥，你可能也不理解我为什么要跟你来扬州吧？"冬生似乎知道岳明此刻在想什么。

"理解。"岳明说，"你是为了让秋生安心。"

冬生说："有这个因素，但不全是。"

岳明疑惑地望着她。

冬生清了一下嗓子。

"父亲在世时常说'天下玉，扬州工'。"她说，"我虽然不懂玉雕，但我对扬州充满了向往。后来听秋生说他认了一位扬州玉商做大哥，我对这位大哥很好奇。再后来在最关键的时候，你这位大哥出现在我们面前，没有让我失望。你让我感到了依靠，还让我产生了爱慕之心。能跟你来扬州，是因为和你在一起的感觉很舒服。"

岳明终于明白这姑娘是在向自己表白心迹。太突然了，自己该怎样回应呢？

"你不用紧张，"聪明的冬生又看透了岳明的心思，"我不是在追求你，我是告诉你来扬州的理由。岳姨跟我说你和岳川都喜欢婵儿姑娘。我不知道婵儿有多美，但我相信她是个很好的姑娘。我还知道她很幸福也很痛苦，因为中间还夹了个马琪……"

看来她确实是什么都知道了。岳明现在想尽快让她了解最新的情况，因此他说："冬生，这次临回来，我向婵儿表白了。"

"怎么到现在才表白啊！"冬生有些惊讶，"她接受了吗？"

"还没有回复。"

"你写的信？"冬生觉得有些好笑。

"在她面前实在不知道怎么张口。"岳明无奈地叹口气说，"再说，我也不想让她为难。"

“岳大哥,写信求爱,现在也就只剩下你了。”

“你是说我老古董?”

“不是,是说你内秀。”

说完,冬生哈哈大笑,岳明也跟着笑。

汽车提速疾驰。笑着笑着,石冬生的脸有些冷了,仿佛那笑也僵在了脸上。她怎么也没想到,自己的表白是这样一个结果。不管岳明是否遭到苏婵的拒绝,她都把自己推到了一个尴尬的境地。

此时的岳明也十分同情冬生。他知道,自己对冬生,爱慕之心不是没有,可那与对婵儿的感情是不一样的。对婵儿,他是牵肠挂肚,把婵儿接回来是自己的责任。冬生不同,她那么独立,有没有自己都会生活得很好。这时岳明想到了沈佩奇,如果冬生能接受沈佩奇,那就再好不过了。

想到这里,岳明有些释然了。他问正默默开车的石冬生:“冬生,你没发现沈佩奇对你的心思吗?”

“嗯?”石冬生从沉思中醒来,“沈佩奇,沈佩奇怎么了?”岳明被噎住了,感觉无法再继续问下去。“哦,没什么。”他敷衍说,“我是想问问,他最近还好吧?”

石冬生眼睛里飘过一层复杂的东西。

稍沉了沉,她说:“最近他得到一块和田好料,说很适合做你那‘一捧雪’。他已经琢磨了好些日子了,就等你回来从玻璃柜里把那个‘一捧雪’拿出来,让他仔细看看。别的,不知道。”

“一捧雪?”岳明感到奇怪。

岳明早就对沈佩奇说过仿雕“一捧雪”的事,可是沈佩奇不干。他说“一捧雪”构思巧妙,鬼斧神工,征服了多少王侯将相和玉人!这种国家级文物,这种历史名杯,他自己可以学习,但绝不复制,更不能用赝品复制。

对沈佩奇这番言辞,岳明是很欣赏的,他认为这正是玉工应该有的凛然正气,因此就不再勉强。可是现在,沈佩奇怎么又突然有兴趣复制了?难道仅仅因为得到了一块合适的和田好料吗?

冬生说,前不久沈师傅的一位北京朋友来扬州看望他,见到公司橱柜里的“一捧雪”十分惊羡,赞叹“玉雪为骨冰为魂”。这人很想买又觉得不能夺人所爱,讲了《一捧雪》的故事。可能是这个原因,沈佩奇想再雕一个“一捧雪”吧。

岳明问:“那个朋友讲的,是明朝玉雕大师陆子冈的传奇故事吗?”

冬生说:“不是。那人说是据《明史》记载,明朝嘉靖年间有个什么官叫莫怀古的,家藏稀世珍宝‘一捧雪’……”

“哦,折子戏,我知道。”

冬生接着讲,这玉杯从明代珍藏至今,传了十六代共400多年,经历十分坎坷。70年代,莫家人向国家献宝,这才结束了惊心动魄的珍宝收藏史。后来有一个农民历经三年写了小说《魂飞激荡一捧雪》……她一口气说了这些,岳明却沉默了。

"这些,你知道吗?"冬生问。

岳明没有回答,他在想岳川的小说。岳川写到李莫明一家逃到了鄂北农村,是不是岳川知道莫家人献宝的事才在书中演绎的呢?

"你说,一件玉器真的比家人的性命还重要吗?"冬生问。岳明也有些感慨。也许只有中国人才会把一个白玉珍品历经磨难的传奇,演绎得这般惊心动魄。和田玉龙喀什河深挖裸露的千年河床、昆仑山玉虚峰下的万人大夺宝,似乎都在告诉我们:在某些时候,人的性命真还不如一块石头来得珍贵。君子比德于玉,可是,玉却见证了野蛮的开采史和血淋淋的掠夺史。

石冬生说君子比德于玉,那是对君子说的,普通老百姓只知道它可以变成钱。岳明觉得很对,这个冷美人时常会爆出些冷门的道理。

沈佩奇真的是因为这个传奇要仿雕"一捧雪"吗?还有,婵儿在师父那里见到的"一捧雪"也是赝品,仅仅看一眼就能再复制出一个,可见400年来,"一捧雪"一定被复制过若干个。想到这里,岳明不禁长长地叹了口气。

石冬生看岳明一眼:"岳总,为什么叹气?"

"哦,没什么,"岳明说。随后岳明问冬生:"对了,沈工那位朋友叫什么?我认识吗?"

冬生说不知道,她没见到那个人。

"只知道是个女的。"冬生神秘地笑了一下。

岳明注意到了冬生的表情,心想,如果沈佩奇雕刻"一捧雪"是因为情,那倒是好理解了。可是,沈佩奇的情怎么会在别人身上?想到这层,岳明莫名感觉有些失落。

沈佩奇果然一见到岳明就要请"一捧雪"出柜,说需要好好研究研究。岳明说:"如果你真要雕'一捧雪',我可以让你去拜师。"

"拜谁?"

"我师父。"

"我不是完全仿制,我要创新。"

"好啊!我支持你。"岳明精神一振,"不过,你不会是把玉杯上的梅花改成桃花,就叫创新了吧?"

沈佩奇不仅没有被岳明的玩笑话激怒,反而哈哈笑着说:"这倒是一个好主意。"这个玉雕界怪才,脾气也涩,现在却风趣了许多,是被玉把性情磨得润泽了?

岳明把玉杯拿了出来。

“古人的构想真是奇妙!”沈佩奇手拿玉杯,倒上酒,一边细细观赏一边对岳明说,“你看,酒液波动,杯底梅花摇曳,所谓‘梅蕊触人意,冒寒开雪花’。岳明,你知道吗,我仿制是为了配合你。”

“配合我什么?”

沈佩奇解释说:“你不是想把‘一捧雪’开发成民用玉制酒器吗?我决定配合你,材料就用你热捧的青海昆仑玉。昆仑玉还便宜。”

岳明愣了半秒钟,突然脑洞大开,冲上前给了沈佩奇一个热烈的拥抱。石冬生则抗议道:“我不同意,你们那是糟践‘一捧雪’。”

两个正兴奋的男人一怔。

“这怎么叫糟践?”沈佩奇不解地问。

石冬生说:“这还用问吗?‘一捧雪’是玉器中的极品,是国宝。而你呢,却要用玉质不及和田玉的昆仑玉,复制成市井百姓酒桌上的俗物。到时候,杯子油腻腻的,还能捧出雪吗?”

“你说得对。”沈佩奇说,“我们创新后的产品,确实不能再叫‘一捧雪’了。因为是成批量生产,图样不能太过繁复,我想三朵梅花就行,可以叫‘一剪梅’。”接着转向岳明:“我还有一个想法,岳明,你听了千万不要拥抱我。”

岳明说:“你说,我可能忍不住。”

沈佩奇说:“在历史典籍中有一种喝不干酒的酒杯。关于这种酒杯,李白的诗这样写:鸬鹚杓,鹦鹉杯,百年三万六千日,一日须倾三百杯!”

“这世界上哪有喝不干酒的酒杯?”石冬生笑道。岳明却眼睛一亮,他对沈佩奇说:“你接着讲。”

沈佩奇继续:“后来,考古学家在东晋的征西大将军王兴之夫妇墓中,找到了一只镶有金边的鹦鹉螺酒杯,这种杯子喝酒真的不干。秘密是鹦鹉螺的螺壳身后有空腔,空腔有小孔与杯子相通,空腔里可以装下不少酒。所以,这种漂亮的螺壳杯,被称为喝不干酒的酒杯。”

“好主意啊!太有创意了,太好了!”岳明一拍大腿,连声说好。他说:“我正在考虑怎么拓展市场,你就想到了向民用市场发展,而且产品新奇独特,又能表现我们的工艺绝技。冬生,这个市场很有潜力,你来开发。”

石冬生望着沈佩奇手里的玉杯,一脸的惊喜,禁不住夸赞起沈佩奇来。“真聪明!”她说。

沈佩奇很得意,说:“现在你们可以排队拥抱我了。”岳明上前拥抱,沈佩奇躲开。“你还是把机会让给没抱过的人吧!”——话是说给岳明的,眼睛却一直在望着石冬生。

“你想多了吧。”石冬生说完转身出去了。

岳明只好重重地拍了一下沈佩奇的背。沈佩奇遗憾地感叹：“想赢得美人一抱，可真难！”

“你要加油。”岳明一语双关地说。

岳明忽然看到沈佩奇桌子上有个获奖证书压在石头下，就顺手拿了起来，却被沈佩奇一把抢了过去。

“朋友的，没什么好看的。”沈佩奇说着急忙把证书放进了抽屉。岳明疑惑地望着他：“你不会获了奖还藏着掖着吧？拿出来大家庆贺庆贺呀。”沈佩奇吞吞吐吐：“没有没有，我哪里会获奖。”

“拿过来我看看。就算朋友获的奖，我们也该随喜、学习呀。”岳明口气强硬地说。

沈佩奇想了想，把证书拿了出来。

岳明翻开证书一看，顿时愣在了那里。再看沈佩奇，只见他面色发红，羞愧尴尬。

“这是怎么回事呀？”岳明愤怒地说，“这《绿野仙踪》不是你雕的吗？怎么变成吴兰雅的作品了？吴兰雅不是很有名气吗？她在这上面可没雕一刀！还不加你的名字，这不是剽窃吗？”

沈佩奇低声说：“你别大惊小怪了。你知道吗，现在玉雕圈里也有干活只拿钱不挂名的枪手，我就是那个枪手。”

岳明：“她给你的钱很多吗？你可以自己去参赛啊。”

沈佩奇：“你太天真了。凭我现在的名气别说大奖，能不能获奖都两说呢。”

岳明：“这不是获了一等奖吗？”

沈佩奇：“所以不能用我的名啊。岳明，你别太认真，我是想在大奖赛中小试锋芒，看来运气还不错。”

“下次不许这样了！”岳明生气地把证书扔在了桌上，“不许再为他人作嫁衣！你要多少钱，我给你。”说完转身离去。

望着岳明的背影，沈佩奇苦笑了一下。

沈佩奇的“一剪梅”方案出来了。岳明把电话打给吴凌飞，好在吴凌飞的手机终于有了信号。

吴凌飞说他已经下山，刚刚和西宁宝石工业公司签订了包销协议。至于岳明，会是在扬州开辟的又一市场，岳明要多少，他敞开供应。岳明打了记号的那些石头，会安排一并发到扬州。岳明说格尔木有自己的人，可以去吴凌飞的仓库挑选石料，办理发货。吴凌飞说那就再好不过了，让那个人立即跟他联系。

岳明放下电话，一时为难了，是请石秋生帮忙呢，还是苏婵帮忙？细细想来，他们俩谁也不归自己管。要不，请金万里帮忙？那小伙子人实诚，又勤快，可人家愿意帮这个忙吗？他踌躇半晌，还是把电话打到了姚家大院。老姚现在是大院专职接话员，他说石秋生上山了，苏婵也不在房里。两人闲聊了几句便挂了电话。

岳明又把电话打给了焦阳。给焦阳打电话得碰运气，他常年在山上，信号常常不通。这次电话却通了。

"哥，你好吗？"这是焦阳的第一句话。岳明听着心里暖暖的，回话说："很好！你们都好吗？"

"不好！"

"出什么事了吗？"岳明心里有些紧张。

焦阳说："石秋生跟淘金客混在一起，在山上跟我兜圈子。这很危险。我说了也不听，完全是一副无政府主义的嘴脸！"岳明忍不住好笑。他对焦阳说："秋生可能是想在山上散散心，跟你逗着玩呢。如果你见到他，一定让他给我回电话，我有急事。"

"秋生现在最怕见到我，"焦阳说，"我也很难见到他。我这是临时下山办事，马上又要上山去。只要见到他，我一定替大哥转告。"

岳明问："苏婵的情况你知道吗？我打电话她不在。"焦阳说："正好我刚碰到姚嫂，她说苏婵去西宁了，现在应该在路上。"

去西宁？她去西宁做什么？这句话，岳明没问出来。

真是人到用时方恨少。放下电话，岳明感到很失落。他更为苏婵和石秋生忧心，这两个在自己心上最亲近的人，似乎都要逃离开自己，在西部广袤的土地上越走越远。

岳明正想着心事，马琪走了进来。

马琪说："苏婵爸爸病危，恐怕不行了。"

岳明很吃惊："怎么这么突然？"。

"肝癌晚期。"

"通知婵儿了吗？"

"通知了，她正在回来的路上。"

岳明只怪自己知道得太晚了。

原来婵儿去西宁正是要往扬州来啊。离家三年多的孩子总算要回来了，若不是苏父病重，真不知道婵儿要拗到什么时候。正想着，就听马琪说："为了当天到家，婵儿肯定要乘飞机到上海，再坐火车回扬州。不知道能赶上哪趟火车，所以也别惦记着接人了。”

岳明准备先去医院看看苏父。马琪说人在重症监护室，见不到，去了只能惹苏婶哭。再说，下午才有探视时间。他听说城南古玩市场出现了一件国宝，要岳明陪他赶去看看。

“什么国宝？”

“金缕玉衣。”

“这怎么可能呢？”

“可能不可能，去看看不就知道了。”

岳明还是选择先去医院，马琪就在医院门口等。还有一个等在医院外边的人，是石冬生。

苏父的病情似乎来势凶猛，住院几天就憔悴得不像样子了。苏婶很懊悔，恨自己为什么早没发现，发病时已是晚期了。又说婵儿要是不离开家，她爸爸也不会得这病。岳明劝慰说：“苏婶，父女肯定连心，别这么说，婵儿担不起。”

离开医院的时候岳明心想，婵儿回来将怎样接受这一残酷的现实呢？

02 金缕玉衣

要知道这种用金缕编成的玉衣，是皇帝死后才能穿用的殓服。汉代中山靖王刘胜的丧葬殓服，正是这种金缕玉衣，现收藏在中国历史博物馆。这样难得一见的国宝竟然现身古玩市场，岂不是要“刺瞎”古玩商的双眼。

▲ 金缕玉衣是汉代规格最高的丧葬殓服。据《西京杂志》记载，汉代帝王下葬都用“珠襦玉匣”，形如铠甲，用金丝连接。这种玉匣就是金缕玉衣。当时人们迷信玉能够保持尸骨不朽，更把玉作为一种高贵的礼器和身份的象征

岳明说：“肯定是假的！根本不用去看。”

马琪介绍：“据说是盗墓人卖到古玩店的，价格奇高，真假难辨。谁又能知道真正的金缕玉衣到底有几件。”

“现在兴起了文物收藏热，就算是假的，有人卖肯定就有人买。”石冬生说，“如果成色不错，真不如买下来卖到香港去。”马琪嘿嘿笑起来：“你怎么跟我想到一起去了呢？我安的也是这个心。”

岳明不赞成他们的想法。

他说：“目前出土金缕玉衣的墓只有那么几座，你们用假的去蒙人，让我们内地人蒙羞。”

“其实我们也蒙不了人。”石冬生说，“谁看不出来是赝品？现在人们就是对假的感兴趣。”听到石冬生这样说，岳明面色变得更加不悦。他说：“要去你们去吧，我不去！”

“走吧，再不济也应该看看人家造假的手段吧。”石冬生不由分说，一把拉住岳明就往车里钻。

三人到了古玩店。

老板煞有介事地在确认无外人的情况下，才将“金缕玉衣”从密室拿了出来，放在一张大桌子上。鉴定古董，马琪是行家，但他深藏不露地站在一边。

“今天要是出不了手，盗墓者晚上就会拿走。”老板提示说。

只见那件玉衣由头罩、上身、袖子、手套、裤筒和鞋子六个部分组成，周缘以红色织物锁边，裤筒处裹以铁条锁边，使其加固成型。脸盖上刻画出眼、鼻、嘴形，胸背部宽阔，臀腹部鼓突，完全似人之体型。所用的玉全部是青白玉片，并用金丝加以编缀。表面平整，颜色协调，整件玉衣反映出玉师杰出的技艺和达官贵族奢侈的欲求，令人惊叹。

▲ 现在的“能工巧匠”们制作假的金缕玉衣也是道道工序用心有加，精工细做毫不含糊

不要说古代，就是现在，要制作这样一套金缕玉衣，也不是一件容易的事。首先得从遥远的地方运来玉料，然后通过一道道的工序把玉料加工成数以千计的、一定大小和形状的小玉片，每块玉片都需要磨光和钻孔，大小形状必须经过严密的设计和细致的加工。把这些玉片编缀起来，还需要许多特制的金丝。制成这样一件金缕玉衣，真是耗时

耗力。

马琪让店家打开玉衣内部，三人凑上前细看，只见玉衣内，头部有玉眼盖、鼻塞，下腹部有生殖器罩盒和肛门塞。石冬生惊叹："这完全与汉墓的金缕玉衣一模一样啊！"

汉代人认为玉是"山岳精英"，将金玉置于人的九窍，人的精气就不会外泄，这样能使尸骨不腐，可求来世再生。所以，用于丧葬的玉器在汉玉中占有重要的地位。

还有一种说法叫"玉能寒尸"。皇家王族为使其尸体不朽，便用昂贵的玉衣作殓服，可谓费尽心机，结果却适得其反——金缕玉衣价格昂贵，往往招来许多盗墓贼，以致"汉氏诸陵无不盗掘，乃至烧取玉匣金缕，骸骨并尽"。其实，即使没有盗墓贼光临，当考古工作者打开那神秘的洞室，祈求"金身不败"的墓主人也已化作一抔泥土，剩下的也就是一具精美绝伦的玉衣了。正是这"金缕玉衣"，验证了"玉能寒尸"说法的破灭。

▲ 2000年，有人曾花费两万元制造出假的金缕玉衣，请专家估值二十四亿后，又从银行成功骗贷五亿巨款。成为当今收藏界最大的造假案

这些年古玩界乱象丛生。假文物到处可见，"专家"泛滥成灾，鉴定证书满天飞，令人发指。整个收藏行业成了一个腐败的利益链条。

对眼前这件金缕玉衣，岳明不敢表态。他看向马琪，马琪却并不看他，直接对店主说："你开个价吧。"

店主不慌不忙："你先看货，看好了好商量。"

"看好了。"马琪走上前，抓起店主的右手，开始袖里乾坤。岳明看了一眼石冬生，石冬生似乎并不意外。

岳明小声说："快去阻止他。"

"他可能想通过价格判断货是真是假。"石冬生回答。岳明生气地说："不管真假都不能买。"石冬生却不以为然："为什么？我认为假的就能买，香港人会喜欢的。"

岳明："现在都实行火葬了，他们要了有什么用？"

石冬生："活着的时候显摆啊。"

岳明不说话了。也许自己太古板，外面的世界变成什么样子，他已经不太知道了。

这时，马琪兴高采烈地走过来说："我们走吧。"

岳明问他："怎么个意思？"

"晚上拿货，"马琪得意地说。说着他又转身对店主交代："老板，在我拿走前，出任何问题都算你的。"

店主说："你放心，我马上就把它锁起来。"

三个人出了门。

"假的，对吧？"岳明问。

马琪点头："我就怕是真的。真的谁也拿不出去。"

岳明："你凭什么相信店主会为你留着？"

马琪："我把银行卡压在他那儿了。"

当天晚上，马琪就去把货拿走了。马琪卡上的钱不够，付货款时还问岳明借了一百万。至于总共花多少钱买下来的，马琪秘而不宣，连岳明都没能问出来。

天下熙熙，皆为利来；天下攘攘，皆为利往。文物造假皆为一个"利"字。一方面是假文物、假古董充斥市场；另一方面是文物鉴定机构良莠难辨。这些年假文物泛滥，让绝大多数民间收藏者做了冤大头。

岳明劝马琪："这条路不能走，我劝你收手。"

马琪笑笑说："东西难得，就玩这一次。"

岳明警告："你别玩火自焚！"

马琪说："哪能。"

殊不知，马琪从这一次倒买中尝到了甜头，从此刹不住脚步，以致最后"车毁人伤"。

苏婵连夜赶回扬州，直接去了医院。岳明得知消息后也赶到医院，见父女正在抱头痛哭。

苏婵痛悔自己离开这么久，她对父亲的思念只有她自己知道。父亲则摸着女儿的头老泪纵横，心想：若不是这场病，还见不到这倔强的女儿，女儿这脾气就是像我老苏。

在苏婵回来的第三天，老苏安心地走了。

老苏就是在等女儿回来。三年前，在苏婵还没离开的时候，他就知道自己的肝不好了，只是他能忍，尤其能忍苏婵母亲的闹劲。临走，他留下一个心愿，希望婵儿能嫁给岳明。

父亲这个遗嘱只有苏婵一个人知道。在料理完父亲的后事之后，她开始认真思考这个问题。

03 爱到极致

岳明告诉岳川婵儿父亲去世的消息时，岳川正陷在失恋的痛苦之中。胡亚美和他回到北京，就去医院做了脚部手术。伤口还没恢复好，亚美提出要和岳川一起去巴黎，理由是自己拿到了法国的长期居留签证。岳川觉得不能理解亚美了——亚美一直都知道他不会选择去国外生活，可仍然申请了长期居留；申请了也就罢了，还强迫他也去，接下来还有移民的打算。亚美怎么突然变得这么不可理喻呢？

长期以来，岳川都不清楚自己是不是真的爱亚美。这次游历西部，他才发现自己对亚美有真感情，就算看到了婵儿，他仍然不希望伤害到亚美，依旧很在乎亚美的感受。亚美受伤，他心疼，恨不能伤在自己身上。可是亚美是怎么回事呀？亚美一向尊重他的所有意愿，从不把自己的意志强加于他的呀？现在怎么突然就变了？难道受了点伤，整个人的心理状态都不一样了吗？

最严重的冲突发生在胡亚美从医院回到家的第二天。

“我有两个要求。”亚美对岳川严肃地说，“一是出国，二是结婚。或者，先结婚后出国。”岳川愣了一下很快回答：“结婚可以立即办，但出国的事我不会考虑。你了解我的想法，至少几年内不会改变。”不想，从此亚美闭门不见他了，并且扔出话来：岳川不出国就分手。

岳川相信这不是亚美的本意，认为她现在出行靠轮椅，在家靠拐杖，心情烦躁才如此瞎闹的，这片阴霾很快会随风飘散。

岳川一直忍受着亚美的任性，一连几天来看亚美都进不了门，他只是温和地把亚美爱吃的水果和零食放在门口就离开了。他不反复敲门，更不高声大喊。每次岳川离开了，亚美的母亲都要流泪，她问女儿：“一定要这样吗？”

每次亚美也都会说：“一定要这样。”她淡然的声音里蕴藏着一股狠劲。这股狠劲让母亲感到了一种不达目的不罢休的决心和力量，这不就是年轻时的自己吗？做母亲的无言以对，但她知道，这样狠的结果，只能是自己受罪。

岳川决定回一趟扬州，毕竟婵儿的父亲是看着自己长大的长辈，更何况两家人几十年的关系如同亲戚，这个时候自己应该到婵儿身边安慰她。临走前岳川匆匆去和亚美告别。他本想站在门口对亚美说的，没承想这回亚美家的门大开着，可是亚美不见了，电话关机。这又是为的哪般？

岳川一时束手无策。

亚美的母亲说:“亚美是和自己中学的小姐妹去海边城市了。她出去散散心也好,你就放心吧。”岳川告诉亚美母亲自己要回一趟扬州,会随时通电话的。亚美母亲含泪送走了他。

岳川走后,亚美坐着轮椅从母亲的卧室出来。

母亲好奇地问她怎么知道岳川要回扬州?亚美说苏婵的父亲去世了,他肯定要去的。母亲问:“那你说自己去海边,是为了让岳川放心去扬州吗?”亚美没有吭声。母亲难过地说:“你宁愿让自己委屈,也要把岳川推出去吗?”

“妈,别说了!收拾行李吧,机票我已经订好了。”

“去哪儿?”

“欧洲。”

“亚美啊,你以后会后悔的!”

“我一直都在后悔,”亚美说,“但我还是要这么做。妈,你不明白,岳川是个追求完美的人。我的脚伤了神经,医生说有80%的可能我会终身跛脚,他怎么能忍受有一个瘸了的妻子?我一想到他将来会用同情无奈的眼神看我,我就要发疯!”

“可是,医生说你只要加强锻炼,也是有希望恢复的呀!”

“恢复前的这段时间谁又知道有多长,万一是十年、二十年呢?”

“不可能的,再说,十年一晃就过去了。”

“可我一年都不能让岳川难受。”亚美说,“他现在正是创作的好时光,没有我,他还有苏婵。妈,你是没见过苏婵,那真是造物主的杰作,岳川值得拥有。”

亚美这番理论让母亲听得发愣。

“亚美,你到底爱不爱岳川啊?”

“爱,非常爱。”

“世界上哪有你这种爱法!你把爱人都给了别人,还夸别人是造物主的杰作,你脑子是不是坏掉了?”

亚美凄然一笑:“妈,你明明懂我的。”

几个小时后岳川打来了电话。他已经到达扬州机场,可心里一直惦记着亚美,飞机一落地,就把电话打了过来。

亚美母亲真想悄悄告诉岳川事情的真相,可是想到她必须和女儿站在一起,又含泪忍住了。她知道,岳川知不知道真相,亚美都不可能回头了。她了解自己女儿是什么脾气,说到底还是自尊心太强。可是,男人的心也是善变的,万一哪一天岳川有了嫌弃的心,到那时候,女儿多无助啊。这样想来,亚美现在决定分手,或许是一种明智的选择吧。谁知道呢?

经过两天反复考虑,苏婵决定找岳明摊牌,不仅仅是因为父亲最后的嘱咐,也是她自己不想再拖延了,也许岳明的怀抱就是她的归宿。她打电话约岳明晚上见面,为了不让别人打扰,见面的地点约在了瘦西湖边一个叫西施香的茶馆。

“师哥,晚上有空吗?”

“有空。怎么了?”

“我想请你去喝茶。”

“好啊,还有谁?”

“没有谁。我有话对你说。”

岳明的心微微颤抖起来,他预感到要发生什么,为努力平静下来,他整整一天都待在玉雕房。偏偏这个时候,岳川回来了。

岳川虽然没赶上参加葬礼,但是谁都知道,岳川是为苏婵回来的。岳川先去苏父的遗像前祭拜了一番。一见到岳川,苏婵那颗脆弱伤痛的心脱轨而出,又一次沦陷了,岳川注定是她这辈子的死穴。岳川又一次出现在她的人生路口,将她撞出原有的轨道,伤亡惨重,而岳川却一笑而过。最终收拾残局的还得是苏婵自己。

一种错误不能在同一个人身上犯两次,苏婵这样告诫自己。当晚,她毅然去见岳明。在走进茶馆的瞬间,她被岳明身边忧郁的眼神击中了,没想到岳川不请自来。苏婵已在他们的视线中,只好打了招呼坐下来。岳明开始沏茶。兄弟俩就像小时候那样望着她,除了亲情的关怀,没有一丝欲求。那一瞬间,苏婵决定不提父亲的遗嘱。

三个人聊了很多。他们没有提到昆仑山,没有提到玉,也没有提到周围的人,说的都是小时候的事,一直说到三人的眼睛红了又红,直到婵儿泪水潸然……她意识到,自己的婚姻大事不会再与这两位哥哥有任何关系,他们永远是自己最亲的人。

岳明不是不明白婵儿约自己所下的决心,可他不想婵儿在心情不好的时候做出任何决定。他并不知道婵儿父亲的临终心愿,此时的他只想给婵儿兄长般的依靠,而不是乘人之危地获得什么。他叫上岳川一起来和婵儿喝茶,就是要让婵儿想说的话说不出,让她换换心情。

夜晚回到家,岳明才知道了岳川和亚美的不欢而散。岳明不明白岳川为什么不早告诉他,如果他早知道一步,他会让岳川单独去见婵儿,那样的话,婵儿的心情可能会更好一些。岳川和婵儿还有没有可能呢?这个念头一闪出,岳明心中隐隐地疼了一下,不知是为婵儿,还是为岳川,或许更多是为他自己。

岳川心里牵挂着亚美，所以慰问了苏婵就回北京了。回北京之前他曾想到去和婵儿告别，但还是忍住了。他不想在这个时候节外生枝，更不想让婵儿再为自己付出一些情愫。到了机场，他匆匆给婵儿打了电话，说了些节哀顺变之类的话。婵儿只是轻声答应，什么都没说。

挂掉电话，岳川心中极度失落。他从来没有如此茫然、空虚过。亚美正离他而去，婵儿也渐行渐远，看来，世界上真没有什么永远不变的事物，情感这种最拿捏不准的东西更是充满了变数。

几天后，岳明听说马琪成功地把金缕玉衣卖到了香港，赚了一大笔。更让他惊讶的是，与马琪联手的竟是石冬生。

“为什么有钱不赚呢?”石冬生说这话的时候，一副自家人的口气，完全没有了刚来扬州时的那种高冷和傲气。

岳明说：“只要是正当的钱都可以赚。可我怎么觉得，你们有点投机倒把的嫌疑。”

“没有没有，我们向客户说明了货是假的，但材料是真的，他们抢着要。这叫一个愿打一个愿挨。”石冬生满脸的不在乎。

岳明本想问冬生赚了多少，但是忍住了没问。马琪向岳明归还了借款，还加了二十万元的利息。岳明把利息退给了他，说自己不是放贷，不存在利息。马琪心里明白，岳明是洁身自好，不愿沾染他们的不义之财。

04 何去何从

父亲过世两个月后，苏婵开始焦虑。

母亲在父亲五七祭奠后，说要去苏州看望苏婵的姨妈，结果一去不回。这让苏婵疑惑：在姨妈家住这么久，就不怕亲戚觉得不方便吗?

再就是她想到自己，她不知自己究竟该何去何从?

坐在家乡的江边，她第一次感到，那随水漂流的浮萍就像是断了根的自己。

岳明说：“这根本就不是你要忧虑的问题。你有那么好的手艺，每家公司为了抢你都会打破头，我的公司你一定要首选。”可是在她看来，自己早已不属于扬州了。她走在巷子里，陌生人会指点她；回到家，邻居会用一种复杂的目光审视她。这样的生活如芒刺在背，很不舒服。

越是在扬州待下去，她就越想念格尔木，想念那里的阳光，想念那里的安静。尽管如此，她还是打算听一次岳明的话，强制自己留在扬州，为了母亲，也为了自己。

岳明总会时不时约婵儿去喝茶或散步。

望着苏婵抑郁的神情，岳明不忍地问：“婵儿，告诉我，你现在最想做的事情是什么？”

“明天我想去苏州看师父，”苏婵说，“顺便也接我妈回来。”岳明说：“好吧，我开车送你去。我也很久没见师父了。”

苏婵点点头。

“师哥，我怎么觉得，我爸走了，我妈没有我想象的那么难过呢？”苏婵终于说出了她郁积在心头很久的感觉。

岳明听了心里一凛。

“不对。”他想了想说，“你回来前，我去医院看苏叔，看到苏婶哭得很惨。再说，苏叔的病也不是一天两天了，苏婶可能早有心理准备。”苏婵不能认同：“我妈也是年初才知道的。就算有心理准备，也不应该我爸走后，她泪都没流几滴就恢复正常了吧？”

岳明还是尽力开解：“婵儿，人和人表达悲伤的方式不一样。苏婶若不是太痛苦，也不会逃离这个伤心地，在你姨家待着不回来。你说是不是？”

苏婵还是坚持认为她妈妈不正常。

“我外公过世的时候，我妈哭得昏天黑地的，什么人也劝不住。”她说，“再说，我都三年多没回家了，她就那么不想跟我待在一起？”岳明说：“婵儿，苏婶调整得快，不是挺好吗？难道你希望看到她寻死觅活，整天哭得人事不省？”

“她没有！她一天都没有！也不管我是不是难过。”苏婵悲伤地说。

岳明一时不知说什么了。他心里想，苏婶平时看着也不像是这么能放得下的人啊，会不会是婵儿因为失去父亲太难过，所以这样怨恨母亲？

俩人最后决定先去苏州相王弄看望师父，再去接苏婵母亲。苏婵姨妈家在市郊，距师父家行车要一个多小时。岳明问要不要先给苏婶打个电话，苏婵说不用了，姨妈家的电话她根本不知道。

相王弄街道很窄，却聚集了不少玉雕作坊，形成了从原石切料到设计画活，再到雕刻打磨的一条链，具有完备的产业化生产能力。师父的作坊又扩大了，带了不少学生，因为身体的原因，他的精力从雕玉朝着培训学生转移了。

意外的是，他们在师父家见到了苏婶。更难以相信的是，苏婵母亲完全像个主妇一般，系着围裙打理着师父的家务。

苏婵惊讶地问：“妈，你怎么在这儿？”

苏婶并不回避：“我不在这儿在哪儿？”

师父用一种慈爱的目光望着苏婵，说：“婵儿，你总算回来了。岳明，师父见

▲ 相王路是苏州城十全街的一条支路，相王路上的两条支弄又连接了许多小弄，所以才叫相王弄。小弄里集中了上千家玉作坊，走进相王路，处处皆闻琢玉声

你一次也不容易啊。"

岳明和师父握手、拥抱。

"师父，看着你比上次还精神。"岳明说完看了一眼婵儿，苏婵出现在这儿他也很惊讶。

师父重重地拍了拍苏婵的肩。

"瘦了。"他说。

"我就知道婵儿要来看她师父，所以在这儿等着。"苏婶倒很坦然。苏婵问母亲："你每次来苏州，都来师父这儿吗？"苏婶看了一眼单常青，说："你爸走后，我是第一次来。"

师父招呼着徒儿坐下，开始泡茶。

苏婶端了盘点心过来，也坐在一旁。

师父把茶递到他们面前。

"岳明也不是外人，"他说，"今天都来了，师父我正好有一些话要说。"苏婵微微一笑："师父，不会是因为我走了三年，你不认我这个徒弟了吧？"师父讳莫如深地叹了口气。岳明说："怎么可能，你就是走了十年，也是师父的徒弟。"

师父喝了一口茶说："这是今年的明前茶，尝尝看。婵儿，你知道你爸妈为什么要给你取这个名儿？"

苏婵不知道怎样回答。

岳明笑笑问："师父你说呢？"

师父问岳明："你师父我姓什么？"

“单啊！”岳明脱口而出。

这一说不要紧，岳明和婵儿都突然像感知到了什么，可又一时想不清楚。他们纳闷地望着师父。

师父也正望着他俩：“明白吗？还是不明白。”

苏婶欲言又止。

“师父，我的名儿不会是你起的吧？”苏婵迟疑地问，“难道从我从出生起，你就决定收我这个徒儿了？难怪我爸要死要活地让我跟你学雕玉。”

苏婶实在憋不住了。

“婵儿，单师父就是你爹！”她说。苏婵一愣神儿，笑道：“妈，爸爸走了，你是不是想让我再认个爹？”

“什么认个爹，他就是你亲爹！”

看着苏婶说这话时郑重的神情，苏婵和岳明震惊地对视一眼。苏婵大声抗议：“妈！你胡说什么呢！你是不是糊涂了？难道我不是你亲生的？”

师父：“婵儿，不准跟你妈这么大喊大叫。”

苏婵无助地望着岳明。

看师父这样出面维护苏婶，岳明一下子相信这一切是真的了。他安慰苏婵：“别着急，先听师父怎么说。”

原来苏婵是婵儿妈和单常青的亲生女儿。

婵儿妈做姑娘时和单常青是相亲相爱的一对儿，可是，因为她的父亲（也就是苏婵的外公）与婵儿爸老苏的父亲有婚约在先，便强行要将她嫁给婵儿爸。老苏也实在是喜欢婵儿妈，便不顾她另有心上人，不计较她寻死觅活，而是遵父母之命娶了她。

洞房花烛夜，婵儿妈险些自杀。老苏救了她，并得知她已怀了单常青的孩子。老苏陷入了深深的自责，他觉得对不起婵儿妈，也对不起单常青，便对婵儿妈说：“去找单常青吧，我不会阻拦。”婵儿妈哭着说：“单常青已经远走他乡了。”

几个月后，婵儿出世。老苏十分疼爱这孩子，给她起名叫“婵”，这个婵字里含有单常青的姓氏。

单常青为了让婵儿妈死心，去了广东，他并不知道婵儿妈已怀了他的骨肉。他离家出走十年，没有结婚，后来回到玉器厂工作。

老苏亲口告诉单常青，婵儿不是自己的女儿，而是单常青的女儿。他要单常青一定收婵儿为学徒，把自己一手的绝技传给孩子，那样，他老苏也算对得起这孩子了。单常青听老苏的话收了婵儿为徒，但他自己直到现在仍孤身一人……

听完妈妈和师父的讲述，苏婵想起父亲（老苏）当初一定要让自己跟着师父学玉雕，难道是想把自己还给亲生父亲？而师父把独门绝技“一捧雪”只传授给她一个人，只让她一个人见过昆吾刀，不是正说明自己是他的后人吗？

苏婵被泪迷蒙了双眼，她一句话没说，站起来向门口走去。岳明追上去，和她一起离开了师父家。苏婵没有吃一顿母亲做的饭，也没有请母亲回扬州。

岳明开着车，不时看苏婵一眼。

苏婵只是望着窗外流泪。她脑海里是自己从小到大的人生画面，还有父亲的身影。当然也想到母亲和师父。脑子太乱了，心里难过得就像要爆炸，她实在受不了了！

“师哥，停车！”

岳明把车停到路边。

苏婵跳下车沿着河边走去，一直走到一片树林子里。接着树林里传来她撕心裂肺的哭声。

岳明没有跟上去，他想让婵儿好好发泄一下。其实他自己心里也很抑郁。听着婵儿的哭声，他不知不觉眼睛变得潮红。

回到扬州，为了不打扰婵儿，岳明没有打电话。可是两天过去了，婵儿还没有音信，他赶去婵儿家，门锁着。他打通了婵儿的电话：“婵儿，你在哪儿？”

“我走了，师哥。”

“去哪儿了？”

“已经到西宁，马上登机去格尔木。”

岳明心里狠狠地疼了一下。这一次，婵儿是真的飞走了，自己没能留住她，扬州也没能留住她。

05 反败为胜

在三岔口，偷玉人与经警发生了严重冲突，经警们往山下人群里扔催泪弹，偷玉人往山上的经警堆里扔石头。山上的人喊“你上来”，山下的人喊“你下来”，双方像打对垒，乱成一团。

石秋生和郑开心趁机从别人扔下的石头里捡起两块，每人背一块跑下山。快到关卡时他们将石头掩埋在沙子里，做了记号。等到天亮，关卡撤走，两人再去挖石头，可那石头像是长了腿，怎么也找不到。再一抬头，焦阳正站在他们面前。这一幕太熟悉了，同样的错误石秋生已犯了两次，都是因为心存侥幸。

焦阳二话不说就放他们回去了。两次了，还有最后一次。焦阳反倒希望石秋生早些上山，也好早些粉碎秋生抓石头发财的美梦。

最后一次就最后一次！石秋生没有辜负焦阳的期待，很快又带着郑开心上山了。还是那帮淘金汉，还是在昆仑山昼伏夜出，神出鬼没。石秋生和郑开心混入其中。

当晚，众人去抢矿的时候，石秋生带着郑开心来到了后山。正如石秋生事先的判断，这里有炸药崩飞的石头，有好玉，矿上的人还无暇注意这里。两人打着电筒急急查找、对比着石头，总算心满意足地背了两块，正准备离开，一束大电筒的强光照在了他们脸上。

他们被焦阳跟踪了！这次无论如何不能落到焦阳手里，否则就没有下次了！石秋生拉起郑开心就跑。

焦阳哪能让他们在眼皮子底下逃走，于是便奋起直追。天很黑，昆仑山上又大又亮的星星还没出来。焦阳追着追着心里开始发虚——别把他们追到山崖下去了！心里这么想着，嘴里大声喊道："站住，别跑了！"

喊声落下，前面的黑影突然不见了一个。

焦阳心里一沉，糟糕！

紧接着就传来郑开心的哭喊声："石老师！石秋生！"

原来是石秋生不见了。焦阳循着郑开心的声音跑过去，看见郑开心扔下肩上的石头正要往山崖下跳，急忙飞奔过去，一把抓住了他："找死啊你！"郑开心甩开焦阳的手，边哭边骂："你才找死！要不是你瘟神似的整天盯着我们，石老师会掉下山崖吗？你等着，要是石老师有个好歹，我就像影子一样跟定你了！"

焦阳再次抓住郑开心，另一只手用对讲机通知矿上："山后出事了！赶紧送副担架过来。对了，带根长绳。"

郑开心不管不顾地挣脱了焦阳的控制，用手电照着，很快从旁边的缓坡溜下山去。看来，连日来跟着淘金汉们，郑开心学了一手。焦阳也随后跟去。悬崖底下很黑，手电照过去，有很多山上崩下来的石头，还有不少动物的尸体，唯独不见石秋生。郑开心大声地喊："石老师——石秋生——你在哪啊？"喊到最后都带上了哭腔。

焦阳看到不远处有一个更大的深渊，稍有不慎就会滚落进去，不由心中一紧。他感到嗓子紧张得喊不出声来，于是将手电光向崖壁上照去。看到崖壁上有一堆荒草动了一下，焦阳顿时放下心来。

郑开心还在疯狂哭喊着："你把石秋生还给我！是你把他逼死了！"他冲上来要和焦阳拼命。焦阳一把抓住他，吼道："石秋生死了你正好称心如意啦！"

“要死也不能死在你手上，还死无葬身之地！呜——”郑开心无助地哭了起来，“你赔我，你赔我石秋生！”

焦阳厌烦地一把抓住又一次扑上来的郑开心：“你听着，石秋生不是你的！再闹，再闹你就去那里去找他！”说着，焦阳指了一下深渊。

郑开心一下子就安静了。

这时崖顶上传来喊声：“焦队长，你在哪儿？”

焦阳回答：“我在这儿，把绳子一头扔下来。”

“焦队长，伤员呢？”崖顶上问。焦阳正对着那丛荒草，冲上面摇着电光说：“朝我扔下来。”

郑开心一看焦阳要走，立马急了。“你敢走！你这个杀人犯！”他咆哮着，一把抓住焦阳的胳膊。

“再闹我把你捆起来！”焦阳恼火地骂着郑开心，然后冲着崖壁上喊：“在那里别动，我马上过来救你。”

郑开心一愣：“你救谁？他在哪儿？你看到他了？”这时焦阳已经走到崖前，抓住绳子拽了拽，三下两下爬了上去。

石秋生摔伤了。他忍住疼不吭声，想等焦阳走后再想办法挪下来，可还是被焦阳发现了。发现就发现吧，估计自己的脚出大事了，否则怎么撕裂般地疼痛。正想着，焦阳已来到面前，凶巴巴地吼：“跑什么！不要命啦！”

石秋生忍住气没有吭声。郑开心在下面又喊又叫：“你不追，我们跑什么！你还算是朋友吗？没见过你这样不给活路的朋友！”

焦阳问石秋生：“伤着哪儿了？”

“脚。”

焦阳把绳子解下来绑在石秋生腰上，对上面的人说：“拉！要慢一点，他伤着脚了。”

石秋生被缓缓吊了上去。

“在下面乖乖待着喂狼吧，没人管你。”焦阳对郑开心说。下面却没有声音。焦阳赶紧用手电四处照射：“郑开心！你在哪儿？”山坡上响起了郑开心的声音：“用不着你操心，你等着喂狼吧！”

手电照过去，见郑开心从刚才溜下来的地方，又奋力爬上了山坡。焦阳不禁笑了。

不能再上山了，石秋生躺在医院的床上想着自己的退路。放弃上山不是因

▲ 玉石乃大地山河之舍利，逐玉昆仑，须怀敬畏之心

为脚骨折了，而是已经被焦阳抓到三次。愿赌服输，这叫男人本色。

郑开心负责买饭送饭，每次来都坐在石秋生床头一言不发。郑开心不明白石秋生在想什么，反正不管石秋生到哪里，自己都跟定了他，除非石秋生死了。

岳明很快打电话联系到了石秋生。他并不知道石秋生摔伤的事，打电话一是因为苏婵回格尔木了，请秋生关照；二是他想让石秋生和吴凌飞联系，帮他把原料的事兜起来。原料是他做玉加工的生命源，眼下没有比石秋生更能让他信赖的人了。苏婵毕竟有自己的玉雕工作，不能让她为原料的事耗工耗力。

放下电话，石秋生精神大振，这是他受伤以来得到的最大喜讯。说是大喜讯，不是因为岳明给了他在昆仑山待下去的新理由，而是因为苏婵的归来。虽然这个仙女般的女孩子与他非亲非故，可是，苏婵那天的突然离去，让他郁结在心。她会回来的，她会回来的，这是石秋生每天给自己的心理暗示。看来暗示成功，苏婵真的回来了。

也许就算苏婵回来，他们之间的关系也不会有什么改变。那也没关系，石秋生想，只要能看到她，便日日是好日，天天是好天。

焦阳提着一个烤羊腿来，说吃什么补什么，快好起来吧，好了该干啥干啥去。石秋生看他一眼，心里在偷笑，决定不告诉他岳明电话里说的事。石秋生想突然打击焦阳一下，让他知道昆仑山不是他焦阳说了算的。这次出事，他和焦阳的关系反而更铁了。他知道焦阳是真正的哥们儿，郑开心这小子也不是盖的，是个有情义、有肝胆的娃娃。秋生突然感动起来：我石秋生何德何能，能拥有这么多好朋友。

焦阳突然大笑起来。

“哟！”焦阳说，“大名鼎鼎的石秋生，眼圈怎么红了？眼前这点小曲儿就难唱了？不能上昆仑山了你得感到庆幸。你该想想，你石秋生是谁？你怎么能让自己混迹于那帮亡命徒中，整天走山抢矿。你得做点自己的大事。”

石秋生生气了。

“滚出去！”他冲焦阳喊，“谁整天走山抢矿了？你们的矿石我一块都没摸过。”焦阳声音更大：“你与淘金汉为伍，与抢劫犯同行，就是给他们助威，等同抢矿。”

石秋生：“那你抓我呀！”

焦阳：“游戏结束了。我给过你三次机会，最后一次算是我害你的。你说，是我给冬生姐打电话，还是你自己打？”

石秋生：“干什么？”

焦阳：“让她来接你啊，你总不能出院了还待在格尔木吧？”

石秋生：“格尔木又不是你家的，我怎么就不能待了？还有，你不许给我姐打电话，走漏了消息看我怎么收拾你！”

焦阳早知道他会拒绝，便把一叠钱扔到床上：“我晚上上山。医院的钱已经缴了，这是给你的伙食费，让姚嫂多熬点牛骨头汤给你喝吧。对了，给岳大哥回个电话，他找你有事。”说完又转身对郑开心说：“骨头汤你别抢着喝，以后有你喝的时候。”

郑开心愤然起身：“你以为我想喝啊！”就在这时，瑶瑶妈提着饭盒进门了，身后是苏婵。

苏婵的面孔一出现，一股巨大的惊喜顿时充斥了整个病房。

“小苏，你什么时候回来的？我怎么不知道？”焦阳一把握住苏婵的手，眼睛闪亮。

“刚到家，就听姚嫂说出事了。”苏婵说完，看向石秋生的病床。

石秋生不顾脚疼一下坐了起来，问苏婵：“不是刚离开扬州吗？怎么转眼就到了？”

郑开心“哼”了一声离开了房间。

焦阳惊讶地问石秋生：“啊？你往扬州打过电话了？”

石秋生没有回答他，却对苏婵笑着说：“我猜你是归心似箭吧？”

苏婵一时不知道要怎么回答。

焦阳关切地说：“既然回去了，怎么不在家多住些日子？”

“好了好了，”瑶瑶妈急忙打断，“你们能不能先不问了，再问就把小苏给问哭了。”

苏婵看大家都等着她回答，便平静地说：“我父亲去世了，办完后事我就马上回来了。”

病房里顿时静默下来。郑开心在房门外听到这句话，有些动容，他不由转身望着苏婵的背影。

石秋生低沉着声音说：“小苏别难过。现在你和我、焦阳、开心都一样了，我们的父亲都走了。”

瑶瑶妈插嘴：“我父亲也早没了。”

石秋生说：“我和焦阳更惨，连母亲也没有了。”

郑开心突然在门口喊道：“我也没有！”

“我有，小苏妈妈也在。”瑶瑶妈说，“这样看，上天对我们女人要好一些，是不是小苏?”

苏婵点点头，想要涌出眼眶的眼泪终于咽了回去。石秋生看在眼里，伸出手说：“来，小苏，你还没有跟我握手呢。”苏婵大大方方走过去，伸出手与石秋生相握。

两手相握的刹那间，两人都像触了电。秋生感到苏婵的手柔若无骨、润泽绵软，却蕴藏着玉石般坚忍的力量。苏婵感到秋生的手宽厚温暖，那相握的力量不轻不重，恰到好处地体贴和尊重。就在这一瞬间，两人目光对视，心中顿时电闪雷鸣。

焦阳感到了气氛的突变。他意识到，就在刚才，有什么发生了。苏婵和石秋生的执手相看泪眼，不是惺惺相惜，而是碰撞起火，相融相和。

接下来肯定没他焦阳什么事了。要是别人他也许不会就这样算了，可是对秋生，他永远不会去计较。不是因为秋生现在很惨，而是因为秋生是他亲兄弟般的朋友。他更相信，在他和秋生之间，苏婵会爱上秋生这种人。焦阳毕竟是高原上的大兵，整理起自己的心情来很有水平。他微笑着与大家告别，火速回山上去了。

临走，他很有深意地对秋生说：“你反败为胜了。”秋生说：“这句话说得还为时尚早。”

因为焦阳领着人去救石秋生，那天晚上很多人成功地背回了石头，其中就有金万里。

金万里已经完全迷上了石头。他感觉光在市场上找石头太受局限，忍不住到山脚去找，找着找着就跟着人上了山，上山也是十去八空。他也被焦阳抓到过，但抓了就放，因此政府的警告没有对他造成威胁。总觉得只要心存希望，兴许一不留神就成功了。他相信这次背了一块好石头，因为非常沉。

第二天，他背着石头去找苏婵，路上碰到了文胜东。

“金豆子，又抓到好石头啦?”文胜东问他。“金豆子”是金万里的绰号，出租司机们都这样叫，是说他机灵。文胜东在政府的时候就与金万里相熟，私人用车总传呼他。

金万里干了三年的出租司机，说不干就不干了，这与文胜东说辞职就辞职算是一个脾气。只是他们俩的起点不一样。

“文总，你看这石头成色还行吧。”金万里说。

“我哪懂啊，”文胜东谦虚地说，“你说好，就给我吧。”金万里眼睛一亮：“你开始收石头啦?”

文胜东已经在钾肥、水产品、运输等生意中赢得了第一桶金。为了能高调进入玉石市场，他一刻都没闲着，一直在做各种准备，包括结交很多这个行当的朋友。他笑着说：“也想试试水有多深。这块石头，给你五千块钱，可以吗?”

“文总你别吓我，”金万里说，“你看好了再说。我可没那么贪。”文胜东说：“说五千就五千。我还有事求你呢。”

“有事你说，一码归一码。”

“那好，我先说事。”文胜东说，“你开出租三年，认识了内地那么多大玉商，等他们来格尔木，你能不能介绍给我认识? 你对玉已经有了解了，老哥我还需要上课呢。”

“就这事啊，好说。”金万里拍拍胸脯，“北京、上海、扬州的玉商我认识不少。现在他们亲自来的时候少了，但是只要来我就会知道，一准儿把你带去见他们。”文胜东很满意，他说：“那就帮了我的大忙了。快把石头抱我那去吧，我给现金。”

金万里却抱起石头往别处走。

“这石头我不给你。”他说，“你给的价太高了，我消受不起。”文胜东说：“哎哎，别走别走，金豆子，你听我说。”

金万里自顾自地跑走了。他看文胜东是个干正事的人，因此很乐意把自己认识的内地客户介绍给文胜东；内地的玉商们也希望能多认识些当地的同行。自己从中介绍一下，对大家都有好处。可是这块石头不能给文胜东，自己的心理价位是两千，文胜东给的太多了，就成了变相的好处费，这不好。

金万里就是这样一种性情，不喜欢占别人的便宜，也不喜欢欠别人的情。他这种秉性踏进玉石行当，不知有没有美好的明天。

▲ 走入昆仑山的河谷荒滩，如同走进洪荒时代，难以想象圣洁温润的宝玉会产出于此。也许这就是昆仑巨龙的苍茫与大气、雄浑与深邃吧

第八章

我们欲求证的真相到底是什么，没有人真正知道。我们只是想评判古人的对错，从而为今人建立一种优越感，这是一种活着的智慧和意义。

01 重返圣光寺

岳川终于知道亚美和她的母亲已经去了欧洲，至于在哪个国家不需要弄清楚了，因为两人是为了避开自己，才逃得那么远，他最好不要再去追究。亚美怎么会突然变成这样，岳川实在想不明白，他的心里一片茫然。正在这时，净慧法师来电话，邀请岳川去参加圣光寺的水陆法会。

岳川也想去一趟圣光寺，一要将马琪盗取的白玉舍利物归原主，二是要察看一下壁画晾干后的色彩状况，于是就很快赶了过去。他一走进圣光寺，就见那尊石佛睡得香甜，不知怎的，一股羡慕之情油然而生。1000 多年了，那石佛不管人世间的风风雨雨，对香火和膜拜不闻不问，就这样安然地卧着，在一方天地，他似睡非睡、似醒非醒间笑看世间。

净慧法师还是那样如春风拂面，微笑淡然。见到岳川，他像老朋友一样开门见山："岳画家，脸色有些不好啊，最近很累吗？"

"哦，是有些累，心累。"

法师说："那你来我们圣光寺养养心是最好不过的。"他告诉岳川，地宫的文物都已清理完毕，一些一级文物封存了。县上还要建一个地宫博物馆，可能要原模原样地照搬地宫修建，供游人参观。岳川说，那样一来，有些文物，比如字画，可能就不好保存了。法师说，博物馆里的展览品不一定用真品。岳川佩服法师什么都看得透、看得开。

岳川把从马琪那里收来的白玉舍利放在法师面前。法师颇有深意地点了点头，原来他早知道马琪还来的是假的，之所以不吭声，就是想看马琪能不能自觉地归还。这就是得道高僧的智慧，他的格局常人无法想象。

“法师，我替马琪道歉。”岳川说，“其实马琪的真实目的，只是想验证白玉舍利是不是昆山之玉。”

法师问：“验证这个有什么意义吗？”

看来法师真的老了，他已经忘记有关白玉舍利的记载了。岳川耐心地说：“法师，您可记得，您曾说寺志上有记载，在圣光寺初建时，有人将传世千年的和氏璧做秦始皇玉玺时切下的边料仿制成舍利子，供奉到寺里，从此成了圣光寺的镇寺之宝？”

法师点头：“是有记载，怎么了？”

岳川说：“如果这两枚白玉舍利真是昆山之玉，那就说明，和氏璧是昆山之玉啊。”

“是昆山之玉又怎样？”法师问这些问题时像个孩子。

“法师，你要知道，这样一来，现代学者、专家考证和氏璧的一切观点、说法，都将被颠覆。”

“然后呢？”

岳川惊讶于法师无所谓的表情，他激动地说：“然后，史界、玉界、考古界、教育界等等，都会有一个不小的震动，很多东西都要改写。”

法师慢悠悠地说：“恐怕不能有你说的那么大的动静。”

“啊？为什么？”

法师说历史这个东西谁说谁有理，今天你说你的是真实的，明天就会有人说他的才是真实的。这些所谓的真实离真相到底有多远，谁也无法知道。岳川顿时平静下来。但他还是困惑，既然什么都不可证明，千百年来，人们为什么还要翻来覆去地考证呢？法师说：“考证是为了追求真相，可是往往越追求，离真相越远。”

“法师，你怎么就知道离真相会越来越远呢？”

“因为时间拉着你走远了。”

天！谁不知道这个？可仔细想想，法师真高明！他说得太对了，天地悠悠，我们欲求证的真相到底是什么，没有人真正知道。我们只是想评判古人的对错，从而为今人建立一种优越感，这是一种活着的智慧和意义。

岳川正在那里沉思默想，身后传来老法师轻轻的声音：“凡所有相，皆是虚妄。若见诸相非相，即见如来。”

岳川转头,正遇上老法师慈和的目光。

在圣光寺的日日夜夜,岳川和法师聊了很多,时而心明眼亮,时而深陷困惑。几天的静修,让他看世事的目光有了变化,甚至再看那些壁画,仿佛都有了新的感悟。至于那个白玉舍利,法师还是愿意满足他的好奇心,同意他拿去作测试。他想,就算法师无心搭理世俗公案,但对于镇寺之宝,也还是想知道它的真实身份的。

参加完圣光寺的水陆法会,跟着比丘们去放生。看着鱼儿回水,鸟儿归林,岳川想自己也该返回北京了。临走,大师特意让他带了一枚白玉舍利。

为了不节外生枝,岳川一到北京,就直接找到在北京最高学府任教的一个同学,同学带着他一起到大学所属的宝石鉴定中心,对白玉舍利进行了检验。稳妥起见,岳川又去了一家权威的宝石检测中心。检测结果是一样的,白玉舍利为软玉,摩氏硬度在 6.0~6.5 之间,透闪石成分占 98%以上,内含透闪石、角闪石、阳起石等多种矿物质,密度为 2.95~3.1 克每立方厘米,与和田玉的化学成分是一样的。至于这块古玉的年代,两个检测点的观点有些出入,大学说是 1500 年左右,而协会鉴定中心的观点是 2000 年左右。

岳川拿到鉴定书立即给净慧法师拨通了电话:“法师,国家权威鉴定机构认为,你的镇寺之宝是昆山之玉。”

“这就能证明和氏璧、秦国玉玺就是昆山之玉吗?”法师平静地说。

岳川愣住了。是啊,白玉舍利和和氏璧、秦国玉玺真的有关系吗?就算《圣光寺志》记载属实,也不能证明白玉舍利就一定是和氏璧做成玉玺时裁下的边角料所为啊。他缓缓地对法师说:“法师,正如您所说,我们求证的真相越多,谬误就会越多。现在至少先证明了,圣光寺的镇寺之宝是昆仑山上 2000 多年前的美玉。”

法师随喜:“阿弥陀佛!”

法师还对岳川说不用急着把玉还回来,岳川什么时候方便了送来就行。但是他要求岳川,一定要把玉时时带在身上。

这个鉴定的结果要不要告诉马琪?岳川一时陷入矛盾。现在这块小小的白玉,无论在哪个方面讲都价值连城。马琪一旦知道了会怎样,他心里实在没底。另外,法师为什么如此信任自己?这不仅是国家珍贵文物,更是千年古刹的镇寺之宝。这份信任好沉重,让岳川不能承受。

岳川心想,一定要尽快还回寺里去。

02 再聚格尔木

石秋生一刻也没耽误与吴凌飞电话联系。

吴凌飞已经从岳明那里知道石秋生这个人是岳明的代理，便约定第二天让石秋生来昆仑玉公司的仓库挑选玉石。这下秋生犯难了，自己还在医院，挑选原料的事，郑开心肯定干不了，身边人里只有苏婵了。可是怎么对她说呢？这么累的活让一个时间珍贵的女玉雕师去干，是不是太不男人了？正当石秋生犹豫时，苏婵进来了，她去玉石市场，顺便帮瑶瑶妈把骨头汤给秋生捎过来了。

苏婵放下饭盒要走。

“小苏，我想请你帮我个忙，不知道你愿不愿意？”石秋生硬着头皮说。苏婵爽快地点点头：“你讲，能帮我就帮。”石秋生说：“岳大哥在昆仑玉公司有一批原石，需要马上去挑选发货，可我……”

苏婵有些愣神：“我师哥？他怎么没告诉我？”

“他怎么忍心让你一个女孩子家去库房挑石头。”石秋生说，“再说了，他还不知道我受伤的事。小苏，别告诉他。我……我也不忍心让你去，可我这种情况，身边又没一个懂玉的，你如果不愿意……”

苏婵说：“我愿意。”

没想到苏婵答应得这么痛快，石秋生心中一阵欢喜。他说让郑开心去帮苏婵，郑开心听到后狠狠地瞪了他一眼。石秋生不懂郑开心的心思，就问：“你瞪什么？”郑开心什么也不说，扭头就走。

“我不用帮。”苏婵说，“要挑选多少原料？”石秋生说：“尽你所能，仓库里的好石头全要都可以，他们公司负责给发。”

苏婵没有表示惊讶。

石秋生：“这可是个辛苦活儿，可以慢慢干。有报酬的。”

苏婵：“说什么呢，给师哥干活不谈钱。”

石秋生：“那要是给我干呢？”

苏婵：“给你干另说。”

苏婵走了，她那仗义的爷们样子烙印在石秋生心头，石秋生决定就是坐着轮椅也要去仓库陪她工作。

石秋生问郑开心为什么不肯去帮苏婵，这是工作。

“不想看到她！”郑开心说。

石秋生觉得好笑：“为什么不想看到？”

“不喜欢就不愿意见！”郑开心说，“看到她就让我想起我妈。”石秋生感到不解：“苏婵长得像……你妈？我怎么不觉得。”说完这话他心里想，苏婵与你妈一点关系都没有，你这是犯的哪门子病啊！郑开心说：“不是长得像。而是，漂亮女人不都是一个德性吗？”

你妈漂亮吗？石秋生没说出这句话，这不是一时半会儿能掰扯得清楚的问题。他知道郑开心一定在什么地方钻牛角尖了。

苏婵在吴凌飞的仓库里干了三天活，石秋生坐轮椅陪了三天，郑开心帮石秋生搬石头。他们将仓库里的石头翻了个遍，将好石头一网打尽。想想吧，他们在昆仑山上转了这么几个月，想见到这么一块玉石比登天都难，可如今面对这些好石头，他们随便过手，虽然不是自己的，但选择权在手。石秋生心中很感慨，一边选，一边给郑开心教，不确定的，他会叫上苏婵一起断定。

当然苏婵也有很大的收获，她从吴凌飞那里拿到了几块在外面市面上根本没有的石头，并且价格优惠。

苏婵低头看石头的智慧模样，让吴凌飞一眼看中。他说：“姑娘，到我公司里来吧，我这仓库就缺你这样一个人。”

石秋生笑了。

“吴矿长，你是慧眼识英雄啊。”他说，“可是，让小苏来给你看仓库，那可就大材小用了。”

吴凌飞有些急眼。他说：“我的公司位置多啊！小苏只要肯来，这仓库你随便出入。小苏你表个态，你喜欢干什么？愿不愿意来我公司？我肯定工资从优。”

苏婵脸一红：“我除了雕玉，什么都不会干。”

“你是玉雕师？”吴凌飞惊喜地问，“天哪，我做梦都想往格尔木请玉雕师，可是没人来。你是从哪儿来的？”

苏婵：“扬州。”

吴凌飞：“这不就是天上掉馅饼吗？我正想从扬州请师傅呢。小苏，我都不问你的技术怎么样，我马上建个玉雕公司，你就负责这个公司。石头下山你先选，我保证是最好的石头。这样我们昆仑玉公司也不仅仅是出原料的公司，还出玉雕产品呢。”

面对这么多、这么好的玉石原料，没有谁会不动心，苏婵当然也动了心。“我可以考虑。”她说。

"小苏,不要考虑,"石秋生说,"直接给吴矿长提条件。"

听石秋生这样说,苏婵对吴凌飞笑了。吴凌飞说:"小苏你随便提,只要能办到的,我都答应。"就这样,因为一次选玉,苏婵成了昆仑玉公司的人。苏婵的条件是她要有想离开的时候随时离开的权利。吴凌飞一口答应,他明白,不答应苏婵这位人才就不可能来。

岳明听说苏婵也去仓库帮他选玉了,心中非常感激。他的厂子又新招了玉工,原料的需求迫在眉睫。有石秋生和苏婵合力相助,他相信厂子不久就会走上一个新台阶。

第一批石料选完后,石秋生就出院了。

瑶瑶爸老姚有了聊伴,可他并不感到庆幸,他更愿意看到石秋生欢蹦乱跳地在他面前嘚瑟。两人在树下,两把躺椅两杯茶,一台半导体收音机,天下大事便无所不知。两人聊天的功夫也日益见长,谈论的话题也多是玉、玉矿、玉商。

石秋生从老姚那里听到了很多格尔木人一夜暴富的传奇,感到老姚人在小院,心还在原野,真是壮志未酬,"贼心"不死啊。

自从老姚瘫倒后,瑶瑶妈的日子一天比一天难过。收入上尽管还有房租,可是瑶瑶的学费、老姚的药费都不是小数字。依瑶瑶妈的性格,这点事是不会让她犯难的,只要尽快整合一下资源,想想办法就能渡过难关。她把库房和杂物间收拾出来准备租出去,长租短租都行。还有,龙宝亮占着一间房不回来也不交房租,又不好问苏婵要房租,这怎么办?

一个早上,苏婵向瑶瑶妈交了半年的房租。让瑶瑶妈感到不好意思的是,苏婵还替龙宝亮交了半年的房租。瑶瑶妈问:"你替他交房租,他人还回来吗?"苏婵肯定地说:"会回来的。"也许苏婵看到了自己的难处,才交的钱?瑶瑶妈想,自己真是属于瞌睡了就有枕头,想什么就来什么的人,她感动地吸了吸鼻子。

瑶瑶参加完高考在假期里没事,自告奋勇要去火车站招房客。如果真招来了人,那日子可好过多了,瑶瑶妈自然支持孩子去创收。瑶瑶到火车站连续举了一星期的牌子,竟然接回了龙宝亮。

龙宝亮失魂落魄地回到格尔木,这是他和沙莉曾经约定的地方。那时他坚信,沙莉一定会千方百计地来会合。可是现在,沙莉嫁给了一个玉商。这个玉商很有钱,自己和对方相比,不,根本就没法比……罪魁祸首是贫穷,谁让自己一贫如洗呢?

沙莉绝食三天,父亲发誓就是让她饿死也不会让她嫁给龙宝亮。沙莉一直饿到昏迷,被送往医院。抢救过来后,母亲哭着说父亲已身患绝症,女儿能嫁给玉商是父亲最大的心愿。沙莉别无选择,少女的爱就这样断送在父亲的手里了。归根到底,让沙莉屈服于父母的还是金钱。不过,这都不重要了,重要的是龙宝亮永远失去了她。

灰头土脸的龙宝亮在格尔木一下火车,就在人群中看到了瑶瑶清纯阳光的笑脸。能接到龙宝亮也是瑶瑶没想到的,瑶瑶更没想到,她的惊喜热情,让龙宝亮有了生气。在瑶瑶的陪伴下,龙宝亮又回到了小屋。院子依然宁静,房东和善可亲,龙宝亮顿时对姚家大院心生感激。

03 少男少女

苏婵在吴凌飞的仓库上班了,除了入货出货,平时就雕自己的玉。吴凌飞在仓库旁边腾出一间大屋,专门给苏婵做玉雕工作间。龙宝亮赶在这个时候回来,苏婵如愿以偿地有了帮手。她不需要寻找玉石加工的订单,吴凌飞说他会全部拿到西宁工艺品商店,人家会照单全收。吴凌飞还打算再招几个学徒,让苏婵带带。

瑶瑶天天在车站做各种生意,卖水、做向导,也为家庭旅馆招揽顾客,像一只忙碌而快乐的小蜜蜂。听说苏婵要招徒,瑶瑶的心狂跳不已,做一个像苏婵姐姐那样的玉雕师是她的理想。以前她苦于没有机会学习,现在中学毕业了,父亲无法工作,家里正需要她扛事,学玉雕顺理成章。于是她对母亲说:“妈妈,我想跟着苏婵姐姐学玉雕,不知道她肯不肯带我。”

母亲一听,立即生气地说:“我不许你碰玉石! 有本事你去考大学,完成大学学业才是女孩子的正道。”

“要是考不上大学呢?”瑶瑶心里没底地说。母亲似乎完全想好了,她对瑶瑶说:“今年考不上明年考,妈养得起你。”

母亲的话不能冷却瑶瑶学玉雕的热情。瑶瑶知道苏婵的时间金贵,便开始打龙宝亮的主意。

龙宝亮晚上的时间大多是眼望星空发呆,或者在孤独和绝望中醉酒。瑶瑶问:“宝亮哥,喝了酒心里是快乐还是痛苦?”

“麻木。”龙宝亮说。

瑶瑶又问:“你晚上麻木,白天雕玉还有灵感吗?”

“你小声点,”龙宝亮低声说,“被苏姐知道又得说我。”瑶瑶说:“那我不明白,你为什么和自己过不去。”

“因为我想不通，”龙宝亮说，“为什么贫困就要遭人抛弃？贫困可耻吗？”瑶瑶想都没想，说：“可耻。”

“你说什么？”

“反正我们老师也说，贫困不是荣耀。”

龙宝亮像被人击了一拳，半天说不出话。想想当时跟着师父从蚌埠老家出来，完全是因为自己家贫如洗，师父能赏识自己便是幸运。蚌埠是个雕刻艺术之乡，是以各种玉石为原料的手工艺品加工基地，在那里几乎人人擅雕琢。师父说到和田去雕和田玉，于是，拖儿带女加徒弟去了和田，这一去就是七八年，结果徒弟爱上了自己女儿……

瑶瑶说：“有本事就让你师父对你刮目相看。”

少女的一句话唤醒了龙宝亮的斗志。对，他要振作精神，对得起自己，要夺取师傅一辈子都望尘莫及的玉雕界最高奖项——天工奖。

从那天以后，瑶瑶和龙宝亮成了好朋友。瑶瑶好学多问，龙宝亮有意无意地为她讲解许多玉的知识，这对瑶瑶是启蒙教育。瑶瑶很崇拜这个大自己几岁的哥哥。不知不觉中，龙宝亮也很乐意做瑶瑶的师傅了。瑶瑶天天黏着龙宝亮，可急坏了郑开心，他很想掺和进去，可又抬不起腿，急得原地打转。

瑶瑶的纯朴在于没有分别心，对郑开心和龙宝亮都是一样的好。他们都是大院的客人，瑶瑶都诚恳相待。她和郑开心同年，相处起来更随便一点。心中有个冰坨子的郑开心把瑶瑶对他的好视为照射到心底的阳光。不知不觉中，瑶瑶成了他在大院里的精神寄托。

瑶瑶也问过郑开心为什么要来格尔木。郑开心回答：“因为石秋生要来。”

“他来你就来啊。”瑶瑶更不明白了，“他是你什么人？”郑开心不高兴地说：“他来我必须来，别的你就别问了。”瑶瑶不再问，但她觉得郑开心年纪那么小，不上学太可惜了。

一晃半个月过去了，瑶瑶的大学录取通知书来了。临走之前的几天她都在苏婵的工房里，请苏婵教她识别玉的方法，那股投入劲让苏婵感动。如果能收到这样的徒弟，肯定会很快上手，可瑶瑶是放飞的雁，前途无量。瑶瑶要去西宁上学，大院的人全都感到不舍，但除了不舍还感到痛苦的人，只有郑开心。郑开心想，瑶瑶一走，自己在大院整天相伴的就是石秋生了，可石秋生是自己又爱又恨的仇人，自己不能把他怎么样，也不能让他怎么样。

隔三岔五，苏婵会通知石秋生去为岳明选原料。岳明已收到他们发过去的第一批货，非常满意，付货款的同时也付了石秋生和郑开心的报酬。这个报酬很优厚，郑开心第一次有了这么多钱。

石秋生借机劝郑开心复学，还拿瑶瑶做例子。他说："你要是不上学，以后连瑶瑶都看不上你。"

郑开心说复学不可能，学玉雕还有可能。

"跟谁学？"石秋生故意问他。

郑开心嘟囔半天不说。

石秋生说："那你回西安，我给你找师傅。"

郑开心："想得美，别想甩掉我。"

"要想留在这儿，那就跟苏师傅学。"石秋生说，"可人家不一定收你啊。"郑开心说："你跟她说，她就会收。"石秋生说："不在于谁去说，学玉要有天赋……"郑开心急了："你怎么知道我没有天赋？我还不如龙宝亮了？你让苏老师测试测试我啊。"

石秋生说："人都要给自己留点后路，之前你那样对待苏老师，现在去求人家，不觉得难为情吗？"

郑开心低头说："不管我怎么对待她，她从来都没有计较过啊。"

"人家是大人不计小人过。"

"她是昆仑山的神仙姐姐。"

"哟，用得着人家了，评价就这么高啊，就不知道管用不管用。"

石秋生领着郑开心来见苏婵，见苏婵正向龙宝亮传授关于人物的雕玉技法。

▲ 糖白玉雕件《弥勒笑佛》雕琢人物面部表情的诀窍是"要得笑，嘴角翘"

苏婵对着一尊玉佛的雏形解说："玉雕人物，要以头的长度为单位，按比例雕琢，这样才不会失调。有个口诀是'立七坐五盘三半'……"

"我记住了。"龙宝亮说，"以前我总是雕花鸟，像这样的大件我还是第一次上手。所以……"

苏婵鼓励他："你悟性好，第一次就很不错。"

龙宝亮说："苏姐，你再给我讲讲雕玉时的面部要领吧。"

苏婵指着人像耐心地说："面部的五官比例是从前额发绺到眉骨，再到鼻底，再到下颌，各为三分之一。脸部横着是五个眼的长度。这样面部比例才协调，所以说三庭五眼。"

龙宝亮笑着说："雕琢人物、动物的面部表

情，诀窍有‘要得笑，嘴角翘’，这还是前年你告诉我的。”

苏婵也笑了。

转身看到石秋生和郑开心站在那里，苏婵有些意外。

“我们可不是偷师学艺。”石秋生说，“是你们太专注了，我们进来半天你们都没发现。”苏婵说：“今天不是你们选料的日子啊。”

石秋生指指郑开心：“今天是你选料的日子，你看看我旁边这位是不是一块好料。”

苏婵望望郑开心，不知道秋生在说什么。

郑开心低着头，手在哆嗦。

石秋生说：“你看，开心能不能学玉雕？”

苏婵略一思忖，然后认真地望向郑开心，目光转向郑开心的手。“你想学吗？”她问郑开心，“这个活儿可是很苦的，要坐得住，耐得住寂寞。还有，以后你的颈椎、腰椎可能都会有劳损。这些要先告诉你。”

郑开心看向石秋生，见石秋生不言语，便低下头不吭声。石秋生说：“看我没用，这句话肯定是要你自己回答的。”

郑开心猛地转身跑出去了。

苏婵一愣。

“郑开心是怕你拒绝，所以不敢说出来，其实他很想学。”石秋生认真地说。苏婵笑笑说：“怕我拒绝可以找别人啊。只要想学，还怕找不到师傅。”

“他就想拜你为师。”石秋生说。

“我没觉得。”苏婵说完就低头干起自己的活儿来。石秋生觉得没意思，转身走了出去。

龙宝亮看苏婵安静地干活，欲言又止。

“你想说什么？”苏婵并没抬头。

“郑开心学不了玉雕。”

苏婵抬头：“为什么这么说？”

“我觉得他眼睛里有杀气，心不能静。心态不平和，容易把玉毁了。这是我师傅说过的。”

苏婵若有所思。

瑶瑶离开大院快一个月了，郑开心越来越不开心，别人吃饭的时候，他跑出去蹲墙根，别人吃完了，他才回来吃。石秋生对郑开心说：“闹什么劲呢？有本事把自己心里想的说出来，是想学玉雕还是想复学，还是想上山啊？”

"我才不上山呢！"郑开心拗着劲说。

石秋生盯着他："那就去西宁学玉雕。"

"行。"

"那明天我就给西宁的朋友打个招呼，给你找个师傅。"石秋生认真地说。郑开心问他："你去吗？"

"我去做什么，我去了这里的工作谁做？"

郑开心突然大声说："你不去我也不去！"

"我死你也跟着死啊！"石秋生真火了，"我告诉你郑开心，你就是为你爸报仇也来个痛快的，不就是要我一条命吗？拿去就是了，用不着在这儿活活耗死人！"

郑开心恨恨地瞪着石秋生，半天不语。

"瞪什么瞪！到底去不去？就这一次机会。"

"不去！"

"不去就老老实实吃饭，"石秋生说，"不许使性子，让姚嫂为难。"郑开心说："我就想跟苏婵学玉雕，可你不跟她说。你说她肯定答应。"石秋生说："你怎么知道我没跟她说。好了，不就学个玉雕吗？我再去跟她说就是了。"

"真的？"

"我什么时候骗过你？"

郑开心这下高兴了，大口大口吃起饭来。

石秋生再次把郑开心领到了苏婵面前。

"真要学玉雕？"苏婵平静地问。

郑开心低着头不吭声。

"你就先带带他吧。"石秋生对苏婵说，"如果不是那块料，你再把他还给我。"

苏婵望着郑开心："开心，你看着我。"

郑开心扭捏半天才抬起头来，但还是不敢正视苏婵。石秋生想动手，被苏婵阻止了。

"学过美术吗？"苏婵问。郑开心摇头："学校里开过美术课，我就从来没有好好听过。"

石秋生插嘴："有个性。"

苏婵又问："那你是不喜欢这门课？"

"我嫌她讲得不好，画得也不好。"郑开心说。苏婵也不说什么，拿出一张纸和一支铅笔，说："你画个动物吧，随便什么。"

郑开心也不怯场，拿起笔，两下就画了个人物速写。

石秋生："让你画动物呢。"

郑开心："人不是动物吗！"

苏婵笑了："想不到你还是很有天赋的，你画的石老师可真像。"

"什么？画的是我？"石秋生凑上去看，本想发火，却也笑了。没想到这小子有两下子。

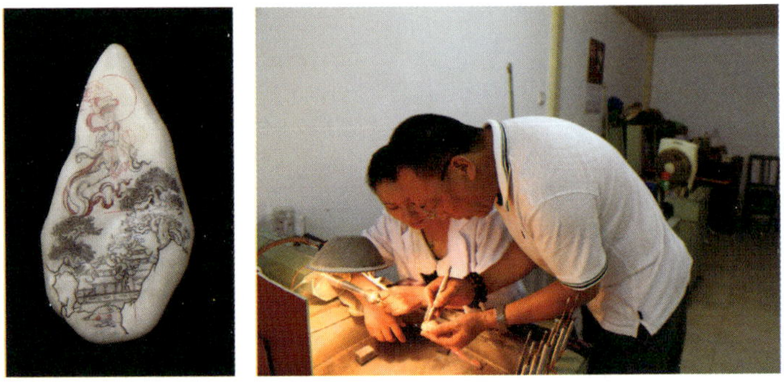

▲ 拿到玉料，相玉、勾画，是雕玉的基础工序

苏婵说学玉雕，绘画是基础。玉雕分类众多，就好比是万把锁，对应的则是万把钥匙。一把钥匙开一把锁，没有万能钥匙。假如学的是线刻山水牌，那需要学的是国画山水。学花鸟浮雕，那需要学工笔花鸟，白描是基础。学人物牌，就得学素描头像。假如学的是天蜀的书法牌，那练好书法是第一位的。要是学山子，那要学的东西就多了，三远构图、散点透视、人物动态、树木白描，都是需要学的内容。总之，学什么可以根据自己的喜好来定……

郑开心突然插话说："我要雕人。"

"叫人物。"石秋生纠正，"为什么选雕人物？"郑开心说："不是说画人难画骨吗？我想看看，雕人是不是也难雕心。"

苏婵一愣，久久地望着郑开心，一时不知该说什么。

夜晚，石秋生第一次来敲苏婵的门，苏婵有些意外。石秋生站在门口说："我们出去走走吧，有些话我想和你聊聊。"

转眼已进入秋天，格尔木的夜晚早早就有了寒意，苏婵披了件外衣，与石秋生并肩走在街上。石秋生进入话题："我想让你了解一下郑开心，以及我和郑开心的关系。"

苏婵微笑点头，静静地等着石秋生讲话。

石秋生如实地讲述了郑开心父亲受伤，自己被判三年刑，以及自己服刑提前释放的经过。然后说，郑开心本质上不坏，甚至可以说是个善良的孩子，他之所以对自己不依不饶，是不想开始独立的人生，这与他的母亲出走有关系。这些日子以来，他对苏婵的不友好，也全部是因为对母亲的怨怼。

苏婵听岳明讲过一点石秋生的事，但不是全部。此时她感谢石秋生对她讲了郑开心的来历，最主要的是让她理解了郑开心先前对自己仇视的原因。虽然自己很无辜，但人的意念有时候就是这样突然冒出来伤害别人，也伤害自己。苏婵内心对郑开心生出了一种深深的同情。她想到了自己的母亲。父亲刚刚过世，母亲就迫不及待地去找师父。虽然师父是自己的亲生父亲，可是苏婵仍然觉得父亲遭到背叛，自己遭到抛弃。对母亲理解又不理解，对师父想恨又恨不起来，回到格尔木的这些日子里，她就是这样蹂躏着自己的内心。

“你怎么了？”石秋生望着沉思中的苏婵，轻声地问。苏婵抬起头，路灯照见了她眼中的泪光。

石秋生心中一颤。

“你没事吧？”他试探着说，“我不该对你讲开心那小子……”苏婵摇摇手，欲开口却无端地哽咽了。石秋生走上前，一把将苏婵揽入怀中：“对不起，都是我不好。”

“不，不是你的事。”

她想推开他，却被他抱得更紧。

苏婵只好不动，努力平复着自己的心情。

石秋生低头看苏婵，路灯下，她的沉静和美丽散发出圣洁的光芒。石秋生轻轻地放开了苏婵，同时从她眼里看到了诧异。“我没有资格触碰你，也无意伤害你。”石秋生解释说，“在我眼里，你美若天人。”

苏婵却说：“你无意伤害我，我却伤害过很多人。这样的我也不值得你安慰。”

“就算是这样，我也相信你是无辜的。”石秋生说，“你一定有自己的理由，同时你自己也受到了伤害，否则你用不着从那么美丽的江南，来到昆仑山下惩罚自己。”

“惩罚自己？”苏婵重复着石秋生的话，“其实我是逃离了惩罚。我用孤独来换取自由。”

石秋生真诚地说：“苏婵你真会表达，你的话完全不像你这个年龄的玉雕师说的，倒像个大学教授说的。”

苏婵说：“出来这些年，我有了很多看书的时间，学到了不少以前忽略的东西。”

“嗯，你身上的沉静，可能就是书卷和思索造就的。”石秋生说这些话的时候，不知不觉地握住了苏婵的手。那柔软、不盈一握的小手，一经握住便让人打死也不愿放开。苏婵挣脱了去撩头发，避免尴尬，但她心里暖暖的，就像沙漠中的小草，经历了极寒之后遇到了阳光和雨露。

04 黑三角

焦阳昼伏夜出地在山上又战斗了几个月，来捡石头的人不但没有知难而退，反而越来越多，呈黑云压顶之势。

每天晚上都打伏击，抓到的人什么身份都有。有一次他们抓到了一帮衣冠整齐的人，一问竟是小学教师，领队是校长。此校在青海东部地区的一个乡村，想给学生们建个操场，可是没有资金，听闻昆仑山捡玉成风，便由校长带领几个男老师来撞大运。这次出征，每个人一天可以拿到两块钱的出差费，如果“捡”到了玉石，卖了还能有提成。老师们来了才知道，茫茫昆仑，哪有什么玉啊，像样的石头都少见。校长带着他们往山里走，一直走到头晕眼花、饥寒交迫、伸手不见五指。然后，就撞到了经警。

经警把这帮文质彬彬的人带到值班帐篷里交给焦阳。焦阳弄清楚他们的身份后，陷入沉默。焦阳知道遇到了一群不一样的人，他们有知识，有文化，却是一群玉盲；他们贫穷，来此冒险却不是为了私欲。听到学校困难的现状，焦阳真想从矿上给他们拿几块石头。可是焦阳没有这样的权利，也不能这么做，开了口子，这矿就更保不住了。

校长看焦阳脸色阴沉，感到自己这帮人的后果可能不堪设想，便给焦阳递上一根烟，焦阳拒绝了：不会。

“警察同志，我们错了，以后再也不来了。这次能不能别处罚我们了?”校长看到过那些被抽掉皮带，提着裤子、光着脚奔跑在荒山上的人，“如果我们也要那样，以后还怎么教书育人呢?”

焦阳想告诉他们，等天亮了，送他们下山。话还没说出口，校长一个暗示，一位男教师刷地站起来，以经警们为观众，亮开嗓子唱起了歌。男教师歌唱得很好，如果不是缺氧，一定会唱得更好。歌罢又有两个男教师跳起了交谊舞，还邀请经警跳。气氛顿时变了，常年守在大山里的经警，很久没放松自己的神经了，看到老师们这么活跃，立即有说有笑，完全处在联欢的氛围之中。不知不觉，天亮了。老师们坐上大卡车，唱着歌，含着泪，挥手告别，他们大概这辈子都不会忘记昆仑山下的这个夜晚了。

紧接着，焦阳听说，格尔木黑三角一带的石料黑市已成规模。这些玉料显然都来自玉矿，说明矿山的管理很成问题。经警们没白天没黑夜地抓人，而矿内的石料看护和运输、格尔木仓库的保管，是不是有漏洞呢？焦阳等着吴凌飞上山，准备把自己管理玉石资源的想法谈一谈。

吴凌飞现在是格尔木的大忙人，每天都有很多人找他。他的大哥大不停地狂响，有的问他要石料，有的要工作，还有的要钱。他在西宁、南阳镇平建立了自己的销售渠道，甚至走到了广交会，虽然收效不是很理想，但他相信人们认识昆仑玉的时间不会太长。文胜东认为，人们认识昆仑玉除了需要时间，还需要一个契机，可契机需要寻找而不是等待。扬州岳明那里石料的用量有限，大多扬州人更倾心的是传统和田玉，等和田玉的价格高到够不着时，再来找昆仑玉，恐怕就不是现在的行情了。黑三角石料黑市的发展势头吴凌飞早就知道，可那不是他能管得了的，他现在还有一个迫在眉睫的事要做，就是在格尔木建一家酒店。整天迎来送往的人太多了，总得有一个自己的大本营吧。肥水不流外人田，肉就是烂也要烂在锅里。

焦阳见到吴凌飞时，吴凌飞正在谈酒店的事，身边美女如云，都是事先招好的服务员。

吴凌飞认为，和玉矿一样，眼前的这个酒店同样会赚大钱。格尔木聚集的流动人口太多了，这些人中最没钱的，往往怀里也揣着砸锅卖铁换来的几万块。他对焦阳的想法没有兴趣，让焦阳去找有关领导，事关政府对玉石市场的管理方针，他吴凌飞权力有限。

焦阳为了掌握详细材料，先去了黑三角。

▲ 自发形成的三角玉市位于格尔木尕十字处，购买玉石的人主要来自河南镇平，江苏扬州、苏州及新疆，他们到此购买原料或贩卖、加工玉器

黑三角在格尔木北郊。几年工夫，淘金客在这里拓展出了居住区，引来了更多的无业游民。石料黑市绵延几百米，两边铺陈着不少杂货店和流动小货摊。之所以叫黑三角，是因为很多不见阳光的勾当在这里滋生蔓延，它引发了残暴、贪婪的复仇、背叛和掠夺，让人性丑恶的一面暴露无遗。政府加大力度把黑三角改造成了发展经济的金三角，是十年后的事情了。

焦阳来到石料市场，看到这

里的石料有的来自纳赤台，有的来自跑山抓石头人之手。石头有真有假，有好有次，就看相玉人有没有慧眼了。在这里，焦阳看到了很多熟面孔，包括城里的一帮出租车司机，其中就有金万里。

金万里猛地看到焦阳有些惊讶。“你怎么来了？”他问，“你不会连这儿的石头贩子都抓吧？”

焦阳说：“我来转转，看到了不少我们矿上的石头。”

金万里不信：“你们矿上的石头写着字呢？”焦阳看他只是好奇并无恶意，便说：“是，我认得。”

离开金万里，焦阳刚转了一圈，就感觉到一种不祥的气息尾随而来。他被人跟踪了，那人是在山上被焦阳用神枪法教训过的金把头万家驹。万家驹是什么人物？跟随他的人都把他当爷，怎么能受焦阳那种羞辱，那时他就发誓：“别让我看到这人！”万家驹想：真是老天有眼，在我还没忘记之前，他就像荒原上掉队的藏羚羊撞到了我的嘴里。

万家驹带着手下，把焦阳追到了死胡同。

“告诉你，我老万明人不做暗事，今天报的是山上的仇。”说完他的手下就开了枪。

焦阳闪身躲进了旁边的杂货铺，杂货铺立即被枪声笼罩了，杂货铺掌柜爬进了货柜下面。为不给杂货铺造成损失，焦阳想从后窗跳出去，不想，后窗也被包围了。对方人多势众，焦阳手里没枪，不能对抗外面的袭击。怎么办？他飞快地想着突围的办法。

“别跑！掏枪啊，你不是神枪手吗？我也再领教一回你打眼睛不打鼻子的枪法。”万家驹见焦阳隐蔽不见了，判断焦阳没有带枪。

后窗口有人举枪瞄准了焦阳，正在这时，突然有个人闪出来，抓起桌上的一个茶杯投掷出去，外面的人“哎哟”一声不见了。焦阳回头一看，帮他的人是金万里。金万里在部队是优秀投弹手，他的功夫没想到在今天用上了。

外面的枪声更疯狂地响起来。

“这里危险，跟我走。”金万里对焦阳说。

“你快离开。”焦阳嘱咐金万里，“枪声这么密集，用不了多久，附近的公安就会过来。”金万里说：“隔壁店里有地洞通到外面街角，谁都不知道。”

“你怎么知道？”

“那是我亲戚的店。”

“放走了我，你亲戚怎么办？”

“他们给万家驹交着保护费呢，不会怎么样的。”

原来这个杂货铺和隔壁是通的，焦阳这才明白金万里是怎么进来的。焦阳通过地洞，穿过隔壁院落，悄悄跑出黑三角，没跑出两步就听到了警笛声。他没有再折回去，直接就去面见管理玉石的有关领导了。

多少年后讲到焦阳，领导还记得这位复转军人当时对格尔木的热爱和忧虑。市里刚决定要成立玉石管理委员会，领导正愁抓这一摊事的人选，焦阳送上门来了。焦阳在山上的表现，领导早有耳闻。这个部队上下来的神枪手，做起事情来绝不含糊，他正是保卫昆仑玉的合适人选。

为了表达对焦阳的信任，领导对他说出两个新消息：一、三岔口玉矿的地表矿已濒于枯竭；二、在野牛沟、小灶火又发现了特大玉矿。焦阳被后一则消息所振奋，激动地说："原来昆仑山真是座神山、宝山啊！"

领导很能理解焦阳的激动，他说："对啊！几千年都没有发现的玉矿，在我们手里发现了，这是我们的机会，也是时代给我们的重托。现在，省里已经放开采矿权，私人可以进山采矿，这样，管理工作变得非常重要，管理者责任重大啊！"

焦阳也畅所欲言，把强力管理黑三角的紧迫性提了出来。他说，那个黑市如果不加以管理，任其野蛮发展，迟早会影响到整个地区的发展大局。领导听得很认真，他还不知道焦阳刚刚在黑三角经历的惊险枪战。

玉矿可以民营的消息一经传出，格尔木人炸了。成千上万的人又冲上了昆仑山，找矿、偷矿。与此同时，武警部队立即进驻玉矿，保卫国家财产，昆仑山深处时常枪声大作。焦阳也在这个时候下山，进入了玉石管理委员会。管理委员会是一个握有实际权力的政府机构，私人老板采矿需要办采矿证，采矿证要通过这个机构上报上级部门办取。

焦阳的机构需要精明强干的人，需要有执行力的人，他首先向领导推荐了金万里。他推荐金万里，并不是因为金万里在黑三角救了他，而是他感觉金万里是个忠厚且有能力的人，一定会独当一面。可是他没有金万里的联系方式，人托人找到金万里是一个星期之后了，那时格尔木人正为私人开矿而沸腾。

"小金，你来政府干吧，我们一起搞好玉石的管理工作。"焦阳尽量说得平淡些，这毕竟是个大好消息。

"不去。"金万里也平静地说。

"你说什么？"焦阳以为自己听错了。

"我不去。我要找矿。"金万里郑重地说。

焦阳想了想说："那好吧，等你想来了，再找我。"

"谢谢你，焦阳！"

“谢什么?”

“谢你想着我。”

金万里和焦阳虽不是一个部队转业下来的,但在格尔木早就相互认识了。焦阳在山上放过金万里,金万里又救了焦阳,也算互不相欠。但是,金万里的拒绝,还是让焦阳感到意外。焦阳想,也许只有他自己把公职看得如此重要,而周围的人们,早就想活在体制外的天空下了,否则金万里也不能一转业就开起了出租车,人各有志吧。

这时已经是 20 世纪 90 年代末期,吴凌飞也受到了体制改革的冲击,但是他力挽狂澜,自己把昆仑玉公司承包了下来。在玉石这个行当,他已经驾轻就熟。别人就是想做,也一时半会摸不到路上,况且每年还要向国家上缴那么多利润,压力是很大的。

私人可以开矿的政策同时也鼓舞着文胜东。他没能承包上矿,就开了一家玉器店,其他的生意还照做。他在准备着,准备着一次大的。就在这时,他认识了苏婵。

这天,文胜东告诉吴凌飞,他得到一块桌面大的青白玉,想运到扬州,做个八仙过海的玉雕,然后送给北京的一家公司。吴凌飞笑了:“用得着运送到扬州吗?我那里就有一位扬州来的玉雕师。”

“真的?”文胜东有些惊讶,没听说格尔木还有扬州的玉雕师啊。“手艺怎么样?”

“有人叫她‘鬼刀’。”吴凌飞回答。

“带我去看看,马上。”文胜东立即说。

吴凌飞警告文胜东说:“哎!我可有言在先,见了人,你可不要有什么想法。”

文胜东不明白地问:“什么意思?”

“我告诉你,这位玉雕师就像玉里的白玉,不,像羊脂玉,我都不敢多看两眼。”吴凌飞得意地说。

“我怎么越听越糊涂?你有断袖之癖?”文胜东一头雾水。

吴凌飞一听,哈哈大笑起来:“怨我,怨我,半天都没说清楚。人家玉雕师是位女同志。”

文胜东露出期待的表情。

见到苏婵的玉作山子,文胜东不禁惊愕于作品的巧夺天工;再看苏婵本人,不只被惊艳,而是被震慑住了。苏婵虽然穿着工作服,头发随便挽着,但那白皙的皮肤,那种安静的韵味,不是一个美字可以形容的。接下来,便是苏婵肯不肯为文胜东雕玉八仙了。

苏婵只淡淡地说，看看石材才能定。

“哎，是不是花容月貌？”出了门，吴凌飞问文胜东。

“别俗了吧，”文胜东说，“可以形容苏婵的词儿，还没造出来。”

吴凌飞很有成就感：“看吧，我就知道你会和我想法一样。我告诉你，苏婵是陆子冈的传人。”

文胜东问：“陆子冈是何方神圣？”

吴凌飞：“陆子冈？你连陆子冈都不知道啊。”

文胜东：“你知道就告诉我啊。”

吴凌飞挠挠头：“就，就是扬州一个很有名的玉雕师，前段时间岳明还说要带我去拜见他呢。”

文胜东反问：“岳明又是谁？”

05 瘦西湖畔

岳川去圣光寺还了舍利，回到扬州和父母团聚。傍晚，岳明约了岳川去散步。两人走到瘦西湖畔，岳川做了一个深呼吸。

这条唐宋时期的护城河，因为水浪连年冲击，河面渐宽，被后人称为湖。又因湖面狭长，两岸景色秀丽，被文人雅士称为瘦西湖。据传明清时期，许多富甲天下的盐商不惜重金，纷纷请来造园名家擘画经营，在沿河两岸构筑水上园林。乾隆极盛时期，沿湖有二十四景。到了晚清，扬州盐业衰退，此后又历经战乱，湖边园林也逐渐萧条荒废了。如今瘦西湖沿岸恢复了二十四桥、熙春台、卷石洞天等景点，“两堤花柳全依水，一路楼台直到山”的景象重现。

岳明看弟弟的神思完全沉浸在故乡山水中，便一直沉默着。

终于，岳川说话了。他向岳明透露了圣光寺舍利是昆山之玉的消息。岳明一点都不惊讶。

岳川忍不住说：“虽然你熟悉和田玉，可那是一块古玉，你也能看得透”？

“无论被开采出来多久，使用多久，玉的质地不会变。是哪儿的就是哪儿的。”

岳川点点头，回味着哥哥说的话。

两人又沉默了。

终是兄弟有话要说，所以总在酝酿氛围。

还是岳川先开口：“哥，婵儿又回格尔木了，你为什么没拦住她？”

岳明一笑，说：“你现在才问这个问题，是不是有点晚啊。”

“收到你信息的时候,我正在画画,所以没及时回复。后来想问,又觉得这种问题见面说更好些。”

“这次恐怕婵儿很难再回来了。”

“为什么?”岳川不懂。

岳明便把师父是婵儿亲生父亲的事对岳川说了。现在这已经是公开的秘密了,婵儿母亲和师父已经登记结婚,湾头镇无人不知。

“原来这样,难怪……”岳川算是最后一个听说的,震惊不已。

岳明望着岳川,等着他后面的话。

“其实,我见过单师傅和婵儿妈妈在河边低声说话。见到我,他们就闪电一样分开了,当时给我的感觉特别奇怪。”岳川回忆着。

这下该岳明惊讶了:“什么时候的事?”

“很久了,那时我还在上初中。我对谁都没说过,我怕婵儿听到会讨厌我,所以……”

“所以你就把单常青写进你的小说里,贬低他……”

“不是有你强有力的保护吗?我也没能得逞啊。”

“现在我总算明白了。”岳明说,“我师父一辈子就这样过来了,也真不容易。他和苏婶几乎没来往,说不定那是少有的一次碰面,还让你看见了。”

岳川说:“依婵儿的性格,她会很同情自己的养父。”

“没错。”岳明说,“可是她母亲和亲生父亲这么多年情感坎坷,也没有做错什么。她只是现在还转不过这个弯。”

岳川忽然想到一件事,玩笑说:“如果你师父真有昆吾刀,他该名正言顺地传给婵儿了吧。”

“当然,如果他真有的话。”岳明说,“对了,我一直想问你,你写的《一捧雪》的结尾是什么?”

岳川笑了:“怎么想起这个问题了?其实,那年被高考打断构思以后,我还没想好结尾。总觉得应该把‘一棒雪’还回昆仑山,或者玉龙喀什河。”

岳明赞同地点头:“这个结尾好!然后又引起新一轮追逐。”

“这结尾是亚美的意思。”

“哎,你和亚美到底什么时候结婚啊?没听到妈晚饭时候话里有话吗?老两口天天跟我念叨,我都……”岳明想起这个最关键的问题。

岳川叹口气说:“亚美抛弃我了。”

岳明一惊:“我以为是一时赌气呢。”

岳川终于从亚美的主治医生那里了解到亚美腿的情况,所以完全理解亚美。

与其说自己是完美主义者，不如说亚美才是真正的完美主义者，连身上的伤都不包容。

“如果亚美不回来，你怎么办？”岳明问。

“等。”

这是岳川的真实想法。腿残疾又如何？亚美是为他受的伤，就算最终恢复不了，他也不会嫌弃。

岳明是了解弟弟的，于是不想再说什么。

岳川却问他说：“你呢？对婵儿你到底怎么想的？”

岳明也坦诚：“对婵儿我也断了念想了，这辈子我们就是师兄妹的缘分。母亲很喜欢冬生，我准备向冬生求婚。”

“单单是妈妈喜欢，你就要求婚吗？”岳川不理解。

“当然不是。”岳明肯定地说。

这回轮到岳川沉默了。

岳明问：“你怎么不说话？”

岳川心里疼痛得厉害。他是觉得自己害惨了婵儿，那么好的一个姑娘就因为对他的执念，硬是远走天涯，成为昆仑山下的孤旅。他要怎么对待婵儿才能获得良心的安宁呢？如果是哥哥娶了婵儿，可能自己还能轻松些，因为哥哥一定会让婵儿幸福。可眼下，他又怎么能够左右哥哥的情感呢？

岳明看出了弟弟的心思，说：“岳川，你也别难过，人的命，天注定。也许我们都没有娶婵儿的福分。这一辈子，大多数人都不能心想事成的。放了婵儿吧，我们结了婚，她也就解脱了。没准儿她已经遇到了好男人。”

“哥，我们回去吧。”岳川没有散步的心情了。

兄弟俩回到家，却见冬生正和母亲聊得火热。

母亲说：“你们兄弟两个出去就不回来了，人家冬生姑娘来了大半天了。”

冬生说：“我是来陪岳姨你的。”

岳川走过冬生身边：“冬生姐，真巧，刚才我还和哥说到你了。”

冬生一愣：“说我？说我什么了？”

岳川说完就进了里屋，留下岳明尴尬。

岳明说：“岳川说你漂亮。”

冬生平静地反驳：“撒谎，肯定不是说这话。”

岳明说：“明天，明天对你说实话”。

“为什么不是现在？”

“因为，因为现在没打算对你说。”

说完，岳明对母亲说：“妈，有没有夜宵，我饿了。”

冬生也不再追究：“那我走了，晚上跟沈大师约好了，去他朋友家看个山子。”岳明“哦”了一声，没有挽留。

这时岳川走出来，把手里的一袋北京蜜饯递给石冬生：“冬生姐，女孩子都爱吃这个吧。”

石冬生笑道：“岳川真懂女人。那我就不客气了。”

石冬生拿着蜜饯跟岳母打了招呼走了。

岳明却愣在那里。

母亲数落他：“你再磨蹭，冬生就让沈佩奇抢了去。”

“要能抢早抢走了，还等到现在？”

“你不要心太大。这姑娘大大咧咧的，会喜欢心细的人，沈佩奇就是这种人。”

岳川接过母亲的话，对岳明说：“哥，只要你喜欢冬生姐，明天就向她表白。也都老大不小的了，等什么？”

“对啊，你说等什么！”母亲一下子没控制住自己的情绪，“你们弟兄两个让来让去，到头来，谁也没本事把婵儿娶回家！”

岳川反驳母亲：“不是我们没本事，是你一直不愿意啊。”

“我……怎么又是我的事情？”母亲也感觉到委屈。是啊，自己当初是不愿意，可有钱难买兄弟俩愿意啊。也好，现在是最好的结局，岳川和亚美结婚，岳明和冬生结婚，这是她做梦都会笑醒的美事。婵儿的母亲闹的丑事，街坊邻居还没议论消停呢，不和她沾边最好。只是儿子们的年龄都拖得这么大，多多少少是婵儿的责任。

说到婵儿，岳母总是很幽怨。其实她总觉得自己也很疼爱婵儿的，如果婵儿当初一心要嫁给自己的儿子，再没有马琪那档子事该多好。这个时候的岳母并不知道亚美和岳川出了状况，如果知道了，会不会又要说一大堆婵儿的好话？

第二天，岳明把石冬生约到了一家高级饭店。石冬生打扮得清新脱俗，长发盘起，还佩戴了一个白玉镯子。岳明新理了发，穿着名牌体恤，戴着名表，显得清新俊逸，让冬生感觉这是个很郑重的聚会。

两人坐定，岳明对冬生说：“能问你个问题吗？”

石冬生点点头：“可以啊。”

岳明问：“你怎么看沈佩奇？”

石冬生断定岳明是要谈工作了，便客观地说：“他的业务没说的，我也很尊重他，只有一件事让我对他敬而远之。”

“什么事，能讲吗？”

石冬生迟疑了一下，似乎在犹豫要不要说。

岳明一笑："不好说就别勉强了。"

石冬生还是说了。她说："他问我借《绿野仙踪》那个山子，说朋友要拍个相片。我想那本来就是他的作品，他有权借，就出库借给他了，没想到他借出去一个多月才还回来。我看无损坏也就没多想，可是那天我无意中在《全国宝玉石周刊》上看到，《绿野仙踪》的获奖作者是吴兰雅。你能想到这是怎么回事吗？"

"这事儿我知道。"岳明说。

"你知道？ 你支持他这么干的？"石冬生不敢相信地看着岳明。

"我也是后来看到获奖证书才知道的。"岳明说，"当时我也很生气，后来想想，佩奇也许有他的不得已。"

"有什么不得已！"石冬生有些不屑地说，"不过是受利益驱使。从这以后，我觉得沈工不是我们所看到的那般高傲。至少，他没有陆子冈那种为了名誉不惜掉脑袋的风骨。"

说到这里，服务生送过来一大束玫瑰。岳明接过玫瑰献给冬生，同时拿出了钻戒……石冬生蒙了，她没想到岳明会突然向她求婚。她一直以为岳明在等苏婵。苏婵回扬州时她见过，不能说绝色，但也是让人过目难忘，尤其是那水一样的性情。她似乎能够明白，为什么马琪、岳氏兄弟都放不下苏婵。

岳明一直注视着冬生的眼睛，急切地等待着她的回复。"你心里不是住着一个童话吗？ 怎么会向我求婚？"石冬生严肃地问。岳明也认真回应："我心里的故事不是秘密。那个故事已经翻篇了。"

"我不信。"石冬生撒娇。岳明说："你应该相信我不会欺骗自己。我现在爱的是你石冬生，我要和你结婚。"

石冬生直视着岳明："你晚了，石冬生已经名花有主了。"

岳明一怔："不可能吧？ 沈佩奇？"

石冬生扑哧一笑。

"难道我只能在你和沈佩奇之间二选一吗？"她说，"你也太低看我了。"岳明迟疑地问："那，那你对象是谁？"

石冬生招手："你过来，悄悄告诉你。"

岳明看看门是关着的，说"没人听得见"，但还是凑近了。没想到石冬生一个饿狼扑食，捧住他的脸狠狠吻了一口。岳明吓了一跳，脸腾地就红了："别别别，冬生，你，你什么意思？"

石冬生望着岳明的窘态，哈哈大笑起来。"你说什么意思，戴上吧。"说着，她把手伸了出来。岳明一下明白了，急忙把戒指拿出来，为石冬生戴在手上。石冬生看了看戒指，说："我等了很久了，只是看你的心能不能从那个童话里走出来。"

“对不起，”岳明说，“我以为你的心在老沈那里。后来，后来，才觉得在我这里。”

石冬生笑道：“什么乱七八糟的，我的心始终在我这里。”岳明拉起石冬生的手。他这是第一次拉手，这与握手不同，十指相扣中他感觉绵软、干爽。原来女人的手是这样的。

饭店服务员上菜上酒了，岳明还不肯放开冬生的手。冬生也任由他握着，说：“我们是吃饭呢，还是就这么坐着。”

岳明这才赶紧松开手，帮石冬生倒上干红。

石冬生说：“这个婚求得太容易了，是不是有些无趣？”

岳明调皮地说：“要不，再来一遍？”

“可以，我不反对。”石冬生高兴地说。

“不不不，”岳明说，“你的爽快让我惊喜。我相信自己的感觉，也真是没看错你。”石冬生说：“其实，秋生上次电话里问过我，我说岳明心里是你身边的那个人。他说，人家只是师兄妹，你别瞎猜。”

“我都告诉你了，我的求爱被拒绝了。”岳明苦笑着说。石冬生开导说：“这很正常，如果我是苏婵，我也不会接受同情。”

岳明欲言又止。是不是同情只有自己知道，只是今天他不想继续这个话题。从内心讲，他对苏婵有一层深深的歉意。终于，他和岳川都放弃了她。不是不爱，而是深爱。

◀ 白玉摆件《和合二仙》
相传寒山、拾得两人亲如兄弟，共爱一女。拾得临婚，寒山得悉，即离家为僧，拾得亦舍女去寻觅寒山，相会后两人俱为僧，立庙寒山寺。二人神像定型为蓬头之笑面神，一持荷花，一捧圆盒，意为“和谐，合好”

第九章

玉能把人变成君子，也能把人变成小人，怎么变，在人，不在玉。

01 又见昆仑

吴凌飞虽然承包了玉矿，但玉矿地表的矿石已经被挖空了，要尽快发现新的大面积的玉矿，他才能将偌大的公司和矿山维系下去。于是他有意放那些乡民上山，让他们去找玉。这是一个“阴谋”。大多山民是无法把玉石背回家的。

巴森说过，“昆仑山上有采不尽的玉石”。那些山民辛辛苦苦找到散落在漫山遍野的矿石，再辛辛苦苦背下山，总会被吴凌飞矿上的经警扣住、没收。对吴凌飞来说，这真是无本买卖。偷玉人开车来，把玉石拉下山，遇到经警又常常弃车而逃。这就是吴凌飞获利巨大而又节省人力的妙招。即便这样，也挡不住人们冲向昆仑山的脚步，有十条路被堵，人们就能立刻开辟出第十一条路。

市政府把焦阳调走的时候，也正是吴凌飞想重用焦阳的时候。吴凌飞被财富包围，同时也身陷危境，急需保镖。焦阳的忠厚、本事、责任心，样样让他看重，可是他没那个福分，别人慧眼识珠，把他的心头肉抢先剜走了。他找过焦阳，以重金挽留，焦阳没有动心。焦阳反而劝他眼光放长远些，政府管理好玉石市场，对他的矿山也好。

▲ “玉出昆仑”出自《千字文》：金生丽水，玉出昆冈。这块围岩裹玉的石碑立在三岔口玉矿的生活区

吴凌飞公司的变动动摇了岳明原料的来源。

在和田玉奇缺的当下，昆仑玉无疑是和田玉的最佳替代品。本来，在昆仑玉没有被玉界充分认可的时候，岳明就已捷足先登。当人们还将昆仑玉上特有的翠色当瑕疵挖掉的时候，当人们将多色并存的昆仑玉当作废料的时候，岳明却视为珍宝。他认为昆仑山东麓的玉石，质地纯净细润，淡雅清爽，透明度高，其色彩的丰富也远胜于和田玉。特别是昆仑玉的独有品种“白带翠”，白玉的底子上带有翠绿的秧苗颜色，纹理细腻独特，这是和田玉中所没有的，将来一定价值不菲。

现在，岳明团队的“一剪梅”玉杯就要以“喝不干酒”的特色横空出世了，如果原料供不上，就麻烦了。

吴凌飞承包公司前，仓库里的石料名义上全部上交了，实际上被他藏起来的料子不少。即使这样，玉矿好久没有石料运下山，仓库还是空了。

公司体制的变动也引起了石秋生、苏婵的变动。

苏婵静心做自己的玉雕，她接手了文胜东八仙主题的山子。文胜东只负责提议，具体要做成什么样的，要苏婵自己设计。苏婵现在已带了五六个徒弟，加上龙宝亮这个骨干，她认为完成这个活儿，少则两年，多则三年。文胜东说好东西不怕等，他等得起。

石秋生也在考虑自己该何去何从。岳明用料毕竟有限，吴凌飞的矿已经几个月没出玉了，不能再等下去了。政府允许私人开矿的消息让格尔木人大为振奋，有条件的都开始上山找矿，谁找到矿谁就是矿主，一夜暴富不是梦想。石秋生的心也活了，可是矿在哪里？

眼下，昆仑山上已经有几个大的矿都在开发，出产颇丰。石秋生心里如同猫抓，又痒又急。苏婵劝说：“你也莫急。你要不嫌弃，就开着我的车在附近先找找。”

石秋生懂得苏婵的好意，但他不会再开车了，哪怕是在这空旷的高原公路上。他对郑开心说：“你跟着苏老师好好学习，明天我上趟山。”

“又倒回去背石头？”郑开心非常嫌弃地说。

石秋生看他一眼，生气地说：“对，你去吗？”

“不去！”

“那你就用功学，苏老师说你是可造之才。”

郑开心微微一笑，对这个评价一点都不意外。

石秋生找了个代驾司机，开着苏婵的小客货，在纳赤台周围的山上转了几天，没发现什么有用的情报。小客货的车况不允许他跑远，因此一无所获地回来了。

老姚说：“明天你把我拉上，说不定我还可以给你指指路。”

龙宝亮说：“最早找到矿的是达西和他的儿子巴森。巴森我见过，他说昆仑山上的玉，你们采不尽的。”

石秋生急忙问：“什么时候的事？你在哪里见到他的？”

“这个可早了。”龙宝亮说，“刚来格尔木的时候，我和苏姐第一次去纳赤台，坐着焦阳大哥部队的车。就那一次，巴森也搭车，我和他坐在车厢里。他和他爹找到玉矿的事，是他亲口告诉我的。”

苏婵证实说：“对，就在焦阳的车上。”

说到焦阳，石秋生沉默了。虽说石秋生好久不见焦阳还挺想念，但男人可能从不把想念当一回事，尤其是对另一个男人的思念。不知焦阳最近在忙什么。

正想着焦阳，焦阳就领着一个衣衫褴褛的人来见石秋生了。焦阳对秋生说“你们谈谈吧”，说完就走了。看来他是真忙。

来人自我介绍：“我是达西的儿子巴森。你知道达西是谁吧？”

石秋生点头：“听说过，是第一个找到万宝沟玉矿的人。”

巴森开门见山地问道：“你想开矿吗？”

“什么矿？”石秋生不懂他要说什么。

“玉矿，我知道哪里有。”

“你确定是玉吗？”

巴森拿起桌上的啤酒瓶摔碎在地，拣起玻璃说：“就跟这颜色一模一样的石头，很多。”

“你真是达西的儿子吗？”石秋生问。

巴森略微迟疑了一下，说：“你说是就是，你说不是我也证明不了。”

石秋生想了想说：“你有什么条件就都说出来吧。”

巴森直言：“我有三个条件。第一，你要办采矿证。第二，你要带足人员工具上山，不许用炸药。第三，你要给我一万块钱的领路费。你办了这三件事，我就带你去。”

石秋生说：“你先带我看了矿我才能办采矿证啊。”

巴森说：“那不行。我要把矿给真心想采矿的人，你要不办采矿证把矿又转给别人，别人用炸药炸了怎么办？”

石秋生从心里佩服这位真正爱玉的人，他觉得这个汉子真是达西的儿子。他答应说："好！你留下电话，我还不知道采矿证怎么办，等办好了联系你。你要的一万块钱，我也会准备好。"

巴森说："办采矿证找焦阳就行，你只需要找你的矿工和工具。"

石秋生："那好，我们君子协定。你不许再给第二个人说，我抓紧时间办证。"

巴森站了起来："告诉了别人，我就不是成吉思汗的后代！"撂下这句话，巴森转身头走了。

石秋生冲他的背影说："不用扯那么远，你只要是达西的后代就行。"

办证找焦阳？石秋生给焦阳打电话。

焦阳说："你去玉矿管理办公室吧。"

"去了我找谁？"

"找我。"

石秋生找过去，才发现焦阳就在这里办公。

焦阳说："办采矿证找我就行，不过还要报到省上，需要时间。"

"你什么时候下山的，也不说一声！"石秋生生气地说。

焦阳说："你别生气。我现在就送给你一个最好的见面礼，先给你一个采矿申请表。"

"够意思！"石秋生说。

接着，他对焦阳说了和巴森的约定，然后说："什么叫心想事成？这就是。前两天宝亮刚说到这小子，今天你就带来了。你怎么找到他的？"

焦阳说："他来玉管办，说发现了一个玉矿，要见市长，市长会给奖金。我说现在采矿政策向私人放开了，不如我带你去找个能采矿的人，把你的信息卖给他好了。第一次他和他爸发现万宝沟的玉矿时，政府奖励了十万元，可他们一分钱都没拿到，所以他也心有余悸，跟着我就来了。没想到他才向你开价一万元。"

"要多了反而拿不到，不如少要一点保险。他一定是这样想的。哎，你怎么知道我在找矿啊。"

"那天我碰到苏婵了，她说的。"

"她怎么没告诉我见过你？"

"是我让她先别说的。"

随后焦阳说出了他的顾虑。

"秋生，我可告诉你，"他说，"采矿证我可以按流程给你办，但我希望你让岳明大哥开矿，他有实力。矿上的事你不懂，海拔又高，你一个人怕是干不了。”

“你怎么知道我干不了！”石秋生又杠上了，“难道就你能占山为王？你没听说吗，浙江人都上山开矿了，他们可是从海拔为0的地方来的。”

其实，因为事情来得突然，石秋生确实还没有细细思考过该怎么运作这么一件大事。他对焦阳说：“你先帮我办采矿证。我呢，得先跟着巴森走一趟，怎么也得见到玉矿了才能告诉岳明大哥吧。”

“好吧，”焦阳说，“人员、工具，你可以找老姚，他毕竟是老格尔木人。”

“谢了！我能搞定。”石秋生说，“我还想问你一句，达西的儿子巴森，你过去见过吗？”

焦阳说：“没有。龙宝亮说他搭过我的车。可是当时我坐在驾驶室里，他是半路上来的，和龙宝亮坐在车厢里，我不记得他的长相。”

“万一是冒牌的呢？”石秋生还是有些不放心。

“看看身份证不就知道啦。再说，只要他手里有矿，是不是真巴森又有什么关系呢？”

“如果有真矿，他为什么要冒充别人？”

焦阳乐了，说：“你这么不放心，那你先去搞清楚他是身份，搞清楚他是不是巴森，然后再让他带你去找矿。”

“这样吧，让他先带我去找矿，你来澄清他是不是巴森。”

“我没那闲工夫。”

“你都没搞清楚是什么人就带来见我，你不搞清楚谁搞清楚？”石秋生嘴上这么说，心里却由衷地感激焦阳。到底是发小，能为自己考虑得这么周全。他对焦阳说：“如果真是玉矿，我给你股份。”

“你不要害我。”焦阳严肃地说。

“呵呵，你清高，拒绝金钱腐蚀！”石秋生说，“那总得接受感谢吧？你敢说你把他引见给我没有私心？”

“当然有私心，因为你是石秋生。”说到这里，焦阳看了秋生一眼，表情郑重了起来，“但是，秋生，我可把话说在前头。玉能把人变成君子，也能把人变成小人，怎么变，在人，不在玉。我可希望，你还是原来的秋生。”

巴森找来的时候，焦阳不是没考虑过金万里。可是，金万里上山找矿已经有半月不归，听说还雇了乡民帮他找矿。即便找到了玉矿，他是不是有足够的资金准备也很难说。因此，焦阳还是倾向石秋生。石秋生有岳明做后盾，开矿不会愁资金。焦阳是真心希望石秋生能早日重振家业。

焦阳走了后，石秋生在屋里呆坐片刻，就站起来去找老姚。老姚听说有可能找到玉矿，激动得只打磕巴，然后大包大揽，比自家事还热心。他立即打电话叫来两个人，这两个人分分钟到达，正是五毛六毛两兄弟。

老姚说：“这是我的生死之交，你带他们去开矿可以放一百个心。”

石秋生说两个人不够，请五毛六毛再带几个靠得住的兄弟来。不想，五毛六毛带来了金把头万家驹。石秋生在山上找石头的时候，参加过万家驹的队伍，俩人见过面，相互都不是陌生人。万家驹长得人高马大的，也不像个鸡鸣狗盗之徒，但是，这人的品行究竟怎样，秋生并不了解，带他去开矿总不是能轻率决定的事。

老姚说：“怕什么！黑市上悄悄买把枪，跟焦阳学上几日，保准他不敢惹你。”老姚是只知其一，不知其二。只要在黑三角黑市上买枪，就没有万家驹不知道的，因为那是他的势力范围。

“可是，我为什么要为自己设置隐患呢？”石秋生说。

老姚不这么看，他说：“这种黑道上的人讲义气，你只要和他把关系处好了，他反过来会保护你。你到山上要对付狼，就必须带上猎狗。”

这也不是没有道理。

“不行！”听说石秋生要带万家驹去找矿，焦阳坚决反对。“万家驹是什么人？白道、黑道通吃，生生死死都不知道多少回。这家伙满脑子只剩下一念，就是钱，为了钱连命都可以不要。你带万家驹去就是有去无回，到时候万家驹把你埋在昆仑山，在哪儿我都找不到。”

石秋生却说：“至少人家还埋我，没扔到山上喂了狼。”

焦阳对石秋生讲了自己在黑三角的遭遇。

石秋生说：“你说是万家驹干的，你有证据吗？”

“怎么没有！”焦阳说，“朝我开枪的人都喊着说，明人不做暗事。除了他，别人不敢。”

石秋生说：“你在山上惹了众怒，也许有比万家驹更狠的主儿等着你呢。”

焦阳摇摇头说：“黑三角是藏污纳垢的地方。那是万家驹淘金时候的老营，他不说动手，手下没人敢开枪。”

焦阳说的是实情。

听说政府要实行严打，万家驹意识到黑三角可能就是自己的葬身之地。他手里有人命，手下的人鱼龙混杂，迟早会有人把自己供出去。万家驹正惶惶不安，五毛六毛跑到黑三角说要找人去开矿。万家驹觉得机会来了，立即带了自己的两个亲信，强行加入。

焦阳很快给石秋生办了一个试行采矿证。

石秋生说："光有采矿证不行，你还得借我几万块钱，我手里的不够。"

焦阳说："你怎么不找岳明大哥，我不是说过你自己不行吗？秋生你听点劝，不要做出让你我都后悔莫及的事。"

"不借就不借吧，哪来那么多废话！"

焦阳严肃地说："我再说一遍，你的队伍里不能有万家驹。"

"不能就不能，这有何难？"石秋生手里准备着自己的行囊。

焦阳掏出来一叠钱扔在桌上："就这么多，不够用再说话。"

原来焦阳有备而来，石秋生顿时眉开眼笑。

再说万家驹要强行加入采矿队伍，五毛六毛有些慌神。

五毛对六毛说："把祸害给老姚引来了，怎么办？要不咱跑掉算了！"六毛说："就是跑也要告诉老姚。"

两兄弟最后商定，看能不能把万家驹挡回去。五毛跑去对万家驹回话说："采矿证没办下来，开矿的事儿又黄了，等有机会再叫你。"

万家驹一把拉住五毛，拍下两千块钱说："你带不带我去？"

五毛说："不是不带你，是矿真的挖不成了。"

万家驹又拍下五千，问："真的挖不成了吗？"

五毛转头看六毛。

六毛伸手一把抓住钱，说："我带你去。"

五毛回手给了弟弟一巴掌，骂道："没见过钱吗？"

六毛说："哥，阿大等钱用呢。"

五毛低下了头。

万家驹哈哈大笑："五毛，你得听你弟的。"

没想到郑开心还真是一块玉工的料，苏婵对他也多了几分关注和信心。如果不是开玉矿，郑开心也就安心当个玉工了，可是他不能让石秋生离开他的视线，石秋生走到哪儿，他一定要跟到哪儿。没有谁能说服得了他，这次他也要跟着上山。石秋生气极了，骂道："要是我去死，你也去吗？"

郑开心说："不去。"

苏婵没有劝他，虽然心里觉得失去这个徒弟很可惜，但苏婵能理解郑开心，他是离不开石秋生的。这孩子不知什么时候已经将自己的魂拴挂在了石

秋生的身上，如果石秋生走了，他的魂也就丢了。所以，人家是追魂去的，谁劝也没有用。再说，石秋生身边有个郑开心，苏婵总觉得会放心不少。

什么时候开始为石秋生担忧了？苏婵不禁责备自己太操心。

巴森认真检查了石秋生的采矿证和人员工具，然后把一万块现金拿起来想装进兜里。

石秋生说："把钱放下，见到玉矿才能给你。带路吧。"

巴森不说二话，放下钱领路。

石秋生和五毛六毛、十几个民工带着钢钎等工具，坐着租来的卡车沿青藏公路西行，一直进入昆仑河谷地。

这里好敞亮啊！极目处众峰耸立，莽莽昆仑银装素裹，如同神仙。卡车长时间穿行于昆仑山间无穷无尽的荒滩戈壁，如同走进洪荒时代。难以想象圣洁、温润的宝玉会出产于此，也许这就是昆仑巨龙的苍茫与大气、雄浑与深邃造就的吧。

卡车走出河谷，荒原上大风突起，风沙铺天盖地，车上人满身都是尘土。一群藏羚羊在沙尘中露出惊恐的眼神，望着这群闯进它们领地的人。

到了汽车走不动的地方，全体人员下车扛着工具往山里步行。这时，六毛突然对石秋生喊话："掌柜子，有人跟着我们哩。"大家回头一看，一辆越野车也停在了山下，是万家驹带着两个人跟了上来。石秋生看一眼五毛六毛，弟兄俩表现出一副很无辜的样子。石秋生让大家原地休息，他盯着万家驹三人一步步逼近。

万家驹看他们停住脚步，便大声喊道："哎——你们看，那边的野牦牛群在打架呢，公牛在抢母牛。"

民工们全炸了窝，发出猥琐的笑声。他们纷纷向那边张望，显得十分有兴趣。在这样的荒山野岭，只有这样的话题才能显示出作为人的优越感。

万家驹趁乱走到石秋生面前说："你把我带上，保准你不后悔。"

石秋生也不矫情："既然来了，就是伙伴，但要听我的。"

万家驹拍着石秋生的背说："兄弟，真爽快！我就知道你不会嫌弃我。"

石秋生说："那时跑山抓石头，你也没嫌弃我。"

万家驹又要狠狠地拍石秋生的背，表示感激和认同，但石秋生已向前走去，万家驹一手拍空，差点摔倒。

大家开始往前走。

万家驹和六毛悄悄交换了一下眼色。

石秋生看在眼里，但是不动声色。

万家驹问石秋生：“谁是向导？”

巴森回答：“我，怎么了？”

万家驹问巴森：“你这是往哪儿走？是进野牛沟吗？”

巴森对万家驹并不了解，只说往前走就是了。

万家驹很内行地说：“野牛沟出产的白玉、青白玉我都见过，质地细润、块头大，是青海玉中的上品。你发现的是什么玉？”

巴森说：“我要说是红皮碧玉，你信吗？”

万家驹和石秋生同时一惊：“这是真的？”

“假的话你们活埋了我。”巴森自信地说。

石秋生心中顿时充满希望，这个希望让他先想到了苏婵。

临走的那天晚上，石秋生去苏婵的工房告别。工房里只有苏婵一个人，苏婵给他泡了一杯茉莉花茶。茶香浮动，两人一时无语。

石秋生很想说我会想你的，但是没有说。他喝了一口茶说：“好茶。”

苏婵笑笑：“师父托人捎来的。”

“有个师父真好。”

苏婵岔开话题：“你明天就要进山了，还有什么没准备好的，细细想想。手电、电池、水壶，包括火柴、打火机……”

“都准备好了，”石秋生说，“这次去应该时间不长。如果巴森手里真有矿，我们十天半个月就下山了。如果没有矿，一时半会儿也不可能找到，只能很快返回了。”

苏婵轻轻地“哦”了一声。

石秋生突然迷惑，自己为什么要对苏婵交代行期呢？她并没有问自己啊，真是自作多情。想到这里，石秋生尴尬地咳了一声。

苏婵突然说：“我估计，找到找不到，你不出半个月都会返回。”

“那你感觉找得到还是找不到呢？”

苏婵浅浅一笑：“应该找得到，人的运气不能一直都那么差吧。”

石秋生心里沉了一下，原来苏婵一直把自己当作走背运的人。

苏婵看出石秋生的不自在，便说：“我就属于运气很差的人。”

“两个运气很差的人在一起，是不是就负负得正了呢？”

“负负得正？”

石秋生也不想解释，站起来说：“你早些休息吧，我去睡了，明早天不亮就走。”

苏婵点头说：“祝你心想事成。”

石秋生又嘱咐说：“如果岳明大哥来电话，我的行踪请先不要告诉他。等玉矿的消息确定了再说吧，我不想放空炮。”

苏婵说：“我知道。你就放心去吧，一定能找到矿的。”

石秋生走到门口突然转身，一把抱住了跟在后面送他的苏婵，紧紧地。

苏婵一动不动。

“在家好好的，一切平安！”石秋生说。

“你也平安！”苏婵的语气很平静，像是在提醒石秋生，现在不是谈情说爱的时候。

石秋生放开苏婵出了门。

苏婵说能找到矿，石秋生信她。据说，好运不会伴随一个人的一生，所以有“十年一大运，五年一小运”之说。能不能抓住这个运势，全看自己了。如果心里一直想着苏婵，就一定会有好运来，因为她就是仙女，是吉祥物。想到这里，石秋生笑了，觉得自己傻得可爱。

在石秋生一头扎进昆仑山的时候，文胜东也进了山，他跟着矿管领导直接去了野牛沟白玉矿。听说市里有意把野牛沟矿交付民营，文胜东不想放过这个大好的机会。现在有了第一桶金他也就有了底气，不管是租赁经营还是公开招标，都志在必得。进山的还有金万里，他是达西的儿子巴森带着去的，但不是带石秋生去看矿的那个巴森。一时间出现了这么多个巴森，真假难辨。究竟哪个巴森手里有真矿呢？

02　不散的筵席

石秋生刚走，岳明的电话就到了。

看到岳明的来电显示，苏婵脑子里飞快编撰起石秋生的去向。岳明告诉苏婵他刚到格尔木机场，等到了宾馆再通知苏婵驻地。又说他打不通石秋生的电话，想由苏婵转告。苏婵不知怎么回复，情急之下说自己和石秋生都在西宁，近期会赶回格尔木，石秋生的手机坏了，等修好就让他回电话。

岳明一听很失望，本来还想给他们个惊喜，没想到扑了个空。

这是苏婵第一次对岳明撒谎，不是为自己，而是为石秋生。与其对岳明当面撒谎，不如先不见。她怎么也没想到，岳明会找到姚家大院来。

晚饭前岳明突然进到大院，后面跟着清爽高冷的石冬生。瑶瑶妈认得岳明，看见他立即亲热相迎："哟，岳总来啦，怪不得早晨有喜鹊冲着院子叫呢。"

岳明说："姚嫂，我们从扬州带了点大闸蟹来，没想到秋生和苏婵都不在家。趁蟹还活着，你和姚大哥做着吃了吧。"

瑶瑶妈一愣，接着大声喊道："小苏，你有亲戚来了。"她这一叫不要紧，岳明和石冬生全都愣在那里，不是不在吗？

苏婵不明就里地从屋里出来。她刚洗了头，头发还滴着水，看到岳明和冬生脸上惊诧不已的表情，顿时窘红了脸。

岳明指着她想追问，石冬生轻轻拉了一下岳明的衣服。

苏婵终于开口说："师哥，你这么快就到了。我，我也是刚回来。冬生姐，你也来了……"

石冬生笑道："我想来看看格尔木到底有多美，吸引着你不回扬州。"

苏婵尴尬地望着岳明。

岳明显然为苏婵的谎话动怒，一声不吭。

苏婵闪开门，说："先进屋吧，我给你们烧饭吃。"

瑶瑶妈这才有机会说："小苏，你师兄给你捎来这么一筐大闸蟹，都是活的，怎么弄？"苏婵这才明白岳明是专门送蟹过来的，忽然感到自己很对不住师哥，便对瑶瑶妈说："姚嫂，那就麻烦你都蒸了，再做两个菜好吗？"瑶瑶妈连声答应着走了。

苏婵的屋子不大，但有一种静谧淡雅的舒适。窗台上摆着两盆茂盛的墨绿色的文竹。屋内有一张单人床，一张书桌，一组书柜，一组单人沙发，一个茶几。墙上有几幅画，显然都出自苏婵之手。然后就是些玉石和玉件。冬生左右打量着，情不自禁地看岳明一眼，她从岳明的眼睛里看到一种无法消退的愠怒。

苏婵泡了茶端到他们面前，然后坐在旁边的木凳上。

岳明迟疑了一下，问："秋生呢？"

苏婵咬了一下嘴唇说："师哥，你别生气。我不是有意撒谎，是你们来得突然，我一时没想好怎么对你说……"

岳明和冬生一头雾水，同时问："出什么事了？"

苏婵说："秋生上山找矿去了。"

石冬生一下站起来："什么？秋生现在一个人在山上？"

苏婵点头："走了快一个星期了，但不是一个人。"

石冬生求援般地抓住岳明的胳膊："怎么办呢，岳明？"

石冬生的姿态和她直呼岳明名字的行为，引起了苏婵的注意。

岳明仍然阴着脸说："想开矿，这不是好事吗？为什么不告诉我？"

苏婵说："他怕找不到玉矿让你失望，所以让我先别告诉你。"

石冬生说："玉矿哪是说找就能找到的。"

苏婵肯定地说："应该能找到。"

"有线索？"岳明问。

"嗯，焦阳带过来的人。那人把玉矿地点卖给了秋生，秋生就是跟着他去看矿了。"

石冬生立即问："焦阳呢？也一起去了？"

苏婵摇摇头说："焦阳现在玉管办工作，给秋生办了采矿证，他去不了。"

石冬生一听更忧虑了："他们就两个人去的？"

苏婵说："秋生带了十几个工人。他说找到找不到半个月内都回来。"石冬生听了心里稍微踏实了些。

"秋生住在哪儿？"石冬生问。

"就在对面。"岳明回答。

石冬生说："我去看看。"

"我没钥匙，进不去。"苏婵说。

刚才石冬生还觉得或许苏婵和弟弟关系很近了，可是一听苏婵连弟弟门上的钥匙都没有，又觉得自己想多了。

这时，姚嫂进来了："蟹蒸好了，菜也好了，凑合着先吃点吧。"

苏婵立即帮着张罗，瞬间岳明和冬生就坐在了饭桌前。

姚嫂望着岳明和冬生说："岳总，这是你媳妇吧，看长得多标致啊。"

苏婵想说别乱说，这是秋生的姐姐，话还没说出口，石冬生却说："谢谢你，大嫂。"什么意思？承认是岳明的媳妇，还是感谢姚嫂做了饭？

苏婵还是做了介绍："姚嫂，这是秋生的姐姐！"

姚嫂立即惊讶地说："哎哟，原来秋生是岳总的小舅子啊！"

岳明低下头喝茶。

冬生含糊地说："大嫂，你也来吃蟹。"

冬生和岳明都没有否认姚嫂的话。

事情已经很明白了，苏婵心里突然感觉不是滋味，那情绪很复杂，惊讶、喜悦，也有失落。岳明抬起头，正碰上苏婵的眼神。他想把话早些摊开，这正是他这次来这里的主要目的，恐怕更是石冬生的来意。来格尔木是石冬生提出的，她想弟弟了，这可以理解。同时她也想让岳明早些断了对苏婵的依恋，藕断丝连对谁都是一种折磨。

"婵儿，我和冬生已经定下年底婚期，你能回扬州吗？"岳明终于把话讲开了。苏婵微微一怔，很快笑得灿烂："师兄，祝贺你！祝贺冬生姐！我一定会回去参加婚礼。"

岳明认真地看了一眼婵儿的笑脸，没有看出一丝不悦，这让他有些难过。毕竟是他心里装了半辈子的女人，听到他的婚讯，竟然是这种笑脸，太让人伤心了。

石冬生则十分开心。看得出，苏婵心里根本没有岳明。就算岳明心里有苏婵，只要对方没有回应，也不会长久。她可以放心了。

苏婵说："要不要把焦阳也叫来吃蟹？"

岳明赞成："好啊，马上打电话。"

电话打出去却不在服务区，没有找到焦阳。

这顿饭，苏婵和岳明都吃得很辛苦，不是大闸蟹吃着麻烦，而是要强装欢颜，还要找话题。苏婵的眼圈几次发红，她侧过脸去，让不亮的灯光掩饰自己的失态。放走师哥，是自己的选择，现在却又在难过，她有些不懂自己。

饭后，岳明去看望了老姚。老姚吃到了新鲜的大闸蟹十分高兴，早等着岳明来访。说着话不自觉就晚了，姚嫂赶紧催促岳明和冬生回酒店休息。

往事像树叶飘零，马琪、岳川、岳明一个个远去。天下哪有不散的筵席，苏婵需要从内心告别故人。想想这些故人，除了岳川，都是自己亲手推出去的。只是，只是没想到岳明走得这么快，这么干脆。如果不是母亲和师父的事，兴许自己已经和师哥在一起了。怪只怪命运多舛，十多年的蹉跎，难不成让师哥一直等下去？

想到这里，苏婵释然了。她安心地闭上了眼睛，可是心里还是空荡荡的，像打着无人秋千，就这样睡着了。

岳明和冬生也没有睡好。

回到宾馆，他们第一次睡一个房间。岳明心里沉沉的，根本不可能对冬生有什么想法。而冬生因为乘飞机疲乏，猛一到格尔木还有点高原反应，洗了澡就钻进了被窝，闭上眼睛之前，还不忘给焦阳打了电话。电话终于通了，她告诉焦阳自己和岳明来格尔木了，焦阳又惊又喜，说明天早晨就来宾馆陪他们吃早饭。

岳明是个工作狂，既然来了，还是要与新老客户联络联络。他给吴凌飞和金万里各打了个电话。吴凌飞热情地请他下榻自己的大酒店，岳明谢绝了。两人谈了谈原料的事，吴凌飞很有压力，他说格尔木现在开了四五家矿，出玉都不错，他的矿也出了点玉，但比起老坑玉差得不是一点半点，所以不能给岳明。岳明相信吴凌飞说的话，野牛沟的矿，岳明希望通过焦阳联系到原料。

金万里则手机不通。这些年轻人，把找矿都当成了梦想。

虽然心理状况不佳，岳明仍然懂得不能辜负了这样的夜晚，他认真地沐浴，然后裸着上身就上了床。自从老科长在和田教他裸睡后，他尝到了裸睡的超爽滋味，这么多年，无论在家还是在宾馆，都是一丝不挂地睡觉。今天他怕吓着冬生，勉强穿了件短裤，不想引得冬生咕咕笑个不停。他一不做二不休，一把搂住了冬生，略显霸道。冬生绵软无力地贴在他怀里，因为激动，有些微喘。

冬生长到这么大，是第一次这样挨着男人睡，她掩饰着内心的紧张。就是这种微微的颤抖，撩起了岳明的激情，他温柔而笨拙地将冬生变成了自己的女人。

事毕，冬生突然狠狠亲了他一口，然后自嘲地："两个老梆子，都是第一次。"

岳明故意板着脸说："谁说我第一次？"

冬生说："我知道你一直为谁留着。这说明你感情纯真，把感情和性看得一样重要，是个好男人，让我占了便宜。"

冬生是一个大气的北方女孩儿，岳明从欣赏到喜欢她，都是由衷的。既然说到了婵儿，他就不能含糊。他真诚地说："冬生，从今往后，我只有你一个女人。婵儿永远是师妹，你若要对她好，我心存感激，但我不会对她有非分之想的，这是我的真心话。"

冬生揽住岳明的头说："我要是对她不好呢？"

岳明："我会难过，但也不能强求你。"

冬生："信不过你就不会嫁你。你放心，婵儿是好姑娘，我不会介意你们来往，希望你们师兄妹永远情深意长。"

岳明深情地望着冬生，说："我得感谢秋生把你托付给我。"

"傻瓜，秋生当初就打的这个算盘。他喜欢你，就希望你娶了他姐。"

两人再一次拥抱在一起，全然不顾高原反应，直到魂飞九霄。

第二天一早，苏婵就接到焦阳电话，他说要开车陪岳明和冬生去昆仑泉、纳赤台走走，请苏婵一起去。苏婵说，客户来看货，走不开。

焦阳一听苏婵不去，有些犯难，他一个人陪着这对恋人去有些尴尬。得知冬生要嫁给岳明，他并不惊讶，可是毕竟暗恋冬生多年，失落肯定是有的。他的感情冬生有所察觉，但从不点破，不点破就说明不想触碰。秋生入狱，冬生远走扬州，焦阳只能望着他们离散，一点忙也帮不上。他知道配不上冬生，可是要他一个人去当岳明和冬生的电灯泡，他又很为难。他也很讨厌自己，从暗恋冬生到暗恋苏婵，显现出自己性格中极大的缺陷，简直懦弱得有失男人本色，这哪儿像昆仑山上威风凛凛的神枪手啊。难道自己患有“暗恋癖”吗？

他曾提醒自己，只要秋生对苏婵动了念头，他就不会去争。他始终觉得秋生入狱是他的责任。

婵儿并无客户来，她是躲开了。她知道自己跟着，师哥会不自在，自己在冬生面前也拘束。细细想来，和师哥并没有谈过一天的情爱，有什么不自在的？还有，往后要怎么对秋生？他可是冬生的弟弟，关系纠缠到一起大家都累。

苏婵又一次想到，天下哪有不散的筵席，她是不是该离开格尔木搬去西宁？

03 初见鬼石

石秋生带着这帮人马走了两天，到达海拔 4500 多米的野牛沟。野牛沟地形绵长，属昆仑山脉在青海的部分，西距新疆若羌县境 300 余公里，与东昆仑沿线，尤其是若羌、且末等地的地质构造背景有着密切的关系。

对昆仑采玉人来说，这里是一个充满致命诱惑和未知的地方。采玉暴富的消息飘荡在高原上空，吸引着无数寻梦者的到来。

石秋生的队伍不断地与寻玉者相遇，其中就有金万里，只是两人面对面也不相识。他们朝着一个方向走了一段路，互相用防备的目光打量着对方。万家驹和金万里打了个招呼，说了几句说，然后两个队伍就各走各的路了。

顺着盘旋弯曲的山道爬上山，石秋生和郑开心早已是气喘吁吁。高山上终年不化的积雪在强烈的阳光下刺得他们难睁双眼。石秋生想着，石韫玉而山辉，眼前神奇的白色营造着一种美玉生烟、扑朔迷离的感觉，令人恍然已化身其中。人类和大自然相比显得渺小，是因为人类是大自然的一部分，面对浩瀚的大自然，一个人就像一粒尘埃。

《诗经·小雅》上说，他山之石，可以攻玉。

开采山石料在古代叫攻玉，要冒极大的风险。从古至今，有无数人为此倾家荡产，损身殒命。石秋生看看自己带的队伍，多是青壮年，他们来自青海、甘肃、宁夏等地的贫困乡村。一旦找到玉矿，他们的命运便和自己紧紧联系到一起，玉道同归。

正在大家快爬不动时，巴森突然停下来说：“到了。”

大家忙四处打量，只见四面荒山上，土层覆盖着岩石……

玉矿在哪儿？

大家动手到处挖掘，折腾了一个来小时，根本不见玉的影子。

“掌柜子，你说怎么办？”万家驹问石秋生。

石秋生看看巴森，巴森低着头。

石秋生对众人下令：“活埋了他！”

民工们一拥而上。

巴森跳起来，顺手抢过一个石镐：“你们看我的。”只见他东砸一下，西砸一下，凡是砸过的岩石全露出了黑绿色的玉。

▲ 探矿寻玉大多做的是无用功，能够发现玉脉矿点实属不易

轰的一声，疯了！

所有的人全扑上前狂砸。

石秋生大喊：“停！停！不许砸！听到没有？”

哪儿还有人听他的，抢玉大战在所难免。

石秋生掏出枪大喊道：“都给我住手！不然，我开枪了！”

矿工们回头，果然见石秋生举着枪，他们被枪镇住了。

石秋生说：“你们把玉砸碎了，我们拿什么活命？谁再砸我就打死谁！这里山高路远，往沟里一埋，没人来找你。”

石秋生刚说完，头上猛地挨了一棒，他眼前一黑，向前栽倒在地。

万家驹在石秋生身后收起棒子，狠狠地说：“这是你的矿吗？这山是公共的，是我们大家的……”

“对！对！昆仑山人人有份儿！”矿工们高声响应着。

“就这话，人人有份！”万家驹话没说完，啪嗒一下跪下了。他身后是五毛，五毛手里拿着钢钳。

万家驹怒骂道：“他娘的！我腿折了。”

五毛说：“你让我听六毛的，我让你听我的，可你偏不听。”五毛说着，从怀里掏出万家驹给的五千块钱扔到了万家驹脸上，说：“腿断了拿去接！”

不想，万家驹有真枪，他掏出枪来指向五毛。

躺在地上的石秋生清醒了，他从腰上拔出一把匕首，对准万家驹的手腕投了过去。刀起枪落，万家驹“啊”了一声。郑开心一步跨过去捡起万家驹的枪，对准了万家驹的头。

“阴沟里翻船！”万家驹气恼地说。

郑开心：“我打死你！”

石秋生急忙喝住：“别开枪！”

万家驹却拱火：“你开枪打呀，不开你就不是男人。”

郑开心扣动了扳机。

啪——，子弹从万家驹的耳朵边飞过，打进土里。

万家驹急忙举起手：“小兄弟！小兄弟！手下留情，我家里还有八十岁的老妈妈呢，你打死我，谁养活她哩？”

郑开心：“你不是说我不敢吗？我刚才是故意打偏的，现在我……”

万家驹双手作揖：“小祖宗，大英雄，你敢你敢，没有你不敢的……”

石秋生对万家驹手下的两个人说：“还不拖他下山？想等我活埋他吗？”

那两个人像得到特赦令，背起万家驹就跑。等跑出去老远，万家驹大声骂道：“你这个石秋生，老子在格尔木等你！”

石秋生的枪是焦阳缴获来的假枪。

出发前，焦阳说万家驹既然已经知道了玉矿的消息，一定会千方百计尾随而来。他嘱咐秋生：“你要有所防备，见机行事，不要跟万家驹硬碰硬。”就算是假枪，石秋生也是第一次摸。焦阳警告石秋生只能拿出来震山，但绝不可露馅是假枪。这下好了，郑开心缴获了万家驹的真枪，万家驹一定不会善罢甘休，准会再来，到时候兵来将挡，水来土掩吧。

石秋生的枪是假的，刀法却是真的，是在西安的时候跟焦阳练出来的。那时他还当老师，焦阳从部队回来探亲，他们就在家院里找了一个角落，练习飞刀。有一次被父亲撞见，好一顿教训。想不到青年时的顽劣，现在却派上了大用场。有什么样的准备，就有什么样的命运吧。

见万家驹被两个手下背着走远了，石秋生对魂惊魄散的人们说：“告诉你们，我有国家的采矿证，到这里来不是胡抢胡挖的。你们愿意留下就跟我干，不愿干的马上下山，我照样开这两天的工资。”

没有人吭声。

石秋生再问一遍：“有没有下山的？”

终于有人回答：“没有。”

“那好，把你们的身份证交给我。”石秋生说。

大家不明白为什么要收身份证。

“防止你们有二心啊！”石秋生说，“如果有正当理由下山，我会还给你们的。”

大家正在犹豫，五毛第一个拿出了身份证。大家一看，为了证明自己没二心，也纷纷交出了身份证。

石秋生砸下一块玉带在身上，然后告诉大家：“把露出来的玉先埋起来，扎下帐篷，守在这里。”又安排郑开心和五毛负责保管粮食，并在二里地以外设卡子。

“把玉埋起来，什么时候挖啊？”郑开心问。

“等我回来。”

“你去哪儿？”

“我和巴森今晚下山。”

郑开心顿时慌了，急忙说：“你下山我也去。”

石秋生说：“我下山找钱。没有钱拿什么修路？没有路我们开出来的玉怎么运下山？你去做什么？你还能不能替我顶点事！”

▲ 昆仑山玉矿的运输线，既是财富线，也是生命线；山高路窄，稍有不慎，车毁人亡

郑开心不再吭声。

五毛赞同地点头：“嗯，一看掌柜子就是行家，要开矿，先修路。有我在呢，掌柜子，你放心去吧。”

石秋生深深地看了一眼五毛，说：“好，那就拜托你照看了。如果你把我当兄弟，兄弟也不会亏待你。”

石秋生把身上的匕首、枪，留给了郑开心和五毛。他当着大家的面说：“有动歪心思的，就地正法！”然后又对郑开心小声说，“枪是假的，别露馅了。”

郑开心问：“那真枪呢？”

“我带走。”

“假的我不要。”郑开心想要真枪。

石秋生说：“真枪我不能留给你。万一有人抢了去，死的就是你。明白吗？你不要，那真的假的我全带走。”说着石秋生就要装起来。

郑开心又一把拿过假枪，故意做瞄准的姿势，大声问道：“子弹压满了吗？”

“满的。不相信可以打开看。”石秋生说着转身招呼巴森下山。

04 野牦牛不开玩笑

石秋生和巴森要走到汽车跟前，还得六七个小时。因为没有月亮，天黑得什么也看不见，巴森迷路了。他说他从来不走夜路，这件事不能怪他。石秋生发现，一处山坡有个山洞一样的黑窝，黑窝里泛出两团亮亮的光，会不会有民工在山上夜宿？石秋生领着巴森向亮处走去，走到离山洞七八米远时，两团亮光突然移动了一下。巴森说："不好，是狼眼睛！"说完转身就跑。紧接着石秋生就看到两团亮光向他们扑来。完蛋了，还有这样送自己到狼窝的！

两人在前面撒开腿跑，感觉后面的狼近在咫尺。

巴森说："别回头，小心把你脸抓了。"

石秋生一边跑一边判断说："不像狼，是蹄子的声音，你听不出来吗？"

巴森大喊："啊呀！是野牦牛，更厉害，一下就顶死你了！"石秋生顿时感到背后发凉，因为巴森使出吃奶的劲，跑他前面去了。

突然，巴森大叫一声，不见了。

石秋生紧急刹车，已经晚了。他一脚踩空，身体坠落了下去。完了！这下掉入山涧，谁也找不到他俩了。还没想完，他的身体就砸在了比较软的地方。只听到巴森大叫："老天爷啊，牛没踏死我，你砸死我了。"

原来他掉在了巴森的身上。

黑暗中突然炸开一声狞笑："哈哈，老天爷把你们送来了！"石秋生翻身坐起来，很快听出，这是万家驹的声音。他摸索判断着周围的情况。

这时，月光从厚厚的乌云中露出脑袋，昆仑山上的蓝色月光好生清亮。

石秋生很快看清，这是一个两人深的沙坑，直径有 5 米多，没有坡度，直上直下。万家驹和他的两个帮手坐在坑的一侧发抖，显然，他们也是被野牦牛逼进坑的。万家驹腿上本来就有伤，再摔一下，估计正疼得死去活来，可是他一声不吭，这人还真有意志力。

万家驹说话了："我以为上天在惩罚我，今晚要我冻死在这里，没想到老天爷连你们也没放过，看来你们也不是什么好人。这下好了，人多还暖和点。有没有吃的，饿死人了。"

巴森喘着气回道："有吃的也跑丢了。"

这是五月天，山里的夜晚很冷。坑里避着风还算温暖，可就这样挨到天亮，估计谁都不能动了。

石秋生不理万家驹,望着坑沿想办法。

野牦牛在坑边踱步,不肯离去。

巴森坐在坑里直哆嗦。

石秋生对巴森说:“不能等,我们得想办法上去。”

“别做梦了,”万家驹说,“我这两个手下都折腾半天了,出不去。如果明天不来人,我们就在这当风干肉吧。”

▲ 生存于青藏高原的野牦牛四肢强壮,身披长毛,胸腹部的毛几乎垂在地上,可遮风挡雨,舌头上有肉齿,凶猛善战,斗狠逞强

石秋生请巴森踩在自己肩头往上爬,两人搭人梯。巴森不敢站直,战战兢兢不到两秒就摔了下来。石秋生只好踩着巴森的肩往上爬,可是站直了也够不着坑沿。巴森因为不能承受石秋生的体重,在他脚下叽里呱啦地喊。

石秋生转身看了看万家驹身边的那两个矮个,泄气地问:“你们怎么三个人都掉下来了?”万家驹生气地说:“有啥办法,这两个架着我,硬往坑里跑! 野牦牛有啥怕的,抓住一头还能把我们驮到车跟前呢。”

那两个人低着头,显然被万家驹骂半天了。其中一个好像胳膊也受了伤,抱着胳膊龇牙咧嘴地发出嘘声。

巴森说:“你就吹吧,野牦牛不顶死你,也踏死你。”

万家驹瞪着石秋生:“我的枪呢?”

石秋生从腰里拔出枪,吹了一下枪口:“被别人缴获了的东西,还是你的吗?”

“还给我,那是我两万块钱买来的苏联货。”

“你有本事再夺回去。”石秋生把枪插进腰里,然后说,“堆沙子吧,堆高了再踩上去。”

石秋生和巴森飞快地堆,可是人一踩上去,沙子就会流走。石秋生想了想,脱下自己的衣服:“巴森你也脱。”

巴森急了:“你想干啥? 还嫌冻不死?”

“快脱!”石秋生恶狠狠地说,然后指着万家驹手下的那俩人,“你们也脱!”

万家驹马上明白石秋生要做什么了,命令手下人:“快脱! 脱了装沙子去。

你们还想不想活命了？就知道呆头呆脑地坐着。”

衣服装起的沙包很快垒起了一个台子，但是，相比陡直的坑壁，那点高度微乎其微。坑外徘徊的野牦牛也不见了。

石秋生让巴森和那两个小子同时当人梯，他踩着几人爬上去，但等他够着坑沿了，却无处着力，手到之处都会有沙子松动。突然，他摸到一把毛绳一样的东西，抓紧拽了一下，看是否结实。这一拽不要紧，他还没明白是怎么回事，就一下子飞了出去，到了坑外。

突然发生的这一幕，让坑里坑外的人都惊呆了。

万家驹眼看着石秋生飘出去，心想：天哪，这小子有轻功！

石秋生莫名其妙被摔出坑外，头昏脑胀，怔愣中看到有野牦牛飞奔而去。他忽然明白怎么回事了。原来他刚才拽住了一头野牦牛的尾巴，那野牦牛本是卧着的，被他一拽尾巴，受惊奔跑，一下子把他给拉了上来。他赶快摸了一下身上，玉还在，枪也还在。

好了，这一下，坑里坑外生死两重天。

巴森在坑里喊道：“掌柜子，掌柜子，你在上面吗？”

石秋生走到坑沿说：“你们在里面做风干肉吧。”说罢，他转身要离开。

巴森急忙亲切地喊：“掌柜子，你回来。我呢？你把自己人忘了吗？”

石秋生又回到坑沿，对坑里的巴森说：“你也在里面待着吧，反正我也没打算让你活着。”

巴森骂道：“你伤天害理！我家里还有老婆孩子，你让我在这里冻死饿死，还不如在山上活埋了我。”

“为了我的矿，你们这几个人都得死。”石秋生说完转身走了。

巴森呜呜地哭了，边哭边念叨：“昆仑山的玉是不能挖的，这是老天对我的惩罚。石秋生，我告诉你，你不得好死！”

没有一点声音，估计石秋生是走远了。

万家驹对巴森说：“看到了吧，人的心都是黑的。活该！谁让你把玉矿给他，要是给了我，我给你十万。”

巴森刚想说就是一万我都还没拿到呢，就见石秋生突然从坑沿探出头来：“巴森，你说我怎么把你拉上来？”

没等巴森说话，万家驹抢着对石秋生说：“你先把我弄上去，我给你十万块钱，枪我也不要了。”石秋生说：“你怎么就值十万块钱？”

万家驹嬉皮笑脸地说：“我知道你是好人。十万块钱我都得去抢银行。”

“那你抢了银行再来救自己的命吧。”石秋生不理万家驹了，“巴森，办法想出来了没有呀?”巴森哭着说:“我能有什么办法?为了把你扛上去,我的腰都折了。”石秋生提醒他:“你不会把沙子倒出来,把衣服系成绳子扔给我吗?”巴森一听,立即翻身起来,可是那几件包沙子的衣服,早让两个小子抢走了。

万家驹对巴森说:“你老实说,你是不是达西的儿子巴森?说实话,就把衣服给你。”

“不是。我和达西的儿子巴森是一起玩大的,我叫巴特尔。”

石秋生一听觉得好笑,说:“你也真老实,你冒充巴森不怕巴森揍你?”

巴特尔说:“是他同意的。我又不做坏事,我给你找的矿是真的吧?”

“既然是真的,你为什么要冒充巴森?”

“我不冒充,你能相信我吗?”

说的也是,巴森找到了第一矿又没拿一分钱,信誉度高。

石秋生对万家驹说:“你们把巴森的衣服还给他,我保证,把你们全救出来。”万家驹说:“那得先救我,我废人一个,他们都上去了,我怎么办?”

就这样,万家驹、巴森、万家驹的两个手下都出了坑。

石秋生对万家驹说:“你们抓个野牦牛骑着走吧,我和假巴森先走了。”

万家驹在他身后大声喊:“兄弟!救命之恩,我记着呢。”

石秋生没回头:“少废话,你欠我十万块钱。”

石秋生带着巴特尔深夜回到姚家大院。

石秋生给了巴特尔三万元人民币:“拿了这钱从格尔木消失。”

巴特尔不买账:“凭啥我消失!我生下来就是格尔木人。我就要我的一万块钱,出了你的门,我们不认识,我也从来都不知道那个矿的位置,行了吧?”

“让我怎么相信你?”

“我给你找到矿,你还不信我,天地良心。”

“行。”石秋生说,“你记着,如果有第二个人从你嘴里知道了那个矿的位置,我就把你埋到那个沙坑里。”

“别说你把我埋在沙坑里,”巴特尔说,“你就是把我喂了狼都行。但是我也要警告你,挖玉不能太贪心,要不然会遭老天报应。”

巴特尔走了,没有拿石秋生给他多加的两万块钱,并对石秋生表示了极大的鄙视。这让石秋生有些无地自容。让一个蒙古族兄弟看不起,他感到羞耻。可是,在格尔木,只要有玉矿的风声被放出去,夺宝大战瞬间上演,他也是不得已。

石秋生带回来的是一块碧绿的玉,确实如巴特尔所言,是像啤酒瓶底子一样的颜色。他准备交给苏婵,刻两个如意玉牌。

当石秋生敲开苏婵的门时，清晨的一缕阳光正映在苏婵脸上。看到石秋生，一丝惊喜掠过她的眼睛。石秋生一下就溃不成军了。他一把将苏婵抱起走进屋，用脚踢上门，然后将苏婵放在沙发上，捧起脸来就吻了上去。苏婵蒙了，片刻后清醒过来，她推开石秋生的脸说："等等，告诉你个消息。"

"不要说话，现在我不需要知道任何消息。"

"岳明大哥来了。"苏婵抢先说。

"来就来了呗。"石秋生追随着苏婵的嘴。

"还有你姐姐冬生。"

石秋生停下了，问："在哪里？"

▲ 耸立的玉虚峰银装素裹，静卧山腰的玉矿大本营冰天雪地。一幅“千山鸟飞绝，万径人踪灭”的玉山暮雪图跃然而现

第十章

当尊严和爱情发生冲突，大多数人往往选择尊严，得到尊严后又去乞求爱情。然而，那个尊严，真的是尊严吗？

01　我心如玉

石秋生赶到格尔木宾馆时，焦阳开车拉着岳明和石冬生从昆仑泉刚回来。冬生见到弟弟，惊叫道："你怎么变成这个样子了？"

"变成什么样儿了？"石秋生不明所以。

"黑得像个铁塔，整个一个西北糙老爷们。"冬生痛惜地拍拍弟弟的脸颊说。

"这才是男儿本色。"秋生说。

他转身和岳明握手："大哥，你们来得真是时候。"

岳明紧紧握了一下他的手，并没有直接问找矿的事。

焦阳则用目光询问秋生，找到矿了没有？

"找到了，是碧玉。"石秋生回答，说完把那块样品拿了出来。

大家眼前一亮，哇，红皮碧玉啊！

岳明惊喜地问："是地表矿？"

"是的，"石秋生说，"但是不知道有多大的产量，看着还是很壮观的。大哥，矿给你探到了，我守在这里开矿，你负责销售和加工。开矿的费用，前期大概需要一百万——修路钱、矿工工资，还要给所有的矿工买保险。矿工的身份证我都收来了……"

"这一百万我给你，矿里出的玉我可以包销，但矿主是你石秋生，和我没关系。"岳明说，"至于和焦阳怎么分股分成，是你们哥俩的事。"焦阳也立即表态："这矿和我没有一点关系。我在政府工作，给我留条后路吧。"

石秋生怔愣片刻说:“大哥,你别怪我事先没告诉你。我是怕万一找不到矿,在你面前打了个哑炮。”岳明严肃地说:“秋生,现在是你东山再起的时候了,我相信你不会辜负这个机会。”

秋生看看冬生。

冬生脸上没表情,似乎没有要表态的意思。

秋生刚想说什么,岳明打断了他:“秋生,我和冬生已经登记结婚了。就算没有你姐姐这层关系,我们也是兄弟。本来我想投资让你做点什么,现在正好遇到这个机会,而且这个机会是你自己创造的,这就更好了。怎么样?有没有信心抓住它?”

石秋生先为姐姐和岳明高兴,接着为难地说自己还没想过开矿。

焦阳看秋生还想推脱,便对他说:“现在想也不迟,你能行的。”

石秋生白了焦阳一眼:“可你前面还说我不行呢。”

焦阳说:“有大哥在你身后,你就行。就按大哥说的,自己干一把吧。”

石秋生再一次望向姐姐。

冬生还是没有吭声,目光有些忧虑。

石秋生只好直接问:“姐,你的意见呢?”

冬生说:“开矿的事情我不懂,我想会很难很苦吧。”

石秋生笑道:“再难也没有在监狱难呀。”

岳明说:“这说明你还是有心理准备的。”

石秋生说:“大哥这么看得起我,那我就拼了。”

冬生郑重地说:“秋生,岳明的钱是投资。开矿的风险你一个人担着,能不能挣上钱,投资的本钱你都得还。”

秋生点头:“那是当然。”

岳明不满地看了冬生一眼:“我是风险投资,赔了算我的。”

冬生说:“要是那样,秋生就别想东山再起了。”

正说着话,秋生电话响了。

打电话的是苏婵,她已经到了餐厅,今天是她做东。秋生说对大家:“我们下去吃饭喝酒吧,苏婵已经到了。”

话题被电话及时打断。

秋生已经明白了姐姐的用心。姐姐还是那样洁身自好,在弟弟的事情上不想利用岳明。岳明不参与这个矿的开发与管理,也是善意的,秋生深为感动。

一听说婵儿要到,岳明眉头舒缓,有了微笑。大家下楼一起往宾馆餐厅走去，远远就看到苏婵已经站在餐厅门口等着，她姣好的身姿静静地站立，十分引人注目。

秋生快走几步来到苏婵面前："早来了？怎么不到房间去找我们？"苏婵笑着说："我以为我晚了，就直接去餐厅看看。"

岳明和冬生都与苏婵打了招呼，大家一起往里走。

焦阳用手揽着苏婵的肩说："你要去了就好了，纳赤台现在人可多呢，石头也多。"秋生本能地将焦阳的手从苏婵的肩上拨拉开，焦阳看了秋生一眼，继续他的话题。冬生注意到了这一幕，会心地笑了，低声对岳明说："一个苏婵太少了。"岳明回头，不明白地问："嗯？你说什么？"

正在这时，听到苏婵对焦阳说："真是不巧，下次一定跟你去。"

秋生霸道地说："不准。"

焦阳笑着说："你没权干涉。"

已经来到包间，石秋生突然抓住苏婵的手问："小苏，你说我有没有权干涉？"

三个男人全盯住苏婵，等待她的回答。

苏婵略一沉吟，刚要开口，冬生却把话接了过去："小苏，告诉他'没权'，让他玩去吧。"苏婵抿嘴笑了，把手抽了回去。

三个男人没有得到答案大为失望，同时责怪地看了冬生一眼。其实冬生是在为弟弟解围，万一苏婵说出"没权"，就等于拒绝了秋生，秋生会很没面子。冬生不能允许这种局面出现。可她没有想到，苏婵紧接着轻轻说出两个字："有权。"

场面上出现了瞬间的安静，秋生最怔忡。

苏婵软软的话又飘出来："有一个人像兄长一样管你总是好的。以前是师哥管，现在师哥离得远了，又有秋生和焦阳管，我真的很有福气。"

一句话说得所有人都点头称是。

秋生和焦阳互看一眼，别有一番滋味在心头。

岳明回道："师哥再远，也是师哥。婵儿，遇到任何难事，都要告诉师哥。"冬生接话说："是呀是呀，你现在还有我。等你回去，我去机场接你。"

苏婵微笑点头。

大家一边吃饭，一边讨论开矿的事，集思广益。要做的事情还真不少。最后岳明说，十几年前去东北采购老黄玉，见那里用炸药炸开岩层，毁了不少好玉，希望秋生不要用炸药。玉是大自然对人类的恩赐，它不能再生，一旦损坏，就不能复原了。秋生回应说："放心！找到玉矿的那个巴森，哦不对，是巴特尔，就让我发誓不用炸药。"

“巴特尔是谁?”焦阳问。

“就是你领来的那个‘巴森’呀。他并不是真正的巴森,不是达西的儿子。他叫巴特尔,是巴森的朋友。除了在身份上造假,他是个蒙古族好汉。”

焦阳低声说:“还真让你说中了,是个假巴森。”

石秋生说:“他人不坏,只是利用巴森这个身份,为自己增加了可信度。而且,是经过巴森本人同意的。”

接下来的几天里,岳明让公司及时地将钱汇到了石秋生的账户上。石秋生马不停蹄地给每一个矿工办了人身意外保险,当时他收身份证就是为了办保险的;又找好了修路施工队,还采购了大量的粮食、蔬菜、牛羊肉送上山去。

姚家大院摆了一个大桌,桌上摆满了大鱼大肉,还有青稞酒。

这天晚上,焦阳做东买来鸡鸭鱼肉,姚嫂主厨,苏婵帮衬。岳明和冬生明天要回扬州,秋生也要和施工队上山修路了。此一去,山高水长,不知何时再聚。大家坐在院子里,月亮和美酒,出征和离别,引出满满的豪情和伤感。大家不知不觉就喝高了。焦阳和冬生扶着岳明回酒店,姚嫂和龙宝亮收拾酒桌上的残局。

石秋生来到苏婵房间,他喝了不少酒,却并无醉意。他把那块像啤酒瓶底一样颜色的石头交给了苏婵,说:“做两块牌吧。上面做什么图案随你,只要是你做的,我都喜欢。”

苏婵接过石头,认真地问道:“你想做什么用?”

秋生说:“想祝福姐姐和大哥。”

苏婵若有所思地望着石头。

“小苏,我想问你一句话。如果我能活着回来,并且挣了钱,你能嫁给我吗?”石秋生问得郑重其事。

苏婵微微一笑,说:“石老师,我明天早晨回答你。”

“为什么是明天?”秋生不明白。

“我怕我现在说了,明天早晨你不记得,又来问我。”

“我没醉。要是醉了,我就什么也不说了。”秋生恳切地说,“你说,我用心记住。”苏婵显出调皮的样子:“明天早晨吧,你来了就证明你记得。”

“那好吧,明儿一早我来找你。”

石秋生回到自己的房间,倒在床上就睡着了。

苏婵却一夜无眠。岳川岳明先后都有了他们的所爱,她也该慢慢整理起自己的情感了。本来想尽快去西宁发展的,可石秋生火热的感情扑面而来,她有些留恋，有些抬不起离开的脚步了。

第二天早晨天还没亮，施工队队长就敲响了石秋生的房门，催他赶快出发，说车已经在门口等着了。石秋生匆匆起床，背起包就走，临出大门不忘看一眼苏婵紧闭的房门，又尽量轻地关闭了大门。

石秋生关闭大门的声音还是惊醒了刚刚睡着的苏婵，她看了一眼表，正是石秋生该出门的时间，心里不由一沉。看样子昨晚石秋生是真醉了，早晨临行也没来告别，苏婵心中暗自庆幸昨晚没说什么，否则石秋生若不记得会伤害到自己。出来这么多年，苏婵一直小心翼翼地保护着自己的自尊心。

刚要再睡，手机突然来了短信，苏婵打开看，是石秋生来的："早晨走得太早，没敢惊动你。昨晚问你的话，我都记得。还是要再问一遍，如果我活着回来并且挣了钱，你能嫁给我吗？快回答，再往前走手机就没信号了。"

苏婵想了想回复道："要你活着回来，嫁你没有附带条件。"

但手机再无回音，估计是信息追不到石秋生了。

苏婵想着要去宾馆送师哥师嫂，便收拾整洁往外走。

这时龙宝亮叫住了她："苏姐，我想去一趟西宁。"

"什么时候？"

"今天"。

"有什么急事吗？"

龙宝亮犹豫了一下："我说了你可要保密。"

"到底什么事啊？"苏婵有些紧张地望着他。

龙宝亮看了一眼姚家的房门，说："瑶瑶病了，我想去看看。"

苏婵一怔："瑶瑶病了？只告诉了你？"

龙宝亮点点头说："我也是无意中发现的。她不让我告诉家里，我只好自己去看看了。苏姐，我保证回来一定把耽搁的活儿全干完。"

苏婵答应他去了，同时掏钱托他给瑶瑶买点营养品。

苏婵赶到宾馆时，岳明正在大厅里等，免去了婵儿进入他们房间的尴尬。

"师哥，趁着凉快也不多睡会儿。"

岳明没接苏婵的话，却语重心长地说："婵儿，下个月我去苏州看师父，你有没有什么话要对你妈妈说？"

"没有。"苏婵垂着眼回答。

"你现在是怎么想的？妈妈、师父都不理不认了吗？"

"我需要时间。"苏婵说。

“多长时间?”岳明追着问,又说,“他们都是六七十岁的人了,我希望你不要让他们熬得太久。”

苏婵有些激动起来。

“师哥,怎么说是我熬他们呢?”她说,“他们突然住到一起,考虑过我的感受吗? 至少事先应该对我言语一声吧? 我接受不接受,我妈根本就无所谓。”

岳明说:“你当年离家出走,想过别人能不能接受吗? 苏叔苦苦等到你回去才过世,难道你没后悔过?”岳明和苏婵讲话,从没有这样口无遮拦过。

话一出口,两人都愣住了。

空气中只有尴尬的沉默。

岳明清了下嗓子,说:“婵儿,我不是有意要揭你伤疤,我只是……”

苏婵打断他,淡淡地说:“师哥,冬生姐我就不等了,你们一路平安!”

岳明这才发现她满脸的泪水。

苏婵快步走出宾馆大门,岳明回过神来,立即追上去想对她道歉或解释,身后却传来冬生的声音:“岳明,房费结了吗?”

岳明停下来,转身望着拉着行李箱走来的石冬生,半天才说:“结了。”

石冬生笑道:“你怎么了,傻了似的。苏婵还没来?”

岳明低声说:“来了,被我气跑了。”

石冬生惊讶地问:“你也能气跑人? 怎么回事?”

岳明便告诉她话题来由,然后陷入深深的懊悔。

石冬生想了想说:“别难过。苏婵只是一时感到难堪,不会生你的气的。”

“怎么见得?”

“因为你是师兄啊,她知道你没有恶意。”

岳明承认自己没有恶意,只是好心没说出好话。

惹得苏婵流泪这还是第一次。不过说实话,苏婵这几年的执拗也实在让岳明和岳川都束手无策。一言不合就西逃,别人能怎么办? 岳明心里是真焦虑。细细想来,他也没有什么对不起苏婵的。这么多年的等待,苏婵根本没放心上,还要他怎样表达真心? 终身不娶? 岳明一时脑子有些乱,胡思乱想起来,心里有些怨气,更多的是歉意。

石冬生在宾馆门口等来了焦阳。

焦阳要把他们送到机场,本来约好苏婵一起去的,他问:“人呢?”岳明说:“别等了,苏婵有事先回去了。”冬生从焦阳脸上看到了失落。

车走在去机场的路上,冬生开玩笑地说:“焦阳,要是喜欢苏婵就追啊。”

“谁敢啊。”焦阳一边认真开车,一边回答。

“怎么不敢?”冬生问。

焦阳笑笑说:“秋生有多霸道你没看见吗? 在他心里,苏婵非他莫属。”

石冬生朗声大笑起来,说:“原来你们哥俩都爱上苏婵了?”

“不可以吗”? 焦阳说。

石冬生看了一眼岳明,不笑了,她看到岳明表情很严肃。不过她还是对焦阳说:“跟他争。你的条件比秋生好,苏婵会选择你的。”

“姐,谢谢你! 可我没这个自信。”焦阳说。

石冬生假装生气地说:“那就怪不得秋生了。”

焦阳不再吭声。

冬生也没再继续,岳明的沉默让她很不安。

苏婵回到家,心里不是滋味,现在只有她一个人了,就连龙宝亮都走了。虽是夏天,四周却透着寒意,清静而凄凉。她的泪水忍不住再一次涌出,越想越伤心,一口气把抽纸盒里的纸用完了。擦干泪,透口气,忽然一种痛快围绕全身。

静下心来想,师哥重提旧事,击中了她内心最深的痛楚。这么多年的外逃,她把自己过成了不食人间烟火的圣女,不怨别人,是自己年少无知的错。师哥说的对,自己就是太过注重自己的感受,而不顾周围人的情感需要,不理解妈妈和师父,这一点真不像是她苏婵的为人。表面上似乎是为了爸爸,实际上是可怜自己,觉得妈妈至少应该为了自己而继续牺牲这段感情。可是,人生短短几十年,为什么要让妈妈蹉跎无尽呢?

想到这里,苏婵想给妈妈打个电话,可是拿起手机又放下,来回三次,终于没了勇气。要不,等师哥婚礼时,去苏州看望他们吧。

就在这时,电话响了。

是岳明临上飞机打来的,只听他“喂”了一声,就沉默了。

“登机了吗?”苏婵费力地问出这句话。

岳明低沉的声音传来:“还在哭?”

苏婵鼻子一酸,眼泪又不听话地一涌而出。

“婵儿,你听着,师哥只是想对你说真心话。不管你怎么想,师哥这里永远是你可以说心里话的地方;师哥的家,也是你的家。冬生很喜欢你,年底我们等着你回来。”岳明亲切的、有磁性的声音,让苏婵安静下来。

“好的,师哥。祝你们一路平安!”她无力地说。

对方停顿半晌,挂了机。

真是无法再听岳明叫自己的小名。婵儿,虽然师哥一直这样叫,现在听来却有一丝别扭。是自己真的老了，还是师哥远了？这两个结果都令人心酸而无力。

苏婵努力静下心来，很快就凝神到了石秋生留下的那块石头上。她的心就像这块玉，无论外界如何变化，她始终会收敛到最静、最深的地方。

岳明的心情却一直处在抑郁之中，婵儿应该懂得，人生有两件事不可逆，一个是一去不复返的年华，一个是渐渐老去的双亲。古人说：“二亲之寿，忽如过隙；树木欲茂，霜露不凋使；贤士欲成其名，二亲不待。”子欲孝而亲不在的遗憾，虽然自己没有切身体验，却能理解。苏婵已经失去了父亲，难道还不珍惜母亲与亲生父亲尚在人世的幸福吗？别说师父是她的亲生父亲，单就师徒这一层关系，一日为师，终身为父，更何况单师父对她这些年的付出，也是她不能不奉献孝心的。

想到这里，岳明觉得点醒苏婵没有错。岳明相信，苏婵虽一时感到难堪，但她终究会明白过来的。但愿这一天早日到来。

02 初闯玉界

龙宝亮第一次来西宁小住，以往每次都是路过，没有停留。令他紧张激动的是，这一次他是专为瑶瑶而来。

苏婵有意没说可以给龙宝亮多长的假期，希望龙宝亮可以随他自己。订单有压力，但他也确实需要出去走走了。自从瑶瑶上了大学，龙宝亮就很少离开工作台。现在，八仙渐渐出形，他却倒下了，医生说他的腰椎和颈椎都有了严重的问题。这怎么行？要夺奖的作品还没有眉目，身体就认输了。

龙宝亮自己也很沮丧。他来到格尔木，行走在昆仑山下、胡杨林中已经三年了。在苏婵的带领下，他的雕刻技艺一天天精进，身体却先发出了警告。

上一次暑假瑶瑶回来时，带来一位西宁的玉商——大弘。大弘认定龙宝亮手艺精湛，欲长期聘用，佣金丰厚。龙宝亮以身体至少半年都不能干活为由谢绝了，他肯定不会主动离开苏姐的团队，除非苏姐赶他走。

龙宝亮见到瑶瑶的时候，瑶瑶正躺在宿舍里。龙宝亮发现瑶瑶床头摆满了玉文化方面的书，便问她是否有心学习玉的知识。瑶瑶笑着承认，说自己学了理论，星期天还去省城的玉料市场实践；有时小试一把，赚来的钱就能抵掉她一个学期的生活费。这一切都坚定了瑶瑶闯荡玉界的决心。

龙宝亮听完笑着说：“你就不怕惹你妈生气？”

瑶瑶说：“她不是不知道吗，你可要替我保密。”

看来，初闯玉界，瑶瑶信心和收获都不小。初生牛犊不怕虎，这应该算是好事吧。问到瑶瑶的病情，瑶瑶说没什么，只说考试太累了，休息休息就好了，尤其是见到龙宝亮，她就完全好了。她站起来，果然像没事人的样子。

瑶瑶拉着龙宝亮来到西宁的玉石市场，指着一块石头说自己看好，要龙宝亮赌一把。龙宝亮感觉也不错，可那块石头卖主要价一万元。龙宝亮手里只有八千元，瑶瑶手里有一千，两人合力向卖主压价，以九千块钱买了下来。买下来怎么办？瑶瑶说："就地'销赃'。"他们俩蹲在市场一角，很快引起人的注意，一个南方人以三倍的价格买走了玉。

这一暴利的获取，让龙宝亮心头一亮：真是天无绝人之路，如果身体导致雕刻不成，他也还可以倒玉料啊。虽然不会每次都有这么好的运气，但他相信这个快乐的女孩子就是他的福星，他兴许能做个好玉商。瑶瑶却问他，夺天工奖的作品准备得怎么样了。龙宝亮说还没准备，主要是没有一块理想的料子。

龙宝亮没有提及自己的身体状况，他不想看到这位阳光女孩同情的目光。然而，他说的关于料子的事情，瑶瑶却记在了心里。

瑶瑶回学校参加最后一门课的考试去了，临走和龙宝亮约好第三天去逛南小街的玉器店。这两天，龙宝亮就在西宁的玉石市场游荡，看看别人是怎么看石头、怎么讨价还价的。他心中暗暗佩服瑶瑶这丫头，竟然会在这里找到属于她的天地。

到了第三天，瑶瑶却没了音信，发信息不回，打电话关机。龙宝亮正犹豫要不要去学校找瑶瑶，却接到大弘的电话。大弘让龙宝亮来看一块白玉料子。

大弘怎么知道自己一直在找一块白玉料子？龙宝亮心里犯嘀咕。

他去见了大弘，发现那块玉俏色艳丽、肉质细白，作为自己的参赛作品的原料，是再好不过的了。大弘告诉他，这块料子是瑶瑶追来，让大弘代买的。为了这块料子，瑶瑶淋了雨，还在客户门口等了三个小时。大弘感慨说，瑶瑶为龙宝

▲ 西宁南关街东起南大街西侧，西至长江路东侧，是青海昆仑玉销售、展示的"金玉一条街"。作为"夏都西宁"一张亮丽的旅游名片，南关街更是游客购买玉饰的必到打卡地

亮，真能豁得出去！

龙宝亮急问：“瑶瑶现在哪里？”

大弘说：“重感冒，在学校医务室打针。”

龙宝亮狂奔而出，恨不能立刻见到瑶瑶。他赶到学校医务室，医生说瑶瑶已经转到省医院去了。情况不像大弘说的那么简单，瑶瑶重感冒引起了心脏病复发。原来，瑶瑶有较严重的先天性心脏病，遇到感冒就有犯病的可能，前段时间因为劳累已经犯了一次了。医生还说，瑶瑶多次犯病，每次吃吃药打打针就完事，这样很危险。

一个有心脏病的女孩子却活力四射，龙宝亮对瑶瑶多了几分敬佩，同时又十分担忧。他也有些埋怨老姚夫妇，怎么这么长时间都不提及女儿的病情。他要是早知道了，会给瑶瑶多一点帮助。

龙宝亮在省医院病房见到了瑶瑶，瑶瑶的样子真令人心酸。她挂着吊瓶，眼睛再无神采。瑶瑶看到宝亮却微微一笑，说：“医生没收了我的手机，我爽约了。”龙宝亮情不自禁地握住瑶瑶的手，那手冰凉。他双手搓着那只手，想给瑶瑶热量。

“那块石头我看见了，你让我没脸见你。”龙宝亮说。

瑶瑶不明白地望着他：“不过是一块石头，有这么大压力吗？”

“不是石头的压力，而是你的压力。”龙宝亮说，“相信我，我一定会雕出好的参赛作品。”

瑶瑶笑了。

她说：“你只要说这块石头够你的标准，我就满意了。至于能不能雕成获奖作品，还要尽人事，听天命。”

“这句话我爱听。”龙宝亮说，“能不能获奖，有时确实要看运气。告诉我，你怎么会有这种病的？在格尔木从来没听你妈妈爸爸说过啊。”

瑶瑶说：“因为很久没犯病了，犯也不厉害，所以家里人也渐渐不当回事了。不过我是一直吃着药的。就是，就是不能感冒。”

龙宝亮生气地说：“既然知道不能感冒，为什么还不避免受凉？还为了一块石头要去冒这个险！”

瑶瑶轻轻地说：“我愿意！”

龙宝亮顿时热泪盈眶。

他心里说，傻丫头，没有任何东西比生命珍贵。沙莉对他的关心从来都在衣食住行，而在精神上和业务上如此关注他、激励他、支撑他的，除了苏姐，就是瑶瑶了。这个比他小五六岁的小女孩儿，生长在昆仑山下，却志存高远，就凭瑶瑶这股心气，注定一生不平凡。他暗暗发誓要对瑶瑶好，只要瑶瑶不嫌弃，他就会一生一世不离不弃。什么先天性心脏病,都不是他们关系的障碍。

03 淘金汉

万家驹下山后,没有进城,他猫在城边一个建筑工地上,派手下人去黑三角探风。少顷,手下人仓皇返回,结巴着说:“公安搜你的屋不下三次了”万家驹一听便放弃回黑三角的打算,悄悄住进了一家私人诊所,这家诊所的老板曾大量收购过他的藏羚羊角,而且给他治好过枪伤。在格尔木,这是他的一个隐秘落脚处。他打算在这里养几天伤,随后到德令哈躲些日子,等风头过去了再回来。他觉得没什么大不了的,他是和警察捉迷藏的高手。

然而,事情偏偏会节外生枝,几个月不见的尕玉突然出现在万家驹面前。尕玉就是他钱夹子里的那个绝色女人,万家驹做梦都在想她。可是,这个时候她来格尔木,不是要坏事吗?尕玉是第一次来格尔木,她从不知有黑三角,包裹在她身上的那种娇艳和神秘色彩都是万家驹全力保护的结果。结识以来,万家驹从不让尕玉知道自己过的是什么日子,尕玉只知道万家驹做的是一本万利的黄金黑市生意,觉得虽然违法,但也不缺德——黑市既然存在,就有它的合理性,因此,在经济上接受万家驹的帮助也没含糊过。前一晚万家驹电话里的一句泄气话,让尕玉觉得自己该做点什么了,人总要有点感恩的心。万家驹说自己受了伤,有可能终身残疾,尕玉第二天便降落在了格尔木机场,万家驹一听说她来了,头发都竖起来了:这个不知深浅的祖宗,格尔木岂能是她能来的地方。

“我怎么就不能来了?”尕玉说,“以前我听你的,不来就不来,现在你受伤了,就听我的吧。”明眼人都能看得出,尕玉和万家驹不是法定夫妻,但感情很深。好在尕玉并不张扬,她一来就待在诊所没出去过。她要接万家驹一起回去,万家驹却极力催促她离开。尕玉问不出原因,也拗不过,只好第二天先走了,说好下个星期再来看望。而万家驹在尕玉走了三天后,离开诊所,偷偷搭上去德令哈的一辆货车,不料,没出城就被警察逮住了。有人说是焦阳报的警,因为万家驹的手下是焦阳的眼线。

后来,万家驹被判了无期徒刑,据说有人证的罪案他就犯了五起,他坚决不肯承认犯有命案,因此还不是死罪。入狱以后,他像一头受伤的困兽,一边舔舐着伤口,一边回忆着不堪的往事。这些年,淘金、盗猎、偷玉,没有一样营生不是拎着脑袋过日子,如果能重新活一回,他是不是还会走上这样一条路?回答是肯定的,因为他生来就不是过正常日子的命。

“淘金不是很容易发财吗?”狱友问他。很多淘金者一夜暴富,格尔木一些楼房，就是淘金汉或者金把头赚钱后建的，被人们称为“黄金楼”。

万家驹不想回答，过了半晌才慢悠悠地说：“赔钱的总比赚钱的多。”万家驹不敢谈过去，但架不住往事像潮水一样冲击着他的记忆——

20 世纪 80 年代末期，“可可西里、阿尔金山遍地都是黄金”的消息被证实后，周围地区的农民放下农活纷纷涌到这里淘金，试图一夜暴富。可可西里这个无人区在西藏、新疆、青海交汇之处，面积近 60 万平方公里，平均海拔 5000 米，氧气含量只有平原的 50%，淘金条件比他们想象的要艰苦无数倍，生命在这里极其脆弱，不少人有去无回。青海淘金已经延续了上百年。明清时期，就有大批农民骑着牦牛，赶上木轮大车，前往祁连山下的野牛沟一带淘金。他们的食物只有自带的青稞面、豆面、炒面、杂和面干粮以及冻坏了的土豆。为了改善生活、补充肉食，金农开始打猎，猎获的多是黄羊和藏羚羊。食物短缺时，金把头和淘金汉就猎取野生动物为食。

▲ 可可西里腹地的马兰山淘金作业场

万家驹并不是第一批到达可可西里的淘金人，他是因为亲眼看到有人带回去的金沙，才被激起了去可可西里淘金的欲望，此前一直在干长途运输。他出钱买了金场信息，渴望做一回金把头。了解到大批淘金汉都是四月份冻土开化时才进可可西里，万家驹便在春节前带了人和足够的物资沿青藏公路开进可可西里，护住了金场子。他所谓的金场子，是在马兰山附近，也就是信息人提供的大致方位。马兰山位于昆仑山南麓、可可西里腹地，这里是藏羚羊的世界，是金把头梦寐以求的聚宝盆。有了金场子，不怕淘金汉不来。

可可西里冬天下雪是常态，有的淘金汉会租个军用帐篷，帐篷很抗风，帐篷里还可以用煤生火，就这样还是让人冷得无法入睡。整个冬天，食物只有面粉，没有蔬菜和肉，藏羚羊就成了他们祸害的目标。

四月底，大批的淘金汉进入可可西里，一开始并没有淘金汉进入万家驹的金场子，因为他收费太高。如果有人在离万家驹较远的地段挖坑，万家驹就派自己的小兄弟守在不远处，看到筛出金沙，小兄弟就带人过去抢，抢不到就大打出手。小兄弟年轻生猛，打死人的时候也有，都由万家驹出面私了。打个条子支付对方一两万元，然后挖个坑就地埋掉。至于轻伤，他根本不会理会。万家驹自己也会遇到抢场子的对手，那就要看谁人多，要想减少伤亡，人少的一方让出地盘来就是。万家驹也让过，毕竟他没有那么多人。那地方没有法律，谁人多势众，谁强横，谁说了算。成千上万的人进可可西里淘金，没有一个人说自己淘到了金子，因为你说了，金子就没了。

万家驹做金把头期间，敛了不少金子，杀了无数藏羚羊，但也发生了许多让他至今不能忘记的事情。那年，他带着人刚到马兰山附近，自己的弟弟突然发起高烧。弟弟以为是感冒，就吃了点感冒药，可是到了晚上，弟弟就昏迷不醒了。万家驹立即开车送弟弟去格尔木医院，害怕晚了就没救了。没想到，他最喜欢的小弟还是死在了半路上，连医院的大门都没进。这一年，万家驹认为自己在走霉运，弟弟没了，还被政府工作人员围追，生意也赔了。

1989 年，可可西里的淘金狂潮如同大海里卷起的一股飓风迅速蔓延到了西北方向的阿尔金山。初夏，阿尔金山突然就冒出了上万人，东风车、大小拖拉机、帐篷和拿着各种工具的农民填满了山谷，据说，青海东部农业区每年有七八万剩余劳力前往西部采金。当时有关部门出台了相关政策，没有采金证不允许采金，给淘金汉划分区域，派管理干部。按照政策规定，金子由人民银行统一收购。但很多淘金汉或金把头都在格尔木通过黑市销售，黑市价格高出国家收购价一两倍，格尔木的很多地方都有专人负责联通黑市。

▲ 20 世纪 80 年代末，可可西里马兰山周边失控的淘金采掘场面

当年二月，青海省黄金领导小组决定：同意格尔木市在可可西里马兰山 40 平方公里内试采黄金，人员限定为一万名。短短三个月内，采金范围和进场人数均告失控。

万家驹持有的采金证，是用重金所买，因此他更加疯狂地敛收沙金，得到的沙金可以以公斤论。一位藏族朋友告诫他：“金子是土地里珍贵的宝物，不能随意索取，你们把草场挖得乱七八糟，对土地没有一丝敬畏之心，会遭报应的。”万家驹知道藏民不淘金，便笑朋友傻，却不知暴风雪将至。

五月下旬，轰动全国的格尔木黄金风波发生了。那天，老天突降暴风雪，八千多名淘金汉被困可可西里，万家驹也在其中，和那些淘金汉一样，挣扎在饥寒交迫的生死边缘。他亲眼看到不少淘金汉在寒风中倒地身亡，深深地懊悔没有听从藏族朋友的告诫，想不到大自然的惩罚来得如此神速，如此残酷无情。如果能逃过一劫，万家驹发誓此生再也不淘金。政府的救援工作持续了一个多月，万家驹被救出。尽管有关部门不惜动用直升机空投物资，但仍然有四十多名淘金汉命丧可可西里。

这场暴雪揭开了采金证的黑幕。事后，就在专案人员广泛撒网、万家驹成了重点抓捕对象时，万家驹失踪了，没有人知道他的消息。

然而人们对财富的追逐，丝毫没有受到这场风波的影响。第二年仍有五六万淘金汉进入可可西里。万家驹也在第二年春天再次冒险进入可可西里，但他的目标不是淘金，而是改用猎枪瞄准了藏羚羊。因为淘金汉们发现了藏羚羊皮和羊绒的巨大经济价值。在国际上，藏羚羊羊绒是高档时尚饰品沙图什披肩的原料，被称为“软黄金”。这些用藏羚羊绒织成的披肩可以从一枚小小的戒指中间穿过，它柔软轻薄，又极度温暖，世界顶级时装店以每条上万美元的价格出售，是上流社会的奢侈品。而一条披肩的原料，需要猎杀三到五只藏羚羊。当时一张藏羚羊皮在可可西里或格尔木的售价是五百元，到了印度、尼泊尔边界，价格可以涨到三千元。猎杀藏羚羊对万家驹他们来说比淘金要容易得多，这样，本附属于淘金的盗猎，至此独立出来。

黄昏，万家驹带人在河边埋伏好，当藏羚羊进入射程后，他们突然开火，藏羚羊猝不及防，纷纷倒下。除食用，藏羚羊的头角可以带回去做标本。藏羚羊有个致命习性，晚上车灯一照，它们绝不跑出车灯照射的范围。盗猎者就从开动的车上向羊群射击，一次射死一二百只是很平常的。

▲ 打击盗猎藏羚羊者的行动成果

万家驹在盗猎的路上越走越兴奋，因为干这个实在收益可观。在这个行当，盗猎者、羊皮收购商、贩运者和加工者分工明确，配合紧密而隐蔽。所有这一切都是高度专业化的。盗猎者把剥下的五至十张藏羚羊皮装入一个麻袋，用卡车从偷猎地运到格尔木或拉萨的黑市，卖给羊皮收购商。后者雇人手工把羊绒从羊皮上一点点摘下。万家驹还知道一种出境方法，是牧民用牦牛驮着藏羚羊绒翻过喜马拉雅山偏远的山口。后来为了躲避检查，商人想出了许多新方法，他们将藏羚羊绒装在汽油桶、睡袋、床垫或棉衣里，用卡车拉过尼泊尔和印度的公路口岸。就这样，拉萨成了藏羚羊绒和藏羚羊皮贸易的一个重要中转站。

1903 年，英国探险家罗林来到青藏高原腹地羌塘地区考察。他的笔记中曾有这样的描述："几乎从我脚下一直延伸到我双眼可及的地方，有成千上万的母藏羚羊和她们的小羊羔，在极远的天际还可以看到很大的羊群像潮水一样不断地、缓缓地涌过来，其数量不会少于 1.5 万到 2 万只……"据估计，那时候青藏高原上有不少于百万只藏羚羊。这样的描述吸引了美国动物学家，著名动物保护者夏勒博士来到青藏高原。1998 年，夏勒在青藏高原看到的却不是成群的藏羚羊、野牦牛、藏野驴，只有遍地的尸体，藏羚羊已难觅踪影。

1991 年，盗猎达到高潮，"野生动物王国"正陷入空前危机。这在后来的电影《杰桑·索南达杰》《可可西里》中都得以表现。1992 年，治多县西部工委成立，为了反盗猎，西部工委书记索南达杰付出了生命的代价。也就是索南达杰牺牲的这一年，万家驹永远退出了盗猎的行当——一是政府加大了反盗猎的行动；二是索南达杰为了保护藏羚羊不惜和盗猎者一拼到底，甚至不怕流血牺牲的决心震慑住了他。尽管他没有和索南达杰交过手，但从心底敬佩索南达杰，认为索南达杰是可可西里真正的英雄。万家驹觉得如果再干下去，老天爷也不会饶恕自己。

▲ 立碑铭记可可西里自然保护区的守护者：杰桑·索南达杰烈士

于是，他撤出可可西里，回到了格尔木。真是天无绝人之路，偏偏格尔木发现了玉石露天矿，万家驹和被政府从高原清理出来的淘金汉们一起，又一次涌上昆仑山。

04 鸡窝矿

▲ 玉石取尽、玉脉断头的废弃鸡窝矿

有一种矿脉，就像鸡窝一样，东边有一个，西边可能也有。鸡窝矿者，只是一个点，而不成带，也不成面，零星分散。顺着露头的矿脉打进去，可能会挖着一个“金蛋”，也可能挖着一窝“金蛋”，更有可能只挖着“鸡屎”，弄得浑身臭烘烘的。石秋生花十多万修了一条简易公路，又租了车，便向野牛沟进发。谁也没想到，巴特尔给他指的那个玉矿，只是个鸡窝矿，稀稀拉拉地挖了半车石头就枯竭了。

巴特尔在石秋生眼前消失后再没出现，石秋生也没有再去追究。估计巴特尔也不懂什么是鸡窝矿，还以为这里的玉石取之不尽、用之不竭，求石秋生别太贪呢。

石秋生不能相信这种结局，他找到了地矿局的华青春。

昆仑玉就是华青春最早给予重视，支持达西父子鉴定出来的。石秋生向他请教鸡窝矿如何勘探储量。

华青春说这是个很难解决的问题。所谓“鸡窝矿”，实质是矿体在空间上变化很大、品质变化也很大，而且常常不连续的矿床。对这种矿，一般不宜进行过于详细的勘查。在勘查规范中，它是第三勘查类型，即使用最密的勘查网度进行勘查，也未必能得出理想的资源量。他建议说，在普查结束后，不宜再投资。

石秋生觉得普查已没有意义。他收工卖了石头，用收成给矿工发了工钱，这样算下来赔了二十多万，真是受挫不浅。

苏婵已经把两块碧玉方牌雕好，图案是帆船，佩带玉船意喻事业一帆风顺。秋生收到牌并没有表现出应有的兴奋，只说雕得好。他也没有把极度沮丧的情绪带回姚家大院，只说：“玉出得不好。”老姚鼓励他说：“一开始都这样，再坚持就能出好玉。”

苏婵见石秋生这次回来，没有提及那个早晨回复的信息，对她也表现出不温不火的态度，显然是因为没收到信息在生气。

这样也好，她和秋生一旦夹在岳明和冬生之间，关系将很难处得自然。本来她想去西宁发展的，那个玉商大弘也邀请过她，可总是下不了最后的决心，那颗心也许就在等待秋生的归来。归来又怎么样？现在才明白，归来是为了了断。苏婵打算找一个合适的机会，把去西宁的决定告诉秋生。

其实，苏婵回复的信息，秋生是收到了的。他之所以当时没有回复，是因为太激动了，不知道用什么语言才能回馈苏婵的深情。他那时想，如果矿里能得到好玉，那就是今生对苏婵最好的聘礼。可是那些卖掉的石头，没有一块能入他的法眼。现在鸡窝矿把他的心情搞得一地鸡毛，烦不胜烦。他小心翼翼地说话，是生怕破坏了苏婵的心情。

焦阳知道秋生遇到鸡窝矿后，问秋生还干不干了。石秋生当然不甘心，岳明大哥的钱花了，债要还，不能停下来。不过，鸡窝矿是不能干了。焦阳说："野牛沟已经开了几个玉矿了，应该离你鸡窝矿不远就有主矿脉。"

石秋生说："那得用挖掘机开山寻找，少了一百万肯定干不成，到哪儿去筹这些钱啊？"

焦阳说："借！"

到哪里借？只有回趟西安了。家里剩的几件玉器放在朋友店里代卖，听说有两块已经卖了，那位朋友曾经让冬生回去收款，冬生说那是秋生的钱，她不管。秋生本来想用那钱在西安买婚房的，现在看来，不用不行了。他决定连夜坐火车去西安。他要把这个决定告诉苏婵。

晚饭后，秋生敲响了苏婵的门。

苏婵开门后沉静地望着他。

石秋生问："能进去吗？"

苏婵笑笑，往一边让了一下。

石秋生呼的一下，连苏婵一起抱进了屋。这一切都发生在瞬间，两个当事人事先谁都没料到，"身不由己"竟是这样一个情景。

就在石秋生要脱去苏婵衣服的时候，苏婵像突然醒了，抓住了他的手。两人的眼睛都泛着泪光。石秋生再次霸道地吻住了苏婵，苏婵没有反抗。

良久，石秋生低声问："不是说嫁我没有附带条件吗？"

苏婵这才明白，原来秋生收到那条信息了。

"可你还没回复呢。"她说。

秋生没接苏婵的话，他搂着苏婵，说："咱们一起去西安吧。"

"去西安做什么？"苏婵感到很突然。

秋生只好告诉了苏婵遇到鸡窝矿的事，以及不想就此罢休的打算。

“去西安是筹措钱吧?”苏婵问。

秋生点头。

“需要多少钱?”

“三十万。”

“那不用去了,我给你三十万。”

秋生愣住了,一时反应不过来。

“算我风险投资。”苏婵说。

秋生终于反应过来了,他问苏婵:“你哪来的那么多钱?”

苏婵说:“爸爸留给我一部分。我出来这些年也是只挣不花,三十万不是我的全部。”

“不,我不能拿你的钱。万一……”

“没有万一!就算赔了也没什么。钱是可以再挣的,不要太计较是谁的。”

“当然要计较,我不能拿女人的钱去冒险。”

“你是怕女人的钱不吉利?”

“我不是这个意思,我是说女人的钱来之不易。”

苏婵起身从抽屉里把银行存折拿出来放在秋生面前:“我不勉强你,拿不拿都随你。”秋生似乎不为所动。苏婵说:“如果把我当成你的女人,就心安理得地拿着这个钱吧。”

“正因为把你当我最心爱的女人,这钱我不拿。”石秋生说完站起身,往外走去。走到门口又停下,转头对苏婵说:“明天一早我去西安。去西安也不是借钱,是去收一笔旧账。放心吧,我不拿你的钱,我也不会欠别人的钱。”

秋生出去后,苏婵久久地望着那个存折,心中不知是感动还是难过。如果秋生拿了这个钱,她是不是又会有些轻视呢?人们说,不要用金钱去试探人心,她不是试探,只为帮秋生解困。秋生的拒绝让她感到,秋生的心在云端,高冷、尊贵。她喜欢这样的男人,像岳川。

如果苏婵更详细地知道石秋生开矿遇到的困境,她会更佩服秋生的坚强和忍耐。秋生不是个向女人诉苦的人,尽管他也需要温暖和体恤,但他不会给苏婵这样一个处处靠自己的女人再增加负担。他想让苏婵早些过上轻松日子,为了这个目标,他打算苦三年。

石秋生去找钱的时候,金万里也千辛万苦地找到了希望。

这天深夜,刚从昆仑山回来的金万里接到电话,说前两天新疆的地矿专家岳工到昆仑山考察调研,在小灶火又发现了新的玉矿带。金万里兴奋地决定，天亮就去小灶火。天亮前，金万里再无睡意，他从方方面面考虑开矿的事。妻子说："睡吧，小灶火那么长，谁知道矿在哪啊？有没有矿还两说呢。"金万里说："这回感觉像是有。"新疆的"岳工"对昆仑玉极为关注，这两年常来格尔木，金万里这些出租汽车司机都认识他。金万里说，只要岳工说有矿，总有十分可信度。

▲ 小(大)灶火玉矿是青海昆仑玉的三个主要产地之一，所产玉石以颜色丰富著称，除青玉外，亦有白玉、黄玉

为了找矿，金万里也快走火入魔了。他已经把家里的存款全部押上，还在农村信用社做了小额贷款。

第二天，天没亮，金万里就安排人去准备车辆和上山需要的东西。太阳刚出山，他们就在格茫公路上向西挺进了，经过草原、沙漠、戈壁，行走了五六个小时。中午时分离开公路，向昆仑山方向驶去，本来走得好好的，车却突然陷进了看似平整的绒草路面，并且越折腾陷得越深。抢救了几个小时，大家浑身泥浆，束手无策，车还稳稳地陷在里面。夜幕已降临，若不是周边游牧的蒙古族朋友用一辆大的越野牵引车帮他们拖出了车，不知还要狼狈多久。

出师不利，金万里灰溜溜地回到格尔木。妻子问他："这回感觉还像是有吗？"金万里说："有。正因为有，才不容易得到。"

这点困难不能动摇他找矿的决心。他计划换租越野车，继续去探矿。

05 北欧风

岳川一边继续着自己的绘画创作，一边等待着亚美的归来。这天，他听到一位同学说，亚美办了移民，不再回来了。

移民一直是亚美的心愿，只是为了岳川曾一度改变。她说岳川在哪里，哪里就是她的归宿。现在她不这么想了。这女人的心一旦变了，可真狠，岳川愤愤地想着。他和亚美的爱情，就像一首歌里唱的——“你把我引到井底下，砍断绳索你走了……”

接下来要怎么办？岳川想，他只有和亚美见一面，才能知道该怎么办。他办了旅游签证，买了机票。就要飞往阿姆斯特丹时，马琪来了电话。

“兄弟，这么大的事，你怎么就没有告诉我呢？”

岳川一时没回过味，说：“我去北欧的事？为什么要告诉你。”

马琪：“你要去北欧？什么时候去？兄弟，我和你做伴去。”

“这次不行。我明天就走，来回才一个星期。”

“一个星期最好，长了我还受不了。怎么样？择日不如撞日，回来我们一起参加岳明的婚礼。”

“岳明的婚礼？什么时间？我怎么不知道。”岳川一头雾水。

马琪得意地笑起来，说：“那我就平衡了。岳川，你也有被忽略的时候啊。哈哈哈！哎哎，先别挂电话，我的话还没说完。我想说昆山之玉的鉴定结果，你也不告诉我，让我也好随喜一下啊。”

岳川一愣：“你怎么知道的？听岳明说的？”

“不，法师说的。”

“净慧法师？”

“对呀。”

这是法师又一次对马琪的考验，看看他是不是还会动贪念，可见法师对马琪用心之深。与其捂着盖子，不如揭开亮在光天化日之下，这样谁也不用担心。岳川这样想着。

“既然法师都告诉你了，还问我干啥。事先你不是都猜到了吗？”

“哥们儿，我只是好奇心重，你别把我当窃贼好不好！”

“我没那个意思。”

“没那个意思就好。有没有同去北欧的意思?”

“没有。我是去办点私事,等不得你。”

“那好,不送。”

马琪先挂了电话。

岳川在机场给家里打了个电话,是母亲接的。岳川问及岳明的婚期,母亲惊讶于无人通知岳川,她说以为岳明早告诉岳川了。岳川明白岳明是怎么想的了,岳明也一定以为母亲早告诉自己了。想想也有好多个时日没往家打电话了,他只和父亲聊过一次,父亲一直为岳明的厂子坚守着大门,他们之间的对话简短又严肃。

“爸,好吗?”

“好。”

“家里都好吗?”

“好。”

“你好着呢?”

“好。”

挂了。

这也叫聊天?父亲平时好像不善言辞,可是一旦真聊起来,他的话却如黄河之水天上来,奔流到海不复回。所以,一般情况下,最好还是不要在电话里引出父亲的话痨“隐疾”。

岳川没有对母亲说他要去北欧,可是母亲还是提到了亚美,问岳明婚礼的时候能不能一起回来。岳川说亚美去国外学习了,到时候争取吧。母亲听到后十分期待。

到达阿姆斯特丹的时间是黄昏。根据地图,岳川住进了离亚美家最近的一家酒店。房间里有偌大的落地窗,通透明亮的颜色,色彩斑斓的点缀,行云流水的线条……荷兰是靠近北极的高纬度国家,气温低,光照弱,冬季漫长……这些都直接影响了他们的室内设计风格。听说亚美现在就以室内设计为生,以她的功力,应该得心应手。

岳川在街上找了个公用电话,按同学秘密给他的电话号码打给了亚美。亚美在毫无防备的情况下接了电话,一听到岳川的声音,顿时哑然。岳川故意显得很匆忙、很随意,他说:“亚美,我途经阿姆斯特丹,现住在冯德尔酒店,希望今晚能见你一面。明天,我就转到丹麦去了。”

亚美果然放松了下来，说一小时后在酒店一层的咖啡厅见。

岳川从未感觉到一个小时的时间这么漫长，难熬得他早早下楼到了酒店门口。突然，他发现亚美竟早到了。灯光下，亚美独自在一块空地上徘徊，显得无助而矛盾。两人见一面内心要这么纠结吗？

“亚美——”岳川大喊一声向亚美跑去。

亚美听到声音，抬头看到了岳川。

在飞机上，岳川设想过一百遍的见面情景，此时都化为烟雾。看见亚美激动地望着他，岳川扑了上去，就在将要抱住亚美的时候，他发现亚美的眼神突然变得清澈而冷静。他还是不顾一切地拥抱住了亚美。

在被岳川抱住的那一瞬间，亚美闭住了眼睛。这是她日夜思念的爱人啊，今天毫无征兆地从天而降，是上天终于眷顾自己了吗？

许久，岳川放开了亚美。

“亚美，你瘦了。”

亚美立即恢复了她的大大咧咧：“想炸酱面想的。”

“只想炸酱面吗？”

“还想火锅、红焖羊肉。”

“妈妈会做给你吃呀。”

“也许是水土的缘故，在这里做出来的总不是那个味道。”

“那就回去吃，这不是什么难事啊。”

“我还是瘦点好看吧？”亚美笑着问，像面对着一个老朋友。

岳川没回亚美的话，他问亚美：“你晚上吃饭了吗？”

“你电话打来的时候，我正在吃。”亚美回答。

两人来到咖啡厅就座。岳川发现亚美的脚还是有点跛，但不明显，不知道的人看不出来。

热咖啡端上来了，岳川帮亚美加糖。

亚美拦住了他：“不用了，我现在喜欢喝苦的。”

“需要甜点吗？”

“黑森林吧。”

黑森林是岳川喜欢吃的甜点，亚美从不吃的，岳川还是点了。果然，亚美并不吃，说怕胖。岳川自己吃了一块又一块，他还没吃晚饭。

亚美问岳川：“来荷兰什么任务？”

“寻亲，”岳川说，“寻找我逃跑的爱人。”

亚美一愣，半晌说：“既然能逃跑就不是爱人。”

岳川说："她是想把她认为不完美的东西带走，但是她太傻了，她带走的是我的完美。自从她走后，我变得很不完美，生活、创作都一团糟。"

亚美动容："只要不是生命受到威胁，其他的习惯都可以改变。"

"灵魂都没了，生命如同行尸走肉，这不是最大的威胁吗！"

亚美的眼睛迷离起来。她说："岳川，我知道你迟早会找来，因为我不是生活在真空里，和国内还有千丝万缕的联系，你只要用心找就能找到我。但我没想到你来得这么快。尽管快，也还是晚了。说晚了并不是我办了移民，而是我已经把你放下了。既已放下就不要纠缠，你应该明白，我走出这一步很不容易。"

岳川问："能告明抛弃我的理由吗？我也好知道自己是怎么'死'的。"

亚美说："我没有抛弃你，我是自我抛弃。"

岳川沉吟片刻说："亚美，记得我对你说过，我生命中有过一个女孩儿，她是为我逃的婚，至今孑然一身。那时我太年轻，不懂得要珍惜这样的感情。当我在昆仑山下遇到她，我深深地觉得，我不配爱她，她也早属于她自己了。亚美，现在，我也不配爱你，可是我不想若干年后，再痛悔自己不懂得珍惜你……"

亚美没说话，如鲠在喉。

岳川接着说："虽说我的事业在国内，但是，你若执意在北欧生活，我也可以留下。"

"可是你说，明天早晨你就去丹麦。"

"不那么说，你能出来见我吗？你想想，我们多久没见了。"

亚美眼圈红了。

"就算十年没见，你一句话仍然能把我骗到你面前。"她说。

岳川大笑起来："你走了很远的路，还是没走出我的套路。"

第二天，岳川去拜访了亚美的家。岳川从国内飞来的时候，是很想探望探望亚美的母亲的，没想到老太太年前就回北京了，她过不了北欧的冬季。那是一个深爱岳川的老太太，可惜她奈何不了自己的女儿，对岳川也只有缄默了。

亚美说北欧的冬季很漫长，一到冬天，早上八点天还没亮，下午三点左右天就黑了，一天里只有几个小时能看见太阳，简直就是暗无天日。岳川说："据说北欧人患抑郁症的概率特别高，这跟冬季的漫长有关吧？我无法想象，你竟然可以安然度过这样的冬天。"

亚美一副无所谓的样子，她说："漫漫冬天就像我干不完的活，不过壁炉里的火苗很给人灵感。北欧风格常常被人们称为'性冷淡风'，这很不恰当。"

岳川看着亚美的设计样本和设计图说："是啊，在我看来，在这种冷淡中透着生机和热情，还有火苗的灵动。"

"这要归功于北欧人对色彩'丧心病狂'的运用。"亚美说。

岳川说："也可以这么说——他们使用鲜艳吸睛的高饱和度色彩做搭配，也喜欢使用高级灰（莫兰迪色）作点缀，效果都很不俗。"

说起构图、色彩，他们很有共同语言。

亚美去煮咖啡，岳川来到她的设计室，不想却看到了自己写的小说《昆仑神话》的手稿。

书打开着。

那一页写的是：

西王母与魔界大战之后，与穆王结下了深情厚谊，穆天子也为西域盛景流连忘返。不料，朝内来报徐偃王叛乱，东夷侵扰中原。周穆王不得不告别西王母，御驾东征。在告别的宴会上，两位相见恨晚的国君，吟诗抒发依依惜别之情。周穆王起誓，三年后会再来昆仑山……

岳川深受震撼，这是自己看了有关昆仑神话才把这些故事编撰到一起的。这本神话小说写得太早，岳川都忘了自己写了些什么了。

他索性坐下来看了起来。

……棱格勒峡谷，就是死亡谷，到现在那里都是魔界。无论动物还是人，都是有去无回。——他有些恍惚，这是出自自己之手的文字吗？可当时他并不知道棱格勒峡谷就是死亡谷。

亚美把咖啡端来时，见岳川正沉在自己的小说面前。

亚美说："你是不是常常被自己的作品感动得死去活来？自恋狂！"

"自恋狂？第一次听你这样评价我。"

"你自己不知道？"

岳川很没把握地问："自恋不好吗？不爱自己怎么能爱别人？你不会是因为这个离开我的吧？"

"真不懂幽默。"

"你的幽默有点北欧风。"

两个人都笑了。

整个一个冬天，亚美的心里没有感到过的温暖，现在岳川全部补偿给了她。这是怎么了？自己原本不就是因为失去了爱情而流浪的吗？现在怎么有一种失而复得的喜悦呢？

这一夜，亚美所有的想法都得到了改变。

她想，活在当下，全都享受了吧！我不要活成苏婵，把自己与爱人的距离拉得那么远，让有情人之间只能遥望。

有时候，人并不懂得自己需要什么。

需要尊严还是需要爱情？

两者似乎都很重要，但是，哪个更重要些呢？她悄悄地揣测着自己的内心。

当感觉到尊严和爱情发生冲突，大多数人往往选择了尊严，得到尊严后又在乞求爱情。然而，那个尊严，真的是尊严吗？

▲　在青海青料上运用苏州玉雕的浅浮雕工艺，雕出的玉器花纹纤毫入丝、轻巧秀丽，这就是创新与传统的碰撞下的极致浪漫

第十一章

那宝藏与荒凉并存的昆仑山，寄存着多少男人的梦想！可是，能为男人的梦想买单的，只有血和泪。

01 以心换心

医院建议瑶瑶立即做心脏手术，做这种手术需要家长出面。瑶瑶不同意龙宝亮通知父母，她说打打针就好了，没那么严重。

龙宝亮左思右想，还是给苏婵打了电话，征求苏婵的意见，问自己要不要给瑶瑶的父母说，如果要说该怎么说。苏婵说事关瑶瑶的身体健康，瑶瑶的母亲有知情权。于是，苏婵来到姚嫂面前，告诉她宝亮从西宁来电话，说瑶瑶住院了。姚嫂一听立即问："不会是心脏不舒服吧？"苏婵说还是当妈的最了解女儿，就是心脏出了问题。

当天晚上，老姚就逼姚嫂上了火车。苏婵通知龙宝亮第二天一早去火车站接姚嫂，同时又雇了一位为老姚做饭洗衣的钟点工。苏婵从来都是在大院里静悄悄地生活，现在突然要料理大院里所有的事，觉得很新鲜，她才发觉原来自己也是一个大管家的料。

姚嫂一下火车就对龙宝亮说："瑶瑶做心脏手术是迟早的事，拣到她的时候，医生就说过这个话。"这是什么话？"什么是'拣到她'？"龙宝亮纳闷地问。姚嫂恍然："我以为你们在格尔木都听说了呢！瑶瑶不是我亲生的，就是因为有难以医治的心脏病，才被她的亲生父母遗弃在医院了。"

龙宝亮震惊，低声问："那瑶瑶知道她的身世吗？"

姚嫂流着泪说："不知道她知不知道，从来没听她问起过。瑶瑶是个懂事的孩子，她就算听说了，也不会问的。"

龙宝亮心如刀绞。这样一个可怜的生命，却藏着一个高贵的灵魂，他非常心疼瑶瑶。

因为西宁医院的条件有限，瑶瑶的手术要预约北京大医院的专家来做，等待时间要两个月或三个月。龙宝亮二话不说带着瑶瑶去了北京，他希望能在北京的大医院找到治愈瑶瑶病痛的良方。姚嫂不能跟随，毕竟已到了寒冬腊月，家里还有一个瘫着的丈夫。另外她还得回去筹措手术费。

姚嫂还没到家，龙宝亮的电话已经从北京打回来了。得知瑶瑶并非姚家亲生，苏婵也相当震惊，但眼下不是关注这件事的时候。

瑶瑶需要一笔手术费，龙宝亮说要十多万。这在苏婵不是难事，更何况龙宝亮自己也有一些积蓄，关键是要看姚嫂的意愿，就是借钱给别人也不能强借啊。果然，姚嫂回来后并没有提借钱的事，她很快就把钱打给了龙宝亮提供的医院账号。

按照青海高原心脏病研究所转院的通知，龙宝亮带着瑶瑶，一路找到北京阜外医院。医院立刻会诊，当天就有了手术方案，这种效率令龙宝亮十分欣慰。还有更好的消息，医生说这种手术他们有把握，手术后瑶瑶会恢复得像常人一样健康。听到这个消息，两人眼前如同春天般明亮起来，龙宝亮相信，瑶瑶能挺过这一关。

手术前，瑶瑶要求龙宝亮带自己去天安门、长城、故宫等处去转转。龙宝亮说现在不是时候，万一上到长城出了状况，他龙宝亮就是有九条命，也换不回瑶瑶一条命来。他承诺等瑶瑶做完手术，恢复了，一定专门带瑶瑶旅游。瑶瑶很听话，没有再闹，她觉得龙宝亮能放下工作陪她来北京，已经是作了巨大的付出，完全忘了自己是因为给龙宝亮找那块石头引发的心脏病。

这孩子从来都是这样，只想着别人的好，不记得自己的付出。瑶瑶从来不会因为老姚夫妇不是自己的亲生父母而心生嫌隙，而是更加感恩，如果不是他们把自己拣回家，捧在心尖上，现在还不知自己是个什么命运。瑶瑶觉得能遇到养父养母是前世修来的福。那还是在小学的时候，瑶瑶得知自己是拣来的孩子后，跑到河边哭了很久。同学对她说："你是拣来的孩子，因为有病让亲生父母扔在医院里了。我是听我爸妈说的。"瑶瑶想，她这种人来到世界上就是给别人添麻烦的，所以要更加努力，不给养父母增加负担，不能让他们后悔拣了自己。至于心脏病，可能是父母给她长期吃药，她从来也没有感到过痛苦。这一次，她知道了自己病情的严重性，如果不手术，真有活不成的架势。

还有三天就要进手术室了，瑶瑶在电视上看到一则人民大会堂音乐晚会的演出广告，就提出要去看演出。她激动地对龙宝亮说，吸引她的不是音乐会，而是人民大会堂，她特别想去人民大会堂里面看看。

瑶瑶的情绪点燃了龙宝亮，他也没去过人民大会堂，更何况是去听音乐会。再说，去大会堂对瑶瑶来说也没有什么不安全的，万一发病，叫救护车应该也方便。龙宝亮立即打电话向票务处购票，可是票早没有了，让他白激动一场。这时病房有人提醒他们，兴许能在大会堂演出厅门口钓到黄牛倒的票，只不过票价会贵很多。不怕贵，就怕没有，瑶瑶和龙宝亮决定当晚就去大会堂碰碰运气。

他们匆匆吃了晚饭，冒着凛冽的寒风出发了。

冬天，北京上空成了乌鸦的乐园，夜幕降临时，它们结群低飞，甚是壮观。看见这些乌鸦，瑶瑶心里很不舒服，尤其是听到乌鸦叫更觉晦气。她低着头飞快地走着，龙宝亮一把抓住了她。

“干什么？”瑶瑶喊。

原来宝亮拦住了一辆出租车。出租车三拐两拐进了长安街，但不能靠近大会堂。他们不得不下车，走着绕过大会堂的北门到东门。一路上有人寻问：“退不退票？”“把票退了吧？”

瑶瑶站在大会堂门口，用羡慕的目光望着那些持票进去的人。

忽然有人问她：“要票吗？”

瑶瑶惊愣，龙宝亮已接话：“要，有两张吗？”

“就一张。”

“多少钱？”

“一千一。”龙宝亮二话不说就掏钱。

瑶瑶还没反应过来，票已到手。

龙宝亮把票递给瑶瑶，说：“快进去，我在外面再等一会儿，兴许还有退票的。”瑶瑶后退着摇头，说：“这张票你拿着，再有退票的，我再要。”

龙宝亮说：“快进去，马上要开演了。我对音乐会又不感兴趣。你不去，这张票就作废了。”

瑶瑶犹豫了，眼看着大门口没有再往里面进的观众了。

“你到底看不看了？”龙宝亮面有愠色地问。

瑶瑶接过票，快步离去。临进门时，她回头看，见龙宝亮正在跟一个人交涉，接着，龙宝亮大步向她走来，手里挥舞着票。瑶瑶高兴地跑过去，一下子扑进了龙宝亮的怀抱。这时候的瑶瑶，感到冬天的夜晚特别温暖，世界非常美丽，生命极其珍贵。

进入大会堂，哎哟，真的好温暖啊！

找到楼上各自的座位坐下，瑶瑶和龙宝亮遥遥相望。瑶瑶开始观赏大会堂的顶灯，那盛开的莲花的造型真是巧夺天工。旁边一位白发老人说：“大会堂的建设是从全国调集了大量的能工巧匠完成的，现在的建筑技术也未必能达到这个高度。”

曾在电视上无数次看到神圣的大会堂，今天自己却能坐在这里听音乐会，回去要给格尔木的人怎么说呀？瑶瑶兴奋得想哭。

这时，旁边年轻人问瑶瑶：“姑娘，你的票是多少钱买的？”瑶瑶说一千一百元。“啊？我们同事有事不来了，这票是我刚才在门口卖给黄牛的。”瑶瑶问：“你多少钱卖的？”年轻人说：“一百。”瑶瑶“哦”了一声，气定神闲地开始等待音乐会开演。年轻人看看她说：“你被骗了，你知道吗？”瑶瑶笑笑说：“对我来说，这票值一千。”年轻人看她一眼，不再说话。瑶瑶望向龙宝亮，龙宝亮正聚精会神地数着顶灯，像个孩子般可爱。

7 点 35 分，超出预定演出时间 5 分钟了，大幕还没有拉开，观众催场的掌声此起彼伏。

半晌，幕布总算缓缓拉动，哗！舞台布景很漂亮，灯光神秘而自然。主持人千呼万唤始出来，并且未语先叹，她宣布了一个意外的消息：“由于飞机延误，演出设备未能准时运达演出现场，今晚的演出取消了。”

“什么？”观众们全愣了。这不是开玩笑吧？这也太不真实了。

接下来演出方代表上台解释。解释时间很长，用的是英语。观众们觉得自己受到了愚弄，不时有人大声嚷嚷——“有翻译吗？”“为什么不早说！”“今天要演出了，设备还在路上，没搞错吧！”瑶瑶也感到非常失望，可是看到演出方代表也很难过，发声几乎用的是哭腔，她就平静了下来。

解释工作在一片嘈杂的抗议声中结束了。观众被告知，从哪儿买的票到哪里去退。瑶瑶又一次望向龙宝亮，却见龙宝亮的座位空了。她正寻找，身后传来龙宝亮的声音：“瑶瑶，我们回去吧。”这时，瑶瑶身边坐着的一位老人正好站起来离场，瑶瑶急忙让龙宝亮坐下。

两人决定不回去，即便回也要最后一个离场。很多人也都久久不愿离开，一是外面太寒冷，二是进来一趟不容易。

瑶瑶和龙宝亮相顾而笑。瑶瑶转头看了一眼她身边的年轻人，他也岿然不动，大有不到最后决不放弃的架势。就这样，大家都待着，直到楼上观众望着楼下的观众，楼下的观众全站起来望着楼上的观众，互相成了看客。一部分观众不走，大会堂工作人员也不清场。

“走吧，不要再毫无意义地耗下去啦。”龙宝亮说。

瑶瑶不肯起来，说只要还有人等在这里，演出就有可能进行。没想到还真被她说中了。晚上9点45分，设备到了，演出继续举行……这是瑶瑶坚守的胜利！真是谁笑到最后谁笑得最好。瑶瑶相信为了这场演出，演出方也做出了所有的努力。她感谢他们使自己如愿以偿。

进手术室的这天，瑶瑶心很慌。她不知道自己还能不能活着出来。龙宝亮似乎看透了瑶瑶的心思，对她说："拿出你听音乐会的那种坚持来！只要你求生的欲望足够对抗死神的力量，你就一定能走出医院。"瑶瑶点头说："我想活。世界多美丽啊，活着多好啊，还可以和你去听音乐会。"

龙宝亮说："瑶瑶，我就喜欢你这种热爱生活的态度。我等着你，只要你不嫌弃，就嫁给我吧。"瑶瑶捂着嘴笑了，笑得很羞涩很甜蜜。

02 最后一炮

石秋生去西安一个星期了，他走后焦阳也四处打电话问战友借钱。十天后两人在格尔木碰头，石秋生带回来二十万，焦阳只借到五万。

焦阳能借钱的地方很少，因为在格尔木，很多人的钱他是不能借的。石秋生很理解焦阳，他对焦阳说："这二十五万，加上前面剩下的岳明大哥的七十万，差不多也够了。""先省着点用，万一很快就出玉，就可以边挖边卖，运转起来了。""要是不出玉呢？""呸呸呸，乌鸦嘴。"两人说着出门喝酒去了。

苏婵接到了文胜东打来的第二笔订金，五十万。这钱苏婵要给工人发工资，要交场地租赁费，还有其他一些必要开支，她仍然可以拿出三十万给石秋生，却没有这样做。她既然已经了解了石秋生的心思，就不想给石秋生压力。西宁是暂时不能去了，还不知道石秋生第二次进山是个什么结果，她不能扔下石秋生不管。哪怕她只是静静地守候在格尔木，对石秋生也是一种激励。

在酒桌上，石秋生向焦阳表明了自己的真实内心：挖到了玉，就娶苏婵。焦阳问："要是挖不到玉呢？"石秋生说："必须挖到。"焦阳说："苏婵不会在乎你有没有钱，她要的是你的爱，你的勇敢和努力。"

两人说着说着就喝多了，回想起孩提时代的很多往事，不禁泪水盈眶。很久以来，他们俩没有这么面对面地话衷肠了。没有郑开心在身边，石秋生突然感到了轻松。郑开心这两年死死拴着自己，自己感觉有时真比失去自由还痛苦。可是有什么办法呢，他石秋生毁了人家的家，毁了人家孩子的前程呀。来自郑开心的惩罚，估计会伴随自己一生。

石秋生的突然沉默，让焦阳以为他想苏婵了，就问他要不要散伙回家。石秋生说:“不,酒才刚开始喝,为什么要散伙?我只是突然想起郑开心了。”焦阳叹口气说:“这孩子也在长大,相信会成为你的好帮手的。等他恋爱了,有了自己的生活,就不会这么黏着你了,也会懂得你的好。”

焦阳的话让石秋生重拾带好郑开心的信心。他真希望郑开心的未来能够开心。

石秋生重整旗鼓又回昆仑山去了,他想,采到玉就向苏婵求婚。可是一个月过去了,他才知道自己是多么无知可笑:玉脉真是如烟似雾、飘忽不定;偶尔露出的矿脉又被厚厚的岩石层包裹,每取一块岩石必须去掉大量包在外层的坚硬岩石,才能看到它的真实面貌。矿工们坚持要用炸药,否则就不干了。

真的要用炸药吗?矿工们说:“谁都在用炸药,公家的矿不是也用过炸药吗?如果不用炸药提高效率,就是再挖一年,我们还是这个样子!”

矿工们的话不中听,但是中用。

石秋生下山找炸药。

焦阳听说后,严厉阻止。他告诉石秋生,一旦用了炸药,将对昆仑山脆弱的生态造成严重伤害,也会损害到玉石的;还会引发更大的问题,埋下人员安全隐患。焦阳好话赖话说了一大堆,石秋生始终没吭声。

金万里几次去小灶火勘察,无论如何艰难,都没能亲眼见到玉。这一天,他在另一个“巴森”的带领下,自驾越野车,又一次向昆仑山挺进。

行驶到美丽的草甸前,他没像往常那样再想法子开车通过沼泽,而是毅然弃车步行。他们翻过几座大山又过了几道梁,来到一个小峡谷,终于看到了大片裸露在地表、经过了岁月冲刷的青玉,当时的惊喜之情真的是难以言表。他们用随身所带的矿泉水浇向干渴的玉石,看到玉石发出晶莹的光泽。

所有的劳累、饥渴一扫而光。尽管他们回去的时候,双腿都跟灌了铅一样沉重,但心底是无比的欣慰与欢畅。

接下来,金万里需要办理开矿手续和筹备所需物资。有焦阳的支持和帮助,开矿证很快上报并批了下来。金万里和玉矿所在的乡也签了探矿合同。进山开矿首先要修路,他估算从公路到玉点,开山修路大约要二十天。

金万里把他任命的矿长王成以及修路的队伍送进山口,约定一个星期后进山给他们送给养。这时候,金万里迫切需要打两个重要的电话。

第一个电话打给岳明,为的是石料的销售。金万里并不知道岳明正在支持石秋生开矿。岳明听说金万里也要开矿,立即表示祝贺,并且一口答应金万里的请求,说不但需要他的青玉,也会在扬州帮他销售。金万里千恩万谢。

第二个电话打给文胜东,为的是玉矿的合作。金万里知道文胜东已经有了资金的积累，并且想开矿都想疯了，他是有备而来。文胜东也祝贺金万里旗开得胜。但是一听说合作，文胜东实话说，他的资金已有安排，没有余力合作了。金万里听了有些傻眼，自己辛辛苦苦独自找矿，就是为了有合作的资本，文胜东是他合伙的不二人选，现在却落空了。

金万里脑子里在快速划拉着其他有能力投资的人。

“轰！”一声炮响，石秋生还是炸山了，他偷偷把炸药运上了山。焦阳得知后匆匆赶上山，愤怒地说：“石秋生，你这是暴殄天物！该说的话我都说过了，可你就是不听！”

石秋生说：“你在矿上时，怎么不阻止他们用炸药？”

“我那时没那个权力。现在我管这方面，尤其对你，我有责任。”焦阳急赤白脸地说。

“你对我有什么责任？你又不是我爸！”

两人吵了起来，还动了手。没有人上前劝阻。最后石秋生先罢手，他嘴角流着血说：“就点最后一炮，有玉就挖，没玉下山。”

“这可是你说的。”焦阳妥协了。

眼看着炸了几天的炮都没有玉的迹象，炸药也快用完了，淘金汉们也心灰意冷，看样子这个位置不会有玉脉了。

▲ 最后一炮炸出了开矿人的第一桶金

最后一炮，淘金汉们将所剩炸药全装进了一个炮眼。

“轰”一声地动山摇，石秋生扑在了郑开心和焦阳身上。爆炸引起山体崩塌，滚石飞下，追着几个爆破人跑下山崖。石秋生背部的衣服被爆炸的冲击波撕得一干二净，他人事不省，被送下山。

三天后，石秋生在医院里醒来，守着他的是苏婵。

石秋生惊问：“我已经死了吗？”

苏婵一愣：“嗯？你见到鬼了？”

石秋生说：“不，我见到了神仙姐姐，这是在梦里吗？”

苏婵笑了。

病房门突然推开，焦阳兴冲冲地进来说：“秋生，最后一炮出玉了，是上好的碧玉！”石秋生用懵懂的眼神望着焦阳，嘴里嘟囔着：“原来人死了，好事就都来了。”焦阳仍然兴奋地说：“你听到我说的话了吗？最后一炮出玉了。但是，罚款你要交，政府三令五申不准用炸药，你不听。哎，你怎么了？”

苏婵说：“炸傻了，他以为他已经死了。”

焦阳哈哈大笑起来：“那让他傻着去吧，我把矿转给别人去。”

“你敢！”石秋生大声说。

焦阳说：“我告诉你，目前你仅仅靠盲目爆破零星炸出一些玉石来，也有可观的顶级料，但产量不好说，而且极有可能不稳定。你把玉石炸得粉碎，结构也破坏了，还不知道后面什么情况呢。”

石秋生说：“你什么意思，见了玉了，却不让我干了？”

焦阳说：“我只是把实际情况告诉你，让你不要高兴得太早。另外给你说一下，你矿上的矿工伤了六个，还有两个跑下山崖失踪了，我派人正在寻找。”

石秋生一下坐起身：“那六个伤员呢？”

焦阳说：“都送到医院了，等你伤好些了，可以去慰问。”

“那矿上呢？”

“让郑开心和五毛六毛守着呢。我还得谢谢你救了我的命！我能做的也只有这些了。”

石秋生伸出手说：“够意思，你是我真正的兄弟。”

看着石秋生和焦阳的手紧紧握在一起，苏婵不禁热泪盈眶，她转身走出病房，心想，那宝藏与荒凉并存的昆仑山，寄存着多少男人的梦想！可是，能为男人的梦想买单的，只有自己的血和泪。

苏婵买了饭菜再回到医院时，焦阳已经离开。

石秋生对她说：“焦阳说，野牛沟的白玉矿已经让浙江一个搞建筑的老板承包了去，文胜东没有得手。”

苏婵知道文胜东一直做着承包野牛沟白玉矿的各项准备，看文胜东成竹在胸的样子，怎么也没想到是这么个结果。

石秋生说：“承包、投标，这里面水很深，关系错综复杂，少不了暗箱操作。文胜东没得手就说明文胜东还比较书生气。你告诉他，我们的碧玉矿出玉了，可以给他优惠。哈哈哈！”

听着石秋生这么爽朗的笑声，苏婵也开心。

石秋生说：“柳暗花明啊。三天之内我必须上山。郑开心毕竟是个孩子，如果发生抢矿之类的事，他招架不住。”

“你背上的伤这么重，怎么出院？到了昆仑山缺氧，伤更好不了。”苏婵担心地说。

石秋生说：“活着就不错了，现在不能顾忌这点伤。”

苏婵说：“活着就该珍惜生命，否则，就是整个昆仑山的玉都是你的，又能如何？”

一句话点醒了石秋生，他想了想说：“那就再休息一个星期？可是不行，郑开心那小子怎么办？”

苏婵明白石秋生操心的是郑开心。这两年石秋生已经习惯了被郑开心盯着的日子。与其说郑开心离不开石秋生，倒不如说是石秋生离不开郑开心，没有郑开心，身后空空，真不习惯。责任一旦成为习惯，就是牵制人的羁绊。

三天后，石秋生撇下苏婵，采购了物资，又招了十几个民工上山了。临走时他让苏婵哪也别去，等他下山。难道他已经发现苏婵心怀去意？

石秋生走后，苏婵说服自己留了下来，一来给文胜东的玉雕正在火候上，如果走，石头太大不好搬动；二来她还是舍不下石秋生，转眼三十五岁的年纪了，遇到石秋生这样的人，应该懂得珍惜。

眼看快到年底了，石秋生还没有回来。苏婵答应了去参加岳明的婚礼的，婚礼定在千禧年的第一天，这是一个好日子。她这次回去还有一件事，就是要给母亲和师父一个认可。她决定十天后走，如果在此期间石秋生能回来，就一起去。

03 生死决

石秋生风风火火赶到矿上，却不见郑开心和五毛六毛的影子，他大声叫着几人的名字走进矿场。一排陌生人出现在他面前，为首的是一个光头。他们全拿着挖山工具，粗算了一下有二十人。石秋生看到他们身后，放着已挖出的一堆石头。

▲ 在荒无人烟的昆仑山深处，有一些简易工棚孤零零地建在半山腰，那是开矿人在玉矿作业面附近辟出的生活营地，用于住人、存储工具和机械耗材以及中转下山的矿料

“谁叫你们来这儿的？不知道这是我的矿吗？”石秋生愤怒地问。

没人搭理他的问话。光头手一挥，这些陌生人立即转身继续狂挖，似乎完全听不到石秋生的叫喊和怒骂。这实实在在是抢矿啊！

石秋生掏出枪，对着天空就是两枪，大声说：“子弹不长眼睛！谁再敢动一下铁镐，今天就是他的忌日！我限你们五分钟之内退出矿场！”

与此同时，石秋生带来的人也已将那些人团团围住。那些人不敢再动了。光头似乎外强中干，也不敢再瞎指挥。石秋生此时从心眼里感谢万家驹，若不是他送来一把真枪，今天这矿就没了。

“滚出去！立刻！”石秋生大声命令着。

带来的矿工让出一条道。

那帮人走时竟一人抱了一块石头。

有矿工想夺下那些石头。

“放他们走。”石秋生说。

他是不想发生流血事件。其实在这荒山里，打架流血就像野牦牛争雌斗殴，是最普通不过的事情了。人们为了石头以命相搏，为生存而战。只要可能，石秋生总是选择不动武。谁都是血肉之躯，财富和尊严都比不上人命重要。

那帮陌生人走后，矿场一片狼藉。

石秋生突然想起郑开心和五毛、六毛，他们人呢？石秋生领着矿工们找遍了矿区前山、后山以及帐篷里外，都不见他们的影子。石秋生心慌了，会不会是这帮人来了后把他们三人给活埋了？石秋生赶紧命令矿工：“快！快去把那伙人拦住，问我们的三个人去哪了？”

矿工们立即向那帮陌生人追去。

两个小时后，矿工拉着两个人回来，其中一个是光头。光头交代说：“一个人被我们推到沙坑里去了，两个人把石头运走了，就是因为他们往外运石头，我们才知道这里新出了矿。”

石秋生忽地一下站起来：“快说！你们把人推到哪个沙坑里啦？这大半天渴都渴死了！”

光头指着一个方向：“在那里。”

石秋生想，被推到沙坑里的一定是郑开心，偷走石头逃跑的是五毛和六毛。

大伙跟着光头找到了沙坑，看到郑开心被绑着，已经奄奄一息。

救出郑开心，一直等他哭够之后睡到天黑，石秋生才问起事情的经过。郑开心说：“绑我的是那两个狗东西，推我进沙坑的是这帮狗东西。”郑开心在矿上已经学会了骂脏话。

石秋生问：“哪两个？”

“还能有谁！他们说你石秋生活不成了，我跟他们打起来，他们把我绑了，叫来人把两三吨石头拉走了，那石头还有这么大的……”郑开心比画了一个圆桌大小的体积。石秋生知道他说的是五毛六毛，心想连这样的人都能背叛，可见玉石的诱惑有多大。

“五毛六毛从哪叫来的人，是些什么人？”石秋生问郑开心。

“不认识，”郑开心说，“好像是他们的熟人，五毛跑出去一天就叫来了。他肯定是在纳赤台打的电话。”

石秋生安顿好矿上的事，让矿工们稳稳当当开了工。这次找的这个工头是焦阳的熟人，应该没有问题。然后，他带着郑开心下山了，一是给郑开心检查一下身体，二是去找找五毛六毛。两三吨石料就这么丢了，他咽不下这口气。

事情是昨天发生的，五毛六毛肯定还在格尔木，他们即使找的熟人，熟人也不会这么快就把石头运到外地去。石秋生决定先找到五毛六毛再说。

到了格尔木，先安排郑开心住进了医院，石秋生立即来到了黑三角。石秋生在黑三角没有找到五毛六毛，几乎没有人看到他们回来过，显然是躲起来了。石秋生打电话告诉焦阳发生的事情，焦阳立即出来和他会合。

“不要把事情闹大了，找到五毛六毛把玉石追回来就行了。”焦阳说。

“那不行！”石秋生说，“偷盗者罚，这是规矩。我们姑息养奸，害了天下人。当初他们偷了苏婵的石头，苏婵以德报怨，结果怎么样？结果害了我！贼的骨子里根本没有感恩的基因。”

为了找到这弟兄俩，石秋生夜里蹲在五毛六毛租住的屋外三个来小时，果然在凌晨等到了他们。弟兄俩跪地求饶，说石料已经卖了，明天给钱。

“卖给谁了？”

“文胜东的人。”

“什么？那是谁去帮你们拉的货？”

五毛半晌说：“是万家驹的人。”

万家驹？万家驹坐牢了还阴魂不散。

石秋生用枪点着五毛六毛的头说：“听着，不许离开格尔木。我回头再找你们算账。”

说完这话，石秋生就去了文胜东的仓库。仓库正好开着，石秋生一步跨进去，就看到一堆碧绿的石头堆在门口。正像郑开心说的，桌面大的一块石料显眼地立在那里，大约有几百公斤重。他对仓库保管员说这批石头是他矿上的，要和文胜东协商解决。不想，对方拒绝了他，说这事和文总无关，与石秋生也无关，仓库主任已经把款子都交给货主了。

石秋生一听气不打一处来，他立即向焦阳要了文胜东的电话号码。焦阳听说文胜东的人收了那批石头，说别闹事，把石料款追回来就行了。

“不行，我就要我丢了的石料。文胜东不能助纣为虐，否则在格尔木这个圈子还怎么维系关系。”石秋生顶上牛了。

焦阳一想也对，便将文胜东的手机号给了石秋生。拿了电话号码，石秋生不忘嘱咐焦阳：“这事就别对苏婵说了，她和姓文的有合作，不用知道此事。”

“明白。”焦阳答应。

电话通了。没想到文胜东不等石秋生说完，就冲他说：“你要是男人，就冲进仓库把自己丢的石头抢出来，然后再去把盗贼打个半死送去坐牢，否则，在格尔木开矿没有太平日子。”

“好，我要的就是你这句话。”

石秋生雇了一帮人，开着车，把石头抢了出来，接着去找五毛六毛算账。弟兄俩早人间蒸发了，石秋生在黑三角留下话：“此生别让我石秋生见到他们！”

老姚听说五毛六毛偷了矿，觉得自己很对不住石秋生，因为是自己把这两个人推荐给石秋生的。想不到他们“痼疾难愈”，给自己丢了这么大的人。唉！这年头，好听的话别当真，难听的话也别较真，认真你就输了。

石秋生把抢回来的石头在市场上卖了，正准备返回矿上，却被警察团团围在了姚家大院，有人报案说他私藏枪支。石秋生在被控制的情况下，房间被搜了一遍，警察一无所获。石秋生说自己是被诬告的，老姚、瑶瑶妈也都出来作证，警察这才没把石秋生带走调查。

石秋生马上想到报案的人不是五毛六毛，就是文胜东的仓库主任，那天抢石头他掏了枪，虽没开枪但足以震慑人。幸亏一回来焦阳就把枪没收了，否则自己肯定摊上大事了。警察来的时候，苏婵在她的工作室，否则还不知道又是怎样的一番担忧。

事后，石秋生对焦阳说："从现在开始，我是提着脑袋开矿了。我有事嘱托你，一旦我……"

"不用你说，这个世界离开谁都能活，你不用担心苏婵。"焦阳平淡地说。

"我不担心苏婵，也许没有我她还会更坚强。"

"那郑开心你也不用担心，没有你，他也一样坚强。"

"那我就放心了。"

金万里计划二十天修通路，进入矿点时已经是五十八天之后的事了。路修得很艰难。更要命的是，他们遇到了难缠的邻矿，开矿之后事端频频发生。

西面有家青玉矿，矿主周龙、苟安在王成他们修路的时候就多次过来找碴，指责他们越界。王成知道这是无理取闹，本着金万里交代的多一事不如少一事的原则，一忍再忍。甚至，苟安从山坡上居高临下地往工地扔用易拉罐自制的小型炸药包，王成都隐忍了下来。

无底线的忍让给了对方一种信号：胆小怕事，那必定心中有愧。在金万里开采出来一部分青玉准备运输的时候，周龙、苟安的挑衅便加剧了。苟安通过检举，居然带领警察连夜搜查金万里的玉矿，在矿点查扣了几公斤炸药，理由是来路不明，非法取得。

第二天，金万里在格尔木刚要出门，就被请进派出所做笔录。他这才知道山里矿上出了事。

警察说："你要说清楚炸药的详细来历。"

当时哪个矿点没有几斤炸药？金万里以为把事情说清楚了就可以回去了，可是几个小时过去了，办案民警只是在不停地打电话，却不说让他走。他只好直接问民警："我可以走了吗？"民警却说："不好意思，你今天回不去了。你打电话让人来把你的车开回去吧！"

金万里知道事态严重了，给副手打了电话，然后又给妻子打了个电话，开玩笑说："今晚我夜不归宿了，你别担心。"

接着，民警给金万里办了拘留手续。

金万里没有抗拒，也没有分辩。他明白，自己一定是掉进了周龙、苟安设的局里。自己只是个出租车司机，无权无势，又没有什么强的社会关系；好不容易找到了矿，却找不到资金，把家里的房子抵押给银行，才贷出款来继续采矿。他们不停地寻衅滋事，甚至要夺取玉矿；他们用心如此险恶，自己却没有早早防范，面对挑衅也是一再忍让，使对方变本加厉……

是什么助长了周龙、苟安的强盗气焰，从而轻而易举地就把我拘留了呢？金万里越想心情越灰暗，甚至从沮丧变得绝望。

他很想对民警说，这个山，你们谁想开谁去开吧，我不开了，只要让我平安回家就好！但是，对办案民警说这些话没有用。

民警似乎也看出了金万里的无辜，他对金万里说："我给你电话，你抓紧时间找人帮吧。"

金万里想来想去，把电话打给了焦阳："焦主任，我是金万里，我的玉矿昨晚被查了，搜出来几斤炸药，现在我被拘留了。"

"什么？"焦阳很震惊，"市里现在严禁炸药进山，你撞枪口上了。"金万里不想在电话里扯出周龙、苟安他们，只问现在怎么办。

"别着急，等我电话。"焦阳说。

过了十分钟，焦阳来电话："我找人问了，他说你们的事情很严重，牵扯的人也多。今天晚上你肯定要在里面待着了，明天早上我来接你，免得又节外生枝。你说呢？"

这是最好的结果了，还能说什么？

这一晚上，金万里静下心来，把发生的事情想了个遍，渐渐理出了头绪。自从开矿以来，周龙、苟安就像两个魔影一直追随着他，欺辱陷害他，无非是想巧取豪夺。走到这一步，他认定这是周龙、苟安设的局。

事已至此，就应该勇敢面对。就算进了看守所，他也绝不放弃矿山的一切，随便放弃岂不是太窝囊。他暗暗给自己打气，就像要上战场的战士一样攥紧了拳头。他盼着天快点亮，好让自己早日离开这个从未来过的地方，去做自己该做的事。

第二天早晨，焦阳来派出所接金万里，好在手续简便，也没有节外生枝。警察还当面警告金万里说："以后矿山的事情，再不能参与！"金万里没有回应。

焦阳却接了一句："为什么不能？"

警察看着焦阳一脸严肃，一语双关地说："炸药危险！"

两人走出派出所，金万里看到路边的横幅标语写着：迎接千禧年，迈向新世纪。他看看焦阳，焦阳说："对，忘掉不愉快，迈向千禧年。"金万里觉得讽刺得很，这一脚踏出去，噩梦可能会追随而来，千禧年不会平静。

04 千禧年

公元2000年是难得的第二次“千年”。那么，为何称之为“禧”？“禧，礼吉也。”也就是说，2000年是一个大喜大吉、千载一逢的大年。

这一年的元旦，岳明和石冬生结婚了。婚礼盛大，赶来参加婚礼的有北京、上海、西安、苏州、和田、格尔木的很多玉界朋友。老科长也从深圳赶来了。多年不见，老科长已是特区人的派头，一洗在和田留下的岁月的痕迹。但是，见到岳明，他还是忍不住要说到和田，说到昆仑山。苏婵和石秋生来了，苏婵的母亲和师父也来了。让苏婵没想到的是，岳川和亚美也来了。岳明的婚礼化解了一切曲折恩怨，呈现出一片祥和气象。

▲ 扬州玉雕大师新千年完成的第一件器皿佳作《千禧瓶》形制上以两个象鼻作瓶耳，瓶身雕琢几簇盛开的喇叭花，取“平安吉祥，花好月圆”之意

石冬生打扮得十分清新脱俗，岳明的目光总是追随着她，可以看出，她已经真正赢得了岳明的心。

岳川、亚美见到苏婵也十分喜悦。苏婵能够来参加岳明的婚礼，能够直面湾头镇的乡亲，说明她把什么都放下了。事隔多年，苏婵第一次出现在欢快的公众场合，也与马琪有说有笑，一度成为婚礼的焦点。

亚美像老朋友一样一直陪伴在苏婵身边，毕竟她们一起登过昆仑山，虽然没到达目的地，也已是故友。从亚美受伤到亚美离开格尔木，苏婵都未能再见到她，现在见到也感觉十分亲切。亚美发现，她和苏婵在一起时，岳川向她投以感激的目光。对于苏婵，亚美从未在心里排斥过，反而有些爱屋及乌。她知道，就算是岳川和苏婵不会再有什么情感纠缠，岳川此生也不会忘记苏婵。石冬生时不时加入她们，表现出十二分的亲热。

石冬生认定苏婵和弟弟秋生的关系已经确立，因为前天他们到达南京时，前去接机的她一眼就看到两人是牵着手出来的，她相信岳明也看到了这一幕。这一幕让石冬生非常开心，似乎比自己即将举办婚礼的心情还要兴奋。她觉得这是弟弟送给她最好的礼物。苏婵心有所属，岳明也就真正收心了。

婚礼极尽奢华，婚庆公司花了不少心思。岳明虽花了不少银子，但千金散尽抱得美人归，体面是做给别人看的，美人是自己的。

回到洞房，岳明体贴地问冬生：“举行一场婚礼累不累？”

冬生调皮地说：“再来一遍也不累。”

岳明拉起她就假意往外走，冬生不明所以地问：“去哪儿？”

“你不是还想举行一次吗？”

冬生哈哈大笑，举拳打了岳明一下：“想不到你还有这劲儿。”岳明正色说：“哎哎，新娘子不能这么大笑，让人觉得你早就盼着这一天了。”冬生一把抱住岳明，狠狠地亲了他一口，说：“我就是早盼着这一天呢，嫁给你，我就是狂喜得要疯了。”岳明说：“好吧，我就让你疯一把。”他反过来抱住了冬生，冬生笑弯了腰，说：“不许胡来，外面还有客人。”

参加完岳明的婚礼，苏婵陪伴母亲和师父，不，应该说是母亲和父亲，一起回到苏州。苏婵拿出三十万存款给母亲：“妈，这是给你的陪嫁。”母亲说什么也不肯要，她说：“傻孩子，你师父挣的钱我们三辈子都花不完。你自己留好钱，好好选个人把自己嫁了。”

苏婵笑笑：“嫁自己急什么？”母亲说：“我看着石秋生人就很好。岳家兄弟俩都有了自己的女人，你也可以放下他们了。”

苏婵和母亲第一次说了很多心里话。母亲说：“婵儿，你爸活着的时候，我从没有主动去找过单常青，有时候路上碰上会问候两句，因为他毕竟是你师父。”苏婵说：“妈，我相信你说的话，否则也不会谁都不知道这层关系。从你专心对我爸这一点来说，我爸活着的时候也还是幸福的。”苏婵觉得自己在家的时候也是幸福的，因为妈妈守住了家，守住了善良的爸爸的尊严。

苏婵陪伴父母住了十天，父母十分欣慰。只是她还没有改口叫师父为爸爸，她需要时间，她从不会违背自己的心意。

石秋生没有跟去苏州，他想把时间和空间留给苏婵，让苏婵尽情地享受单独与父母在一起的时光。他们约好十天后一起回格尔木。他是在玉矿上收到苏婵带来的姐姐的信后，匆匆下昆仑山的，第三天就登机来到了扬州，服装、鞋袜都是苏婵提前准备的。来之前他忍不住向苏婵求了婚，得到了回应。因此，这次一同出席，虽是参加姐姐和大哥的婚礼，他却觉得自己是苏婵幸福的新郎。

石秋生把苏婵雕的两块碧玉牌送给了姐姐和岳明，表达了他和婵儿两个人的祝贺。苏婵却没有用玉做贺礼，她知道来的玉商肯定都要在玉上作文章，苏婵给师哥和师嫂送了两条青海出品的山羊绒围巾，温暖绵柔到极致。

亚美是和岳川一起回国的。他们虽然还没有结婚，但已经和好如初，又在一起了。事情有这样的反转，决定性的缘由是亚美的脚伤不碍事了。岳川的用心等待也起了很大的作用。有这样一位知心爱人，胡亚美觉得自己不能辜负上苍，她要回来紧紧贴在岳川身边。

亚美回国后注册了设计公司，拉起了一个高水平的团队，将荷兰的工作室搬了回来。平面设计、立体设计、多维设计，他们都做。业务范围也很广，包括商标、产品包装、电视节目、广告、书刊的设计，完全商业化操作。亚美想用自己的努力为岳川储备财力，使他能安心绘画创作，无后顾之忧。其实，岳川完全不用亚美为他考虑这些问题，他的一幅壁画就是亚美几个项目的收入，只是他一切皆凭兴趣，不热衷经营罢了。

对于亚美的归来，岳川很平静。苦苦等来的幸福并没有预想的那样激动，他不是麻木，是太疲惫了。

这一年，石秋生在山上挖到不少顶级玉料，质地细腻犹如凝脂。用这些细料雕琢的薄胎器皿，屡屡获得大奖，这种玉料被玉雕师们称为“大师玉”。因为越挖越少，他还在周围不停地找矿，常常独自徒步翻过好几座山，然后再一无所获地返回到矿上。野牛沟抢矿的事情时有发生，石秋生生怕有个闪失，就留在山上紧紧看着玉矿，很少下山。下山采办生活供给，都是郑开心的事。

▲ 野牛沟玉料开采作业场

野牛沟海拔 3500~4500 米，无通信讯号，环境恶劣。唯一能让石秋生放空思想的，就是仰望蓝天，看星星，看月亮，在心中思念着苏婵。

这次郑开心下山半月有余了还没回来。时间有点长，石秋生想，不会是生病了吧？或者遇到了什么事？开矿以来，郑开心像是突然长大了，懂事、顶事、少事，令石秋生非常满意。只有一件事，让人忧心。不是郑开心对待矿工有时表现出来的那种狗仗人势的姿态，也不是他管伙食时表现出来的那种极为抠门的德性，是另外一件事让石秋生忧心或者说窝火。

事情是这样的——郑开心每次下山，石秋生都会让他捎封信给苏婵，苏婵写了回信也由他带回。石秋生发现，郑开心每次捎来的信都有拆过的痕迹。石秋生很愤怒，但是假装没发现，以免连偷拆过的信都收不到了。从苏婵冷静的回信中可以判断，她也发现到手的信被拆了，所以才会写这种三人都能看的回信。好笑的是，她还常常故意在信中夸奖几句郑开心能干懂事。

偷看别人的信，说轻点是好奇心强，说重了就是品德问题。教师出身的石秋生认为，这件事不能放任。可是，这么敏感的一个孩子，要怎么教导，才能做到既起作用，又不伤其自尊心呢？石秋生一时陷入为难。

正想着这件事，郑开心就回来了。这一次他没有带信给石秋生，而是蔫头耷脑地跟石秋生打了个招呼，就卸货去了。

石秋生纳闷，叫来他问："你没有事告诉我？"

"什么事？"郑开心反问。

"你说什么事！"石秋生严肃地说。

郑开心一愣："你都知道了？"

"我知道什么？"

"格尔木发生的一件大事。"

"什么事？"石秋生站了起来。

"文胜东收购了格尔木昆仑玉公司。不是承包，是买下来了。"

石秋生着实一惊："那吴凌飞呢？"

"我听苏师傅说吴凌飞出事了，矿也烂了，他被免了。"

"文胜东哪来那么大的财力？事情没那么简单。不，管他简单不简单，我先问你，苏婵没写回信给我吗？"石秋生还是想着自己的信。

郑开心沉默片刻说："回了，但不是给你的。"

"什么意思？"

"信是给我的。"

"怎么可能？"

"不信你看。"

郑开心掏出一封信递给石秋生。石秋生一看信封上是自己的名字，扬手就要打郑开心。郑开心一躲，说："你看信瓤子。"

石秋生抽出信打开一看，果然是苏婵给郑开心的。

苏婵知道郑开心会打开看，所以采取了这种方式给他写了这封信。信写得很简单，说一直没有给郑开心写过信是她的疏忽……山上环境枯燥，建议郑开心看看书……等等。她同时捎了一本书给郑开心，是关于玉雕技巧的入门书。

石秋生故意说："苏婵一定是弄错了，信封写着我收，信却是写给你的，这个马大哈。"不想郑开心却回敬他："你才是马大哈，苏老师每次写给你的信我肯定都拆开看，写谁的名字收不一样啊？"

"我给苏婵的信你也看？"

"当然，一封都不落。"

"你为什么偷拆我们的信？"

"我是例行检查，看你们有没有说我坏话。"

石秋生愤怒了："你还理直气壮？知道拆别人信是犯法的事吗？"

"知道，你叫警察来抓我吧。"

"你！"石秋生不知道说什么了。他才知道郑开心想要控制自己的欲望是何等强烈，真是令人不寒而栗。

郑开心看他不说话了，走上前低声说："我打开信一看是苏老师写给我的信，吓了一跳。苏老师太给我面子了，她知道我偷看信，却不骂我，还说是她的错，让我抓紧学习。我知道苏老师的意思，是让我别再做这样的事。"

石秋生这回是真惊讶了，这个从不认错的孩子，今天能说出这样的话，让人刮目相看。同时心想，苏婵真聪明，但愿郑开心不负她的良苦用心。这样想着，石秋生站起来用劲拍拍郑开心的肩，说："开心，你长大了。"

那天晚上，警察搜山，金万里矿上的人被惊吓到了，全体连夜撤到了草原地带。接着，有人来报信，说周龙和苟安带领人马准备进驻金万里的矿山了。

金万里闻讯连夜赶往草原。他和王成一起带着采矿队伍开进山里，当时他想，无论怎样都要夺回自己的矿山，就算鱼死网破，也要让对方知道自己不是好欺负的。本来做好了血拼的准备，却意外一路畅通无阻地进到了矿山的大本营，沿路竟然没有一个人阻止或把守。

周龙和苟安第二天才带着队伍赶来，见金万里已经占领了矿山，便气急败坏地大声叫骂："你们这些贼，快把地方让出来，这个矿山是我们的！我们已经投了很多钱，要是不让，我们也让你们开不成！”

金万里站在山上大声说：“矿山是谁的，不是你说了算的！你想怎么样，我奉陪到底！”

从准备放弃矿山，到发誓要夺回矿山，再到现在要拼死守住矿山，金万里心理上经历了一个翻天覆地的变化。后来他对焦阳说：“我不是一个争强好胜的人。我从来没有和别人为了利益进行过什么争夺，遇事总是隐忍让步。其实就是软弱，这是我致命的弱点。但是这一次不一样了，我感觉被他们逼到了绝处，进一步也许还有生机，退一步就死无葬身之地，所以我决定不退了！”

这个转变是金万里心路历程的一个里程碑。后来周龙、苟安仍不死心，无中生事，三番两次捣乱，都没能撼动金万里的矿主地位。

金万里的石头一出山就到了扬州，当然也有一些进了格尔木的市场。岳明兑现了自己的承诺，他很欣赏金万里一步一个脚印的做事风格。

金万里感慨说：“人生就跟爬山一样，你不知道前面等待你的是什么。在山上找矿的时候，有好几次我都只顾爬山，等爬到山顶之后才发现四处都是悬崖峭壁，根本就没有可以返回的路，真的是山穷水尽。可是每一次也总能找到办法，毫发无损地回到山下。”

“所以人生根本就没有绝境，”岳明赞同地说，“到了无路可走的时候，只要挺住，坚持住，就可能迎来柳暗花明。”

第十二章

和有的人默默相对，却胜过万语千言；而和有的人话流江海，却一句没留心底。

01 黑马来袭

苏婵没想到文胜东是玉矿角逐的最终赢家，他成了昆仑玉界杀出的一匹黑马。吴凌飞承包的玉矿落到了文胜东手里，这就是格尔木千禧年发生的第一件大事。“黑马”是比喻实力难测的竞争者或出人意料的优胜者，也指那些潜心努力、不畏强手而一举成名的后起之秀。说文胜东是青海玉界的黑马，那是实至名归。

吴凌飞承包的玉矿因为经营不善，欠下银行七八百万元债务。原本出玉好的话，还这点钱也不算什么，可是出玉的情况很不乐观。吴凌飞想通过借款先还了贷款的利息，可偏偏在这个时候，矿上死了人，守矿的经警走火打死了一个偷石头的农民。这可是人命关天的大事。尽管抢玉矿的事天天发生，抢矿人不小心摔死的事也是有的，但是，自己跌下山崖和被打死是两个不同的性质。

吴凌飞连处理事件的机会都没有就被捋了下来。当时的承包制度并不规范，这种情况下，吴凌飞也就知难而退了。

拿到矿，文胜东并没有捡到便宜。接矿的代价是一次性偿还债务，并安置一百多名职工，他的收获是拥有了玉矿的合法开采权。

为了不让吴凌飞的悲剧重演，文胜东特意修正承包合同书，加上了这样的条款：“如遇到不可抗因素，导致玉矿开采困难或停止生产，任何单方解约都将赔付对方一切经济损失。”

此前的几年中，文胜东近水楼台先得月，将摊子越铺越大，先后涉足商业地产开发、物流、钾肥生产加工，等等。他的终极目标指向玉石。机会都是留给有准备的人，当吴凌飞陷入危机，偌大的坑没有人敢跳时，文胜东奋不顾身地跳了，并且是华丽的三级跳。他答应政府提出的一切条件，没有人能跟他这种实力叫板。只是，文胜东也未曾预料，这一年，原来百元一公斤的石头，竟然翻涨几倍。

吴凌飞也没想到，文胜东当初辞职征求自己的意见，实际上为的是取自己而代之。这样想有些以小人之心度君子之腹，事实也并非如此。真相是自己时运不济，承包后几百万投进去，产出的好石料并不多，现在又摊上了死人的事。而且，自开矿以来，偷矿、抢矿的骚扰行动一天都没有停止过，这些人与保安的拉锯战让人头疼。为了跑销售，吴凌飞把大把的时间和金钱花在了跑关系应酬上，喝酒把胃也喝坏了，最终竟落得个入不敷出、捉襟见肘的下场。

他本想向文胜东借款的，但一次出事把矿一窝端了。端就端了吧，矿也枯竭了，一个烂摊子，就看文胜东有什么本事化腐朽为神奇了。

格尔木玉矿的变化引起了全国玉界的震动。

文胜东拿到玉矿的当晚，青海本地十二位玉老板在陈选的提议下集体做东，在格尔木大酒店的一个豪华包间里宴请文胜东。十二位玉老板中就有金万里。不管文胜东给不给金万里的玉矿投资，金万里都尊重他。席间，文胜东被这群新老玉商称之为“大庄家”。

接下来的几天里，扬州、上海、北京、苏州、镇平的玉商纷纷涌到格尔木。文胜东那里一时间门庭若市，他也成了焦点人物。

岳明也来到了格尔木，他从焦阳那里获悉昆仑玉公司易主的信息，心里生出一种风水轮流转的感慨。文胜东这个人岳明不陌生，他从苏婵那里听说过，从定做的八仙来看，似乎不是个等闲之辈。现在为了石料，他要见见文胜东。

这几年，岳明去和田的次数，先是从一年两趟变成了一年一趟，到最近的一年，干脆一趟没去过。主要原因是去了几乎淘不到好料。现在的和田，冒牌货充斥市场，所谓和田玉，其实大都是青海昆仑玉和俄罗斯玉，还有韩国玉、阿富汗玉。山上的玉矿几乎被挖空了，行内人都知道，要找真正的和田玉料，需去苏州、广州、南阳找存货，价格也高得惊人。

眼下只有青海玉是和田玉最好的替代品。从颜色、种类到价格的各个方面，青海玉都和和田玉有一拼。

扬州是中国玉石加工集散地，各怀独门绝技的当地玉商每月都会有一次聚会，聚会往往会变成鉴宝大会。酒足饭饱后，玉商各自掏出身上戴的玉挂件、腰牌等玉器让大家鉴赏，但是彼此都对价格讳莫如深。岳明有时拿出青海玉的挂件，也会令一些资深的、专家级的玉商阴沟里翻船，误认为是和田玉。他们都知道岳明是做和田玉的行家，却不知道，在扬州，最早关注青海料，涉足青海料的，也是岳明。

虽然石秋生的碧玉出得不错，金万里的青玉也可观，岳明还是不忘白玉的市场和价值，因此他一定要见到文胜东。

焦阳告诉岳明约不到文胜东，他的时间排出这个月了，还要去矿上，几乎都没有睡觉的时间。岳明想了想说："继续约，我能等。"

听说师哥因为约不到文胜东而必须等待，苏婵说："没那么困难吧。"她问岳明想在什么时候见文胜东。

"当然是越快越好啦。"岳明说。

苏婵又问："你是要请他吃饭吗？"

岳明想想说："能吃饭最好，吃不了饭喝喝茶也行。"

"你等我电话。"苏婵说。

岳明虽然知道苏婵为文胜东雕着摆件，但在这个节骨眼上，约见面不一定容易。不想，苏婵很快来了电话："师哥，马上过来。"

苏婵约文胜东的理由是雕品已初具雏形，待文胜东阶段性验收后，她好进入下一个工序。文胜东当即答应，他撂下身边的一堆人，急匆匆就赶来了。他的速度让苏婵都没想到。

岳明和文胜东是在苏婵的工房见面的。苏婵向文胜东介绍说："我师哥岳明，来格尔木是专程来见你的。"文胜东立即伸出手，三两句话，两人一见如故。

这段时间，文胜东所见的全国大大小小的玉商数不清，关于岳明，他早有耳闻。最早是听新疆和田人说，扬州有个叫岳明的玉商，为人实诚、爽快，出手阔绰，就是他一手抬高了和田玉的价格；后来又听吴凌飞说起和岳明在河南镇平的相遇。他没想到岳明是苏婵的师哥，他识玉识人，如果说此前一直在吴凌飞这里拿料，那也算是老客户了。

苏婵给他们沏了茶。

茶香飘满了整个房间，文胜东期待尽快看到苏婵的玉雕。《八仙过海》用白布盖着，在屋中央静立。文胜东掀开布帘，岳明一震。虽然还只是个雏形，精湛的雕工和大胆的设计已经赫然在目，八仙过海的动感和激情冲溢而出，夸张更是大量出现——表情的夸张、动态的夸张，这种夸张表现出的力量感，震撼了文胜东，他半晌发不出声。这是一个女子的作品吗？岳明也没想到小师妹的进步如此神速，也许是情绪被压抑久了，爆发出的力量惊人？他忍不住连声赞叹。这些年，师妹在昆仑山下静心修炼，得到了昆仑山的真气，也得到了师父的真传。"这一件玉雕拿出去，不获全国大奖，我岳明都不答应。”

听了这话，文胜东更是大喜过望。不等苏婵说明创作意图，他已心领神会，滔滔不绝地大加评述，一边说一边向苏婵投以热烈且爱慕的目光，让岳明不忍直视。

岳明问文胜东此雕品是不是要拿去参赛？文胜东说，还没想过。原计划是送给北京的一位朋友的，可现在自己却有些舍不得了。

这是一块品质极佳的青白玉，单石料少说也有400多公斤重，价格再便宜也要两百多万，再加上婵儿的工费，少说得有三百多万。三百多万的东西说拿去送人，眼睛都不眨，可见文胜东财大气粗的程度。

文胜东知道岳明的来意，他爽快地说：“我们就不要吃饭喝酒了。有小苏在这里作证，你就告诉我你一年的用量吧，我尽力满足你，当然是最好的石料。”岳明听了十分激动，立即说：“我当然也会给你最好的价格。”文胜东说：“这个我相信，我希望格尔木的玉也因你而升值。”

两人握手成交。

岳明说：“我们怎么也应该拟定个协议吧。”文胜东同意，可是他下午有个会议，恐怕没有时间。岳明说可以让焦阳代办，他签字即可。文胜东说没想到岳明在格尔木有这么多精兵强将。岳明说：“都是真心朋友。”文胜东说：“朋友不在多，而在真，以后就加我一个了。”岳明听到这话十分欣悦。

这样匆匆见了一面，文胜东就被电话叫走了，他们聊得很不尽兴，临走也没有再提合同的事。苏婵说让焦阳去找文胜东，岳明说不急，他可以再等两天。

第二天，焦阳就把合同给岳明带过来了，岳明还以为是苏婵安排的，焦阳说是文胜东主动给他打的电话。合同是一年用量的意向性协议，用量处空白，文胜东已经签字盖章，岳明填数字签字即可。

焦阳说：“文胜东交代，一年的用量随便填，价格随料而定。”

岳明对文胜东的做事风格非常欣赏，这是做大事人的派头，看似不经意，却细致入微，和这样的人打交道，很有安全感。当然，当初吴凌飞的信用也还可以，只是他已被后浪拍在了沙滩上，要起死回生只能另寻他路。

岳明心满意足办完了大事，临回扬州前，他来到姚家大院，与姚家夫妇告别。正值瑶瑶从北京手术后返回休养，岳明就放下一万元现金作为慰问金，姚家感激不尽。之后，岳明来到苏婵的工房，苏婵已沏好了茶静候在那里。

两人默默地饮茶。阳光洒在茶几上，茶香缭绕在空间，时间一秒秒飞逝。眼前的安静令人惬意，难忘。岳明突然感到，和有的人默默相对，却胜过万语千言；

而和有的人话流江海,却一句没留心底。

眼看岳明该启程了,苏婵打破了沉默。

“家里都好吧?”她问。

岳明愣了片刻说:“都好。”

苏婵大大方方问:“岳川好吗?”

岳明又顿了一下说:“挺好。亚美从北欧回来成立了公司,估计他们很忙。”

苏婵舒心地一笑:“祝贺他们。”

岳明斟酌着问:“和秋生的婚期定了没有?”

“应该快了。”苏婵回答。

岳明由衷地说:“希望能早些喝到你们的喜酒。”

02 道可道,非常道

岳明刚回到扬州,就见马琪匆匆赶来,问岳明能不能跟他去个地方。岳明问:“去哪里?”马琪说:“去了就知道了。”岳明说:“不行,不说清楚不去。”马琪说:“有个仿古专业村听说过吗?”岳明又问:“是仿古玉吗?”马琪说是陶器。岳明问:“你什么时候又弄起假陶器了?”马琪说:“不是我要,是香港的客户要。”岳明想了想说:“我本来打算去镇平看看的。”马琪说:“那去完仿古村,就陪你去镇平,反正都在北面。”岳明只好答应他三天后动身。

石冬生见岳明回来,先问见到秋生了没有。岳明说没有,秋生有两个月没下山了,连苏婵都见不到他,其他人就更别说了。

“会不会出了什么事?”石冬生有些担心。“不会的,”岳明说,“他和苏婵有书信往来,传信的人是下山办供给的郑开心。”石冬生叹口气说:“男人见到玉都会这样吗?身体也不顾了,爱人也不要了。”岳明说:“就我除外。”

石冬生娇嗔地望着岳明,忽然在他的耳边轻轻地说了一个消息。

岳明顿时热血沸腾,一把把石冬生抱起:“老婆,你太厉害了,是不是也要给我生一个厉害的公主呀?”

石冬生咯咯笑着问道:“为什么不是王子?”

“我妈一直盼个姑娘没盼到。”岳明希望圆母亲一个梦。

“这样啊?那我们要两个。”

岳明说:“第一政策不允许,第二我们年纪都不小了,要一个就可以了。”

石冬生噘着嘴说:“不,我就要两个!”岳明哈哈大笑:“你有本事就一肚子生俩，这样就称心如意了。”

岳明问冬生怀孕的事告诉父母亲了没有，冬生说：“没有。第一个知道的人，肯定是你。”岳明心中甜滋滋的。冬生结婚后完全变了个人，那种高冷的气质全然没有了，取而代之的是温柔和娇憨，有时还有些婆婆妈妈。都说女人善变，难道是这样变的吗？冬生说自己的变化，都是岳明宠溺的结果。

三天后，马琪开车，岳明和他一起北上。

路很远，车一直开到邙山岭上的一个小山村，这就是马琪说的那个仿制古陶器的专业村。据说这里几乎家家户户都仿制古陶器。小山村村口，一块天然的巨石之上，雕刻着遒劲的“中石山”三个红色的大字。村子里一排排漂亮的农家小院的屋脊上、门楼上，到处都是仿古的三彩、秦俑。

马琪按事先打听好的地址直奔而去。接待他们的是一家规模不小的厂子，厂长姓陶。经陶厂长介绍，岳明了解了一些中石山的历史和现在。

原来，中石山是一个世世代代制造陶瓷的村庄。20 世纪 90 年代初，一些文物商贩拿来实物让村民复制，还有的干脆让村民直接仿造。在利益驱使下，一些村民放弃了传承多代的传统制陶生意，专门做起了仿制、复制文物的活，这吸引了国内外许多商贩。村里人经常加班加点生产，拉货的车也是来来往往。

在一家家仿古工厂里，成堆成堆的三彩骏马、仕女、佛像、各路神仙，摆放在屋内院外，满眼都是生产好的仿制文物。能摆在外边让人看的都是普通仿品，一般都按普通工艺品出售。高仿的东西都不会摆在外边，如果没有熟悉可靠的人介绍，老板连货都不会让你看。

这里烧出来的三彩，只要简单做旧处理，再埋到地下一两年或者更长一些时间，再挖出来，就像刚刚出土的文物一样。真是地下埋数年，仿品变“文物”！

在陶厂长唐三彩仿古厂后院的一片空地里，埋的“宝物”有些已经一两年了，用竹棍在土中一挖，就能找到埋在地下的“汉代宝马”。这些“文物”有的是用真品拓模，有的是自制模具，经过烧制、处理等多道工序，最后埋到地下，以达到以假乱真的效果。

陶厂长说曾经有人花二十万在此地加工“文物”，转手卖了几百万，利润相当可观。这“文物”还骗过了大专家。

马琪扭头看了岳明一眼。

岳明低声说：“你别玩火。万一专家认定你贩卖的是真文物，你可就要吃官司了。”

马琪说：“陶厂长可以证明啊。”

陶厂长急忙摆手："我不好证明的，证明了我的生意就砸了。"

看来，不仅把假的说成真的不容易，有时候，要把假的说成是假的，也相当不容易。

马琪讲了个故事给岳明听。

有一次，一个文物专家在北京潘家园遇见一个卖陶俑的摊主。专家对这些陶俑的来历十分好奇。摊主告诉专家，他们家乡有一个经济开发区，开发区建设施工过程中，老乡们无意中在一个工地挖到了这些陶俑。陶俑数量很大，摊上摆放的只是其中一小部分，绝大多数还在老家。专家凭着多年的鉴定经验判定，这是一批珍贵的国家文物。为了保险起见，这位专家买走几个古陶俑，回去后请来几位同行一起鉴定，鉴定结果与这位专家的判断一致，并判定其年代为北魏时期。为了避免这批珍贵文物流失，这位专家向国家有关部门打了报告，请求批拨专款对所有出土的北魏陶俑进行"抢救性收购"。

于是，在 1993 年末到 1994 年初的一段时间内，北京的古玩市场上掀起了一场北魏陶俑收购的热潮。甚至有些很大的博物馆也购买了拿去收藏。奇怪的是，尽管有关部门纷纷抢购，这些陶俑的数量却总是有增无减。在很短的时间内，北京的各大古玩市场，都出现了大批量的北魏时期陶俑。

这种奇怪的现象引起了文物鉴定专家们的高度关注，也引起了文物管理部门的警惕。在警方的配合下，由文物管理部门牵头，对此事进行了彻底调查。调查结果显示：所谓经济开发区施工现场挖掘出北魏陶俑的故事完全子虚乌有，这批被很多专家鉴定为古文物的陶俑，竟然全部出自一个小山村的几个农民之手。

听了这个故事，岳明感到一阵茫然，他该为文物界的乱象而悲哀呢？还是该为那几个农民高超的仿古技艺而赞叹？

马琪和陶厂长签了一批高仿品，和岳明离开时已是第二天黄昏。

岳明叹道："道可道，非常道啊。在安徽蚌埠也有一些村庄在做仿玉，有的手法高明到专家也会跳坑。所以说，现在任何行当，有李逵，就一定有李鬼。你喜好赝品，可要当心，别自己把假的当真的了。"

马琪喷笑了："什么叫我喜好赝品，是朋友有需要，我纯属帮忙。"

"这样的忙不帮也罢，别把自己帮沟里去了。"

"大哥，你说的我听，放心吧，就这一次了。不过，这个小山村还真让我大开眼界，这样让造假成为支柱产业的地方，还真不多见。"

"再听到哪里有造古玉的，你照样会扑上去。我可没忘了那个'金缕玉衣'。"

"还是你了解我。哎，在玉方面，没有人能骗得了我。怎样弄玉、玩玉、养玉、看玉、赏玉、识玉、藏玉，我知道一堆秘密。"

“你就吹吧！”

无论岳明怎么说马琪，马琪从不争辩。岳家兄弟在他心里是最实诚的人，婵儿喜欢他们，他也喜欢，和他们交往心里踏实。

路上，马琪突然问起苏婵是不是要和石冬生的弟弟结婚了，岳明也没隐瞒，说：“可能吧。”

“是不是你介绍的？”马琪问。

“不是。”岳明回答。

“那是冬生嫂子介绍的？”

“也不是。”

“那是谁介绍的？”

“昆仑玉吧。”

马琪笑笑，不再吭声，脸色有些失落。

岳明同情地望着他，问：“最近有没有姑娘肯嫁给你？”

“太多了，我都没办法应付了。”马琪大笑着说。

岳明知道，马琪收藏了不少国宝级的珍品，想嫁给他的姑娘肯定多，可是有几个真心的呢？难怪马琪女人不少，但都不谈婚论嫁。虽说他早已放下了苏婵，但也伤了感情的元气，从此玩世不恭。

“真心待女人不如真心待玉。”马琪说，“女人会背叛你，玉不会。女人你能送朋友吗？不能。但是，玉可以。”

“没这么比的，女人是生命，玉只是石头而已。”岳明说。

“谁说的？女人能给你生孩子，玉也会啊，还能生大崽呢。”

“女人能陪你说话，玉能吗？”

“那你是没有和玉真正神交。”马琪回应着，一下子动了谈兴，他说，“玩玉啊，到了一定境界，真能感应到玉的灵魂。比如玩玉肉，追求的是纯净、细腻、油润，不偏色，不能太计较白度，要不就没的玩了。玩皮，追求各种皮色包括各种浆，盘玩终日，欣赏变化，其乐无穷。玩型，不管皮色，肉质，只追求料型完美，图形独特，少裂，图个盘摸舒服。玩纹，要求表面的皮色、裂痕好看，最好能发挥自己的想象力，欣赏的时候产生一种美的愉悦感。玩雕，这个要问苏婵，玉不琢不成器，料子、质地、形状、皮色都一般，雕工好也是有玩头的。最后要说玩心情。玩玉要有一个好的心情，就是心情不爽，玩玩玉，也能把心情玩舒畅了……对我来说，这样也就够了。”

“我明白了。”岳明开玩笑地说，“你是说，和形形色色的女人打交道，都有得玩儿。”

“聪明！”马琪笑道。

岳明和马琪到了镇平。几年来，镇平的玉产业发展得突飞猛进，市场上除了得天独厚的独山玉，主要就是青海的昆仑玉。当然，也有阿富汗玉、俄罗斯玉、韩国春川玉充斥其中。昆仑玉不再是堆在街上无人问津的石头，而是家家视若珍宝、在各个进货渠道被抢的紧俏货。

可是，看到大量的昆仑白玉在这里都被切割成小块，做成镯子和挂件，岳明不由地心疼。能得到大块完整的玉石是上苍的恩赐，如果把他们切成碎片，那是暴殄天物啊！

▲ 镇平石佛寺玉器市场的摊位上，大多是物美价廉的玉坠、把件及镯子等小件玉饰，鲜有摆件、山子陈列销售。

走了几家玉坊，全是这种操作模式。岳明产生了一个想法，如果从镇平把大块的玉买走，那也不失为一个进货渠道。

“你疯了，你有昆仑山矿的进货渠道，为什么还要在这里买这么贵的料。”马琪真不明白岳明是怎么想的。

岳明说：“世界上没有相同的两块玉。镇平进来的不少料都是老坑的好料，极其珍贵，让他们割碎，打成镯子、挂件，太可惜了。不如我们买回去做成山子。”

“可是这里的料太贵了，利太少。”马琪还是否定。

“力所能及地做一些石料的保护，我会心安些。”岳明说。

岳明这样说，马琪能理解。岳明做了这么多年的玉，是真正爱玉、惜玉之人，马琪作为股东，从来都是服从岳明的。

两人重新去走过的玉坊看料、谈价。

想不到真的搜罗到不少罕见的好料。当然，也有对方轻易不肯出卖的，例如，野牛沟出产的糖包白玉。不过，就凭岳明势在必得的架势，对方在高价面前最后还是纷纷缴械。

就在岳明为收获兴高采烈时，他身后出现一个声音：“格尔木的玉料不能满足你吗？还要来石佛寺高价收购二手、三手石料？”

岳明循声回头，一看，竟是文胜东。真是意外。岳明几年前在这里追到昆仑玉公司的前任管理者吴凌飞，今天竟又邂逅了现任文胜东。

了解了岳明收购镇平大块玉料的本意，文胜东十分敬佩。市场中对玉巨大的毁坏和浪费，确实让爱玉之人叹息。玉不可再生，一旦毁坏就不可能重接，岳明不惜赔本收购，真是出于一片爱玉、护玉之心啊！

文胜东想到吴凌飞扔到仓库里的那些大料子，个个都在两吨以上，说是没人要的石英石。文胜东后悔岳明在格尔木的时候，没让他去看一眼到底是什么货色，他应该有双慧眼。现在不妨对他说说吧，看他怎么个主意。

岳明听了文胜东的介绍，眼睛一亮："我不在格尔木也无妨，让苏婵去看，她不会看走眼的。"

文胜东立即给仓库管理员打电话，岳明同时给苏婵打。不到晚上，苏婵的电话就来了，她只问："什么时候发货？"

岳明立即把最好的价格给了文胜东。

镇平巧遇，岳明成了文胜东心目中举足轻重的人物。他当面没说什么，只是暗中打定了主意，矿上一旦出好玉，一定最先考虑岳明这样的人。

▲ 格尔木玉石公司仓库里堆积如山的大块优质玉料

岳明也了解到文胜东这次来镇平的目的是收拾昆仑玉公司以前的烂摊子。吴凌飞在这里设了销售公司，可这销售公司是一个黑洞，几十顿玉料吃进去，不见分毫利润不说，石料也没了。销售人员一盘散沙，监守自盗。文胜东说他需要整顿此公司，派有能力的人来经营管理。古人说：见兔而顾犬，未为晚也；亡羊而补牢，未为迟也。岳明赞同。

在格尔木，岳明没有机会和文胜东坐下来喝酒谈天，在镇平却有了这样的机会。关于昆仑玉，他们聊了许多，聊到矿，聊到市场。文胜东说："从某种意义上说，价格偏低也是对昆仑玉的保护。"现实中昆仑玉的价格太低了，与和田玉不可同日而语。实际上，昆仑玉中的极品好过和田玉，很多精明的玉商拿着昆仑玉充当和田玉卖，而真正的昆仑玉却卖不出应有的价格。这种现状必须改变。要怎么改变？文胜东和岳明都认为需要一个契机。

03 狼的天敌

这天晚上，石秋生梦到了苏婵。在梦里，苏婵走了，临走说要回扬州，因为父母老了，就自己这么一个女儿……石秋生惊醒，看时间是凌晨3点，帐篷里黑黢黢的，他划根火柴点了根烟。

这时郑开心也醒了，他翻身起来，跑到门口撒了泡尿，还和夜里值勤的人打了个招呼，回来躺下后继续呼呼大睡。

石秋生抽着烟回想着刚才的梦。他认为梦境很清晰，所以一定是真的。昆仑山上什么都灵，梦也灵。他突然心焦起来，如果婵儿真的要走，也不会就这么走了，肯定在等着见自己一面。

石秋生叫醒郑开心，说要下山。

"为什么？"郑开心懵懵懂懂地问。

"有点事。"

"什么事？"

"私事。"

"什么私事？"

"你有完没完！"石秋生有些生气了，郑开心打破砂锅问到底的执着，真让人抓狂。

"那你什么时候走？"郑开心妥协。

"现在。"

郑开心刚想惊叫，不知怎么收住了声，头一歪闭上了眼睛。

石秋生穿好衣服，背起包走到帐篷门口。

郑开心突然说："小心狼吃了你！"

石秋生没理他出了门。这个点走40公里，到青藏公路上正好天亮，可以搭乘西藏过来的军车。有了上次被野牦牛追击的经验，他知道怎么走才能不迷路。至于狼，只听说过，没见到过。他往天上看了一眼，今晚的月亮星星都很低、很亮、很大。他唱着"天上的星星不说话"，欣然下山。

最初的几公里都是快走过来的，走着走着，石秋生就只能听到自己的脚步声和风吹过草丛的沙沙声。好静的大山啊，静得让他怀疑这个世界上只有他一个人，一定是女娲把他造出来又遗忘在了这里。就在他想到女娲的时候，突然感到后脑勺有一双眼睛盯着自己，浑身不自在起来。他仔细听，身后没有脚步声，可他确实感觉有一双眼睛在狠狠地注视着他。是野牦牛？要回头确认吗？不要。他很快打消了这个念头。这种诡异和阴森的注视，只有一种可能——狼来了。

听人说被狼跟着时不要回头，一回头就会把喉管暴露给狼，那是致命的错误。还有30多公里才能到达公路边，石秋生一边走，一边想要怎么甩掉身后的狼。不等他想出主意，余光中却发现他左侧的草丛在诡异地晃动。显然，狼到了他的侧方。紧接着，他的右侧也发出轻微的响声。糟糕！左侧、右侧、后方都有狼，敌人把他包围了！

石秋生内心崩溃，他平生第一次遭遇狼群。一想到要和狼群血战，他后悔没有一把真枪，也后悔当初没跟焦阳多学几手刀法。

此刻他大脑里一片空白，他尽量让自己冷静下来。为了保存体力，他就地坐下了。不想，狼和他保持距离也坐下了。狼并不看他，只是高傲地望着远方。他想起中学课本《中山狼传》里对狼性的定义：性贪而狠。他不由摸了摸裤管里的匕首和打火机。出于本能的反应，所有的动物都怕火，狼应该也不例外。可惜，昆仑山上草太低，且连不成片，若想点火把，首先要奋力地四处拔草。

石秋生正准备站起来，突然发现左右两只狼同时移动，迅速交换了位置，而且跟他缩短了距离。这让他好生恐惧，它们交换位置的同时是不是也交换了情报？据说，狼群在攻击的时候，会从各个方位同时进攻，而且死一拨上一拨，前赴后继，很多强大的动物都无法应对。狼非常团结，它们的忍耐力也是其他动物不能比的。

他突然想起，狼还害怕比较大的声音。他索性大声唱起歌来。果然，狼吓了一跳，瞬间不见影了。他顿感轻松不少，便又大声喊道：“你们去哪了？一起走啊！哈哈哈哈……”空山里回荡着的，是他得意的声音。

石秋生继续赶路，走了大约一公里，回头看了一眼，不由心里一震。狼还跟着他，静静地，像护卫

▲ 夜间，出没于纳赤台荒山野岭的狼群

队。他一眼扫过去,有六只狼,都离他很近。他扫视的瞬间与那些狼的目光相遇。狼的眼睛是空洞的,好像在看他,又好像穿透了他的身体看他的身后。他感觉到腿软,就站在那里不动。他可不想在这个时候让狼看出他的恐惧,狼很精明,你害怕了它就会扑向你、咬死你。

双方对峙着。

东方已透出鱼肚白。

漫山遍野除了石秋生就是眼前的六只狼。石秋生试着抬腿,真的还抬起来了。最前面的一只狼跳起来朝后退了两步,然后又坐下,其他五只没动窝。它们就想耗着。石秋生迅速捡起一块石头,那五只狼见他弯腰,也朝后跳了一下。石秋生又弯腰捡起两块石头,狼又改变了位置。

石秋生努力克制着内心的恐惧。他不敢跑,他知道一跑就完蛋了,他怎么可能跑得过狼呢！其实他也跑不动,海拔那么高的山,能走就已经很不容易啦。

石秋生的石头还没有扔出去,狼群已经围拢了过来。他逼不得已摔出两个石头,又顺手抽出匕首,大声叫喊着向狼群冲去。他像个疯子一样挥舞着匕首,乱叫着刺向那些狼,狼一哄而散,逃之夭夭。

不对吧,昆仑山的狼如此胆小？石秋生惊讶纳闷之余,又有些得意,觉得是自己豁出去发疯的架势把狼群吓跑了。他收起匕首,转过身去,却不由得一怔,不远处一头野牦牛威严地站着。闹了半天,狼群是被野牦牛吓跑的。在昆仑山,野牦牛正是狼的天敌。矿上有人亲眼看到过一头野牦牛犄角上挑着一个狼头骨,可见它灭狼不在话下。

野牦牛吓走了狼,是不是就该收拾人了？但这时石秋生心里反倒没那么害怕了。那头野牦牛一动不动地望着他,石秋生从它的眼睛里看到了善意。他向野牦牛拱手作揖,野牦牛让开了路。

刚刚离开野牦牛,石秋生就有了撒尿的欲望。可是他不敢停留,一路狂奔而去。

04 昆仑赤子

在岳明的支持下,胡亚美准备整理出版岳川的《昆仑神话》。消息一出,立即得到了各方面的支持。岳川却觉得那是自己中学和大学初期的手笔,而且故事主要来自《山海经》《穆天子传》,自己创作的东西很少,如果真要拿去出版,得好好修改一番。亚美同意岳川的想法,给了他三个月的修改时间。

为了找到灵感，岳川反复阅读自己的手稿大纲，有时，不可思议的感觉又不期而至……

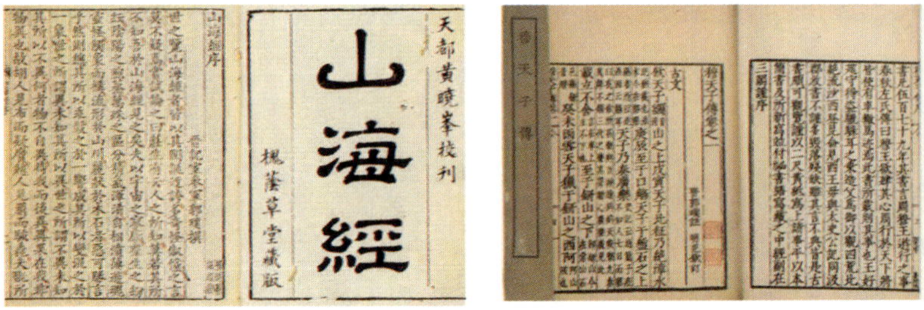

▲ 昆仑神话相关故事取材于古籍《山海经》《穆天子传》

亚美对岳川说："建议修改一下你的结尾，卞和2000多年前并没有投湖，而是上了昆仑山，救了西王母的女儿容真。现在你要把自己当作卞和，设身处地地想想结果会怎么样。你到昆仑山脚下的时候有些反常的举止，我想这不是没有缘故的。"亚美的想法和岳川不谋而合。他感觉最不可思议的是，卞和的经历他能够感同身受。

岳川决定再上昆仑。亚美知道，这次是她自己挑的事，肯定无法阻拦岳川，岳川也肯定不会带自己同行。在岳川身上所发生的一切奇异之事都将回来，亚美感到忧虑。

就在这时，岳川听说在昆仑山东麓发现了古岩画，这个消息令他振奋。他提前出发了，直奔格尔木而去。亚美及时通知了马琪，马琪却并非招之即来，他正在香港倒卖那些仿古陶器，无法抽身。亚美再把电话打给苏婵，问苏婵能不能请石秋生陪岳川上山。苏婵说："石秋生已经有两个多月没下山了，可以请焦阳派个人跟着岳川。"亚美说："不行，除非是石秋生或者焦阳去，陌生人我不放心。"

苏婵想了想说："放心吧，我来想办法。"

焦阳听说岳川突然向昆仑山杀来，便有些发蒙，他明天出发去西宁开会，这可怎么办？这时他正和苏婵在一起。他对苏婵说，只能派个战友陪岳川上山了。

苏婵说："不行。亚美特意交代了，陌生人不行。"焦阳问："秋生怎么还不回来？见了玉石也不至于把你苏婵给忘了吧。"

"我哪是玉石的对手。"苏婵说，"好了，不说他了。我们先把岳川接回来，然后再做打算吧。"

两人开车匆匆向机场驶去。

到了机场才知道，因北京暴雨延误了起飞，飞机晚点了半个多小时。岳川出来时边走边与亚美通话。亚美在电话里说飞机延误不是什么好兆头，让岳川一定注意安全。岳川在人群中看到了苏婵和焦阳,他匆匆结束了与亚美的通话,大步向两人走去。

岳川被安排住进了格尔木大酒店。关于上山的事,岳川让苏婵和焦阳不要操心,说跟一个旅行团就行,需要单独行动时,脱团就是了。

“哪那么简单。”焦阳说,“你这种想法,首先旅行团就不允许。再说了,你脱团单独行动,一旦走入没有通信网络的地域,迷路了怎么办?”

焦阳说他有一位战友,熟悉路况,枪法好,人也信得过,派他保护岳川没有问题。岳川同意了。焦阳立即联系战友,战友却远在拉萨,说下星期回来。岳川说不能等。

“你们放心,我一个人能行。”他说。

想到岳川第二天将独自上山,苏婵夜不能寐。让岳川一个人上去,先不说对亚美没法交代,她自己心里就很不安宁。她想要不自己陪着去算了,可又觉得尴尬,岳川会不会嫌自己多余呢?现在已经今非昔比了,彼此的感情都有了归宿,深山野岭男女同行,毕竟缺少理由。

正当苏婵犯难时,门被敲响,石秋生从天而降。

苏婵惊喜地喊道:“哎呀,哪位神把你派回来了呀?”

石秋生奇怪地问:“嗯?我回来的不是时候?”

“太是时候了!”苏婵赶紧给他打水洗脸。

石秋生的脸就像是被太阳晒熟了,黝黑,只有满嘴的牙和眼睛珠子生白。苏婵看着好滑稽,又不禁生气道:“还知道回来啊,我以为你长在矿上了!”

“有你在格尔木,我能长在矿上吗?”

“差十三天就三个月没下山了,你的身体还要不要了!”

“我下山的时候遇到狼了,”秋生说,“差点就见不着你了。别跟我发脾气,要不,还不如让狼吃了去。”

苏婵立即捧着他的脸左看右看,然后问:“狼怎么放过你了?”

“狼放过了我,看来你很失望。”

“是很纳闷。我再看看手。”

石秋生暗暗得意,能看到苏婵这种婆婆妈妈的样儿还真不容易。

“狼也得看看遇到谁了,我石秋生的肉硬,不好吃。”他说。

苏婵狠狠捏起他的脸蛋,说:“真硬,像石头。要是真让狼咬一口,还不把狼牙崩掉了。”

疼得石秋生直咧嘴,他说:“求你件事好吗?”

“不好。”

“真的，不开玩笑。”

“说吧。”

“用上次我带回来的碧玉，雕一个野牦牛。”

“做什么？”

“给我的护身菩萨修身。”

苏婵笑了：“原来是野牦牛救了你。这可是它第二次救你了，一定要好好给野牦牛雕一个像，拜一拜。”

这回轮到石秋生纳闷了。

“第二次？第一次呢？”他疑惑地问。

“你忘啦？”苏婵说，“你和万家驹他们掉到一个沙坑里那次，不是野牦牛用尾巴把你拉上来的吗？”

▲ 用产自昆仑山的玉石，雕琢出形神兼备的“高原之舟”，可谓物尽其用，相得益彰

“那一次呀，”秋生说，“那次还是野牦牛把我们追下去的呢。不过，还是得感谢野牦牛的救命之恩，现在一想到它，我就觉着好亲切，就像是自家亲戚。”

“你家亲戚真来了。”苏婵说。

“谁？”

“岳川。”

“他怎么是我家亲戚？”

“你姐夫的弟弟，你说是不是亲戚？”

石秋生得知岳川要上昆仑山，有些意外。他和岳川也就是在岳明的婚礼上认识的，没有交情，在他看来，岳川只是姐姐的小叔子。不过，这些关系都不重要，重要的是岳川是苏婵爱过的人。“按理我该陪他上山，”他对苏婵说，“可是我太累了。好不容易躲过狼群的围追堵截见到你，我实在不想就这么又走了。”

苏婵说：“要不，我们俩一起去？”

“我的女人怎么能进山？再说现在山里下雪，冷极了。更何况来的是岳川，我得防着他。”石秋生半玩笑地说着。

“岳川可是你姐的小叔子，陪不好，你姐姐不答应。”

“照这么说，我必须得去陪情敌喽。”

这话要在以前，苏婵可能会有被揭伤疤的感觉，现在她却笑而不语。爱过岳川她不后悔，也不以为耻。她知道，岳川也爱过她，这是最珍贵的。

石秋生没看出苏婵有回扬州的意思，也就没提这个话题，其实是不愿意触碰这个话题。

第二天，石秋生匆匆和苏婵告别，陪岳川进山了。他找了个车，一直把自己和岳川送到昆仑山没有路的地方，然后两人步行去野牛沟。

岳川看石秋生亲自陪他，感到十分满足。

十月，山里已十分寒冷。这里气候变化不定，有时太阳朗照，有时飞雪忽至。风冷得令人有赤身裸体的感觉。

2000 年前，屈原做梦都想着脚踏祥云游览昆仑。2000 多年后的这个清晨，岳川带着满脑子的昆仑山远古神话，踏上了寻访昆仑众神的旅程。望着玉虚峰，岳川突然说他要攀登那座峰。

玉虚峰？

不对，玉女峰。

它有两个名字。

石秋生看看岳川的装备，心想：没病吧，海拔 5980 米的玉虚峰，是你说登就能登的吗？他尽量冷静地问："你登过山吗？"

"没有。"

"那你是在开玩笑？"

"不是。"

"那为什么？"

"因为一个很久以来的念想。"

"很多人都会为一个莫名其妙的念想搭上自己的一条命，我相信你不会。"

"我会。"岳川严肃地说。

"你最好断了这个念想，"石秋生说，"玉虚峰看似近在眼前，走到跟前却要两天。你的装备太简单，不适合登山。再说，万宝沟开着玉矿，盗石头的人成群结队，十分混乱。你不是来看岩画的吗？岩画在野牛沟。"

岳川说："我喜欢玉女峰这个名字。我们先去玉女峰，攀不上去不要紧，但我很想零距离地观察她。回来我们再看岩画不迟。"

零距离地观察？

"现在就是零距离。"石秋生说，"你知道吗，离得太近反而看不到它的全貌。"

石秋生心中直叫苦。他不是怕自己受不了，而是怕岳川因高山反应，生命健康遭到损害。他提议说:“我们不如先去看岩画,再考虑爬山的问题。你毕竟刚从北京来,总要给身体一个适应的时间呀。”

岳川坚持说:“你看有这么多人往那里走,他们除了一个空口袋,什么装备都没有啊。”

“那是冲着玉矿去的。”石秋生说,“再说了,看看人家是什么身板,看看你的身子板。”

岳川拍拍胸脯:“我的身体没问题,顶多会因为缺氧头疼。我带氧气了,浓缩的,足够我们两个人应急的。”石秋生还想劝说,却见岳川向他摆手,意思是无须争辩,就这么定了。

“我不想把时间和精力浪费在选择纠结上。”岳川说,“在还很难确定决定是错误还是正确的时候,我们不如先动起来。”

石秋生心想,难怪苏婵和他走不到一起,原来是个较真的、狂妄自大的主儿。他目测了一下岳川的体重,盘算着一旦发生什么,自己将如何把他背下山。

路途遥远且寂静、枯燥。一开始两人还指点江山,被大山的壮美所震撼,后来就转入漫无边际的闲谈,再后来岳川就少言寡语了,石秋生知道他在保存爬山的体力。石秋生滔滔不绝地讲了起来,从第一次来昆仑山的狼狈经历,一直讲到现在开矿。岳川很有兴趣地倾听,时不时问一两个问题。

石秋生的情绪越来越兴奋。从岳川的问话中,他逐渐意识到,岳川是个非常有深度、有情调的人。和这样的人聊天,胜读十年书。

当晚他们宿在一个山洞里,据说这里曾是某个道人修行过的地方。作为传说中的道教发源地,玉虚峰可以说是道教弟子心中的神山之最。相传这里不仅是道教元始天尊和昆仑派的主道场,是道教的洞天福地和道教至尊“三清”的升天之地,而且还是《封神榜》中姜子牙修炼了 40 年五行大道的地方。

石秋生说,事实上,世间关于道教和昆仑派的说法很多是误传。昆仑派并非来自昆仑山,而是起源于古山东临清,故又称临清派。昆仑派不是以山命名,而是以创始人昆仑大师的名字命名。另外,还有人考证,古代文献记载的道教全真派的一个主要修炼场所是山东境内的昆嵛山。昆嵛山被称为“海上仙山之祖”,位置在现在的威海附近。传说麻姑在昆嵛山升仙,全真七子也在昆嵛山开辟烟霞洞,带领弟子修炼。估计大家看这个昆嵛山的“嵛”字和昆仑山“仑”字的繁体字“崙”很像,就以为是昆仑山了。在有些简体版的道教文献以及一些武侠小说里,昆嵛山都被写成了昆仑山,这可能是误认。岳川第一次领教了石秋生的口才,不愧是当过教师的人。

岳川更认同另一个传说的说法:玉女峰这个名字的来历还与玉皇大帝最小

▲ 昆仑山中的玉虚峰被道教弟子奉为元始天尊的道场、福地，而坐落于此的无极龙凤宫则被人们当作是九天玄女玉虚的女神行宫

的女儿玉虚仙女容真有关。相传，容真是众神之中最美丽也最深得玉帝和西王母喜爱的一个。西王母有一次偶然看到了昆仑山的这座峰，见峰顶巍峨高耸，山间奇石怪石造型奇特，而且终年积雪不化、云雾缭绕，恍如人间仙境，便将它赐给了小女儿容真作为居所。

石秋生找来一堆枯草根，点燃后火苗极旺。两人打开干粮、罐头和水，十分惬意地吃了起来。

岳川问秋生："你是怎么认识我哥的？"

石秋生说："说起来都是七八年前的事了。那时我家里在西安也有一个玉雕厂，我去新疆找玉料，在那里碰上了岳明大哥。我们有缘，之后就有了来往。"

"那你怎么到了这里？"岳川又问。

石秋生心想，看样子岳明大哥一点都没向家人透露自己的底细。他一五一十地说了因为自己的失误引起的家破人亡，说了自己坐牢等。岳川并不惊讶，也没有表现出同情，反而对秋生说："感谢生活吧，不是所有人都会有这样的幸运。"

"幸运？"

"对呀，你虽然失去了父亲，失去了财富和地位，但你体验到了苦难，变得勇敢坚强。如果这一切都没有发生，你还会来昆仑山开矿吗？"

"不会。"

"对啊，非凡的命运需要付出非凡的代价，不可逆，也不可改变。"

石秋生已经很久都没想过自己的过去，因为想起来，心中还是会隐隐作痛，那种对家庭、对郑开心的负疚感压得他喘不过气来。可今天岳川这么一说，似乎让自己完全释然了，也许命中注定，自己就该吃这些苦，方能做出大事。可是，父亲是为自己牺牲的，郑开心的父亲呢？也是牺牲品？

“你爱苏婵吗?”岳川突然认真地问道。

“爱,非常爱!”石秋生回答得很严肃。

这个话题,两人之间迟早会说的。石秋生似乎一直在等待。

岳川仰脸望着石秋生,说:“我能感觉到,否则你也不会来陪我。”

“陪你是因为……”

“不,不是因为我哥,你是因为婵儿。”

“婵儿?”

“我从小叫惯了,你不要介意。”

“不会。”

说到苏婵,两人似乎有很多话要说,却都打住了,就像流水突然被堵,只有山里的风在洞外呼啸。

苏婵是一个多么美好、安静的女人,就算她内心苦,就算她远走天涯,留给别人的永远是与世无争的背影,淡然而神秘的状态。对,就像玉,你会觉得只有自己变得更好,才能与之相配。岳川曾因哥哥的情感而不去回应婵儿的爱。石秋生的追求虽得到了婵儿的回应,可他一直自卑,他明白自己实际上配不上婵儿。

石秋生添火添到深夜,直到把岳川送进梦乡——

一面断崖挡在岳川的面前,崖壁上一块透明的白玉吸引了他的目光。突然,他发现那石头如同一只栩栩如生的青鸟,情不自禁地用手去触摸它。那青鸟顿时被激活,飞下崖壁,向山顶飞去……他急忙跟随。

玉女峰的色彩和周围每座山都完全不同,山上石头里包裹的就是质地细润、颜色淡雅的昆仑玉。玉带的形状完全是容真的玉女身形。

容真被封冻在雪峰下。青鸟把岳川带到了容真面前。容真说:“卞和大将军,我等了你三千年,你总算来了。”

岳川说:“我不是卞和,但我要救你。”

容真问:“你怎么救?”

“我可以用玉舍利,就是那块你送给卞和的陨玉。它被秦始皇做成了玉玺,有人用切下的石料做成了玉舍利。”

“陨玉是天界之物,当年我之所以赠予将军,就是想保将军太平。没想到它在人间经历了种种悲喜,无论是将军三献奇石,还是后来被赋予了财富和权力的意义,这都不是我的初衷。那块做成玉玺的陨玉已被母亲从秦始皇手里收回。秦皇自是巧争力取,谓得此乃足以受命,而不知受命以德,不以玺也。”

容真虽被封在玉女峰,可是世间的事她都清楚。

昆仑山西风漫卷，大雪飞扬，爆炸声、挖掘声此起彼伏。

容真说："就算把我挖得遍体鳞伤，就算把我炸成漫天飞雪，我也祝愿天下人人人有玉，这玉是戴在心里的。"

一声炮响，将岳川从梦中惊醒。

"哪里的炮声？"

"开矿的。"石秋生从洞外回来说。

"什么时间了？"

"早晨 7 点。"

石秋生说着又点燃了火堆。

岳川爬起来伸了一下懒腰，接着陷入沉思。

"睡得好吗？"石秋生问。

"好。做了一夜的梦，这个梦非常完整，解决了我的大问题。"

"什么问题？"

岳川不答，拿出本子迅速地写着。

他写道——其实，五百年后，西王母如果没有像女娲一样身归混沌，她也完全可以在收回玉玺的同时再收回陨玉边料，以全陨玉。可是她没有这样做。这是因为边料已被做成佛家舍利子，留给世人敬奉、修行，具有更大的价值。当时早已过了五百年，周穆王驾崩，卞和也不会来了，人仙之间有始却不能善终。但容真仍相信，无论等多久，等到地老天荒，卞和都会来。西王母含怒而去，甩下女儿在雪峰的山底，将青鸟锁在在崖壁。

岳川想起圣光寺地宫里的壁画上，那个举着水晶盒子的女子，似乎一切因她而起，是她把自己引到了这里。如果有前世今生，那么卞和和自己真有什么关系吗？想到这里，岳川笑了，因为他想到了眼下时兴的穿越剧。亚美说把他当作卞和，到底是卞和穿越了？还是自己穿越了？

岳川和石秋生两人两天后终于在玉女峰脚下停住了。这时他俩口鼻发青，呼吸短促，看到一批批抓石头的人冲上山去，他们只有仰视玉女峰的份了。

"还上吗？"石秋生问。

"上！"

说出这个字，岳川就昏过去了。

石秋生赶紧把氧气面罩放到岳川鼻子上，心里对自己说：竟然跟着这样一个傻子来爬玉女峰，脑袋真是进水了。

石秋生用仅有的余力背起岳川向山下走去，背上的岳川似乎有千斤重。不知岳川醒来会不会生气，这些路他可是走一步退两步挪上来的。

其实岳川没有失去意识,他只是进入了梦境。

石秋生背着岳川一路踉跄,自己也是上气不接下气。他不停地呼唤着岳川,生怕岳川就这么睡过去了。

突然,岳川发出梦呓:“容真,不要管我,我愿意被冰封三千年……我是昆仑赤子。”

石秋生感到莫名其妙。

你是昆仑赤子?

那我是谁?

容真又是谁?听起来像个女人的名字。

岳川醒来后告诉石秋生,容真是他作品中的神女。

石秋生恍然大悟,原来岳川活在他的神话故事里。那叫容真的神女就在昆仑山,她长得是不是和苏婵一样呢?

天哪,这都21世纪了,怎么还会有岳川这种人?

第十三章

玉石温柔润泽，雍容华贵。那是吸纳了天地之灵气、山河之精华，历经万年才形成的大地舍利！在它柔雅的光泽里面，一定还隐藏着很多我们解不开的秘密。

01 拖拉海沟

若不是遇到玉矿经警的巡逻车，石秋生真不知道还能不能把岳川背下山来。

岳川在格尔木医院一躺就是一个星期，被诊断出肺水肿，再去野牛沟绝无可能。岳川此次的计划没完成，他不说去也不说不去，让石秋生颇费思量。石秋生在医院守了三天，见岳川身体已无大碍，便悄悄溜出去办矿上的事。

住院期间，岳川写下了他的梦——

岳川手里捧着白玉舍利。陨石做成舍利后已经失去了它的神力，只有岳川的血才能融化容真千年相思泪凝成的冰雪，才能救容真出山。岳川毅然剖开自己的静脉血管，鲜血喷涌而出，刹那间融化了冰雪。容真在一股巨大力量的推动下，飞升起来破山而出。岳川重重倒下，容真正待要回身救他，一声震耳欲聋的爆炸声传来，山门永远关闭。

空中传来西王母的声音：若要山门开，再等三千年。

岳川大声地喊：容真，不要管我，我愿意被冰封三千年……

随着岳川的喊声，爆破声一声声传来，千年冻土被炸开，石头纷纷飞下。大批的玉石被拉下山。青鸟不安地在山上飞来飞去，犹如填海的精卫……

门开了，岳川停下笔。

是苏婵把病号饭送来了。这些天一直是苏婵亲自为岳川煲汤，营养跟上了，岳川恢复得也快。自从在岳明的婚礼上见过面后，岳川和苏婵之间，一切变得亲切自然，就像自家兄妹或者好朋友。不对，他们不就是发小吗？

“婵儿，我总听到爆炸声，山上在炸什么？”岳川问。

苏婵奇怪地看他一眼：“我怎么没听见？是开矿的声音吧。”

“开什么矿？”

“玉矿。”

“开玉矿怎么还用炸药，要是炸着玉石呢？”

“一般都为剥离岩石。”

“可他们怎么知道哪是岩石哪是玉？秋生他们矿上也用炸药吗？”

“刚开始用过，现在不用了。”

“就没有规定限制吗？”

“据说不让用炸药的，可他们在深山里，要是偷着用，也很难管得住。”

“真是掠夺性开采！”岳川叹道，“这样山体会受到极大的破坏，更别说那些脆弱的生灵了！”

正说着，石秋生进来了，听到岳川的话，说：“我们没有用炸药，用的是挖掘机，加上人工开采。”

岳川说：“可是你们用过，对吧。”

“用过不假，当初要是不用，有可能永远都找不到矿脉。”

“你什么时候回矿上去？我和你一起去。”岳川说。

“你？”石秋生和苏婵同时惊愕地望着岳川。

岳川平静地说：“你们的矿在野牛沟，岩画也在野牛沟，我们正好同路。”

“可你知道野牛沟有多长吗？”石秋生说，“告诉你，野牛沟也就是拖拉海沟，位置在格尔木以南昆仑山脉北坡。以昆仑河为主线，从阿尔金山向东 250 公里至纳赤台，野牛沟就这么长。”

“你是地理老师吗？”岳川说，“但我可不是你的学生。你用不着给我说这么具体。很简单，你去哪里我就去哪里。拖拉海沟也行，野牛沟也行。”看岳川外表是一个很高冷的人，怎么这次变得这么拎不清。

石秋生无奈地望向苏婵。苏婵笑了，她读懂了石秋生嫌弃岳川的表情。岳川也确实显得不可理喻，他着了什么魔呀？

“这样吧，岳川，”苏婵息事宁人地说，“如果医生说你的身体可以去野牛沟，我们就同意你去。”

石秋生立即响应：“我同意苏婵的意见。”

“我不同意。”岳川说，“我从来不受医生的摆布，我的身体我清楚。”

石秋生等了一个星期，回野牛沟时，身后跟着岳川。

▲ 野牛沟，沿昆仑河主线由阿尔金山往东至纳赤台，全长 250 公里。1993 年 6 月，柴达木地质勘探综合大队在野牛沟东段的拖拉海沟处发现了玉矿，所产玉石因质地细腻、油糯、密度高而享誉宝石界，尤以“糖包白”、“石包玉”（赌石所用石）声名远扬

石秋生说：“野牛沟离神话最近，离现实最远。也就是说，离你最近，离我……”岳川接过去说：“离你也最近，野牛沟给了你全部的现实。”石秋生说：“这话也对。目前来看，没有野牛沟，就没有我石秋生的今天。”

说离神话最近，也没错。岳川说，在昆仑山的众多沟壑中，大概再也没有任何一个地方比野牛沟距离神话更近了。这里是前往西王母瑶池的必经之路。现实里，它也的确如同神仙的牧场，养育了青藏高原地区最丰富的珍稀动物植物，是野牦牛的重要栖息地。公元前 1000 年，人类先民在这个地方创造了岩画……岳川感受着这里绵延了千年的游牧意境……

▲ 野牛沟如神仙的牧场，养育了青藏高原最丰富的珍稀动植物，是牦牛的重要栖息地

石秋生说，野牛沟被称为“亚洲的奥林匹斯山”，这些野生动物在这里出生、恋爱、分离、死亡，上演着一幕幕新

的神话……

岳川突然说:“我怎么感到野牛沟像一条美丽的伤痕,是因为上苍留下来的宝藏被人类肆意毁坏、掠夺,大地在诉说悲伤与不幸。”

其实,野牛沟的第二批神就是千年前的人类先祖,他们将自己所有的生活场景,连同他们原始的欢愉、恐惧和渴望都凿进了不朽的青石里……

岳川指着不远处:“那些是野牦牛吗?”

“对。”石秋生回答,“你看那边,那牧民的牛群。公的野牦牛发情的时候,会冲入牧民的牛群中,把母牦牛抢走,发情期过后,又会将母牦牛们护送回来。”

岳川哈哈大笑,他觉得很有趣,原来动物也有责任心,也有这样绵长的情意。

事实上,昆仑河流经此地,野牛沟其实是一片开阔的河谷地带。丰富的水源是上苍给野牛沟的恩赐,密布的河网使这片海拔 3800 米的高原植被茂密,成为野牦牛、雪豹、藏野驴、藏羚羊、盘羊等二十多种濒危野生动物的栖息地。难怪新出版的《青海通史》,既不是从人烟稠密的青海省会西宁写起,也不是从青海东部较为发达的地区写起,而偏偏是从野牛沟入笔的。

▲ 密布的河网使这片海拔 3000 米的高原植被茂密,成为野牦牛、雪豹、藏野驴、藏羚羊等濒危野生动物的家园

石秋生说,走遍昆仑山所有的河谷,再也没有任何一处的野牦牛能比这里更集中。20 世纪七八十年代,和被大量捕杀的青海湖湟鱼一样,野牛沟的野牦牛也曾遭遇了一场由盗猎者引发的捕杀浩劫,一度使野牛沟几乎名存实亡。幸运的是,经过近十年的反盗猎行动和巡山保护,元气大伤的野牛沟又渐渐恢复了生机。2000 年以后,野牛沟的野牦牛数量大增,它们不仅开始几十只一起成

群结队地下山，而且往往还以“王”的傲慢姿态，欺负起了当地牧民的“家牦牛”。

在路上，两人不停地遇到抓石头的人流和朝圣的人。一些人为生存、为财富，一些人为心灵信仰，反差极大。洪水、黑夜、高原反应……都是不真实的，唯一真实的只是他们心中不同的宝藏——昆仑山深处的玉石或西王母瑶池。

岳川同样也怀着朝圣的心情，克服着身体上的一切不适，顽强地来到了位于四道梁南坡上的岩画面前。面对清晰的岩画，他震惊了。此前他了解过专家的推测，说这些岩画至少诞生于公元前1000年。也就是说，这些刻在岩石上的形象和所显现的情绪都是穿越了几千年的历史，才最终抵达人们眼前的！在野牛沟这片不毛之地，岩画就是历史。

岩画大体上呈东南—西北走向。这里海拔约为3900米，相对高度约为30米。从远处望去，在一排高低错落的仿佛古城墙一样的青色岩石上，若隐若现地刻画着舞蹈、狩猎、出行等多种场景和野牛、骆驼、马、鹰等多种动物……岳川还看到了青鸟，那是西王母的化身。

一幅表现舞蹈场景的岩画引起了岳川和石秋生的关注。画上，先民们手拉手，排成一排在跳舞，场面十分热烈，使观看的人仿佛也听到了来自远古的高亢歌声。由于年代久远，画中那些符号的意义已不大可能被人了解，但作为先民们留下的一种生活印记，使现代人有幸看见史前的文化剪影。

▲ 野牛沟岩画地处昆仑山野牛沟南山坡，属四道梁区域。这些岩画中有藏传佛教的经文，也有反映早期先民生产生活的内容。岩画分布在长100米宽50米的地带内，是早期居住于此的先民生活的生动、形象、真实再现，具有较高的考古价值

岳川拍了很多相片，很多问题他要带回去细细研究。

石秋生满足了岳川对岩画的一切渴望，接下来，岳川要去石秋生的玉矿看看。石秋生却认为绝无可能，矿太远了，要徒步走两天。再说，岳川的身体已经大不如前，比半月前刚来格尔木时差多了，随时都有可能倒下去。

一个浙江老板的越野车正好在这时经过，石秋生不由分说，把岳川塞上了这辆车。

“我还要去西王母瑶池呢！”岳川喊道。

浙江老板笑着说，所谓西王母瑶池，其实就是个天然的高原平湖。这湖海拔4300米，东西长约12000米，南北宽约5000米，湖水最深达107米……水很清，水鸟很多，很祥和，很安宁，确实值得一看。

“停车！停车！”

车停了，岳川从车上跳下来。

“就算是你受够了我，我也要去瑶池。”岳川对站在远处的石秋生说。没想到石秋生不仅没生气，反而向岳川伸出了大拇指：“你这样的人能成事。一根筋！”

02 石英石

和田人把石英石叫卡瓦石，当然，卡瓦石不全是石英石。石英石白、透亮，互相摩擦还能打出火来。

几亿年前，山体运动时，岩浆在侵入演化活动过程中，由于温度、压力等条件的改变，分离出富含二氧化硅的热液。这种热液顺层理、裂隙贯入围岩变质岩系中，形成脉状石英岩矿体。据说，石英石是差一步就生成的玉，只可惜大自然给的火候不到。“卡瓦”在维吾尔语里的意思是“傻帽”，卡瓦石是一种被用来仿冒软玉的石头。

▲ 颇像玉石矿料的石英岩原石

很多玉商在初入玉界时，都曾掉到石英石这条沟里。想起这段往事，很多人不堪回首，仿佛经历了生与死、灵与肉的折磨。

岳川看到的那些抓石头的人，每天都有成千上万。这些人中，究竟有多少人发了财，又有多少人背了无数个石英石后魂归昆仑，没有人能统计。在当时，无论你是什么民族，什么出身背景，什么文化程度，大家都一样，面对苍天厚土，面对死亡和困苦，只有执着一种期待和热望。有今天没明天的恐怖，一夜暴富的惊梦，就像一种强刺激，让每一个爬山的人都要亢奋到发疯。

十多年后，在格尔木凭石头发迹的商人，很多都有过黑天半夜去昆仑山千辛万苦背下石英石的经历，有的还不下十次。更多的人倾家荡产——他们一个一个买了半院子石头，要卖给外地来收石头的玉商时，才知道是石英石，一钱不值。也有人把真玉石千辛万苦运送到河南镇平，结果人家说是石英石，于是直接把真玉石当成石英石扔了，让识货的人捡了便宜。

吴凌飞最终知难而退有两个重要的原因，第一就是仓库里积压了几百吨的“石英石”不知卖给谁。刚开始有人提醒过他，那不是白玉吗？等着吧，会被人疯抢掉的。可是来了一拨又一拨外地人，看一看，都摇摇头走了。后来，那几百吨的废料，他扔给了文胜东。

第二个原因——那些盗玉、偷玉、抢玉的“众贼”成了玉矿的大患，每晚围山的人成千上万，如马蜂群袭来，有人还鸣枪助阵。守矿的经警们只能朝天放枪震慑，或者扔催泪弹，不敢真对着人开枪，所以矿山失控的事时有发生。每当有人受伤、有人丧命，虽然责任不在矿山经警，玉矿却陷在四面楚歌的境地。吴凌飞不明白，为什么这么多人有枪？哪来的枪？经过调查，他才明白，原来这事还跟20世纪初的西北大军阀马步芳扯上了关系。马步芳统治青海四十年，他的兵工厂就建在西宁，据说造出的步枪远胜过汉阳造。兵工厂解散后，造枪高手们流落到民间继续造黑枪，造枪技术也代代相传，成为淘金客不法枪支的主要来源，是和平年代严重的安全隐患。

离开昆仑玉公司，吴凌飞心里憋闷得很。他一直想约文胜东喝一次酒，可是电话都打不进去，别说约时间了。文胜东实在是太忙了，不是出差去了北京，就是去了上海，又听说去了俄罗斯……不就开个矿吗，整天跑啥？拿着矿上的钱就这么挥霍啊？吴凌飞知道自己的想法没有道理，现在人家拿下了矿山，花的是他文胜东的钱，而且还还清了自己欠银行的钱。

其实，文胜东到北京、上海、广东、河南、安徽、天津、新疆，以及缅甸、俄罗斯，都不是旅游，而是去考察市场。他图谋摸清和田玉、翡翠的价格调控链条，琢磨着打造出一条中国白玉产业链，让昆仑白玉走出高值廉价的境地，和其他名玉平分秋色。别人若知道，恐怕要笑他这是痴人说梦吧？

终于约到了文胜东，吴凌飞想，无论如何，他们俩得唠唠心里话。听说他扔给文胜东的几百吨“石英石”让文胜东卖了个好价钱，他很想知道，文胜东卖给了谁，或者说是谁当了这个冤大头。

吴凌飞赶到酒场，见文胜东身边早已坐满了人，一时不知该进该退。

文胜东见状赶紧起身，作揖道歉：“老哥，对不起！对不起！我实在是欠的约太多，今天就先煮到一个锅里吧，改天我请你。”

吴凌飞看了一眼，来的都是些格尔木、德令哈、西宁的玉商。曾几何时，这些人都是围着自己转的。可是现在，这些人见了他，只是淡淡地点下头。

“风水轮流转，明年也到不了我家了！”吴凌飞心里感慨着，没有了一点谈话的兴致，坐也不是，走也不是。

文胜东到底把吴凌飞给留住了。

席间，一些靠倒料为生的玉商抱怨，昆仑玉石料市场的乱象让他们的资金链产生了困难，又说因为宣传太少，野牛沟的极品料拿到内地却卖不出好的价钱。

文胜东说：“和田玉已经枯竭，玉不能再生，价格一路攀升是趋势。我们青海玉虽然同是昆仑山的玉，却被别人称为脱脂玉、失油的玉。其实，老坑里的那些玉都是极品，与和田玉比，不差分毫。我们确实需要宣传，不过宣传也要寻找契机。”他已经带了些酒意了。

大家都说，那这事只能拜托文总了，文总见的世面广，认识的人多，自然会把握到好的时机。

文胜东说他已经报考了清华大学的EMBA（高级工商管理硕士），办企业就要有企业家的学识和文化，光凭自己以前的大学专业和管理水平，还是不专业、不配套。

▲ 青海玉界同仁在西宁南关街某玉店内观摩、交流昆仑玉产品

对于文胜东这个举动，桌上的人反应不一致。有人称赞，文总这么能干的人还要去学习，自愧不如；也有人觉得完全没这个必要，上那个班，花钱花时间，不一定能学到什么真东西。吴凌飞没说话，想的却可能比别人都多。他知道，当时青海省受过类似清华大学EMBA教育的企业家还没几个。他想，那个EMBA能不能学到真东西不重要，重要的是文胜东这个举动本身。文胜东这个举动说明他志不在一个小小的矿山。不过到底在哪里，现在还看不透。

文胜东说自己嗜玉如命，而且多梦。

“我昨晚又梦见玉了，”他说，“我在梦里把玉雕成一对小羊、一对小猪，非常精美。我到外地，不爱去名胜古迹，就爱去玉器店、古玩城，逛一整天都不觉得累。”最后他说：“等老了，我要找一个非常安静的地方，弄一个小房子，把一生的收藏摆在里面，拿着放大镜慢慢欣赏。”

吴凌飞的思绪没跟着文胜东走，他想的是：那几百吨的石英石真让文胜东高价卖掉了？会不会是私下处理掉了？

吴凌飞正望着文胜东出神，有人拍了一下他的肩，回头一看是金万里。能坐在文胜东酒桌上的人，都是大小有些成就的玉商。金万里最近倒白玉发了点财，他能坐到这个桌上，肯定也是文胜东认可的人。

金万里端着酒杯：“吴总，我得敬你一杯酒，当初若不是你照顾我，我恐怕早就倾家荡产了。”

吴凌飞的眼神告诉金万里，吴凌飞并不知道他在说什么。

“你真是贵人多忘事，吴总。”金万里解释说，“我刚开始跑石头的时候，朝岳父借了一万块钱，买了一堆石英石。要不是你收了我的石头，混在你那些石料里卖给了外地人，我就完了。”

“不就是岳父的钱吗，完不了。”吴凌飞淡淡地说，接着补了一句，“我现在才真的完了！”

金万里一时不知怎么安慰，只好举起了酒杯。

其实，吴凌飞用这种方法帮助过很多人。金万里还记得，说明他有良心，更多的人恨不得忘了这类糗事，免得遭人耻笑。

吴凌飞跟金万里干了杯，说：“听说你现在做得顺风顺水，在你们那伙子人里你是佼佼者。”

金万里也不扭捏作态，承认自己已经走出了低谷，然后指着身边坐着的陈选说：“他也做得不错，现在跟着文总做了。”

“我给文总做副手。”陈选说。

原来是这样。

“好好干，前途无量。”吴凌飞说。

陈选关切地问：“吴总，你现在……”

“我回原单位上班了。”

“那你不做玉石了？”

“等退休吧。”吴凌飞确实是这样想的，这辈子不杀个回马枪誓不为人。

两个人正说着，文胜东突然插了进来。他问吴凌飞：“哎，老哥，你怎么不问问你那一仓库的石英石啊？”

吴凌飞不吭声，心想，真张狂啊！让别人一听，我吴凌飞蠢到家了。他狠狠瞪了文胜东一眼。

文胜东哈哈大笑："你瞪我做什么？你先告诉我，是谁告诉你那是石英石的？"

"怎么？"吴凌飞傻了。

"我告诉你吧，我全卖了，尤其是那大料子，全让扬州人搬走了，说是做山子雕最好的料。"

"扬州人？谁？"

"你的老熟人，岳明。"

吴凌飞真傻住了。

文胜东说："其实我当时是想白送的，不是石英石吗，就是给工地盖房子人家都不要。结果，被岳明高价收走了。"

吴凌飞后悔得直想用拳头揍自己。在最后的那段日子里，他几乎和岳明断了联系。为什么？怎么就断了联系？他已经记不清楚了。

有人接话说，岳明财大气粗，但他干了件最害人的事，就是把和田玉的价抬高了几百倍。听了这话，文胜东突然变严肃了，他认真地说："岳明是个了不起的人！和田玉的价，值那个数。我倒是希望有一天，你们会因为我把青海玉的价格抬了上去，也这样骂我。"

酒桌上出现了片刻的沉默。

03 瑶池，遥不可及

瑶池阿母绮窗开，黄竹歌声动地哀。八骏日行三万里，穆王何事不重来。岳川终于来到了瑶池。这是一座天然的高山平湖，确实像浙江老板说的那样，水很清，水鸟很多，很祥和，很安宁。

神话故事中，这里树木蔽日，水草丰美，珍禽相伴嬉戏，神仙种玉栽蟠桃，设宴欢聚，岳川不能不想到与它息息相关的西王母。

岳川对石秋生说，在河南汲县一座古墓中发现一册古简，记载了两千多年前，西周穆王驾着八匹骏马，日行三万里，到昆仑山瑶池会见西王母。临别时西王母约他三年后再来，还送他八车宝玉……也许这就是最早关于昆仑玉进入中原的记载。

石秋生哈哈一笑："周穆王的民间形象很迷人，他是中国历史上最早的、著名的大地旅人，他率领大军浩浩荡荡西行上万里，还与西王母有绯闻。有人说他曾越过葱岭抵达了中亚或更西的地区，甚至有人认为他抵达了波兰华沙一带。这

▲ 西王母瑶池原名黑海，是昆仑河的源头，位于昆仑山中段野牛沟，是一座高原平湖。传说西王母居住于此，每年农历三月初三、六月初六、八月初八，西王母专门在此设蟠桃盛会，宴请各路神仙……它是道教信徒崇拜的神湖

是中国历史上少有的敢于冒险的、浪漫的君王形象。但由于周穆王任性地常年征讨，导致国力消耗，使得周朝开始由盛转衰。"

跟老师出身的石秋生对话真来劲，说到周穆王，岳川突然思绪翩翩。想象一下，周穆王就在这湖畔宴请西王母，两人对酒琴瑟，好不豪情浪漫。卞和将军也在此，而且与西王母的女儿容真眉目传情。岳川的眼前出现了那些画面，不由自主地围着湖走了起来。

"如果当时这里森林连绵，应该是气候条件很好的。几千年过去了，神仙走了，山也老了，地也荒了。"石秋生跟在岳川身后说。

"没有走，神仙没有走，在他们的世界里，仍然是森林连绵，百花盛开，只是我们看不到，因为是在两个空间维度里。"岳川一本正经地说着。

石秋生听着毛骨悚然，但反过来一想，岳川说的也有道理，看不到的并不一定不存在，不是有人说，空间是五维六维的吗？就像一本书，你翻不开的页面里，你怎么知道里面的内容？

"这么说来，我们眼前的这个瑶池，是西王母的那个瑶池吗？"

"你说是就是，你说不是就不是。"岳川的神思已回到他的神话小说里，和石秋生的对话不在一个频道上了。

▲ 高原平湖——黑海（瑶池）鸟瞰图

石秋生想，如果不是，那个真正的瑶池还是遥不可及。就像昆仑山上的无数谜团一样，除了在神话传说里，昆仑玉在这片高原上沉寂千年，毫无声息。现在人们让它们重见天日，会不会遭到神仙的惩罚？

石秋生很有耐心地跟着岳川在瑶池边流连许久，等开车回到矿上，已是半夜时分。

岳川在石秋生的矿上看到了奇迹。

清晨，他们顺着盘旋回曲的山道爬上开采点时，早已气喘吁吁。高山上终年不化的积雪与被采玉工开凿的巨大的、洁白的山体剖面，在强烈的阳光下刺得岳川难睁双眼。在高达百米的工作面上，那些采玉工人与自己挖开的山体形成了巨大的对比。从远处看，他们犹如一粒粒细小的芝麻散落在石块中间。岳川望着残破的山体不禁黯然，千古的创造变成了大自然的一部分，最终剩下的却只有孤独、渺小与茫然。

神仙种玉容易，人类采玉难；黄金有价玉无价。只有亲眼看到那些浩大的工作面、极端艰苦的工作环境，才知道得到一块宝玉是何等的困难与艰辛。岳川对石秋生说，在中国早期的祭祀活动中，与神灵进行对话时，玉是最主要的媒介，正是因为有了这些玉的存在，而使昆仑山有了神性和灵性，使这些神可以随意升降于天地之间，掌握着世间的一切。玉石温柔润泽，雍容华贵，那是吸纳了天地之灵气、山河之精华，历经万年才形成的大地舍利！在它柔雅的光泽里面，一定还隐藏着很多我们解不开的秘密。

孔圣人时常会捧着玉圭游走，神情肃穆，步子很小。他把手上的玉当作某种圣物，哪怕快走两步，都担心会对手中的美玉不敬。圣人此举，不是向当地诸侯示好，而是向当地的人民推行德育，让“以玉比德”的理论深入人心。那时，无法拥有玉佩的寒门学子，也会将相对光滑的石头戴在身上。这些普通的卵石，写满了“穷且益坚”四个字，陪伴着学子们完善自身。在古代社会里，人们的一部分文化、礼数都是美玉教会的。反观当下，人们对玉石却没那么尊敬。人们在交易，在吹嘘，甚至批量生产，拿着玉石攀比炫耀。确实，玉器的商业价值驱动了发展，但这种节奏太急躁了。可喜的是，由于玉器的逐渐升值，人们对手上的美玉越发爱惜。能用心去保存、去把玩，这本身也是一种尊重。

石秋生没说话。他何尝不痛惜这种破坏呢，可是自己不做别人也会做，自己还可以尽可能保护山体和玉石。岳川的这番话实在是有文化底蕴，他听了之后很受用。

石秋生指着玉女峰说：“最先发现的玉矿就在那里，是现今的万宝沟三岔口玉矿，那里产出的昆仑玉品种最多，色彩最艳丽。不过，昆仑玉被发现后，万宝沟却迎来了一场源自金钱的灾难。1994 年，万宝沟发生了哄抢事件。很多人都涌到山里用炸药炸石，大量的文物贩子、玉器贩子云集，就地收购。挖玉者晚上人手一个手电筒彻夜寻找玉石，手电筒一度脱销。”

“你在其中吗？”岳川问石秋生。

“不在，我是听老姚这样说的，当时，我还在服刑。近十年过去了，昆仑玉矿仍然长年遭到掠夺式的开采和哄抢。”石秋生淡淡地说。

岳川不明白，昆仑山真是山高皇帝远吗？

政府三令五申不让用炸药，禁止上山抓石头，也对抢劫玉矿者进行过抓捕，最开始抓了又放，放了又抓，后来也量刑。但树欲静而风不止，人为财死，鸟为食亡，人们不在乎被抓被关，在乎的是一夜暴富的梦想。

是啊，这是一个疯狂的梦想，比淘金梦还要残酷。

岳川在石秋生的矿上看到了玉石是怎么开采出来的，岳川深深地佩服那些矿工，他们在海拔四五千米的高寒地带，挥动着镐头、铁钎，向大山索宝，他们才是虎胆英雄。

来到这样的地方，什么都可以想，什么都可以不想；什么都可以说，什么也都可以不说。下了山，又回到人间，一切又回到现实的轨道。

夜晚，在篝火边，岳川对石秋生说：“十几年前，哥哥去和田，首次登上昆仑山北麓海拔5000多米的阿拉玛斯玉矿。听闻这个，我眼里的哥哥顿时高大起来，高大到我不敢去爱哥哥喜欢的人，以至于让心爱的姑娘远走天边，与世隔绝，至今形影相吊，谁也没能与她牵手。”

“你说的是苏婵吧。”石秋生一边拨弄着火，一边问。

“对，是苏婵。”岳川没有回避。

“应该说谢谢你们！”石秋生又觉得不该这么说。

“一切都是命运。但我怎么也想不到，她成了昆仑山的女儿，围着昆仑山走了大半圈。”岳川充满了敬意地说。

“是啊，我第一眼看到她时，简直不敢相信格尔木会有这样的女子，真是美若天人。后来又住在一个大院，我更加觉得拿白玉比她，一点不夸张。”

两个男人终于再一次讨论起自己爱过和正爱着的同一个女人，这是一种非常奇妙的感觉。岳川不觉得自己是失败者，而石秋生也不认为自己是赢家，因为不管感情在不在，苏婵就在那里，她冰清玉洁，从未真正属于过谁。就算将来，有了家庭，儿女成双，她还会是那样，美好沉静，傲立，独行。

岳川想，对于苏婵，也许哥哥岳明的遗憾更多，毕竟哥哥爱了那么多年，一直寻找一直呵护，临到开花结果时却放弃了。哥哥的心思如潭水，清澈但深邃。岳川能理解哥哥，就像一块美玉，追逐欣赏它是一种销魂的过程，一旦据为己有，零距离地天天触摸，也许会失去很多微妙的感觉吧。男人的心思总是阴暗些，不过能做出这样的取舍，也只有岳明这样的男人。当然，后面这些话岳川不能讲给石秋生听了，毕竟现在岳明娶的是石秋生的姐姐石冬生。

岳明爱过苏婵，石秋生是第一次听说，他一直以为大哥只是苏婵的师兄，看来天下没有无缘无故的关心。可是，师兄最后怎么娶了姐姐冬生？姐姐是第三者吗？石秋生有些费解，一直以为苏婵是圣女，却原来和这么多男人有牵扯。石秋生的心被淤住了。

岳川说，人人可以爱美玉，而美玉不能爱人人，她最终只能属于一个人。

石秋生得到开解。

04 赌石人

石秋生送岳川下山，走到野牛沟通往公路的小路上，见一个人正围着路边的一个巨石在转。那是一块一两吨重的石头，外表看着没什么特别，但那个围着石头转的人却有些特别，他是金三角杂货店的老板马天义，石秋生曾经在他那里买过电池、蜡烛之类的东西。这些东西时常脱销，但马老板总能给石秋生留一份，他说一看石秋生就是个文化人，对文化人他从来都敬三分。

这些年马天义也时不时上山抓石头，抓石头是他的副业，据说运气极好。

“马老板，石头大了绕着走，你也不用绕了一圈又一圈啊。”

马天义一笑，说：“这块石头挡路，我想找人把它弄走。”

石秋生不明白地问：“你开矿了？”

“我哪有那个金刚钻啊！石老板，你可别笑话我。”

“那你管石头挡不挡路干啥呢，你又不运石头。”

“你说这块石头它怎么就孤零零地被丢在这儿了？”

“丢在这儿少说也有几百年了吧。”石秋生笑着说。

▲ 相石问玉

岳川好奇地打量了一眼石头，对石秋生说：“会不会是玉石呢。”

石秋生大笑着说：“那昆仑山的石头都是玉石了。”

这时公路上有车过来，石秋生和岳川搭便车回格尔木了。问马天义走不走，马天义说他在等人。

岳川在格尔木休息了两天就飞回北京了，石秋生也要办些矿上的供养再回去。这天回到大院，见苏婵和龙宝亮匆匆往外走，石秋生问：“干吗去？这么着急。”

龙宝亮说：“看赌石”。

“赌石？”

苏婵什么话也没说，只笑着向石秋生点了一下头，石秋生就跟在了后面。

龙宝亮开车，拉着苏婵和石秋生来到了金三角玉石交易市场，这就是原来的黑三角，现在已经有了很大的改善，市场形成规模，街道干净有序。他们远远看到，在十字路口，起重车吊着一个大石头，一圈围满了人，站在最前面的是马天义。石秋生认出那块石头，就是在野牛沟路口挡路的那块。显然，马天义今天要赌石切料子。

马天义从来都相信谋事在人，成事在天。一周前他和几个朋友一起去河南镇平，很快便回到了格尔木，所有的人几乎都没挣到钱，只有马天义小挣一把。

此时的马天义把脑筋动在这石头上，格尔木大多数开玉器店的店家都不切料子，只愿明赌不愿暗赌，这刚好是他的机会。

偌大的野石头摆在那里，大家笑成一团，如果这也能开出料子来，昆仑山岂不是遍地是玉了？马天义最近赌切料挣了钱，运气非常好，这块料子如果切赢了，或许能挣上百万，但这显然是在搞笑。有人凑热闹，也有人心存侥幸，“马天义有眼光，跟着他错不了”。于是有人加价到十三万。

主持赌局的人问马天义怎么赌？

马天义平静地说：“我赌五十万，不出玉，我输五十万。”

主持者没有听明白他的意思，让他再说一遍，马天义又说了一遍，许多人听到切出玉了他赢五十万，不出玉他赔五十万，大家立刻将他围了起来，问他自己拉回来的石头怎么输了还出五十万？

马天义不温不火地说：“有人愿意赌，我可以奉陪。我赢了，他出五十万，带石料走。我输了，我给他五十万，石头扔河滩。”

众人听了惊叫起来，也就是说这块料子一刀下去，对方赌输了，虽然掏了钱但还得块玉，若赢了，干得五十万。众人热血沸腾，都怂恿切料的跟马天义赌一把，不少人跃跃欲试。

主持者说：“你们头别发胀，要是切成了呢？谁有五十万？愿赌服输啊！”

人群突然静了下来，互相看着，又望着站在面前稳如泰山的马天义，不知该进还是该退。也有几个人想联手，正在小声讨论。

这时的石秋生有些按捺不住，他看了苏婵一眼。苏婵打量完石头，对他轻轻点了一下头说：“你赌！”

主持的人说：“我喊三声，愿赌的举手。”

石秋生举起了手：“如果马老板愿意，我想跟你赌一把。”

马天义望着石秋生笑了，说：“又见面了。”石秋生走过去小声说：“早知你打的这个算盘，在山上就跟你赌了。”

主持的人接话：“好！赌局开始。我再说一遍规则：如果这块料子切成了，不论大小，马天义得五十万，石老板得料。如果切跑了，马天义出五十万，石老板得钱，石头撂河滩。马天义愿不愿赌？”

马天义不紧不慢地回答主持：“可以！不过，我有言在先，不管我们两个谁赢，都要拿出五万捐给小学。”

石秋生本来就是教师出身，一听到这个提议十分赞同，立刻表示同意。“那咱们一言为定！”马天义追加了一句。石秋生上前握住他的手：“一言既出，驷马难追！”

主持者立即说:“两位老板都是大善人,谁赢了都是学校娃娃们的好事。”

围观的人再次骚动起来,马上有人挤出人群,挤到马天义面前说道:“我出两万跟你赌,如果你赢了,我输钱,石头还归石老板。你愿意吗?”

马天义冷静地回话:“没问题!”

众人又是一阵惊叫,仿佛马天义注定要在这场赌局中赌输,刚才愿出十万的也站出来要与马天义赌一把。那一两吨重的石料放在路中央,等待着切割,围观的人越来越多,最终又冒出二位金老板愿出十四万和十六万切这料子,马天义气定神闲,一一接受了同样条件与对方赌。众人还帮马天义算了一笔账,如果这块料子今天切成了灰,马天义将欠下近百万债务,什么时候才能偿还得了啊。

这一赌似乎要决定马天义的一生,而他赌赢的机会少之又少。许多抓石头的来凑热闹,有的愿出一万,有的愿出二万,都要与马天义赌一把,大家明白出钱越少,赢的越多,捐那点钱,其实是下双份的注。

闻讯赶来的陈选、文胜东成了局外人,他们看着这块石头,觉得实在不可能有什么“肉”,最终只有马天义一人是输家。陈选拍着马天义的肩膀说:“老哥,这回你可赌大了。”

文胜东看到苏婵在此,并有石秋生对赌,更觉得马天义肯定是输了。他惋惜地对马天义说:“人的一生有许多赌的机会,而你相当于今天把一生的机会都赌完了。”

马天义笑笑:“赌局还没开始。”

▲ 切割玉石原料的开料机

负责主持的人在这场大赌局中异常兴奋,他将参赌的人和赌注一一记下,高声冲着大家喊道:“都看好啦!料子上机啰!”

马天义默默地看着切刀慢慢地落下,尖锐的切料声“咯吱咯吱”地响起,所有人都屏住了呼吸,全部的目光都落到了石料上。

第一刀切下去了,随着石片的掉下,师傅抬起了切割刀,切面上全是浆,什么都没有,众人失望地“哦”了一声。

有人立刻上前，指点师傅掉个方向，切另一头。只是第二刀，众人并不着急，这么大块料子，好歹会切出些东西来。

在众人的注视下，第二刀很快到底了，人们看到的仍然是一大面的岩石，还是没有看到玉。

许多人看着马天义开始不安起来，一个个走上前，指挥师傅这样切、那样切，第三刀很快开始了，所有人又安静了下来，那刺耳的声音已经变得扎心。

令所有人失望的是，第三刀切下去之后，依然是什么都没有。前三刀已经让开两万、十万赌石的人开始激动兴奋，第四刀如果再不见玉，那么马天义赌赢的希望就成了泡影。大家重新回头去看马天义，猜测着马天义在想什么，在这块硕大的石料面前，所有人的命运都是不确定的，只是此时此刻，大家认为马天义百分之百是输家，最终决定他命运的就是这第四刀，有肉他就赌赢了。

文胜东为马天义捏了一把汗，文胜东还在政府的时候，马天义就为小学捐过款，捐的虽少，可让文胜东认定了他的仁厚，并和他成了朋友。文胜东辞职下海后，问马天义要不要一起干，文胜东几乎没有这样邀请过别人。马天义说："你干的是大事业，我这个人胸无大志，只喜欢小本买卖，还是不搭伴了"。文胜东尊重他的选择。

第四刀该如何切，面对眼前局势，众多参与赌石的人都没了主意，这时一直没有说话的文胜东上前一步，对师傅说："横腰切开嘛！有就有！没有就没有。"

马天义和石秋生同时说："慢！"

石秋生让马天义先说，马天义让石秋生先说，文胜东说："都到什么时候了，你们一起说吧。"

石秋生转头望着苏婵。苏婵走上前，和马天义商量了一下，两人同时指着边上一条印迹说："从这里开。"

所有人的希望都寄托在这一刀上，师傅扬手压下了切割刀，尖锐的开石料的声音再一次响起，这第四刀的切割声，似乎比前三刀更加刺耳、更加沉闷，这声音好像是在告诉人们，这一刀与前三刀不一样，会切出东西来让局势逆转，这沉闷的声音是预示切开毛料后，将见到大面积的玉。

在场的人都紧张到了极点，唯马天义依然如故，没有任何表情，仿佛自己不是这场赌石的主角，而是一个局外人。

随着切割机越下越深，沉闷的切割声又变得尖锐起来。毛料在最后一刻崩开了，几位参与赌石的人立刻拥上前，掀看中间的切面，众人也都涌向切割机。

▲ 对赌的石料，切出了玉，叫切“涨”

▲ 没切出玉的石头叫切“泡”或切“跑”

“轰”的一声，人群炸开了锅，欢呼的，惨叫的，什么人都有。奇迹发生了，当然这不是满足众人愿望的奇迹，而是马天义的奇迹——石头翻开，细白润亮的玉肉展现在人们面前。

青海“鬼石”真正地“魔鬼”了一把，让马天义在这金三角名声大噪，成就了他昆仑玉的玉界“赌王”地位，作为这场赌石唯一的赢家。马天义既没有喜形于色，也没有赢家的骄狂，面对祝贺他的石秋生、苏婵、文胜东、陈选和众人，他只说了一句：“我拿出五万捐给学校。”

文胜东奇怪地望着石秋生和苏婵：“你们输了怎么反而很高兴？哦，对了，你们一定知道里面有文章，是故意赌的吧。”

石秋生笑着说：“用五十万到哪儿买这么优质廉价的白玉料啊，岳明大哥要高兴得飞来了。”

马天义握住石秋生的手说：“谢谢你帮我撑了门面，要不今天没人敢赌的。你才是真正的‘赌王’。”

“不不，”石秋生说，“你是名副其实的。”他又指一下苏婵，“王后在这儿呢。诶，这话怎么这么别扭呢？”苏婵瞪了他一眼，大家全笑了。

至此，金三角抓玉的老乡、朋友，只要有了好料子，都习惯拉上马天义合作，或者让他帮自己看一眼,看自己的胜算有多大。低调的马天义总是开心地笑一笑,说道:“我哪有这么大的本领,要是每一块石料我都能看准,那我不天天都切料子!这昆仑玉被人称之为‘鬼石’,不可能都看透。神仙难断寸玉,赌石靠个人对料子的感觉。”尽管如此,大伙还是愿意听一听他对料子的判断,他断言能切赚的料子,肯定能赚,只是大多数时候,马天义都不愿表态。

这天,陈选到市场看料子,看中了一块带翠的石头,经讨价还价,最后以五千三成交。刚好马天义经过,陈选一把抓住了马天义,让他帮自己看一眼这料子五千三能不能切。

马天义驻足在石料车前,仔细看了一下那块带翠的石料,然后说道:“应该能切出东西来。”

听了此言,陈选兴奋地说:“借马大哥的金口玉言,我就要了这块料子,马上就切。”

许多人听到陈选要当场切料,都围了过来。说料子能切出东西来的马天义,也不得不暂时留下,只等陈选开了料子,见分晓后再走。

陈选让卖料子的人帮自己将石料搬到切割处,并对马天义说:“今天我要沾‘赌王’的光,不过,老兄放心,切赔了算我的。”

他说完就先笑了,马天义也笑了。

就像马天义所言,一刀下去,石料便切出了干净的玉肉,陈选乐坏了。当即有人表示,这块料子十万自己要了,陈选忙摆手:“不!不!不!我要留着加工产品。”

看着陈选切赚了,马天义转身离去。陈选扯着嗓门喊道:“老兄,谢谢你金口玉言,改天请你吃饭!”

马天义头都不回地说:“不用!不用!”

陈选回去把这段讲给文胜东听,文胜东想起马天义不肯入伙的事,心中郁闷,心想要把事业干大,就要召集天下有奇才之人和有德之君子。刘备能三请诸葛亮,我文胜东还请不来个赌石人?

文胜东备了好酒,专门宴请马天义,马天义来了。

文胜东先在马天义面前展现了一幅公司未来的宏伟画卷,还不等文胜东表明心迹,马天义就先开了口。他说:“文总,我相信你能做得到,因为你是个有抱负的人。而我,是一个喜欢老婆孩子热炕头的人。赌石不是我的天赋所在,我大多时候都会看走眼。你知道,为了学会看石头,我在切料机前蹲过多久吗?整整三年。如果你需要我,随时打电话,我二话不说就来,但要我入你的伙,你真抬举我了。”

文胜东说:“看来还是我的庙小,盛不了你这尊菩萨,等我把庙盖成寺院了再请你吧。”

马天义走出门,文胜东问陈选:“见过昆仑山下的闲云野鹤吗?”

陈选不知所云:“在哪儿?”

文胜东指了下马天义的背影:“州亦难添,诗亦难改,然闲云孤鹤,何天而不可飞。”

陈选非常赞同地点头:“对对对,能做闲云野鹤的人,都是高人。”

马天义说,他这点赌石的本领是在切料机前蹲了三年学来的。这话他只说对了一半,其实蹲在切料机前,他不是学,而是验证。就是说,在切料前,他已经有了自己的判断。这个判断是天分,他不敢说出来,他怕一旦说出来会断送了自己的清静。在路口看到那块大石头的时候,他就有了空灵的感觉,仿佛能感受到常人用肉眼看不到的玉气在石头上方升腾。因此,在赌石现场,他才会气定神闲,和那些看热闹的人判若云泥。但经过大石头的赌局后,他对一个人刮目相看,那就是苏婵。马天义总会想,难道苏婵也有看玉的“天眼”?苏婵若不是个女子,马天义一定会上门切磋。而现在,他只能远远地注视这个高人。

岳明突然接到文胜东的电话,说下午到扬州。文胜东说在清华大学开学前,要在岳明那里学习一段时间。

岳明不明白地问:“学什么?”

文胜东说:“看石料,学学怎样明断‘鬼石’。”

岳明说:“你来吧,我们一起学。”

文胜东来了后学得十分认真,并且认识了岳明的很多玉界朋友。在学习过程中,有人说看颜色,有人说看纹理。文胜东自己总结了一条最重要的,那就是——看石料不完全靠经验,天下没有一样的石头,更多的是凭直觉。这种直觉不是盲目的,而是一种多种感觉的结合体。不过常在河边走,就不怕不湿鞋。

学习完的时候,文胜东对岳明说:“我要在扬州建玉雕厂,请你为我筹办。”

岳明一怔,这恐怕才是文胜东的真实目的,学习是假,考察建厂才是真。这小子是来抢占地盘的呀。

文胜东说:“我知道你在想什么,我不仅是抢地盘,还想抢手艺。扬州,我不能只是个过客。我要在这里扎下大本营,不管是供石料,还是出产品,我都要打造自己的产业链,不在中间环节上耗时耗力,因为我具备这样的条件和资源。但老兄,无论我怎么在你的眼皮子底下折腾,决不侵害你的利益。你放心,你的料我不差你的，你的墙脚我不挖。”

心甘情愿地接纳文胜东不是件容易的事，但岳明还是实实在在地为文胜东选了厂址，请专人规划车间和办公区、仓库。自己厂子的事加上文胜东的事已经够让岳明忙碌的，偏偏这时马琪又出事了。

电话是公安局打来通知的，说马琪因为贩卖文物被拘。估计马琪是不想让家里人知道，便向公安提供了岳明的电话。也对，马琪毕竟是岳明工作室的大股东，通知岳明理所当然。

问题是马琪哪来的文物？岳明去公安局见不到马琪，公安通知他可以找律师，岳明便找了最好的律师。律师见完马琪后，回来告诉岳明，马琪拿出去贩的是假陶俑。听到这里，岳明就不担心了，他知道那是假的，一旦弄清楚，马琪会被无罪释放。

岳明想简单了，律师辩护无效，马琪竟然被判了三年。不是马琪贩了假文物就无罪，因为马琪把假文物卖给了外国人，买货的中山口村的人证明那文物是真的，而专家也认定是真的。马琪还是栽在了假文物上，岳明早提醒过他不要玩火，他听不进去，最终只能被焚到面目全非。

马琪转到监狱后，岳明去看他，他竟然一副无所谓的样子，笑着说：“中山口村的人如果承认那是假文物，岂不是砸自己饭碗？”

“问题是地球人不是都知道他们在造假吗？”岳明感到不能理解，“专家为什么还……”马琪说专家分两种，一种是讲真理的专家，一种是拿了谁的钱就为谁说话的专家。岳明问专家拿了谁的钱。马琪说：“自然是我抢了谁的生意，谁就和我过不去啦。”

这都什么事啊！马琪摔的这个跟头把岳明摔晕了，马琪真是拿自己的前程做赌注，还一副无所谓的嘴脸。

春末，岳明受几位老朋友的邀请重返和田，玉石收购站早已不存在，尤茹祥也已退休，但他们忘不了岳明，邀请岳明来参加和田的玉石节。岳明是晚上到达的，第二天清晨就奔向他思念的玉龙喀什河。这曾是一条流淌着神话和希望的河流，是一条流淌着岳明梦想的河流。可是，当岳明看到河道的时候，惊呆了！两年没见，美丽的玉龙喀什河满目疮痍！

这条和田人的母亲河，河床像是发生过一场现代战争，砾石、沙土被翻起，深壕遍布。更多的地方，推土机、挖掘机、装载机穿梭往返，巨大的轰鸣声不绝于耳。挖掘机、推土机翻起河道里的砾石，每台机器后边，都跟随着捡玉的人，整个河床已是人满为患。

这里究竟发生了什么?

▲ 籽玉被挖掘殆尽,玉龙喀什河的千疮百孔就是对人类最大的控诉

陪同岳明的尤茹祥告诉他,现在还不是挖玉的旺季,到了夏秋两季,来自和田、昌吉、喀什、阿克苏、克州,甚至远来于河南、甘肃、青海等地的挖玉人足有上万人,最多的时候会达到两万人,各种机器会多达数千台。因为挖玉的人太多,地方政府采取了发放“采玉证”的措施,获准后的人才能来采玉。但是仍有很多人无证开采。为此,和田地区有关部门已成立了采玉清理整顿领导小组,并进行了多次检查和行政处罚,然效果不明显,无序滥采依旧不能制止。所谓“采玉证”,不过是花钱就能搞来的一个进入玉龙喀什河采玉的通行证。玉龙喀什河两侧的河床是可以承包的,最初几百块钱一亩,随着采玉队伍的不断扩大,“采玉证”的价格也不断上升,由几百元涨到上千元,承包额也升到五千元一亩、六千元一亩。承包到手想怎么挖就怎么挖,有些人竟掘地十多米、二十米,直到翻掘出生土为止。

岳明望着河道里蚂蚁般的人群,想到昆仑山东麓玉矿满山遍野的抢矿者亮起的鬼火般的灯火,不禁感慨包括自己在内的芸芸众生,真是在向大自然索取财富的过程中欲壑难填,白玉河的千疮百孔就是对人类最大的控诉。

岳明没有心情再参加玉石节，他和朋友们见完面就返回了扬州。临走时，尤茹祥对他说：“你也不要太难过，和田要发展经济，不得不向河道要效益。记得我以前对你讲过的故事吗？有人发现和田一个村庄坐落在古河道上，结果人们为了找到玉石挖地三米，把整个村都给端了。所以，不奇怪的，人是地球上最可怕的动物。”是啊，岳明想：自己为什么这么脆弱，这个时代就是这样，财富是谁能争到归谁。

岳明又想起岳川多年前写的《一捧雪》小说，虽然没有看到结尾，也许岳川一辈子也不会写完了，但岳川曾经说过，想在结尾让“一捧雪”魂归故里，就是回到玉龙喀什河。可现在看来，河在哪里？故乡又在哪里？

第十四章

此把刻刀比一般的钢刀锋利数倍，削铁、断金、切玉，不费吹灰之力，实乃世上无价之宝，堪比传说中的昆吾刀。

01 莘莘学子

瑶瑶手术后埋头补习功课，她顺利毕业了。但她很迷茫，因为健康状况，她被很多单位拒之门外。龙宝亮来电话说：“不然就回格尔木吧，去跟苏姐学手艺，这不也是你的心愿吗？”瑶瑶知道母亲的态度，母亲希望她学成后能有一个不累而又体面的工作。母亲常说雕玉这活儿太累，又说女孩子整天和石头、刻刀打交道也不好，苏婵那么好个姑娘到现在都孤零零的，没准儿就是石头的冰冷影响了运势。

两个月过去了，瑶瑶没找到工作，也没回格尔木。龙宝亮心想，这孩子又在打什么主意？打电话问，她总说在外面。

这天龙宝亮告诉瑶瑶，说自己有事要到西宁。

“我不在西宁。”瑶瑶这才说了实话。

原来瑶瑶在两个月内跑遍了中国名玉的四大产地，新疆和田、河南南阳、陕西蓝田都已去过了，目前正在辽宁岫岩。龙宝亮惊讶地问瑶瑶为什么一定要去玉的产地，瑶瑶说想加深对玉的认识。然后呢？然后想去云南看看。云南？龙宝亮几乎惊叫出来。瑶瑶说，她想去云南那边了解一下翡翠的情况。

龙宝亮无语，他突然感到瑶瑶已经走出了自己的视线。瑶瑶的心很大，走到了自己够不着的地方。她会就此消失吗？

自从做完手术，这孩子身上好像焕发出来一种强大的内力，恨不能一天变二天地生活，她是懂得了生命的珍贵，还是感到了生命的短暂？不管感到了什么，她来不及顾及龙宝亮的感受。

接着瑶瑶就告诉龙宝亮和父母，自己已经在云南瑞丽落下脚。龙宝亮欲哭无泪，来一个走一个，难道自己命中注定无女人缘？瑶瑶笑嘻嘻地对他说：“瑞丽实在是太吸引我了，我要在这里学习一段时间，然后回到你身边。我们还年轻，长相思，莫相疑，爱情也需要考验。”

“你考验就考验，也不用跑那么远吧！”龙宝亮隐忍着，不禁抱怨瑶瑶的任性和自私。

云南瑞丽紧挨着缅甸，缅甸是世界上宝石级翡翠的唯一出产国，由于特殊的地理位置，瑞丽成了中国最大的翡翠集散地。来到这里，瑶瑶眼睛一亮，这简直是土豪的天地啊。这里有最具代表性的珠宝街、以赌石闻名的德龙国际珠宝城、翡翠早市等，有数百家甚至上千家的珠宝公司和商店、小摊。瑶瑶感到眼花缭乱。

这里吸引着不计其数的国内外游客、商人、学者，他们大多都不是本地人。瑶瑶本想转几天就离开的，不想无心插柳柳成荫。这天，她走进一家珠宝公司，得知他们正在招聘销售员，就恶作剧地也去试试，不想却被录用了，公司还管吃住。她不愿意辜负这样的机会，于是留了下来。

白天上班，晚上上课，瑶瑶成了公司最忙的职员。瑞丽关于宝玉的各种各样的讲座很多，她把自己变成了一块海绵，拼命吸吮水分和养料。经营翡翠得识货，要识货就得用心学习，这样才能不被假货所蒙蔽。瑶瑶结合着日常的生意听课、读书，进步很快。没多长时间，瑶瑶就得到了老板的赏识和信任。

老板做了一个决定——店里的翡翠只留底价，能卖出高于底价的价格都归瑶瑶。瑶瑶自己有个把握，不会卖出很高的价。但就这样，她的积蓄也已渐渐丰满起来。

瑶瑶悄悄攒钱，希望早日还上母亲和

▲ 瑞丽市德龙国际珠宝城地处中缅口岸地段，固定商铺300多家，摊位2000多个，以经营翡翠原石为主，兼营各色宝石玛瑙、水晶、金银饰品及奇石、木雕等

龙宝亮给她付出的高昂的手术费。她还有一个心愿：下一步自己开个玉店，这个店将是龙宝亮玉雕作品的专店。

文胜东也去了清华大学，成了莘莘学子中的一员。和瑶瑶不同的是，文胜东上学的目的没那么单纯。这类"总裁班"的学员不光是大大小小的老板，还有政府官员以及其他各界人士。因此，这里首先是一个拓阔视野、广聚人脉、交流合作的平台，至于课堂上讲授什么倒在其次。

文胜东不知不觉地成了昆仑玉的义务宣传员。他送给本班同学人手一个昆仑玉挂件，雕工都出自河南南阳。

他介绍说，昆仑玉系出名门，和田玉同处于一个成矿带上，昆仑山之东曰昆仑玉，山之北曰和田玉，两者直线距离不过300公里。所以，在物质组合、产状、结构特征上，昆仑玉与和田玉都基本相同，可谓大自然中的孪生同胞。上品昆仑玉甚至还能超过和田玉的品质。

▲ 苏州的昆仑玉形象店开业庆典之际，青海宝玉石协会负责人为来客、嘉宾签赠科学专著《中国昆仑玉》一书，扩大昆仑玉的传播力与影响力

"你说的是青海玉吧?"有人这样问。

文胜东耐心解释："昆仑玉是在青海玉出现早期的一种模糊的叫法，这样叫是为了降低人们对青海玉的排斥心理。其实，和田玉和青海玉都产于昆仑山，原则上都可称为昆仑玉。但是实际上，人们只把青海玉叫作昆仑玉。所以，要是有人对你说这玉是昆仑玉，呵呵，那就是青海玉了。"

因为青海玉的产地在传说中的西王母瑶池附近，所以民间传说昆仑玉具有消灾免祸的超自然力。

文胜东说："我们把传说先放一边，从科学角度讲，说玉对身体有好处，是有依据的。经科学检测，昆仑玉石中含有硒、锌、铜、钴、锰等多种微量元素，这些微量元素对人的健康十分有益。一个人长期佩玉，这些微量元素会逐步被人体吸收，让人体保持体内各种元素的平衡，确实能起到祛病健身的作用。"

马上有人补充说：某大学生物工程系采用现代技术研究表明，人体本身会产生温度场、磁场、电场，从而构成一个生物信息场，这个生物信息场产生一种相应

的生物波波谱，生成生物电，会与玉产生一种奇特的光电效应。这种光电效应可以使人除中热，解烦懑，润心肺，助声喉，滋毛发，养五脏，安魂魄，疏血脉，明耳目。

昆仑玉成了这个班的热门话题。

暑假，文胜东在格尔木接待了一批又一批同学，有的同学还带着亲友。文胜东巩固和扩大了他的朋友圈。

与此同时，文胜东在扬州筹建玉雕厂的事情进展顺利。这得感谢岳明，选址等一系列筹备工作都是他帮着做的。文胜东更把岳明当作了自己的知己。岳明也把岳川介绍给了文胜东。他说："我弟弟对昆仑山的感情到了痴迷的程度。"

文胜东与岳川有相见恨晚之感。岳川的工作室成了文胜东在北京的主要去处。听说岳川要出《昆仑神话》一书，文胜东预先订购一万本，这样巨大的支持令胡亚美很感动。从那以后，他们差不多每星期都会有一次茶聊，聊昆仑山，聊昆仑玉。令文胜东惊喜的是，岳川对玉雕也很在行，而且还有不少线条简洁大气的小作品。这只是岳川的业余爱好，如果能当作专业，岳川的技艺估计和苏婵不分上下吧。

有一次聊天，文胜东告诉岳川，他有一件"八仙过海"主题的大型摆件，正在由一位扬州女玉雕师完成。

"苏婵？"岳川问。

"对呀！"文胜东一拍手，"我怎么没联系起来，你哥哥的师妹，你岂有不认识之理。"

"何止认识，邗江边一起长大的。"岳川说。亚美大大方方告诉文胜东，岳川和苏婵是青梅竹马，当然，还有岳明。

文胜东遗憾地说："我去扬州建厂怎么忘了苏婵？应该高薪聘她为厂里的总工啊。"

亚美摆摆手："你还是打消这个念头吧。苏婵是天马，独来独往惯了，她不受拘束的。"

文胜东叹一口气："又一个闲云野鹤！"

岳川抬头望向他，显然非常赞同这个观点。

文胜东说："她作为一个女子，那么清心寡欲，实在令人不忍。"

"子非鱼，安知鱼之乐。"亚美笑着说，"依我看，苏婵那是天性，并不是刻意为之。你在这里不忍，可她那里正悠然自得，自在着呢。"

"子非我，安知我不知鱼之乐。"文胜东刚听说苏婵逃婚的事，本想拿来反驳亚美，突然又觉得那样背后议论苏婵很不地道，便赞同地对亚美说：“对对对，还是女人更了解女人。”

岳川说：“亚美很感性，看人看物直觉极准。”

“你岳川的女人，自然不同凡响。”文胜东欣赏亚美。

亚美回敬道：“我相信你也不是等闲之辈，你太太是做什么工作的？”

“是教师。我下海后太忙了，她就完全回到了家庭。”谈到妻子，文胜东流露出显而易见的感激之情。

“有时候，一个全职太太创造的价值并不比一个公司老板创造得少。”亚美这样说。

文胜东说：“我们就不要互相恭维了。我说一句真心话，那个‘八仙过海’的主题大摆件，我本来是想送给贵人朋友的，现在我想送给你们。就在你们工作室进门的地方，当个屏风，当个风景，也还是很提气的。”

岳川和亚美不胜惊愕：“这怎么可以，你还是用到更需要的地方吧。”文胜东说：“都说美玉好过爱人，玉可以送友人，而爱人不可以。”

岳川接话说：“那就说明还是爱人好过美玉。”

三人皆乐。

就在文胜东上学的这一年，发生了一件大事。2001 年 7 月 13 日，在莫斯科举行的国际奥委会第 112 次全会上，国际奥委会主席萨马兰奇在莫斯科宣布了奥运会主办权的投票结果，北京成为 2008 年奥运会主办城市。

北京申奥成功的消息传来，整个中国都爆发出一片振奋人心的景象。当天晚上，文胜东和胡亚美随同北京四十万群众涌向天安门广场狂欢。岳川没去，他在安静地创作。他的笔下汹涌出江河浪潮、长城、天安门……他好像第一次意识到，原来自己是这么热爱祖国。

长安街禁行机动车了，文胜东和亚美被人群从建国门一直挟裹到天安门广场。广场上人也海洋，歌也海洋。文胜东很兴奋，来天安门广场狂欢，这是他从未有过的经历。他的内心像是回到了童年、少年，金水桥、华表、纪念碑都曾经是他童年少年时代热烈的向往……如今因为北京申奥成功，这一切都成了现实。

亚美要冷静得多。看了一眼表已是凌晨两点，她对文胜东说：“走回去吧，很晚了。”

“我们不如等着看升国旗。”文胜东说。

“你要和这些年轻人一起狂欢到凌晨看升旗？”亚美惊讶地问。

“你不是年轻人？现在到升旗的时间，不过两小时。我们就珍惜这天赐的良机吧。”文胜东的神情确实像二十出头。

亚美坐在大会堂前的石凳上，观望着文胜东在人群中忽隐忽现。她看到，文胜东确实跟着年轻人们跳起了集体舞。她想，文胜东是一个有大激情的人，人有了大激情，才会做出大事情。

文胜东也不会让亚美打瞌睡。他走出人群，回到亚美身边，给亚美讲自己中学时代的梦想。那时候，他们几个同学曾想着偷偷来北京，在天安门前留个影。

“好啊，实现你的梦想。”亚美的摄影技术还不错，用相机给文胜东一张张地拍着相片。镜头里的光有些暗，拍出来也就是个纪念。

等走回来，太阳都升得好高了，亚美调侃自己与文胜东有过“一夜情”。在万人涌动的天安门广场，这真是毕生难忘的“一夜情”。

到了暑假，文胜东毕业返回到格尔木。

也就在这一年，玉矿出了好玉。文胜东投资的其他几个项目，也都有很好的收益。文胜东成了格尔木的利税大户，成了一面旗帜，无数个光环和头衔向他抛来。他出资设立了“贫困大学生百万资助基金”，资助那些优秀的贫困生进入高等学府深造。这一举动引起新闻媒体的广泛关注，文胜东一时间成为玉石界的风云人物。他被推举为格尔木玉石协会的会长，在众多头衔中，这是他最为看重的一个。

02 玉石之缘

《八仙过海》还没有收工，文胜东又将一块200公斤重的白玉石送到了苏婵面前。他说要做一个佛像——佛祖释迦牟尼的像，做好了奉到昆仑山去。这是他此前许下的一个愿，现在到还愿的时候了。

苏婵想到了师父。

师父不信佛，却是雕琢佛像的高手，可唯独这一方面，他没怎么教过苏婵。苏婵当时也不以为意，现在想来却觉得遗憾。为了文胜东委托的这尊佛像，苏婵有心去请教师父，再说，距上次与母亲见面又过了一年，也该回去探探亲了。她想等石秋生再一次下山了，自己就回一趟苏州。

左等右等终于等来了石秋生。石秋生一进门吓了苏婵一跳，只见他的脸肿得像个瓢，黑乎乎的，生气全无。

“你这是怎么了?”她急切地问道。

“我怎么啦?”

“你都不知道自己怎么了?”苏婵把镜子举到石秋生面前,石秋生自己也被吓了一跳。

“我说怎么眼睛睁不开。”

“你……哪里不舒服?”

“哪儿哪儿都不舒服,觉得身上滚烫。”

“别说了,上医院。”

“我想好好睡个觉,明天再去吧。”

“不行,去医院睡吧。”

幸亏医院去得及时,石秋生患了肺水肿,是感冒引起的。他进了医院就被医生留下了,一住就是十天。苏婵放下工作,给了秋生无微不至的照顾,才使他安然出院。

出院这天,苏婵对石秋生说:“跟我去苏州吧,你需要休养。”

“你要去苏州?”

“我想请教师父,也想看看我妈,可能需要个十天半月。”

“你去吧,我在格尔木等你。”

“不行,你需要去海拔低的地方休养。”

石秋生不再争执,只说:“矿上怎么办?”

“还是那句话,如果命都没有了,全昆仑山的玉都归你又如何?”

石秋生想了想说:“行,什么时候走?”

“下个星期吧。”

“好,我找人把矿上的供给送上山。”

岳明很快听说苏婵他们到了苏州,是秋生告诉了冬生,冬生告诉岳明的。冬生为岳明生了一个大胖儿子,岳明本来想请大家喝满月酒的,自己四十好几了,中年得子,该庆贺一下的。可是一想到很多人都不方便来,他又不想办了,得了儿子又如何,还是低调一点的好。

秋生也是刚知道姐姐生了一个儿子,他十分欣悦。秋生一直在山上,冬生无法给他传递消息。冬生没有及时告知,可能也有另一层顾虑,是觉得不好对苏婵说。

苏婵听秋生告诉她这个消息时,俩人还在飞机上。苏婵刚喝下一口咖啡,意外得差点呛着,连声说:“他们好快啊! 师兄一定乐坏了吧?”

“咱们要去扬州恭喜吗?”石秋生问。

“当然,”苏婵说,“一定要吃孩子的红鸡蛋和满月酒。”

接下来，石秋生一直望着窗外的乱云，不说话了。

“想什么呢？”苏婵问他。

“突然想起老爷子了，”秋生回答，“如果他在世，家里添了丁，一定会乐得合不上嘴。唉……”

“别想那么多了，老爷子天堂有知的话，肯定高兴。”

石秋生一下握住了苏婵的手，盯着她的眼睛说：“苏婵，我们结婚吧！我想要孩子了。”

“秋生，有人看着呢。”苏婵顿时红了脸。

石秋生不以为然地左右看看，原来是个一岁的小孩儿在他妈妈的怀里看着他们。石秋生笑了，说：“我说我想要孩子，他很赞同。”

苏婵有些忧郁地说：“我已经过了生孩子的最佳年纪。”

“怎么可能，再生三个都没问题。”

“有了外甥你就急成这样了？”

“没有外甥我更急，你信不信？”

两人都笑了。

秋生跟着苏婵去正式拜见母亲和单常青，接待他们的只有母亲。师父正在课堂上，苏婵坐在亭下，可以听到他在厅里娓娓的讲课声。

苏婵怎么也没想到母亲打扮得像个少妇人，素雅光亮，看上去像是年轻了十几岁。她第一次在母亲和师父的爱情里，看到了母亲的模样。她相信母亲是幸福的。师父真有这么大的魔力？

为了让苏婵和母亲聊点私房话，石秋生踱步到厅前，看到单师父正给六七个学员讲课。在座的学生中有一个非常特别的金发碧眼的“苏州人”。他刚刚已经听苏婵妈妈说了，这个外国人叫安西，是个地道的英国人。安西 1980 年从伦敦大学毕业，他学的是政治经济，毕业后曾在日本、韩国、法国、意大利、西班牙、德国、波兰等十多个国家做英国广播公司的驻外记者。现在安西辞去了英国广播公司的工作，投身玉雕了。真是个传奇人物！问题是单师父讲的，安西听得懂吗？

这样想着，石秋生也不禁凝神倾听起来。

师父讲的课蕴含着深刻的玉石雕刻的哲理，但却讲述得深入浅出。

他正要往下听，有只手轻轻握住了他的手，回头一看，是甜笑着的苏婵。他从未见过苏婵这般笑，感觉挺吓人的。

“出什么事了？”他问。

“我妈刚才说，她相中你了。”苏婵悄悄说，活像个小女人。

石秋生故意说：“这是必然结果。”

“臭美得你。在这听课呢？”

“对，老爹在讲佛像的雕法。他真是功底深厚，有造诣。”

“才听了几分钟就轻易评价，还‘老爹’都叫上了。”

“几分钟时间都太长，有时候认识一个人，听他一句话就够了。不信你过来听几句。”

“我这次来，就是请教师父雕佛像的技法的。”

“恐怕光有技法还不够。”

“我知道你想说什么，”苏婵说，“我不是佛教徒，对佛教的了解确实不够。所以才来请教师父啊。”

“我并不是说雕琢佛像就要信佛，恰恰相反，在界外你才有自由的思想。想要制作一个完美的佛像，不能以一个信仰者的心情，而是要用一个创作者的情愫。这不仅需要很高的技巧，更需要深厚的文化积淀和审美意识。如果制作者达不到这一点，单凭感觉做出来的佛像，不可能与欣赏者产生心灵上的碰撞。”

苏婵第一次听石秋生这样侃侃而谈，这才想起，人家曾是教师，生来并不是现在这副黑黝黝的面孔。是昆仑山把石秋生的外表变成了一个高原男人，而人家骨子里还是那个儒雅的石老师。

师父说，雕佛雕的是自己心中的佛，所以说每个玉师雕的佛都不一样。磨制佛像，虽然要依照佛教的造像度量去塑造，但如果要将其塑造得完美，还必须先在心里与佛沟通，也就是说要先在心中印一个佛。

▲ 雕琢心中的佛

下午茶的时候，苏婵和师父坐在工作室，谈了很久。

“我没有信佛，但我希望我做的佛像，让人一看就会喜欢。我知道，这是比较困难的，佛的坐姿和手印都很讲究，不能马虎，因此很难融入自己的情感。”苏婵一边想一边说。

师父接过苏婵的话头："在我看来，佛的手印就如同雷达天线，可以接收到很多信息。"师父说："人们接收佛的旨意，也是通过这个天线。要心静下来再动手，非下十分的功夫不可。终究，雕玉佛，凭的就是内在的修养和感觉。所谓画龙点睛，你也同样可以把你的情感表达在佛的眼睛里。"

石秋生和安西在旁边安静地听着，气氛极其和谐温馨。母亲进来添了几次茶，都未能打断他们。这种情景是苏婵母亲梦寐以求的，女儿总算又回到家中，不再排斥单常青这个亲生父亲，而是用一种崇敬的目光望着他。

师父说："唐伯虎老来皈依佛门，作了一首偈，不知你们有没有读过？"

苏婵摇摇头。

"是那首《伯虎自赞》吗？"石秋生问。

"正是，你讲来听听。"

石秋生清了一下嗓子，朗诵道："我问你是谁，你原来是我，我本不认你，你却要认我。噫！我少不得你，你却少得我。你我百年后，有你没了我。"

师父点点头，说："《金刚经》中的一首偈：一切有为法，如梦幻泡影，如露亦如电，应作如是观。这是说世间的一切事物，都如同梦境那样虚幻不实，人们为什么还要对这些梦境中一晃即过的幻影苦苦执着着不放呢？可见唐寅他对于佛学的精髓已经有了相当的把握。"

安西对石秋生说："那首诗，你能再说一遍吗？我很喜欢。"

石秋生又朗诵了一遍，然后说："这首偈，也是我父亲喜欢的。"

苏婵说："我怎么觉得这首禅诗很像我和玉的关系呢？"

单常青眼睛里放出光来，说："婵儿，师父要说的正是玉雕师与玉的关系。"

"中国文化真是博大精深。"安西叹道。

屋里只有会意的眼神和遇逢知音的气息。

苏婵母亲端了一大盘水果进来，说："轻松一下吧，说点别的，别整天钻到玉雕里。"

石秋生对安西："那就说说你吧，我听说你是个传奇人物。"

安西孩子般地笑了，他说："我第一次接触玉是在四年前。那时我去泰国休三个月的长假，需要整理一下心情。偶然的一次机会，我看到了一尊泰国紫玉坐佛，觉得美极了，拿起这尊坐佛时，顿觉心情出奇的平静。我花了一百英镑买下了这尊玉像，那是我买下的第一块玉。现在看，这尊坐佛玉质一般，大多数玉石行家都不会放在眼里。但是，这尊紫玉坐佛改变了我之后的生活轨迹。"

安西停顿了一下，接着说："你们一定感到奇怪，究竟是什么改变了我？如果我告诉你们，是那尊佛像的微笑改变了我，你们相信吗？事实就是这样，自从买到那件玉器，我的精神状况变得极其好。我敬佩这个玉雕师，怎么可以让一块石头唱歌？开始，我只想作篇报道，可是在寻访的过程中我迷了进去。我觉得生命是短暂的，一定要做自己喜欢的事。我了解到，中国的玉雕技术是最好的，其中以扬州、苏州、南阳最有名。扬州、南阳大件玉器多，我最终选择了苏州。我辞掉了工作，买了一张机票飞到了苏州。我想学玉雕，为此敲开了相王弄一百八十七家玉厂的大门，最终找到了单师傅。”

说到这里，安西对着单师父抱拳：“谢谢师父开门！”

苏婵母亲说：“老单是看安西态度诚恳，觉得这么大年纪的外国人想学玉雕也不容易，就收了他。他的中文就是敲门的时候学来的。”

谈到安西这个洋徒弟，单常青也说了一番话。

他说：“苏州冬天冷夏天热，对安西来说是个挑战。冬天，他时常一边打哆嗦一边雕玉。玉雕这种精细活，眼睛是非常重要的。安西四十多岁的人了，有老花眼，他虽然去眼镜店配了副好眼镜，但有时还是视线模糊，这就得就往近处凑，经常眼镜都要贴到玉上了。他也沮丧过，但他很要强，付出的努力是别人的几倍。三个月后，一切都不一样了。”

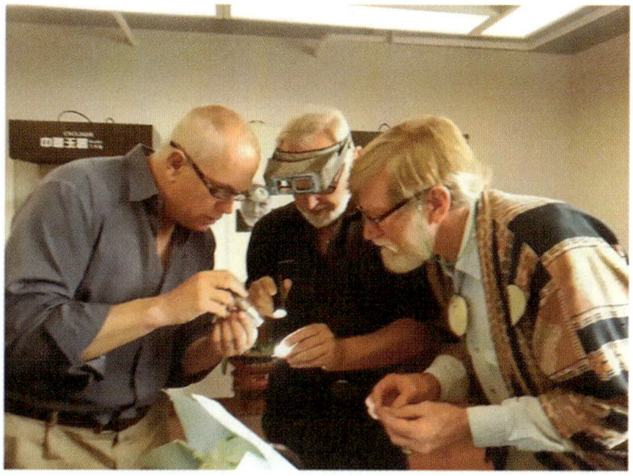

▲ 居住并融入苏州玉圈的洋玉雕师，英国人安大陆（图左）。他在“子冈杯”玉雕节期间与同为老外的参会同行切磋玉雕技艺，品评彼此的玉雕作品

安西接过师父的话：“我有一个愿望，一方面把中国的玉文化和玉雕艺术推向世界，一方面把世界各国与雕塑相关的艺术陆续引进到中国来。我要做这么一个玉文化交流的桥梁。”

“你真了不起！”石秋生向安西竖起大拇指，“你这个年纪了还跨这么大的行，还有这么大的一个梦想。”

晚上，师父在得月楼给千里迢迢归来的女儿接风。他安排这个晚宴，也是为了和未来的女婿推杯换盏。他的心情不平静，动辄眼睛潮红。酒菜上了桌，他却说东说西就是迟迟不开始。苏婵母亲忍不住说：“老单，还不开始，孩子们都饿了。”

“不急不急，好饭不怕晚嘛。”单常青回应说。

石秋生问：“师父是不是在等人？”

“看看，就小石机灵。”单常青说，“有个要来凑热闹的，就等一会儿吧。”

苏婵新奇地问：“凑热闹的？不会又是安西吧？”

“不是，比他还爱凑热闹的。”

正说着，门开了，却是风尘仆仆的岳明。

石秋生和苏婵都站起身，意外之喜溢于言表。

“大哥，你……你怎么来了？”石秋生喊道。

岳明的身后蹿出石冬生，朝着弟弟肩头就一拳：“哎呀妈呀，你怎么更黑了？”

“你们俩都来了，孩子呢？”苏婵关切地问。

岳明说：“孩子有保姆，都去我妈家了。”

“你们可真有福气。”石秋生说。

苏婵母亲说：“快快快，坐下说，坐下说。这一路上累坏了吧，先喝口热茶。”

岳明说：“下午我接到师父电话，一脚油门就来了。”石冬生说：“他一路狂奔，吓得我都不敢说话。”

“这一脚油门跑得值，”单常青得意地说道，“看看，这两个人都是你们想见的吧？”石秋生向单常青伸出大拇指：“师父，还是你老道，不动声色中调兵遣将，给我和苏婵搞了一个突然袭击。”单常青乐呵呵地说：“兵贵神速，这一点是岳明的长项。”

开席。凉菜、热菜都上齐了，单常青举杯。

“咱们这一家人，天南地北聚在一起不容易，我提议，大家干一杯。喝完了这杯酒，我有重要的事情对你们说。”他郑重地说。

大家一愣，师父这是要唱哪一出啊？

单常青一仰头喝干了酒，也不再耽搁，把一个黑色古旧的牛皮包拿到桌面上。他把手擦干净，慢慢打开那包，从里面又拿出一个布包。再把布包打开，里面是三把戴着刀套的刀。接下来，他把刀套一一取下，就见三把黑色的刻刀，亮锃锃地呈现在大家眼前。

气氛顿时变得庄严肃穆起来。

望着那刀，岳明惊愕地说不出话来。一个想法他脑袋里疾速闪过，这会不会就是昆吾刀？难道师父真的是陆子冈的传人，真的有昆吾刀？

苏婵看一眼岳明，又望着师父。显然，她也是第一次见到此物。

石冬生和石秋生则不明所以，只是等着单常青的下文。

“这是什么时候的刻刀，看着铁不像铁，铜不像铜的。”苏婵妈妈忍不住问道。

“这就是昆吾刀！”单常青郑重又有些调皮地说，“江湖上盛传的、我所珍藏的昆吾刀。”大家的眼睛一下子都亮了起来。“但是，”单常青继续说，“这既不是陆子冈的‘锟铻刀’，也不是上古流传下来的‘昆吾刀’。今天，我讲讲它的来历，也讲讲它的归宿。”

苏婵的母亲嫁到苏家之后，已有玉雕手艺的单常青便远离家乡，到广州谋生。几年后的一天，在广州一个小小的古董摊上，有一块黑石头引起了单常青的注意。那块黑石皮色斑驳，隐约还可看到上面镌有篆文。单常青用手比量了一下，石头长约四寸，宽有两寸，用手掂掂，比一般的石头重。单常青感觉此黑石不是俗物，问卖主此乃何石，卖主说是黑铁石，仅此一块，只卖两元钱，单常青赶紧掏钱把它买了下来。

回到家，单常青用那黑铁去削玉石，平日里坚硬如铁的玉石这次却像粉一般纷纷脱落。单常青异常兴奋。只是那块黑铁不成刀形，根本无法用来雕玉。单常青试着把黑铁放在磨刀石上磨，结果磨刀石石屑翻飞，黑铁却安然无恙。他想了想，便将那块黑铁送到一家大的铁匠铺，想将它炼了打磨出刀锋来。

铁匠将黑铁放到炉中，一直炼了三天三夜，才将黑铁炼得通红。可是，只要铁一出熔炉，就立即又变成又硬又黑的石头。这就是一块顽铁，任人千锤百炼，既剖不开，又卷不起，一点办法也没有。

从此，单常青外出谋生总要带上这块黑铁，四处寻访各地的冶铁名师。他访问到的每个人，都说不知这块铁的来历和冶炼之法。

单常青偶尔打听到，岭南有位铁匠，家族世代都是打铸刀剑的能工巧匠。单常青登门拜访，却想不到铁匠已不在世，承位的是小铁匠，看起来三十来岁。单常青有些灰心，但他想，既然来了，不妨先问问吧。

“年轻人，您认识这块黑铁石吗?”单常青掏出黑石问道。

年轻人仔细端详着黑铁。

“这可不是什么黑铁石。”年轻人打量良久，缓缓地说。

“快告诉我这是什么稀世之物?”单常青急忙问。

“看到上面的字了吗? 这是一块古铁剑的剑头。是稀世珍宝!”年轻人似乎很懂的样子。

“啊? 果然不凡。”单常青激动地说。

年轻人说:“在我看来，它凝结了金银铜铁锡五金的精华，又因为入土的年代久远，深得山岳河川的灵气，是一块无价之宝。”

“依您看，能再利用吗，能不能锻造成刻刀?”单常青期待地问。

“如果锻造得法，你可以得到三支刻刀。这种刻刀会比一般的钢刀锋利数倍，削铁、断金、切玉都不费吹灰之力，堪比传说中的‘昆吾刀’啊!”

单常青惊喜异常，小铁匠竟然知道昆吾刀，那可是师父嘴里的神物。

小铁匠把单常青带到自己的作坊，燃起一只熊熊的熔炉。只见小铁匠坐在熔炉前，像一座石雕一样一动不动，不一会儿，炉中的古铁绽放出夺目的五彩光芒来。小铁匠从炉中钳出古铁，放到铁砧上去断开。蓦然间，只听见一声奇异的脆响，那块古铁已被截成了三段，段段端正平直，已成刀形。小铁匠又取出一块像金刚石一样的磨石，在刀锋上磨了片刻，刀锋立即闪出寒光来。果然是世间罕见的利刃！单常青感叹小铁匠年纪轻轻却功夫了得，可见术有专攻。

小铁匠用布擦拭了一下刻刀，递给单常青："这三柄刻刀乃是稀世珍宝，望你能世代珍藏，切莫遗失。"

单常青辞别了小铁匠，带着三支刻刀回到扬州。一进家，他先取出一块十分坚硬的老玉试刀，果然刻刀锋利异常，玉石顷刻间就成了一枚玉章……

"这就是我的刀的来历。因为我雕玉快，刀法好，扬州很快传出我有'昆吾刀'的消息。回到厂子，为了避开麻烦，我一直坚持秘不示人。"

苏婵幽幽地说："虽然失去了我妈，你却得到三柄稀世刻刀。"

苏婵妈妈却说："这叫'人有一亏，天有一补'。"

单常青说："今天请你们到这里，并不是我要显摆一下这三枚刻刀。稀世宝物不能总藏在箱底，我们要人尽其才，物尽其用。"

岳明、苏婵、石氏姐弟互相看看。

"今天我要把昆吾刀传给我的两个爱徒，"单常青说，"岳明，这把归你。婵儿，这把归你。最后这一把我想传给安西。安西虽然不是中国人，但是，艺术无国界，就凭他的用功和悟性，将来他会有不凡的出息。"

岳明和苏婵站起来，双手接过师父的昆吾刀。岳明几近哽咽："师父，这是多大的重托啊！可我不是你的好徒儿，我没有坚守……"师父说："你坚守了！你虽然没有在玉雕界发展下去，但师父知道，你最是爱玉、惜玉、护玉之人。希望你将来将昆吾刀传给你的后人，世代珍藏。"

苏婵捧着刻刀，觉得刀很沉，内心也很沉。她抬起头望着自己的师父、亲生父亲，泪眼蒙眬。

单常青哑着嗓子说："婵儿，我的女儿，为父所有对不起你的，都不是为父的本意。这把刻刀不是用来斩断我们父女情意的，而是希望能化解你心里的疙瘩，能让你的事业突飞猛进。"

苏婵欲语还休，母亲和她拥抱在一起。

席间的酒流淌着一股暖流，所有人心意相通，千杯万盏不醉。大家知道，这是师父的昆吾刀带来的美意。

席散后，大家送师父师母回去，苏婵一直送进门，其他人在门口止步。岳明还沉浸在意外收获的激动之中，他恨不得马上给岳川打电话，告诉他这里所发生的一切。

冬生说："走吧，我们去师父安排的宾馆歇息。"

石秋生说："别急，我们一路。"

岳明趁机问小舅子："秋生，你和婵儿这次去扬州吗？"

"去啊，我有了大胖外甥，怎么也应该见见，讨杯喜酒喝吧。"

"那什么时候喝你们的喜酒啊？"

"我们？那得问苏婵。"

"你为什么还不求婚呢？"冬生急得问。

"我求婚了，人家没有明确态度。"一听石秋生说的语气就知道是玩笑。

冬生急了："你认真点，这可是大事！转眼你都三十七岁了。明天你们就跟我们一起回扬州，先给你们把婚订了。这事姐姐姐夫做主。"

"明天走不了，婵儿这次是来跟师父学雕佛的。"

"雕佛？"岳明问。

"对，文胜东要雕一个大佛像，供至寺庙里去。"

"又是文胜东！这个人破坏性很强，再供佛也没有用，不要跟他来往。"冬生激动地说。

"什么意思？"石秋生对冬生的评价很重视。

冬生说："他来扬州学艺，岳明把自己玉界最好的朋友毫无保留地都介绍给他。他走的时候说要办厂，全权交给岳明帮他筹备。结果，厂子建起来了，岳明的首席设计师却被他挖走了！"

岳明制止冬生："哎，事情不是这样的，你不要臆断。"

石秋生也不相信："文胜东不会吧？"

"可他做了。"说完，冬生又转向岳明，"对待他，你也太儒雅了。"

苏婵走过来接话说："这不像文胜东的为人啊，这里面会不会有什么误会。"

岳明说："冬生不了解情况，这里面肯定有误会，沈佩奇也不是那种人。"

"走的是沈佩奇？"秋生和苏婵同时惊诧。

岳明点头："嗯。"

沈佩奇是岳明厂里的金牌玉雕大师，作品获得过无数个国家级大奖。他对厂里的贡献也是巨大的，尤其是"一剪梅"民用酒杯的创意和设计，让岳明赚了很多钱，直到赝品满天飞，他们才停止了生产。沈佩奇的离去对岳明确实是很大的打击。

岳明看出秋生和婵儿的痛惜，便说："只要沈大师愿意，他去哪里都好，我没意见。你们也不要太计较。不管他走到哪里，我们都还是好朋友。如果你们俩觉得我可怜，就赶快回来帮我。"

秋生笑了，说："我们倒是很乐意，可是，我回来玉矿怎么办？"

岳明看向苏婵，苏婵说："我回来，秋生怎么办？"

冬生笑了，她很满意苏婵的回答。

"那就什么也别说了，"冬生说，"只要心里惦记着，在哪儿都一样。"

岳明看了一眼石冬生，依她的聪明，她不会不知道沈佩奇离开的真实原因吧？可是，看她那一脸的无辜，似乎又真不知实情。岳明想，既然如此也不必点破，大家都安生些。

都说女人结婚了会变，可这冬生变化的幅度也太大了点，一个多少有点冷傲的女人突然变得婆婆妈妈，有点出乎岳明所料。

其实，沈佩奇决定离开时来找过岳明，告诉他自己要走，在厂里的股份可以不动，只是人离开。岳明问他离开的理由，沈佩奇毫不掩饰地说是因为石冬生。他说他向石冬生表白了心迹，而石冬生在没有任何回复的情况下，突然向众人宣布要嫁给岳明，事后对他也没有任何交代。沈佩奇觉得这是对自己的不尊重和轻慢，觉得很受屈辱，他不能再和石冬生在低头不见抬头见的环境里工作了。

有这等事？岳明很吃惊。沈佩奇不是一个会说谎话的人，岳明也没必要找冬生证实，这里面一定有什么误会。他只是觉得沈佩奇走了很可惜。

岳明实在不知说什么好，就对沈佩奇说："佩奇，冬生她可能没有走心，你千万别和她计较。"沈佩奇没接这个话，只是说："你也别难过，我也不去别处，就去你刚建起来的这个晨光厂吧。"

晨光厂就是文胜东的新厂。

岳明突然想到，一定是文胜东在背后使了手段……他这样的念头刚一出现，就被沈佩奇点破了："你别乱猜，我没受任何人的蛊惑，就是想换个环境。这个新厂清静，正是我所需要的。"

文胜东给玉雕师的价码很高，岳明还说不出个什么，因为正是岳明出主意要文胜东高价招募高人的。这事真怪不得文胜东。

03 藏羚羊

对于沈佩奇的到来，文胜东诚惶诚恐。

“沈大师啊，你怎么会选中了我的小庙，不会就为了那点高薪吧？或许，或许是来这里当岳明的卧底？”沈佩奇和岳明的关系，多少年是刀砍不进，水泼不入的，这在湾头镇路人皆知。他怎么就离开了岳明？文胜东又惊又喜又忧，他怎么也想不到，沈佩奇是因为一个女人才离开岳明的。不过，他信奉用人不疑，厂里有了沈佩奇这面旗帜，还怕引不来金凤凰？

文胜东本来就有一番宏伟大业要实现，现在，沈佩奇的到来令他有如虎添翼的感觉。为此，他专门提着青海的青稞酒去面谢岳明，谢岳明连厂里的“金不换”都让给他了。岳明脸色尴尬，欲言又止，只说是尊重沈佩奇自己的选择。那天晚上，文胜东把自己一个想了千遍的计划告诉了岳明，得到了岳明的认可和支持。

沈佩奇一到晨光厂，哗哗哗来了不少订单。这些订单，能保证厂里新上的高端设备、二十个玉雕师，三年内都有用武之地。

文胜东却别出心裁，他要求沈佩奇：这些订单，都用白带翠的昆仑玉石。

▲ 昆仑翠青玉摆件《翠白菜》
昆仑玉中的翠青玉，是指在白玉底子上分布着翠绿色条带的玉，格尔木当地人称“白带翠”，它有一般白玉的凝重，又有翡翠绿色的鲜活。其绿色附在白色的底玉上，似春天枝头的嫩草，给人以生机盎然、蓬勃向上的感觉

“你什么意思？”沈佩奇自然知道昆仑玉白带翠玉种的珍贵。在岳明厂子时，他们做“一剪梅”，岳明力主用了一批白带翠的料，有的客户认定是瑕疵，结果那批产品远销香港、台湾，价格翻倍。可是这次的客户都是上海、北京的，都知道白带翠是昆仑玉的标志性符号，客户一旦不认，产品怎么办？不但要赔违约费，产品难销也是问题。

“别担心。”文胜东说，“你没看到故宫那棵翡翠白菜吗？它也是白中透翠。翡翠能做成那样的宝贝，昆仑玉也能，甚至会更好看。”文胜东就是要用白带翠打出昆仑玉的知名度，并且在价格上有个飞跃性的变化。

“我理解你的心情和抱负，”沈佩奇说，“但是，你真的想多了。昆仑玉的价格是由市场调节的，不是一个人两个人可以撬动的。”

沈佩奇的冰水并没泼着满心火热的文胜东。

文胜东快速返回格尔木，去调运最好的白带翠玉石过来。这就是他那天晚上告诉岳明的计划。岳明支持他，说如果客户退货，岳明帮他找销路。在扬州，岳明永远是他最坚强的依靠。

在回格尔木的飞机上，踌躇满志的文胜东恍惚间做了一个梦。他梦到自己独自在昆仑山脚下的戈壁滩上跋涉，一群秃鹫在他头顶上盘旋，他不但赶不走它们，反被一只秃鹫叼走了帽子。他大喊一声惊醒了。飞机已低空飞行，旁边的旅客奇怪地看了他一眼。文胜东又闭上了眼睛，心中隐隐感到有些不祥。

飞机刚降落在格尔木机场，岳川就把电话打了进来：“昆仑玉的契机来了。奥运会！”事关提升昆仑玉的良机，他请文胜东立即来北京面谈。

可是，格尔木却有一个坏消息正等待着文胜东。电话是陈选打来的，说万宝沟三岔口玉矿上经警的枪走火，打死了两个抢矿的农民。现在那些抢矿的农民把矿围了，要求以命抵命。天哪！文胜东心头一紧。又是两条人命！吴凌飞身上发生过的恶性事件，又同样发生在了他身上。他不明白那些农民为什么不种庄稼，却要来抢矿？

这不是在拿生命开玩笑吗！文胜东心中愤懑地想。

玉矿早有不成文的规定，法不责众，遇到众人抢矿的，就朝天上开枪。可是，经警枪走火了，真不知道当时发生了什么。

文胜东没有在矿上露面，他先通过陈选了解情况，紧急调查取证，把事件前前后后的目击者都问到了，经警是在被袭击的混乱中枪走了火，一枪两命。经警已被公安控制，山民们要求枪毙的呼声很高。文胜东嘱咐陈选，不管花多大代价都必须把此事妥善处理，不能让事态扩大。

事不宜迟，文胜东当天晚上赶到西宁，从那里直飞北京。格尔木矿上的事，只能暂时抛到九霄云外了。

“你不是一直想让昆仑玉在奥运会上显示一把魅力吗？现在北京奥组委面向全国征集吉祥物，你看……”岳川一见面就急切地说了起来。

“吉祥物？这与昆仑玉有什么关系？”文胜东一听有些失去热情。

岳川说：“展开你的想象力。”

“吉祥物不就是动物吗，野牦牛？”

"对，脑洞再开些。"亚美像是在玩笑。

文胜东一脸懵懂。

亚美提示说："文总，在生命禁区，什么动物最神奇？"

文胜东茅塞顿开。

"对啊，雪域高原的藏羚羊！"他一拍大腿说。

亚美说告诉文胜东，她的团队参与了奥运会吉祥物的征集工作，包括设计选拔。她让文胜东提供一个思路，看看怎样让吉祥物和昆仑玉联系起来。

文胜东内心滚烫，难以入睡了。他首先想到的是藏羚羊那身算不上斑斓却带着几分神秘的皮毛。他半夜给岳川打电话："你看藏羚羊身上褐色的皮毛和白色的肚子，多像是昆仑玉中糖包白的玉料。藏羚羊的蹄子有着昆仑青玉一样的独特质感，长长的犄角乌黑发亮，就像是用墨玉打造的……"他又连夜给岳明、苏婵、北京的朋友、西宁的朋友、格尔木的领导打电话，寻求思路，请求精神支援。

▲ 用昆仑玉乌边料俏色巧雕的北京奥运会吉祥物，藏羚羊"迎迎"

朋友们也都很兴奋。大家都坚信，藏羚羊这一高原精灵，一定会成为北京奥运会的吉祥物，这是青海人的梦想啊！

一个奇妙的想法在文胜东的脑海中横空出世了——他要制作一座集多种颜色为一体的昆仑玉藏羚羊雕塑赠送给北京奥组委，以表达青海人民期盼奥运、支持奥运的心情。他把这想法告诉亚美，要她设计出藏羚羊的图案，他要做成玉雕。

不久有朋友打电话来说，青海省政协呈交了将藏羚羊作为吉祥物的提案，由可可西里国家级自然保护区管理局发出申请，这比社会人士的呼吁不知要有力多少倍。政府这么给力，文胜东心花怒放，他坚信宣传藏羚羊最有力的载体就是昆仑玉。

申请第 29 届奥运会吉祥物的活动在全国各地热烈展开。排名在前、呼声很高的大熊猫成为藏羚羊最强劲的对手，四川省举全省之力，积极打造熊猫形象，大有横扫一切对手之势。

在这个节骨眼上，新华社播发了记者拍摄的一张藏羚羊图片并配发了如下说明文字：

“飞奔时四蹄腾空，闲步时轻盈俊秀。在青藏高原约60万平方公里的雪域荒野上，素有‘高原精灵’‘高原隐士’之美誉的藏羚羊，以它特有的速度、坚韧，述说着‘生命禁区’的神奇、壮丽。今年，国际濒危物种、国家一级保护动物藏羚羊已被列为第29届北京奥运会吉祥物候选形象，将在申请吉祥物的擂台上与大熊猫、金丝猴等物种竞秀。至此，来自雪域高原的美丽物种——藏羚羊能否成为2008年的‘扎西德勒’，人们拭目以待。”

这位记者是文胜东的朋友。

新华社在这个时候播发对藏羚羊的报道，无疑是对青海人民的一次极大的声援。尽管如此，文胜东仍感到，用藏羚羊形象申请奥运会吉祥物面临着巨大的压力。相对于大熊猫、金丝猴，藏羚羊的人气以及在宣传等方面人力、财力的付出，都还显不足。怎么办呢？

文胜东联合了格尔木几十位玉商，又利用清华同学的关系，联合了青海、西藏、新疆三省区环保界的朋友，在西宁举办了一次保护藏羚羊联席会议。会议决定，青海、西藏、新疆三省区共同参与，携手将藏羚羊申请为2008年奥运会吉祥物，以期让世界进一步关注和了解藏羚羊，促进藏羚羊保护事业的深入开展。

▲ “高原精灵”藏羚羊

藏羚羊属哺乳类动物，主要分布于我国的青藏高原。2008年北京奥运会吉祥物之一的福娃迎迎便是以它为蓝本，以赞扬其能在严酷环境生存的顽强生命力以及挑战极限的精神与此同时，作为申请单位，可可西里国家级自然保护区管理局，也发动了全国各地的环保志愿者，积极宣传藏羚羊环保知识，组织声援藏羚羊申请吉祥物签名活动。来自北京、安徽、四川、浙江等地的环保人士，也组织车队或骑自行车，沿途开展声援藏羚羊申请奥运会吉祥物活动。

▲ 西宁推出了万人声援藏羚羊申吉签名活动

8 月底，西宁推出了万人声援藏羚羊申吉签名活动。

藏羚羊申吉人气在提升，这是让文胜东等人无比兴奋的事情。

可是，文胜东矿上的枪击案件也在持续发酵。

04 八仙过海

2004 年前后，格尔木一批出租汽车司机在玉行当逆袭成功，有了自己的玉矿、玉店。他们当中，金万里做得最为出色。

在金万里打算涉足玉石之初，他就得到了妻子的支持。说到当时做得比较红火的一些玉商，妻子对他说："你比起他们不缺什么，多读些书，你肯定行的。"这话说到了金万里心里。金万里本来就爱读书，从那以后更是利用一切闲暇广读博览，对玉文化方面的书籍更是下足了功夫。几年下来，他自己都感到底气大增。

可是，也正是在 2004 年前后，昆仑玉中的白玉走入了一个阶段性的低谷。在此阶段，很多人对白玉提不起兴趣。

金万里反其道而行之。他抓住市场上玉石原料多、价格稳中微涨的时机，用卖青玉的钱去买白玉。当时最好的白玉七百元一公斤，一车青玉七八吨才能卖两三万块钱，金万里有时会用几车青玉的钱，去换回来一块儿比较好的白玉。用那么多青玉换回一块白玉，好多人笑他。面对同行的不理解，他没有动摇。这样经过了大半年的时间，白玉的价钱也涨到每公斤两千块钱左右，他就开始有些捉襟见肘了。在第二年春天，白玉价格开始大幅度抬升。在白玉价格涨到一公斤四五千元的时候，金万里开始有选择地出售一些自己收藏的白玉，先卖最差的，再卖次差的……这样，既回笼了一部分资金，又把最好的白玉留在了手中。

玉还可以这样做啊？当初笑话他的那些人有些瞠目结舌。

苏婵和石秋生听完师父的课回到扬州，看见岳明和冬生的胖儿子，格外喜欢。孩子名叫岳冬阳，不到半岁，却像有了过周岁的机灵。

小家伙长了一双会说话的、酷似石冬生的眼睛。大人说什么他似乎都懂，都有反应，可是一哭起来就暴露了他的实际年龄，十分逗人。苏婵说外甥随舅舅，冬阳真的和舅舅秋生有几分相像。听苏婵这么说，石冬生翻出了秋生小时候的相片，让他们比对，看看外甥和舅舅到底像不像。秋生很惊讶，问姐姐什么时候把他的相片偷到扬州来了。冬生说，全家的照片她都带来了。

一句话掀起了往事的尘灰，当初若不是石秋生，那个家也不会破。石秋生不说话了，显然是心里不好受。气氛有些沉闷。苏婵像是根本没有注意他们在说什么，只管抱着孩子逗弄，孩子笑得咯咯直颤。

“婵儿，下面看你的了。”石冬生说。

苏婵脸红了。

“秋生更喜欢石头。”她说。石冬生一拍手：“有了有了！你们的孩子不管是男是女，都叫石玉。”石秋生懒懒地说：“这是想玉想疯了，连孩子的名儿都不放过。”

石冬生不理会秋生的情绪。“我已经安排好了，”她说，“这个周六，给你们订婚。”

岳明在一旁只是微笑，一直没插嘴。

听冬生说周六给他们订婚，石秋生先表示不行。他说：“我们哪能待到周六啊，看完小宝贝儿，明天就得回去。”

“故意的是不是？”石冬生生气地说。

“不故意又能咋样！现在山上天天赔钱，都一个月了不出玉。”石秋生说。岳明问他：“你去了就能出玉？”

这时苏婵说话了。

“关键是文胜东急着要《八仙过海》。”她说，“剩的活儿不多了，可他还要尊佛像。我还是早点回去吧。”

石冬生说：“不在这两天。听话，把你们的事办了，我也省心了。”石秋生的情绪怎么也调动不起来，他抢白姐姐：“结了婚的都能离，订了婚，你就能安心？”

“乌鸦嘴！”石冬生忍不住骂弟弟。她说：“当着婵儿的面，你就不能少说两句泄气话。”

岳明知道文胜东要将《八仙过海》送给岳川和亚美，但他没有告诉苏婵。岳明不知道苏婵一旦知道《八仙过海》落脚岳川家，心里会怎么想。岳明劝冬生说，既然他们俩都归心似箭，就别再为难他们了。石冬生冷着脸没吭声。

接着，岳明转向苏婵和秋生："记住，春节一定回家来。"他的话让石秋生和苏婵这两个多年在外的人，心里顿时暖洋洋的。

两个"格尔木人"第二天就回去了，至于什么时候结婚、结不结婚，冬生还都是一头雾水。看来事情没那么简单，苏婵结婚不积极也就罢了，可为什么秋生也这么别扭？难道他们不相爱了？或者爱得不够深？冬生把自己的疑惑对岳明说了，岳明说："自己的弟弟你还不了解吗？他要是用得着咱们给他操持订婚的事，他就不叫石秋生了。"

"这头犟驴！"石冬生忍不住骂道。

岳明接着骂："还是头昆仑山上的野犟驴。"

石冬生枪口一转："你才是头野犟驴！"

岳明哈哈大笑，吓得儿子哇哇大哭起来。

岳明说得对，石秋生哪里是让别人安排婚期的人，他的一切都要自己做主才对。

他之所以不在扬州订婚，还有一个很重要的因素，那就是照顾岳明和苏婵的情绪。主要是照顾岳明。不管苏婵爱没爱过岳明，岳明肯定是爱过苏婵的，眼睁睁让妻弟把自己爱过的女人领走，岳明总是会被剜一下心吧？他石秋生不干这种堂而皇之的流氓事。当然，要干就不声不响地干，想到这里，石秋生竟偷偷笑了。

苏婵问："笑什么？"

"你猜。"

"我最讨厌猜了。"

"那就别想知道。"

苏婵真的不再问，显得根本不关心。石秋生只好老老实实地说："我在笑我们俩真是一个德性。我姐急赤白脸地要给我们订婚，我不允也就罢了，为什么你也不允？"

"她又不是我姐，我为什么要听她的。"苏婵冒出这么一句。石秋生一愣，生气地说："你说什么？我姐不是你姐？就算不是你姐，也是你师嫂吧。"

苏婵不以为然："她连你都管不了，怎么管我？"

石秋生惊讶地望着苏婵。

“哎！老苏，你这个人好像挺浑不懔的。”他说。苏婵还嘴极快：“出来走江湖，有几个善茬？”

苏婵第一次显得这么任性。

石秋生气不过，按住她狠狠亲了两口。

“说真的苏婵，你这个样子会让男人产生强烈的征服欲的，对别人可不许这样。”石秋生说。苏婵一边擦着石秋生留下的口水，一边喘着气说：“你个流氓！”

苏婵终于完成了《八仙过海》，前前后后历时三年。接下来她要完成佛像，她希望自己能把佛祖雕得智慧、慈善、阔达、圆满，像师父说的那样，把自己的情感雕进去。

《八仙过海》交工后，文胜东告诉苏婵这个玉器要送给岳川，苏婵听了有些愣神。文胜东说：“我和岳川、亚美特别有缘。而且，在奥运会申吉的事情上，亚美和岳川没少出力。他们虽然人在北京，心却在咱们昆仑山，是咱们格尔木人的良师益友。”文胜东还特意告诉苏婵：“你在岳川心中占有很重要的位置，当然了，我知道这不同于男女私情。”说到这里，文胜东幽默了一下：“岳川是个高尚的人，和我一样。”

苏婵对文胜东的自诩没有过多回应，她只是笑着说：“好啊，如果申吉成功，我再雕一个藏羚羊。”

真是心有灵犀啊！

文胜东惊讶地望着苏婵，随即又伸出双手紧紧地握住了苏婵的手。苏婵不知道哪个地方踩着雷了，红着脸说：“文总，我……我说什么了？”文胜东立即从带来的一个纸箱子里拿出一块石料，说：“苏婵你看，你自己看看吧，这是产于三岔口玉矿的黑边料，加上它的皮色和黑边与白玉过渡的颜色，就是一块五色玉石。只有昆仑玉才会有这样的色彩。我就是想请你雕一个藏羚羊送给北京奥组委。”

这块玉料足有20多公斤，真是一块好料，上面微黄的皮色正好雕藏羚羊背上的毛，就是不知道里面的肉开出来会怎样。

“这活儿肯定你要得紧，不如让沈大师做吧。”苏婵说，“我这里不是还有你一尊佛像吗？你也说要得急啊。”

“不急不急，”文胜东说，“佛是不会怪罪我的，因为我们眼前做的是大事。藏羚羊非你莫属，非你莫属。沈大师有他的任务。”

苏婵只好应允了下来，说要好好构思构思。

《八仙过海》运到北京，岳川看到它，简直不敢相信是苏婵的作品。在他印象里，苏婵应该是做点小挂件、小摆件，最多做点小山子，像《八仙过海》这样雄浑、飘逸、激荡的作品，怎么可能是一个女子所为？

文胜东见岳川瞪眼望着作品半天不吭声，以为哪里有问题，小声地问："怎么，你不喜欢？"

"不不，我非常喜欢！"

"看你不说话，把我吓坏了。"

"我是在想一个问题。"

"什么问题？"

"大师出山了！"岳川深沉地说。

"对，苏婵真是大师出山了！"亚美不知什么时候站在了他们身后，亚美显然也被这件作品震撼了。

文胜东告诉岳川，岳明第一次见到毛坯就很激动，说不获奖都说不过去。"对对，"岳川说，"一定要拿去评奖。老文，我还有一个建议，这个玉器放在我们工作室，就只是个很有观赏性的艺术品，这太浪费了。我们现在需要让它的作用最大化。"

"你的意思是？"

"要想给昆仑玉加分，就要八仙过海，各显神通。"

"我明白了，"文胜东说，"现在真的就是八仙过海，不少青海人都在努力。岳老弟，你说怎么做我就怎么做。我同意把'八仙'送出去。苏婵正酝酿雕藏羚羊，一旦藏羚羊申吉成功，我想在奥运会上送给北京奥组委。当然，这只是我的一个计划。"

▲ 昆仑烟青玉摆件《聚八仙》
相传八仙齐聚蓬莱仙岛，参加完牡丹花开盛会后，铁拐李提议大家都不搭船，各自想办法返程，众仙响应。这就是后来"八仙过海，各显神通"的典故由来

"这计划可行，"亚美快人快语，"藏羚羊是国家一级保护动物，是青藏高原特有的珍稀物种，它善于奔跑，时速可达 70 公里～100 公里。藏羚羊的习性蕴含着奥运精神，我想它一定能成为奥运会的吉祥物。"

岳川没吭声，还在盯着那《八仙过海》。亚美悄悄拨通

一个电话放在岳川面前："说两句吧。"

"说什么？跟谁说？"岳川不明就里。亚美给他示意了一下手机："苏婵的电话，我拨通的。"

岳川立即将手机接过去，感激地看了亚美一眼。

"苏大师呀，我们正欣赏你的作品呢。"岳川冲着电话说道。

"教授们多提意见。"苏婵温和地说。

"婵儿，想不到，你的刀锋越来越男性化了，很有力量感。这八仙真是出神入化。"岳川说着向门廊走去，声音也低了下来，似乎在和苏婵亲切交谈。

文胜东望着岳川的背影，对亚美说："还是你好，还专门给他俩拨通了电话。要是我老婆，门儿都没有。"

"岳川看到玉器，肯定有话想对苏婵说。"亚美笑了笑说。

文胜东开玩笑："你也不管他们说什么？"

"能说什么呢？"亚美反问。

"只要想说，自然有很多要说的。"

"说说怕什么。"

亚美大气的样子实在令文胜东佩服。他夸赞说："岳川能有你这样的老婆，是他的福分。"

"不是老婆。"亚美纠正。

文胜东觉得亚美这句话，多多少少对岳川有些抱怨。晚间吃饭时，他悄悄对岳川说："是不是该考虑结婚啦？"

岳川愣了一下："你说什么？"

文胜东有意探寻岳川的内心。

"你先告诉我你此刻在想什么？"

"我在想苏婵。"

文胜东紧张地看了一眼门口，见亚美正向他们走来。他本以为岳川会把话打住，不想，岳川并不回避亚美。就听岳川说："我在想，苏婵为了雕出鲜活的藏羚羊，竟然要去可可西里。你说这是一种什么精神？"

"苏婵要去可可西里？"文胜东吃惊地说，"我怎么不知道。"亚美说："她一定是去做藏羚羊的写生了。"

文胜东有些感动。

"这姑娘越来越像我们北方汉子了。"文胜东说，"像纳赤台这些地方，她说去就去，就为了那些冰冷的石头。"亚美不同意，她说："苏婵可不像你们北方汉子。她虽然脱了脂粉气，但她的灵秀，那是江南女子特有的。"

岳川没再说什么。他知道关于苏婵，说起来总是会停不下来，这样下去别说文胜东，就是亚美都会多想。

果然，趁亚美打电话，文胜东小声对他说：“你要真爱亚美，就快点结婚，给亚美一个实实在在的家吧。”怎么突然扯到结婚了？岳川不明白地望着文胜东。文胜东自以为是地说：“到时候别说我没提醒你。”

岳川问：“到什么时候？”

“后悔的时候啊！”文胜东以一个过来人的口气说。

见亚美收起了电话，俩人不再讨论这个问题。

其实，不是岳川不想结婚，而是亚美不怎么在意结婚这种形式。她认为，对于灵魂伴侣来说，那张结婚证说明不了什么。也许有一天，他们会为了孩子去结婚登记，那是以后的事。亚美的态度很合岳川的意。岳川的生活很简单，一旦进入创作便十分专注，根本不理俗事。亚美主动帮他打理生活，为他营造了一个温暖安静的创作环境。

岳川很清楚，现在他和亚美是无法分开的，而苏婵只是少年珍藏的回忆。这些话讲给文胜东，他能懂吗？

想这些做什么？岳川此时真不愿意被俗事打扰，他在想的是将苏婵的《八仙过海》做成照片和文字，早日送报，参评中国玉雕作品的最高奖项——天工奖。不是岳川多看重这个奖项，而是他认为，苏婵的艺术造诣需要得到国家级别的认可。

▲ 飞奔时四蹄腾空，闲步时轻盈俊秀。在青藏高原约60万平方公里的雪域荒野上，藏羚羊以它特有的速度、坚韧，述说着“生命禁区”的神奇、壮丽

第十五章

她要把藏羚羊在生命禁区的灵动与矫健、骄傲和勇敢，都雕刻在昆仑玉上。

01 西宁来客

在此期间，焦阳在为一个叫白莹莹的女人奔忙。白莹莹是焦阳的战友陆大维介绍来的，她想在格尔木开一个玉器店，人生地不熟的，陆大维便请焦阳帮忙。陆大维说，白莹莹开玉器店的本钱来自房地产生意，钱挣够了就想玩玉了，可能玩玉比玩房地产更享受些吧。

焦阳问：“她是哪里的？”

陆大维说：“西宁的。”

焦阳又问：“为什么不在西宁开店？”

陆大维说：“可能是想离开西宁这个伤心地吧，毕竟离婚了嘛。”

见到白莹莹的那一刻，焦阳有些发蒙。白莹莹是完全不同于苏婵的另一类女性的存在，她涂指甲油，喷香水，穿金戴银，人长得也惊艳，属于混在尘世中的小家碧玉。让焦阳发蒙的是，她的长相很像一个人，只是比那个人娇小玲珑一些，一颦一笑，一举一动多了些性感的成分。

焦阳不禁问道：“你是西安人吗？”

白莹莹回答：“不是，我是土生土长的西宁人。”

真是奇了怪了，焦阳想，在这个世界上，是不是有一个人和另一人长得一模一样，只是两人不容易遇到呢？白莹莹长得很像石冬生，只是没有石冬生身上那股高冷的气质，她显得温暖些，但又不俗气。

白莹莹对焦阳甚是尊重，大哥长、大哥短叫个不停。焦阳向来对朋友热情，他答应了陆大维，就一定会做到，于是跑前跑后，从工商税务手续到租店面，每一个阶段都亲力亲为。白莹莹看焦阳把什么都办得差不多了,便带着一个懂玉的助理去河南镇平进货,办了不少挂件、镯子和手把件回来。

焦阳说:“你办的这些货有些不上档次,应该有一两件放在橱柜里的镇店之宝才好。”白莹莹觉得十分在理,可是,这一时半会儿到哪里找镇店之宝呢?

焦阳给岳明打了个电话:“大哥,我这里有位朋友开店,现在缺个像样的山子雕做镇店之宝,你那里有现成货吗?”

岳明立即派人用网络发来照片让他们选。“等你们选好了,我们不出十天就运过去。”他说。白莹莹看中了几个山子雕,甚是喜欢。可是,十天太长。既然岳明大哥给的价格合适,她何不飞一趟扬州,直接取货?焦阳一想也对,这样更省时。白莹莹邀请焦阳一起去,焦阳说:“我要有那个自由,早就去过扬州无数次了。我可是一次都没去过。”

于是,白莹莹独自飞往扬州,按岳明给的地址直奔玉器厂。她到达的时候,正好岳明的父亲从厂里的值班室出来,听说是来找岳明的,便领着她直接去了岳明办公室。白莹莹因为赶飞机,只是略施粉黛,看起来朴素洁净。岳明第一眼看到她,也不禁一怔,这个姑娘好面熟。

白莹莹灿烂地一笑,伸出手说:“您就是岳明大哥吧,看我不请自来了。”岳明与之握手:“好……好啊,我接到焦阳电话了,还不让接机。快请坐。”

立即有工作人员进来沏茶,送到白莹莹面前。

岳明问白莹莹:“小白,你是要在扬州玩几天呢?还是……”

白莹莹:“大哥,小店就要开张了,我可是算好的良辰吉日,下次有机会再来玩吧。今天看货,明天我就带货飞回,机票是往返。”

既然是这样,岳明便立即安排她看货,同时给石冬生打了个电话,希望冬生晚上来陪白莹莹吃饭。岳明是想让石冬生来鉴定一下,是不是自己看走了眼。

岳明的库存不多,大多作品还没完工就被订走了。他给白莹莹展示的也都是昆仑玉的作品,在这些雕件上,不难发现“烟灰色的云雾”和“翠绿色的点缀”。岳明说:“不知你是否喜欢昆仑玉中的烟青玉和翠青玉,这是昆仑玉中无法掩饰又不忍丢弃的‘胎痣’。虽然很多商家对青海料抱有成见,但青海翠青料是很独特的。”

“我不懂,只要大哥说好,我就买下。”白莹莹很爽快。

岳明说:“我一向很喜欢烟青玉和翠青玉,用它们做什么都会与众不同。你选自己中意的,价格不要考虑。”

白莹莹手摸着一尊白玉观音说:“我很喜欢这尊菩萨,净瓶中插的柳枝竟然是翠绿的，真巧妙。”

岳明点头说：“你很有眼光。这是一块青海料，白玉上带的这片翠色很聚、很浓，玉雕师便做了巧雕的素材。如果条件允许，我建议你把它标成贵店的非卖品。你要知道，白玉带翠不是以产地论好坏的，不管青海翠还是俄翠，只要白玉部分润且白，翠色部分浓且正，那么它就是好翠，这样的料子都会有更好的溢价。”

▲ 昆仑玉“白带翠”摆件《玉观音》

“谢谢大哥指教，”白莹莹兴奋地说，“我记住了，一翠值千金。”

白莹莹一口气选了五座几十厘米高的山子，两尊玉观音，当晚包装好就刷卡结账。岳明虽给她的价格略低于出厂价，但她打款的爽快，还是让岳明感觉到了一种交易的快乐。

傍晚，石冬生把孩子托给婆婆，匆匆化了淡妆赶到酒店。她知道一般有了女客，岳明才会让她出面陪同，但凡厂里有个女秘书在，他都不会烦劳自己的老婆。到了酒店大厅，她先给岳明发了一个信息：我到了。

岳明回复：我下来接你。岳明从来不会让石冬生自己上楼进包间。每次岳明都会接上她，并陪在她左右，然后向客人隆重介绍。

今天也一样，不同的是，岳明显得有些兴奋。看他这样，冬生一串话就出来了：“看把你高兴的。谁来了？是我认识的人吗？电话上也不说清楚。”

岳明说：“格尔木来的，是焦阳的关系，买了咱们不少玉器。”

石冬生：“哇，财神嘛。”

说着两人进了电梯。

令岳明奇怪的是，石冬生见到白莹莹，并没有发生他期待看到的情景。石冬生就像接待其他朋友一样，亲切自然，对白莹莹的长相没有特别在意。两人论完年龄便姐妹相称起来。反倒是白莹莹盯着石冬生看了半天，甚至引起了石冬生的不自在。

石冬生：“……我的妆花了吗？”

白莹莹笑了：“没有，姐姐好看，我看不够。”她又盯着冬生手腕上的玉镯看了半天，问道：“姐姐，你这只镯子好特别。我第一次见到这种镯子，怎么看着像麻花？你佩戴它，特别优雅。”

石冬生手腕上戴着一个三股活动的、相互缠绕的白玉环。这个手镯刚刚完成就被岳明抢到了，因为它的设计巧妙，做工精致，不失为一件收藏品，冬生今天也是第一次佩戴。石冬生得意地看了一眼岳明，对白莹莹说："这叫活环麻花镯，纯手工的，是我们扬州一位非常年轻的玉雕师，从设计、试制到雕琢，历时十年才完成的。"

"啊？那得多少钱啊？我看这块料子也特别纯。"

石冬生说："是和田玉。"

白莹莹忍不住用手去抚摸麻花手镯，三股活环竟然还会发出清脆的撞击声，非常好听。

岳明也忍不住说："这种'活环麻花镯'，是失传了200多年的清代宫廷玉器的制作工艺。这位玉雕师不但恢复了这种绞丝形状手镯的传统工艺，还进行了突破和创新，增加了雕琢难度，使镯子更加圆润紧致。这个镯子，他已经拿到了外观设计专利证书。在玉界，拿到这个证书的，他是第一人。"

◀ 活环麻花镯又叫绳纹镯，是由三根圆条组编在一起的麻花形造型工艺品。灵感来自清代宫廷玉器，但制作工艺失传已久。后被扬州的青年玉雕师研究破解，使绝技又重见天日

白莹莹赞叹不已，满眼是好奇和羡慕。

"如果你喜欢，明天我可以带你去他工作室看看。"岳明说，"我们都叫他'器皿大王'，因为他还主雕古代器皿，有多种造型的炉、瓶、壶、碗、罐、杯、链条、挂件等作品，你一定会喜欢。"石冬生接着说，"他叫高玉然，是个很有创作实力的后起之秀，岳明早打过人家的主意，但没戏。值得你去看看。"

白莹莹看到岳明和石冬生真诚地推介别人的作品，没有丝毫私心，她真觉得自己遇到贵人了。她高兴地刚要感谢，突然想起什么："哎呀大哥，明天我得上飞机啊。"

岳明说："你不是下午的飞机吗？我们一大早去。"

"太好了！要是还能遇到像姐这样的麻花手镯，多贵我都买。"白莹莹像孩子

一样手舞足蹈起来。忽听“啪”的一声，白莹莹吐了一下舌头：“糟糕，我的镯子。”急忙举手仔细看，然后笑着说：“还好。”

石冬生看着白莹莹的手镯，说：“你这翡翠镯子，价格不便宜啊。”

“姐姐真是行家，一眼就看出来了。”白莹莹说，“前不久，我的一个镯子被我给弄碎了，所以才换了这个。碎了的镯子还能粘起来吗？”

石冬生说：“镯子碎了，寓意、美观、价值都会受到影响，就是粘起来也别戴了，保存起来做个纪念吧。”

白莹莹叹口气说：“唉！太可惜了。”

“所以，平时戴玉的时候，一定要小心。”两个女人一直说镯子，岳明插不上话，此刻插了一嘴。他说：“人养玉，玉养人。佩戴玉器，不光是身体可以吸收有益的矿物质，还可以修养习性的。”

“大哥说得真好，”白莹莹说，“我就是毛毛躁躁的，戴个玉，不是磕了，就是碰了的。”石冬生说：“以前我也是，手镯就根本不能戴。后来，你大哥一定要我戴，戴上以后怕镯子碰着，动作幅度小了，整个人都变柔了。玉镯反过来也保护了你的手。”白莹莹赞叹：“哎呀，生活之中处处是哲学，我今天受益了。”

岳明实在忍不住了，走出去给焦阳打了一个电话：“喂，焦阳，这个白莹莹是什么来历？”焦阳说：“没什么来历，是战友的朋友，要我帮忙就认识了。土生土长的西宁人，之前做房地产生意的。”

岳明说：“哦，是这样啊。你……你不觉得她长得很像冬生吗？”

焦阳兴奋起来：“大哥，你也看出来了？冬生姐怎么说？”

岳明说：“你让她来，是不是想让冬生和她认亲？”

焦阳反而不解：“认什么亲？”

岳明一笑，说：“万一是冬生她老爹遗失在外面的孩子呢？”

说完两人都大笑起来。岳明是极少开玩笑的，现在竟然开起已故老岳父的玩笑，让人忍俊不禁。

焦阳说：“我也正想着等秋生从矿上回来后让秋生见见她呢。冬生姐是不是也很吃惊？”

“她好像没感觉。”岳明很纳闷。

焦阳听了不甘心地问：“那白莹莹呢？”

岳明说：“好像有一点感觉，但什么都没说。可能男人和女人的眼光有差异吧。”

焦阳说：“这差异也太大了点吧。”

岳明说可能是因为她俩毕竟是当事人，不识庐山真面目，只缘身在此山中。

两人又哈哈大笑起来。

送走白莹莹，岳明问石冬生："你不觉得白莹莹很像一个人吗？"

"谁呀？"石冬生问。

"像你啊！"

石冬生嗤之以鼻："切！什么眼光，人家小姑娘长得多漂亮。"

"小姑娘？你什么眼光，我看她的年龄和你不相上下。"

石冬生一听有点小高兴，叹口气说："焦阳怎么会和她是朋友？"

"她怎么了？看着挺好啊。"

"你们男人就盯着人家的脸蛋、身材，看不到本质。"

"你看到了，她什么本质？"

石冬生毫不掩饰："你告诉焦阳，这女人和他交朋友不合适。"岳明不屑地说："要说你去说。再说人家只是普通朋友关系，为什么要多嘴。"

"好吧，你不说，你会后悔。"冬生说。

第二天一大早，岳明带着白莹莹去了高玉然工作室。白莹莹立即被陈列室的作品所吸引，被高玉然精湛细腻的工艺所折服。

她拉着岳明给她推荐玉品。

岳明指指高玉然："让他自己说。"

高玉然三十岁出头，英俊、安静。他只是微笑，露出一副不善言辞的样子，尤其对着漂亮女人，就更显得局促不安。

岳明笑了："算了算了，还是我说吧。小高在继承传统工艺的基础上敢于探索，处理手法简练朴实，纹饰清晰流畅。作品出来大气凝重，古朴典雅，给人一种宫廷重器、皇家气派之感，所以被大家称为'器皿之王'。"

"谢谢岳大哥，你说得十分到位。"高玉然说。

"呵呵，你还一点不谦虚。"

"失败让人谦虚，成功让人闪光。"

"你已经光芒万丈了。"岳明说罢，三人都笑了起来。

高玉然则开始口若悬河地谈自己的作品风格和与他人相比的不同之处。想不到，他并不是个腼腆青年。

岳明问高玉然，手里还有没有活环麻花手镯，高玉然说，有一个即将完工，不过已经被预订走了。白莹莹一听就急了，说自己可以出高出一倍的价钱。高玉然淡然一笑，不再接话。岳明看着高玉然说："你可以考虑，毕竟资金都压在原料上了。"

高玉然说："不行的，我跟人家有协议。"

岳明拍拍高玉然的肩，表示赞赏。

白莹莹选了几样喜欢的玉器，又预订了麻花手镯。她还强势地要买走高玉然工作室的非卖品《镂空香囊》，可惜没有得逞，原因是香囊目前还没有完工，高玉然准备拿去申请专利。这件香囊的原料是和田籽料，香囊有上下两半，中心圆点平缓凹陷，以非常精细的螺纹连接。香囊壁非常薄，装饰有细密规整的镂空花纹，轻薄精致。这又是高玉然倾注心血的一件得意作品。

相比麻花手镯，白莹莹更喜欢这个香囊，可惜只能千百次的回眸了。在这里，岳明见识了白莹莹的财大气粗。

白莹莹格尔木的小店叫"白玉山"。扬州的山子和玉观音一摆到柜上，小店顿时蓬荜生辉。高玉然的玉器被她陈列到"本店收藏专柜"，很吸人眼球。一个店有了收藏专柜，总让人觉得保险室里存货更多。

等白莹莹开张后，焦阳就不再与她见面了。

焦阳觉得生意好坏都看白莹莹的本事了，作为朋友的朋友，自己该做的和不该做的都做完了。说实在的，这些天还真的有些累。除此之外，他还有一层顾虑。先不说白莹莹模样漂亮，酷似石冬生，就那性格也爽快得让男人一见倾心，他不想把自己陷进去，必须及时撤离。说撤就撤，这是军人的素质。

岳明并没有在电话里向焦阳转告冬生的话。

一个月后，白莹莹约焦阳吃饭，在格尔木饭店专门订了一个包间。焦阳来后，有些敏感地说："就两个人，我们还是坐大厅里吧。"

"大厅里太吵，在这儿说话安静。"白莹莹露出没心没肺的样子。

焦阳只好就座。

一个月不见，白莹莹倒也知趣，没给焦阳打过一个电话。

饭菜齐了，两人碰了一杯酒。

焦阳没话找话："怎么样，生意还行？"白莹莹伸手就在焦阳面前拍下五万元现金。焦阳吓一跳："你这是干什么？"

白莹莹说："店里有你的股份，这是你这个月的所得。"

焦阳正色道："开什么玩笑，'白玉山'和我有什么关系？"

"你不拿，我明天就卖了店，回西宁去。"白莹莹一点不含糊。

"你随便，反正我不能拿你钱。"

白莹莹眼睛红了。

焦阳放下筷子说："我不要钱，你应该高兴才是啊。"

白莹莹一抹泪喊道："你看不起我。"

"我有什么资格看不起你？你的店，我凭什么拿钱？再说我是吃国家饭的，不能干第二职业。"

"吃国家饭，干第三职业的都大有人在。"

"别人是别人，我是我。我是转业军人，不能违反国家规定。"

白莹莹想了想说："那好吧，你可以不要，我先帮你存着。"

焦阳真诚地说："哎，告诉你实情了，你就不要勉强我。我们互相尊重好不好？"

"焦阳大哥，我很尊重你，"白莹莹也诚恳地说，"所以才不能让你白忙。你现在油盐不进，让我怎么谢你？我也是个知恩图报的人啊。"

焦阳举起酒杯："要谢你就谢陆大维吧，他拜托我的事，我自然要尽心尽力。如果你还满意，就当这顿饭是谢我的。"

白莹莹倒了酒，敬焦阳一杯。

沉默片刻，白莹莹突然问："焦阳大哥，你有女朋友吗？"焦阳不知怎么回答，只问："怎么问起这个？不是要给我介绍女朋友吧？"白莹莹一手托住下巴："要是把我自己介绍给你，你看成吗？"焦阳更不知要怎么回答了。"别开玩笑了，"他说，"我一个转业军人……没房没车，也没钱。"

"这些我都不稀罕，你只说喜不喜欢我？"白莹莹说。

焦阳半天吐出几个字："喜欢，但是……"

"喜欢就成，别但是了。"白莹莹急忙说，"今后我们就是男女朋友关系，我的钱就是你的钱，谁也别说什么了。"白莹莹说着就往焦阳跟前坐，焦阳脸红了。白莹莹调笑道："一看你就是个生瓜蛋子。都多大了，还没谈过恋爱吧？只要你不嫌弃我没文化，又有过婚史，我们就先处处；要是你觉得我不合适，就立马分手。"

焦阳自己不主动，也从没见过这种进攻型的女人。他心想，这个女人不简单，不能栽到她手里。

听苏婵说她要去可可西里，石秋生以为她只是想去青藏线溜达溜达。没承想，苏婵要去可可西里腹地，还要徒步穿越可可西里。"等一下，能不能改改词，那不叫穿越好不好。"石秋生很忧虑，但没有表现得很明显。

"是穿越，徒步穿越。"苏婵肯定地回答。

"徒步穿越可可西里？你什么时候变得这么猛了。可是，为什么，为什么要穿越？不会是喜欢可可西里这个名字吧？"

"你说对了，我就是很喜欢这个名字，它的意思是美丽的少女。"

“不对，是青色的山梁的意思。你若喜欢这个名儿，我倒是有个建议，以后我们的孩子就叫可可西里，怎么样？就这么定了。”

▲ 美丽的少女——可可西里，位于青藏高原的北部，夹在唐古拉山和昆仑山之间，周围无屏障，地势高峻，平均海拔5000米，是目前世界上原始生态环境保存最完整的地区之一，也是目前建成的面积最大、海拔最高、野生动物资源最为丰富的自然保护区之一，有“野生动物的乐园”之美誉

“叫可可西里？石可可西里，还是苏可可西里？”

“都行。你知道可可西里这个地名是谁起的？”

“不知道，谁起的？”

“老成。”

“老成是谁？”

“你不认识，但如果真穿越了，你可能会遇到他。”

“到底是谁啊？”苏婵很感兴趣。

“成吉思汗。”

“噗嗤”一声，苏婵笑了。

“别笑。”石秋生严肃地说，“我告诉你，不管你想穿越到哪里，都请你先准备好充沛的体能，起码负重50公斤，其次准备好遗书。”

“这不难。”苏婵毫不妥协。

作为玉雕师必须锻炼体能，这些年苏婵没少早晨跑步。

曾经，岳川要上玉虚峰，让石秋生束手无策；现在，苏婵怎么也一改安静的状态，执拗到让人发狂？难怪他们曾经会看对眼，原来都属于外表沉静、内心狂野的一类，这类人一旦着了魔，十头野牦牛都拉不回来。

“请你给我一个穿越可可西里的理由。”石秋生说。

“去看藏羚羊和野牦牛。”苏婵淡淡地说。

“哎呀，吓我一跳。就算去探亲，也用不着穿越无人区啊。一定要去？”

“一定要去。”苏婵似乎打定主意。

“不能商量？”

“能。”

“这就对了。咱能不能在可可西里边上溜达溜达，见到你那两个‘亲戚’问个好，然后就打道回府？”

苏婵笑了：“藏羚羊是我亲戚，野牦牛是你亲戚，它救过你两次命，是你要我雕像的啊。”

“我亲戚不就是你亲戚吗？”秋生说，“好吧，那我一定得做你的车夫和向导。你可要知道，昆仑山南麓的大沟小川，我不说全走过，也走过无数。我知道哪里的野牦牛最多，哪里的藏羚羊最漂亮。”

“你？你也去？”

“怎么？难道你的穿越计划里没有我？”

“没有。你矿上不是脱不开身吗？”

“那你打算跟谁去？”

“焦阳和龙宝亮。”

“他们俩？”

“对啊。不过，那天焦阳说可以给我找个女伴，说的时候还有点害羞，哎，可能焦阳有女朋友了。”

“焦阳恋爱了？这哑木匠盖大楼啦。”

苏婵没接石秋生的话。

“我们都说好了，焦阳已经请沿途兵站为我们准备燃料。”苏婵一向守约，她怕石秋生捣乱。石秋生故意较劲：“那不如再叫上郑开心，满满拉一车，你们可以野炊，又可以打狼。”

苏婵顾不上理他，只管往包里收拾着东西。石秋生嘱咐她提前吃红景天，要带棉大衣，那里是高寒地带，缺氧严重……然后就出门了。

晚上，龙宝亮来对苏婵说，他想留在家里，瑶瑶急需一个玉兰挂件，他要赶制。苏婵以为龙宝亮对可可西里有恐惧，只好同意他的请求。龙宝亮离开时欲言又止。其实，那个挂件是石秋生请龙宝亮做的，石秋生做这个挂件没有什么特别的用处，只是不想让龙宝亮去可可西里。为此，石秋生多给了龙宝亮一倍的工钱。

龙宝亮明白石秋生的心思，聪明地就坡下驴。

搞定了龙宝亮，石秋生就直奔焦阳宿舍了。焦阳一看石秋生来了，立即说请他见一个人，那人与自己约在附近茶馆见面。

石秋生进到茶馆，见焦阳早坐在雅间里等他。

接着一个非常漂亮的女人走过来，石秋生以为是茶馆老板娘，便对焦阳说：“大晚上的喝什么茶？老板娘，来杯柠檬水吧。”

白莹莹立即对茶馆小生说:“先来三杯柠檬水。”接着问道:“这位就是秋生大哥吧,我见过冬生姐姐了,你们长得真像。”

石秋生这才注意到白莹莹,他看向焦阳:“这是?”焦阳介绍说:“这位是‘白玉山’的老板,叫白莹莹。是我战友的朋友。”

白莹莹坐到了焦阳身边,一副体贴的样子。石秋生似乎明白了焦阳让他见这个人的用意,但这个人自己好像在哪里见过。这种感觉特别强烈,就是想不起来。他问白莹莹:“你以前来过格尔木吗?”白莹莹顿了一下,说:“没有。这是第一次来,举目无亲啊,所以才什么事都麻烦焦阳。”白莹莹叫焦阳的名字,而不叫焦阳大哥,石秋生心里的怀疑似乎得到了证实。

石秋生望着焦阳,小声说:“可可西里,你别去了。”

“为什么?我还正想把白莹莹介绍给苏婵呢。”

“还有机会嘛,给我们留点空间吧。”

“你开车行吗?毕竟多年不开了。”

自从醉驾出事后,秋生就再没碰过车。虽然焦阳又给他在格尔木办了一个驾照,但毕竟……焦阳不好往下说了。石秋生自信地说:“就是十年不开车,我也是老司机,开上十分钟就找到感觉了。”

焦阳点头:“那好吧。你们两个人出行,要注意安全,看汽车油剩一半了就往兵站开,见到藏羚羊就返回。”

石秋生说:“知道了,我们不往深处走。”

看他们说事,白莹莹起身去洗手间。

石秋生趁机问焦阳:“什么情况?”

焦阳正色:“什么情况也没有。”

“那就是有苗头。”

“算是吧。”

石秋生又皱起眉头想了想:“我好像在哪里见过她。”

焦阳笑了:“不是见过,而是她长得很像一个人。”

“谁啊?”石秋生在脑子里搜索着。

“你应该第一个发现啊,像不像冬生?”

石秋生并没有惊讶:“是有些像,但感觉完全不一样。”

焦阳对石秋生的反应多多少少有些失望。

石秋生似乎还是在搜肠刮肚地想。

焦阳说:“别想了,你看她人咋样?”

“挺漂亮,但不知这里面怎么样。”石秋生指了指心的位置,“先处处看吧,你也该有个女朋友了。”

得到秋生的认可，焦阳放松下来。

晚上，焦阳给苏婵打电话，说明天有个会必须参加，去不了可可西里了。当然，这也是石秋生教他这么说的。焦阳心里想，秋生不希望别人打扰他们的旅行，如果自己硬往上凑，反而遭嫌弃。

白莹莹这些日子攻势猛烈，每天晚上做好了饭往就焦阳宿舍里送，全是精致的大餐。焦阳实在有些招架不了了，他想，那就索性和白莹莹处处吧。这回不去可可西里，正好有空陪陪白莹莹呢。

02 可可西里

石秋生准备了食物，苏婵上车时又背了一个大包，里面鼓鼓囊囊的。天刚亮，他们的吉普车就向青藏公路开去。秋生今天破例开车有些不同寻常，但石秋生觉得过去的事情不应该停留在苏婵面前，要给她一个全新的自己。还好，多年不开车，并没让石秋生生疏，上了公路立即就驾轻就熟了。

▲ 从格尔木出发沿青藏线 109 国道行驶，要走进可可西里，“巍巍昆仑、万山之祖”，昆仑山口是必由之路

苏婵知道石秋生之前一直不开车，可是坐在石秋生身边，她却一点都不心慌。她的这种泰然处之，也给了石秋生信心。

晨光映出了昆仑山的轮廓。天湛蓝，不见一丝云彩。他们一路向西，太阳从山的背面快要跳出来了。和苏婵去完成一次说走就走的旅行，这在石秋生的心里盼望了很久。尤其是往海拔 4000 多米的无人区走，不确定性很多，困境与浪漫并存，给人以很多遐想。以往的日子里，他脑子里都是玉啊，石头的，太想成功，太想东山再起了，忘记了生活本该有的样子，给苏婵的陪伴也太少太少，这是作为一个男人最不可原谅的事情。财富固然重要，但并不是衡量幸福的准绳。

苏婵是否也盼着这一天呢？

石秋生望向副驾驶座上的苏婵，天哪，她竟然睡着了。这条路首先通往纳赤台，苏婵走过无数次，实在没有什么新鲜可言。可是，和石秋生在一起，她怎么可以睡着？

“哎，苏婵，你醒醒，问你个问题。”

“问吧。”苏婵没有睁眼睛。

“我问你，同样的路，为什么进藏方向的，明显比回格尔木方向的要低一些？对，你一定猜出来了。”

“那是车辆碾压的结果。”

“回答正确。可是为什么碾压得不一样？”

苏婵想了想说：“进藏的是实车，回程是空车。”

“回答又正确。可是为什么进藏是实车，回程是空车？”

“因为有人打破砂锅问到底。告诉你吧，修青藏铁路的工程车装载满满的货物，回格尔木的车大多空空如也，自然进藏方向的路基就下陷得厉害。”

看苏婵还是不肯睁眼睛，石秋生坏笑一下。

他突然喊道：“快看！藏羚羊！”

“在哪儿？”苏婵猛地睁开眼睛，到处看。

“过去了。”石秋生遗憾地说。

“下次早点叫我。”苏婵责怪地说。

“你要自己发现。我又开车又找藏羚羊，你高估了我的车技。”

苏婵又闭上了眼睛。

“又不是在城里开车，半天都没有一辆车，有什么好紧张的。”她说，“我昨晚失眠了，现在头有些沉，让我睡半小时就好。”

哦，一听要跟我单独出去，激动得睡不着吧。这话石秋生没说出来。但是，听说苏婵失眠了，他很满足，因为他自己前半夜也完全失眠。

苏婵说要睡，可再也没闭上眼睛，她两个眼睛不停地到处扫视。

“你没见过藏羚羊？”石秋生问她。

“见过，远距离的。”

“想近距离看，恐怕有困难。”

“看看，这是什么。”苏婵从包里拿出来一个高倍望远镜。“好吧，”秋生说，“看的问题能解决，但拍的问题解决不了。”

“这个你也不用发愁。”苏婵从包里又拿出来一个带长焦镜头的单反相机。石秋生佩服地说：“够专业的，看来你是有备而来啊。我以为你带了些好吃的，今晚准备在可可西里吃烧烤呢。”

苏婵得意地说：“都是焦阳帮我准备的。若不是今天要参加一个重要会议，他就来了。真可惜。”

石秋生说："我们两口子的活动，他来干吗？"

苏婵拍了一下石秋生的肩："你是怎么搞的？焦阳可是你哥们呀。"

"是哥们就更应该有眼力见。哎，我告诉你，焦阳可能恋爱了。"

苏婵一听，惊喜地问："看来我的感觉是对的。他对你说的？"

糟了，别暴露自己昨晚见过焦阳。

"我听他在电话里流露出来这个意思。"他说。

苏婵说："他也该恋爱了。"

"能告诉我，为什么一定要来可可西里吗？别说看藏羚羊这个理由。"石秋生想起自己想不通的问题。苏婵沉默片刻说："还是你了解我。看藏羚羊是理由，但不是目的。秋生，我遇到创作的瓶颈了。手里的活儿怎么看怎么匠气十足，没有灵气……"

"怎么可能？你爹把昆吾刀都给你了，哪儿哪儿都是灵气啊，你怎么会有瓶颈呢。"石秋生故意轻松地说。苏婵说："昆吾刀只是工具，不能带给我灵感。我来可可西里，是想吸取大自然的精华，补充养料，寻找灵感。总之，我相信会有意外的收获，让我的雕刻有一个大的突破。这是我真正的目的。"

石秋生佩服地望一眼苏婵，说："你注定会成为大师级的雕刻家。"

"你就捧杀吧。"苏婵娇嗔地说。

迎面的路标上写着：昆仑山口，海拔 4768 米。

此时天虽然还是蓝色，却飘起了小雪花。石秋生看了苏婵一眼，有些欣慰，她竟然没有任何不良反应，神清气爽地到处乱看。

"停车，还是赶路？"他问苏婵。

"赶路。"

"要不要氧气袋？"

"不要。"

往前走就是玉珠峰。玉珠峰是昆仑山值得前去欣赏的美丽山峰之一，又称可可赛极门峰，蒙古语意为美丽而危险的少女。此峰海拔 6178 米，是昆仑山东段最高峰，山峰顶部常年被冰雪所覆盖。到了这里，你会感到凛冽的寒风是皑皑白雪送来的。

有块"三江源"的牌子格外醒目。

"告诉我，三江是哪三江？"石秋生犯了老师瘾，一路考问苏婵。苏婵像小学生一样回答："黄河、长江，石老师，还有一江是什么，我不知道了。"

"澜沧江，笨蛋。三条江河的源头都在这里，所以，昆仑山是'万山之祖，万河之源'。"石秋生一边开着车,一边教学。

过了玉珠峰,就是可可西里地界。

公路两边出现大片大片的湿地。湿地呈青黑色,上面覆盖着一层地衣。有的地方水草特别茂盛,还有小水坑,想必是沼泽地。

看到这样的地貌,能让人联想到洪荒年代。

他们没有见到藏羚羊,但是看到了野黄羊。

中午时,他们到了五道梁。与其说五道梁是个小镇,不如说是驿站。这里有三多:小饭馆多,小旅店多,加油站多。小饭馆、小旅店的主顾是民工和过路司机。石秋生和苏婵给车加了油,吃了点东西,便向可可西里腹地开去。

▲ 可可西里的野黄羊

石秋生问苏婵,是否明白自己死皮赖脸跟来的原因。

苏婵说:"明白。"然后就不吭声了。

"明白什么,我看你一点不明白。"石秋生知道苏婵的想法,便故意生气地说。

"在你的印象中,可可西里是一个荒凉、恐怖的世界,是'生命禁区'。你怕我有来无回,所以想把自己也搭上。"苏婵一本正经地说完,随即笑了。

石秋生喜欢她这种少有的轻松调侃,但还是严肃地说:"不是在我个人的印象中,而是客观事实。曾经有人来可可西里探险、淘金,发现这里天上无飞鸟,地上无老鼠,但却是一些野生动物的乐园。"

石秋生控制着方向,尽量不要与正在修建的青藏铁路离得太远。

"还要申明一点,我来是为保你平安,可不是要把自己搭上。就算把我们俩都撂到这里,也是死得毫无价值。"

阳光透明,空气清新,远山看起来都很近,给人以距离上的错觉。苏婵兴奋地说:"感觉不在地球上。"她期盼着早点见到藏羚羊。

文胜东曾说,20 世纪末,藏羚羊曾遭受了前所未有的大规模盗猎,数量从二十万只锐减到不足两万只,被列为国际濒危物种。面对疯狂的盗猎,青海省玉树州治多县县委副书记杰桑·索南达杰,担当起了自然保护者这一神圣的职责。他因为反盗猎先后十二次进入可可西里腹地进行巡查,一年中有 350 天在可可西里度过,行程达 6 万多公里。索南达杰的故事,一直感动着苏婵,这也是她为了藏羚羊欲徒步可可西里的原动力。

▲ 索南达杰的雕像与纪念碑

对于北京奥运会藏羚羊申吉，苏婵很有信心。这种信心来自文胜东。文胜东曾对她一个人做了一次精彩的演讲。因此，她不能随随便便雕一个藏羚羊，而是要把它在生命禁区的灵动与矫健、骄傲和勇敢都表现出来。她相信自己一定能做到最好。

到了黄昏的时候，他们遇到了一群藏羚羊，有七八只。太阳的余晖洒在藏羚羊身上，这群生灵正在安详地吃草、小憩。

石秋生停下了车。

苏婵问："你确定不是野黄羊？"

"我确定，"石秋生说，"你自己看它们的区别在哪里。"

苏婵怕惊动了藏羚羊，就坐在车里，一会儿望远镜一会相机的过足了瘾。石秋生一直注视着苏婵，他还没这样近距离地观看过苏婵工作的状态，苏婵专注和安静起来真是别有一番魅力。看着看着，他的心狂跳起来，苏婵刚放下相机，他一下扑了上去，吻住了苏婵。

苏婵挣脱了他："你干什么？这里缺氧！天哪，你简直就是吸氧机。"

石秋生紧紧地搂住苏婵，喘着气说："天地为证，我石秋生就是要在这样的苍茫大地上和苏婵结婚。婵儿，你愿意吗？"

苏婵毫无准备，惊慌地问："在这儿？"

▲ 可可西里的藏羚羊

"对！就在可可西里。"

"现在？"

"没错，就是现在。"

石秋生的激情点燃了苏婵。

苏婵红着脸说："至少我们要让藏羚羊做我们的证婚人吧。"

石秋生已经什么话也说不出来了，他喘息着，因为心跳，因为缺氧。

苏婵主动脱下了外衣，石秋生上前轻轻地揽住了她，就像捧住了一块珍宝。他们在这个广袤高寒的荒原上，把自己奉献给了爱。

不知过了多久，石秋生还在睡梦中，就听到苏婵轻轻地说："天上的星星好美啊。"秋生睁开眼，见苏婵坐在车盖上仰望着天上又大又亮的星星，此时此刻，她就是这荒原上的精灵。石秋生到车前搂住婵儿的肩，无言地望着属于荒原的星星。苏婵突然头一垂，倒在了石秋生的怀里。石秋生大惊，慌忙把苏婵抱进车里，给她匆匆吸了点袋装氧气。

苏婵慢慢缓了过来。

"怎么样?"石秋生说，"星星是美丽，但是让你耗氧太多了。"

"让我耗氧的不是星星。"苏婵羞涩地说，"哎呀，好渴。"

石秋生抱住苏婵："那我们相濡以沫吧。"

苏婵拒绝："不行，不行，我又缺氧了。"

正如石秋生对苏婵说过的那样，这里的空气含氧量很低，气候变化反复无常，湖泊虽然很多，但都是盐碱水。近些年，一些牧民迁往无人区，所以无人区的有些地域已经名不副实了。

石秋生背着苏婵投宿到一个牧民家。牧民端上风干肉、热腾腾的奶茶，让他们享受了"生命禁区"的温暖和朴实。

说起藏羚羊，牧民介绍说，藏羚羊有群体长途迁徙的习性。迁徙路线很长，长达数千公里，沿途植被稀疏，要经受狼群等强敌的袭杀，还要在砾石、沙滩中行走，所以，藏羚羊的蹄子常常被磨破、流血，可它们从不放弃跋涉。它们以惊人的毅力忍着疼痛和磨难，一步步走向可可西里的卓乃湖和太阳湖。那里，水草丰美，天敌少，这种相对安全的环境有利于藏羚羊的生产和生长，那里是藏羚羊的天堂。

苏婵兴奋地说："对，我们就去太阳湖。"

石秋生立即想到，为了保护藏羚羊，杰桑·索南达杰就牺牲在那里。他看了一眼苏婵，没有附和。

早晨起来，苏婵感觉好多了，说要抓紧时间去找藏羚羊，就去卓乃湖和太阳湖。临走，石秋生给牧民留了点钱，牧民千恩万谢。

▲ 可可西里国家自然保护区的藏羚羊雕塑

第二天，他们看到了淘金者的遗迹，接着就遇到了成群的藏羚羊和野牦牛，它们奔跑，嬉戏，打架，寻食。苏婵静静地观察、拍摄、写生，把高原精灵和它生存的自然状态深深地印在了脑海里。

“我们合张影吧。”石秋生说。

苏婵惊讶地说：“对呀，我怎么把这么重要的事情忘了！”

于是吉普车做三脚架，他们留下了多张合影。石秋生相信，这样的结婚照是哪家照相馆都照不出来的。

▲ 无人区的领地之争

下午，因为车里的油不多了，在石秋生的坚持下，他们开始返回五道梁。虽未到达卓乃湖和太阳湖，但这是一次具有历史意义的旅行，苏婵把所到的可可西里的一山一水一草一木都印在了心里，终生难忘。如果不是身体不适，也许他们还会看到两湖，在伸手可以摘星星的地方多滞留几日。这次和秋生出来，事事顺心，根本没有来无人区的恐惧和艰难，苏婵心中十分满足。

然而，世界上的事就像月亮，当你感觉圆满得要溢出来时，或许就该到阴亏的时候了。

吉普车驶过了昆仑山口，走在109国道上。石秋生让苏婵安心闭眼睡一会儿，说等她再睁开眼睛，就到家了。苏婵不肯，说石秋生累了，怕他打盹，想陪他说说话。正说着，就见前面弯道上出现一辆大卡车，摇摇晃晃、横冲直撞地向他们驶来。事出突然，石秋生反应极快地一把将方向盘打向路边，路边不远处是一条沟。石秋生一脚刹车，车停住了，苏婵却突然转身扑在石秋生胸前。几乎同时，大卡车擦边撞了上来，石秋生这边的车门被撞扁，车窗破裂，大卡车上掉下一个三角铁飞向苏婵。

大卡车冲出去几十米后翻向路边。卡车司机重伤中惊醒。他疲劳驾驶，刚才打盹睡着了。

石秋生醒来，眼睛看到的都是血肉模糊。他擦了一把眼睛，才看清苏婵趴在他身上，背上鲜血涌出。他顿时大脑空白，胸口生疼。

他轻声叫道："婵儿，你醒醒！你醒醒！"

婵儿毫无声息。

"婵儿，婵儿……"

糟糕！他闻到油箱漏油了。

他感觉自己还能动，便艰难地把婵儿的身体挪开，奋力把变形的门打开，又把自己从车里挪出来。将苏婵抱出来后，迅速远离了吉普车。

不好！苏婵的包还在车里，包里有相机，里面是他们这几天辛辛苦苦拍的资料和历史性的合影……他忍着伤痛，又跑回车上，将包抱在怀里。刚跑出几步，身后一声巨响，吉普车爆炸了。石秋生扑倒在地……

▲ 可可西里无人区的空旷、苍凉与壮美

瞬间，石秋生飘上了昆仑山口的高空，惊魂不定地四处张望。头顶的太阳发着白光，空中传来空灵的音乐，似有似无。他不由低头鸟瞰着昆仑山的沟沟坎坎，这才看清，方圆几百里是这样的荒凉，炸开的几个玉矿，就像狗啃了的锅盔，是昆仑山的创伤。难怪岳川说，野牛沟就像一道伤疤，渗着血珠。

怎么回事？苏婵怎么躺在公路边？

还有一个人也趴在路中间，那不是石秋生吗？他还真把命搭上了。

那是石秋生，那我又是谁？

03 阴阳两隔

焦阳戴着墨镜等在机场，他是来接岳明和冬生的。焦阳已经两天没阖眼了，双眼布满了血丝，想起躺在医院里几乎没有了生命体征的秋生和苏婵，内心的痛楚已经麻木了。要是不听秋生的话，自己硬是陪着去了，就一定不会发生这样的事，只要自己去了就没有石秋生开车的机会。可是，时间不可逆，懊悔又有什么用呢。医生说很危险，不知两人还能不能挺过今天晚上，一切看他们的自身素质和求生的意志了。焦阳第二次强烈地感到自己的无能为力。第一次是秋生进监狱的时候，那时的他和现在一样无助，不知要怎么做才能挽回惨局。如果把秋生永远留在了格尔木，那他焦阳的未来一定是暗无天日的。

至于苏婵，她吉人天相，一定不会有事。如果真有事了，那最好两人一起走，留下一个可怎么活！

焦阳不敢往下想了。他责怪自己贪心留在白莹莹身边，如果没有恋爱这事，自己肯定不会听秋生的阻止，会陪他们一起去的。

两天前，一辆军车经过昆仑山口时，发现了一息尚存的卡车司机和几乎没有生命体征的石秋生和苏婵。军车风驰电掣地将他们送到格尔木医院。医院发现石秋生手机上最后一个电话是打给焦阳的，这才顺利找到焦阳。看到血肉模糊的石秋生和苏婵，焦阳完全傻了。

发生什么事了？他们还活着吗？

医生说：抢救！刻不容缓。

得到消息的文胜东没有告诉岳川，独自一人匆匆从北京飞回格尔木。他一路都在为苏婵和石秋生祈祷。他相信在高空离神仙最近，祈祷最灵。

这个时候，石秋生和苏婵手术后在抢救室已经十几个小时了。石秋生的背部烧伤面积达到88%，而苏婵失血过多，她的背上扎进了两厘米深的三角铁，差两毫米就刺到中枢神经了。医生没有救活他们的把握，但又不推荐转院到西宁，因为路上出意外的可能性很大。

文胜东一到医院就提醒焦阳，应该告诉岳明和冬生一声。焦阳哭了，此前，焦阳一直期待秋生和苏婵能醒过来，希望一切都是有惊无险。而现在，文胜东郑

▲ 王胤人作品《祈祷的灵魂》

重其事的表情，让他知道一切都无力回天了，想想都不寒而栗。

岳明和冬生匆匆走出机场，岳明搀着冬生，冬生红肿着眼睛，因为她哭了一路。见到焦阳，他们无言以对。上车后，焦阳说，文胜东订好了宾馆，让他们先去宾馆休息一下。冬生突然歇斯底里起来，她冲着焦阳喊道：“去什么宾馆！还有心思去宾馆！焦阳，秋生要有个好歹，看我怎么收拾你！从小到大，秋生对你怎么样？可你呢？对他尽到一点朋友的心没有？你没有！完全没有！”

岳明劝道：“冬生，你别这么说。你看焦阳的眼睛，就知道他这两天是怎么过来的。”焦阳低声说：“大哥，你让冬生姐说吧，这样我心里还好过些。”

冬生毫不留情地骂了焦阳一路，连岳明都忍不住用同情的目光望着焦阳。焦阳向岳明示意，他挺得住。

听说他们直奔医院了，文胜东也赶了过来，在医院大门口等着他们。没想到石冬生一见到文胜东就失控地骂道：“你算个什么东西！苏婵不是你的御用玉雕师，为了给你雕佛，他们跑苏州；为了雕藏羚羊，又跑可可西里。有多辛苦、多危险，你知道吗？现在好了，两个人都不知死活，你等着给他们陪葬吧！”

文胜东本来已经很自责了，忽听石冬生劈头盖脸的责难，更觉无言以对。

岳明搂住石冬生的肩，低声说：“好了好了，大家都很难过，你就不要和大家过不去了。”石冬生甩开岳明，哭道：“我就这一个弟弟了，怎么过得去……秋生啊，你还嫌折腾得不够啊……你就是派来整我们石家的冤家吗？”

岳明脸上惨淡无光。他以极大的耐心和毅力控制住自己。他知道石冬生已失去理智，而自己又能好到哪儿去？他不想再说什么，便扔下石冬生转身去找医生。

石秋生跟着苏婵和自己的身体来到了医院。他想不明白自己是怎么回事，是因为车体爆炸灵魂被震出了壳吗？灵魂，真的有灵魂吗？在监狱的时候有人讲鬼故事，自己还不屑于听呢。望着自己血肉模糊的身躯，感觉真有点可怜。婵儿脸色苍白地躺在病床上，她是因为用身体护着自己才伤成这样的。他看到他和苏婵都是伤在背上。如果不是苏婵扑过去挡那一下，也许自己的伤更重，那么在车爆炸前，他们俩谁也别想逃出那一劫了……

他悄声唤婵儿，婵儿一点动静都没有，好像灵魂也沉睡了。

他对医生说，一定要救活苏婵。医生却根本无视于自己的存在，他似乎这才明白了，自己此刻是无形的。

岳明的声音在外面响起："医生，我们能进抢救室吗？"

"目前不行。"冷漠的声音传来。

"那病人情况……"

"目前来看，女的情况比男的严重。男的只是脑震荡和后背大面积灼伤，而女的失血过多，很虚弱，就算输血也未必有能力接受了，情况还很不好说。两人都还没有脱离危险，一旦脱离危险，建议立即转院。"

"脱离危险的概率有多大？"

"我们该做的都做了，就看他们自己的身体素质和求生意志了。"

医生离开后，岳明扑通一下坐在过道椅子上，双手捂住了脸。

"别这样，老哥，"石秋生拍拍岳明的肩，他站在旁边把医生的话全听到了。他对岳明说："一般男人在这个时候都是脸色苍白而不流泪的。"岳明说话了："秋生，你让大哥怎么办？你为什么要带婵儿去那么危险的地方？"

"大哥，你的道行真深，竟然能听到我说话。"石秋生马上说，"要知道会发生这种事，打死我也不会去啊。"

岳明却没有回应。

这时石冬生、焦阳和文胜东走过来。

啊，老姐，你怎么也来了，眼睛还红成了兔子眼。石秋生迎上前，与焦阳撞了个满怀，从他的身体内穿过。焦阳毫无知觉地走了过去。石秋生又一次感到了阴阳两隔，他痛苦而孤独地站在那里。

石冬生有气无力地问岳明："医生怎么说？"

岳明叹口气说："尽人事听天命吧！"

石冬生跺了一下脚，悔恨万分："太由着他的性子了！早知有这么一天，我就是生拉硬拽也要把他拉到扬州去。"

"一个好的玉雕师得修炼多少年才能成功，"岳明对文胜东说，"更何况像苏婵这样的玉雕师，几百年才出一个！太可惜了！"

"不是、不是，大哥！"石秋生喊道，"我没听错吧？你只可惜一个玉雕师吗？只可惜婵儿吗？那我呢？"

“你说的什么话！两条命比什么都可惜，你却只想到玉雕师。要不是她，秋生怎么会去那么危险的地方？”只有姐姐冬生为秋生叫不平。

“可是姐，你别怨婵儿啊！”石秋生着急了。

焦阳和文胜东是怎么了，什么话也不说，像被霜打了。

岳明见文胜东满脸肃杀，便问道：“申吉的事怎么样了？”

文胜东马上换了一副面孔，说：“很有希望。”接着又难过地说，“嫂子说得没错，都怪我，像打了鸡血一样，那天给苏婵做了一次洗脑式的动员。为了让昆仑玉在奥运会露一次脸，我把我所有的想法都告诉了苏婵。苏婵很激动，她说她一定要做一个和所有的图片上的成像都不一样的藏羚羊，雕刻出能表现高寒精灵精神风貌的昆仑玉玉雕，她这才有了要近距离观察藏羚羊的想法。为了支持她，我想秋生也做出了很大的努力。”

焦阳说：“当兵的把他救起来时，他怀里抱着相机、胶卷和望远镜。”

岳明立即问：“那些东西呢？”

“焦阳都保存起来了。”文胜东说。

“一定不能丢了！那些宝贝，可是他们用命换来的！”

石秋生心想，如果真像医生说的那样，全看我们自己的身体素质和求生意志，那他就不该游荡在外面了，他要和苏婵一起活过来才行。

就在这时，他隐约听到苏婵的声音：“秋生，秋生，你在哪儿啊？”

石秋生急忙回到抢救室，却见苏婵还是那样毫无生气地躺着。

突然，不知道哪来的一股力量将石秋生猛烈地推向他的身体。石秋生想抗争，他已经对那个烂兮兮的身体有了一种本能的排斥。但是，他的灵与肉还是结合在一起了，看来这个身体对他有不离不弃的深情。与此同时，就听到一个护士在说：“哎呀，她醒了。”

苏婵醒了。

不到两小时，石秋生也醒了。

听到苏婵醒了，他一直在挣扎着醒来。他不能让婵儿着急，死不了就要负起活着的责任。

抢救室外的人，大气不敢出，还不敢太高兴。里面的人虽然醒了，但只是恢复了部分意识，还不能开口说话，更不能谈及转院的事。

04 铁板一块

岳川在北京，并不知道格尔木发生的一切。他得到喜讯，苏婵的《八仙过海》已初评入围，现在需将入围作品送到北京天工奖组委会参加终评，好在玉雕作品就在北京。岳川第一时间通知苏婵这个好消息，他反复给苏婵打电话，竟一直关机；给石秋生打，石秋生也关机，岳川猜他也许在矿上，没有信号。这时他才想起文胜东应该还在北京，这个消息一定会让他激动得大哭。

文胜东的电话打通了，他低沉的声音吓了岳川一跳。

“哎，文总，你不是在睡觉吧？还在北京吗？”

文胜东吞吞吐吐：“没有，我没在北京。”

岳川管不了那么多了，兴奋地说：“我告诉你个好消息，苏婵的《八仙过海》入围天工奖了。”

文胜东半晌没出声。

岳川问：“你不是激动地哭了吧？”

文胜东如骨鲠在喉：“我是，我是很激动。岳画家，我现在有点事，回头打给你。”

电话很快挂了。

岳川没理会他，马上又给苏婵打电话，还是关机。他不假思索地打给了岳明：“哥，你最近和婵儿有联系吗？”

岳明的声音也很低沉，说：“你找她有事吗？”

岳川兴奋地说：“告诉你个好消息，婵儿的那个《八仙过海》，天工奖初评入围了。下面要送雕刻作品，还有递交作者的信息，可是婵儿一直关机。”

岳明提高声音说：“这可真是件大喜事。你先送作品吧，我跟婵儿昨天还通过话，她最近可能要去北京。”

岳川惊喜地说：“真的？那太好了，人家就是要求作者本人出面。”

“那好，等她来北京吧。”

岳川还想说什么，岳明也已匆匆挂了电话。

其实，文胜东放下电话就告诉岳明《八仙过海》入围的事了，岳明却没有高兴起来，因为他一向笃信“福无双至，祸不单行”的民谚，这个时候来喜讯不一定是什么好事。他现在只希望有一个好消息，那就是苏婵和石秋生安然度过危险期。

看到石秋生和苏婵总算是醒过来了，焦阳真心感谢上苍的恩惠。虽说他是个无神论者，但在死亡对朋友的胁迫中，他向上苍表现了自己的无助和软弱，以及深深的祈求。

石秋生和苏婵每天都在向好的方面发生着变化，离死神越来越远，用石秋生的话说，他们从鬼门关溜达了一圈又回来了。石秋生相信经过这次同生死共患难，他的后半生和婵儿的情感将会是铁板一块，牢固不破。除非，除非有重大变故。想到这一点，他心中安慰：值了，再冒一回险也都值了。

石秋生和苏婵刚脱离危险，岳明就立即给岳川打电话。他郑重地说："岳川，现在需要你马上做一件事。"

岳川从没听过哥哥这么严肃的声音，立即说："哥，什么事你说。"

"你马上联系一家北京的大医院！我的两位朋友要从格尔木转院，是车祸造成的重伤，其中一位重度烧伤。"

▲ 烟青玉（昆仑玉特有玉种）摆件《妙手回春》

岳川怎么也不会把车祸和苏婵联系到一起。因此，他没多问，只说："哥，我马上联系，你通知他们准备把病历转到北京的医院。"

"没问题。"岳明说。

岳川又问："哥，婵儿什么时候来北京呢？"

岳明说："应该快了。先不说了，你抓紧时间。"

岳川和亚美联系好了北京协和医院，在岳明的要求下，去机场等待着格尔木转来的朋友。那天，因为北京暴雨，飞机在西宁延误了五个小时，冬生急得直骂街。自从生了孩子后，冬生像变了个人，那股傲视一切的高冷劲一夜被风刮去，就连婚后出现的那种温柔也是昙花一现，取而代之的是强势和泼辣。女人为什么变化这么大，岳明思前想后不明白，并感到深深的无奈。

看姐姐心情很糟，石秋生明白都是因为自己。他开解姐姐说："在机场头等舱休息室等待，比在医院里的煎熬要好受多了。既来之则安之，急也没有用，不如享受这没人打扰的安静吧。"

苏婵很虚弱，因此有医生护士护送她。这一切都是岳明细心安排的，冬生也是左右不离，为此苏婵很过意不去。

冬生说："你用命来救秋生我无以回报，就算一辈子照顾你，我也心甘情愿。"苏婵说："别这么说，秋生为我去的可可西里，我应该向他负责。"冬生说："也就是你苏婵会说出这么男人的话。负责，哪有女人向男人负责的道理？"苏婵觉得冬生故意曲解自己的意思，忍不住笑了。

苏婵在格尔木医院清醒过来后，焦阳告诉她吉普车油箱爆炸了，石秋生背部受伤，还有脑震荡。救起石秋生时，他怀里抱着相机和望远镜。苏婵想象得到，石秋生先把自己救出车，又冒死去拿包，然后被炸的情景。苏婵内心剧痛，秋生对自己的深情，就像昆仑山千年的雪峰，厚重坚贞。走过这些年，原来自己真正等待的人是他。

焦阳本来要送他们到北京的，无奈人在江湖身不由己。他对石秋生说："苏婵扑你身上的行为，让我想起玉有舍身挡灾的豪情。"秋生不同意焦阳的说法，他说："苏婵不是一块玉，她舍身护我，完全是因为爱。"焦阳说："不一定，如果那个位置上坐着我，我相信她也会这么做的。"

秋生说："没有验证的机会了，我绝不会再让苏婵挡第二次。"

焦阳刚才的话让秋生非常生气。玉虽有灵性，但没有生命，它是冷冰冰的石头，而苏婵是怀有满腔的爱的，美若天仙的女人。这个女人是和自己生命相连的爱人。

至于苏婵会不会救焦阳，石秋生认真想了想，还真不好说。这个傻女人属于"石包玉"，内藏真心，她对朋友也不会含糊的。

飞机降落到北京机场，协和医院的急救车直接进入停机坪拉走了石秋生和苏婵。岳川和胡亚美在候机大厅却接到了岳明、石冬生和文胜东。

"怎么回事？你们怎么都来了？"岳川惊讶地问。

胡亚美也问："大哥，你们从哪儿来？"

岳明早想好了怎么回答他们，说："走吧，去医院，受伤的人是苏婵和秋生。"

啊！怎么回事？岳川和亚美同时惊叫。

石冬生哭道："他们去可可西里发生了车祸。"

岳川身体晃了一下，亚美一把扶住了他。

石秋生和苏婵住进了北京协和医院，岳明为他俩分别找了特护。应苏婵的强烈要求，他没有通知苏婶和师父。

等秋生和苏婵情况稳定下来，岳明和石冬生就先回扬州了，毕竟孩子还小，厂子也一堆事。岳明的厂子自从沈佩奇离开后，总设计师虚位以待，他需要立即物色到一个像沈佩奇那样与众不同的大师。这是岳明焦虑的事情之一。

岳明走后，很多天都没见岳川来医院，只有胡亚美会拎着水果来看苏婵。石秋生问起岳川，亚美总是闪烁其词。等亚美走后，石秋生对苏婵说：“岳川去格尔木，我舍命陪君子两度进山，还背着他。我们现在遭了这么大的难，他连影子都见不着。更何况受伤的还有你。”

苏婵笑着问：“你想他了？”

石秋生承认说：“我想对他说点事。”

接着，文胜东情绪低落地来到医院，苏婵问他为什么这么个脸色，文胜东说和岳川吵架了。

“你们还吵架？”苏婵很惊讶。

“他已经很多天都不理我了。”文胜东说。

石秋生问：“为什么？”

“别问了，秋生，”文胜东说，“他也在生你的气，所以不肯来医院。”

望着石秋生和苏婵不解的表情，文胜东全盘托出。岳川责怪文胜东没有第一时间告诉他苏婵和石秋生出事了，而是偷偷飞走。再就是生气文胜东把雕藏羚羊这样的大事交给苏婵去做，给苏婵很大的压力。第三，愤怒石秋生敢独自带着苏婵去可可西里这样危险的地方，驾驶技术又那么臭，太不负责任了。

石秋生说：“他生你的气，我个人认为是对的，你当时为什么不告诉他？你不知道我们和岳川的关系吗？他生我的气可以来骂我啊，躲着不见我们，算什么男人！”

“谁说我躲着不见你们了？”岳川出现在病房门口。

石秋生指着文胜东：“他说的。”

文胜东难为情地说：“我，我，我，我只说你在生我的气。”

岳川指着石秋生说：“我更生你的气。”

文胜东立刻释然。

岳川冲着文胜东说：“我告诉你，你的错误最大。”

石秋生得意地看了文胜东一眼，没等目光回正，岳川又冲着他说：“你的错误是无法改正的！”

“那我呢？”苏婵主动请缨。

岳川瞅她一眼：“你已经是一匹野马，没人管得了你了！”

苏婵低下头说：“没说成野驴算给我留面子了。”

文胜东好言好语地对岳川说：“你批评得都对，我接受。我能不能批评你一句呢？”

“讲啊。”岳川说。

“你作为一名艺术家，有意见可以提，”文胜东说，“动不动生气不理人，像个女人……”

“不许诽谤。”岳川说。

苏婵也不高兴地对文胜东说：“不许诽谤女人。”

“对，对，”石秋生说，“要不你就干脆说，连个女人都不如。”

“你说什么？”岳川更加生气。

病房里突然爆发出笑声。

此时此刻石秋生才感到，他们这帮格尔木人，不，还有一些准格尔木人，才真正是荣辱与共、铁板一块的老兄弟。

这个时候，格尔木的金万里由于脚踏实地，把握市场，事业已经进入了良性循环。他又在野牛沟开了白玉矿，出玉量十分可观。与他打交道的除了岳明，多是南方的客户，包括台湾的玉商。

他明白，文胜东做的事情他做不了，但可以尽全力支持文胜东。

这天，他和岳明在电话中聊天，一个大胆的、激动人心的想法在他心中萌生。这个想法若放在几年前，他想都不敢想，但是现在，他有实力、有胆略去做了。

他要在格尔木建立第一家昆仑玉文化陈列馆。

岳明听了非常赞成，非常重视，说一定会支持他、帮助他。

这些年，金万里收藏了很多有特色、有代表性的昆仑玉原料，但是还不够，他还要继续收集更多的原石。为了把这个想法形成策划方案，他查阅了很多书籍和资料。这个方案首先得到了他上中学的女儿的赞成，女儿的拥护是他奋斗的强大动力。

这个关于昆仑玉的历史文化项目，是文胜东还来不及考虑的事情。这让金万里暗暗得意。他相信此项目做成，同样利在千秋。

第十六章

一刀下去无非两个结果：玉留白印，为玉受伤；玉有黑印，是刀受伤。

01 抢占先机

2005 年 11 月 11 日北京时间晚 8 时，北京 2008 年奥运会吉祥物在北京工人体育馆正式公布。五个吉祥物——鱼、熊猫、奥运圣火、藏羚羊、京燕的名字，分别是贝贝、晶晶、欢欢、迎迎、妮妮。五个名字的谐音组成一句话："北京欢迎你。"

经过一年零三个月的漫长角逐，藏羚羊终于成为吉祥物迎迎，所有为此付出心血的人都得到了回报。文胜东感到无比振奋，他一直在深度关注奥运会吉祥物的信息，今天若不是岳川阻止及时，他差点又拉着亚美冲到天安门广场狂欢去了。苏婵和石秋生也从来没有像今天这样激动过，他们感到很幸福，为了藏羚羊，就算粉身碎骨都值得。

▲ 用墨玉机雕的北京奥运会吉祥物玉牌

电视新闻里正在播报，说藏羚羊之所以申吉成功，是因为藏羚羊能在高寒严酷的自然环境中自由自在地生活、繁衍生息。它们顽强的适应能力，表现出与大自然积极抗争、努力进取、挑战极限的精神，体现了"更快、更高、更强"的奥运精神。藏羚羊是动物中的运动健将，在人类和其他动物都难以生存的生命禁区,却能以每小时 70 公里到 100 公里的速度驰骋奔腾,比高原上其他动物跑得都快。它所蕴含的强劲契合了中华民族腾飞的愿望,符合北京奥运会“绿色奥运”的理念。

文胜东认为,藏羚羊是青海走向世界的形象大使,昆仑玉更是上苍赐给青海的珍贵礼物,只有这两者完美结合在一起,才称得上是巧夺天工、珠联璧合。用昆仑玉雕刻制做其他四个吉祥物,都不如雕刻藏羚羊更有意义。尽管苏婵为此受了重伤,文胜东仍然初心不改,他希望苏婵能尽快痊愈,早日进入创作的佳境。

接着岳明给文胜东打来电话。

在岳明的心底还藏着一件大事。以文胜东为代表的青海玉界人士正全力以赴致力于昆仑玉的推广,他预感昆仑玉的时代就要到来,眼下抢占先机囤积点好玉才是。他认为,青海昆仑玉自有其独特的魅力,白玉质地细润,产出量大,透明度明显高于和田玉;青白玉颜色淡雅,水头足,油性好;青玉细腻坚硬,庄重典雅;翠青玉、烟青玉也都各具特色,是传统和田玉中极少见的。

岳明打电话就是要向文胜东预订一大批石料。他特别嘱咐,万宝沟老坑料最好。当然,白带翠、糖包白、烟青玉,这些有特点的昆仑玉也都来者不拒。文胜东一口答应。但是,囤积石料需要一大笔资金,岳明有些犯难。若马琪在还好说,无论需要多少资金,马琪总是会筹措个十之八九。

现在找谁去?文胜东那里不好赊账,因为文胜东正在运作一件大事,就是昆仑玉的推广。政府的资助有限,他自己肯定也正需要钱。

从文胜东方面来说,他看到岳明定了这么大一批石料,就明白岳明这是要下手囤料了,说明岳明这个很有预见力的人已经预感到昆仑玉的势头要来了。文胜东心中一阵狂喜,顿时充满了力量。他守着矿山,不需要囤积,但他希望玉界能有更多的人有这种超前眼光。

政府换届就要开始了,按往年惯例,玉器的市场价格又要上扬。因此,文胜东也请岳明帮他进一批物美价廉的挂件、腰佩、手把件,以满足朋友的需要。

岳明有些作难,他自己的厂子很少做挂件,看来只有外购了。他先后到镇平、苏州、深圳等地采办玉器成品,同时也淘了些好的石料。

石秋生还要进行一次大的植皮手术,他背上的皮肤已经重植了两次。这个多灾多难的背,上次在昆仑山放最后一炮,背上的衣物全被掀了,差点体无完肤;这次又是烧伤 80%以上。在病床上,他表现出了一个男人的坚韧,苏婵看到后几次动容。

“疼吗?”苏婵问他。

“只要你在我身边,我就能挺住。”

“太疼的时候，你可以喊两声。”

石秋生笑笑：“喊了，你没听见。”

“在心里喊的？”

“你伤成那样都没喊过，我能喊吗？”

眼下，苏婵的伤好了许多，已经可以做藏羚羊玉雕的构思了。她让焦阳把他们在可可西里拍的胶卷寄到北京。过了半个月，焦阳寄来了，亚美拿去帮她冲印。若不是秋生抢出这些胶卷，藏羚羊存在她脑子里的印象恐怕也是很有限、很模糊的。这些胶卷让她想起许多情景，尤其是她和石秋生的合影，身后是苍茫的荒原，远处是雪山，还有野生动物和他们同框。天空湛蓝干净，让苏婵感觉不真实，如同那次旅行是一场梦游。

▲ 无人区的一方净土。唯有遵守自然之法则，方是万物生存之道

秋生的感觉正好相反，他脑海里深深印下了他们去可可西里看到的一切。他忍不住对苏婵说了自己在昆仑山口“灵魂出窍”的经历。

苏婵安静地听着，没有说信，也没有说不信。秋生认定她没有相信。秋生也曾对岳明说过，岳明笑呵呵地说：“什么‘灵魂出窍’，那都不过是潜意识在作怪。”秋生突然很想通过他的真实经历，来了解周围人的哲学世界。于是，他就盼着岳川来。岳川听得很认真，然后说：“这回你相信了吧？”

“相信什么？”石秋生不明白地问。

岳川说：“我在玉女峰其实就是‘灵魂出窍’了。”石秋生顿时像找到了知音，他一把握住岳川的手说：“原来你是唯心论者？”岳川说：“不不，准确地说，我是介于唯心和唯物之间。我只相信感觉和事实。”

仔细看着苏婵拍的相片，岳川赞叹：“太难得了，抓拍得真好。”藏羚羊飞奔跳跃的形象，尤其令他惊喜。他和苏婵似乎又回到了少男少女时代，头对头研究起玉雕设计来。苏婵发现,岳川这些年在玉雕研究方面有了相当深的造诣,他不仅是个画家,还是一个很有独特思想的雕刻设计师和评论家。

文胜东很快调来十块带皮色的石料,放置在岳川的工作室供苏婵选择,为的是让藏羚羊早些横空出世。他对苏婵说:"不着急,你有两年的时间来做好这件事。一切都可以在脑子里先想,等身体完全康复了再动手也不迟。"

苏婵画了若干张图纸。亚美连借带买,帮苏婵搜集了大量有关藏羚羊的图书和资料,并贡献出了她自己那年去西藏拍的藏羚羊的相片。苏婵如获至宝,一边看资料构思,一边把选好的一块石料放在医院床头天天看,用手摸着找感觉,她觉得要找到一个突破口很难。

亚美说,《山海经》里记载了一种动物,名曰"鄜羊"。从图上看,这鄜羊是牛眼睛,马嘴巴,胸腹尾尖有须毛,腿健而偶蹄。尤其是那双角,直而长,长在于额顶上。这角有明显的环棱,角尖稍稍向前弯曲。这些描述与现代藏羚羊形象非常近似。同时,鄜羊的"鄜"字与"羚"同音。元明清时期,经常有大臣经青海到西藏,他们也曾亲眼见到奔跑的藏羚羊,并作了记录,称其为"独角兽"。在已发现的西藏早期岩画中,西藏西部日土县乌江村境内的塔康巴岩画上,就已雕刻着藏羚羊的图像……苏婵觉得胡亚美太有文化了,她随随便便就能引经据典,滔滔不绝,给自己很多启发。

一个藏羚羊的雏形在苏婵脑海里日趋形成。苏婵有两年的时间,而文胜东则有太多的事情刻不容缓。文胜东预感到有一件大事将要来临,这件事与昆仑玉有关。这种预感一直没有消失,让他吃不好睡不着。

苏婵只知道那些拍摄了可可西里的胶卷在遭到毁灭前,被石秋生冒死抢救了出来,却不知道焦阳把这些胶卷寄给她之前经历了什么。

焦阳把苏婵的包从医院拿回宿舍,本来想清洗一下上面的血迹,但打开一看,里面的东西都没有损坏,似乎完好如初。相机是他借给苏婵的,胶卷有十几卷,包装正常,都没有曝光,他便放进了写字台的柜子里,想等苏婵好了再交给她。上面的血迹他有些不忍洗去。

那段时间他常去医院,就有些忽略了白莹莹。

一连几天不见焦阳,白莹莹去宿舍找他。敲门没人,她便用焦阳留给她的钥匙打开门,却见一向清洁的焦阳把屋里弄得一团糟。

白莹莹扎起头发便开始清扫屋子。一股血腥味把她引向写字台,她从写字台柜子里发现并拎出了那个血淋淋的包。她觉得这个包肮脏、不吉利,就拎起来扔进了门外的垃圾箱。扔掉后她又想到,应该看看包里有没有重要的东西,便去看垃圾箱，可是，清洁工已经收走了所有的垃圾。收走就收走吧，她把这个事扔到了脑后。

焦阳回家发现包不见了，紧张得头发都竖了起来。包丢了，那将意味着，石秋生和苏婵的努力前功尽弃，白白付出了伤残的代价。更可怕的是，秋生和他的情分肯定从此荡然无存；就算情分在，他焦阳也会永远愧疚。看到屋子里异常洁净，他马上把电话打给了白莹莹，问见没见到一个包。

白莹莹无辜地说，因为味道太大，她给扔了。

焦阳再没搭理白莹莹，直接把电话挂了。

尔后就是焦阳一连三天的忙乱，他找到清洁工，找到垃圾场，顶着烈日在垃圾场翻找……总算把摄影包给找了回来。

这件事之后，白莹莹这个名字便从焦阳的脑海里被强行抹去了。在他心里，白莹莹成了个危险的符号。他认定的感觉就如同他的枪法，准而狠。后来，无论白莹莹怎么找他，怎么道歉，怎么表明心迹，都没用了。

02 牢狱之灾

这次在北京，苏婵从石冬生那里才知道了马琪这两年来的下落。马琪犯了这么大的事，她却一点都不知道，她感到惭愧也有些痛惜，尽管她明白，马琪迟早要有这一场的。马琪讲道，也讲理、讲情，可他最看重的还是利，因此行事没有底线。现在怎么办？不管怎么说，马琪也曾是自己要嫁而未嫁的人，要不要去探监？

岳川说：“不用去，他又不是受害者，不值得同情。让他吃点苦头，才能接受教训。”

其实，马琪在监狱里并没有吃什么苦头，相反，他每天都活得很滋润。因为表现好，又很有文化，他成了监狱文化课教员，一天上两节语文课。自从他进了监狱，老厂长宣布再也没有他这个儿子，母亲也不敢来。没有家属探望，以往的那些酒肉朋友或者红颜知己都散了，唯一每个月来看他的就是岳明。岳川也来过一次，但是向他表示，仅此一次，不会再来第二次。

既然没人来打扰，他便抓紧一切时间细读考古方面的重要书籍，那些书都是岳明给他捎进来的。每次讲完课，他总要显摆一下他的考古知识……

“你们知道几个玉之最？我来给你们弥补一下这方面的空白。

“自古以来，我国现存的最大的一件玉制品是《大禹治水图》玉山，现藏故宫博物院宝石馆。这个玉山是青白玉材质，高 224 厘米，宽 96 厘米，重约 5300 公斤。它由清代扬州玉工制作，前后共用了十年时间完成。

▲ 《大禹治水图》玉山子全貌及局部细节

“中国最早的大件玉器是元代的《渎山大玉海》，现存北京北海公园团城玉弓亭内，重3500公斤，高0.7米，直径1.35米，椭圆形经围4.93米，底深0.55米，壁厚0.22米。这个玉海，相传为忽必烈酿酒器物，曾酿酒三十余担。

“我国最著名的琢玉大师是明代末期的陆子冈。

“我国最早的一部金石学图录是吕大临编撰的《考古图》。

“今天，我给你们讲一下‘爱情玉’。很多现代人把玉当作情人间相互表示爱慕、传递情感的一种信物，在古代更是如此。我们来看看《诗经·卫风·木瓜》是怎么说的：‘投我以木瓜，报之以琼琚。匪报也，永以为好也。’

“在考古发掘中，也会发现‘爱情玉’。历代墓葬中，墓主是女性的墓出土的装饰佩玉，总是多于男性。玉之所以会被当作为情人间的信物，首先是因为玉美，温润晶莹，色泽典雅，肌理清澈。‘情人眼里出西施’，有情人总认为自己的情人是世上最美的，于是就借助玉的美，来表达对情人的赞赏……

▲ “皇权神授，正统合法”的国之重器——玉玺

玉玺，专指皇帝的玉印，是至高权力的象征。古代印、玺通称，以金或玉为之。玺始出于周，到了秦朝才有玺和印之分。皇帝用的印叫玺，而臣民所用只能称为印

“你们一定知道‘完璧归赵’这个成语。这里讲的‘璧’，就是那块著名的和氏璧。战国后期，和氏璧被楚国用作向赵国求婚的聘礼，赠给了赵国。秦国也非常想得到它，于是提出愿以十五座城池来交换。后来秦国赵国怎样谈判，蔺相如怎样不辱使命，完璧归赵，大家可能都知道，我就不多讲了。

“简单说,秦国因为统一了七国,最终得到了这块宝玉。它被秦始皇琢成世代相传的传国玉玺,上刻‘受命子天,既寿永昌’八个篆字,成为帝王无上权力的象征。

“你们知道那个和氏璧是哪儿的玉吗?可能是昆仑山的玉。这可是我一位朋友经考证得到的答案。”

……

马琪的“考古课”,狱友们是喜欢听的。他们听着好玩,觉得马教员很有文化,除此以外还有其他什么意义就不去管了。管它和氏璧是哪个山上的呢,这和我们这些人有一毛钱的关系吗?

马琪每天都在为自己建立活着的意义。可是,当他有一天突然听到苏婵在可可西里生命垂危疑似死亡的消息,顿时所有活着的信念都坍塌了。这时他才明白,原来这么多年,一直在精神上支撑着自己的,还是她。这不是爱,难道是恨吗?

消息是岳明公司里给他来送书的小青年说的,小青年还说:“岳明夫妇正在去格尔木的路上,他们放话活要见人死要见尸。”

马琪三天水米不进。他想吃,可是嗓子眼里像堵着一堆棉花,难以下咽。他拒绝讲课,独自坐在牢房的角落里,无数遍想象苏婵临死前的情景……她在闭眼的那一瞬间,是否想到过他马琪,是否知道他马琪已入狱?

不知不觉中,马琪流了一天的泪。全是自己的错!如果不着急和婵儿结婚,她也不会逃到千里之外去,如果不去和田逼她,她也不会转辗到格尔木,不去格尔木她怎么会去可可西里?马琪心里空空如也……不知道如何忏悔,心痛得要发疯,他觉得这是入狱以来真正的灾难。

半年之后马琪又获得一次减刑,他可以出狱了,却不想出去。这半年,岳明都没有来看望他,格尔木那边一定是一切都不可挽回了,马琪的心死了!监狱长亲自带着一个狱警送他出去,都走到监狱门口了,他还对监狱长说:“能不能再关我三年?”

监狱大门打开了。

“出去吧你!”监狱长一把把他推了出去。

马琪再转身时,门已经关闭了。

来接马琪的是岳明。

岳明并不理会他的颓废,问他为什么不愿意出狱?

马琪说:“出来做什么都觉得没劲。”他心里想,以前我是做给她看的,我希望有一天她会后悔离开我,现在我做给谁看?后面的话马琪没说出口,岳明自然也不知道,只说:“现在公司急需资金囤积昆仑玉,你快想想办法吧。”

“你要清楚一点。现在我自己都不愿意搭理自己,还有谁会搭理我?”马琪没好气地说。他明白，岳明想激起他的斗志，他才不会随随便便就上当。

“这不太像你啊，上次我来探监，你好像打了鸡血，忙得都没有时间见我。”

“上次，上次我……还觉得要在里面待很久呢，谁知道三年这么快就过去了。”

“马琪，这是你真实的想法吗？真想待在里面还不容易，我把你以前干的事全兜出来不就行了？怎么样？干不干？”

马琪不吭声了，岳明生气地望着他。

见他不再说什么，岳明说：“下个月我去格尔木看料，要不你也去散散心？”

到格尔木散心？好你个岳明，娶了石家女，对苏婵就如此薄情。格尔木是你的散心地？马琪心里这样骂着。

“你到底去不去？”岳明催问。

“去你个大头啊！”马琪突然爆发了，“你去了该见的人见不着，就不会有一丝难过？”

“你说婵儿吗？她不在还有别人在啊。”岳明平静地说。

马琪更加愤怒：“是啊，你只要石头，人在不在都不重要！”

“你今天冲我发什么疯？”岳明生气地说，“不就几个月没来看你吗？你知道我有多忙。”

“那你既然来了，是不是有什么事要告诉我？”

“你想知道什么事，问不就行了？”岳明没好气地说。

马琪半晌才低沉地问道：“她的骨灰运回来了，还是埋在昆仑山了？”

岳明明白了马琪的痛苦是因为苏婵，故意不懂地问：“谁的？”

“还能有谁的！当然是婵儿的，我操心那个杀千刀的石秋生做什么！”

岳明没有接话，只是沉默地开着车。

马琪哭了，他擦着鼻涕说：“按理说我也没资格操心婵儿，可她毕竟曾是我的未婚妻，是我爱过的女人。她年纪轻轻的就这样客死他乡，我有责任！”

“你有什么责任？”岳明问。

“是我不够好她才出走的啊！”马琪说，“我不应该到和田去追她，把她逼到了格尔木……我这些年拼命挣钱是为了什么？就是想证明给她看，让她意识到当初离开我是不明智的。若不是这三年被关进来，我……唉！现在可好，没有人看重我的成功与失败了……”

“哭吧，好好哭，”岳明说，“你应该向婵儿忏悔。看来这三年监狱没白蹲，你也应该想明白许多事了。在这个世界上，真正的成功是把自己活成个人，而不是挣了多少见不得人的钱。对你来说，钱多了，不是好事。”岳明说这些话时眼睛并不看马琪。

马琪擦了一把泪说：“如果哭能把婵儿救回来，我宁愿哭死十回。”说完又大声哭了起来。

“不用十回,一回就行了。”岳明说。他稍做停顿,又说:“怎么样?愿意不愿意去格尔木,当着苏婵的面去忏悔?”

“婵儿埋在格尔木了?”

岳明叹口气说:“我的话说得这么明白,你怎么就听不懂呢?我是说让你当着苏婵的面,当面忏悔。”

“当面?”马琪突然眼睛瞪得贼大,“你是说婵儿还活着?是不是?快说!”

岳明点了点头。

“我的天哪!”马琪又笑又流泪,不停地用拳头擂着岳明。

岳明说:“再打,车就要翻了。”

“翻就翻吧!只要她还活着!……她活着我就有了奔头”

看到马琪的真情流露,岳明心酸不已,同时也明白了马琪的真实心理。这些年马琪一直表现出的对苏婵的漠然,其实只是个表象。原来,他的情感很复杂,爱也苏婵,恨也苏婵。

“她现在还在格尔木吗?”马琪问。

“在北京,”岳明回答,“这次她和秋生大难不死,得感谢菩萨保佑。”

“菩萨保佑的是婵儿!你那个小舅子,菩萨和我一样不待见他!”马琪很有成见的样子。

岳明笑了:“你待见不待见不重要,重要的是婵儿舍命护他,你我好像都没这个福分吧。”

马琪半晌说:“我只有被抛弃的份。”

“那也是福分,否则,今天躺在北京的就是你了。”

“那我宁愿躺在北京医院的抢救室,也不愿吃牢饭。”马琪激动地说。

岳明本来是想安慰马琪,没想到却激怒了他,于是扔给他一句:“希望那牢饭你没有白吃。”

马琪不再吭声,似乎被岳明镇住了。

03 玉牌的启示

岳明不停囤积着优质的昆仑玉石料。他不单单从文胜东那里进原料,还从镇平二次进料。当然,镇平的价格要高出两成,他相信这个付出在将来的几年里都是增值的。这一切都在悄悄进行,文胜东却看得十分明白,他一方面信守诺

言，把好料发给岳明，一方面自己也有所储备。

曾几何时，有些商家还宣称自己只卖和田玉，决不卖青海玉，以向消费者宣示其经销的玉制品品质的纯正性。是呀，和田玉已有几千年的历史，而青海昆仑玉走上市场才短短十几年，一直隐没在和田玉的阴影里。

“其实，青海昆仑玉自有独特的魅力。青海白玉质地纯净细润，产出量大，透明度明显高于和田玉；青白玉颜色淡雅，水头足，油性好；青玉细腻坚硬，庄重典雅；翠青玉、烟青玉也各具特色，是传统和田玉中极少见的。”——这样的话，文胜东不知说了多少遍。重复就是力量，现在，岳明和其他有见识的玉商对青海玉的囤积，给了文胜东极大的信心。

文胜东在扬州的玉雕厂，在沈佩奇的整体规划下，已经初具去市场战斗的能量，他们除人工雕刻，还建起了现代化的机雕流水线。

关于新兴的电脑控制下的机雕，岳明始终不予看好。他认为现代机雕所作，出品快，效益高，但呆板没有灵气。那是生产，不是创作。最令他不能接受的是，大块的好玉被切成了碎片。而手工雕琢的作品刀工有力，笔画流畅，具有古朴的气息和蓬勃的艺术生命力，其价值是一个模样的机雕作品不能比的。因此，岳明的厂里始终没有上机雕设备，相比之下，两个厂似乎有对峙之嫌。

文胜东不止一次劝说过岳明，时代不同了，机雕小挂件虽千篇一律、粗糙简单，但廉价，满足了普通市民的需求。手工作品虽精致，但都是昂贵的奢侈品，不被民用市场所接受。包括民用产品“一剪梅”，工薪阶层有几人买得起？

文胜东的话也在理，岳明无语。

文胜东又说，沈佩奇还将上线玉牌。

岳明终于开口了，他说：“玉牌对玉料的要求很高。现代人将皮壳、皮色、糖色作为籽料的辨别要素，甚至不惜作伪。而在古代，除特别用意和特别需要，工匠在雕刻玉器时往往要去掉皮壳，只选用玉质上乘的玉料制作玉牌。”说着，岳明从自己身上亮出一枚碧玉牌，这是结婚的时候石秋生送给他的，冬生也有一枚，出自苏婵之手。小小的玉牌，方寸间融绘画、书法、雕刻以及文化故事于一身，使天生丽质的碧玉拥有了生命。

望着这枚油光精致的玉牌，文胜东有些傻眼。

岳明说：“玉雕成品，质优者纯色温润，恰如君子之美，令人过目难忘。”

“这是我们昆仑玉吗？”

“当然。”岳明说完就要收起来，却被文胜东一把抢了过去。

“大哥，让我再看一眼，”文胜东说，“这的确是一块玉牌。你给我再讲讲玉牌的有关知识呗。”

▲ 形状各异的昆仑玉牌子

岳明很欣赏文胜东身上的这种不耻下问的劲儿。一个人有了这股劲，不怕不懂，就怕懂得太多。他很有耐心地介绍说："牌子，行内人称其为'别子'，为明清两代流行的一种佩饰。形状以长方形为主，也有圆形、椭圆形的。据传，玉牌始出于明代，为明代玉雕大师陆子冈所创。而明朝在我国封建社会历史上，从政治、经济、文化各个方面，均已达到了前所未有的鼎盛时期。在这个时期，玉雕业也出现了空前的繁荣，涌现出了以陆子冈为代表的一批玉雕大师。"

说到这里，岳明把话题转到了师父身上："你可能不知道，我的师父，也就是苏婵的生父，号称自己是陆子冈的传人，藏有陆家昆吾刀。如今这昆吾刀，已经传给了徒弟。"

文胜东惊讶地问："这是真的？为什么不传给苏婵？"

岳明一想，还是别多嘴了，苏婵说不定无意公开传承的事呢，至少自己这里还没有对任何人讲，包括岳川。有些事不说破更好。

"这个要去问师父。"他说，"说回玉牌，明清玉牌就备受收藏者宠爱。"

文胜东问："我不明白，为什么收藏者宠爱的是明清玉牌，而不是明清其他的玉佩呢？这究竟是什么原因？"

岳明说："我认为，随着玉器市场的发展，许多收藏者已经从最初的新手成长为经验丰富的买家。这些人在具有丰富的市场经验之后，最先接触的是比较容易理解而且容易辨真伪的明清玉，而玉牌又是其中更易上手的一类。与此同时，一些资深、有实力的收藏家也在出售明清玉牌。两者之间形成的巧合，使明清玉牌成为市场交易中的抢手货。"

接下来他又介绍说："其实，明代和清代玉牌是有不同之处的。一些明代玉牌由制玉名匠陆子冈所创，其所制玉牌，必选上好的和田玉料，加以精雕细刻，使得玉牌整体比例得当，丝毫没有让人不适的感觉。清代的玉牌，在继承明代玉牌艺术特点的基础上加以创新，制作出许多边沿加镂雕或有着吉祥图案的玉牌，而且有各种不同的造型，如葫芦形、藕片形等。寓意美好、象征祥和是明清玉牌的共同点，这与现代人的心理需要产生了共鸣，所以得到了人们的推崇、喜爱。”

文胜东说：“我觉得现代玉牌中也不乏精品。我曾见到一对椭圆形玉牌，玉料是和田白玉，玉质温润细腻，做工精致，标价十二万元，应属于现代玉牌中价位比较高的精品。另有一些普通的玉牌，因为销售渠道不同，价格定位也不相同。近几年玉牌价格看涨，涨幅普遍高达300%。尤其是和田玉牌，引起了收藏投资者的广泛关注，但是我觉得，后期很可能难以达到投资者预期的价位。”

说着说着，文胜东脑子里灵光一现。“我们奥运会的奖牌，为什么不能是一块玉牌呢?”他激动地说。

岳明说：“如果用玉牌，也只能是和田白玉牌才有奖励价值。眼下的昆仑玉，显然价值不够。”

文胜东泄气了：“用和田玉，那就与我们没有关系了。”

“在玉石加工界，”岳明想了想说，“有一种修补残缺玉石制品的工艺，叫‘金镶玉’。我们可以在这方面动些脑筋。”

顿时，灵感碰撞出火花。对啊，昆仑玉的价值达不到，我们可以附加其他的东西呀。“金玉良缘”会让奖牌增值。

文胜东赶忙拨通了岳川的电话，他的想法得到了岳川和胡亚美的认同。是啊，北京奥运会的奖牌为什么不能采用这种有中国元素的加工工艺呢？这个提议，很快到达了北京奥组委的奖牌设计样式讨论会上。

玉文化是中华文化的重要组成部分。玉，含有美好、尊敬、相爱、相助的内涵，也凝聚着团结友谊的奥林匹克精神。万山之尊的昆仑山，不仅出产了品质优秀的昆仑玉，也孕育了博大精深的昆仑文化。相互融合，交汇发展；和谐、和平、和睦；天人合一，人与自然和谐相处……昆仑文化中所包含的这些元素传承千载，都是中华文明的重要组成部分啊。将昆仑玉作为制作北京奥运会奖牌的材料，既充分体现了中华文化的精髓，也完美体现了北京奥运会“绿色、人文、科技”的主题，对于构建和谐世界具有积极作用。

2007年3月27日，北京奥组委公布了2008年奥运奖牌金镶玉的设计方案。同时宣布：奥运奖牌所用的玉为白玉、青白玉、青玉。

消息一公布，整个玉界沸腾了。

这真是一个千载难逢的良机。

文胜东等人立即兴冲冲地赶到北京，然而，情况并没有他们预想的那么乐观。当时国内许多专家讲，即便采用金镶玉，那个玉也该是新疆和田玉。他们认为，只有和田玉才能代表中国玉的最高水平。这种呼声非常高，而和田玉的同宗姐妹昆仑玉，似乎与此有缘无分。

▲ 2008年北京奥运会奖牌采用了金镶玉设计方案，其创意取自中国古代玉璧造型，由象征尊贵和谐与美德的金、玉材质组合而成。奖牌正面使用国际奥委会统一规定的图案，即站立的胜利女神和希腊潘纳辛纳科竞技场全景形象；奖牌背面镶嵌玉璧，正中金属图形上刻着北京奥运会的会徽

除了和田玉外，河南的独山玉、辽宁的岫岩玉都是中国的传统名玉，都承载着丰富的历史文化，现在又有了青海的昆仑玉，究竟选取哪种玉石用在奥运奖牌上呢？组委会聘请专家开了一次研讨会，原则上确定了一个方案：金、银、铜三种奖牌，分别用白玉、青白玉、青玉三个玉种。具体就是，金牌的白玉，选用新疆的和田玉；银牌的青白玉，选用青海的昆仑玉；铜牌的青玉，选用辽宁的岫岩玉。

方案一提出，立即受到玉石界的质疑。

中国有句俗话，黄金有价玉无价。奥运会的金、银、铜牌，代表着三种不同的等级，如果用三种不同的玉种分别镶嵌金银铜牌，是不是也就等于，给新疆的和田玉、青海的昆仑玉、辽宁的岫岩玉分出了等级呢？

很显然，这种质疑是有道理的。

经过多方比较权衡，专家们又提出，统一用来自青海格尔木的昆仑玉，是一个很好的选择。这一方案遭到了更多的质疑。有人说，昆仑玉能代表中国最高品质的玉吗？如果不是，那么，它就不能代表国玉而镶嵌在奥运会奖牌上。

此方案受到质疑完全情有可原，因为在此之前，很多人都没有听说过昆仑玉的名字。那么，昆仑玉是从哪里来的？在西北最大的玉石原料市场格尔木，每天去那里交易的有两千多人。这些玉石原料大多来自格尔木境内的昆仑山，也就是人们所说的青海昆仑玉。

其实，和田玉也罢，昆仑玉也罢，都同属于昆仑山。它们属于同一矿带，有着一样的化学成分，一样的物理属性，从严格意义上说就是同一种东西。既然和田玉是最高品质的中国玉，那么，昆仑玉也同样是最高品质的中国玉。

文胜东知道自己台前幕后要做些什么，他对苏婵说，天将降大任于是人也！现在他们正经历着种种考验，为的就是迎接那个神圣的时刻。

此时，苏婵已经开始了藏羚羊的雕刻，她没有回到格尔木，而是居住在西宁。石秋生在西宁买了房，文胜东为苏婵提供了明亮宽敞的工房。苏婵一边工作，一边照顾石秋生，等待着他身体的复原。

石秋生的玉矿正由焦阳帮他打理。焦阳来电话说，最近出了一批好料，他高薪聘请了一位战友去矿上监理，石料正在发往西宁和扬州。有焦阳在，石秋生很安心。但是，焦阳有自己的工作，托他管理玉矿毕竟不是长远之计，还需找一个可靠的人。不知焦阳的战友人怎么样，如果可信，以后就能重用。郑开心是不能再待在山上了。

郑开心最近很不开心，他一次次向焦阳捎话，表达想下山的愿望。焦阳把电话打给石秋生，石秋生答应郑开心来西宁。就算郑开心不说，焦阳也想让他下山了。至于郑开心下山后做什么，可以让他自己选择。从石秋生的角度，他希望苏婵能带带郑开心。

这时的苏婵恨不得长出十只手，雕刻藏羚羊的时间很紧张，还要分出时间照顾石秋生。她希望龙宝亮来西宁帮帮她。

石秋生的身体在恢复中问题重重，不单单是皮肤问题，而是身体整个免疫系统都发生了衰退，全身关节肿胀，似乎昆仑山的寒气给他打上了深深的烙印。

眼看着郑开心就要到了，石秋生开口向苏婵求情。

“婵儿，郑开心来了，你带他继续学雕玉吧。”

“不行。”苏婵一口回绝。

“为什么？”

“带他就要手把手地教，我现在做不到。”

“你这人太认真。谁让你一开始就手把手教了，你可以把他放在工房十年磨一剑，这孩子需要磨。”

“那你磨他。”苏婵头都不抬地说。

石秋生有些生气，不说话了。

苏婵感到了石秋生的不愉快，抬头说：“等郑开心回来，看看他的情况再说吧。说不定人家并不想学玉雕呢。”

石秋生还是不说话。

“怎么了？”苏婵走到石秋生跟前，摸了一下他的额头。石秋生躲开了她的手：“我不是要把他推给你，你不是说他有成为玉雕师的天赋吗？”

“有天赋没错，但现在情况不一样了。”苏婵说，“他在山上待了这么长时间，也有可能不再想学玉雕了。”

石秋生扭过头不理苏婵了。

苏婵心想，人一生病就会娇纵任性，石秋生这半年变化太大了，怎么就和原来不一样了呢？她在石秋生面前坐下，笑着说：“哟，生气啦？你可真是的。”但她并不想违背自己的意愿。她接着说：“郑开心的问题我们必须要正确面对了。他也是要结婚成家的年龄了，要有自己未来的规划。他回来了，你可以和他好好谈谈，他想做什么，我们都可以帮他。”

石秋生面色渐缓。

其实，石秋生不下一百次地想过郑开心的出路，可是这小子不听他的。让他想不到的是，这次自己出这么大的事，郑开心竟然一步没离开过玉矿，替他死死守卫在那里。这让他很感动，甚至有时想起郑开心，会热泪盈眶。就算郑开心不提下山，他也会让郑开心赶紧下山的，毕竟年轻，生命仍有无数个美好的可能。

苏婵说：“如果郑开心愿意在西宁发展，让他去学学宝玉石鉴定也很好。”苏婵的这个建议让石秋生眼前一亮。宝玉石鉴定是目前很热门的专业，郑开心学出来一定有用武之地。

“怎么？不生气啦？”苏婵斜睨着他。

石秋生像个孩子一样地笑了，他温情地说：“还是我老婆想得周道。”

苏婵拨拉一下他的头发：“睡会儿吧，后天郑开心才到呢。”

石秋生一把拉住苏婵的手说：“在我身边坐一会儿。真想你！”

“我不就在你眼前吗，想什么？”苏婵说，“整天撒娇耍赖的，没有一点样子。”苏婵又爱怜地拨拉一下石秋生额头上的头发，然后说：“自己玩会儿吧。”说完又坐到工作台上去了，她的态度就像对待小孩子，充满了母爱但又严肃地坚守着自己的原则。

石秋生只好把玩着一个手把件，眼巴巴地望着苏婵工作的背影。对他来说，这半年来，能每天看到苏婵的背影已经是最大的奢侈享受了。自己的身体在日渐恢复，但离出事前的状态还差十万八千里。真想不到，身体就像一座大厦，可以顷刻间被摧毁，修复起来却是那样的艰难和缓慢。姐姐冬生在电话里不厌其烦地说：“病来如山倒，病去如抽丝，你急什么？这就跟你挖玉一样，心急吃不着热豆腐。”

什么话，这是一回事吗？石秋生不好反驳姐姐，可她的话实在不在点上。女人生了孩子怎么就这么唠叨啊。

冬生一心想让弟弟去扬州调养，这样她可以为苏婵分担一些，同时苏婵也能回到故乡。这么好的建议，不知为什么他们俩不采纳。西宁海拔那么高，对于他们两个非土生土长的人来说，绝不是休养的最好选择，可他们还是待在那里不动。冬生说得口沫飞溅也没有用。

岳明对冬生说："随他们的心意吧，愿意在哪里就在哪里。养病最需要的是心情舒畅。再说医生强调，皮肤的修养最好在空气干燥、冷热适宜的地域。"

"你怎么不早说，让我白费劲。"石冬生狠狠地瞪了岳明一眼。岳明并不介意，现在的冬生太跋扈了，母以子贵这句话真没错，你不给她这个地位都不行。

04 台前幕后

文胜东此刻神龙见首不见尾，他作为玉石协会的会长要做许多工作。

对奥运会奖牌的用玉，人们有着种种猜测，在结果尚未确定之前也存在诸多变数。众人的目光都落到了新疆和田玉身上，显然，奥组委也倾向于最能代表中国优质软玉的和田玉。如果是与和田玉相争，默默无闻的昆仑玉显然不是对手。但是文胜东不肯放弃，他在寻找着一切可能，岳川和胡亚美是他重要的信息源。

岳川已有了自己的铁杆团队，他接手了一个云南的大型壁画，正在草图构思中。文胜东时不时来电打扰，即使找亚美，电话也要打给他。岳川不明白，为什么文胜东不能把电话直接打给亚美？文胜东解释说，这是因为他每次在听亚美意见之前，都想先听听岳川的意见，一个电话一箭双雕。

真是商人，打个电话都这么算计。

文胜东说："谁让你们总在一起，我的箭没有一次放空过。"

真是奇了怪了。其实岳川和亚美各自都很忙，常常不在一起，可是文胜东每一次都是一抓一个准，只要他打电话来，两个人准在一起。

自从苏婵和石秋生回到西宁，岳川也平静了下来，着手做起自己的工作。他们在北京时，岳川不能集中精力做事，常常焦躁不安。这些反应胡亚美都看在眼里，她理解岳川担心苏婵的身体留下后遗症，影响将来的生活质量，毕竟他们是发小，彼此曾经又是那样的情感。但是亚美看得出来，现在苏婵的注意力全在石秋生身上，岳川已是过去式。因此，亚美很放心，也相信岳川的非常反应不会持续太久。果然，苏婵一离开，一切归于平静。

胡亚美为文胜东做了很多信息搜集和传递工作，全是义务的，就心理上来说，她希望遥远的格尔木能在北京奥运会得到机会。更重要的是，她看重岳川的心愿。岳川的心全在昆仑山，无论是和田玉还是青海玉，她都满心祝愿。更何况还有岳明、文胜东这层关系，她辛苦也责无旁贷。

就在这个节骨眼上，亚美发现了自己身上的异动，她抓紧时间去了医院，血液化验结果让她大吃一惊。怎么办？该怎么对岳川说呢？

第二天早饭时，亚美煮了咖啡。

岳川说："真难得，很久都没喝你煮的咖啡了，好喝。"

亚美问："你想喝一辈子我煮的咖啡吗？"

"当然。"岳川毫不犹豫地说。

"那好，"亚美说，"吃过饭，先别忙着上工作室，跟我去领结婚证。"

岳川一愣："为什么突然想起这事？"

"我怀孕了，"亚美直截了当地说，"我想要这个孩子。你如果也想要，就跟我结婚，孩子需要一个完整的家。"

岳川猛地冲到胡亚美面前，双手捧起她的脸，惊喜地说："我以为你一直在避孕，我以为你不想要孩子……"

"我是在避孕。这，这是个意外。"

"意外才有惊喜。走，我们去领证。然后，我给你一个盛大的婚礼。"

"不，这不符合你的行事风格。你喜欢低调、清静，我们就请家里人和几位好朋友一起吃个饭吧。"

"可是，结婚毕竟是需要得到祝福的大事。"

"有家人和好友的祝福就足够了。更何况我们奉子成婚，还是不要闹出太大动静的好。"

"这样吧，你把手头的事安排一下，然后我们带着妈妈回扬州，在老家办个小型的婚礼。怎么样？"

胡亚美想了一下说："也好，那就暂定在月底前吧。"

岳川急忙去查看月底前的工作安排。

亚美感动地望着岳川，她没想到岳川的反应这么强烈。本来一直以为岳川的事业正如日中天，他不会考虑孩子的事的，可是此刻，他是这样的欢喜，甚至比亚美还要欢喜。早知这样，真应该年轻几岁时就考虑要孩子的事。

文胜东听说岳川他们要离开北京一两个星期，一下子就急了。那怎么行啊，不行，现在是关键时候，北京不能一日无人。

胡亚美说："你敢耽误我们结婚？"

文胜东说："反正你已经是老姑娘了，也不在乎这一时半会儿。奥组委什么时候把奖牌的事定下来，你们什么时候离开北京。"

“你们青海人都这么霸道吗?”岳川生气地说。

“霸道? 这个词我不喜欢。叫霸气吧,但愿我能霸气一回,青海玉也能霸气一回。”文胜东真诚地向他们作揖。

文胜东很担心他拦不住岳川和亚美,然而,岳川和亚美真把行期推后了,说什么时候奖牌的事定了,什么时候再回扬州结婚。按北京奥运会召开的日子推算,奖牌的事也不能拖得太晚,否则亚美的肚子要是显怀了,还怎么去结婚啊?

消息来了,奥运奖牌的平均制作成本将控制在一千元人民币以内。文胜东很高兴,按照这个标准,使用新疆和田玉绝无可能。

以当时的市场行情,新疆和田玉籽料的价格达到每克一万元,因此只能寄希望于山料。和田玉白玉山料的价格,当时每公斤在三万元到五万元之间,也就是每克三十元到五十元。如果以每枚奖牌 16 克的用玉重量计算,加上损耗,不算加工费就已经超过了千元。而为了达到奥运奖牌制作要求的标准,保证最大可能的一致性,损耗必然超乎常规,将进一步增加成本。

文胜东对岳川说:“如果以这个标准做参考,选用新疆和田玉制作奥运金牌,那么用玉总价将接近一亿元,这还没有包括银牌和铜牌用玉。”

胡亚美说:“照你这么说,如果采用新疆和田玉,再综合贵金属上涨等各种因素,那么其结果会产生三千多块的‘奢侈’奖牌,北京奥运会奖牌将有可能成为奥运会历史上造价最为昂贵的奖牌。而面对成本这个门槛,和田玉很有可能与北京奥运会无缘了。”

新疆玉界也众说纷纭,他们以老大自居,坚信和田玉肯定是首选。但是,在和田,和田玉资源差不多已消耗殆尽,谁手里有这么大的储备? 大多数玉商都想看政府怎么说,而政府深知和田玉的市场状况,想看看北京方面怎么说。

新疆和田玉的市场现状为其他玉石品种如岫玉、独山玉等提供了机会。有人提出采用岫岩玉与和田玉组合使用的折中方案,此方案被很多人认为具有相当的可行性,有关方面也进行了争取工作,水面平稳,水下流急。

这个时候,文胜东飞回了西宁。他先来见苏婵,想看看那只藏羚羊玉雕怎么样了,苏婵却没有给他看,说正在关键时期,怕他看了不满意,打乱思路。文胜东只好关心她什么时候能出手,苏婵问则他什么时候要。

“我说马上要,你能给我吗?”文胜东急切地说。

“不能。”苏婵说,“咱们说好的时间是两年,我耽误了近一年,可从开始雕刻到现在还不到半年。再给我一个月时间如何?”

“如果依我，我可以给你所有的时间。”文胜东说，“可是到了那时，你的藏羚羊就没有意义了。”

苏婵说：“我耽误的时间我来弥补，你什么时候再去北京？”

文胜东说：“十天以后。”

“好！让你如愿以偿。”

文胜东惊喜地望着苏婵，他心里真是佩服她，看起来柔弱无骨的南方小女子，行事却像个北方爷们。他知道，从现在开始，苏婵要拼了。人生难得几回搏，拼几回才不枉在人间走一回。

“你还嫌她不够累？命都差点给你搭上。”石秋生气呼呼地说。

“我知道她累，”文胜东说，“可是没办法呀，我自己也被上紧了发条。”

文胜东走后，苏婵郑重地开柜，拿出了师父传给她的昆吾刀。自从师父交给她这把刀，她视若珍宝，从来没试过。

此时她不但要试，还要用。

她手持刻刀，却迟迟放不到玉上。

“别怕，”石秋生鼓励她说，“无非两个结果，玉留白印，为玉受伤；玉有黑印，是刀受伤。”

石秋生话音未落，苏婵一刀下去。

细若发丝的阴线精致圆熟，刀刀成韵，运用自如，非一般刻刀所能刻画的。苏婵兴奋极了，她从心底感激师父，感激自己的生身父亲！

有了这把刀，完成藏羚羊玉雕，苏婵心里有了十足的把握。

文胜东转头上了格尔木矿山。他需要勘察矿藏的情况，因为有一个想法正在他心头蠢蠢欲动。这个想法他自己都不敢说出口，怕一旦说出口，把自己都给震撼了。

从矿山回来，文胜东已胸有成竹。他迅速召集公司的股东们，为青海昆仑玉申奥做进一步动员。他说：“我觉得格尔木人应该做成这件事，这不是企业或者个人行为，是我们全省人民的心愿。”

文胜东的想法得到了很多人的支持，尤其是政府方面的。

相关部门也组织专业人士召开专题会议，讨论昆仑玉成为奥运奖牌用玉的可能性。文胜东代表省玉石协会列席此会，他认为青海昆仑玉与新疆和田玉处于同一山系成矿带，矿物组成相同，外观类似。翻开相关国家标准，两者在标准中并无区分，被视为同一种矿物质。为什么不能全部采用青海玉？

全部采用昆仑玉？

与会者觉得这个想法有些疯狂,有些一厢情愿。

于是,疯狂的文胜东在会上宣布了一个石破天惊的决定:2008 年北京奥运会奖牌的所有用玉,由格尔木昆仑玉公司捐献。

这个决定令全场震惊哗然。

▲ 奥运奖牌金镶玉设计方案公布后,青海玉企作出了一个石破天惊的决定:无偿捐赠奥运奖牌用玉

第十七章

一个高原精灵矫健地跃起，像骑士一样高举头顶的利剑，自由驰骋在辽阔的大地上。藏羚羊，这一2008年北京奥运会的吉祥物，用昆仑玉做载体雕琢，一定会给昆仑玉带来好运的吧。

01 开心下山

郑开心一步跨进姚家大院时，姚嫂愣是没认出他来。昆仑山的风把郑开心的细皮嫩肉彻底给硬化了，他的脸膛黑黝黝的，粗糙坚实，那双眼睛像黑夜里的星星，闪着深沉的光芒。

“阿姨，你不认识我啦？我是开心啊。”

“郑开心？哎哟，我的天哪，你怎么变成这个样子了？”姚嫂大吃一惊。瑶瑶闻声从屋里迎了出来：“开心？你下山啦？”

郑开心没想到能见到瑶瑶，他很意外。

“你，你，你怎么在家？”他问。

瑶瑶笑道：“我的家我不应该在吗？宝亮，快出来，你看谁来了。”

龙宝亮从工作室出来，眯着眼睛望着郑开心，不由上前抱了一下他的肩，说：“长大了。真棒，开心！”

开心笑笑，问瑶瑶：“你毕业了吧？”

“毕业都两年了。你真是人在深山，不问世事呀。”

听说苏婵出事，瑶瑶就以最快的速度回到了格尔木。她知道这是发生了天大的灾难，龙宝亮肯定很需要她，她也很担心苏婵的状况。

若不是这个变故，到年底，她也许会有一笔可观的收入，这笔收入可以用来归还龙宝亮和妈妈替自己出的手术费。但是不急，钱可以慢慢挣，苏婵遇事却不能不管。临走，老板很惋惜地对瑶瑶说："家里的事情过去后，希望你早日回来，这边永远有你的位置。"苏婵转去北京治疗后，瑶瑶没有再离开格尔木，而是陪龙宝亮撑起了工作室。

瑶瑶妈妈也觉得瑶瑶做了手术，还是留在他们身边比较好。看到瑶瑶和龙宝亮感情这么好，她心里很踏实。只要龙宝亮不嫌弃瑶瑶的身体，他说什么时候办婚礼，她当娘的立马张罗。可是，龙宝亮一直没提这茬，日子过得平静而不安。

苏婵和石秋生在西宁落下脚之后，苏婵打电话给龙宝亮，希望他来西宁帮她一把，龙宝亮自己也可以考虑在西宁发展。同时还说，来西宁还是留在格尔木，由龙宝亮自己选择。

龙宝亮心思活了，西宁也是瑶瑶更熟悉的地方，就她的身体而言，西宁也更好些。他询问瑶瑶的意思，瑶瑶看了一眼母亲的背影，说："我们都走了，我妈我爸咋办?"龙宝亮说："我们站住脚就接他们过去，你看行吗?"

瑶瑶是个聪明而善解人意的女孩子，她看出来龙宝亮想去的意愿，她不能耽误龙宝亮，于是痛快地说："那你先去，我和爸妈随后一起去。"龙宝亮信以为真，点头说："也好。我去了把房子租好，然后你和父母一起过去。"

瑶瑶笑着点头，但是笑得不太自然，因为她明白，要想把父母的根从格尔木拔起，那是多难的事啊！她对龙宝亮说："宝亮哥，先别给我爸妈说，你就说去西宁待几天，工作我来做。"

龙宝亮一听觉得不对："那我不成了偷跑掉的啦?"瑶瑶说："到时候就说婵姐那边事多你走不开。如果现在说你搬去西宁了，我爸妈肯定也要赶我走。"龙宝亮想了想说："那好吧，我下个星期就去西宁。如果那边情况好，你们就快快过来。话说在前面，你要是硬在这里拖延，我就再回来。说到做到。"

就在这时，郑开心下山了。

郑开心要去西宁，正好和龙宝亮搭伴。

苏婵他们在西宁养病，龙宝亮去看望很正常，瑶瑶的父母也没有多想。只是开心一去可能就很难再回来了。

"晚上喝个送行酒吧，"老姚说，"把你们焦阳大哥请过来。"

接到郑开心的电话，焦阳一下班就匆匆赶了过来，眉宇间透着忧虑。这些天焦阳有些焦头烂额。文胜东矿山枪走火打死人的案子，这几天又有了反复。按理说这与焦阳并无关系，可是受害者家属偏偏就找玉矿管理处。北京奥运会申请奖牌用玉的事正如火如荼，在这个关键时刻，千万不能因为这件事拖了文胜东的后腿。市里三令五申，要管理处安抚好家属。

焦阳了解到，事发后，文胜东的玉矿给受害者家属送了抚恤金，可是家属不接受抚恤金，强烈要求惩治罪犯。矿上反复做工作，又加了抚恤金，总算把事情平复了。

最近不知怎么回事，这件事又闹了起来，受害者家属上告文胜东目无法纪，草菅人命。

焦阳明白，现在政府需要文胜东去为昆仑玉的事奔走。但是，案子不审理，于公于私都不会有真正的完结。他建议把案子交给法院。

老姚的家宴有酒有肉，本来是一场快快乐乐的送行宴，却愣是被郑开心把气氛搞得紧张。郑开心突然直白地问龙宝亮："你走了，瑶瑶怎么办？"

龙宝亮忙掩饰："转眼我不是就回来了？"

"你在西宁一干上活，哪是说回就能回的？"

老姚夫妇注意到了他们的对话。

姚嫂瞪着龙宝亮，看他怎么说。

龙宝亮还没说话，瑶瑶笑着转移了话题。

"开心，你去西宁打算做什么？雕玉啊还是上学？"瑶瑶问郑开心。"干啥都行。"郑开心回答，又说，"焦阳大哥说宝亮去了是要自立门户的，他希望我也有个主张。"

瑶瑶妈一愣："自立门户？"

龙宝亮不知从何解释："我……"

瑶瑶立即说："宝亮哪有自立门户的能力，焦大哥是为了鼓励你才这么说的。焦大哥，你说是不是？"

焦阳笑了笑说："是啊，开心，你现在是有功之臣，给你自主择业的机会，你还不干？"

郑开心把一大块肉放进嘴里，说不出话。

瑶瑶追问："开心，你想做什么啊？"

郑开心咽下嘴里的东西，说："不知道石大哥让我做什么，做什么都行。"

瑶瑶又问："现在让你去上学，肯定是为难你。可是学玉雕也不容易，你年龄也不小了，从头开始总是……"

没想到郑开心又把话题引到了瑶瑶身上。

"先别说我的事，"他说，"瑶瑶，你为什么不和我们一起去西宁呀？"瑶瑶只好说："我去不了，我在这里有事。"

"你有什么事，"瑶瑶妈接了话，"不如趁这个机会和宝亮开心他们一起去西宁玩玩。”瑶瑶说：“玩？现在哪是玩的时候呀！妈，你知道吗，全中国都为北京奥运会疯狂呢。”

“疯，让它疯去，你能做什么？”

“妈，我有我的打算，我想开个玉店。”瑶瑶突然说出了自己的计划。其实，开玉店这个想法，她酝酿很长时间了，只是从没对任何人说过。

焦阳觉得这小丫头有头脑，可是说到玉店，又让他不由地想起了昆仑路上的“白玉山”。自“摄影包事件”发生，焦阳再也不理白莹莹了。白莹莹没有放弃，仍然隔三岔五给焦阳打电话，或者送饭送衣，根本不在乎焦阳的冷脸。她倒是很坦然，谁还不犯错，她认为自己又不是故意的。

听瑶瑶说要开玉店，龙宝亮也感到突然。

“你怎么从没对我说过？”他问。“现在不是说了吗？”瑶瑶回答，“也还只是初步想法，要付诸行动，还远呢。”

桌子上的人几乎同时问：“你开个玉店需要多少钱？”

老姚说：“闺女，你这个想法好，爸支持。爸没有多少钱，但是支持你个三万五万的，还是不成问题。”

焦阳说：“不用大哥拿家底，不是还有我呢？”

郑开心说：“还有我。我也攒了点钱，支持你十万还是可以的。”

“啊？你们都这么有钱啊，”瑶瑶喜笑颜开，“那好吧，你们可以入股，我们按比例分红。我的店就开在格尔木了。”

瑶瑶的父母笑得开心。

龙宝亮的笑容却凝固在了脸上。

龙宝亮听出来了，瑶瑶根本不想去西宁，她要在格尔木开店。她早有打算却没对自己说。这孩子的心大了，也许不想跟自己再有什么关系，有什么发展了。在南方的这一年她经历了什么，自己都不了解。不对啊，既然如此，她为什么还常常主动亲近自己呢？……想着想着，龙宝亮就把自己喝醉了。

焦阳有事要提前离开，姚嫂和郑开心把他送到大门外。姚嫂对他说：“焦阳，你该好好找个媳妇了，别来去都孤孤单单的。”

焦阳笑笑说：“有考虑，有考虑。”

“那下次把她带来，让嫂子看看。”

“没问题。”

焦阳特意对郑开心说了一番话。他说：“去了西宁，很多事可能不是你想象的那么好。他们俩毕竟还在养病，凡事请你多担待。有什么难题，你给我打电话，我在西宁好歹还有几个战友。”

“你放心，焦大哥，我郑开心不是几年前的孩子了。”

焦阳真诚地说：“无论是几年前，还是现在，你都做得很好！”

“人家开心真不是盖的，”姚嫂插话，“秋生和小苏出了事，人家愣是待在山上没下来。你说这么懂事，哪像这个年纪的孩子。秋生真没白带他。”姚嫂说着眼圈都红了。

“那山我不能下，”开心认真地说，“矿上每天出玉都在200多公斤，石大哥要有个好歹，我得保住他的矿。那一阵真是疯了。”

焦阳拍拍他的肩膀：“进去吧，陪姚大哥再喝几杯。去了西宁还不知道什么时候才能上来。”

焦阳说完就离开了。他心里有些伤感，不是因为郑开心、龙宝亮都要离开，而是自从苏婵、秋生离开小院，他就不爱来了，即使被姚大哥硬叫来，他也不愿意多待。苏婵的气息还在，那种静谧的香气，挥之不去。这种感觉让他心里空荡荡的，如同世界末日来临。走吧，还是逃离小院的好。可是逃离了小院，姓白的就会尾随而来，他真不知道该如何抉择，身边连个可以商量的人都没有。

龙宝亮喝多了，一夜无话。

第二天清晨起床，郑开心对龙宝亮说他已经叫了出租车，一个小时后走。瑶瑶进来，手里拿了一个U盘，笑眯眯地说：“宝亮哥，这个U盘，你到了西宁看看，然后我们在电话里讨论。”龙宝亮一把抓住瑶瑶：“瑶瑶，你是不是根本就不想去西宁呀？早有开店的打算也不告诉我。”

“我没说不去西宁啊。”

“你明明说你的玉店要开在格尔木的。”

“那样说是让我爸妈安心。这件事，我们再说好吗？”

“那就是说，你还是没有去西宁的决心。你是不是也不打算跟我好了？”龙宝亮急眼了。瑶瑶笑了：“这是两码事好不好？我们还年轻，就算分开两年也没有什么嘛。”龙宝亮克制住了自己，说：“确实，你还年轻。纵是我满心不愿意和你分开，也不能干涉你的选择。好吧，我等你的决定。”

“不是等我的决定，是我们一起决定。”

“主要是你决定，我服从。”龙宝亮还是情绪不高。

瑶瑶妈喊道：“吃早饭啦。”

早饭后，龙宝亮和郑开心拎着行李箱走出，见瑶瑶也背着双肩包，拉着拉杆箱，龙宝亮感到意外。

“你去哪儿？”他问。

瑶瑶笑道：“第一站，西宁。”

龙宝亮眼睛一亮：“那第二站呢？”

“第二站，镇平。”

“还有第三站？”

“不知道，也可能是扬州。”

郑开心接话说：“这就要进货了？”

瑶瑶说：“只是去看看，也许能拣个漏。”

龙宝亮想了想说：“行啊，我陪你一起去。”

“那不行，你的事更重要。”

“我最重要的事，就是让你高兴。”

“现在是要苏姐高兴。等完成了她的任务，你就自然让我高兴了。”

瑶瑶妈妈一直望着他们乘坐的出租车在路上消失，才回到院子里。现在大院里又新入住两家房客，都是做玉或者枸杞生意的，租个屋，做些小本买卖，也还安静。瑶瑶妈把老姚推到院子里树下的半阴半阳处，又把茶水沏好送到他手边，刚要离开，老姚说：“瑶她妈，你坐下。”

瑶瑶妈坐在一边的小凳上，说：“老姚啊，我怎么听瑶瑶刚才那话，宝亮这次去是给小苏帮忙去了，那要不少时间吧。”

老姚却问：“家里还有多少钱？”

“也就三五万吧，”瑶瑶妈回答，“大头都给瑶儿做手术用了。怎么，你真想给瑶儿开店？”老姚点点头，然后叹口气说：“这点钱太少了，不然，你拉我到石料市场去转转，兴许能碰到个好石头呢。”

“拉倒吧，好石头就等着你去拿呢！”一说到石头，姚嫂就动气。

老姚也不好再说什么，半晌才说：“忙你的去吧，我没事了。”

瑶瑶妈站起，然后对老伴说：“坐在这好好养神，别想那些没用的。孩子开店量力而行吧，有多大能耐就做多大的买卖。生意是慢慢做大的，不是一口就能吃成个胖子，那样会撑死的。”

“什么死啊死的，你个乌鸦嘴！”老姚骂道。

瑶瑶妈回嘴：“你个老乌鸦。”

02 西宁不是我的家

郑开心来到西宁的第三天，就对石秋生提出要回格尔木去。

“为什么？”石秋生很惊讶。

郑开心说：“西宁不是我的家。”

“也不是我家。”石秋生说，“可是，男人不能只待在家里呀。”

郑开心到了西宁后，秋生和苏婵为他安排了食宿，并且找人带郑开心到西宁各处走走。他们都还没对郑开心谈及未来发展的问题，想让他先放松两天。看到郑开心被昆仑山的风沙打磨成“沙雕”了，怎么也应该恢复一段时间。不想，这小子竟滋生了情绪。

石秋生问：“那你说说看，你想下山，为什么下了山又要回去？”

郑开心说：“下山后我后悔了。”

石秋生听到这话，不禁心酸。他望着郑开心说：“开心，你这几年在山上自由自在惯了，来到城市不自在，这也是正常的。别说西宁你本来就很少来，让你现在回西安，你也会感到陌生的。坐下，咱俩该聊聊了。”

郑开心远远坐在了窗前。

石秋生招手：“过来，坐近些。”

郑开心没动：“你说吧，我听得见。”

石秋生说：“看来你再不是那个哭着喊着要跟着我的郑开心了。”

郑开心笑了，说：“那时候不知道你有多烦我呢。”

石秋生说：“现在我却很怀念那个时候。开心，去学点什么吧，你还年轻。有个专业，以后就是离开石秋生，你也能顶门立户。”

郑开心没有抗拒。

“好啊。”他心不在焉地说。

石秋生说：“如果你自己没什么想法，苏老师倒是为你想了两个专业，你可以选择一下。等上完学了，你可以和我一起干，也可以自己干，不管怎么样我都会帮你。”

一听是苏婵帮他想的，郑开心面有温顺之意。

“一个是你喜欢的玉雕，”石秋生说，“主要是跟着宝亮，当然，苏婵也会教你。一个是去职业技术学校学鉴宝，学费我出。”

“学鉴宝？”郑开心眼睛一亮。

“对，学习鉴定玉石、钻石等一系列宝物。”

“学了这个，别人就骗不了我了。”郑开心激动了起来。

他问秋生：“要考吗？学费也很贵吧？”

“交钱就能上。”石秋生回答。

最后商定明天就去报名。石秋生告诉郑开心：“人家已经开学半个月了，你去了抓紧补课。”郑开心说没问题，又说：“秋生哥，学费我自己出，我的钱放着也是放着。”石秋生说：“学费我出，你的钱放着娶媳妇用吧。不过，开心，你要有心理准备，这个学习是一辈子的事。即便你学习结业了，也还得结合实践，不断提升自己。”

“嗯！”开心点头。

把郑开心打发到学校，石秋生了却了一桩心事。

可是新的忧虑又来了。龙宝亮到了西宁，天天跟着瑶瑶四处转悠，好像完全不顾苏婵对他的需要。苏婵已经三天没阖眼了，为了赶制文胜东的藏羚羊，她把自己豁出去了。就在石秋生焦心的时候，瑶瑶独自去河南镇平了，龙宝亮回到了苏婵的工作室，而且很快接手原胚的打磨。

苏婵回来睡了一个囫囵觉。接下来，苏婵和龙宝亮又联手奋战了一个星期，让文胜东如愿以偿地取走了藏羚羊。

石秋生忘不了文胜东掀开盖在藏羚羊头上的绸布时，眼睛里划出的那道金光。看到那束光，他知道苏婵成功了。

苏婵确实没有让文胜东失望，

沐浴着灿烂的阳光，尽情呼吸着一尘不染的空气，宁静而空寂的大地送来阵阵泥土和嫩草的清香。一个高原精灵矫健地跃起，自由驰骋在辽阔大地上。文胜东赞叹道：“太神奇了！这个玉雕能让人感受到藏羚羊生长的环境氛围，只有苏婵能做到。”

他紧紧握住苏婵的手，直到苏婵喊疼才松手。

“看！这就是昆仑玉的成色。”文胜东把藏羚羊玉雕送到北京奥组委，这样对他们说。看那玉雕的颜色与藏羚羊本来的颜色，自然、巧妙地相融，透着温润的五色之光……奥组委的工作人员也为之惊叹。

“这是青海玉？”

“不会是和田玉吧？”

“这是青海料特有的玉种，叫黑边料，有皮色的也叫乌边料。”文胜东说，“学名是烟青玉。人们把这种料称为青海料的‘胎记’。”

在送到奥组委之前，文胜东已先让岳川和亚美看过了。

“啊！苏婵走的时候，带走的是一块蛮荒之石，送回来的却是这样一个精美的艺术品。真是鬼斧神工……”亚美表现得很激动。岳川没有说话，只是目不转睛地望着玉雕，不难看出他内心的震动，

▲ 墨玉雕件《藏羚羊》

藏羚羊，这一北京奥运会的吉祥物，用昆仑玉做载体，一定会给昆仑玉带来好运的吧？胡亚美当时就想，把自己的孩子叫“羚”——男孩儿叫“亚羚”，女孩儿叫“美羚”，反正都要有自己名字中的一个字。她把这个想法告诉岳川，岳川笑着说：“极好！”

岳川已带队去了云南。文胜东挡了他们回家结婚的路，他们便失去了结婚的最佳时机。岳川很有契约精神，签了合同就不能误工，再说也得抓紧给孩子赚奶粉钱啊。亚美说，赚钱不重要，陪自己这个孕妇才重要。如果能天天看着岳川，孩子一定会和他相像，那该是怎样的一个漂亮孩子啊！但是岳川还是走了。

亚美怀孕的事，除了亚美的母亲和文胜东，谁都不知道。岳川说：“现在告诉我妈，就等于引爆了炸弹，她会天天吵着要来北京。岳明的孩子冬阳已经够她忙的了，我们反正也没有结婚，就低调一点吧。”

岳川临走，倒是不忘和胡亚美把结婚证先领了。他认为必须给亚美一个法律的保证，亚美可能不太看重这个，但亚美的母亲一定会更安心。领结婚证这天，岳川送给胡亚美一个藏羚羊的小玉雕，这是他利用晚上休息的时间雕的，灵感来自苏婵的那些相片。

胡亚美说：“你真不如去雕玉，太有感觉了。”

没想到，这句话给了岳川一种心理暗示。

03 鬼斧神工

2007 年新年钟声即将敲响，大家都察觉到自己又老了一岁。当 2006 年要结束的时候，中国玉雕界也有一件大事完美落幕——“天工奖”评选正式结束。

天工奖是中国玉雕界的最高奖。

这一届天工奖的评委团相当豪华，都是国家级专家，其中不乏泰斗级的人物。参赛作品也较往届更加丰富，优秀作品众多，各种风格各数风流。有些作品的设计和刀法简直是鬼斧神工，令人叹为观止。苏婵的《八仙过海》正是从这样一批作品中脱颖而出，荣获一等奖。

《八仙过海》获奖，其更大、更深层的意义在于，它让专家们认识了昆仑玉的品级。这是苏婵对昆仑玉的巨大贡献。

与此同时，苏婵本人还获得了“中国玉石雕刻大师”的美称；这个称号是由中国珠宝玉石首饰行业协会组织评定的。

沈佩奇也入选了这届天工奖，结果得了个二等奖。这让他很不服。此前，他曾有多个作品挂在某大师名下参评，均获一等奖。这一回他第一次用自己的名字参评，他自己评估，此次拿出来的作品不比以往挂在别人名下参评的那些作品差，或许还要更好一些，可是最后只得了个二等奖，所以不服气。

作为旁观者，岳明对此事的看法可能更客观些。沈佩奇拿他本届参评作品与以往挂在别人名下的那些参评作品做比较，或许自有其道理。有时候，评委们

▲ 获得 2007 年“天工奖”的玉摆件《八仙过海》

“天工奖”是中国珠宝玉石首饰行业协会于 2002 年创立的一项专业评比活动，旨在为玉石雕刻行业提供一个展示作品、发现人才、引导收藏、促进消费的平台。该奖项被业内人士称为玉雕界的“奥斯卡”，代表着国内玉雕行业质量和工艺的至高水平，其权威性与影响力受到广泛认可

在发表意见时，受到作者名气等因素的影响，是可能的，这种可能至少不能完全排除。但是，如果拿沈佩奇与苏婵来对比呢？一个玉雕师，其内心有没有承受过那大山大漠的洗礼，出来的作品肯定是不一样的。这些年，沈佩奇在扬州小城故步自封，那点鬼才也差不多步尘江郎了，这种状态下，下手怎么会有神？而苏婵这十多年在大西北所经受的磨炼，是沈佩奇不能比的。她汲取了天地之精华，不断充实着能量，雕刻思想和技法都大踏步地进步着，不断爆发出惊人的突破，获奖是情理之中的事。

本届天工奖出炉，正好是中国国际珠宝展期间。除了举办隆重的颁奖仪式之外，主办方还组织了一系列的活动：全部获奖作品在北京展出；部分获奖作品参加其他城市的巡展；获奖作品参加定点专场拍卖，等等。

所有这些活动苏婵都没有参加。首先是身体不允许，就算身体允许，她也没有出头露面的兴致，不是扭捏作态，她生性就不喜欢热闹场面。于是，这一切都由文胜东代劳了。与苏婵正好相反，文胜东最需要这样的场合和机会，他要宣传苏婵，更要宣传昆仑玉。

▲ 2007 年中国国际珠宝展

如果不是岳川、胡亚美和文胜东的热心推进，苏婵纵是手艺再高，也与大奖无缘。苏婵知道一切都得益于朋友的深情，但大奖飞来，她也没喜悦到心花怒放的地步。文胜东对她说：“这是一种国家级的认可。从此你的作品一经问世，商家就会趋之若鹜，订单不断不说，而且一定会价格大涨。”

苏婵却担心地说：“那样，会不会太累？”

年纪轻轻就能如此宠辱不惊，文胜东叹服。

“不是宠辱不惊，”苏婵说，“而是现在不比以前了。以前秋生在矿上，我可以整天泡在工房。现在我要匀出些时间照顾秋生，这比泡工房重要。”

文胜东说：“要不，我帮你找个特级护理来照顾秋生吧。”

苏婵说：“那能一样吗？”

一样不一样，全看心情。在文胜东的意识里，苏婵不食人间烟火，突然听她说要照顾一个男人，自己好不习惯。是啊，她首先是个女人，其次才是玉雕师，不能本末倒置。

每个人心目中都有自己认为最重要的事情。文胜东心里最重要的，就是此生要干成一件大事，挣钱也重要，但没有成就感重要。他常常会由苏婵联想到自己的妻子，自从他挣了大钱，妻子万红英便辞去公职回到家中做了全职太太，理财、照顾老人和孩子，让他在外面奔忙无后顾之忧。家家有本难念的经，他深深感激妻子的贤良周到，让他少操了许多心。因此，他走到哪里，都会记着先给妻子买礼物，什么俄罗斯的裘皮大衣，缅甸的翡翠，南美的钻石项链等。他要让妻子有奢华的满足感。其实他也明白，万红英不是那种喜欢奢侈品的女人，买回来也骂他浪费钱，但过后又珍藏。万红英什么都好，只有一点，就是常常拿家里的东西和钱去接济娘家人。她娘家人也不客气，觉得谁让你们挣钱容易呢？文胜东穿了没两次的衣服和鞋子，常常洗洗就不见了，不久就会看到穿在小舅子或者大舅子身上了。有一次他对妻子说："你把我洗洗也送给你妹算了。"

"我要有妹，我还真送。"万红英说。

和苏婵相比，万红英是个幸福而满足的小女人，而苏婵是一个奇女子，注定过不了俗世的生活。她身带"鬼斧"——师父传给她的昆吾刀，遇石砍石，遇玉攻玉……她是为美玉而存在的。

文胜东对胡亚美说，希望她帮忙在京城找个好记者，给苏婵写个专访，或者找个好作家，给苏婵写一本书。所有费用，由他文胜东出。

胡亚美说："你的想法很好，但在做之前，你最好征得苏婵的同意。据我的判断，她不喜欢把自己推到前台。"

果然，苏婵知道后，非常严肃地拒绝了，她觉得做好自己的事情就好。

文胜东说："写你是为宣传昆仑玉。"

苏婵说："格尔木几乎全城人都在做玉，有很多很多的人可以写。"

文胜东无法勉强苏婵，她实在是太低调了，希望她可以早些懂得自我推荐、自我宣传的价值和意义。

北京每年还会举办大型珠宝展赛，参赛的珠宝商来自世界各地。每次展赛都会邀请国际上的知名专家，综合成色和做工，评选出最具价值的珠宝或玉饰。不管哪家珠宝商的珠宝夺得名次，都会名声大噪。今年的珠宝展赛，文胜东只是进去转了一圈，他想，昆仑玉终有一天会在此崭露头角。

文胜东没有参加展会的作品拍卖活动，而是将《八仙过海》送到了一个大厅，让北京奥组委人员出出进进都能看到。岳明理解文胜东的用心，他十分看好文胜东这种不达目的不罢休的精神。

自从沈佩奇走了之后，岳明公司的总工有半年时间虚位以待。虽然生产仍在按部就班地进行着，但是，少了沈佩奇的总体规划和设计，岳明心里总是空落落的。师父单常青为他荐来一个80后小伙子，叫樊卫东。

樊卫东来面试，手里拿着一个碧玉的作品《花样年华》。岳明眼前一亮，眼下玉雕界人人都在创新、突破，可能让人眼前一亮的佳作并不多见。

这件摆件确实独具风格。仅仅是一件站立的旗袍，似包裹着美丽女子的胴体，透光看，轻巧秀丽，披光含雾。看得出来，樊卫东是从形制和题材上进行了突破，雕刻工艺依然是传统的薄胎工艺与阴刻，而在造型艺术上打破了传统玉雕器皿的常规器形。它以旗袍造型为基础，由内掏空，内壁薄如蝉翼，通体玲珑剔透，给人以鬼斧神工的感觉。

此作"掏膛"的绝活非同一般。随着旗袍的婉转曲折，内部实心的玉料也需要一点点掏空，使厚度均匀，因此难度巨大。岳明想，师父的眼光真毒，一个年轻人，能在工艺、时间、耐心上有此番功力，确实不可轻视。他留下了樊卫东并委以重任，但他知道，这个人，最终他是留不住的。

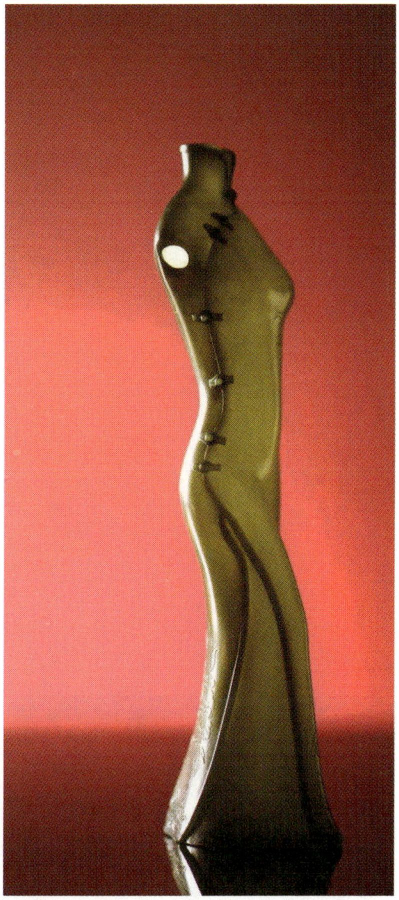

▲ 苏州80后玉雕师的作品《花样年华》。苏州的薄胎器皿件，用料多取自青海昆仑玉中的青玉细料，工艺精湛

04 大事年表

时间如梭般在青海和北京之间飞逝。事情紧锣密鼓，鼓点打在每个关注北京奥运会奖牌的人心上。

2007年4月5日，文胜东代表公司向青海省人民政府递交了赠送北京奥组委价值3600万元奖牌用玉的报告，此举见证了一个企业家非凡的远见和慷慨奉献的精神。别人都想着通过奥运会赚钱，而文胜东却把这么昂贵的玉白白地送给了北京奥运会，是不是太霸气豪横了？

此消息震惊京城，文胜东这是志在必得啊！到了这一步，奥组委若还不把这个机会给青海玉，是不是太不可思议了？

这是一个不小的新闻事件，请原谅作者不能以故事的形态呈现给你，你只需知道：文胜东所代表的青海玉人，所有的脚步都踩在奥运节奏上。

让我们来列一个简略的时间表吧。

——2007 年 4 月 14 日，青海省政府正式向北京奥组委发函，请求将青海昆仑玉作为制作北京 2008 年奥运会奖牌的玉石材料。省政府的发声顺应民心民意，其背后，是一大批玉人的艰苦努力。

——2007 年 4 月 22 日，青海省相关领导就此事作出批示，要求相关部门和地方政府，努力向外界展示高原儿女为北京奥运加油助威的精神风貌，提升青海昆仑玉的知名度。相关领导的批示如同助燃器，使青海玉界为之沸腾。彼时，西宁工艺品厂也积极参与到了奥运奖牌的申请活动中。文胜东此时行走如风，精神抖擞，他成了这件事情的核心人物。

▲ 北京奥运会奖牌项目组成员在格尔木实地考察奖牌用玉材料，听取捐赠企业代表介绍玉质情况

——2007 年 5 月 8 日，两套由青海昆仑玉制作的，分别由机械抛光和人工抛光的玉环送到北京奥组委。这是让组委会见识昆仑玉加工成玉坏的样子。青海把能想到的事都做到了前面，大有牵着别人走的架势。

——2007 年 6 月，北京奥组委邀请奖牌设计者和玉石方面的专家，召开了奖牌用玉论证会。不想，会上否定了奥运奖牌全部使用昆仑玉的方案。专家们建议，奥运金牌使用新疆和田玉，银牌使用青海昆仑玉，铜牌使用辽宁岫岩玉。专家们不想被青海牵着走，他们想雨露均沾。一盆冷水泼向青海人。

青海人的热情不但没被冷水浇灭，反而打了个激灵发起了烧。他们马上行动起来，重新聘请专家再次进行论证，从而促成了全部用青海玉制作奥运奖牌的专家意见。意见呈报到奥组委，详细说明了昆仑玉的品质和优势。你有专家，我也有专家，看看谁说得更深入。这套意见为昆仑玉获选奠定了基础。

——2007 年 7 月 11 日，北京奥组委以《关于同意接受捐赠将青海昆仑玉用作北京奥运会奖牌材料的函》，正式函复青海省人民政府。只有文胜东和参与申请的官员知道，这个复函来得有多不容易！青海昆仑玉的申请工作取得了阶段性成果。至此，距离奥运会开幕，只有一年时间了。各项准备工作都在有序进行，但奥运奖牌的用玉方案仍然是个未知数，一轮一轮的试验、论证在深入进行。

——2007 年 9 月 19 日，青海省相关部门出具对奖牌制作所需昆仑玉玉环原料的价格认证结论书，认证奥运奖牌原料价格为 1045.44 万元。这个数字没有超出北京奥组委最初的预算，为北京奥组委最终确定捐赠玉环价值提供了依据。

▲ 北京奥组委奖牌项目组成员及玉石专家一行数人赴昆仑玉产地格尔木，考察矿山产量、玉料材质、产品加工等情况

——2007 年 9 月 28 日，北京奥组委项目组成员和专家终于启程，长途跋涉抵达格尔木，对昆仑玉开采现场、加工企业和昆仑玉产品进行实地考察，对昆仑玉的材质、颜色、矿山产量等指标形成了统一认识。正是此行，使不少专家第一次有了认知：格尔木市位于青藏高原的腹地、青藏铁路的起点，巍巍昆仑横贯全境，即使是在市区也能看到雪峰的身影，昆仑玉就出产在格尔木境内昆仑南麓的玉虚峰附近……

——2008 年 1 月 2 日，北京奥组委和青海省人民政府在京举行昆仑玉捐赠仪式。北京奥组委宣布：2008 年第 29 届奥运会 3030 枚奥运会奖牌将全部使用青海昆仑玉，奖牌所用玉环加工全部由青海省承制。

青海众望所归。

一片欢呼声从格尔木响彻到昆仑山。

▲ 昆仑玉成为奥运奖牌用玉后，青海举行了盛大的万人签名庆典活动

在这段进程中，青海玉石协会为此付的心血是可想而知的，文胜东则是整个事件的关键性人物。一天之内，他与北京、格尔木、西宁、扬州几地打来的电话交流了无数次，同时要接待各路记者的采访。后来，他对搞宣传的人说："能不能组织一个新闻发布会，让我一次性讲完？能不能别让我这么累？"

于是，一个一百多家媒体参加的新闻发布会在首都举行。列席的还有政府相关人员，但记者的问题几乎都是冲着文胜东来的。

记者问：为什么北京奥组委最终选用了青海昆仑玉呢？青海的昆仑玉和新疆的和田玉，又有着怎样的区别？

文胜东说：昆仑玉和和田玉互称为姊妹玉，它们同产在昆仑山脉，不同的是所含的少量的矿物成分，所以形成颜色上的差别。和田玉只有白玉、青玉和墨玉，而昆仑玉在同一块玉上会呈现出五六种颜色。

记者：既然和田玉在品质上是最好的玉，那为什么不直接选用和田玉呢？

文胜东：按照北京奥运会的比赛项目，这次需要做出金银铜牌各 1010 枚，总共 3030 枚。这个数量似乎不大，但是，要品质一致、颜色统一，且都能达到羊脂玉或者说最高的品质标准，而且要刨除加工当中的次品，就出现了一个问题——成品要求不多，可需要的原材料却是巨大的，要完成它，需要一个很大的原料储备。玉雕艺术讲究的是个性化，需要雕刻师们充分利用玉材本身的形状、特点进行设计，最后雕刻成一件件独一无二的艺术作品；而奥运会奖牌要求完全符合统一化标准和规格，每一种奖项的 1010 块奖牌的用玉必须在品质、色泽、工艺上完全一致。这种要求，使得储量越来越少、体量又小的和田玉最终与奥运会失之交臂，而让后起之秀昆仑玉脱颖而出。

青海昆仑玉缘何能从新疆和田玉、辽宁岫岩玉、河南南阳玉等名玉中脱颖而出，成为奥运奖牌用玉？对于这个问题，参与奥运奖牌用玉决策的中国工艺美术大师高毅进介绍说，材质均匀、储量丰富、价格较低是昆仑玉胜出的三大原因。

3030 枚奥运玉环要做到色泽均匀和品相上乘，需要大量玉石原料，价格还不能太高，几大玉种对比下来，只有青海昆仑玉最符合要求。

文胜东答的都已经是老生常谈，记者问的所有的问题他都倒背如流，因为他几乎对每一位奥组委委员都说了不止八遍。

新闻发布会之后，文胜东一直在为加工奖牌玉环四处奔走，北京、扬州、上海……凡是与制作奥运奖牌玉环有关的单位，都留下了他匆忙而又疲惫的身影。

岳川曾问他："是什么样的力量支撑着你的执着？"

文胜东笑着说："你的采访好像没有预约，不过我可以回答，昆仑玉成为奥运奖牌用玉是扩大昆仑玉知名度难得的机遇。奥运会之后，昆仑玉的市场空间肯定会扩大，这要养活多少家企业，带动多少相关产业呀。还有，昆仑玉的名声传出去了，也是为宣传青海做了贡献，一箭双雕。"

"先不说你有多大的胸怀，"岳川说，"就你这副热心肠，我服，真心服。世界需要热心肠啊！"

然而，就在文胜东用一副罕见的热心肠准备一箭双雕的时候，在他身后，不知道有多少人，正在打自己的小算盘。那些平日的竞争对手，似乎嗅到了钱的腥味，在文胜东无暇顾及矿山和原料的时候，猛地击向他的要害。

05 暴雪运玉

奥运奖牌的加工制作地定在了扬州、南京和上海，昆仑山的玉石要在寒冬腊月运送到江南。一月是格尔木最寒冷的时候，文胜东的心却是火热的，在他的张罗和精心挑选下，2008 年 1 月 23 日，4 吨昆仑玉石上午刚刚在格尔木被装上了厢式货车，下午便开启了 5000 公里的玉石之旅。

可是天公不作美，车队还没出格尔木，天空就飘起了雪花。谁也没预料到，仅仅几个小时后，这些小雪花竟然演变成了横扫近半个中国的大暴雪。

开车的两名司机是文胜东亲自从三十多名司机中选出来的，他们是精明强干的小魏和小马。临出发时，文胜东对他们说："你俩跑运输多年，都有过在冰天雪地安全驾车的经历，运送昆仑玉的重任理所当然地要落到你们的肩上。"小魏和小马得意地互相看了一眼，然后高高地扬起头。

文胜东又说：时间就是效率，限你们一个星期将玉石完好无损地送到扬州。

小魏小马同时睁大了眼睛："一个星期？"

文胜东问："干不了？"

小魏低声地说："这天气，人歇车不歇，十天都够呛啊！"

小马也说："文总，你不是一直都说安全第一、时间第二吗？"

文胜东说："是啊。可是我们没有那么多时间，专家和玉工可全都在扬州等着石料呢。就看你们的了。"

▲ 奖牌用玉原料从格尔木昆仑花园广场启程出发，开启 5000 公里的玉石之旅

小马和小魏同时大声说："5000 公里，我们拼了！"

文胜东说："不是你们拼了，还有我。"

文胜东亲自做了押车保安，和他一起承担这项任务的还有公司保安部部长。千里护送这车玉，车重，心更重。以往文胜东总把最重要的事交给副总陈选来做，这次却要自己亲自上阵，可见这件事情的重要级别。保安部长也是退伍军人，成熟稳重，做事果断机智，有足够的安保经验。这次运送行程远，会遇到什么事真说不清，但大家都有心理准备。

当晚，运输车到达青海境内的茶卡时出现了一个诡异的故障，车的近光灯打不开，远光灯又关不掉，天气寒冷，怎么修都修不好。

小马说："文总，夜路是没法赶了。"

文胜东想都没想，说："时间不等人，夜晚路上车不多，走。"

小马和小魏不敢多言，走就走。

走到天发白时，小马庆幸地说："幸亏路上车真不多，不然会车时不关远光灯，对方司机非见一次打一次不可。"

好不容易第二天中午赶到了兰州，他们花了四个小时修好了车灯，雪却越下越大，路上白茫茫的。他们顾不了那么多，又匆匆上路了。可是，车快到天水时，前方堵车了，国道上形成数公里长的车龙，场面壮观。很快，他们也和上万辆车一样被堵在中间，进退不得。

怎么办？

文胜东下令：睡觉！

大家立刻蜷缩在车里眯会儿觉，借此恢复一下体力。

车里很冷，他们的肚子也很饿，不时发出咕咕的叫声。方便面和冻干粮已经不想再干啃了，可是，堵车地段又前不着村后不着店的。就算有店，车上拉着价值数千万元的奥运奖牌玉石料,他们得好好看着……

有路就要不停地奔跑。

快到陕西宝鸡的时候,路面结了厚厚的冰层,车子开得稍微快点就刹不住。小魏看见一辆大货车刚从他们旁边超车过去,转眼就冲下了山沟,车子摔成了一堆废铁。文胜东也很紧张,但是为了安抚年轻司机的恐惧心理,就夸赞起他们的非凡车技,不想,把小魏给夸兴奋了。小魏一只手把着方向盘,一只手比画,讲自己从前的惊险经历,还常常侧过身体看着听众。保安部长望着路一侧的山崖,把心提到了嗓子眼,大气不敢出。文胜东直后悔引出了这个话题。

突然,小魏的故事不讲了。只见一辆小轿车从后面超车,一头撞上了护栏,随后又反弹回来,撞上另一侧的栏杆,如此撞了两三个来回。小魏不慌不忙地刹住了车,避免那辆轿车杀回来撞个正着。文胜东这才发现,小魏的司机素质还真不是盖的,所谓眼观六路耳听八方,说的就是他。

一路千难万险到了西安。因为大雪,西安的高速路全线封闭。为了赶时间,文胜东当即决定买来防滑链缠在车轮上,绕行312国道。在翻越秦岭的时候,防滑链突然断裂,车子滑向道路一侧,好在小魏制动有经验,不慌不忙,有惊无险。他们把防滑链打个结继续前行,刚走出不远,就又遭遇长时间堵车。堵了停,通了走,走走停停,沿途大小车祸不下百起,一夜只开了80公里。文胜东说,有昆仑山的众神保佑,他们必定安全。

1月28日早上,运输车到达河南南阳的时候,积雪越来越厚,都没了膝盖,又赶上大雾,车队只能慢速蜗行。到了信阳,刚准备去一家加油站加油,却发现这个加油站的屋顶已被积雪压塌了,只好再找加油站。……走到合肥,因为雪太大,车队再次被困。直到1月30日天气转好,才动身开往南京。

2008年1月31日下午,终于抵达扬州。

他们硬是在漫天大雪中跑了八天八夜。这八天八夜,横穿正遭受着几十年一遇的暴雪肆虐的六个省份。这八天八夜,是在人歇车不停的大雪中艰难度过的。八天八夜,他们只吃了三顿热饭。

千里运玉,最揪心的是文胜东。从护送4吨昆仑玉踏上暴雪之旅的那一刻开始,车上人的性命,便与他自本人、与奥运奖牌息息相关。这一路好不辛苦,若不是时间这么赶,他完全可以走铁路运输的。一路上,他不停地想起大唐玄奘西天取经须历经九九八十一难才修成正果,以此鼓舞自己眼前的这点旅程真算不了什么。当载着昆仑青白玉和白玉的货车抵达扬州国际珠宝城的时候,文胜东含着眼泪拥抱了两位司机和保安部长。文胜东真心感谢他们与自己一同走过艰难险阻,一同勇往直前。

▲ 运送奖牌玉环原料的汽车一路风雪交加，历经千难万险，终于安全抵达目的地

文胜东亲自押车冒着大雪千里运玉的故事传开，不少玉界同行以及政府官员，不禁敬佩地骂他一句：“文疯子！”妻子万红英则说：这一年，文胜东已经和她“离婚”，娶了奥运玉石。文胜东回应各方说，没办法，他是第一责任人。这个冬天，他将把自己所有的精力和心血奉献给奥运奖牌。

这些玉石将要在 2008 年 3 月底前加工成质量达标的玉环，时间非常紧迫。文胜东怎么也没有想到，比之他们冒雪千里运玉的艰难，小小玉环的加工过程，还要艰难很多倍！

第十八章

当这些凝结着无数人激情与梦想，传达着中国文化精神的奖牌挂在胜利者胸前的时候，一桩堪称完美的金玉良缘，永远载入了奥运史册。

01　春节序曲

2008年初，扬州下了一场多年未见的雪，岳明母亲高兴地说，瑞雪兆丰年，冬天冷点好，细菌少。石冬生的儿子岳冬阳都快三岁了，满院子抓雪球玩，小胖手冻得通红也不肯回屋。岳明母亲说，这孙子要累死人。

岳明受聘为青海省奥运会奖牌制作专家团成员，常常奔波于扬州和南京之间。时间紧迫，他这个春节都不能回来过。厂里由樊卫东主管，家里有石冬生主管，岳明十分投入地去当专家了。可是，越到年关，岳明母亲的心里越不安。她牵挂小儿子岳川，好久没有他的消息了，亚美说岳川马上从云南回来，可这都一个多月了，连个电话都没有。她一忙起孙子来，就忘了这件事，一想起又扎心。正好岳明回扬州办事，母亲一把抓住他："联系不到岳川你别走！"

"岳川怎么了？"

"岳川这么久都没有电话，你不担心？"

"哦，我忘了告诉你，他们两口子回来过年。"岳明说。

"这么大的事，你怎么现在才说？"岳明母亲顿时热泪盈眶，一种莫大的惊喜充斥着她的内心。家里好几年都没有春节团聚了。"冬阳爷爷，冬阳爷爷，你听到了吗？岳川两口子要回来过年。快快，去多办些年货，岳川爱吃粉蒸肉，要多做些。"

岳川回来过年的事，岳明也是刚知道。还有一个更大的好消息他没有说，他是想给父母一个惊喜。

可他忍不住告诉了冬生。

“是吗，他们生了个女儿？太好了！”冬生拍手说，“这么大的事怎么不给家里说呢？包得可真严实。”岳明说：“他们可能是想到冬阳就够你和妈忙的了，不如先安静地把孩子生下来再说。”

“那他们结婚了吗？”冬生问。

“应该结了吧。”岳明说，看上去也不太清楚。然后又嘱咐冬生：“这事继续保密啊，免得妈又没完没了地打电话，破坏了人家的清静。”

冬生却露出为难的表情。

“怎么了？”岳明不解地问道。

“你不是过年不能回来吗，”冬生说，“我嫌太冷清，就邀请弟弟和婵儿回来。”

▲ 昆仑玉乌边料摆件《生生不息》。作品设计构思采用了传统的吉祥元素，爆竹、花生、喇叭花昭示了“爆竹声声辞旧岁，花开岁岁迎新春”的美好祈愿

“好事啊，他们答应回来吗？”

“答应了。”

岳明高兴地说：“那不是更好吗？大家聚在一起不容易。”

“可是……”冬生欲言又止。

“可是什么？你觉得苏婵看到岳川的孩子会难过？”

冬生马上否定：“其实也不会，对不对？”

“对，”岳明点头，“苏婵已经不是原来的那个婵儿了，你就放一百个心吧。我倒是觉得秋生看到岳川的孩子会有想法。”

冬生立即点头：“那是，不孝有三，无后为大。”

“会有的，别着急。”岳明说。

腊月二十三这天，岳母带着岳冬阳从外面玩回来，却听到屋里有婴儿的哭声。开始她以为是幻听，紧走两步再听，还是有婴儿的哭声。这是谁把娃儿抱到我家了？

一进屋先看到马琪独自在客厅坐着。

“唉？马琪你……”

马琪笑嘻嘻地站起：“姨，我把你家宝贝儿接回来了，过年的时候你可要给我发红包。”

岳母愣怔地望了一眼自己手牵着的岳冬阳，问道：“谁家宝贝儿？”

这时，岳川从里屋走了出来，边走边喊：“妈，我们回来了！”

岳母惊讶地问：“岳川？你……里面哪来的孩子？”岳母说着就要往里走，却见石冬生抱着个婴儿走出卧室，后面跟着胡亚美。

石冬生说：“妈，快看看你的小孙女，可漂亮呢。”

岳母颤巍巍地抱过来，望着孩子，又望一眼岳川和胡亚美，梦呓般地说：“是你们的孩子？”

岳川明白母亲的震惊，突然感到很对不起母亲，便走上前揽着母亲的肩说：“妈，是你的孙女儿，是我和亚美生的。”

岳母仔细地看着孩子，接着，大滴的眼泪掉落。

婴儿又哭了起来，岳母毫不在乎地陪着孙女放声大哭起来：“呜呜……天哪！我的宝贝儿，你是从天上掉下来的吗？”

岳母的哭似乎不只是喜极而泣，还有伤心在里面。胡亚美责怪地看了岳川一眼，潜台词是：看吧，我说告诉家里，你偏不。

这时岳冬阳也大声哭了起来：“奶奶——”

胡亚美抱住岳母说：“妈妈，对不起，事先没有告诉家里，是因为有很多事情发生。”

岳川急忙抱起冬阳，哄着说：“冬阳，好冬阳，你看，妹妹好玩吗？”

冬阳哭着说：“不好玩，我讨厌她。”

大家全笑了。

岳母突然对冬阳认真地说：“冬阳，这可是你亲妹妹，不能讨厌。”

冬阳又大哭起来：“奶奶，你别抱她。”

石冬生生气地说：“这个小霸王，都给惯坏了。”

岳母瞪了冬生一眼说：“好，我不惯他，把这个小坏蛋送幼儿园吧，现在我可以带我孙女了。”

大家又笑起来。

石冬生假装伤心地说：“立刻就嫌弃我们冬阳了。”

岳母问：“我孙女叫什么名儿？”

亚美说："叫美羚，羚羊的羚。"

马琪说："好名儿。好，你们好好亲热亲热吧，我走了。"

马琪擦了一下眼睛，转身要走，岳川抱着冬阳送他出去。马琪自从吃了一次牢饭，心就变"娘"了，动不动就要眼眶发热发潮，他都受不了自己。

"我等着喝你的喜酒，回去吧。"马琪对岳川说。

岳川笑笑说："必须的，谢谢你接我们。"

"客气了。"马琪笑着离去。

岳川的父亲走过来，看到岳川很吃惊。

"川啊，你什么时候回来的？"他问。

岳川大步走过去握住父亲的手："爸，看你气色很好啊！我刚回来。"父亲说："嗯，你哥不让我守他厂子了，我也就钓钓鱼，湖边走走，再帮你妈带带冬阳。"岳川说："爸，你早该过这样的日子了。"

岳川扶着父亲进屋。

走到屋门口，里面传来婴儿的哭声，父亲身体一震。岳川附在父亲耳边说了一句话，父亲说："你倒是悄默声地搞了一个。"说完哈哈大笑进屋里去了。

岳川跟在后面哭笑不得："爸，什么叫'搞了一个'？"

苏婵和石秋生是腊月二十八到的扬州，冬生告诉他们，岳川和亚美二十九这天要为小美羚过满月，他们便提前赶了过来。苏婵特意赶制了两枚白玉的平安扣，要为岳明和岳川的孩子戴上。这是两块和田羊脂玉，是她在和田的时候收藏的，没想到有缘人竟是岳家的两个小字辈。

冬生确实是多虑了，苏婵对于岳川有了孩子这件事，除了欣喜，并无其他感受。倒是石秋生有了一种紧迫感，对这一点，岳明说对了。

苏婵打磨平安扣时，石秋生脸上

▲　白玉平安扣

平安扣也称怀古、罗汉眼，可祛邪免灾，保出入平安。它是我国的一款传统玉饰品，从外形看，它内外圆润，符合中国传统文化中的"中庸之道"。古代称之为"璧"，有养身护体之效。在现代，常为情人、亲人、友人间互赠之物，取平安之意酸溜溜的。

“你有没有给我们自己的孩子留一块羊脂玉?”

苏婵没吭声。

石秋生又问一遍:“我说,你有没有给我们自己的孩子留一块羊脂玉?”

苏婵笑着说:“她若有福,自会有玉。”

石秋生气呼呼地说:“偏心眼。”

苏婵说:“你不偏,你倒是把你那矿上的好玉都留下啊。”

石秋生说:“那不行,儿孙自有儿孙福,莫为儿孙做马牛。留得多了,还不知是福是祸呢。”

“那你还说啥?”

“这不一样,你是娘,要给孩子留下点念想。”

苏婵无奈地说:“好了好了,你别说了,我知道你心里在想什么。等你恢复好了,我们就要孩子,行吧?”

石秋生脸上笑开了花:“一言为定,下个月你不许再吃避孕药。”

苏婵回他:“我早就不吃了。”

石秋生不相信:“真的?那我是不是有病啊?”

苏婵说:“你没有,我有。”

石秋生生气了:“你胡说什么?”

苏婵忧虑地说:“好像我真的有什么毛病,我已经有半年没吃药了。”

石秋生马上安慰地拥抱住她:“不会的,你是工作太累了,又没有准备。等我们过完年回来,去医院看看。你说呢?”

苏婵点点头,沉静地说:“如果我不能生孩子,我们就分手。”

石秋生瞪大眼睛威胁道:“你敢!”

苏婵失落地说:“石家不能没有后人。”

石秋生立即回应:“谁说没有?岳冬阳也是啊。”

“那不姓岳吗?”

“你就故意气我吧,那照这么说,苏家以后也没后人了?”

苏婵顿时难过地说:“我不是单家的吗?苏家我爸这一房,确实没后了。”

石秋生安慰她:“没后也好,干净了。其实后不后的,有什么意义,三代后爷爷叫什么名都不知道。”

苏婵扑哧一下笑了,说道:“还真有三代后不知道爷爷名字的,郑开心不就是一个。”

小美羚的满月宴只请了岳家的亲戚朋友，岳明和文胜东匆匆忙忙赶来捧场，宴毕即返回了。大家见面只是问候祝贺，没有时间攀谈。

苏婵没想到在宴席上见到了马琪。马琪似乎老了许多，但还是那样没心没肺的样子，跑前跑后帮岳川招呼客人。马琪也没想到苏婵会回来，事先没人告诉过他。其实，出狱后他一直想去探望苏婵，只是苦于没有脸面去见，现在突然遇到，除了惊喜还是惊喜。

“你好吗？”苏婵亲切地望着他。

“还好，你呢？听说你受了伤，都好了”？马琪说着话，却不敢看苏婵的眼睛。

“我都好了。”苏婵说。

“想不到我们都受伤了，你是外伤，我是内伤。”马琪笑笑说，说完用拳头比了比心脏的位置。

“都过去了，希望你受的伤也能尽快痊愈。”苏婵说。

马琪点点头，一时不知说什么。事隔多年，他们见面还是会想起过往，想起年轻时候的许多难忘的事。

“这次回来能住段时间吧？”他问。

苏婵看了一眼坐在附近的母亲和单常青，说：“嗯，想陪伴他们几天。”

马琪听到后很高兴：“那太好了，改天我请你们一家一起坐坐。”

苏婵大方应承下来：“好呀。”

“那我先去忙了？”马琪挪动了脚步。

苏婵点头：“好！”

马琪走出两步又回头看了苏婵一眼，没想到苏婵还站在原地望着他，两人目光相对，不由友好地笑了下。马琪速速离开。苏婵已青春不在，她尽管有石秋生，但眼睛里仍然显得孤独。这让马琪感到难过：石秋生到底行不行啊，能不能让婵儿快乐起来呢？

马琪走到岳川跟前，说：“你看苏婵是不是老了？”

岳川不以为然：“没有啊，我看她恢复得很好，毕竟从死亡线上走了一回。”

马琪又问：“她过得开心吗？”

岳川说：“还好吧，她现在已经修炼成精了，很难喜形于色。”

马琪没好气地说：“我不这么看。”

岳川没再吭声，其实他也感觉到了苏婵的忧郁，是不是这次车祸给她在心理上留下阴影了呢？他再看石秋生，好像更阴郁。尽管他们抱着冬阳逗个没完，但一放下孩子眼睛顿失光彩。

宴后，苏婵陪自己的父母回家了，石秋生则先陪姐姐回家。

苏婵的父母是岳明的父亲请来的，岳家办大事，单常青必须到场。抛开孩子不说，他们俩是多少年的老朋友，并且彼此看重人品，否则岳家也不会把长子交给单常青。岳明中途改了行，只能怪他的造化不好。对于单常青和婵儿妈的事，岳明父亲从没作过评价，有时岳明母亲八卦，他还制止自己的妻子。

“你饱汉不知饿汉饥！单常青这辈子怎么过的，你们怎么知道。人家老了还不让团圆，安的什么心？”

岳明母亲哭笑不得。

“我能安什么心？是我让他们分开的吗？”

“你也没那本事。”岳明父亲淡淡地说。

岳家有事，单常青从不含糊，放下手头的事也会赶来，哪怕是最重要的事。这次来对了，单常青想，还能提前见到女儿，否则即便是在苏州见面，也是要晚几日的吧。毕竟老了，常常会很想念女儿，尽管女儿的心里他可能还是师父，这不能怪女儿，这是命。记得刚成年时，家门口来了个算命先生，给自己算命说“命中无子，有女不亲”。当时母亲把算命先生骂走了，结果还真被说中了。

春节期间马琪请苏婵、石秋生、苏婵父母、岳川和石冬生去瘦西湖边的酒楼吃饭。胡亚美和岳川父母没有去，因为美羚太小，初来乍到不适应；冬阳太闹，还是待在家里比较好。

宴席气氛一直很好，大家柔声细语地说着话，表现出一种亲情的温暖，直到马琪几轮酒后，开始逐个敬酒。刚开始给别人敬时都没有什么不妥，敬到婵儿跟前，他说：“来，曾经的爱人。你的眼睛出卖了你的忧虑，希望秋生兄弟能帮你找回原来的快乐模样。”全桌上的人都不由得望向石秋生。

石秋生装作没注意，只管跟岳川说话。

接着，马琪敬酒给石秋生，又说：“秋生秋生，希望你带给婵儿的，不要只有秋风秋雨。”

“秋风秋雨是我最美的景观，不给婵儿给谁？”秋生笑着说。

马琪说：“你没听过‘秋风秋雨愁煞人’吗？”

石冬生在一旁听着有些不高兴了：“马琪，你是不是喝多了？”

“这点酒算什么，”马琪说，“就是再喝这么多，也不能放倒我。”

石秋生爽声说：“好啊，那咱们换杯。服务员，拿大杯。”

马琪回应：“好！今天看看是不是酒逢知己千杯少。”

苏婵立即制止：“不行，秋生，你不能再喝了。”

岳川也说："哎哎，咱们哥几个哪天再喝，今天可以了。"

马琪反而不依不饶："你别管，男人不能说不行。人家秋生主动要喝，我一定要奉陪到底。"

没想到单常青说话了："马琪，你一定要喝，我替秋生喝，行不？"

石秋生一愣，歉意地说："爸，你放心，我能行。"

▲ 昆仑白玉摆件，上面雕刻的石榴、桃子、佛手三大吉祥果寓意为多子、多寿、多福

他这一声"爸"，众人都有反应。

反应最大的是苏婶，她立即望向自己的女儿。苏婵也很意外，但她很快恢复了平静，若无其事地对马琪说："马琪，都不年轻了，喝了不舒服，何必呢？"单常青则暗暗激动，虽然这一声"爸"不是苏婵叫的，但是，如果女儿不认可，女婿又何来认可？他一声不吭，端起酒杯，一仰而尽。苏婶两行清泪夺目而出，苏婵默默地抓住了母亲的手。

这一系列的水下急流，都被岳川默默看在眼里，表面上他参与着石秋生和马琪的拼酒，实际上关注着这边的情感细节。

这一晚，饭桌上所有的男人都喝多了，回去后只有马琪吐到天亮。

02 玉碎重生

俗话说：没有金刚钻，别揽瓷器活。昆仑玉捐赠申请的成功只是个起点，在随后的几个月里，由省政府组建的打造玉环的专家团队，由文胜东率领，赶赴南京、扬州两地，组织工艺美术大师和数控雕刻机械专家，共同进行奥运奖牌玉环制作的工艺技术攻关。

攻关地点选在了南京。

当一块价值五百万的白玉原石被分割成碎片，却一片都不可用时，文胜东的心仿佛也被割成了碎片。此时他才真正意识到，巨大的困难还在后面。北京奥组委对玉石品质和颜色的高标准、高要求，在玉器加工行业是开天辟地从未有过的，时间又是如此紧迫，文胜东的团队面临的将是一场严峻的挑战。

岳明也在文胜东的专家组，看到大堆的玉石碎成废片，这个爱玉之人内心遭到的打击，比文胜东更甚。眼睁睁看着工人切开一块坏了，切开两块坏了……到了后面，他都不敢看切玉的过程了。成功率很低，看着让人心痛。

玉环不能有瑕疵，选料耗费巨大。加工玉环有七道难关，关关艰险。其中最难做的是铜牌玉环。恰遇南方大雪，温度低，加剧了加工的难度，淘汰率高得吓人，七道关，像七座大山。

第一次打样往北京送的时候，用尽了一块一百万元的白玉，切完之后只有一个玉片可以制成玉环，而那一片玉环在抛光的时候又裂了。这块价值一百万的原石，就这样香消玉殒！望着成堆报废的碎玉片，玉工们真是不寒而栗，这也太暴殄天物了！

岳明突然想到了金缕玉衣。他想到的不是汉墓出土的文物，而是被马琪和石冬生卖到香港去的那件假金缕玉衣——那玉衣上精致的、色泽一致的、数以千计的小玉片，是经过现代人怎样严密的设计和细致的加工形成的呢？他认为有必要去寻访。于是，岳明找来了马琪，让马琪通过那个卖假文物的店主，去打听做假金缕玉衣的玉人，目的是查到他们的工艺。

“做什么？你不会也想着造假吧？”马琪问。

岳明说：“时间紧迫，回来再说。”

几天后马琪归来，一无所获。造假的地方如果这么容易就能找到，那也没有造假产业的生存空间了。

现场有位专家认为昆仑玉的硬度有问题，否则也不能一经切割，通体俱碎；白度、油性也不行，一百块中只有两块过关。

玉工们说：“你们强光检查，淘汰率太高，不带这么整的吧？”

岳明对文胜东说：“为了达标，必须重新拉料。”

文胜东二话不说飞回格尔木。第二天，他就不辞辛苦，冒着严寒奔赴海拔4300多米的料场。刚开采出来的石料成堆地摆在面前，文胜东兴奋地一块一块选料，经他手搬动的石料就有60多吨。等他直起腰，却见一群愤怒的人围在他的面前，他们等文胜东等了好久了。

还是枪走火打死山民的事吗？文胜东认为历次的解决方案都没有平民愤，自己才是罪魁祸首。望着山民们的眼睛，文胜东深深地感到，当人越是勇往直前，脚下就越会有羁绊。他不知道该怎么对这帮怀着深深怨恨的人解释。他只能说："请给我一段时间，我把奥运会奖牌的事做完以后，要杀要剐，随你们。"

"等？去问问躺在医院里等死的人等不等？"

"你说什么？躺在医院里，什么情况？"文胜东大吃一惊。

"你的矿用炸药炸伤了那么多人，还装不知道？"

"什么时候的事？"

"就是前两天的事，现在人还躺在医院里，跟死了没什么两样，你不给我们个说法？"

"不是还没死吗！"这时跑过来一个矿警插嘴说，"你们这不是咒自己家人吗！"文胜东瞪着矿警生气地喊道："把陈选给我叫来！我让他到料场来见我，怎么到现在还不见影子？"矿警说："副矿长在格尔木医院。"

文胜东拿出手机就要打，发现没信号，气急败坏地把手机一扔，骂道："发生这么大的事为什么没有一个人告诉我？"

山民们议论纷纷："他肯定在装傻！""我们不能放走他，他走了我们什么也拿不到。"他们以为文胜东在演戏给他们看。

"这样吧，"文胜东说，"你们有什么条件提出来，矿上解决。我马上下山去医院。"

山民拦住他不让走。

"不行！你走了我们给谁提？"

"矿是你的，死了人，你不管谁管！"

文胜东急了："第一，人没死，医院不是还在救吗？第二，我没说不管，该怎么处理怎么处理，大家放心。"

"我们不放心！上次你们用枪打死人都不管。"

文胜东终于失去耐心。

"又说这件事！"他生气地说，"杀人不过头点地，你们有完没完了！"

他火大，山民们火更大。

"你叫喊什么！没完没了的是你！"

"揍他就老实了！"一个带头的山民下令。

文胜东顿时被围死，遭到山民的群殴。有人搬起石头朝他的头砸来，他赶紧抱住头，生怕脑袋开花。

突然一声枪响，原来是疾奔而来两个矿警朝天开了枪。一个矿警喊道："不怕死你们就打！我打死你们，大不了枪毙我一个！"

激愤的群殴者被震慑住了。

另一个矿警把文胜东从石头窝里捞了出来，山民被赶来的矿警队围在了料场。文胜东头上流着血，让矿警放了这些山民。他对山民说，他的公司一定会对这次事件负责到底，一定处理得让大家满意。现在奥运会是国家的大事，更是青海的大事，他必须马上走。

山民们说："你说话要算话！"

文胜东安排人把他选出的石料连夜运下山，自己也一刻不停地下了山。在下山路上，他见手机好不容易有了信号，便打给了陈选。

陈选电话里的声音显得很慌张。原来矿上这次用炸药爆破，炸伤了五人，送进医院抢救还没脱离危险的就有三人。文胜东一听愤怒异常！自己在外面辛辛苦苦奔波，后院却全乱套了。矿上不是有制度吗？老总不在就都废了吗？这样下去，真不知道还会发生什么事！

到了格尔木，文胜东没回家，匆匆赶到医院去看伤员。一到医院就看到陈选坐在急救中心门口发呆。文胜东暴怒，上去就是一个耳光。

"我告诉你多少次了，别用炸药！别用炸药！为什么不听？"

陈选捂着脸问："哥，你怎么流血了？"

"问你话呢！"

"还是上次剩的炸药，他们用，也没告诉我啊。"

"出了事为什么不告诉我？"

"你忙的是大事，我怕你着急。"

"混蛋！你也知道我忙的是大事？"

这时，焦阳和主管干部走了过来。看到好久不见的文胜东在场，他俩好像都有些意外。焦阳说："奖牌制作的事，我听岳明大哥说了，形势很严峻。你怎么在这节骨眼上跑回来了？"主管干部上前和文胜东握了握手，说："奖牌的事就如同青海向国家立下了军令状，矿上出事故，是我不让陈选告诉你的。现在先救人，回头再追究矿上的责任。你放心去忙你的，这里有我和焦阳处理。"

时间确实紧迫，文胜东无话可说。

文胜东晚上回到家准备好好睡一觉，可一向安静的老婆唠叨个不停，催促他快走，说天一亮说不定就走不了了。他觉得老婆实在太吵了，只好跑到格尔木宾馆住了一夜。第二天一早，亲眼盯着工人们把那些石料装上车，他这才坐飞机离去。临走，他打电话嘱咐陈选，一定做好受伤矿工的救助、补偿工作，不要留下后患。

文胜东新拉回来的石料很好用，一百块玉片可以成功九十八块。这个两百多人的工作团队顿时喜气洋洋。

奖牌制作实施全程监控。一般制作程序是先在南京加工成玉片，通过了验收的半成品连夜送上海造币厂，进行下一个镶金程序。

奥组委强调勤俭办奥运，制作成本不能超过两千元。其实要保证完成这样高质量的成品，浪费很大，大量的白玉都损坏不能复原，光凭肉眼判断就淘汰了许多。

奖牌制作方面有了很大的突破，陈选那边却传来消息，被炸伤的矿工死了两个，他已经给安排了后事，并为家属做了抚恤工作。文胜东觉得心凉得发颤，他一个人走上南京中山陵，欲喊无力。为了奥运会奖牌，他殚精竭虑，玉矿、家庭都几乎不要了，后院起火也无力顾及。幸亏有政府，否则他就是长出三头六臂，也做不了这件历史性的大事。

2008 年的 1 月，南方的雪真大，阴冷的天气冻裂了双手，冻伤了耳朵。春节，专家团队是和工作在一线的工人一起度过的，他们轮班上岗，24 小时监督加工现场。经过四十五个日日夜夜的反复试验、工艺创新，终于形成了《奥运奖牌玉环制作工艺方案》。这个方案在设备选型、工艺流程、专业夹具设计、磨具刀具选型等方面，都进行了优化设计，从而使奥运奖牌玉环的加工有了科学的工艺保障。

就在一切都白热化进行的时候，一套已经完工的金牌突然不见了。金牌不翼而飞，警察来了都无法破案，真是太诡异了。这成了北京奥运会奖牌制作史上的一个悬案。直到现在，那枚丢失的金牌也没再浮出水面。

这一不大不小的插曲，令制作现场风声鹤唳，草木皆兵。

▲ 羊脂白玉特制金牌

丢失奖牌这件事当时是一个机密。后来，在奥运会结束之后，文胜东似乎悟到了，这是一个征兆。那时，制作团队出于“私心”，专门精心打造了一枚羊脂白玉的金牌。那是一枚最好的玉，制作团队的本意是留给我国的冠军的。

2008 年 3 月 15 日，终于按北京奥组委和青海省政府备忘录确立的交付期限，完成了奥运奖牌玉环的加工。

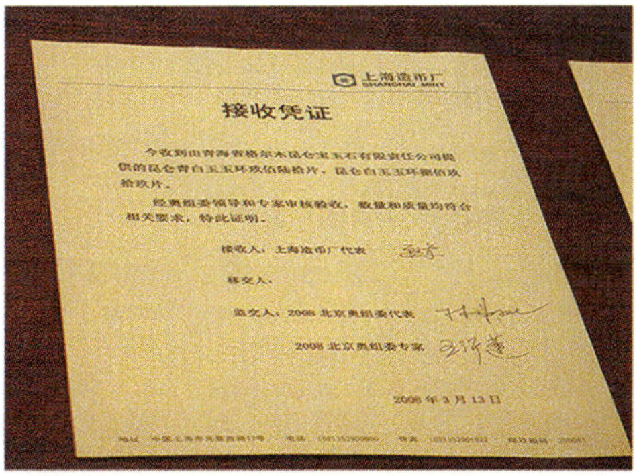

▲ 上左:奥运奖牌玉环交接现场签字仪式,四方交接验收,共同签字(自左起,分别为:玉环加工捐赠承办方青海玉企代表、玉环工艺监制方中央美院奖牌设计者、玉环验收方北京奥组委奖牌项目组代表、玉环镶嵌接收方上海造币厂代表)
上右:玉环交接签收凭证
下左:奥组委相关文件
下右:玉环交付后,相关各方现场合影(自左起三人为奥组委奖牌项目组成员)

3 月下旬,奥组委奖牌专家组抵达扬州,玉环加工基本完成。验收后,发现合格品尚有少量欠缺,计有白玉环 111 枚,青白玉环 50 枚,青玉环 2 枚。欠缺部分于 4 月上旬送达北京,经专家组验收合格。至此,玉环加工全部完成。

事后统计,此次昆仑玉环捐赠投资从最初的选料、切料到加工成合格成品,文胜东实际投入

▲ 2008 年北京奥运会奖牌金镶玉为奥林匹克烙上了最鲜亮的中国印。一项堪称完美的金玉良缘,永远载入了奥运史册

资金超过了 3600 万元。文胜东没有辜负全省人民的期望，最终向北京奥组委、青海省政府交上了一份满意的答卷。他觉得，这钱花得不冤。

青海昆仑玉成为百年奥运的一大亮点，为奥林匹克烙上了鲜亮的中国印记。当这些凝结着无数人激情与梦想，传达着中国文化精神的奖牌挂在胜利者胸前，一项堪称完美的金玉良缘，永远地载入了奥运史册。

03 各就各位

直到春天过完，苏婵和石秋生才从苏州返回西宁。他们无法拒绝父母的挽留。再说，南方的春天总是温暖些，在苏母的精心照料下，石秋生和苏婵都得到了很好的调养。长这么大，苏婵第一次得到母亲这么细致的关怀，她以前在师父手下学艺，早出晚归，母亲似乎从不关心，遇到病痛都是苏父照顾。

临走前的那几个晚上，母亲每天都过来和苏婵聊天，母女之间已无话不说。

母亲问婵儿见到岳川的孩子心情怎么样。

苏婵笑笑说："很亲切，就像自己家的孩子一样。"

母亲说："可他毕竟不是自己家孩子。秋生的身体无大碍了，你们先把婚结了吧，年纪大了不好生孩子的。"

"妈，你觉得我还能生吗？"苏婵说话的时候装作无所谓的样子。

"怎么会不能呢？"

"我，我会不会宫寒，怀不上？"

"试过了？"

"嗯。"

"唉！我早就担心你那手整天在凉水里……不过，也不用着急，实在怀不上，就领养一个孩子，跟亲生的一样。"

"你又没有体验，你怎么知道跟亲生的一样。"苏婵故意质疑母亲。

苏母欲言又止。她怎么没体验，老苏对婵儿比亲生的还亲。当然，自己是亲妈，这和领养的孩子还不一样。

苏婵明白母亲在想什么，没再往下说。

母亲也换了个话题。

"婵儿，你们不如回苏州吧，"她说，"我和你爸都老了，天天想你。你爸这里一大摊子事，也需要你们帮着打理啊。"

苏婵耐心地说："妈，过几年吧。好在你和我爸身体还健康，生活能自理。秋生那么大一个矿，出了很多矿石都还没走出去，我们得赶快回去。”

苏母立即说：“那五一就把婚结了，正好，我和你爸也过去看看。”

“好吧，我和秋生商量一下。”苏婵算是答应了。

“你回去看看医生，吃吃中药，宫寒会好的。”苏母说，“其实，自打你学雕玉，我就让你爸告诉师父别让你受凉，想不到还是凉着了。”

苏婵心头一颤，原来这样。怪不得到了冬天，她雕玉的工房里总是放着一个电炉子，师兄弟们却没有，为此还发生过矛盾。长辈们一直都在默默地关心着自己，自己却远走天涯，伤他们的心。

回到西宁，苏婵去看了中医。正如她自己怀疑的那样，医生说她严重宫寒，给开了十多副中药。

石秋生急着要上格尔木，苏婵也要去处理工房里的事，两人于是坐火车前往。焦阳带着“白玉山”的老板白莹莹来接站。那样一个美艳的女人站在站台上，让苏婵眼前一亮。石秋生因为见过白莹莹所以不以为意，但是，在火车停住的那一刹那，他突然想起一幕，心中不由一震。

焦阳早订了桌饭菜为他们接风。四人走进餐馆，白莹莹对苏婵一口一个“姐”的，叫得十分亲热。苏婵向来沉静，总是表现不出来相应的火热。

焦阳对白莹莹低声解释说：“苏婵是个冷面人。”

“我觉得一点都不冷。”白莹莹白他一眼说。

坐进包间，苏婵说要去洗手，白莹莹立即相陪。

石秋生这才有空问焦阳：“你不是说，不和她来往了吗？”

焦阳叹口气说：“只能说缘分来了挡都挡不住。”

石秋生想说什么又憋了回去。

焦阳问：“你想说什么？”

石秋生刚要说，门响了，她们回来了。

石秋生就直接问白莹莹：“小白，你认识万家驹吗？”

白莹莹一震，望向石秋生，马上又面色坦然地说：“不认识，谁啊？”

焦阳不解地问石秋生：“你怎么想起他了？”

“随便问问。”石秋生说。

焦阳笑着指指石秋生：“你没在西宁待糊涂吧？”

从刚才白莹莹怔忡的反应判断，石秋生认为记忆中的东西没有错。

苏婵也不明白地看了石秋生一眼，然后对白莹莹说：“你在昆仑路开了个店吧。”

白莹莹笑着说："是啊姐，有空你去帮我看看。如果我的店里能摆上姐姐的玉雕，那我们小店就蓬荜生辉了。"

苏婵笑道："那我应该感谢你。"

因为石秋生的一句话，饭局的气氛一直都怪怪的。白莹莹似乎极力用微笑撑着局面，稍一沉默忧虑就爬上脸颊，焦阳都看出来了。

焦阳说："莹莹陪石大哥喝三杯。"

苏婵立即说："不行，今天刚到格尔木，让他适应两天再喝。"

石秋生举起茶杯："来，白老板，我们以茶代酒。"

白莹莹却端起酒说："大哥，你可真听我姐的话，焦阳以后学着点。大哥你喝茶一口，我喝酒一杯。"

石秋生不忍地说："你也用茶吧，我一个大男人，不能……"

"那有什么，"白莹莹说，"焦阳说了，你们是他最亲的人。今天哥姐回来，我们是给你们接风，我多多少少要用酒表达点诚意啊。"

焦阳晚上值班，不喝酒。

白莹莹不知不觉就喝多了。

饭毕，石秋生和苏婵回了姚家大院。

焦阳把白莹莹送回家，便去了办公室。一到办公室，他就拿起电话打给石秋生，说："今天你那句话是有原因的吧？"

"我去你那里细聊。"石秋生说完就挂了电话。

焦阳想，来了正好，矿上的事也要说说。这时，文胜东来电话了，说他一会儿到，焦阳便在电话里告诉他石秋生和苏婵回来了，文胜东直怨他不早告诉自己。

石秋生先到的，两人自然先说白莹莹的事。

焦阳直截了当地问："你先说，你怎么问白莹莹那么一句话？"

石秋生也不绕弯子，说："几年前，我从万家驹钱夹子里看到过一张相片，记忆比较深，因为像万家驹那样的人竟然有那么漂亮的女人，我很惊讶。你知道吗？第一眼看到白莹莹，我就觉得面熟，你说像冬生，我也以为是这个原因。结果今天在站台上看到她，我一下就想起来了。"

焦阳哈哈一笑："不可能，完全不可能。我告诉你，白莹莹没来过格尔木，一直在西宁，而且一直在搞房地产。"

石秋生没有笑，说："那你知道她前夫是谁吗？是做什么的？她对你说过这事吗？"

焦阳说："她倒是什么也不瞒我，她说她前夫犯的经济案，进监狱后，他们离的婚。"

石秋生说："焦阳，最好是我错了。如果我没错，你要当机立断。你想一下，万家驹的女人来找你，不是为了寻仇是为了什么？"

焦阳又哈哈一笑："你放心，肯定是你错了。"

"谁错了？"文胜东进来接上了话。

两人立即起身，握手问好。

文胜东因为炸矿的事正经历着一场危机。奥运会奖牌，他与青海团队交了一份完美的答卷，而对自己的公司则失于管理，炸矿事故后近一半的矿工流失，山民抢矿的事从没停止过，死人的事情时有发生。本来囤了点好玉，也都捐给奥运会了，眼下公司的资金链几近断裂。

焦阳说："你这都是为昆仑玉的宣传做贡献了，政府都明白，会给你一个好的帮助。"石秋生则说："你有什么困难，我也会尽力的。"

文胜东说："我眼下的困难大了，要人要钱。但我想到一个办法，如果解决得好，就不用政府和朋友帮忙。"

"什么办法？"焦阳问。

"正好秋生也在，请你们帮我参谋一下。"文胜东说，"我想把矿上的股份出让一部分，每一个矿工都可以认购，这样一来，这矿成了矿工们自己的，就不会随便撂挑子不干了。将来股值涨了，他们也积累了财富。"

焦阳一听，立即表态："好主意啊，文总！你给了秋生启示，秋生的矿也可以这么做啊。"

石秋生看看焦阳，又看看文胜东，说："可我的矿还不是真正意义上的股份制呢。"

"这个好改。"焦阳说，然后又问文胜东，"你跟政府领导交换过意见吗？"

"还没有，"文胜东说，"我想了几天了，今天下午和岳明大哥聊了几句，他非常赞成。"

焦阳说："你出让股份会收回多少资金呢？能解决眼前的困境吗？"

文胜东说："其实，现在最大的问题是要让矿工回到矿上各就各位。有了人，就不担心钱的问题了。"

几天后，在市政府的支持下，文胜东说干就干，玉矿开始让矿工认购股份。一开始矿工有疑虑，担心他们的钱有去无回。文胜东对矿工说："相信我，今天的股份是十元一股，明年的今天就会几十元一股，后年就会到几百元一股。当不当富翁，机会在你们自己手里。"

矿工们被说服了，手里钱多的多买了点，钱少的少买了点。既然政府说买了股就是矿山的主人，那就找找主人的感觉。

在公司股权变动的同时，文胜东还做了一件更不可思议的事，他把法人代表也变更了，法人代表不再是他，而是他的一个远房亲戚。他这个远房亲戚是个小伙子，叫李永明，是矿上的骨干，吃苦受累都走在前面，在矿上很有威信。当然，后台老板还是文胜东。

陈选变成了第二股东。他听说文胜东要稀释股份，便把手里的存货变成了现金入了股，一方面支持了文胜东，一方面稳固了自己在公司的地位。

这时候，金万里的昆仑玉文化陈列馆已经完成建设。一座中式建筑气势磅礴地矗立在昆仑路上，部分陈列品已搬进馆内。

岳川被岳明指派到格尔木，为金万里的陈列馆作壁画设计和装饰。因为岳川的到来，文胜东才得知金万里不声不响做的一切。他兴奋地说：“这个哑木匠盖大楼呢！这在格尔木是第一家，是为昆仑玉的文化传播做的一件大事。小金值得我们学习、敬重。”

金万里的资金都投入陈列馆的建设中了，但他仍然有帮助文胜东的意愿。听说了文胜东对公司股份所做的变革，他觉得文胜东还是高人一筹：“只有我们想不到的，没有他做不到的。”

▲ 昆仑玉文化陈列馆位于格尔木昆仑路国玉天工二层

石秋生的矿最近出玉不错。焦阳的战友高端良一直在矿上帮石秋生管理，矿工们像士兵一样地被训练着，出入有序，劳逸适度。看到高端良的付出，秋生决定给高端良股份。

从昆仑山回来，石秋生接到岳明的电话。岳明对他说，不要把石料都卖了，选一批好料囤起来。

奥运会在即，昆仑玉真的要涨吗？很多人期待而又不肯定。

04 帝王玉

北京奥运会3030块奖牌总共用玉达几千吨，光青玉就用了50多吨，价值无可估量。奖牌做完后，文胜东扬州的厂子里还堆着大堆的边角料。文胜东问沈佩奇，这些边角料还能不能再利用，沈佩奇摇摇头说：“用之无途，弃之可惜。”

文胜东正打算处理掉，岳明来厂子了。

看到如山一般堆着的边角料，岳明说：“好东西，处理给我吧。”文胜东不禁眉头一挑：“大哥，你要这些废料做什么？”

▲ 昆仑玉青玉制品

青海昆仑玉料中的青玉质地常优于新疆和田青玉，水头足、性好，适宜制作痕都斯坦风格的大中型摆件和器皿。做薄后色调转阳，酷似青白玉，庄重典雅，声韵铿锵，品质上乘。以其为原料的作品屡屡荣获各种大奖，故业内人称青海青为“大师料”，意为它专为大师而生

岳明说：“我说要，自然有用。”

“有用你就全拿去，我分文不取。”文胜东说。

岳明弯腰捡起来一块青玉说：“它才是真正的‘帝王玉’！”

文胜东问：“帝王玉？帝王玉不是和田白玉吗？你拿的是做铜牌的青玉，青玉的身价可是最低的。”

岳明说：“告诉你吧，说起青玉的辉煌历史，恐怕没有哪种玉石能比肩。”

文胜东走过来，望着岳明手中的玉说：“那是因为以往出土的古玉大都是青玉，对吗？”

“对啊，”岳明说，“中山靖王的金缕玉衣，整件文物用玉两千余片，大部分都是青玉。妇好墓的出土文物，还有商周宫廷的众多礼器，青玉占了多大的比重呀！你在北京去过中国历史博物馆，你看看历朝的玉玺，有几方不是青玉制成的？”

文胜东想了想说：“是不是那时还没有白玉或者白玉少啊？”

岳明说：“河床上的籽玉也不乏白玉、羊脂玉啊。我觉得与审美有关，古人也许觉得青玉沉稳，不张扬吧。”

文胜东说：“这样说来，那可真不能因为青玉价格低，而小看了它们的玉质和实用性哦！”

岳明说：“樊卫东善做薄胎器皿，他的常用料也是青玉。他那种工艺对玉质和韧性要求很高。如果玉质不够好，或者雕着雕着就崩裂，想做一个花瓶都难。”

文胜东说：“可是，大哥，现在我们讨论的是这些废料，你做什么都做不成，做挂件都不够大，劳民伤财。”

岳明说：“奥运会奖牌为什么做成金镶玉？不仅仅是为了金玉良缘这个象征吧，也是为了奖牌的价格升值。这些下脚料也可以做成金镶玉挂件啊，不仅好看，废料的价值也提升了。”

“大哥，你真是点石成金的高人啊！”文胜东佩服地说。

岳明笑笑说：“我只不过是一个建议。”

“这个建议太值钱了！咱合作，必须合作。”

“料是你的，要干你自己干吧。”

“可你刚才还说要这堆下脚料呢。”

“我不这么说，你会重视吗？”

“大哥，真有你的，你简直就是我肚子里的蛔虫。”

“骂人呢你。”

文胜东立即决定开发金镶玉，但他要拉着岳明合作，因为他的公司刚刚度过

▲ 金镶玉饰品

金镶玉是用焊接、浇铸、模压、錾花等工艺制作纹饰图案，用爪齿、包边等技法固定所镶玉石的技艺。金饰图案包裹在小型挂件、玉牌等佩饰周边，以玉为主，以金为陪衬，烘托玉质之美，传达“金玉良缘”之美意

危机，资金各方面都不具备开发新项目的能力。如果岳明肯合作，他只需出下脚料而已。

岳明笑着说：“这是我自找的，就这么办吧。”

沈佩奇希望这个项目不要干扰正常的工厂运转，要求拉到岳明厂里去做。于是，这些边角料全拉到了岳明厂里。几天后，樊卫东的一批设计图出来了，金镶玉的设备也到了。一个月后样品出来，石冬生拿去市场走了一圈，老客户的订单立即成批，没的说，开工大吉。

正如岳明当初想到的那样，樊卫东确实是他留不住的青年才俊。樊卫东最后一次为厂里出了设计图，然后他准备去清华大学进修，回来就要做自己的工作室了。岳明这个爱才、惜才之人自然支持樊卫东的选择，至于厂里的总工，他准备公开招聘，守着梧桐树，凤凰自然来。

“漂亮！从来没有过这么高效率的合作，我太爽了。”文胜东说。

情况确实如此。他什么也不操心，只是哗哗地收银子。这样，他在奥运会奖牌上大量的投入有了一定的回报，让他远在格尔木的矿山有了资金方面的援助。

文胜东觉得,岳明就是他生命中的贵人。

边角料很快不见了,金镶玉的项目却停不下来了。总有一些边角料被岳明纳入囊中,后来他索性专门建了一个金镶玉的厂子,厂子建在了镇平,因为那里是玉石的集散地。岳明还一直保留了文胜东的股份。既然没有本事阻止玉碎,那就让碎玉重生吧。

文胜东想,多年前在镇平看到岳明在收大块玉,为的是不使玉料遭到粉碎性破坏。今天岳明把厂建在镇平,又是为了给遍地碎玉镶上一个黄金的外套。为利,也为玉,这种玉人,实在是令他敬佩。

马琪听说岳明在镇平建了一个厂,便对他说:“我订一批货,先交你订金。”

“什么货?”岳明问。

“用青玉做成骨灰盒,玉的成色不讲究。”

“骨灰盒? 订多少?”

“先要一百个,我要卖给江浙那些大老板。”

岳明一顿,说:“我的厂不做骨灰盒。”

“以前不做,现在做也不晚啊。这也不用什么工艺,你只需要多招几个工人而已,这可是一本万利的买卖。”马琪说。

岳明说:“我帮你看看,镇平如果有人做,你可以找他们订。”

“哎呀,你怎么这么死心眼!”马琪说,“你自己厂子就可以做,我告诉你,你就是用石英石也没关系。”

岳明说:“那不行,我做不了。再说,我一个金镶玉的厂子,和骨灰盒扯得上关系吗?”

“你也可以给它来个金镶玉的骨灰盒啊,价格翻几番。”

“滚! 别糟蹋东西了。”

“看你,我说的是实话,你就用人家扔到路边的石料做,你看有没有人要!”马琪急了。

镇平厂子的厂长听说了这事,对岳明说:“老板,这事可以做。我们可以把活儿包出去,镇平有人做这活儿。”

岳明终于答应了。

马琪长出一口气。他出狱后就一直窝在家里研究古董,这次是他的狱友向他索要玉制骨灰盒,他一想觉得这也是个不错的买卖,索性多订点。几年后,镇平有了玉制骨灰盒一条街,这是连岳明都没想到的规模。

岳明的金镶玉进了白莹莹的“白玉山”,同时也是瑶瑶“瑶池”店的主要货源。瑶瑶考察完市场，就在格尔木离姚家大院不远的街上开了这家小玉店，从玉店装修到进货，没用父母和龙宝亮的一分钱。这些年在外面闯荡，瑶瑶结交了一些玉界的朋友，朋友们愿意赊货给她，说半年一结都可以。瑶瑶尽心尽力做着她的小买卖，她希望有一天，自己的小店能无愧地摆上龙宝亮的作品。

龙宝亮帮苏婵完成藏羚羊的玉雕后，也回到了格尔木。现在，他半天在自己的工房里雕玉，半天去帮瑶瑶忙店里的事，有时瑶瑶去进货，他就和瑶瑶妈换班。

这天，瑶瑶进货回来，在货柜上摆上了一件青玉炉，颜色有点偏塔青，却有着星星点点的斑痕，看久了有种夜空的感觉。她把价格标得很低。

▲ 格尔木昆仑路上的一家玉店

龙宝亮看后问："为什么标这个价？"

瑶瑶说："这种玉不多见，因为小众，价格不贵。"

"这是什么青？"龙宝亮在和田时也没见过这种料。

瑶瑶说："他们叫它金星青，就是格尔木的料，矿主说产地有黄铁矿，就会产这样的料子。"

龙宝亮望着青玉炉："多逛逛市场还真长见识。"

▲ 金星青玉矿料标本样

瑶瑶笑着说："现在各种青色可多呢，塔青、烟青、沙枣青、黑青、翠青、蓝调青……在市场上，总会遇见不一样的青。当然，产地也不一样。"

龙宝亮若有所思："岳明大哥说，青玉的价格不高，但它的文化价值和工艺潜力大。"

瑶瑶说："对，我也听苏老师说过，以前帝王的玉玺都用青玉，而很少用白玉。"

龙宝亮说："你的青玉炉价格标低了，翻倍。"

瑶瑶不解地望着他，说："标高了卖不出去。"

龙宝亮说："听我的。"

瑶瑶只好把价格牌换了，结果上午就走了货。

"怎么样？小众即贵。"龙宝亮得意地说。

瑶瑶夸他："姜还是老的辣。"

这次回到格尔木，龙宝亮成了姚家的人，在瑶瑶的店里帮忙也不计工资。接下来，就该是张罗他和瑶瑶的婚事了。

这天，老姚把龙宝亮叫到屋里，真心实意地说：“瑶瑶的心脏病虽然做了手术，但还不知道能不能生育。如果你在意，就别提结婚的事，大家还是好朋友；如果不在意，那么就请你的家长来提亲。”龙宝亮说：“出门在外，我就是自己的家长。我会向瑶瑶求婚，如果她答应了，我们很快就结婚。”

▲ 多色玉镯

白底、浸糖、飘翠、蕴紫四色集中在如此小的一块昆仑玉上，自然过渡、和谐共存，实属罕见

老姚两口子听到龙宝亮的表态，欢喜得当晚就摆了一桌，请苏婵和石秋生一起聚餐。龙宝亮也不含糊，借着喜庆就向瑶瑶求了婚。求婚礼物是一个他自己亲手打磨的五种青混色的镯子，煞是好看。瑶瑶对龙宝亮的求婚感到很突然，有些措手不及，接受还是拒绝都来不及考虑，但还是把那漂亮的镯子戴在了手上。

过后，瑶瑶问宝亮，如果此生没有孩子，也可以吗？

龙宝亮说：“谁说此生会没孩子，你就是我的孩子。”

第二年，龙宝亮的一枚白玉兰雕件，在新疆举办的“国石杯”大奖赛中获得二等奖。这是瑶瑶偷偷把龙宝亮送她的白玉兰，寄去参赛了。

“国石杯”是新疆精心打造的石雕玉雕设计奖项。该奖项是首次举办，知名度和影响力还不算太大，但是对培养和挖掘新疆雕刻设计人才，促进全疆宝玉石文化产业发展，起到了积极的作用。

▲ 昆仑玉小雕件《白玉兰》

龙宝亮只能说是牛刀小试，他的目标是“天工奖”。他觉得，只有获得了“天工奖”，他在师傅眼里才算是赢得了点尊严。当然，他感谢瑶瑶不远千里为他获奖奔忙，也感谢瞒着自己的一番苦心。

第十九章

大部分笑话都是谎言，可是谎言往往正是把人们引向真理的小把戏。

01 疯狂年代

2008年8月8日，北京奥运会如期举行。

全部使用昆仑玉的奥运会奖牌在全世界面前炫目出场，格尔木也成了火炬传递之地。中国一片欢腾，青海一片欢腾，昆仑山下一片欢腾。之后，预言应验，昆仑玉变身“国玉”，价格一路暴涨，飙升数倍，一千克几十元的昆仑玉，转眼间要成百上千元，势不可当。“昆仑玉，奥运玉”“黄金有价玉无价”，成为格尔木街头巷尾小玉石贩子们统一叫卖的广告语。

这一戏剧性的变化引发了不少人的感慨。回想昆仑玉在20世纪90年代初被发现，随后便历经了一段低调“隐居”的时期，业界对它的称呼，也是“格尔木玉”“青海白”“青海翠”“昆仑料”等俗名。从1993年得到正式命名，到2007年申报奥运奖牌用玉的十几年里，昆仑玉多数情况下都活在和田玉的阴影里。直到2008年的北京奥运会，昆仑玉高调亮相，从此正式成为和田玉大家族中耀眼的一员。

▲ 格尔木奥运金镶玉奖牌火炬造型纪念雕塑 2008年北京奥运火炬的圣火传递到格尔木，昆仑山下一片欢腾

文胜东也像一颗骤然升起的明星，享誉格尔木，享誉青海，享誉中国玉界。这是他应该得到的

回报。

回报是丰厚的。不说别的，单说他捐玉这一惊人之举就一举多得，不仅打响了昆仑玉的牌子，使整个行业受益；还提高了他个人的知名度和政治地位，同时也全面宣传了青海，宣传了格尔木，也为国家做出了贡献。因此有人说：文胜东是最大的赢家。

相关人士评价，这也是政府和企业的双赢。确实是这样，如果不是政府在后面支持，文胜东也是孤掌难鸣。

昆仑玉一涨价，原石便紧俏起来，那些手里没有存货的商家，开始大费周折地亡羊补牢。这时候，囤积了大量原石的岳明心不慌，手不乱，仍然做他的金镶玉和扬州特有的山子。马琪劝他赶快出点货：“压着大量资金，你也不怕错失良机？”

“再等等看。”岳明说。

马琪知道岳明存的料都是顶级的，像青海翠等品种因非常稀缺，10 多克的一件挂饰，升值到十多万元也不足为奇。就青海翠一种，岳明手里的存货，恐怕也要上百吨吧。他继续劝：“任何东西都是有涨有落，差不多就行了，别太贪。”岳明笑笑说：“我不会把原石卖掉的，我要精雕细作出成品。”

看岳明这么沉得住气，马琪心里是佩服的。

“你牛！”他扬着大拇指说，“但是，我看好了你一块料，就是躺在库房南墙根的那块，你就按成本价给我吧。”

岳明皱了皱眉，问：“你要那么一大块料做什么？”

马琪讳莫如深：“将来你会知道，但千万别抬价。”

“那可是野牛沟的一块顶级料。”

“不是顶级，我还不要呢。”

马琪第二天就叫来辆吊车把石料装走了。至于拉到哪儿去了，马琪没说，岳明也没顾上多问。

一年前在瑶瑶的“瑶池”，一只昆仑白玉的手镯也就几百元钱，好一些的千元起价，但这些小件在奥运会后至少万元起价。有些昆仑玉手镯动辄标价数万元。瑶瑶自己都感到像做梦，因为她曾从镇平发来几万个白玉镯，当时妈妈说她疯了，现在看来，真是疯了。

在白莹莹的店内，一个昆仑玉螭龙官印进货价一千元，现在两万元白莹莹还不愿出手。白莹莹的店里面人流不断，她经常一天忙到晚，连饭都顾不上吃。有时候，买挂件的人太多，都来不及给顾客穿绳子。白莹莹从岳明那里进的山子，都以几倍的价格出手了。她又向岳明发出订货单，岳明照单全收，当然还是比市场价要便宜些。

生意一天天火爆，白莹莹心头却悬了一把刀，她发现自己怀孕了，不知该怎样面对焦阳。焦阳对她以诚相待，可她却没有对焦阳说实话，至少没说最重要的实话，那就是她与万家驹曾经的关系。如果不是石秋生那天晚上点破，也许焦阳永远也不会把她和万家驹联系到一起。

▲ 昆仑玉成为奥运用玉后名声大噪，昆仑玉专卖店如雨后春笋，在格尔木遍地开花，家家生意火爆，一幅盛世兴玉之景

对，她就是万家驹的尕玉，因为名字叫莹，所以万家驹便这样叫她。

现在，她要不要说呢？说了，焦阳可能会弃自己而去；不说，要是被焦阳发现，就更没有余地了。

白莹莹之所以来格尔木开玉店，就是因为这儿离万家驹服刑的农场近，虽然万家驹进监狱了，但她不是一个忘恩负义的人。

早年她做房地产生意的钱，都是万家驹当金把头时的原始积累。万家驹爱她，对她百依百顺，只有一点，就是性子野，宁愿出去满山遍野地跑，也不愿守着女人过日子。对，万家驹是有老婆的人，可是白莹莹才是他心尖上的人，他是不愿让白莹莹来格尔木受罪的。白莹莹知道万家驹挣的是辛苦钱，是不是违法，她从没想过。后来万家驹受伤、被抓，她才知道了这些年他的钱是怎么来的。尽管如此，万家驹在白莹莹心目中仍然是天地英雄一样的存在。她喜欢万家驹高大英俊、硬派男人的范儿，唯一的不足就是万家驹缺少文化，太显粗陋。

白莹莹去劳改农场看万家驹时，说她想在格尔木开店。万家驹知道白莹莹有情有义，想好的事不会改变，便也没有劝阻。万家驹对白莹莹说，可以找陆大维帮忙介绍关系，但千万不能提他万家驹的名字，他在格尔木仇人太多。同时嘱咐，如果有合适的人，就尽早嫁了，让他死也安心。

自从遇到焦阳，白莹莹一眼就认定他是个可以依托终身的人。本来，虽有“摄影包事件”那个插曲，俩人关系整体上还是顺利的，可偏偏杀出个石秋生来。白莹莹不解，石秋生怎么知道自己和万家驹的关系呢？格尔木的石头疯狂，白莹莹也要疯了。她实在不能想象焦阳识破她的身份，并且弃她而去的情景。此时她还不知道，焦阳是万家驹的死敌。

解铃还须系铃人。白莹莹顾不上店里火爆的生意，想去找万家驹破谜。她一早叫了个出租车向农场奔去，刚走没多久，焦阳就陪着苏婵来她店里了。

焦阳听说白莹莹出了门，便打电话给她。白莹莹说出去办点事，下午才能回来。焦阳不由生疑。一般来说，白莹莹离开店都会给他打个电话，虽无必要，但焦阳已经习惯了，可今天这是怎么了？店员说，这两天老板心神不安，不知道有什么烦心事。店员是焦阳找来的，自然对焦阳说实话。

苏婵看了看白莹莹的玉店，感觉店虽小，却显华贵，好玉都摆在明面上，是个会做生意的人。焦阳说：“怎么样，把你的作品恩赐两件吧，给小店提提身价。价格你定，莹莹若有赚，一定还会给你加价。”

苏婵说：“焦阳，你真有福气。”

“为什么这么说？”焦阳问。

“因为遇到白莹莹呀。”

焦阳笑笑：“你怎么不说她有福气啊。”

“是，她更有福气。”苏婵肯定地说。

焦阳皱了一下眉，低声说：“秋生好像不怎么喜欢她。”

“不会吧，他没有说过什么话啊。”

焦阳摇摇头：“也许是我的错觉。”

“肯定是你的错觉。管他喜欢不喜欢，又不是和他过日子。”

“不，你们不喜欢的人，我不会娶。”

“我们只是朋友，又不是家长，你有点个性好不好？”苏婵认真地说。

离开店时，焦阳对店员小芳说，白莹莹回来后告诉他一声。

白莹莹一直到傍晚都没有回来，小芳也就无法告知焦阳。焦阳下了班心急火燎地赶来店里，见不到白莹莹只好去她家找人。白莹莹租住的是楼房，焦阳上楼敲门，听到里面有动静，才舒了一口气。

白莹莹开了门，面色憔悴，眼睛红肿。焦阳进门关心地摸了一下她的额头，问道：“脸色这么不好，不舒服了吗？”

白莹莹躲开他的手，说：“头疼。”

“手机怎么关机了？”

“没电了。”

“今天一整天去哪儿了？”

白莹莹没吭声。

“出什么事了吗？”焦阳着急地问，“你有什么不能对我说的事？”

白莹莹眼泪一涌而出。

焦阳上前把白莹莹搂在怀里，问道："是我做错了什么？你快说啊！"

白莹莹抽泣起来，说："我怀孕了。"

焦阳一听，心头涌上了巨大的惊喜："啊？那我们还等什么？马上结婚。你今天上医院了？为什么不让我陪你去？"

白莹莹突然放声大哭起来。

焦阳皱起眉头，不解地问："莹莹，你不愿意生我们的孩子？"

"愿意，我做梦都想给你生孩子。"白莹莹哭着说。

"那你这样伤心是为啥？"

"焦阳，我不是个好女人。我怕你会嫌弃我，嫌弃孩子。"

焦阳笑着再次搂住她："怎么可能？我爱还爱不过来呢。"

白莹莹挣脱他说："焦阳，我不想再瞒着你了，石秋生说的是真的，我曾经是万家驹的女人。"

焦阳大笑道："事到如今，你就别考验我了。"

白莹莹说："你若不相信，可以问陆大维。"

焦阳说："若真是，陆大维早告诉我了。"

白莹莹悲伤地说："那是因为他不知道你是万家驹的仇人。"

焦阳严肃起来了："你怎么知道我是万家驹的仇人？"

"我今天去见了万家驹。"

这次焦阳相信了，他露出愤怒而痛苦的眼神，然后默默站了起来。白莹莹泣不成声："焦阳，我不是有意骗你的，你要不原谅我，就走吧。"

焦阳走到门口，冰冷地说："明天去医院，把孩子拿掉。"

白莹莹说不出话来。

"9点我在医院门口等你。"焦阳说完甩门走了。

白莹莹本要号啕大哭，却没能哭得出来。她突然平静了下来。她知道，焦阳说出这样的话，那一定不会再回头了。本来她还想用怀孕来留住焦阳，但没能做到。看来，焦阳对万家驹的仇恨，要比孩子的分量重多了。

白莹莹今天见到万家驹，问他在格尔木都有什么朋友，有哪些仇人。万家驹说没什么朋友，但有一个救过命的，这个人叫石秋生。仇人很多，第一个说出口的竟然就是焦阳。

"焦阳怎么就是你的仇人了？"白莹莹问。

万家驹说："要不是他带人抓我，我怎么会在这儿？我们跑山抓石头的时候，他仗着枪法准，没少欺负我们。后来在黑三角，我那么多弟兄开枪没打死他，竟让他跑了，要不然我也不能吃牢饭吃到死。”

白莹莹望着万家驹，难过地说：“你是黑社会吗？”

“现在知道了吧？”万家驹说，“幸亏你没嫁给我，否则你也洗不白了。别再来了，快嫁人吧，要不都成老姑娘了。”

白莹莹一夜无眠。明天要去医院吗？孩子没了，她可就什么也没了。当初和万家驹有了纠缠，她就知道后半辈子没有太平日子过，但架不住他真金白银的轰炸，她想趁自己年轻多积累点财富，帮帮兄弟姐妹，让大家都少受点苦。没想到，好日子是过了，却没有了未来。

焦阳脸色苍白地回到宿舍，心如刀绞。一切都来得太突然，是那么的不真实。他把电话打给了陆大维，张口就说：“姓陆的，你为什么要耍我？”

陆大维一头雾水：“哎，我耍你什么了？你一年四季也不打个电话给我，我怎么能耍你？”

“你先说，你介绍来的白莹莹是个什么人？”

“生意人呀，介绍的时候我都说清楚了啊。”

“放屁！生意人也有好坏，她和万家驹是怎么回事？为什么不告诉我？”

“她和万家驹是有过一腿，是万家驹帮她发起来的。但那都是过去的事了，人家又没有结婚，我说那些闲话做什么？”

“没结婚？那她跟谁离的婚？”

“她根本没结过婚，说自己有过婚史，是因为比大姑娘出门安全。焦阳，你不会爱上她了吧？”陆大维坏笑着问。

“你害我不浅！我告诉你，陆大维，这件事，我跟你没完！”焦阳说完挂了电话。

陆大维又把电话打过来，补充了一句：“哎，如果你连她离过婚都不嫌弃，那你就是真爱了。不就是个万家驹吗？白莹莹也是受害者啊……”

焦阳冲着电话喊：“她不是受害者，她是受益者，她来格尔木都是因为万家驹。”不等陆大维再开口，他就挂了电话。

头生疼，他要疯了。

龙宝亮和瑶瑶要结婚了，石秋生感到了压力，他对苏婵说：“怎么办？我们不能当老大难吧？”

“总不能是我向你求婚吧。”苏婵说。

“求婚这些繁文缛节我们就免了吧，”石秋生说，“我们直接考虑进洞房的事。一定要抢在这两个小不点儿前面，否则真没脸当大人了。不过，这一切都要等我进一次山。”

石秋生的伤已经完全好了，身体也强壮起来，但苏婵不会再让他进山了，哪怕山里长满了玉石。

两人正在争论，焦阳敲门进来了。

石秋生眼睛一亮：“对了，焦阳，不如我们一起回西安旅行结婚。”焦阳把手里的酒瓶子一下摔在了地上，大喊一声“不可能！”焦阳从不说重话，这一声吓了苏婵一跳，石秋生也很意外。好在酒瓶摔在地上并没碎，石秋生捡起来，问焦阳：“喝多了才来的？”焦阳想说什么却说不出来，显然很激动。

苏婵望着焦阳说：“先坐下，我去给你沏杯茶。”苏婵去沏茶，石秋生按住焦阳的肩膀让他坐下，然后低声地问：“出什么事了吗？”

焦阳说：“秋生，你实话实说，我是不是一个特混蛋的人？”

“怎么可能呢！”

“那怎么什么混蛋事都让我摊上了？”焦阳的脸红成火。

“到底怎么了？”苏婵把茶杯放在焦阳面前，不由问一句。

焦阳双手捂住头：“算了，我说不出口。”

石秋生说：“你不说就算了，但我猜是与小白有关系吧。”

“你猜对了，”焦阳沉闷地说，“她怀了我的孩子，可明天我们要去医院把孩子拿掉，因为她是万家驹的女人。”

石秋生和苏婵同时一震。

半晌，石秋生说：“看来是我说对了。”

焦阳痛苦地半卧在沙发上，没有接话。

苏婵不明白地问：“你说对什么了？”

石秋生解释道：“我几年前在万家驹的钱夹里见过白莹莹的照片。”

苏婵不信：“你在说笑话吧，你能有那么好的记性？”焦阳翻身起来一本正经地说：“大部分笑话都是谎言，可是谎言往往正是把人们引向真理的小把戏。”

苏婵说：“焦阳，就不能再考虑考虑吗？孩子毕竟没有错。”

“这种情况，你觉得还可以调和吗？我也不知道为什么和她有了孩子。”说着，焦阳哭了，他哭的样子完全像一个迷路的孩子。

苏婵眼睛也红了。

石秋生沉默着。

“如果你爱白莹莹，管她以前爱过谁呢！”苏婵试图劝说，“我敢保证她现在对你是真爱。”石秋生突然开口：“婵儿，你别说了，让焦阳再想想。”

焦阳停住哭声，转问秋生：“如果是你，你会娶万家驹的女人吗？”

石秋生想都没想就说：“焦阳，明天我陪你去医院。”

苏婵惊讶地说：“秋生，有你这样的朋友吗？”

焦阳却拉住石秋生的手说：“苏婵，这才是我真正的朋友！”

第二天早晨，石秋生真陪焦阳去医院了。可是白莹莹没来。焦阳打电话，她关机。焦阳赶去店里，店员小芳说白莹莹一大早就去了机场，说去西宁有事。焦阳说：“她躲得过初一，躲不过十五！”其实焦阳又有点感激白莹莹没来，他想再冷静冷静，不要在没想清楚前，凭着冲动去做一件不能挽回的事情。

02　一通百通

刚有一段闲暇，岳川就接到净慧法师的电话。法师年事已高，他希望近期能见到岳川。岳川也时常想念法师，放下电话就匆匆去买机票。

几年过去，通往圣光寺的路已不同从前，下飞机后车子一路驶在高速，不到一小时就到了。到达的时节正是旅游旺季，圣光寺游客不少，还有住在寺里的寺客，多是来学经、敬香的信徒。大殿内外香烟缭绕，古木葱茏，动静适宜。

净慧法师见到岳川十分欢喜，用过了斋饭，便请岳川到大殿后走走。法师指着一块巨大的石头说，这是一位施主还愿来的。

岳川看到那块石头立起来有一人高，便问：“这么大一块石头能拿来做什么呢？”

法师说：“我想请你把它雕成佛像。”

岳川一愣：“法师，你知道我是画画的呀，不懂石雕。”

法师一笑：“我当然知道啊，你们不是常说艺术是相通的吗？你能行。”

“法师，隔行如隔山你也是知道的吧。”

“你不试怎么知道？俗话说一通百通。”

“法师，我们可不可以不要有这种执念。”

“我说你行你就行。”法师说这句话时就像个淘气的孩子。

“我可以给你请来最好的石雕大师。”

“我不要石雕大师。岳画家，你好好看看，这不是普通的石头，是一块青白玉。”

岳川这才仔细看了看这块有一两吨重的石头，只见外面包着很厚的浆皮，看不出里面到底包藏了多少玉肉。他对法师说："原来这是一块玉石啊！你看我，真是有眼无珠，连玉都不识，怎么可能雕好呢？不过，给你请玉雕大师我可是方便。"

法师说："我知道你出生于玉雕世家，所以我才相信你能上手。"

岳川还是不敢接。他说："我平时确实也雕点图章什么的小玩意，只是雕虫小技，这么浩大的工程，还是请'真神'来吧。"

法师指着他说："我从不看走眼。"

岳川仍然推辞："法师，你听我说，想要制作一个完美的佛像，不仅需要很高的技巧，更需要深厚的文化积淀和审美意识……"

法师说："我知道啊，如果你达不到这一点，单凭感觉做出来的佛像，我怎么能摆在大堂之上？"

岳川不再跟法师争辩。

当天晚上，岳川给哥哥岳明打了个电话。

岳明想了想说："雕佛像当然我师父是大拿，但他现在显然干不了那么大的活了，教学事务也忙。别的人就不好说了，你不如求助婵儿。据我所知，她手上正在雕着一尊佛像，那是两年前答应文胜东的活儿，应该快收工了。婵儿虽是第一次雕佛像，她的悟性你是知道的。"

又是文胜东！婵儿又不是他的御用玉雕师！

▲ 三色昆仑玉摆件《乐佛》

岳川心里有些不悦。

回到格尔木，苏婵在文胜东的催促和鼓励下，埋头雕完了那尊佛像。在此期间，无论外界玉石如何狂飙巨澜地涨价，发疯的人们如何欢喜和痛惜，她都安静地在工作室和佛像在一起。这件作品既没有透眼，也没有镂空，但是，苏婵一气呵成，这种气似乎赋予了作品生命之气，使作品有了灵魂，让人感觉到它的生动，它的鲜活。此外，整个作品在繁与简、精细与粗略的处理上，也都恰到好处。

当苏婵捧着洋溢着温暖和智慧的微笑的佛像走出工作室，文胜东两眼湿润了。他说他相信这尊令人敬仰、亲切又安详的佛像,一定能使他逢凶化吉、心想事成的。这是他为奥运奖牌许的愿,还愿自然要虔诚、迅速。

苏婵和石秋生订了票,准备去西安、扬州、苏州旅行结婚,旅行回来正好参加瑶瑶和龙宝亮的婚礼。至于焦阳,他的情感苦难似乎还没有结束,能不能喝上他的喜酒完全没有定数。

正在这时,岳川把电话打来了,说净慧法师邀请苏婵和秋生去圣光寺做客,他自己也将在那里停留一段时间。

一听去圣光寺做客,又是法师邀请,苏婵自然欣然答应。石秋生却有些忧虑,苏婵身体刚复原,就接二连三地完成了两部作品,她太需要休息了。这次旅行,是想让她离开工作室出去走走,因此时间安排得很轻松,一个地方待十天,一个月后返回西宁。现在加一个圣光寺,时间上倒没什么,只是不知岳川葫芦里卖的是什么药。

他问苏婵:“你猜,岳川要做什么?”

“你说呢?”苏婵显然没有想过这个问题。

“肯定有事。”石秋生说,“你想一下,净慧法师又不认识我们,为什么邀请我们去做客呢?”苏婵一笑:“会不会劝导我们皈依佛门呢?那样我可是求之不得。”石秋生不满地望着她:“你能不能不开玩笑?一个将要结婚的人,说要皈依佛门,谁信啊?”

“皈依又不是出家,这是两码事。”

“我还是有些混乱和矛盾。”

“那你说,法师要我们去做什么?是不是有个法会之类的佛教活动呀,要不,岳川怎么会在那里。”苏婵也想不透。

“嗯,这有可能。哎,你接电话的时候就不能多问一句?”石秋生实在想不出理由,不由责怪苏婵。苏婵说:“人家诚心邀请,我还问来问去的,像生怕掉在陷阱里,多不礼貌。”

石秋生不再说什么,心里却一直在打鼓。

在等待苏婵和石秋生的时间里,岳川和寺里的和尚们将那块巨石立了起来,然后天天站在石头前思量。他根据石形做了佛像的设计并画出了草图,为的是可以节约苏婵的时间。对于岳川的工作,法师很满意,法师不让弟子们去打扰岳川,只按时送茶送饭。

岳川很喜欢圣光寺的氛围。十多年前他来修复古壁画,在那个雨夜坠入圣光寺地宫的事,如今还历历在目。若不是那一次的经历,他恐怕还与昆山之石没有奇特的缘分。现在，在多年的国画、壁画、民间画的学习和工作中，他积累了丰富的图案设计经验，闲暇的时候也雕了不少小作品，虽不够专业，却也是送给亚美和女儿的最好礼物。

石秋生和苏婵先去苏州父母那里，举行了一个小型的温馨的婚礼。岳明和石冬生都赶去了。这是一个让众人等待了太久的日子。

婚礼从头到尾都充满着喜悦。苏婵，一个近四十岁的女人，从冰冷的石头堆里终于走进了婚姻的殿堂，她望向石秋生的目光如同玉一般温润有情。而石秋生的皮肤也脱了昆仑山的高山红，完全恢复了当教师时的文气儒雅。他穿了一身白西装，显得风流倜傥，每个动作都在呵护着苏婵。

石冬生望着弟弟不停地流泪，她一定是想起了父亲，或者弟弟那场大难不死的车祸。岳明没有去干预妻子的眼泪，他们姐弟俩的感情，岳明是明白的。

不过，冬生这个时候流泪，希望不会让婵儿难堪，毕竟结束石秋生单身生活的人是婵儿。他想了想，还是轻轻在冬生耳边说："今天应该流泪的是嫁姑娘的师娘，你哭的是哪门子事啊？"

冬生看向他，眼神如刀，令岳明不寒而栗。

岳明弱弱地抗议："别用眼神'杀'我，难道我说错什么了？"

冬生说："我是为婵儿流泪，若不是秋生救她，她哪来这么好命？"

岳明想说婵儿也救秋生了啊，但他没说出口，只点头说："你说得对，苏婵遇到秋生，简直太幸运了。"

冬生这才平静下来。

新婚之夜，石秋生调皮地让苏婵闭上眼睛，苏婵顺从地闭上了。石秋生飞速地从密码箱里拿出一个特别的盒子，从盒子里捧出一枚胸针，放在苏婵手里。

苏婵慢慢睁开了眼睛，只见一只金蝉站在一片玉叶上。这是一只金光闪耀、栩栩如生的金蝉，形态活泼，非常具有真实感。而托在金蝉下面的玉叶，纹路清晰，其精湛的工艺十分了得。"这不是明代的工艺'金蝉玉叶'吗？"苏婵震惊而喜悦，"你从哪儿得到的呀？"

石秋生说："没错，不过，人家是支发簪，咱是枚胸针，胸针更实用。"他拿起胸针要给苏婵戴上："这有'金枝玉叶'的尊贵含义，很适合你。"

苏婵躲开了："这么高级的艺术品，我怎么舍得戴？"

她问秋生："你是定做的吗？"

"对呀，"秋生回答，"在北京的时候，我偶然在杂志上看到一篇介绍出土文物'金蝉玉叶'的文章，就想，一定要给我媳妇定做一枚金蝉玉叶的胸针。这就是在北京做好的。"

“你真沉得住气！”苏婵好笑地说，“藏了这么久，不结婚打死也不拿出来。”

秋生深情地说：“我那时就想好了，拿出它最好的时辰，就是你这只金蝉落在我这片玉叶上的时候。”

“谢谢你，我很喜欢！”苏婵轻声说。

石秋生给苏婵轻轻地戴在胸前，苏婵热烈地拥抱住他。

▲ 《金蝉玉叶》
你这只金蝉一定要落在我这片玉叶上

苏婵和石秋生在苏州小住几日便赶到了圣光寺，两人把后面的时间留给了扬州和西安，因为岳明说他和冬生将陪着一起去西安。距离岳明上一次去西安接冬生，已经十多年过去了，所以说这样的机会，十多年才一次。带着苏婵再回西安，也是石秋生十分盼望的一件事。

走进圣光寺这座千年古刹，那种浓厚的宗教氛围，令石秋生顿时肃然起敬，他也看到了苏婵眼睛里的虔诚。法师亲自接待了他们，特意请他们吃了豆腐宴。

傍晚，岳川将他们领到巨石前，看他们的反应。

苏婵好奇地问道：“这么大一块青白玉，做什么用的？”不愧是玉人，她一眼就认出了外皮全是泥浆的青白玉。

岳川故意问：“你看做什么好？”

石秋生接话说：“在寺庙里还能做什么，佛像呗。”

岳川赞叹：“好眼力！你们想干这活儿吗？要是你们愿意，法师一定会三呼阿弥陀佛！”

石秋生摇摇头：“这得干几年啊，我们干不了。”

岳川望向苏婵。

“我们没有这个修为，不能亵渎神灵。”苏婵真心地回应。恰在这时，法师走了过来，他接过苏婵的话说：“阿弥陀佛！雕这尊大佛就是修行。”

岳川对苏婵说：“我想试试，你能帮我吗？”苏婵一时没反应过来。半晌，她似乎明白了什么：“你说，怎么帮？”

岳川带大家走进他的屋，案上正铺着十多张设计图纸。

石秋生顿感上了大当：“好哇，岳川，你也学会转弯抹角了。早说要雕佛像不就得了，害得我们空欢喜一场，还以为自己真是来度假的呢。”

苏婵一把捂住了石秋生的嘴，怕他说出大不敬的话，低声说：“在寺庙里，少说两句。岳川把我们叫到这，是我们的福报。”

石秋生说：“岳川，我先问你，你画家当得好好的，一定要来抢玉雕师的饭碗吗？”岳川一愣，一时不知怎么说。苏婵笑笑说：“只有真正从事这个行业的人，才能明白其中的不易。你是不是想体验一下？”

岳川想了想说：“算是吧。”

石秋生完全不能理解，他说：“俗话说，人往高处走。你现在明明已经是绘画艺术家了，可为什么要来当手艺人？玉雕这活儿意味着什么？意味着缓慢，耗时耗力，挣得又少，寂寞度日，你耐得住吗？”

苏婵也大睁着眼睛，希望听到岳川的回答。

“你说的没错，”岳川对石秋生说，“我怎么不知道玉雕背后的艰辛和汗水？也许你觉得我挣钱多，画画又很有成就，可我感觉这些年自己变得很浮躁，不能静下来创作。恰恰玉雕工作会让我平静、专注。我不怕学技艺，不怕对完美的持续追求。”苏婵也向秋生介绍说：“小的时候，我和师兄学玉雕，那时岳川就在偷师学艺了。他玉雕的技法另有一套，我见过亚美的挂件，确实不俗。”

说到这里，苏婵转向岳川：“我以为你会更早进入玉雕圈呢。”

石秋生诚惶诚恐：“啊？真的？”

岳川望着苏婵认真的样子，心想，你真高看我。

苏婵把岳川的设计图认真看了一遍，指出几个地方的不妥，然后帮他将石料粗开了一下，不禁惊讶地说：“这是块昆仑玉啊，而且还是野牛沟的青白玉，质地很硬。请问大师，是哪里的人运来的？”

法师笑着说：“这位施主是岳画家的老朋友。”

岳川惊讶地问：“啊！谁啊？”

“一切皆有因缘。”法师微笑着说。

岳川突然明白了，他看着苏婵说：“你也认识。”

苏婵一脸懵懂：“谁啊？”

岳川生怕苏婵怨他，解释说：“我不是故意不告诉你，之前我真的不知道是他。”

苏婵猜到了：“马琪？”

“正是。”法师点头。

石秋生插话：“这是马琪和岳川的缘分。”

岳川笑了，说：“我完全明白马琪敬献这块石头的用意。”

法师点点头：“他说要赎罪。”

岳川说：“法师，真是机缘巧合，‘昆山之石’本来就是圣光寺的镇寺之宝啊！

马琪送来这块昆仑玉，那是佛的旨意。”

法师双手合十：“阿弥陀佛！”

苏婵被感动到了，她对石秋生说：“要不，我们不去西安了，在这多待几天？”石秋生直接回绝：“不行。新媳妇认祖归宗的事不能免。再说，岳明大哥他们不是还要一起去西安吗？”

“我可以让哥嫂先来这儿。”岳川说。

岳明果然来了，不过他是独自来的。苏婵和岳川都没想到，岳明来时还带着师父传给他的昆吾刀。

在圣光寺光影斑驳的菩提树下，岳明把师父的故事和昆吾刀的故事讲给岳川听。整个故事都令岳川感到神奇，他同时深深自责，自己曾因年少无知，借着《一捧雪》那样的故事奚落单大师……真是轻狂顽劣啊！

岳明将师父传给他的刻刀郑重地送到岳川面前：“我无法估计这把刀真正的价值，但是知道，它确实坚硬、锋利无比，虽不是削玉如泥，肯定也会让你的雕刻速度翻倍。这把刀是神奇无价的。”岳川这才明白，哥哥带着这珍贵的宝刀，是来支持自己的跨行演练的啊！难道这刀就传承给自己了？

苏婵鼓励岳川独立雕刻这尊佛像，她知道，这些年岳川在雕玉上有些功夫了。她还可以从父亲那里借来几个学生帮岳川，这样进度会快些。当然，她也会来帮忙。

岳川不胜感激。他怎么也没有想到，这尊佛让他在事业上有了一个华丽的转身，他凭借哥哥转赠给他的这把昆吾刀，竟然在玉界打开了另一番天地。

03 惊现奇石

焦阳病了，一直低烧不退，他无心去看医生，因为他实在情绪挫败，内心荒凉。白莹莹跑回西宁后，再也没在格尔木露面，焦阳没办法找到她，只好给陆大维打电话，请陆大维劝白莹莹回来和自己见面。陆大维回话说，能找的地方他都找过了，白莹莹不在西宁。

焦阳只好来到白莹莹的店，心想，她总不会不管店了吧。令焦阳意外的是，“白玉山”关门了。焦阳打通了店员小芳的电话，小芳说白莹莹把店盘给她了，分期回款。焦阳问什么时候的事，小芳说昨天打电话说的。

白莹莹这个女人究竟想干什么？焦阳心中愤怒地想，分手就分手，怎么连生意也不做了，还把我焦阳的骨肉带走。焦阳请了事假，准备亲自冲到西宁寻找白莹莹的下落，他必须要有个了结。

就像是他家被安装了监控，当晚白莹莹突然来电话了。焦阳因为意外而有些激动，白莹莹却平静地说：“我已经在兰州做了流产手术，请你放心。不必再找我了，我也不会再回格尔木了。”

焦阳尽量客气地问她下一步有什么打算。

白莹莹说还没想好，初步准备去河南或云南生活。

焦阳半天说不出话。他想安慰几句，却又说不出口。白莹莹等了片刻，见焦阳没话，便说了声再见挂机了。

焦阳像猛地醒来，立即把电话打过去，对方已关机，动作飞快。焦阳不知是轻松，还是失落，他长叹一口气，再也没有力气站起来。就算到了现在，他也无法把白莹莹和万家驹联系到一起，如果白莹莹不是特地来寻仇，那么命运可真能捉弄人。

其实，白莹莹的这个电话就在格尔木打的，关机后她泣不成声。本来她想对焦阳说，自己对万家驹并没有爱，有的只是感恩。她接受过万家驹的爱，因为她在万家驹那里体会到了一个女人被男人百般呵护的幸福。当初之所以没嫁给万家驹，是因为万家驹有结发妻子，万家驹说那是个苦命女人，不能扔下。后来万家驹被抓，她才知道万家驹在昆仑山做着那么苦的事，留给她的却是财富和满足。不错，万家驹干了很多坏事，但终究还是受到了惩罚。这就是她不辞辛苦来格尔木开店的原因，她希望万家驹明白她的心意，在牢里不要太灰心。

可是，她遇到了焦阳，她那扇从未开启的爱情之门猛然打开。她突然明白了，爱一个人和感激一个人的感觉完全不一样，那真是 99 度再加了 1 度的感觉，她的心开始沸腾。她暗下决心，把万家驹当做兄长，而焦阳才是她最爱的人。可谁知道万家驹却与焦阳是一对冤家。

白莹莹的孩子还在。她虽然在焦阳面前逞了个强，但她不知道未来该怎么办。去河南、云南都不是她的选择，在陌生的人海里度日太孤独，她打算就在格尔木。与焦阳和解似乎已经无望，她不愿意死乞白赖地纠缠他，更不想离他远去，怎么办？她想先搬个家，在格尔木“潜伏”下来，过些日子再做打算。保住孩子是她最终的坚持。

“白玉山”也并没有盘给小芳，是她让小芳这么说的。她知道，要不了几日焦阳就会知道真相，什么也瞒不了焦阳，她得尽快想办法。但让她把共同建立起来的小店随意转手，那真是一件痛苦的事。

清晨小芳打来电话：“姐，这些日子其他店的货都走得很好，我们不能天天关门闭户啊。”小芳又说：“我刚路过市场，看到一块原石，有 70 多公斤，白玉里面隐隐可见一块鲜红的颜色，很像血，卖家要价五十万。”

“鲜红的血？不会是造假的吧？”

“不像假的。”小芳说。

“小芳，立即返回去拍下那块原石，”白莹莹果断地说，“我马上过来。”她收拾打扮，戴上墨镜匆匆出门。

在格尔木以高价收购原石闻名的岳明，很快也听到了格尔木市场惊现白带红原石的消息。当时他和冬生正在陪着石秋生、苏婵去往西安的路上，他急忙打电话告诉焦阳，不惜一切代价把这块原石买下来，一旦谈妥，他立马转钱。

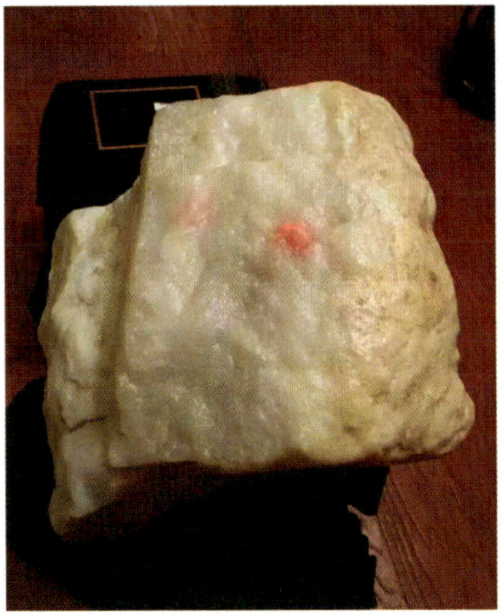

▲ 白带红矿料（现收藏于西宁南关街一玉店）

到了西安，岳明执意要冬生、秋生、苏婵跟他去个地方。望着越来越熟悉的街道小巷，石秋生心里直发毛，他不明白岳明葫芦里到底要卖什么药，忍不住说：“大哥，你想带我们去家里的老院子怀旧吗？”虽然岳明娶了冬生，但秋生从不叫他姐夫，还是叫大哥。

“带你们回家。”岳明说。

说着他们进了大门。院子里洁净如昔，冬生立即泪蒙双眼，她想起了往日，想起了父亲。她怎么也想不到，岳明会带他们来到这里。

“对不起，我把这个院子盘下来了，作为新婚礼物送给秋生和婵儿，让你们在老家有一个窝。”岳明声音沉沉。

一阵静默。

“你怎么会？”石冬生不敢相信地望着丈夫。岳明向她点点头：“进去看看吧，应该还是你们熟悉的家。”

苏婵不是很激动，可是，秋生和冬生的强烈反应把她吓了一跳。她看到这姐弟俩都是双眼发红，呼吸困难。

石秋生如鲠在喉，似乎哭声即将喷出。

石冬生终于忍不住扑向岳明，紧紧抱住了他。这还不够，她又用拳头砸着他的胸脯，哭骂道：“你能不能别让我这么难过？你这是什么时候干的事？你怎么知道这是我多年的心结？”岳明只是搂着她憨笑。

苏婵看不了这一幕，转过身去，她这才好好打量了一下秋生家的老院子。院子里有棵银杏树，郁郁葱葱，结了很多白果。房屋古香古色，砖木结构的老建筑很是典雅古朴。整个院子干净整洁，显然，是岳明雇了人在打理。

石秋生走到岳明面前说："哥，此生有你是我石秋生最大的福报。我……"岳明放开石冬生，对秋生说："什么也别说了，我们是一家人！"

冬生和秋生进到屋里很快又出来。

"屋里什么也没变，我的床都没挪过。"冬生脸上带着惊讶的神色。她问岳明："你从谁手里盘过来的？"

"从你们手里啊。"岳明笑道。

"你肚子里可真能装事！"冬生说，"这么多年找人打理，得花多少钱呀！"然后又像想起了什么："唉！当时我也是心乱，都没有看看过房手续，只知道收钱还债。"

"都怪你早不结婚，让你姐说我肚子里能装事。"岳明对石秋生说，"当时我就想好给你做结婚礼物的。"

"这份礼太重了。"石秋生低下头说。

"没想到让我坐收渔利了。"苏婵这句话让气氛轻松起来。大家都笑了，接着赶紧收拾东西，准备下午就去给石秋生的父母上坟，让儿媳妇认祖归宗。

下午在去墓地的路上，焦阳打来电话，说那块原石卖家已经出手，听说是让一个外地的女富商买走了，他正在追踪。

岳明赶忙问焦阳有没有见到过那块原石："它那个红是鲜红吗？还是皮色，或者是白带糖？"焦阳说他没见到那块原石："但是听人们描述得很神奇，不是糖色，也不是红褐色，而是白玉里可见一块鲜红的色，就像人血。不知这是怎么形成的。"

遇到好玉，岳明就会激动起来。他决定去一趟格尔木。昆仑玉中的白带翠价格已经翻几番了，更别说这么一块白带红的奇石。

石冬生阻拦说："等你到了，那块玉没准儿早出格尔木了，你去追什么？"岳明说："一条玉带上不可能就这么一块玉是带红色的，我要找原石的出处，一定会有收获"。

石秋生立即表态："哥，我和你一起回去。"

苏婵和冬生互相看看。

"你们走了，那我们俩还待在这儿做什么？"冬生说。岳明笑笑："院子交到你们手上了，你们自己看着办吧。"冬生说："原先怎么打理还怎么打理，只是那份钱要秋生出了。你们去格尔木，我就回扬州了，孩子不能全扔给妈。"

石秋生征询苏婵的意见："岳川那里怎么办？"他们原说好去西安后，苏婵要去苏州为岳川请兵的，苏婵说："说好的事当然要兑现。"

于是当天晚上，他们都离开了西安，兵分三路——扬州、苏州、格尔木。

04　踏破铁鞋

焦阳真是当兵出身，遇到事立即就能打起精神。他四处为岳明打听“白带红”的出处，以及那块奇石花落谁家。

见到岳明，焦阳把他调查的结果如实汇报——那块奇石出自玉女峰下的三岔口玉矿的老坑，仅此一块，是被河南来的一位女玉商买走。那位女玉商拿了石头便在格尔木人间蒸发了，他在飞机场和火车站都问了，没有找到与此人有关的消息，有可能还在格尔木或者自驾离开了。

岳明说：“我们去一趟玉矿，那不就是文胜东的矿吗？”

焦阳面有难色：“去了也不会有收获。老坑早已荒废，那是前两年出的石头，被人悄悄收藏，现在看玉价涨了才拿了出来，听说五十万就卖了。”

岳明遗憾地说：“哦，你这个信息来晚了，我以为是新出的玉。”

石秋生问：“到宾馆找过那位玉商吗？”

焦阳点头：“找过，没有住宿的记录。”

岳明说：“就算找到了，我们也不可能横刀夺爱呀。”

焦阳说：“给的价格高，她也有可能出手。”

石秋生说：“关键是人到哪里去找？”

焦阳这才想起石秋生的事，问道：“你是怎么回事，不是回去结婚去了吗？苏婵呢？”

石秋生说：“她抛弃我，去找岳川了。”

焦阳骂道：“新婚之际，说什么屁话？”

岳明也正色说：“是找岳川去了。”

焦阳猛地一怔，来回望着他们俩的眼睛，石秋生的眼神里分明有痛苦。焦阳难过地说：“这是分手的季节吗？王母娘娘为什么要这么对我们。”

石秋生这才觉出焦阳的不对劲了，急忙问：“你们……怎么样了？真分手了？”

碍于岳明在场，焦阳强撑着把话岔过去：“那下一步，我们怎么办？”岳明说：“人都来了，还是找找吧。正好，我也要去看看金万里的陈列馆。”

两人安顿在宾馆后，岳明忙着给金万里和文胜东打电话，石秋生和焦阳一起出来。

焦阳问石秋生：“你没骗我吧？”

“骗你什么？”石秋生不明所以。

“你和苏婵啊。”

“苏婵找岳川去了是真，但并没有抛弃我。”石秋生笑笑说，“他俩是在合作，为圣光寺雕一尊佛像。”焦阳释然：“那就好！那就好！你这家伙骗死人不偿命，岳明大哥怎么也会演戏了！”

石秋生说：“我倒是问你，你们彻底分手了？”

焦阳点点头。

“她真是来寻仇的？”

“不是。此前她也不知道我和万家驹之间的事。”

“那你可以考虑和她……”

“有一个新情况，我想告诉你，”焦阳说，“万家驹因为在狱里有几次立功表现，现在无期改有期了，会不会再过几年就出来，也说不定。”

石秋生说：“就算过几年他会出来，你觉得白莹莹还会去找他？我看玄。就算他们感情深，可是再深的感情，见到你不也瓦解得一塌糊涂了吗？”他抚住焦阳的肩，“现在我还是觉得婵儿说得对，不要管她的以往，看她现在对你的心就好。”焦阳摇摇头：“什么都看不了了，她已经做完手术失踪了。”

石秋生觉得很惋惜，不知怎么说焦阳才对。

焦阳低下了头，眼睛潮红。

“唉，都怪我！”石秋生说，“我干吗要说相片那件事啊！焦阳，对不起，现在我能做什么？你看这样行吗，我去把她找回来，你们重新谈谈，能复合就不要计较过去的事。”焦阳痛苦地说：“不是过去的事，她到现在都去探监，我不可能睁一只眼闭一只眼。要是和这样的女人过一辈子，我焦阳不全搭进去了？长痛不如短痛，我应该感谢你的提醒才对。”

听焦阳这样说，石秋生心里也宽慰了些。白莹莹确实也算是有胆识的女流之辈，敢和万家驹在一起的女人，一定不是善茬。当初她一个人就敢闯格尔木，有点万家驹的味道。她怀了焦阳的孩子，又义无反顾地流产，这确实太狠了。

为了安慰焦阳，石秋生说陪他去喝酒。焦阳说那就去姚家大院和老姚一起喝吧，喝完了正好在那儿睡了。

岳明给金万里的电话打不通，给文胜东的电话也是一直打到半夜时分才通了，文胜东说他在俄罗斯，正签署一个协议。岳明问什么协议，文胜东兴奋地说，他和金万里联手拿下了俄玉在国内的代理销售权。岳明说：“原来你和金万里在一起，难怪他的电话也打不通。”

接着，岳明赞叹说：“好啊！这样一来，市场有所规范，外来玉也好管理，假冒玉的市场就越来越小了。”

文胜东说：“我也是这个意思。”

岳明想，这家伙现在做大了，眼光也远了。文胜东有市场统御能力，发展下去不可小觑。金万里的发展也非常可观，已经可以和文胜东联手统领市场了。想想自己还在为一块奇石在格尔木打转，是不是太小家子气了呢？这样想着，他决定放弃奇石，天亮返回扬州。

苏婵回到苏州对单常青说了岳川的工程，希望能从父亲这里借几个资质好的学生过去，至于工钱，看岳川安排。单常青听说是给圣光寺雕佛像，很支持。他把身边最好的两个徒弟派给了婵儿，其中就有安西，然后又从外面调回两个已经独立门户的徒弟。他对婵儿说不要工钱，能为圣光寺雕佛，这是他们消业的好机会。

苏婵领着父亲的学生，一路来到圣光寺。年轻和尚们看到有一个外国人来寺里雕玉，都感到很新奇。

岳川正一筹莫展地等着苏婵。原来，岳川在开佛脸的时候，发现了鼻子部位一大块瑕疵。尽管知道玉料没有完美无瑕的，雕琢者要“挖脏遮络”，他还是很沮丧。他怕毁了佛面，就留给苏婵来处理。

▲ 玉料没有完美无瑕的，雕琢者要“挖脏遮络”

苏婵看了看没有说话，她先调动师弟们的才思，让大家都想想办法，看怎样才能完美地摒弃杂质。师弟们都说，佛的面部一定要洁净，换个面试试。苏婵看了看其他三面，认为岳川之所以选择这个面是因为这个面最适合做佛面，所以不应该换面。她觉得，现在唯一的办法就是看看瑕疵有多深，不如深开一层。

事实表明，苏婵的这个办法果然奏效。

从苏婵和石秋生的通话中，岳川知道了格尔木惊现白带红玉石料的事。问清楚石料内有如同血色的颜色后，他不能平静了，那不就是自己神话故事里卞和的血吗？

要出那本神话书时，亚美对岳川说："我建议你修改一下结尾。改成卞和两千多年前并没有投湖，而是上了山，救了西王母的女儿容真。现在你要把自己当作卞和，设身处地地想想，结果会怎么样？你到昆仑山脚下时那些反常的举止，不能说没有缘由。"

岳川神游了一趟玉女峰后，神话的结尾就改成这样了——

西王母本来完全可以收回陨玉的边料，以全陨玉。她没有这样做，是因为边料已被做成佛家舍利子，留给世人敬奉、修行，具有更大的价值。当时早已过了五百年，周穆王驾崩，西王母想卞和也不会来了，只觉人仙之间有始不能善终。但是容真仍相信，无论等多久，就是等到地老天荒，卞和都会来。西王母含怒而去，甩下女儿在雪峰下，锁住青鸟在崖壁。卞和果然来了，他坐在一团云中，轻盈透明。这时，陨玉已经失去了它的神力，只有卞和的血才能融化容真千年相思泪凝成的冰雪，才能救容真出山。卞和毅然剖开自己的血管，鲜血喷涌而出，刹那间融化了冰雪。容真在一股巨大力量的推动下，飞升起来破山而出，卞和却重重地倒下。一声震耳欲聋的爆炸声传来，山门关闭，把卞和关在了山中。空中传来西王母的声音："要想山门开，再等五百年。"

玉女峰被卞和的鲜血染红了，玉石里浸入了卞和的血。在岳川编写的《昆仑神话》出版三年后惊现血色玉石，而且就在玉女峰下，这是巧合，还是昆仑山神仙的配合？岳川不禁惊叹。

听完岳川的讲述，苏婵有所感动。

"后来呢？"她问道，"五百年后，山门开了吗？"

世界上可能只有苏婵这样的女人才相信神话故事是真的。就算只为了苏婵这样的读者，岳川也该续写后传。

至于血色玉石，苏婵说那不是巧合。

岳川发现，和苏婵一起工作是一件极其惬意的事情，她总是很安静，说话简短，表达准确，手下效率极高。最主要的是，他们之间非常默契，不用语言就可以对接。婵儿小时候就这样吗？难怪哥哥那样喜欢她！

那是一种什么样的感觉呢？就像夏日躺在草坪上，微风吹来，让你能深呼吸；冬日在火炉旁，似乎能听到外面下雪的声音；傍晚走在幽暗的树林里，能望见

前方路灯在闪亮……总之，就是这样一些少有的美妙感觉。岳川喜欢这种朦朦胧胧、说不太清楚的感觉。

法师有时会来到雕刻现场看看。有一次在经过苏婵身边时，他说：“苏婵，你改名苏禅吧，禅意的禅。你有气场，气场很强。”

苏婵打趣说：“让您发现了？”

对，就是一种静谧的气场。听了法师的话，岳川恍然大悟。苏婵身上有一种能让人安静下来的气息，正好与胡亚美相反。亚美是瞬间能让你打起精神，跟着她的情绪走，这也是一种“法力”吧。

休息时，岳川带着苏婵和她的师弟们参观了地宫的盛景。地宫是全国重点文物保护单位，开放时间少，他们难得能进来细细观看。知道了这个地宫是岳川被洪水冲进来发现的，苏婵不禁惊叹岳川的不凡经历。

岳川指着壁画上手拿水晶盒的女神，讲述了他发现白玉舍利是昆山之玉的故事。讲述中，岳川有意回避了马琪当年的所作所为，事过境迁，他已经原谅马琪了。如今，马琪送来了这块巨大的昆山之玉，而他们正在把它雕刻成佛像，还有什么可耿耿于怀的呢。

苏婵帮岳川打好了玉雕的基础，没有再管细节，这些方面，岳川似乎更有悟性。她答应岳川下个月再来，这才匆匆赶回格尔木参加瑶瑶和龙宝亮的婚礼。临走，苏婵又问岳川：“五百年后，卞和出来了吗？”

“出来了。”岳川说。

“在哪儿？”

“在圣光寺雕刻佛像呢。”

苏婵一笑：“容真变成北京姑娘了？”

来圣光寺这么久，这是苏婵唯一的一次玩笑。她和岳川已经是好兄妹、好朋友，那种亲情般的关系让他们都很珍惜。

岳川说：“容真是神，不可能到凡间来，她或许已经化为混沌。”

“然后呢？”

“然后故事就完了。每个故事都有完结的时候。”

苏婵若有所思地“哦”了一声，似乎轻易就放下了。

第二十章

他就是把昆仑玉送上世界殿堂的卞和。卞和会失去双腿和血肉，这是他必须付出的代价，否则，伤痕累累的昆仑山向谁去诉说自己的疼痛呢？

01　明星坠落

奥运会过去两年后，昆仑玉得到人们普遍的认可，价格飞速上涨。曾经在文胜东公司入股一万元的矿工，收获了三十六万元的股金。发了！真发了！矿上的矿工都成了宝玉石公司的小股东。消息在格尔木炸开，羡慕、嫉妒、暗恨……人们各种情绪都喷发了出来。昆仑玉之所以能让格尔木乃至青海亢奋，原因是，它不但在奥运奖牌用玉的竞争中成功挤走了新疆和田玉、河南独山玉、辽宁岫岩玉，还顺势推动和引发了青海的旅游经济和投资风潮。

有人说，这场玉石风暴的推手就是文胜东，眼下他的一举一动都成了昆仑玉价格跌涨的晴雨表。文胜东踌躇满志，试图推动一场史无前例的“炒玉文化运动”。“和田玉已经见顶，而昆仑玉才刚刚在路上。”他说。

然而，月满则亏，物盛则衰。就在文胜东为打造昆仑玉产业链做着一系列规划的当口，他以往诸多的旧账被翻了出来。一张张状纸飞向省里。其中一张状纸上说，文胜东开矿以来，炸死的、跑山摔死的、枪走火打死的有二十多条人命，血债累累，罪不可恕。这张状纸有上千人签名，要求政府“惩办罪恶累累的凶犯文胜东”！

人命关天，领导不能不重视。虽然文胜东为青海立了大功，可真要情况属实，该怎么处理还得怎么处理。

焦阳电话通知大家：“文胜东被公安局逮捕了！”

岳明震惊。

一切都像在梦里。文胜东本人几乎来不及想这些大错是从什么时候铸成的，就锒铛入狱了。在看守所，有人对他说：出来混总是要还的，你跑得飞快，就会有带起的石头砸着别人，这个账你得背，这叫现世报。

文胜东的被捕迅速引发了玉界地震，震中就在格尔木。这是情理当中的事，毕竟，文胜东拥有全国最大的昆仑玉矿山和相当规模的昆仑玉原料库存；对整个昆仑玉销售市场，他曾经拥有近乎绝对的定价权。此外，对于俄国玉在中国的销售渠道、市场价格等，他也有相当的话语权。

起初，不少人认为，逮捕文胜东不过是政府的权宜之计，有人告他就有人保他，过不了几天，文胜东就会大模大样地出来，依旧在玉界翻手云覆手雨。可是，三个月过去了，文胜东没有出来。一切消息都对他不利。人们开始对一个明星的坠落表示惋惜，同时对昆仑玉的未来忧心忡忡，尤其担心玉价大跌。

岳明和石秋生经常通话谈及文胜东事件。岳明认为，此事件对玉界的影响更多在心理层面，对昆仑玉价格的影响应该不大。

石秋生听格尔木的一些玉商说，文胜东在资本运作上撇干了上下游的每一滴油，不给其他公司留一点机会，所以引起了公愤，这是出事的主要原因。不管怎么说，岳明为文胜东深深惋惜，但是他不相信昆仑玉价格会与文胜东本人有相同的轨迹。市场是复杂的，不会被某个单一因素决定。

几个月后判决书下达，文胜东因渎职罪被判了五年有期徒刑。

文胜东服刑期间，矿山照常运转。由于法人代表早已更换，公司运营没受到太大的影响。他囤积的玉石在库房里天天涨价。出狱后，文胜东则像变了一个人，不接受任何拜访，据说在潜心读书思索。

第二年，昆仑玉在拍卖行里遇冷。人们不得不将这一现实联系到文胜东事件。到底是因为文胜东，还是因为市场的周期性，人们议论纷纷。专家们对此展开论证，争论十分激烈。其实不仅仅是昆仑玉，还有一些别的玉种，从一度过于高扬的价格逐渐回落。市场有升有跌很正常。

有人说，自 2011 年底开始，中国的珠宝玉石市场就进入了调整期。某种程度上说，昆仑玉的遇冷，是一个可以预计到的结果。

还有人说，昆仑玉拍卖遇冷涉及和田玉投资的问题，不少商家还是看好和田玉的涨势和奇缺，认为更有投资价值。从往年的统计来看，昆仑玉的产量一年也有 1000 到 2000 吨，据说市场上还有一定的囤积数量，而且昆仑玉在原来老矿的基础上又有新矿发现，总体来说它比新疆和田的软玉产量要大，所以昆仑玉遇冷和产量大有一定关系。奥运会之后，藏家也开始渐渐有了理性的判断。

早几年岳明年年去新疆和田，这些年，因为难以淘到好料，两年才去一次，也都是一些老交情有了好玉才呼唤他。现在，他的公司靠昆仑玉支撑，原料主要来自文胜东、金万里的白玉和石秋生的碧玉。据他所知，在扬州、苏州、镇平，离开了昆仑玉就会死掉的公司有很多。

奥运会前岳明囤了一批玉。对昆仑玉的市场前景他并不忧心，因为好玉的稀缺性不仅不会改变，反而会因许多优质玉料的消失更加珍贵。他忧心的是矿区的破坏性开采。

岳明曾不止一次跟石秋生谈到矿上的问题，要他一定高度重视矿工的安全，一定要坚决避免破坏性开采。焦阳也不断提醒他注意这两点。文胜东出事后，石秋生的矿上平安无事，他对岳明和焦阳充满了感激。

文胜东出事，在他为数众多的朋友和熟人当中，内心受到冲击最大的可能是苏婵。苏婵怎么也想不到，在文胜东激情奋进的人生旅途中，会有这样一场牢狱之灾等待着他。

这些年，在文胜东的引导和鼓励下，苏婵完成了《八仙过海》《高原精灵·藏羚羊》《觉悟人生·佛像》，成为她几个艺术创作阶段的里程碑式的作品，同时也代表着她的最高成就。如果不是文胜东的欣赏，她的创作生涯也许不会这么精彩。所以，到狱中第一个探监的不是文胜东的妻子万红英，而是苏婵。

文胜东却没有见苏婵。苏婵能够理解文胜东的拒绝，只是有些忧虑："他不会就此一蹶不振吧？"

有过牢狱生活体验的石秋生则没有这种担心。"放心，"他对苏婵说，"对文胜东这样的人来说，这件事只是个大挫折，最多就是让他前进的脚步停滞几年，而绝不会是灭顶之灾。"

岳川和胡亚美也专程来格尔木探望文胜东。他们总会想起和文胜东在奥运会前后在北京一起策划、一起努力的那些日子，一起熬过的盼望、焦灼和等待，还有胡亚美和文胜东在天安门广场的"一夜情"……这一切，都太难忘了！他们之间因此建立起的那种感情，是别人难以理解的。岳川说："文胜东就是把昆仑玉送上世界殿堂的卞和。卞和会失去双腿和血肉，这是他必须付出的代价，否则，伤痕累累的昆仑山向谁去诉说自己的疼痛呢？"

他们同样也没能见到文胜东。

岳川告诉苏婵，他每个月都会在圣光寺工作八到十天，有单师父学生的帮助，那尊佛，他会用三年时间来完成。他还说，等玉佛雕完了，他一定要去苏州拜见单常青大师，不为感谢昆吾刀，而为轻狂少年时在作品中对他老人家的误解、排斥和戏弄；他要忏悔。

已经到了深秋，岳明踩着落叶来到文胜东在扬州的晨光玉雕厂。

自从沈佩奇离开岳明，来给文胜东的厂子做当家总工之后，他们见面只谈过不多的两次话，就算那阵子一起加工奥运奖牌玉环，也没功夫聊天。现在文胜东出事了，沈佩奇做何感想？厂子是否正常运转，是否需要自己的帮助？岳明很是惦记。

见到岳明，沈佩奇有些意外，立即放下手头工作，请坐上茶。岳明到处看看，体恤地问：“佩奇，厂子有什么困难没有？”

沈佩奇大手一挥：“没有，一切正常。”

岳明欣慰地说：“若不是你，这厂子可能不会这么安然。我替文胜东感谢你了。”

沈佩奇却问：“你不知道？”

“知道什么？”

“这厂子早都改换门庭了。”

“你说什么？”岳明十分意外。

“文胜东在被捕前两个月来厂子，把法人代表换成我了。现在他只是一个股东。”沈佩奇说。

岳明很惊讶。

“他来扬州，我怎么不知道？”

“来去匆匆的。”沈佩奇说，“哎，我怀疑他背后有高人指点，听说矿山的法人代表也更换了。这说明他早知道会有今天，就玩了个金蝉脱壳。佩服啊！”岳明望着沈佩奇得意的样子，倒像是文胜东去度假了，而不是进了监狱。他一时无话，站起身后说：“你忙吧，我还要去看望一个朋友，就不打扰了。”

沈佩奇没有挽留，送岳明到门口。

岳明开着车一边走一边想，也许沈佩奇当初离开自己是对的，对他们双方都是好事。这时，一个电话打进来，他一看是个陌生电话，就没接。

可是电话再一次打了进来。

岳明接听。

一个清脆的女声传来：“岳明大哥，你怎么不接我的电话呢？”

岳明听不出是谁：“请问你是哪位？”

“你连我的声音都听不出来了？”对方笑了，但仍然没报姓名，只是说，“我现在在扬州大酒店，有宝贝给你，今晚见个面吧。你要请我吃饭的，不见不散。”

声音很熟悉，可是岳明就是想不起来是谁。

“你不自报家门，我是不会去的。”他没好气地说。

对方也不客气：“我不自报家门，是对你听不出我声音的惩罚。我相信你会来的，可要带着夫人一起来噢。”后面这一句，让岳明感觉到她没有恶意。

看来她还认识冬生，但她到底是谁呢？

02 金枝玉叶

岳明回到家，对冬生讲了这个陌生电话的事。冬生也不好判断这个人是谁。她想，陌生电话，说明有段时间没联系了，对岳明很熟悉而岳明又想不起她是谁，说明关系并不是很近……算啦，晚上不就见面了吗？猜来猜去没意义。可是冬生还是不由自主地把岳明近年所有的女性客户滤了一遍。

岳明说是年轻女性、标准的北方普通话。根据这两点，冬生最终把目标锁定在两个客户身上，一个是北京的，一个是河南的。

到了出发的时候，冬生收拾打扮停当，挽着岳明前往扬州大酒店。约定的房间到了，门一开，他们不禁大感意外，来客既不是北京客户也不是河南客户，却是格尔木的白莹莹。白莹莹身边还有一个女孩儿陪伴。

白莹莹穿了一件宽松的裙子，似乎比上次见面瘦了些，显出一种略带憔悴的美丽。见到他们，白莹莹首先道歉，说自己没报姓名是怕岳大哥走漏风声。岳明和石冬生都知道白莹莹和焦阳的事，显然，她说的这个走漏风声是指给焦阳通风报信，谁都知道，白莹莹已经失踪一年多，焦阳还在四处找她。

石冬生笑着责怪岳明：“你和小白多次通话，怎么会听不出她的声音呢？”岳明刚要辩解，白莹莹抢着说：“对不起大哥，是小芳打的电话。”

这下岳明明白了，小芳为调货多次和他通过电话，所以他听着熟悉。他笑着指了指小芳，对白莹莹说：“你又何必这么谨小慎微的。”然后又问：“什么时候来的扬州？”

“一个星期了，”白莹莹说，“因为我们发的货今天上午到，所以我下午才联系了你。”

岳明不解：“什么货？给我们发的货？”

白莹莹点头："对。而且我知道，大哥为了此货还专门跑过格尔木。"

岳明和石冬生疑惑地对视一眼，等着白莹莹的下文。

白莹莹把他们带进客房里屋，指着地上的一个大木箱，说："在那里。"岳明和石冬生慢慢走到木箱前，见箱子开着盖，便探头往里看。"啪"的一声，白莹莹打开了头顶上的灯。岳明一眼看到了木箱里的玉石，看起来有几十公斤重，也没什么特别的。

白莹莹拿着一个强光手电筒，走过来贴着玉石面往里照。岳明震惊，他分明看到了玉石里面的一块，颜色鲜红！

"别动，我再看看。"岳明一把抓住白莹莹拿着手电的手，仔细察看着玉石的纹理和里面的颜色，然后才放开了白莹莹的手。他站起来兴奋地说："我总算见到它了！"又问白莹莹："你从哪里弄到的？"

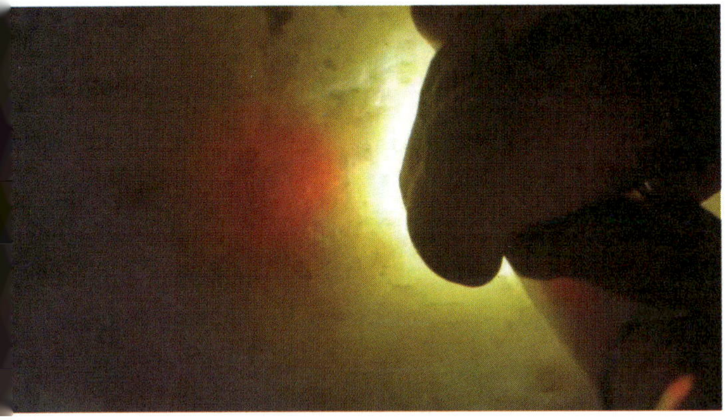

▲ 强光照射下的白带红矿料

"格尔木啊。"白莹莹揉着自己被岳明捏疼了的手腕说，"小芳去年在市场发现的，我当即就买了下来。"

"原来那个河南来的神秘富商就是你？"岳明问道。

"对啊！"白莹莹笑道，"当时市场上没人认得我。为避人耳目，我就那么一说。"

岳明问小芳："这么大的石头，你们俩女孩子怎么运到扬州来的？"

小芳不回答，望向白莹莹。

白莹莹说："大哥，我当初买下这块石头就是想给你的，只有你才能懂它。但当时的情况不允许我跟任何人联系，我很怕焦阳发现我，所以才拖到现在……"

石冬生不明白地问："现在就不怕焦阳发现你了？"

"也怕。"白莹莹说，"可我不能躲一辈子呀，现在就算他知道了，我也有心理准备。"石冬生不禁又问："你怕什么？两人好一场，有什么问题不能面对？你知道焦阳找你找得有多辛苦吗！"

"我面对不了他，就只能保护自己了。"白莹莹说。

石冬生不懂："保护自己？难道焦阳要害你不成？"

白莹莹眼泪一涌而出，不再说什么。

岳明一看气氛成了这样，就阻止石冬生再追问下去。他打圆场说："谢谢小白这么看重我，千里迢迢送来这么贵重的宝贝！先什么都别说了，我们去餐厅吃饭吧。”

石冬生却打不住。“这一年多，你都在哪里呀？”她柔声地问。

“我就在格尔木，然后去西宁生的孩子。”白莹莹说。

“孩子？”石冬生和岳明都很惊讶。

白莹莹点点头。“我也不隐瞒你们，”她说，“我怀了焦阳的孩子，可他要我去医院拿掉，我不能……”

“孩子呢，怎么没带来？”石冬生关心地问。

“她还小，这两天我姐姐临时帮我照看一下。”

“你应该让焦阳知道，”石冬生说，“他有权利知道。”

岳明不由分说，拉着石冬生和白莹莹往楼下走，小芳锁好门后跟了上去。

大家坐到餐桌上。

白莹莹真诚地说：“大哥大姐，石头是小芳从格尔木直接托运过来的，我在格尔木的店也是小芳在打理，只是挂到小芳名下了。现在小芳是我的合伙人，我也拿她不当外人。焦阳那边，我不想再瞒他了，但也不想特意告诉他。孩子我养得起，我也能当好一个单亲妈妈，一切都顺其自然吧。”

“莹莹，”石冬生说，“既然你叫我一声大姐，那大姐问你，你还爱焦阳吗？”白莹莹很肯定地说：“爱啊。要不，我也不会想方设法生下他的孩子。”石冬生说：“那就为了孩子，消除误会，尽快和好吧！”

紧接着她补了一句：“这件事情我去做。”

岳明赞成地看了石冬生一眼。

白莹莹摇摇头：“姐，焦阳肯定已经不再爱我了，你不要难为他。”

岳明插话：“他要是对你没感情，就不会满世界找你了。唉，谁知道你就在他眼皮子底下呢？真是灯下黑。”

“大哥、大姐，你们可能不知道我和焦阳分开的真正原因。”白莹莹痛苦地说，“我们分开，不是因为没告诉他我曾经是万家驹的女人，而是因为我曾是万家驹的女人，他嫌弃我。你们想，他一旦有了这种感觉，怎么还会爱我呢？都恶心死我了！”

这时热菜上桌了，还上了干红葡萄酒。

石冬生说：“焦阳怎么想的，我们就不要猜了，直接问问不就知道了。”冬生说着倒了酒，招呼大家动筷子。

“小白，这块宝贝石头，你什么想法？”岳明问白莹莹。“没想法，”白莹莹说，“就是送给大哥的。大哥帮我那么多，我无以为报。”岳明说：“那我不能接受，也受之有愧。这样，我请大师雕，玉还是你的。”白莹莹说：“大哥，你要是不喜欢，我就拿走；喜欢，你一定要收下。”

岳明解释说：“我是觉得，这是一块值得你收藏的玉。”

听岳明这样说，白莹莹说：“有一句话，说得特别好——‘痴情者，伤于情；不痴情者，不懂情。’大哥，玉也讲缘分，我就是给你买的。我也知道你去格尔木找过它，只可惜当时我不便露面。”

“好吧，”岳明想了想说，“你一片真心，我不能辜负。这样，玉我留下，款明天就汇给你，多少你都认了吧。”

白莹莹想拒绝，石冬生一把抓住她的手，说：“好妹妹，别再说了。真心换真心，款你一定要收下。另外我要告诉你，焦阳那边，我不会让他好过。”

白莹莹欲说还休。

最后她说：“恭敬不如从命吧。”

“这就对了。”石冬生说，“吃过饭，我们好好聊聊。你和焦阳到底怎么回事，你一定要如实告诉我，我只有了解了才能有的放矢。”

岳明进一步解释：“你知道冬生和焦阳的关系吧？”白莹莹点头：“知道，焦阳说过，秋生的姐姐就是他的亲姐。”说着，她打开了爱立信手机，里面有孩子的相片。冬生和岳明看了欣喜不已。

小姑娘可爱极了，简直就是一个小焦阳。冬生说：“妹妹，看在孩子的份上，你也要把焦阳抓回来。”

吃完饭，白莹莹特意问起那位年轻的玉雕师高玉然的情况，因为她两年前订的麻花手镯到现在都没有取回。

岳明说：“你就是十年没取走，小高也会为你留着。高玉然现在很了不起，是我们扬州最年轻的国家级玉雕大师，几乎成了获奖专业户，作品年年拿专利。他头衔很多，最厉害的一个，是‘非物质文化遗产代表性传承人’，这个称谓是要进入中国玉雕史的。但是，这次你见不到他，他前几天带着作品去国外参展了。”

▲ 扬州玉雕师雕琢的小挂件《金枝玉叶》

白莹莹觉得很遗憾。

“没关系的，”石冬生说，“下

次带着孩子来多住些日子，到高玉然那里再好好盘点货。扬州这地方，玉雕家云集，你想去哪儿，岳明和我都可以陪你去。”

白莹莹的目光落在了冬生胸前佩戴的一个玉制挂件上。那挂件像一枚展开的叶子，十分亮眼大气。

石冬生发现白莹莹在看她的挂件，便摘下来送到了她面前。

“妹妹，喜欢这个挂件吗？”她问。

“喜欢。第一次见这个造型，是片叶子吗？”

“对，叫‘金枝玉叶’。这也是高玉然的作品。”石冬生说着站起身，为白莹莹戴在了脖子上，“你感觉一下。”

白莹莹诚惶诚恐：“哎，姐，你这是做什么，我不过一说。”

“没听说过吗，玉则遇也。喜欢就是你的了。”

“那不行，我不能夺姐姐所爱。”白莹莹要往下取。石冬生一把按住她的手：“喜欢姐姐的东西就是缘分。还带着我的体温呢，你就别驳我面子了，快收下。这料是和田籽玉，将来可以留给你的金枝玉叶。”

听冬生说到自己的女儿，白莹莹瞬间眼睛潮红。

“谢谢姐姐！”她收下了。

白莹莹因为惦记孩子，第二天早晨就和小芳离开了扬州。她们到西宁的第三天，收到了岳明的一百五十万汇款。

与此同时，焦阳登门。

焦阳见到白莹莹挥手就是一个耳光，骂道：“你个欺世大盗，偷走了我的心，还有我的孩子！这一年我生不如死，你知道吗？”

白莹莹捂住脸，眼泪横流。

焦阳抱起孩子帮白莹莹擦掉了泪水，说：“该不该打你？”

白莹莹哭着说不出话。

焦阳把滚烫的嘴唇印在她额头上：“回格尔木吧。”

一个月后，焦阳和白莹莹在格尔木大酒店奉子成婚，嘉宾满座。石秋生是证婚人，石冬生、岳明也都赶来祝贺。

焦阳抱着女儿说：“这是我的金枝玉叶，我怎么舍得让她遭受失去父爱的苦。”

苏婵不自觉地低头看了一眼自己的胸针，那枚“金蝉玉叶”也在大放异彩。

白莹莹发现了苏婵的胸针，她被惊艳了，又看看冬生送自己的“金枝玉叶”，感觉都是极品。突然，一个创意在她脑海里萌生，她要利用“金枝玉叶”这个美好的词，开发以“金枝玉叶”为主题的玉雕饰品系列。这个想法让她在婚礼上激动不已。

“你这个女人真是让人无语，在自己的婚礼上都要想着生意经。”当白莹莹把自己的构想告诉焦阳时，焦阳佯怒，眼睛里却充满宠腻。

岳明十分赞成白莹莹的想法。他说：“在古代，能被称作是金枝玉叶的，只能是皇族的独苗子孙。到了近代，扩展到了权贵富豪的公子千金。现在更不同了，家家户户的子女都担得起这个名号。”

石秋生说：“照你这么说，‘金枝玉叶’已经平民化了。”岳明没接秋生的话，他问大家：“你们知道被叫作‘金枝玉叶’的植物是什么吗？”

大家面面相觑。

“说出来你们别失望，就是马齿苋。”岳明又对石秋生说，“你看是不是很平民化啊？”

“啊，马齿苋？爸爸不是养了一盆吗？”石冬生不相信。

“对啊，我也是听爸爸说的。”岳明说，“马齿苋就叫‘金枝玉叶’。它其实是一种多肉植物，老枝苍劲，新枝脆嫩，叶片碧绿而厚实，一眼看上去就让人觉得圆润可爱，十分讨喜。”石冬生补充说：“它开出的花和叶片一样精致小巧，鲜红鲜红的，很清新。”

白莹莹说：“既然是这么有名的植物，一定也有自己的花语。”

苏婵说：“你今天想到它，它的花语就是永结同心。”

大家鼓掌：“说得好！太对了！”

白莹莹拍手说：“这就是我的广告语。”

“不管你们怎么解释，都没有苏婵戴的那枚胸针的意思。”石秋生说。

“这谁不知道。”石冬生抢答，“‘婵’与‘蝉’谐音，蝉又与知了同物，‘知’与‘枝’谐音。总之，那个金枝就是苏婵。”

全让姐姐说准了，石秋生觉得很没劲。“怎么还不开席啊，”他说，“我都饿了。”

03 盛世玉宝

岳明拿回去的白带红原料，马琪一眼看到后就再也不肯离开了，他痴痴地望着玉石，连声说：“我的天，我的天啊，老哥！你从哪儿弄来的？这简直就是浸血的玉啊！”

“就是昆仑玉。”岳明说。

马琪说：“我见过昆仑玉的烟色、紫色、青色、白色、黄色、褐色，却第一次见红色。老哥，求你了，以往我帮你的，都一笔勾销，这块玉让给我吧。”

岳明说：“不行，这块玉无价，你别想了。”

马琪问：“什么价？”

岳明说：“你也别问了。”

“雕了吧。”

“我问了几个玉雕师，都不肯接。”

“为什么？”马琪不明白。

岳明说：“觉得不好完美呈现吧，还能为什么。”

马琪摇头：“不，一定有别的原因。”

“什么原因？”

“这样一块玉，不雕，也许更能满足人们的一切想象。”马琪郑重地说。

岳明想了想，赞同地点点头。

马琪说：“我的收藏里就缺这么一块宝贝！”

“你缺的宝贝还多着呢。”岳明说。

“也是。”马琪同意，“收藏哪有够啊！盛世玉宝，乱世黄金。现在老百姓都知道，家里有玉才显富贵。”

岳明问：“听说你又去了趟北京，捡着漏没有？”

“现在市场上哪还有漏可捡，”马琪说，“别让人把我捡了漏就算幸运了。”

自古以来，中国人痴情于美玉，因为爱玉，不惜舍弃江山和性命的事情不少。马琪似乎就属于这类人，这些年他一门心思专注于收藏，到现在还孑然一身，好像把女人都给戒了。

从岳明那里回去，马琪发现自己的收藏室失窃了。他打电话给岳明的时候声音在发颤。岳明问丢了什么，马琪说几年前买回来的一个古玉不见了，价值好几十万呢！别的还没查看清楚，屋里被翻得不像样子。岳明让他报警，可马琪说不能报警，他不想让警察进他的收藏室。

岳明匆匆赶到马琪家。这是岳明第一次来，他看到马琪屋里的防盗窗、防盗网、防盗门、保险柜、监控器、报警器一应俱全。现在小偷真是带动了巨大的防盗产业，没有小偷，很多企业要倒闭，很多人要失业。小偷防不胜防，人们不能寄希望于社会治安再回到夜不闭户的原始状态，只好花钱买平安。

显然，小偷是开锁而入的。

见马琪愁眉苦脸的样子，岳明问：“你的监控没有运行吗？”

马琪惊叫：“哎呀！急糊涂了，我怎么就忘了看监控呢！”

马琪和岳明匆匆打开监控，看到小偷出现，岳明哈哈大笑起来，原来是老厂长，马琪的父亲。他好像很有目的地翻找着什么，然后拿起古玉就走了。

在马琪的请求下，岳明陪着他来到老厂长面前。

原来，老厂长见儿子马琪到现在都不找对象，很着急，就找人给打了一卦。卦象说马家被下了断子绝孙的“魔咒”，这个“魔咒”可能是块古玉。老厂长急了，睡到半夜就被“魔咒”惊醒。他认定马琪藏品里有出土的不祥之物，这一物会让马家绝后，于是就有了这次“行窃”。

马琪问父亲：“那块玉呢？”

父亲也很坦然：“扔了。”

马琪说：“其实那不是一块古玉，是赝品。”

“你骗不了我。你在邗江边玩泥的时候，我就和玉打交道了。”

“我买的时候就好几万，现在，你扔了几十万！”

“扔了好。”

发生这件事之后，马琪理解了父亲的苦心。他答应父亲，现在就开始相亲，争取年底结婚，明年生孩子。

岳明也答应老厂长，一定为马琪张罗亲事。

过了几天，马琪却把苏婵约到了扬州，跟着来的还有岳川。岳明不明白马琪要干什么。马琪说：“我为你请来了最好的玉雕师。快看看你那块白带红的玉要雕成个什么吧，我都想好要往哪里送了。”

“谁说我要雕了？”岳明说。

“玉不琢不成器，只有雕好了，你才对得起和石头的缘分啊。”马琪一边说一边拉队友，“岳川，你说是不是？”

此时的岳川已经完全投身到了玉雕行业，还拿了一项天工奖。他的作品师法自然，唯美如画，一山一水、一树一石、一台一亭、一人一兽，似都能让人感觉到生命的律动。他力图将东西方文化之美和谐地展现在每一件玉雕作品上。他有信心在这条路上走得更远。胡亚美完全没想到在岳川艺术道路的发展上，还有这样一个拐点，他另辟蹊径的节奏也太快了。

马琪对岳川说：“眼下这块玉怎么雕，你和苏婵得有个构思。”岳明气不打一处来：“马琪，你搞错了没有？这块玉是我的，你没有权力请人来雕。”

苏婵的目光一直在那块石头上。

“我总算见到这块玉了！”这时，她有些兴奋地说，“不知这块红就这么大呢，还是里面更大。如果就这么大，那雕一个日出东方的山子，会很清新自然。”

马琪一拍巴掌，跳了起来。“天哪！就雕这个！”他喊道，“那块红雕成旭日。”

岳明和岳川也被苏婵的构思打动，有些兴奋地望着石头。岳川说：“雕个雄鸡报晓也好,那块红是鸡冠。”

岳明不说话,大家都白兴奋。

苏婵说:“这块玉能到师兄手里是众望所归。玉有五德,师兄都具备。”苏婵的话把大家都逗乐了。

“那到底雕不雕呢?”岳川问。

岳明当机立断:“雕!”

“哗哗哗”三人鼓起掌来。

马琪感激苏婵的配合,伸出手和苏婵击了一下掌。岳川不明白地问:“什么意思?你们俩早有预谋?”

马琪说:“妙就妙在没有预谋,却有默契。”

岳明脱口说:“早先你们之间的默契去哪儿了!”

苏婵低下了头。

马琪抗议:“打人不打脸,骂人不揭短啊,你们弟兄俩想联手打架吗?我一个人就够了。”岳川笑着说:“要打也是我和苏婵一伙。”

众人皆笑。

最后岳明说:“雕个日出东方的山子更大气。”于是,岳川和苏婵有了第二次合作,用马琪的话说是珠联璧合。

这次合作是以苏婵为主。岳川和苏婵都有昆吾刀,估计活儿干起来会比较顺畅。可是,开始工作的时候,最担心的事情发生了,那块红并不只是那么大,玉里面还有很大一块,只是浓淡不同。对啊,既然是浸血,怎么可能只是一滴血?但这怎么处理?后来还是岳川先想出了办法,他把它设计成太阳背后的彩霞,苏婵赞成。

很快,石秋生也被岳明招来增援他们了。

石秋生本来不打算来扬州的,一方面矿上需要他监管,另一方面他还肩负着为岳明捡漏的责任。再有,他来扬州,除了添乱还能做什么呢?岳明说:“你的作用是稳住军心,免得苏婵因为牵挂你,注意力不集中。”

“我是那种心猿意马的人吗?”苏婵不高兴了。

石秋生对苏婵说:“你要是不高兴我来,我就回格尔木。”

苏婵瞪他:“你敢!”

一切进展顺利。那块原料在他们手里已不再是一块石头,而是一个有骨有肉又有脉动的生命。石质是骨,油脂是肌肤,灵气是脉……他们还将赋予这块玉灵魂。

几个月后，磅礴大气的《日出东方》诞生了！那种震撼，那种喜悦，那种光照……在场的每一个人都感觉到了温暖奇妙的心灵触动，感觉到自己的人格在升华，境界在提高。

已经消失了两天的马琪，这时候突然踩着点进来了，他身后竟然跟着安西和一位北京来的客人。马琪介绍说，这位是单常青大师的关门弟子安西，这位是伦敦大英博物馆中国馆的负责人。

岳明一怔，不知马琪又想做什么。

安西不是陌生人，他对大家说，通过他的联络和推荐，大英博物馆有意将《日出东方》作为罕见的玉质艺术品永久馆藏，价格岳明可以提。安西显然是想给大家一个惊喜，这毕竟是件天大的好事。

北京客人是一位华人，他接着安西的话说，这几年大英博物馆经费也紧张，他希望岳明能看在大英博物馆是世界上规模最大、历史最悠久、最著名的博物馆的份上，价格能优惠一些。

事情来得太突然，岳明没有心理准备，一时不知道该如何回答。他飞快地看了一眼岳川，岳川微笑着向他点了一下头。很显然，岳川是赞同这件事的，他不会是想要名垂青史吧？

岳明略微想了一下，说出来的话出乎所有人的预料。他沉稳地对那位负责人说："玉雕，我可以赠送。"

"岳总，想好了再说，人家让你要价的。"马琪喊道。

岳明没有回应马琪。

"我可以将玉雕赠予大英博物馆，"他继续对那位负责人说，"但是我有两个要求：第一，希望你们有一个接收仪式，并在国际上报道这件事；第二，玉雕收在你们馆内，一定要注明，这座《日出东方》是'中国昆仑玉，扬州工'。"

大英博物馆的客人喜出望外，他没想到岳明这样慷慨！他上前和岳明再次握手，点头答应岳明提出的所有条件，并且邀请岳明、岳川和苏婵去伦敦参观大英博物馆。

马琪一听急了："还有我呢！"

"对，还有马先生。"那位负责人说，"马先生，你做了一件功德无量的大好事，你是我们的贵宾。"

马琪怎么就成了贵宾？岳明不服气地瞪着马琪。

这时，岳川对马琪说："我们听大哥的，让《日出东方》在大英博物馆占领一席之地，在全世界放光芒。意义你懂的。"

“我懂，我懂，”马琪严肃地说，“否则我也不会……带他们来。我们也要为国家、为民族……”岳川笑着打断了他：“马琪，你什么时候学会为国家、为民族着想啦？真是士别三日……”岳川正说着，看见苏婵突然向后倒去，他上前一把抱住了她。

苏婵晕倒了。

“一定是太累了！”岳川说。

苏婵被送到了医院。

石秋生把苏婵从医院接回来时，脸上乐开了花。

到底怎么回事？大家忙问。

“看来我来扬州还是有用的，”石秋生喜滋滋地说，“不能光你们出作品，我也得有。”苏婵打了他一拳，脸红成了玫瑰。

原来，苏婵怀孕了。

苏婵在她四十五岁的时候，终于等来了自己的孩子，一个姓石的小家伙。这真是一个爆炸性的新闻。被这个新闻第一个炸晕的是岳明的母亲，因为她一直断言婵儿是不会生孩子了。

《日出东方》落户于大英博物馆。岳明、岳川、马琪、石秋生因此去了趟伦敦，一起参加了赠予仪式，然后就是分别接受媒体采访或者发表演说。关于中国玉文化的所有演说都是岳川的事，岳川很辛苦也很兴奋。他们花了几天的时间参观大英博物馆，看到我国那么多的文物都收藏在那里，马琪思绪万千。

苏婵就留在苏州养胎，由母亲照顾，十个月后诞下石可可西里，一个很像苏婵的男孩子。石秋生中年得子，表现得像范进中举一样疯癫。石冬生则喜极而泣，石家有后，父亲可以含笑九泉了。

04 昆仑玉之殇

万宝沟的宝玉还能开采多久？有人发出疑问。

问这话的人就是文胜东。

入狱三年后，文胜东出来了。人们并不关心他在里面过的如何，人们关心的是他还会不会是昆仑玉界的掌门人。文胜东则依然保持着监狱里的姿态，深居简出，几乎没有人能看到他，但人们能在玉石拍卖会上感觉到他的存在，他像一只无形的手，控制着昆仑玉的价格与走势。

由于地处高原腹地，格尔木市在早上 8 点往往还晨曦未露。不过，这丝毫不

▲ 昆仑玉拍卖现场

能改变众多卖玉人的心情，他们总是摸黑抵达八一路附近的玉石交易市场，动用三轮推车、摩托车、自行车、拖拉机、卡车等各式运输工具，把一块块万宝沟、野牛沟出土，还裹着土的玉石料拉进露天市场……西部最大的昆仑玉交易市场，自此开始了一天繁忙的交易。

天色渐亮，南腔北调的买玉人涌入市场，他们依旧采用青海当地最古老的方式——互相把手指伸进对方的袖口来讨价还价。随着国内玉石市场的升温以及和田玉资源的枯竭，昆仑玉的价格一路飙升。以前，昆仑玉最好的白玉料一公斤一千元，现在涨到了一万多元，涨了十倍甚至更多。靠山吃山，在格尔木这座仅有二十七万人口的小城中，从事玉石行业的就有近两万人。许多商贩对昆仑玉的“钱景”非常看好。

▲ 西部最大的昆仑玉交易市场中古老的买卖方式——互相把手伸进对方的袖口里来讨价还价

文胜东对昆仑玉的前景则深怀忧虑。他清楚地知道，昆仑玉每年的产量在1500吨到2000吨，由于多年的破坏性挖掘，万宝沟以及周边玉矿的许多细种青玉料和黄口料已经采完，只剩下玉质一般的青玉粗料。有些矿甚至再没有玉石产出，目前仅仅靠盲目爆破，零星炸出一些玉石来……

他自己的万宝沟三岔口玉矿是昆仑玉的主产矿，开采时间也最长。这个矿曾经有“东六西五”十一条矿脉，现在也只剩下一条矿脉还在开采，而且采掘深度已经超过了70米。按成因推测，玉矿的矿脉最多不会超过100米。这意味着，不需两三年，这条矿脉采掘完毕，中国的白玉矿藏就会缺失。

目前玉矿采用的剥离法，是一种比较科学、先进的开采方式。可是有个大毛病——开采速度太快了，大大缩短了玉石矿山的服务年限。现在很多昆仑玉种都在慢慢缺失。这些优秀的玉种，人们还没研究它、雕琢它，还没真正感受到它的韵味，就消失了。这不能不说是很大的遗憾。

岳川说过，地球经过十四亿到十七亿年的孕育才生成的昆仑玉，人类仅用二十年就将主矿脉采掘殆尽，与其说是万宝沟之殇，不如说是昆仑玉之殇……

▲ 地球经过漫长时间的孕育才生成的昆仑玉，人类仅用二十年就将主矿脉采掘殆尽，与其说是万宝沟之殇，不如说是昆仑玉之殇

文胜东进监狱的这三年，昆仑玉的价格一直在翻倍增长。与别的一些矿产资源相比，昆仑玉开采难度相对较大，开采出一吨矿石往往需要清理十万方废渣，而且越到后期开采难度越大，这也是昆仑玉价格快速上涨的原因之一。由于暴利，这一产业长期被过度炒作、囤积居奇、良莠不齐等一堆问题困扰，大规模盗采、哄抢矿山的事件不断，给产地社会治安带来巨大压力。

文胜东出来后先给岳明打了个电话，毕竟多年的朋友，三年不见很是想念。他相信岳明也有同感。果然，岳明接到电话就飞来格尔木了。

这两位对和田玉和昆仑玉价格的提升做过非凡努力的人，此时坐在茶桌前叙谈昆仑玉市场的未来以及他们的人生未来。岳明说：“我相信外面的情况你很清楚。这些日子，市场上原材料供应很紧俏，价格不断上涨，好多加工者都买不起原料，生意越来越难做了。我在飞机上遇到一个南阳的玉商，他说在格尔木聚

集着一批来自南阳的玉工，都在等材料。他们说去年到今年几乎没拿到什么好料。大家隐约感到，暴利背后，危机重重。”

文胜东认为，目前，市场上大多是中低端产品，而高端产品还没有涨到位。今后，随着昆仑玉资源枯竭期的到来，价格可能还会继续上涨。

其实，他们俩都清楚，飙升的昆仑玉价格，不仅将大多数消费者拒之门外，也令许多从业人员感到生意难做。另一方面，飞涨的价格和优质原材料的短缺，也造成许多业内人士萌生了奇货可居的想法，开始囤积。有人说，目前之所以昆仑玉原料紧张，很大程度上是由于玉石原料的买卖被一小撮人控制。玉石开采者只能把原料卖给这帮人，加工、零售者只能从这些人手中拿货。可以说，昆仑玉行业 70%至 80%的利润都是被这些人拿走的。若有人想打破这一“潜规则”，直接从开采者手中购买原料，货物和人员的安全往往会受到威胁。据了解，曾经有玉石开采者想直接把原料拉到西宁出售，结果途中人员被打伤，矿石被哄抢。

说到未来，文胜东说自己会离开格尔木，至于去哪里，还没有想好。岳明没有邀请他去扬州，因为他知道文胜东不会考虑的。

岳明与文胜东见面后又去探望了焦阳，焦阳带岳明去了“白玉山”。“白玉山”已今非昔比，白莹莹收购了做不下去的好几家邻店，打通成一大间，好生气派。新产品“金枝玉叶”热销，店里只剩下样品。这个女人做生意又准又狠，也难怪当初万家驹会把大把的钱投给她，当然这话不能再说了。

岳明看到，几年时间，格尔木大大小小的昆仑玉专卖店鳞次栉比，每天有倒闭的就有起来的。走进这些专卖店，几乎每一家柜台中都有一些昆仑玉原石和产品标明为“非卖品”。一些品质优良的昆仑玉几乎都是卖一件少一件，不可能再补上货，因此只能做展示之用。

听说岳明来格尔木，石秋生也从西安匆匆赶来。石秋生和苏婵因为孩子的教育，长住西安了，那是岳明为他们留的一个家。

石秋生的矿已经转手，他现在是苏婵的帮手。焦阳说石秋生现在贪的是老婆孩子热炕头。岳明说那也没有错，这种贪念是回归了自然。

晚上，大家又回到姚家大院。老姚的身体已很不好了，因为多年的卧床，身体机能发生很大的退化。他说，他已经把老婆孩子拖累够了，该自觉点了，能走就早些走。姚嫂说，如果谁想走就能走，还要阎王爷做什么？

瑶瑶和龙宝亮结婚后，一直很后悔。他们结婚第二年一起去天工奖展览会时，一个漂亮的女孩子见到龙宝亮后，不由分说地和他拥抱在了一起。那女孩子还失声恸哭。龙宝亮则碍于瑶瑶在场，忍住了自己情绪的爆发。

这个女孩子就是新疆的沙莉。原来，沙莉当年并没有和富商结婚。所谓和富商结婚的说法，完全是她父亲要求她这样说的。

沙莉的父亲，也就是龙宝亮的师父，一直认为龙宝亮资质优秀，将来会是个出色的玉雕师，可是自从和沙莉恋爱后就不思进取，雕玉也不专心了，大有荒废功夫的兆头。师父唯恐自己的女儿会毁了龙宝亮的前程，就是结婚了，将来也没有好日子过，所以硬是横刀夺爱，把他们拆散了。

为了这件事，父亲和沙莉之间有过一次对话。

父亲说："他若真爱你，将来出息了还会来找你。"

沙莉说："你都告诉人家我嫁人了，人家凭什么来找我？"

"不说你嫁人，他哪能罢休？"

龙宝亮确实没再去找过沙莉。

他很珍惜眼前的瑶瑶，为此，他不知道应该怨沙莉，还是感激沙莉。这次见了面，龙宝亮对沙莉说，世界上的缘分就是这样，错过了就再也回不来了。沙莉说她也没想再回来，只要龙宝亮成功了，她的牺牲就值得。沙莉还诚恳地祝愿龙宝亮和瑶瑶幸福。

瑶瑶说想晚两年再要孩子，把全家搞得焦躁不安。

龙宝亮嘴上不说什么，心里知道瑶瑶是想给自己一个时间。他想告诉瑶瑶，他不会再回到沙莉身边的，那一切都过去了。他还想说，他岁数也不小了，想早些要孩子早安心，但是看到师傅苏婵四十多岁才有孩子，也就不着急了。

真正着急的是老姚。

医生说瑶瑶手术后是可以要孩子的，老姚就想在闭眼前能见到外孙。"什么外孙？没有内孙，外孙就是孙子！"他这样说着，然后问瑶瑶："瑶瑶啊，你懂你老爸的心思吗？"

"懂，老爸，你会长命百岁！"瑶瑶说。老姚大骂："你个不孝的坏丫头，你就让你爹躺着长命百岁？"

年初，瑶瑶怀孕了，全家喜气洋洋。可是瑶瑶感觉到了心脏的重负，她不知道自己能不能坚持到孩子临产。为了全家的快乐，她没有把自己的不适说出来，但是告诉了医生。医生让她随时来医院监测心脏。"瑶池"她也不去了，雇了员工守着，龙宝亮负责进货。日子在期待和紧张中流逝。

大家喝了酒，就说起当年上山抓石头的事。

老姚说，那都是十多年前的事了，全是去偷去抢，现在没人干这活了。焦阳说仅 2011 年初到现在，有组织的盗抢事件就发生了十余次，规模最大的一次参与者有上千人，几十个人的护矿队根本无法阻止盗抢分子的进攻，多人受伤。为了维护社会稳定，政府不得不派出当地武警部队专门驻守矿山。盗抢分子为了获利，有时甚至不惜与武警发生冲突。

格尔木的华青春写的一篇评论又一次发表在矿业报上，题目是“青海昆仑玉变身‘国玉’，价格十年上涨万倍成‘泡沫’”。他认为，针对这些现象，消费、商务等部门应建立有效的机制，及时发布相关信息，引导投资和消费。同时对恶意炒作价格、扰乱市场秩序者给予一定的惩处和打击，以此规范市场和引导行业有序发展。

2015 年，昆仑玉原料供应真正进入低谷。到了 2018 年，昆仑玉已经论克卖了。单说昆仑白玉的价格，如果是一等品的话，每克在一万到一万两千元之间；二等品每克在两千到三千六百元之间；三等品，每克在一千元左右。再好的玉，矿上也没有了，都是在现有的囤货里流通打转。

岳明和岳川再上昆仑，这是他们哥俩共同的愿望和心结。

岳明距上次从和田上昆仑，已经三十八年过去了。《庄子·知北游》上说：“人生天地之间，若白驹之过隙，忽然而已。”古人都认为时间飞逝，如白驹过隙，而在现代生活的快节奏下，更是日月如梭。岳明感叹自己没有进步，三十八年后还在为原料奔波。岳川说：“你已经从昆仑山北麓转战到东麓了，谁说没进步？”

去往东麓的玉矿确实要容易得多，汽车可以在山上走到不能走为止。到了海拔 4000 多米的高处，岳明毕竟是年近花甲之人了，就感觉有些不适，岳川则因为一直坚持锻炼身体，勉强还能支撑。

他们上到山上，天上横飞着雪片，就像玉花飘散，一直下到他们离开。岳川内心很复杂，他想到容真，想到卞和，想到那块浸血的玉，还有很多炸飞的玉块如同昆仑飞雪……想到容真说过的那句话：

就算你把我挖得遍体鳞伤，就算你把我炸成漫天飞雪，我依然希望天下人人得玉，玉驻心中。

眼下，在格尔木玉界的重量级人物是金万里。他的玉文化陈列馆已逐渐完善，来格尔木的游客，大都会去陈列馆游览一番。他在深圳建了一家昆仑玉加工厂，有人说那是他和文胜东合营的，但无从查证。除此之外，他还在苏州建了玉器店，由像玉一样的女儿打理。

岳川刚在玉雕界过了把瘾就又回归美术界了，理由是找不到可雕的好玉，好玉人人都攥着不出手。此时他萌生了一个大胆的想法：在昆仑山做一幅大型壁画，地点就选在古代岩画旁边，题名“玉昆仑”。他要把先民们创作的盘古开天辟地、女娲补天以及后来与西王母和与玉有关的众多神话、传说，全部形象地展现在壁画上。

岳明十分赞成岳川的想法。多少亿年前，昆仑山花香鸟语，玉树成林……现在这里成了荒山，可它的文明不能失落。

石秋生和苏婵在西安建了一个“碧玉堂”。岳明留给他们的小院已经拆迁，开发商补偿了不少钱，石秋生和姐姐冬生一分为二，也算还了岳明多年的付出。进到“碧玉堂”，郁郁葱葱，绿色荫人。原料都出自秋生的矿，玉雕则大多是苏婵的作品。苏婵还带了徒弟，一派兴旺发达的景象。秋生不怕原料紧张，人生不可能只干这一件事，他希望早日带着苏婵去周游列国，当然不会再开车去了。

郑开心也回到西安，并且和中学时的一个同学结了婚。他学有所成，在鉴宝界已经崭露头角。

岳明的儿子岳冬阳已长大成人，他明确表态，将来自己不会干父亲这一行。他想去国外留学，学成归来做科幻电影。岳明和石冬生，两个做玉世家，家业无子继承。岳明不在乎，他坚持认为，玉文化的传承不是在自家小范围，而是在中国，在全世界。

那位曾经拒绝与文胜东合作的闲云野鹤式的人物马天义，仍然是当之无愧

▲ 他的行踪越神秘，关于他的传说就越神奇，并且一刻都没有停止

的“赌王”，并且把玉店开到了西宁，他的店是南小街最为气派的玉店。看来，他并不是小富即安的格局。

文胜东如同功成身退，在玉界消失得干干净净。但是，关于他的传说一刻都没有停止过，而且越传越神奇。

后　记

世界是故事的本源，故事往往是我们了解世界的最佳途径。一直以来，带有神秘远古色彩的昆仑山的故事总是吸引着我们。

20 世纪 90 年代初，昆仑山东麓玉虚峰下玉矿带的发现，震撼了国内玉石市场，动摇了和田玉在玉界的至尊地位。自那时起，因为一块块石头，每天都在上演着财富改变命运的传奇。

我第一次走近昆仑山是 2006 年的夏天。受新疆电视台制片人冯潜国老师之邀，我去和田采访，意欲创作电视剧《和田玉》的剧本。正如很多文章所说，和田位于昆仑北麓，千百年来，白玉河与墨玉河环绕滋养着这块美丽的土地。她是 7000 年前就已存在的"玉石之路"的源头，是 2000 多年来"丝绸之路"的必经之地。在这里，古老的故事像胡杨林随风飘散的树叶，闪烁着迷人的光芒；玉石演绎出的现代传奇同样像河里转瞬即逝的浪花，闪亮又匆匆。然而，和田真正令我震撼的，却是万年河床被逐玉人拉网式深挖后的百里狼藉。我受到的震撼是如此强烈、持久，以致再也无法把它从心头抹去。

第二年我去西藏，途经昆仑东麓和南麓。彼时这里正"硝烟弥漫"，上演着昆仑大夺宝的人间悲喜剧。原来，就在和田玉资源长期开采殆尽的时候，人们又发现了另一个宝藏。昆仑山东麓地表玉矿的横空出世，激发了新一轮的追逐和争夺。周遭秩序大乱，寂寞千年的山谷突然躁动起来，夹杂着疯狂和血腥……这恐怕是连神仙也始料未及的。

▲ 本书作者（图右）及策划人（图中）在苏州玉雕工作室采访

转眼九年过去了。2015 年，北京的出版策划人焦国梁老师找到了我。焦老师因长期关注昆仑玉，为昆仑玉做过系列丛书，把自己也打造成了一位玉界达人。他和他的《玉出昆仑》纪录片合伙人赵志强先生约我写一部表现昆仑玉产业链中人物情感和命运的小说。玉，则遇也，我欣然接受。《和田玉》电视剧因多种因素一直未能面世，如同我与昆仑山的一个约定一直未能践约。现在好了，《玉昆仑》又可以使我面对昆仑山的圣谕了。

采访从昆仑山玉矿开始，一路走过青海格尔木和西宁、河南镇平、江苏的扬州与苏州等地。我也曾去海拔 4000 多米的玉矿，各地玉石交易市场，大大小小的玉雕坊、玉店，接触到了最早发现昆仑玉的人、地矿专家、玉矿主、玉商、玉雕师等。对我来说，这是一个学习玉知识、了解玉文化的过程，是一个了解和感知中华玉魂的开端。国学大师南怀瑾曾说："大凡杰出的人，与天地合其德，与日月合其明，与四时合其序，与鬼神合其吉凶。"中国玉界众多优秀人物的沉浮枯荣，让我领略了玉石江湖的风云变幻、神秘莫测。

两个月后我回到家中，开始整理资料，进入构思。我深感采访时间不足，了解得太浅，懂得太少。在浩如烟海的玉文化中，我不过是蜻蜓点水，一掠而过，所见、所闻、所思、所想都非常有限，在写作中常常力不从心。可我仍然愿意借玉说话：尘世茫茫，在这个意义含混的世界上，那些拥有温暖的情怀，能够带给我们希望的人，才是真英雄。

在这个故事中，许多此前不为人知的大事件，都是真实发生过的。故事的最终解释权是客观世界本身。真正的主角是谁不重要；唯愿活跃在书中的各类人物——他们的遭逢际遇，他们的奋斗与坚持、追逐与放弃、成就与教训……能给读者一些启发，一些快乐和力量。

最后我想说，唯有遵守自然之法则，方是万物生存之道。回归自然、再造天人合一的新秩序，该是一件多么重要、多么急迫的事情！然而，那是需要运用人类的大智慧才可能做到的。

我很感谢为我奉献宝贵素材、相关图片的玉界众多朋友，没有你们，就没有《玉昆仑》！感谢焦国梁先生几年来所付出的信任和支持，感谢他用自己的智慧和多年的出版经验为小说创造出图文并茂的全新视觉效果（部分图片来自网络，请原图作者联系出版策划人获取样书及稿酬）！感谢我的益师良友师学军先生用字斟句酌、悉心严谨的治文态度，帮助我完成了小说的修订工作！感谢我的家人在创作中给予的关怀和鼓励！

深深感谢昆仑山，感谢神山在一次次向它奔赴的远行中给予我灵感。

韩素平

2020 年 10 月 8 日于北京